LE MONDE SELON GARP

John Irving est né en 1942 et a grandi à Exeter (New Hampshire). Avant de devenir écrivain, il songe à une carrière de lutteur professionnel. À vingt ans, il fait un séjour à Vienne. Puis, de retour en Amérique, il travaille sous la houlette de Kurt Vonnegut Jr à l'Atelier d'écriture de l'Iowa. Premier roman en 1968 : *Liberté pour les ours !*, suivi d'*Un mariage poids moyen* et de *L'Épopée du buveur d'eau*. La parution du *Monde selon Garp* est un événement. Avec *L'Hôtel New Hampshire*, *L'Œuvre de Dieu, la Part du Diable* (adapté à l'écran par Lasse Hallström en 2000), *Une prière pour Owen*, *Un enfant de la balle* et *Une veuve de papier*, l'auteur accumule les succès auprès du public et de la critique. John Irving partage son temps entre le Vermont et le Canada.

John Irving

LE MONDE
SELON GARP

ROMAN

*Traduit de l'américain
par Maurice Rambaud*

Éditions du Seuil

Cet ouvrage a été édité sous la direction d'Anne Freyer.
L'auteur tient à exprimer sa gratitude à la fondation Guggenheim.

TEXTE INTÉGRAL

TITRE ORIGINAL
The World According to Garp

ISBN original . 0-525-23770-4, Dutton, New York
© original 1976, 1977, 1978, John Irving
© 1998 by Garp Enterprises Ltd,
pour la préface de John Irving

ISBN 2-02-036376-3

(ISBN 2-02-005460-4, 1ʳᵉ édition
ISBN 2-02-005886-3, 1ʳᵉ publication poche ;
ISBN 2-02-023817-9, 2ᵉ publication poche)

© Éditions du Seuil, 1980 pour la traduction française,
1995 pour la présentation, et novembre 1998
pour la traduction française de la préface

PRÉFACE

Vingt ans après

Colin, mon fils aîné, qui a aujourd'hui trente-trois ans, n'en avait que douze lorsqu'il a lu *Le Monde selon Garp* pour la première fois, en manuscrit, sous mon œil anxieux de sa réaction. (Je persiste à penser que le livre contient des scènes déconseillées aux enfants de cet âge.) *Garp*, mon quatrième roman, était le premier que Colin fût en mesure de lire ; je me rappelle ma fierté et mon inquiétude à l'idée d'être jugé par l'un de mes enfants ; le fait que le roman fût dédié à Colin et son petit frère Brendan ne pouvait que faire monter la pression et l'effervescence.

Nul n'ignore, j'en suis sûr, les deux questions les plus souvent posées au romancier : De quoi « parle » votre livre ? Est-il autobiographique ? Ces questions et leurs réponses ne m'ont jamais paru d'un intérêt palpitant – si le roman est bon, je ne les trouve guère pertinentes. Mais pendant que mon fils lisait *Le Monde selon Garp*, je prévoyais que c'étaient celles qu'il me poserait lui-même, et je me creusais la tête pour y trouver des réponses.

Aujourd'hui, vingt ans et neuf romans après, il me paraît que je n'ai jamais si bien médité mes réponses à ces questions *im*-pertinentes qu'au moment où Colin lisait *Garp*. Ce que j'entends par là, bien sûr, c'est qu'il est tout à fait compréhensible, acceptable, qu'un enfant de douze ans les pose, ces questions, tandis qu'un adulte n'a selon moi nul besoin de le faire. Un adulte qui lit un roman est à même de savoir de quoi il parle ; et, sauf à être désespérément inexpérimenté ou tout à fait innocent en la matière, il est non moins à même de savoir qu'il n'importe guère que le livre soit ou non autobiographique.

Quoi qu'il en soit, lorsque Colin eut disparu dans sa chambre pour lire le manuscrit de *Garp*, je m'employai à réfléchir non sans douleur à ce dont « parlait » le roman. C'est alors que je découvris avec horreur, en me détestant moi-même, qu'il parlait de la tentation de la concupiscence ; la concupiscence y mène à peu près tous les personnages à une triste fin. Il y a même un chapitre intitulé « Toujours la concupiscence » ; comme si l'on n'en avait pas déjà assez. Pour ma plus grande honte, je pris conscience du rôle primordial de la concupiscence dans mon histoire, et, circonstance aggravante, du discours férocement répressif que le livre tenait. En effet, tous les personnages de l'histoire qui satisfont leur concupiscence sont sévèrement punis. En outre, qu'ils soient coupables ou victimes, les mutilations abondent : on perd des yeux, des bras, des langues – quand ce n'est pas son pénis.

Il m'avait semblé pendant un temps, quand je n'en étais encore qu'au début, que l'opposition des sexes était un thème dominant du livre ; il y était question de cette brèche qui s'élargissait entre les hommes et les femmes. Qu'on en juge par l'intrigue : une femme remarquable, malgré son franc-parler excessif (Jenny Fields, la mère de Garp), est assassinée par un fou misogyne ; Garp lui même va être assassiné par une folle qui hait les hommes.

« Dans ce monde à l'esprit pourri », pensait Jenny, « une femme ne saurait être que l'épouse ou la putain d'un homme – du moins ne tarde-t-elle pas à devenir l'une ou l'autre. Si une femme ne correspond à aucune des deux catégories, tout le monde s'efforce alors de lui faire croire qu'elle n'est pas tout à fait normale ». Pourtant la mère de Garp n'a rien d'anormal. Elle écrit dans son autobiographie : « Je voulais travailler, et je voulais vivre seule. Cela me rendait, sexuellement parlant, suspecte. Ensuite j'ai voulu avoir un enfant, sans être pour autant obligée de partager mon corps ni ma vie pour en avoir un. Cela aussi faisait de moi une suspecte, sexuellement parlant ». Cette position de « suspecte sexuelle » la met aussi en butte à la haine anti-féministe, tout comme Garp, son fils, sera en butte à la vindicte des féministes extrémistes.

Mais le trait essentiel de la mère de Garp est donné dans le premier chapitre : « Jenny Fields découvrit qu'on s'attire davantage de respect en choquant autrui qu'en essayant de vivre sa vie dans une relative intimité ». Aujourd'hui, vingt ans plus tard, cette position me paraît plus vraie, et plus défendable encore, qu'en 1978. Mais je ne suis pas toujours d'accord avec Jenny. « Entre hommes et femmes », dit-elle, « seule la mort est l'objet d'un partage équitable ». Moi, en fin de parcours, dans le dernier chapitre, je m'inscris en faux : « Entre hommes et femmes, il n'y a même pas d'égalité devant la mort. Les hommes meurent davantage ».

Il y eut un stade où Jenny menaçait de se tailler la part du lion ; où je ne savais plus si c'était Garp ou sa mère le personnage principal ; mon indécision à cet égard a laissé des traces. Un moment donné, j'avais eu envie de commencer le livre au chapitre 11, mais cela impliquait un flash-back de 300 pages. Ensuite, j'ai essayé de commencer au chapitre 9, intitulé « L'éternel mari ». Il s'ouvrait sur cette phrase : « Dans les pages jaunes de l'annuaire téléphonique de Garp, 'Mariages' figurait non loin de 'Menuisiers' ». A l'époque, je pensais que le mariage, et plus particulièrement ses dangers, ou pour être plus précis encore le danger que la concupiscence présente dans le couple, était le sujet du livre : « Garp ne s'était jamais douté qu'il y avait davantage de conseillers matrimoniaux que de menuisiers ». (Comment s'étonner de mon inquiétude à voir un enfant de douze ans lire ce livre ?)

Il fut aussi un temps où le roman s'ouvrait sur le cha-

pitre 3 (« Ce qu'il voulait être quand il serait grand »).
Après tout c'est bien Garp le sujet du roman. Garp veut
devenir écrivain ; j'écrivais le roman d'un romancier, même
si ce n'est pas le souvenir qu'en retiennent les lecteurs, sauf
exception. Pourtant, les origines de la vocation de Garp
sont cruciales dans l'histoire : « Les prémices de cet état de
grâce que quêtent longtemps les écrivains, et où l'univers
s'insère dans un registre unique et immense ». Et depuis le
début, il y avait un épilogue. Je savais tout avant même de
commencer, je sais toujours tout d'avance. « Un épilogue »,
écrit Garp, « est bien davantage qu'un simple bilan des
pertes. Un épilogue, sous couvert de boucler le passé, est en
réalité une façon de nous mettre en garde contre l'avenir. »

Mais ouvrir le roman sur le chapitre 3, comme je
l'avais tenté, était d'une veine trop historique, trop détachée : « En 1781, la veuve et les enfants d'Everett Steering
fondèrent l'Institut Steering, comme on l'appela d'abord,
pour la simple raison qu'Everett Steering avait annoncé à
sa famille, tout en découpant sa dernière dinde de Noël,
que l'unique grief qu'il nourrissait à l'égard de *sa* ville était
qu'elle ne lui avait jamais permis d'offrir à ses garçons un
institut capable de les préparer aux études supérieures. Il
ne fit aucune allusion à ses filles ». Revoilà le thème de
l'opposition des sexes – déjà, en 1781.

Pendant ce temps, dans le secret de sa chambre, Colin
dévorait les pages. *Le Monde selon Garp* n'aurait jamais pu
satisfaire un enfant de douze ans s'il n'avait été que le
roman d'un romancier, quoique, pour moi, ce fût bien
l'essentiel de son intérêt. Je verrai toujours Garp rôder
dans son quartier, la nuit, et apercevant le téléviseur de ses
voisins. « Pareil à un tueur qui traque sa proie, pareil au
satyre terreur des parents, Garp sillonne la banlieue endormie, verte et noire. Les gens ronflent, font des souhaits et
des rêves, leurs tondeuses à gazon enfin au repos ; il fait
trop frais pour que les climatiseurs marchent encore. Ici et
là, quelques fenêtres sont ouvertes, des réfrigérateurs bour-

donnent. Un faible gazouillis filtre des rares postes de télé encore branchés sur *The Late Show* et la lueur bleu-gris des écrans palpite aux fenêtres. Pour Garp cette lueur est pareille à un cancer, insidieuse et engourdissante, elle endort le monde entier. Qui sait si la télévision ne *provoque* pas le cancer, se dit Garp ; mais son irritation est en fait une irritation d'écrivain : il sait que partout où luit la télévision veille quelqu'un qui ne lit pas ».

Et le Crapaud du Ressac ? Colin en connaissait bien l'origine. C'était son frère Brendan qui l'avait mal compris, un jour d'été sur la plage, à Long Island. « Fais attention au ressac, Brendan, il y a un courant », lui avait enjoint Colin – à l'époque, Brendan avait six ans et Colin dix. Brendan n'avait jamais entendu parler du courant ; il crut que Colin lui parlait d'un crapaud[1]. Quelque part, dans le ressac, un dangereux crapaud était à l'affût.

– Et qu'est-ce qu'il peut te faire ? s'enquit-il.

– Il peut te tirer sous l'eau et t'entraîner vers le large, répondit Colin.

Ce fut la fin de l'amour de Brendan pour la plage – il refusait de s'approcher de l'océan. Des semaines plus tard, je le vis qui se tenait à distance respectueuse du bord, les yeux rivés sur les vagues.

– Qu'est-ce que tu fais ? lui demandai-je.

– Je guette le Crapaud du Ressac, répondit-il. Il est gros comme quoi ? De quelle couleur il est ? Il nage vite ?

Le Monde selon Garp n'existerait pas sans le Crapaud du Ressac. C'est Brendan qui m'a mis sur la voie.

A ma grande surprise, Colin ne me demanda pas de quoi parlait *Le Monde selon Garp*. Ce fut lui qui me l'apprit. « C'est sur la peur de la mort, je crois, commença-t-il, ou peut-être plus précisément la peur de voir mourir ses enfants, ou ceux qu'on aime ».

---

1. NdT : en anglais, l'enfant déforme *undertow* en *under toad*, phonétiquement très proche.

Je me souvins alors que parmi tous les incipits envisagés, j'avais, longtemps auparavant, choisi ce qui allait devenir la dernière phrase (« Dans le monde selon Garp, nous sommes tous des Incurables ».) Je me rappelai comment cette phrase s'était déplacée dans tout le roman : je ne cessais de la repousser vers l'aval du récit. Elle avait été la première phrase du deuxième chapitre ; plus tard la dernière du chapitre 10, tant et si bien qu'elle était arrivée en fin de roman – la seule fin possible. Comment s'étonner que Garp définisse le romancier comme un médecin qui ne voit que des Incurables ?

Tout de même, mon fils me surprit en me disant, du haut de ses douze ans, de quoi parlait mon livre. Le chapitre intitulé « Mrs. Ralph », mon premier faux départ, s'ouvre ainsi : « Si Garp avait eu le droit de formuler un seul souhait, un souhait immense et naïf, il aurait souhaité pouvoir transformer le monde en un lieu *sûr*. Pour les enfants et pour les adultes. Le monde frappait Garp comme un lieu rempli de périls inutiles pour les uns comme pour les autres ». A l'âge de douze ans, Colin avait mis le doigt sur la question. Garp habite la banlieue sûre d'une petite ville sûre ; pourtant ni lui ni ses enfants ne sont en sécurité. Le Crapaud du Ressac l'attrapera à la fin – comme il attrapera sa mère, et son fils cadet. « Faites bien attention ! » ne cesse de répéter Garp à ses enfants, comme je le répète encore aux miens.

Le sujet du roman, c'est donc la vigilance, cette vigilance qui, pourtant, ne suffit pas.

Le vrai début du livre, celui que j'ai fini par choisir, décrit cette habitude qu'a Jenny de porter un scalpel dans son sac. Jenny est infirmière, célibataire, et n'a que faire des hommes ; elle porte ce scalpel pour se défendre. C'est ainsi que *Le Monde selon Garp* commence par un acte de violence – Jenny taillade le bras d'un soldat, un étranger qui a fourré sa main sous ses jupes (ses jupes d'uniforme). « La mère de Garp, Jenny Fields, fut arrêtée en 1942 à

Boston, pour avoir blessé un homme dans un cinéma ». Finalement, ce ne fut pas plus difficile que ça : je commençai par le commencement de l'intrigue principale, avant que Jenny ne soit enceinte de Garp – au moment où elle décidait d'avoir un bébé sans avoir de mari.

Détail intéressant, Colin ne me demanda jamais si le roman était autobiographique. Mais un an après la publication du *Monde selon Garp*, je fis une visite à la Northfield Mount Hermon School, un lycée privé du Massachusetts. J'y avais été invité à donner une lecture-conférence devant les élèves, et j'avais accepté l'invitation parce que je venais d'y inscrire Colin, qui y entrerait au début de l'année scolaire ; je pensais qu'il aurait ainsi l'occasion de découvrir un peu l'endroit lui-même, et de rencontrer les jeunes gens et jeunes filles qui seraient ses condisciples. Colin m'accompagna donc à la lecture, qui fut suivie de questions de l'auditoire. (On avait annoncé que Colin était inscrit au lycée, où il arriverait pour la rentrée ; il avait été présenté à l'assistance.) Chose inattendue, une très jolie jeune fille lui posa une question – à lui plutôt qu'à moi.

– Garp, c'est ton Papa – ton père, c'est Garp ?

Pauvre Colin ! Il dut se sentir gêné, mais on ne l'aurait pas deviné à sa physionomie imperturbable : il était un peu plus jeune que l'ensemble des élèves, mais il me parut soudain beaucoup plus vieux, et plus avisé que la plupart d'entre eux. En outre, *Le Monde selon Garp* n'avait pas de secret pour lui.

– Non, mon papa n'est pas Garp, répondit-il, mais les peurs de Garp sont celles de mon père ; ce sont celles de tous les pères. (Colin avait quatorze ans, mais à l'entendre on aurait cru qu'il allait sur ses trente-trois ans.)

Voilà donc le sujet du *Monde selon Garp*, les peurs d'un père. En cela, il est autobiographique sans l'être. Il suffit de poser la question à Colin ou Brendan, ou, dans quelques années, quand il pourra le lire, à Everett, mon benjamin. (A l'heure où j'écris, il a six ans.)

J'ai peut-être écrit ce roman il y a vingt ans, mais j'y reviens tous les jours ou presque ; je reviens à ces terreurs. Tout, jusqu'au détail le plus infime, dans ce roman, est une expression de la peur ; même les curieuses cicatrices sur le visage de la prostituée viennoise sont l'expression de cette peur terrible. « La cicatrice couleur argent qui lui mordait le front était presque aussi grosse que sa bouche ; ses grêlures faisaient à Garp l'effet d'une petite tombe béante ». Une tombe d'enfant...

Lorsque *Garp* est paru, des gens qui avaient perdu leurs enfants m'ont écrit : « Moi aussi, j'en ai perdu un ». Je leur avouai que je n'avais pas perdu d'enfant, pour ma part. Je ne suis qu'un père imaginatif. En imagination, je perds mes enfants tous les jours.

John Irving
Mai 1998
Traduit de l'américain
par Josée Kamoun

Garp, son père mourut en lui donnant la vie. Trop tard, c'était fait. Dès ce premier instant, il s'est mis en branle, l'engrenage fatal qui mène de la Genèse à l'Apocalypse.

Y mène, mais pas tout droit : dans le monde selon Garp, tout va le plus souvent de travers. Y mène, mais par un long, un lent, un extravagant chemin, tout en drôles de zigs et de zags fabuleux.

Si ce n'est pas trop déflorer une belle, une tragique, une burlesque histoire, la conception de Garp a frôlé l'immaculée.

D'accord, frôlé seulement, mais personne n'est parfait.

Sa future mère éprouvait une viscérale répulsion pour les mâles, et la « concupiscence », la « luxure », qu'ils ont chevillée, comment dire ? à l'âme. Sur ce chapitre, on peut se targuer, à Boston, d'une vieille et solide tradition locale.

Pourtant, elle voulait un enfant. Un enfant à elle, rien qu'à elle. A l'Hôpital de la Pitié, où elle travaille comme infirmière, elle repère ce « mitrailleur de queue », grand blessé. Un petit homme, presque un nain, dont le corps gangrené part en lambeaux, et qui se recroqueville, comme pour naître à l'envers. Son dernier signe de vie : une érection, énorme pour un si petit corps. Une trique de pendu, qu'il cajole sans vergogne. Alors, in extremis, elle chevauche ce corps à l'agonie et lui arrache un ultime copeau avant l'extinction des feux. Une giclée pré-posthume : son dernier coup, ses Mémoires d'outre-tombe.

Dans le monde selon Garp, on est dès le départ en phase terminale.

Grave, Garp. Gravissime, même. Alors pourquoi, lorsque Garp parut, son nom, son sigle, se répandit-il comme une traînée de poudre ? A Paris, du jour au lendemain, on vit fleurir sur les murs du métro ce qu'on n'appelait pas encore à l'époque des « tags », annonçant, ou simplement constatant, sur un ton de calme évidence : « le monde selon Garp ». Peut-être, parce qu'on les compte sur les doigts d'une main, finalement, les livres où l'on rit à voix haute, où l'on s'esclaffe comme autrefois, lorsqu'on avait dix ans et qu'on allait voir un Laurel et Hardy dans un petit cinoche de quartier.

Pourtant, pour être franc, il n'y a pas vraiment de quoi. Car, dans le monde selon Garp, tout se passe comme dans l'histoire qu'il raconte à son plus jeune fils, Walt. L'histoire du chat très malin, bien trop malin pour tomber dans le piège tendu par le méchant molosse. In extremis, il se carapate. Et il est écrabouillé par un camion. Paf ! le chat. La cervelle lui jaillit par les trous des oreilles. Enfin, là où étaient autrefois ses oreilles.

Dans les autres livres, dit la femme de ménage sur qui l'éditeur de Garp teste ses manuscrits, on sait d'avance ce qui va arriver. Alors que dans celui-ci... En fait, dans celui-ci aussi on soupçonne ce qui va arriver, à savoir le pire. Sauf que ça n'arrive jamais ni où, ni quand, ni comme on l'avait redouté. Tout est dans le tempo. Et John Irving est un maestro du tempo, du suspens et de la chute.

Ses coups, il les prépare, en catimini, mais de longue main. Jamais on ne le voit installer son cordeau Bickford, ni poser ses charges d'explosif. Un petit détail ici, un autre là, qu'on note à peine au passage. Puis, brusquement, un rouage en entraîne un autre, la machine s'emballe, et ça part : le feu d'artifice. Tout se précipite, et c'est la carambole. La rocambolesque carambole.

Ce qu'on craignait depuis toujours survient, mais au

moment le plus inopiné. John Irving n'a pas fait de la lutte en semi-professionnel pour rien. A tous les coups, on est pris à contre-pied.

Ça arrive ; ou plutôt, c'est arrivé. En une fraction de seconde, on a basculé de l'expectative inquiète à une poignante nostalgie, quand la catastrophe a laissé derrière elle sa longue traînée de chagrin, et qu'on regarde, comme Duncan de son « œil imaginaire », le cratère béant qu'a creusé la disparition de ceux qu'on a une petite fois tant aimés.

Entre les deux, la vie n'aura été qu'un bref éclair.

Garpe diem? On voudrait bien, mais autant dire : retiens la nuit.

Le plus beau, toutefois, peut-être, est que, dans le monde selon Garp, tout, un jour ou l'autre, revient. On a applaudi à un gag – un quiproquo de vaudeville, une pirouette de funambule. Puis, on l'a perdu de vue. On ne se méfie pas. Et soudain, au sortir d'un virage, caché jusqu'à la dernière seconde par un arbre, coucou ! le revoilou qui surgit, tel un diable de sa boîte à malice.

Tout revient, comme une ritournelle, mais modulée, chaque fois, dans une autre tonalité, dans une autre clef, sur un autre tempo. Car, dans le monde selon Garp, un même événement peut être désopilant un soir, et sinistre, revu à la lumière blafarde de l'aube. Ou, inversement, lugubre au crépuscule, et hilarant, soudain, à l'heure, qu'on dit pourtant dangereuse, du petit matin. Tout se joue sur une double corde. D'un doigt, la claire chanterelle du loufoque. De l'autre, la grave : celle qui vous fout le bourdon.

Chaque génération a un peu « son » livre. Pour les années cinquante, ce fut *l'Attrape-Cœur*. La génération née dans les années soixante-dix – la « génération Casimir » ? – a fait de « Garp » un signe de ralliement. Entre les deux livres, il y a d'ailleurs plus qu'une filiation. Garp, c'est – monté en graine, sinon vraiment mûri – le Holden

Caulfield qui effaçait les graffiti obscènes sur les murs de l'école et se voyait marcher dans le seigle pour empêcher les enfants de chuter du haut de la falaise dans l'âge adulte. Comme Holden, Garp voudrait faire du monde un « endroit sûr », être une sorte de Garp forestier qui protège l'enclos pastoral des loups en maraude. Le macabre et burlesque gag que nous joue, hélas, à tous les coups la vie, c'est que la violence surgisse non du dehors, mais au cœur même de cet enclos.

Les années soixante-dix. C'était l'époque où, un peu tardivement, on s'aperçut qu' « un homme sur deux » était une femme et où les guérillères prirent les armes pour abolir l'ordre patriarcal. « Viol de nuit, terre des hommes », disait-on alors. On entendait parler de ce « bout de bidoche qui leur pendouille entre les jambes ». Chaque fois que ce bout de bidoche est levé, ils se croient légitimement permis de vous l'enfoncer, tel un épieu féodal, dans le ventre. Et pensent que leur jour de gloire est arrivé.

La pulsion violente qu'est la « concupiscence », T.S. Garp, en digne fils de sa mère, la traque partout. Garp, c'est une ligue de vertu à lui tout seul. Il rôde jour et nuit dans les parcs et les rues, à l'affût des chauffards, des pervers, des violeurs en puissance. Il renifle comme pas un l'odeur de sperme et de suint qui trahit l'infâme « luxure ».

Cette odeur suspecte, il la reconnaît entre mille. Et pour cause! Il est bien placé pour savoir quels tours bizarres la « concupiscence » est capable de vous jouer, dans quels imbroglios elle est capable de vous fourrer. Cette odeur, il la porte sur lui. Comme on disait à l'époque (celle de la guerre du Vietnam) : « Nous avons rencontré l'ennemi : c'est nous! »

Au foyer pendant que son épouse travaille, père inquiet couvant ses deux enfants, Garp, en homme de son temps, a adopté la cause des femmes. Il voudrait avoir pour elles la même tendresse que Thomas Hardy pour sa Tess d'Urberville. Dans ses écrits sans pitié, il donne à voir

IV

ce qu'on leur fait subir (et, par un paradoxe familier, exhibe ainsi, en contrebande, l'ignoble fantasmatique qu'il dénonce). La violence rampante qui rôde de par le monde, il voudrait l'éradiquer jusqu'en lui. Il voudrait arracher le mal à sa racine – extirper la racine du mâle : la petite graine de violence que le père a plantée, et par où se transmet le legs maudit.

La guerre, on ne la voit pas, et pourtant il n'y a qu'elle. « Tout le monde a eu son été 42 », mais on ne se remet jamais totalement d'être né (c'est le cas d'Irving) cette année-là. Au même titre qu'*Abattoir-Cinq* de son maître Vonnegut, le roman de John Irving est, à certains égards, un roman sur la Seconde Guerre mondiale. Parce qu'elle est la zone ombreuse de votre préhistoire : c'est dans ce trou noir qu'a eu lieu le « bang ! » d'où vous êtes issu. Le sergent T.S. Garp est un orphelin, mais on reconnaît quand même sa famille. Il est le frère de Snowden, le mitrailleur qui perd ses tripes au soleil dans *Catch-22* [L'Attrape-nigauds] de Joseph Heller. Et de cet autre aviateur que, dans le poème américain le plus poignant de la Seconde Guerre mondiale, Randall Jarrell voyait tomber directement du « sommeil maternel » dans la « froidure de l'Etat », se recroqueviller jusqu'à ce que gèle sa fourrure mouillée, et être brutalement « réveillé du rêve de la vie » par le bruit de la DCA.

La guerre passée, mais aussi celle qui vient : l'ombre inquiétante qui s'avance là-bas, et devant quoi on est désarmé. Le ciel est par-dessus le toit, si bleu, si calme. Tout a l'air tranquille. Le terrain, l'air sûr. Vous avancez d'un pas, et vous sautez sur une mine enfouie. On vous retrouve accroché en lambeaux sanguinolents sur la clôture de barbelés. Paf ! le chat.

Cela passe parfois inaperçu, mais ce livre est aussi un croquis à la Dickens de la Nouvelle-Angleterre, au « nord de Boston ». Ce lieu, qui fut au XVIIe siècle le bastion puritain de la « Plantation du Seigneur », a ensuite connu, au milieu du XIXᵉ, l'ère glorieuse où chaque estuaire, chaque crique abritait un chantier naval et où les grands clippers de légende battaient des records pour rapporter les épices de Calcutta ou le thé de Canton. Puis ce fut le déclin. On se reconvertit, un peu piteusement, dans les tanneries et la chaussure, comme la dynastie Fields, à Haverhill, sur l'estuaire de la Merrimack. Ou, comme au bord de sa rivière envasée l'inénarrable famille Steering, dans l'éducation physique et morale des rejetons de bonne famille, les « roquets de la haute ». John Irving connaît bien cette petite société tribale, terre d'élection d'un écrivain qu'il admire, John Cheever. Il a grandi dans un collège (Exeter), jumeau du Steering College du roman. Le genre de collège où, dans *le Cercle des poètes disparus*, Robin Williams (celui-là même qui avait joué le rôle de Garp dans la version filmée de George Roy Hill en 1982) déclame : « O ! capitaine, mon capitaine ! ». Sur ce monde de Lequesnois, Garp, héritier, certes, mais aussi orphelin, de parenté plus que « suspecte », jette un regard à la fois complice et dévastateur.

C'est un roman qui se lit d'une seule « ha-haleine ». Un roman qu'on ne lâche pas de la nuit, parce qu'on veut savoir comment ça finit. Et, en même temps, on voudrait souffler la chandelle, et se dire : Chouette ! il en reste encore pour demain. Comme dit Tinch, le prof de littérature, qui bégaie, le malheureux, ce n'est pas du « nou-nou-veau roman ». C'est-à-dire pas le type de roman qui se prend lui-même pour sujet, le roman qui n'est plus « le récit d'une histoire », mais « l'histoire d'un récit ».

Très peu pour John Irving ! Lui veut revenir au bon vieux récit d'antan – à Thomas Hardy, à Dickens, aux picaresques anglais du XVIIIᵉ siècle, quand le roman était encore le roman. Il l'affirme avec véhémence, et on le croirait presque, à l'écouter. Mais l'animal, c'est son charme, est roué comme un renard.

Car enfin : « T.S. » ! T.S. Garp, écrivain. Assez rares

sont les écrivains, même américains, qui utilisent leurs seules initiales en guise de prénom. Or, le plus célèbre du lot se prénomme justement « T.S. » : T.S. Eliot, qui a consacré un de ses plus beaux poèmes aux récifs, à la brume et au ressac de la côte de Nouvelle-Angleterre. Déjà, ça met la puce de mer à l'oreille. On se dit que Garp n'est pas seulement né de la dernière pluie de son père agonisant.

Petit précis d'anatomie et de génétique littéraires : s'il y a le texte et le méta-texte, il y a aussi le garpe et méta-garpe. Retour au roman à la manière du XVIIIe siècle ? Mais quelle époque, à part la nôtre, a plus réfléchi sur le roman ? Richardson, Fielding, Sterne : le roman, après tout, a commencé en se réfléchissant lui-même. T.S. Garp a été conçu en catastrophe, mais, en cela, il a de qui tenir. On s'en souvient : c'était, comme le dictait un rituel conjugal bien établi, le soir du premier dimanche du mois, et rarement fut prononcée phrase plus aphrodisiaque : « As-tu pensé à remonter l'horloge ? », demanda soudain, tout à trac, la future mère de Tristram Shandy à son époux embesogné. Qui, du coup, patratas ! en éparpilla précocement ses esprits animaux. Dans les branches de l'hypertexte, T.S. Garp a au moins cet ancêtre, sinon toute une généalogie.

« La vie, l'œuvre et les opinions de T.S. Garp, gentilhomme. » Son œuvre passée, Garp en revisite ici les lieux, en retrace la genèse, dévoile comment le matériau brut de la presque autobiographie s'est transformé en fiction. Il revoit, à Vienne, le petit cirque tzigane au chômage. Il décline les diverses versions – la vaudevillesque, la pathétique – de l'homme sans tibias qui marchait sur les mains. Il nous le montre, l'ours miteux qui, juché sur une motocyclette, décrivait inlassablement des ronds sur le parking désert.

Regarde ! regarde les arlequins. Comme Nabokov, John Irving l'enchanteur dit : regarde ! regarde mon Cirque Magique et ses animaux tristes. A son quatrième roman, le montreur d'ours en lui sait bien que le lecteur attend pour alors que reviennent, Vienne, et ce vieil ours, ce vieil ours « dégriffé », faisant ses tours de piste dans l'arène de la mémoire. C'est, à peine camouflée, la signature de l'auteur, inscrite dans le texte même.

Bouts de chair spongieux et sanguinolents, amputations, mutilations. Un premier coup de scalpel, et il n'y a plus qu'à suivre le fil rouge du récit. Car, dans le monde selon Garp, derrière la pulpeuse volupté d'un câlin buccal se profile à tous les coups l'ombre de la guillotine. Du sang, du sexe et des larmes. Alors, un mélo ? « Un mélo classé X » ? D'abord, vive le mélo où Margot a pleuré, tremblé, mouillé. Vive le mélo où Léon a bandé.

Et puis, un mélo, c'est vite dit.

Le mélo, c'est quand ça arrive aux autres.

Ce que débusque, au fond, ce « mélo », serait-ce le nœud obscur entre le sexe et la langue ? John Irving, un jour, a dit ne pas connaître phrase plus émouvante que celle de Flaubert (dans *Madame Bovary*) : « La parole humaine est un chaudron fêlé où nous battons des mélodies à faire danser les ours, quand on voudrait attendrir les étoiles. » Il ne faut pas croire qu'elle l'émeut uniquement à cause des ours. Plus que les « gueules cassées » le fascinent les « voix mutilées ». Et Garp est moins né du corps rongé par la gangrène de son père quasi posthume que du mot « garp » – seul vocable rescapé du naufrage de la mémoire du sergent, dont il ne sait même pas que c'est son nom, simplement l'ultime cri qu'il a enregistré avant de sombrer – et que ronge aujourd'hui l'aphasie, le « g », puis le « p », puis le « r » tombant comme des lambeaux de chair morte, pour ne plus laisser qu'un borborygme primitif : « aaaa ! »

On voudrait pouvoir dire. On b-a-balbutie.

On donne sa langue au chat. Et paf ! le chat.

Elle est terrible – grand-guignolesque –, l'image d'un moignon de langue coupée. Mais si elle trouble, c'est par la traduction chirurgicale qu'elle donne de la parole avortée. Et aussi, il faut l'avouer, par l'écho qu'elle trouve dans

VIII

un effroi plus intime, brutalement résumé par Bensenhaver : « Si vous êtes assez vieux pour bander, vous êtes assez vieux pour qu'on vous la coupe. »

Etrangement, ce livre serait peut-être, au fond, un roman sur les désarrois de l'adolescence – lorsqu'on sort de l'enclos familier et qu'on découvre à quel point le monde dehors est effrayant. Et que dedans, ce n'est pas mieux. Lorsque Garp est initié aux joies de la chair, c'est en deux étapes. La première, au bord de l'estuaire, avec, en arrière-plan, le bruit de succion que font les bottes dans la vase, « comme si sous la boue une gueule avait hoqueté d'envie de l'engloutir ». Consommation, ensuite, sur un des soixante lits de l'infirmerie déserte : « Dans son esprit, l'acte sexuel resterait toujours un acte solitaire, commis dans un univers abandonné, un jour après la pluie. »

Là trouve peut-être son origine l'étrange thème sub-aquatique qui traverse silencieusement le livre. Rêve amniotique du père à l'agonie. Visions cauchemardesques de préservatifs, dérivant tels des poissons crevés au fil de l'eau. Et surtout la longue séquence quasi onirique où la Volvo glisse silencieusement dans le grand bleu : « C'est comme être sous l'eau », dit Walt. C'est très exactement là que, de dessous le ressac, déferle, comme dans un songe, la lame de fond glauque qui va vous happer.

Brièvement, on y a cru, à son échappée belle. Mais la mort, rocambolesque, met fin à votre esgarpade et vous rattrape in extremis par la queue.

Triste à dire, mais, tel est le burlesque de notre condition : catapulté dans la chute, c'est alors qu'on fait sa plus belle, sa plus « désopilante » culbute.

Puis commence le long après-Garp. On a refermé le livre ; on n'y pense plus que de loin en loin. Et, un beau jour, ça vous tombe dessus, à l'improviste, sans même crier « garp ».

Même pas besoin du bruit du ressac. Un soir où l'on marche le long d'un muret de pierres sèches derrière lequel paissent paisiblement des vaches au pis noir. Ou un matin. Un matin banal, un matin comme les autres – mais où il suffit d'un rien, un pigeon qui s'envole du toit, le bruit de la pluie sur la gouttière... et soudain on se surprend à regarder, d'un œil imaginaire, le monde entier selon Garp : mi-rocambole, mi-tendresse, mi-bouffonnerie, mi-chagrin.

Ou l'inverse.

C'est selon.

Pour Colin et Brendan

1

L'hôpital Mercy de Boston

La mère de Garp, Jenny Fields, fut arrêtée en 1942 à Boston, pour avoir blessé un homme dans un cinéma. Cela se passait peu de temps après le bombardement de Pearl Harbor par les Japonais, et les gens manifestaient une grande tolérance envers les militaires, parce que, brusquement, *tout le monde* était militaire, mais Jenny Fields, pour sa part, restait inébranlable dans l'intolérance que lui inspirait la conduite des hommes en général et des militaires en particulier. Dans le cinéma, elle avait dû changer trois fois de place, mais, le soldat s'étant chaque fois rapproché un peu plus, elle avait fini par se retrouver le dos contre le mur moisi, avec, entre elle et l'écran, un stupide pilier qui lui bouchait pratiquement la vue ; aussi avait-elle pris la décision de ne plus bouger. Le soldat, quant à lui, se déplaça une nouvelle fois et vint s'asseoir près d'elle.

Jenny avait vingt-deux ans. Elle avait plaqué l'université peu après avoir commencé ses études, puis était entrée dans une école d'infirmières, où elle avait terminé à la tête de sa classe. Elle était heureuse d'être infirmière. C'était une jeune femme à l'allure athlétique et aux joues perpétuellement enluminées ; elle avait des cheveux noirs et lustrés, et ce que sa mère appelait une démarche virile (elle balançait les bras en marchant) ; sa croupe et ses hanches étaient si fermes et si sveltes que, de dos, elle ressemblait à un jeune garçon. Jenny estimait, pour sa part, qu'elle avait les seins trop gros ; son buste provocant lui donnait, selon elle, l'air d'une fille « facile et vulgaire ».

Elle n'était rien de semblable. En fait, elle avait plaqué l'université le jour où elle s'était rendu compte que ses parents, en l'envoyant à Wellesley, avaient eu pour objectif essentiel de la pousser à dénicher, puis à épouser un monsieur bien. C'étaient ses frères aînés qui avaient insisté pour qu'elle entre à Wellesley, en assurant à leurs parents que les jeunes femmes sorties de Wellesley jouissaient d'une réputation flatteuse et passaient pour d'excellents partis. Jenny avait l'impression que ses études n'étaient rien d'autre qu'une façon polie de gagner du temps, comme si elle avait été une vache mise en condition pour recevoir la canule de l'insémination artificielle.

Elle avait choisi de se spécialiser en littérature anglaise, mais, lorsqu'il lui apparut que ses condisciples se préoccupaient avant tout d'acquérir la sophistication et l'aplomb indispensables pour manier les hommes, elle n'eut aucun scrupule à abandonner la littérature au profit des études d'infirmière. A ses yeux, les études d'infirmière avaient le mérite de déboucher sur une pratique immédiate, et c'était bien là le seul et unique motif qui l'avait poussée dans cette voie. (Plus tard, dans sa célèbre autobiographie, elle écrivit que trop d'infirmières ne font que parader pour accrocher les médecins ; mais, bien sûr, elle n'était plus infirmière.)

Elle aimait l'uniforme simple et dépourvu de fantaisie ; le corsage minimisait ses seins ; les chaussures étaient confortables et convenaient à sa démarche énergique. Lorsqu'elle était de service de nuit à l'accueil, elle avait du temps pour poursuivre ses lectures. Elle ne regrettait pas la compagnie des étudiants, qui se montraient maussades et déçus lorsqu'une femme refusait leurs avances, ou bien méprisants et hautains lorsqu'elle les acceptait. A l'hôpital, elle voyait davantage de soldats et d'ouvriers que d'étudiants, et leurs visées avaient le mérite d'être plus franches et moins prétentieuses ; si on leur cédait un peu, du moins manifestaient-ils quelque reconnaissance à la perspective de vous revoir. Puis, un beau jour, il n'y eut plus que des soldats – tous aussi vaniteux que des étudiants –, et Jenny Fields cessa de s'intéresser aux hommes.

« Ma mère, écrivit plus tard Garp, était une louve solitaire. »

La famille Fields avait fait fortune dans la chaussure, bien que Mrs. Fields, une Weeks de Boston, eût été, de son côté, pourvue d'une dot appréciable. Les Fields avaient fait d'assez bonnes affaires dans la chaussure pour avoir pu depuis des années émigrer loin de leurs usines. Ils vivaient dans une grande maison de bardeaux sur la côte du New Hampshire, à Dog's Head Harbor. Jenny rentrait passer chez elle ses journées et ses nuits de liberté – histoire, surtout, de faire plaisir à sa mère et de convaincre cette grande dame que, même si Jenny « s'encanaillait et gâchait sa vie à faire l'infirmière », ni sa conduite ni ses propos n'étaient entachés du moindre laisser-aller.

Jenny retrouvait souvent ses frères à la gare de North Station, où ils prenaient tous le même train pour rentrer. Comme tous les membres de la famille Fields en avaient la consigne, ils s'installaient toujours du côté droit dans le train de la Boston & Maine au départ de Boston, et du côté gauche pour le trajet retour. Cela conformément aux désirs de l'aîné des Fields, qui, s'il admettait que le paysage était parfaitement hideux de ce côté de la voie, estimait néanmoins qu'il convenait de contraindre tous les Fields à regarder en face la lugubre source de leur indépendance, et de leur haute destinée. Sur la droite du train, au départ de Boston, et sur la gauche au retour, le convoi longeait l'usine principale de l'entreprise Fields de Haverhill, signalée par l'immense panneau publicitaire orné d'un énorme brodequin qui semblait s'avancer d'un pas ferme vers vous. Le panneau surplombait la cour de la gare, et les fenêtres de l'usine en reflétaient d'innombrables miniatures. Sous ce pied dardé et menaçant, s'étalaient ces mots :

PIEDS CHAUDS, PIEDS SÛRS,
PARTOUT CHAUSSURES
FIELDS !

Il y avait une ligne Fields de chaussures d'infirmière et, chaque fois que sa fille rentrait à la maison, Mr. Fields lui en offrait une paire ; Jenny en possédait bien quelques douzaines. Mrs. Fields, qui, depuis que sa fille avait quitté Wellesley, s'obstinait à voir dans son départ le présage d'un avenir sordide, gratifiait elle aussi Jenny d'un cadeau à chacune de ses visites. Mrs. Fields donnait à sa fille une bouillotte, à ce qu'elle disait du moins – et du moins

Jenny le supposait-elle ; elle n'ouvrait jamais les paquets.

– Ma chérie, cette bouillotte que je t'ai donnée, tu l'as toujours ?

Jenny réfléchissait une minute, persuadée qu'elle l'avait oubliée dans le train ou même jetée, puis disait :

– Il est *possible* que je l'aie perdue, maman, mais je t'assure, je n'en ai pas besoin d'une autre, je t'assure.

Sur quoi Mrs. Fields, sortant le paquet de sa cachette, le fourrait entre les mains de sa fille, encore enveloppé dans le papier du drugstore.

– *Je t'en prie*, Jennifer, fais un peu attention. Et sers-t'en, je t'en prie !

En tant qu'infirmière, Jenny ne voyait guère ce qu'elle aurait pu faire d'une bouillotte ; il s'agissait pour elle d'un objet bizarre et vaguement attendrissant, symbole d'un confort désuet, avant tout psychologique. Mais certains des paquets échouaient dans sa petite chambre située à deux pas du Mercy Hospital de Boston. Elle les rangeait au fond d'un placard, qui était bourré de boîtes à chaussures d'infirmière – jamais ouvertes elles non plus.

Elle se sentait détachée de sa famille, et trouvait étrange que, dans son enfance, les siens l'aient gratifiée de tant de soins, pour ensuite, à une date fixée et déterminée à l'avance, paraître lui couper le flot de leur affection et se mettre à attendre des choses en retour – comme si, le temps d'une brève phase, on était en principe destiné à ingurgiter l'amour (et à satiété), pour ensuite, le temps d'une phase beaucoup plus longue et plus sérieuse, être destiné à remplir certaines obligations. Lorsque Jenny avait rompu la chaîne, avait quitté Wellesley pour choisir quelque chose d'aussi vulgaire que le métier d'infirmière, elle avait abandonné les siens – et les siens, à croire qu'ils ne pouvaient s'en empêcher, étaient en train de l'abandonner. Chez les Fields, par exemple, on eût jugé plus convenable que Jenny devienne médecin, ou qu'elle reste à l'université jusqu'au jour où elle aurait fini par en *épouser* un. Chaque fois qu'elle rencontrait ses frères, sa mère, et son père, ils se sentaient tous de moins en moins à l'aise. Tous faisaient l'expérience de ce processus embarrassant qui conduit les gens à perdre le contact.

Sans doute en est-il toujours ainsi dans les familles, se disait Jenny Fields. Elle avait l'impression que, si jamais elle avait des enfants, qu'ils aient deux ans ou qu'ils en aient vingt, elle ne les aimerait ni plus ni moins ; qui sait si ce n'est pas à vingt ans que les enfants ont surtout besoin de votre amour ? songeait-elle. A deux ans, de quoi a-t-on vraiment besoin ? A l'hôpital, les malades les plus dociles étaient les bébés. Plus les malades étaient vieux, plus ils étaient exigeants ; et moins les gens les supportaient ou les aimaient.

Jenny avait le sentiment d'avoir grandi à bord d'un énorme navire, sans jamais avoir vu, et encore moins compris, la salle des machines. Elle aimait les dimensions auxquelles l'hôpital ramenait tout : ce que les malades mangeaient, si cela les aidait de manger, où passait ce qu'ils mangeaient. Dans son enfance, elle n'avait jamais vu de vaisselle sale ; en fait, lorsque les bonnes desservaient la table, Jenny était convaincue qu'elles jetaient la vaisselle (il s'écoula un certain temps avant qu'on ne la laisse entrer dans la cuisine). Et Jenny crut longtemps que, le matin, lorsque la voiture du laitier apportait les bouteilles de lait, elle apportait en même temps la vaisselle du jour, tant le bruit, ces chocs et cliquetis de verrerie, ressemblait au bruit qui sortait de la cuisine où étaient enfermées les bonnes occupées à faire Dieu sait quoi avec la vaisselle.

Pas une seule fois avant l'âge de cinq ans Jenny Fields ne vit la salle de bains de son père. Elle tomba dessus un matin qu'elle avait humé le parfum de l'eau de Cologne paternelle et remonté la piste. Elle découvrit une cabine de douches remplie de buée – très moderne pour 1925 –, un WC privé, une rangée de flacons tellement différents des flacons de sa mère que Jenny crut avoir découvert le repaire d'un homme mystérieux qui, à l'insu de tous, aurait habité chez eux depuis des années. Ce qui, du reste, était bien le cas.

A l'hôpital, Jenny savait où passaient toutes les choses – et elle était en train d'apprendre, en termes très prosaïques, d'où presque toutes les choses venaient. A Dog's Head Harbor, du temps où Jenny était petite fille, chacun des membres de la famille avait sa propre baignoire, sa propre chambre, toutes avec des portes équipées de miroirs. A l'hôpital, l'intimité n'avait rien de sacré ; il n'y avait pas de secrets ; si quelqu'un voulait une glace, il devait s'adresser à l'infirmière.

L'endroit le plus mystérieux que, dans son enfance, Jenny avait eu le loisir d'explorer seule, avait été la cave où était enfermée la grande jarre de grès que tous les lundis on remplissait de palourdes. Le soir, la mère de Jenny saupoudrait les palourdes de farine, et, chaque matin, on les rinçait à l'eau de mer au moyen d'un long tuyau qui plongeait directement dans la mer et aboutissait au sous-sol. A la fin de la semaine, les palourdes avaient dégorgé leur sable, elles étaient grasses et devenaient trop grosses pour leurs coquilles, et leurs énormes cous obscènes ballottaient dans l'eau de mer. Tous les vendredis, Jenny aidait la cuisinière à les trier ; celles qui étaient mortes ne rétractaient pas le cou quand on les touchait.

Jenny réclama un livre sur les palourdes. Elle lut tout ce qu'il y avait à lire sur le sujet : comment elles se nourrissaient, se reproduisaient, se développaient. Il s'agissait de la première créature vivante dont elle comprenait tout – la vie, les mœurs sexuelles, la mort. A Dog's Head Harbor, les êtres humains n'étaient pas accessibles à ce point. A l'hôpital, Jenny Fields avait le sentiment de rattraper le temps perdu ; elle découvrait que les gens n'étaient guère plus mystérieux, ni plus séduisants, que les palourdes.

« Ma mère, écrivit Garp, n'était pas du genre à faire des distinctions subtiles. »

Une des différences frappantes qu'elle aurait pu noter entre les humains et les palourdes était que les premiers sont doués, pour la plupart, d'un certain sens de l'humour, mais Jenny n'était guère portée à l'humour. A cette époque à Boston, une certaine plaisanterie faisait fureur parmi les infirmières ; pourtant, Jenny Fields ne lui trouvait rien de drôle. La plaisanterie en question visait un autre hôpital de Boston. Jenny travaillait au Mercy Hospital, que tout le monde appelait le Mercy ; il y avait aussi le Massachusetts General Hospital, communément appelé le Mass General. Et il y en avait un troisième, le Peter Bent Brigham, connu sous le nom de Peter Bent.

Un jour, à en croire la plaisanterie, un chauffeur de taxi de Boston s'était vu héler par un homme qui, descendant du trottoir, s'était avancé en titubant et avait bien failli s'écrouler à genoux au milieu de la chaussée. L'homme était cramoisi de souffrance ; qu'il fût en train de s'étrangler ou essayât de retenir son souffle, toujours est-il qu'il avait peine à parler, si bien que le chauffeur lui ouvrit la portière et l'aida à monter ; sur quoi l'homme s'affala sur le plancher de la voiture le long de la banquette arrière, genoux remontés contre la poitrine.

– Hôpital ! Hôpital ! s'écria-t-il.
– Le Peter Bent[1] ? demanda le chauffeur.

C'était l'hôpital le plus proche.

– S'il était que tordu, gémit l'homme. Je crois bien que Molly me l'a tranché d'un coup de dents !

Rares étaient les blagues que Jenny Fields trouvait drôles, et certainement pas celle-ci ; pas de blagues-zizi pour Jenny, qui évitait soigneusement le sujet. Elle avait vu dans quels pétrins pouvaient se fourrer les zizis ; le pire, ce n'était pas encore les gosses. Bien entendu, elle voyait des femmes qui ne voulaient pas de gosses et qui se désolaient de se retrouver enceintes ; elles n'auraient pas dû être *obligées* de garder ces gosses, estimait Jenny – bien qu'elle se sentît avant tout désolée pour les gosses qui venaient au monde. Mais elle voyait aussi des femmes qui voulaient avoir leurs enfants, et celles-là lui donnaient envie, à *elle*, d'en avoir un. Un jour, se disait Jenny Fields, elle aimerait avoir un enfant – rien qu'un. L'ennui, c'était qu'elle voulait avoir le moins possible de choses à faire avec les zizis, et, en tout cas, rien du tout avec les hommes.

La plupart des traitements-zizi que voyait Jenny étaient donnés aux soldats. L'armée américaine dut attendre 1943 pour commencer à bénéficier de la découverte de la pénicilline, et beaucoup de soldats n'eurent droit à la pénicilline qu'en 1945. Au Mercy de Boston, dans les premiers mois de 1942, les zizis étaient en général soignés au moyen de sulfamides et d'arsenic. Le sulfathiazol était utilisé pour

---

1. Jeu de mots : en jargon enfantin, *peter* signifie « zizi ». *Peter Bent* signifierait donc « zizi tordu ». *(N.d.T.)*

les chaudes-pisses – avec, en même temps, le plus d'eau possible. Pour la syphilis, avant l'époque de la pénicilline, on utilisait la néoarsphénamine ; Jenny Fields voyait là un raccourci saisissant de tout ce à quoi pouvait mener le sexe – injecter de l'arsenic dans l'alchimie humaine, pour tenter de nettoyer l'organisme.

Quant à l'autre traitement-zizi, c'était un traitement local qui, lui aussi, nécessitait d'énormes quantités de liquide. Jenny participait souvent à des séances de cette nature, qui, à cette époque, exigeaient énormément de soins ; parfois même, il était indispensable de tenir le malade. C'était une technique simple qui permettait d'introduire de force jusqu'à cent centimètres cubes de liquide dans le pénis et le canal de l'urètre avant que tout ne ressorte ; seulement, la technique en question mettait tout le monde un peu sur les nerfs. Quelqu'un avait inventé un appareil pour ce traitement, un certain Valentine ; aussi l'appareil avait-il été baptisé l'irrigateur de Valentine. Bien longtemps après que l'irrigateur du Dr. Valentine eut été perfectionné, ou remplacé par un nouvel appareil, les infirmières du Mercy de Boston s'obstinaient encore à appeler cette technique le traitement Valentine – châtiment tout à fait approprié pour un amant, selon Jenny Fields.

« Ma mère, écrivit Garp, n'avait pas l'esprit romantique. »

Lorsque dans le cinéma le soldat changea pour la première fois de place – lorsqu'il posa pour la première fois la main sur elle –, Jenny Fields eut le sentiment qu'en l'occurrence le traitement Valentine serait tout indiqué. Mais elle n'avait pas d'irrigateur sur elle ; l'appareil était beaucoup trop gros pour son sac. De plus, le traitement exigeait énormément de coopération de la part du malade. *Par contre*, elle avait un scalpel ; elle ne s'en séparait jamais. Un scalpel que, d'ailleurs, elle n'avait nullement volé dans la salle d'opération ; c'était un scalpel de rebut dont la pointe était franchement ébréchée (sans doute quelqu'un l'avait-il laissé tomber par terre, ou dans un évier) – l'instrument aurait été inutilisable pour une opération délicate, mais ce n'était pas une opération délicate que voulait pratiquer Jenny.

Les premiers temps, l'instrument avait lacéré les doublures en soie de son sac à main. Puis elle avait trouvé un morceau d'un vieil étui de thermomètre qu'elle avait glissé sur le bout du scalpel, le coiffant comme un stylo. Ce fut ce capuchon qu'elle retira lorsque le soldat vint s'installer sur le siège voisin et allongea le bras sur l'accoudoir qu'ils étaient (de façon absurde) destinés à partager. Sa longue main pendait mollement au bout de l'accoudoir ; elle tressaillait comme le flanc d'un cheval qui frémit sous la piqûre des mouches. Jenny avait fourré la main dans son sac et ne lâchait pas le scalpel ; son autre main plaquait fermement le sac dans le giron de sa blouse blanche. Elle imaginait que son uniforme d'infirmière luisait sans doute comme un pieux bouclier et que, pour quelque perverse raison, l'immonde vermine postée près d'elle avait été attirée par la lueur qu'elle irradiait.

« Ma mère, écrivit Garp, a passé sa vie à guetter les hommes pour les prendre la main au panier et la main dans le sac. »

Dans le cinéma, ce n'était pas au sac de Jenny qu'en avait le soldat. Il lui frôla le genou. Jenny parla, d'une voix claire :

– Bas les pattes, espèce de salaud !

Des têtes se retournèrent.

– Oh ! allons, allons ! gémit le soldat, en fourrant prestement la main sous la jupe de Jenny ; il constata qu'elle tenait les cuisses résolument serrées l'une contre l'autre – il constata aussi que son propre bras, de l'épaule au poignet, venait soudain d'être ouvert comme un melon trop mûr.

Jenny avait proprement tranché à travers l'insigne et la chemise de l'homme, à travers la peau et les muscles, mettant à nu les os de l'articulation du coude. (« Si j'avais eu l'intention de le tuer, déclara-t-elle un peu plus tard aux policiers, je lui aurais tranché le poignet. Je suis infirmière. Je sais comment faire pour saigner les gens. »)

Le soldat hurla. Se redressant d'un bond et trébuchant en arrière, il brandit son bras valide et visa Jenny à la tête, lui assenant un coup si brutal sur l'oreille qu'elle vit trente-six chandelles. Elle lui décocha de nouveaux coups de scalpel, lui arrachant de la lèvre supérieure un morceau à peu près de la forme et de l'épaisseur d'un ongle. (« Je n'ai pas voulu lui trancher la gorge, déclara-t-elle aux policiers, un peu plus tard. J'ai voulu lui trancher le nez, mais j'ai mal visé. »)

Sanglotant, à quatre pattes, le soldat s'enfuit à tâtons vers le couloir et tenta de chercher asile dans le foyer éclairé. Dans la salle, quelqu'un d'autre gémissait, de frayeur.

Jenny essuya son scalpel sur le siège, le remit dans son sac, sans oublier de replacer le capuchon sur la lame. Elle gagna alors à son tour le foyer, d'où montaient des gémissements aigus, tandis que le gérant interpellait, à travers les portes, le public plongé dans le noir.

– Y a-t-il un médecin ici ? S'il vous plaît ! Personne n'est médecin ?

Ce qu'il y avait, par contre, c'était une infirmière, qui s'empressa de se rendre utile de son mieux. Lorsque le soldat la vit, il s'évanouit ; ce n'était pas en fait qu'il eût perdu beaucoup de sang. Jenny savait comment saignent les blessures de la face ; elles sont trompeuses. Quant à l'entaille au bras, plus profonde, bien sûr elle réclamait des soins immédiats, mais le soldat ne risquait pas de mourir d'hémorragie. On aurait dit que Jenny était la seule à le savoir – il y avait tellement de sang, et surtout tellement de sang sur son uniforme blanc. Les gens ne mirent pas longtemps à comprendre qu'elle avait fait le coup. Les ouvreurs refusèrent de la laisser toucher au blessé, et quelqu'un lui arracha son sac. L'infirmière folle ! La dingue du scalpel ! Jenny Fields était calme. Elle se disait qu'il lui suffisait d'attendre que les autorités responsables se rendent compte de la situation. Pourtant, les policiers ne se montrèrent guère plus gentils avec elle.

– Ce type, y a longtemps que vous le fréquentez ? lui demanda le premier, dans la voiture qui les emmenait au commissariat.

Un peu plus tard, un autre revint à la charge.

– Mais comment pouviez-vous savoir qu'il allait vous *attaquer* ? A ce qu'il dit, il essayait tout bonnement de faire connaissance.

– Une vraie saloperie, c'te petite arme, ma mignonne, lui dit un troisième. Vous devriez pas trimballer un truc comme ça partout. C'est chercher des ennuis.

Aussi Jenny attendit-elle que ses frères viennent arranger les choses. Tous deux faisaient du droit à Cambridge, de l'autre côté du fleuve. L'un étudiait le droit, et l'autre enseignait le droit dans la même faculté.

« Tous les deux, écrivit Garp, soutenaient l'opinion que si la *pratique* du droit est vulgaire, l'*étude* en est sublime. »

Ils ne se montrèrent guère réconfortants lorsqu'ils vinrent la chercher.

– Tu vas briser le cœur de ta mère, dit l'un.

– Si seulement tu étais restée à Wellesley, dit l'autre.

– Une jeune fille seule doit assurer sa protection, dit Jenny. Dites-moi ce qui pourrait être plus convenable.

Mais un de ses frères lui demanda si elle pourrait prouver qu'elle n'avait jamais été en relation avec l'homme.

– Tout à fait entre nous, chuchota l'autre, il y a longtemps que tu sors avec ce type ?

En fin de compte, les choses s'arrangèrent lorsque la police découvrit que le soldat était de New York, où il avait femme et enfant. Il était venu passer sa permission à Boston et, plus que tout, redoutait que l'histoire ne vienne aux oreilles de sa femme. Chacun parut convenir qu'en effet la chose serait *terrible* – pour tout le monde –, aussi Jenny fut-elle relaxée. Comme elle piquait une crise sous prétexte que les policiers lui avaient confisqué son scalpel, un de ses frères lui dit :

– Bonté divine ! Jennifer, tu peux toujours en voler un autre, pas vrai ?

– Je ne l'ai pas *volé*, protesta Jennifer.

– Tu devrais te faire des amis, lui conseilla l'un des deux frères.

– A Wellesley, répétèrent-ils.

– Merci d'avoir répondu si vite à mon appel, fit Jenny.

– A quoi servirait donc la famille ? dit l'un.

– Les liens du sang, fit l'autre, qui aussitôt blêmit, gêné par l'association d'idées – elle avait tellement de taches sur son uniforme.

– Je suis une petite fille sage, les rassura Jenny.

– Jennifer, commença l'aîné, qui avait été le premier de ses exemples vivants – un exemple de sagesse, de tout ce qui était bien.

Il continua, d'un ton plutôt solennel :

– Mieux vaut ne pas avoir d'histoires avec des hommes mariés.

– On ne dira rien à maman, promit l'autre.

– Et certainement rien à père ! renchérit le premier.

Mû par un désir maladroit de lui manifester un peu de chaleur humaine, il la gratifia d'un clin d'œil – mimique qui lui tordit le visage et laissa quelques instants Jenny persuadée que le premier de ses exemples vivants était désormais affligé d'un tic facial.

À côté des deux frères se trouvait une boîte aux lettres ornée d'une affiche représentant l'oncle Sam. Un minuscule soldat, tout de marron vêtu, descendait des énormes mains de l'oncle Sam. Le soldat se préparait à atterrir sur une carte de l'Europe. La légende au bas de l'affiche disait : aidez nos soldats ! L'aîné des frères de Jenny observait Jenny qui observait l'affiche.

– Et puis, pas d'histoires avec les soldats, ajouta-t-il, lui que quelques mois à peine séparaient du jour où il serait à son tour soldat.

Un de ces soldats qui devaient ne jamais revenir de la guerre. Il briserait le cœur de sa mère, un acte dont il avait un jour parlé avec répugnance.

L'autre frère de Jenny trouverait la mort dans un accident de voilier bien après la fin de la guerre. Il devait se noyer à plusieurs milles au large en vue de la propriété familiale des Fields, à Dog's Head Harbor. De sa veuve éplorée, la mère de Jenny devait dire :

– Elle est encore jeune et séduisante, et les enfants ne sont pas trop odieux. Du moins pas encore. Au terme d'un délai convenable, je suis sûre qu'elle sera capable de se trouver quelqu'un d'autre.

Ce fut à Jenny que la veuve finit un jour par parler, près d'un an après la noyade. Elle demanda à Jenny si, à son avis, il s'était écoulé un « délai convenable » et si elle pouvait entreprendre ce qui devait être entrepris « pour se trouver quelqu'un d'autre ». Plus que tout, elle redoutait d'offenser la mère de Jenny. Elle voulait connaître l'opinion de Jenny, savoir si elle lui reconnaissait le droit d'émerger de son deuil.

– Si tu ne te *sens* pas en deuil, pourquoi donc portes-tu le deuil ? lui demanda Jenny.

Dans son autobiographie, Jenny écrivit : « Cette pauvre femme avait besoin qu'on lui dise ce qu'il fallait *ressentir*. »

« D'après ma mère, c'était la femme la plus stupide qu'elle eût jamais rencontrée, écrivit Garp. Et elle était passée par Wellesley. »

Mais Jenny Fields, lorsqu'elle souhaita la bonne nuit à ses frères sur le seuil de sa petite pension non loin du Mercy de Boston, se sentait trop perturbée pour manifester une indignation adéquate. De plus, elle avait mal – son oreille, à l'endroit où le soldat avait cogné, lui élançait ; et une crampe lui nouait les muscles entre les omoplates ; c'est pourquoi elle eut de la peine à s'endormir. Sans doute s'était-elle tordu quelque chose lorsque, dans le foyer, les ouvreurs l'avaient empoignée et lui avaient tordu les bras derrière le dos. Il lui revint que les bouillottes passaient pour être efficaces dans les cas de douleurs musculaires ; elle s'extirpa de son lit, alla ouvrir son placard et défit un des paquets-cadeaux de sa mère.

Ce n'était pas une bouillotte. Il s'agissait là de l'euphémisme qu'avait utilisé sa mère pour désigner un objet qu'elle ne pouvait se résoudre à mentionner. Le paquet contenait une poire à injections. La mère de Jenny en connaissait l'usage, et Jenny également. A l'hôpital, elle avait souvent aidé des malades à s'en servir, bien qu'à l'hôpital on ne s'en servît guère pour prévenir les grossesses après l'amour ; on s'en servait pour des soins d'hygiène féminine, et dans les cas de maladies vénériennes. Pour Jenny Fields, la poire à injections était une version édulcorée et plus pratique de l'irrigateur de Valentine.

Jenny ouvrit tour à tour tous les paquets de sa mère. Dans chacun, elle trouva une poire à injections.

– Et je t'en prie, *sers-t'en*, ma chérie ! l'avait implorée sa mère.

Jenny savait que sa mère, en dépit de ses bonnes intentions, la soupçonnait de déployer une activité sexuelle exubérante et irresponsable. Et cela, sans doute aucun, comme le disait sa mère, « depuis Wellesley ». Depuis Wellesley, la mère de Jenny était persuadée que Jenny forniquait (comme elle le disait sans doute aussi) « à s'en faire péter la panse ».

Jenny Fields réintégra son lit munie d'une poire à injections remplie d'eau chaude qu'elle nicha entre ses omoplates ; elle espérait que les pinces, en principe destinées à empêcher l'eau de suinter le long du tube, arrêteraient les fuites, mais, par mesure de sécurité, elle garda le tube dans ses mains, un peu comme un chapelet de caoutchouc, et plongea la canule percée de trous minuscules dans son verre à eau vide. Et, toute la nuit, Jenny resta à écouter fuir l'eau de la poire à injections.

Dans ce monde à l'esprit pourri, pensait-elle, une femme ne saurait être que l'épouse ou la putain d'un homme – du moins ne tarde-t-elle pas à devenir l'une ou l'autre. Si une femme ne correspond à aucune des deux catégories, tout le monde s'efforce alors de lui faire croire qu'elle n'est pas tout à fait normale. Mais, se disait-elle, moi, je n'ai rien d'anormal.

Ce fut là le commencement, cela va sans dire, du livre qui, bien des années plus tard, devait valoir la célébrité à Jenny Fields. En dépit de sa forme fruste, on prétendit que son autobiographie comblait l'abîme qui d'habitude sépare le talent littéraire du succès, ce qui n'empêchait pas Garp de soutenir que l'œuvre de sa mère dénotait « le même genre de talent littéraire que le catalogue de Sears & Roebuck ».

Mais qu'était-ce donc qui rendait Jenny Fields vulgaire ? Pas ses frères juristes, ni l'homme du cinéma qui lui avait taché son uniforme. Ni les poires à injections de sa mère, quand bien même elles provoquèrent par la suite l'expulsion de Jenny. Sa logeuse (une femme irascible qui, pour d'obscures raisons bien à elle, soupçonnait toutes les autres femmes d'être en permanence prêtes à plonger dans la lubricité) découvrit un jour que, dans sa minuscule chambre-salle de bains, Jenny abritait neuf poires à injections. Un cas de culpabilité par association : dans l'esprit perturbé de la logeuse, un tel indice témoignait d'une crainte de la contamination qui surpassait, et de loin, la crainte qu'elle inspirait à sa locataire. Ou pire encore, cette profusion de poires à injections dénotait un authentique et abominable *besoin* d'injections, nécessitées par des raisons facilement concevables qui venaient hanter les pires rêves de la logeuse.

Quant aux réflexions que lui inspirèrent les douze paires de chaussures, on ne saurait risquer une hypothèse. Jenny jugea toute l'affaire à ce point absurde – et trouva telle-ment absurdes ses propres sentiments à l'égard des atten-tions de ses parents – qu'elle ne protesta que pour la forme. Elle déménagea.

Mais cela ne la rendait pas pour autant vulgaire. Dans la mesure où ses frères, ses parents et sa logeuse lui prêtaient tous une vie de débauche – sans tenir compte de l'exemple qu'elle donnait –, Jenny en conclut qu'elle perdrait son temps et paraîtrait sur la défensive en essayant de prouver son innocence. Elle prit un petit appartement, ce qui sus-cita de la part de sa mère une nouvelle avalanche de poires à injections et une pile de chaussures de la part de son père. Elle comprit soudain qu'ils se tenaient le raisonne-ment suivant : si elle est destinée à devenir putain, au moins qu'elle soit propre et bien chaussée.

Jusqu'à un certain point, la guerre empêchait Jenny de s'appesantir sur la mauvaise opinion que sa famille se fai-sait d'elle – et, en outre, lui épargnait de s'abandonner à l'amertume et au misérabilisme ; Jenny n'était pas du genre « méditatif ». Elle était bonne infirmière, et avait de plus en plus de travail. Beaucoup d'infirmières s'enga-geaient, mais Jenny n'avait aucun désir de changer d'uni-forme ni de voir du pays ; c'était une solitaire, qui ne voulait surtout pas s'exposer à faire trop de nouvelles ren-contres. De plus, la *hiérarchie* en vigueur au Mercy lui paraissait insupportable ; dans un hôpital de campagne, supposait-elle, ce ne pourrait qu'être pire.

Et, d'ailleurs, elle aurait regretté les gosses. En réalité, c'était cette raison qui la poussait à rester, alors que tant d'autres partaient. Elle était bonne infirmière, mais c'était avec les mères et les bébés, elle le sentait, qu'elle donnait toute sa mesure – et voilà que soudain il y avait tant de bébés dont le père était parti, ou encore mort ou disparu ; Jenny voulait avant tout donner du courage aux mères. En fait, elle les enviait. C'était là, à ses yeux, la situation idéale : une mère seule avec un nouveau-né, le père disparu quelque part dans le ciel de France. Une jeune femme seule au monde avec un enfant bien à elle, avec toute une vie devant eux – rien que tous les deux. Un bébé, mais surtout pas de fil à la patte. Une naissance pour ainsi dire vierge. Du moins, aucune nécessité pour de *futurs* traitements-zizi.

Les femmes en question, bien entendu, n'étaient pas toujours aussi satisfaites de leur sort que Jenny se l'imaginait. Beaucoup étaient éperdues de chagrin, beaucoup d'autres étaient abandonnées ; certaines avaient pris leurs enfants en horreur et beaucoup auraient voulu avoir un mari, et un père pour leurs enfants. Mais Jenny Fields était leur réconfort – elle vantait les charmes de la solitude, leur expliquait combien elles avaient de la chance.

— Vous ne voyez donc pas que vous êtes une femme formidable ? leur disait-elle.

La plupart ne demandaient qu'à le croire.

— Et n'est-ce pas qu'il est superbe votre bébé ?

La plupart étaient de cet avis.

— Et le père ? Quel genre d'homme c'était ?

Une cloche, pensaient-elles souvent. Un salaud, un voyou, un menteur – un foutu bon-à-rien de cavaleur ! Mais il est *mort* ! sanglotaient certaines.

— Dans ce cas, tant mieux pour vous, pas vrai ? faisait Jenny.

Certaines finissaient pas se ranger à sa façon de voir les choses, mais la réputation de Jenny à l'hôpital pâtit de sa croisade. A l'hôpital, la politique officielle à l'égard des mères célibataires n'était pas aussi encourageante.

— Une vraie Sainte Vierge, cette Jenny, disaient les autres infirmières. Pas question qu'elle ait un gosse comme tout le monde. Pourquoi qu'elle demande pas au Bon Dieu de lui en faire un ?

Dans son autobiographie, Jenny écrivit : « Je voulais travailler et je voulais vivre seule. Cela me rendait, sexuellement parlant, suspecte. Ensuite, j'ai voulu avoir un enfant,

22

sans être, pour autant, obligée de partager mon corps ni ma vie pour en avoir un. Cela aussi faisait de moi une suspecte, sexuellement parlant. »

Et c'était également ce qui la rendait vulgaire. (Et ce fut aussi ce qui lui donna l'idée de son célèbre titre : *Sexuellement suspecte*, autobiographie de Jenny Fields.)

Jenny Fields découvrit que l'on s'attire davantage de respect en choquant autrui qu'en essayant de vivre sa vie dans une relative intimité. Jenny *disait* aux autres infirmières qu'elle finirait tôt ou tard par trouver un homme qui la mettrait enceinte – seulement ça, et rien d'autre. Elle n'envisageait même pas l'hypothèse que l'homme puisse être amené à faire plusieurs tentatives, disait-elle. Et ses collègues, naturellement, s'empressaient d'aller colporter la chose à tout le monde. Il ne fallut pas longtemps pour que Jenny reçoive plusieurs propositions. Elle fut acculée à prendre une brusque décision : elle pouvait baisser pavillon, honteuse que son secret eût été trahi ; ou elle pouvait crâner.

Un jeune étudiant en médecine se porta volontaire, à condition, précisa-t-il, de se voir accorder au moins six essais répartis sur un week-end de trois jours. Jenny lui rétorqua qu'il manquait d'assurance ; elle voulait un enfant doté d'un peu plus de confiance en lui.

Un anesthésiste lui déclara qu'il irait même jusqu'à payer les études de l'enfant – à l'université –, mais Jenny lui reprocha d'avoir les yeux trop rapprochés et les dents mal plantées ; il était hors de question qu'elle afflige son enfant potentiel de pareils handicaps.

Le petit ami d'une de ses collègues la traita d'une façon particulièrement cruelle ; un jour, à la cafétéria de l'hôpital, il la terrorisa en lui tendant un verre à lait rempli presque à ras bord d'une substance opaque et visqueuse.

– Du sperme, annonça-t-il, en désignant le verre d'un hochement de tête. Et tout ça *d'un coup, d'un seul* – je me gaspille pas, moi. Si c'est vrai que personne n'a droit à plus d'un essai, alors je suis votre homme.

Jenny leva l'horrible verre et l'examina froidement. Dieu sait ce que contenait en réalité le verre. Le petit ami de sa collègue continua :

– Ça, c'est un simple échantillon du genre de truc que j'ai à offrir. Des masses de semence, ajouta-t-il, avec un grand sourire.

Jenny flanqua le contenu du verre dans le pot d'une plante verte.

– Je veux un enfant, déclara-t-elle. Je ne veux pas ouvrir une banque du sperme.

Jenny le savait, ce serait difficile. Elle apprit à se laisser mettre en boîte, et elle apprit à rendre aux autres la monnaie de leur pièce.

Aussi l'opinion prévalut-elle bientôt que Jenny Fields était grossière, et qu'elle allait trop loin. Une plaisanterie est une plaisanterie, mais Jenny donnait l'impression de trop se piquer à son propre jeu. Ou elle refusait d'en démordre, pour le simple plaisir d'avoir le dernier mot, ou, pire encore, elle parlait sérieusement. Ses collègues étaient impuissantes à la faire rire, et elles étaient impuissantes à la décider à se mettre au lit. Comme l'écrivit Garp à propos du dilemme de sa mère : « Ses collègues s'aperçurent bientôt qu'elle s'estimait supérieure. Chose que n'apprécient jamais les collègues de personne. »

Aussi changea-t-on de politique à l'égard de Jenny Fields, on lui serra la vis. Il s'agissait d'une décision collégiale – prise « dans son propre intérêt », bien entendu. On décida de muter Jenny loin des mères et des gosses. Elle se laissait obséder par les bébés, allégua-t-on. Plus d'accouchements pour Jenny Fields. Qu'elle n'approche pas des couveuses – elle a le cœur trop tendre, ou la tête.

Ce fut ainsi que l'on sépara Jenny Fields des mères et de leurs bébés. C'est une bonne infirmière, disait-on à l'envi ; voyons ce qu'elle donnera dans le service des soins intensifs. L'expérience prouvait en général que, affectée au service des soins intensifs du Mercy, une infirmière ne tardait pas à se désintéresser de ses problèmes personnels. Naturellement, Jenny savait pourquoi on l'avait séparée des bébés ; elle ne regrettait qu'une chose, qu'on l'ait crue à ce point incapable de se maîtriser. Sous prétexte que ce qu'elle voulait paraissait étrange aux autres, ils supposaient du même coup qu'elle avait peu d'empire sur elle-même. Les gens n'ont aucune logique, pensait Jenny. Elle avait tout son temps pour se faire mettre enceinte, elle le savait. Elle n'était pas pressée. La chose faisait simplement partie d'un plan à long terme.

Et puis c'était la guerre. Au service des soins intensifs, elle en voyait davantage les conséquences. Les hôpitaux militaires leur envoyaient les cas difficiles, et, bien sûr, il y avait comme toujours aussi les cas désespérés. Il y avait comme d'habitude les vieux, raccrochés à la vie par les fils habituels ; il y avait les accidents du travail, et les accidents de voiture, et les affreux accidents survenus aux enfants. Mais, avant tout, il y avait les soldats. Ce qui leur arrivait à eux n'avait rien d'accidentel.

Jenny avait ses propres critères pour différencier les soldats victimes de blessures non accidentelles ; et elle aboutit à des catégories bien à elle.

1. Il y avait les hommes qui avaient été brûlés ; pour la plupart, ils avaient été brûlés à bord de navires (les cas les plus complexes provenaient de l'hôpital naval de Chelsea), mais beaucoup d'autres aussi avaient été brûlés à bord de leurs avions ou au sol. Jenny les appelait les Externes.

2. Il y avait les hommes blessés ou meurtris en des endroits délicats de leurs corps ; ils souffraient en dedans, et Jenny les appelait les Organes vitaux.

3. Il y avait les hommes dont les blessures paraissaient, à Jenny, de nature presque mystique ; des hommes qui avaient cessé d'être « là », dont la tête ou l'épine dorsale avait été endommagée. Parfois ils étaient paralysés, parfois simplement un peu vagues. Jenny les appelait les Absents.

4. Il arrivait qu'un Absent souffrît aussi de maux propres aux Externes ou aux Organes vitaux ; tout l'hôpital leur donnait le même nom : c'étaient les Foutus.

« Mon père, écrivit Garp, était un Foutu. Aux yeux de ma mère, cela devait le rendre très séduisant. Pas de fil à la patte. »

Le père de Garp était un mitrailleur de tourelle de queue revenu du ciel de France avec une blessure non accidentelle.

« De tous les membres de l'équipage d'un bombardier, écrivit Garp, le mitrailleur de la tourelle de queue se trouvait l'un des plus exposés au feu des batteries antiaériennes. Autrement dit de la "flak"; pour le mitrailleur, la "flak" prenait souvent l'aspect d'une nappe d'encre qui soudain jaillissait du sol et s'étalait en travers du ciel comme si le ciel avait été un buvard. Le petit homme (car, pour pouvoir loger dans la coupole de la tourelle, il valait mieux que l'homme fût petit) s'accroupissait derrière ses mitrailleuses dans son nid étroit – un cocon au sein duquel il ressemblait à l'un de ces insectes emprisonnés dans du verre. Cette tourelle était une sphère de métal munie d'un sabord en verre; elle était logée dans le fuselage d'un B-17 comme un nombril distendu – comme un téton sur le ventre du bombardier. Ce dôme minuscule abritait deux mitrailleuses calibre 50 et un petit homme, court et maigre, dont la tâche était de suivre dans la mire de ses armes les chasseurs qui attaquaient le bombardier. Lorsque la tourelle se déplaçait, le mitrailleur pivotait en même temps. Sur les mitrailleuses, des poignées en bois équipées de boutons permettaient de déclencher le tir; cramponné aux manches de ces gâchettes, le mitrailleur ressemblait à quelque redoutable fœtus suspendu dans la poche amniotique ridiculement vulnérable du bombardier, et acharné à protéger sa mère. Les mêmes poignées servaient aussi à orienter la tourelle – jusqu'à un point limite, pour éviter que le mitrailleur de la tourelle de queue ne démolisse les hélices par son tir.

« Avec le ciel *sous* lui, le mitrailleur, plaqué au fuselage comme une arrière-pensée, devait avoir très froid. Au moment de l'atterrissage, la tourelle rentrait dans le fuselage – en principe. A l'atterrissage, une tourelle *non rentrée* arrachait des rafales d'étincelles – aussi longues que des automobiles – au revêtement de la foutue piste. »

Le sergent technicien Garp, le défunt mitrailleur dont on ne saurait assez dire à quel point la fréquentation de la mort violente lui était familière, servait avec la 8e Air Force – l'unité d'aviation qui avait pour mission de bombarder le continent à partir de l'Angleterre. Le sergent Garp s'était fait la main comme mitrailleur de nez dans un B-17 C, puis comme mitrailleur de flanc dans le B-17 E, avant d'être promu mitrailleur de la tourelle de queue.

Garp n'aimait pas l'agencement de la tourelle latérale

du B-17 E. Deux mitrailleurs latéraux devaient se fourrer dans la cage thoracique de l'appareil, dos à dos devant leurs sabords, et Garp recevait immanquablement un bon coup sur les oreilles lorsque son compagnon et lui faisaient pivoter leurs armes en même temps. Dans les modèles ultérieurs de l'appareil, précisément en raison de ces cafouillages entre les deux mitrailleurs, les sabords étaient disposés en quinconce. Mais cette innovation devait survenir trop tard pour le sergent Garp.

Sa première mission de combat fut une sortie de jour en B-17 E, avec pour objectif Rouen, France, le 1er août 1942, et qui se déroula sans pertes. Le sergent technicien Garp, à son poste devant sa mitrailleuse de flanc, encaissa une fois de plus une bonne beigne sur l'oreille gauche et deux autres sur l'oreille droite. Le problème était en partie dû au fait que l'autre mitrailleur, comparé à Garp, était très grand ; les coudes de l'homme arrivaient au niveau des oreilles de Garp.

Dans la tourelle de queue, lors de cette première sortie au-dessus de Rouen, se trouvait un homme du nom de Fowler qui était plus petit encore que Garp. Fowler était jockey avant la guerre. Il était meilleur tireur que Garp, mais c'était dans la tourelle de queue que Garp aspirait à être. Il était orphelin, pourtant il aimait être seul ; en outre, il cherchait à échapper aux bourrades et aux coups de coude de son camarade de la tourelle latérale. Bien entendu, comme tant d'autres mitrailleurs, Garp rêvait de sa cinquantième mission, après laquelle il espérait se faire muter à la 2e Air Force – le centre d'entraînement des bombardiers –, où il pourrait tranquillement prendre sa retraite comme instructeur de tir. Mais, jusqu'au jour où Fowler se fit tuer, Garp lui envia sa place privilégiée, sa solitude de jockey.

« Pour un mec qui pète beaucoup, c'est un endroit dégueulasse », affirmait Fowler. C'était un cynique affligé d'une petite toux sèche et exaspérante, qui avait la réputation d'un salaud parmi les infirmières de l'hôpital militaire.

Fowler fut tué lors d'un atterrissage en catastrophe sur une route de campagne. Les béquilles du train furent proprement arrachées par un nid de poule et le train tout entier s'effondra, précipitant le bombardier dans une brutale glissade sur le ventre qui pulvérisa la tourelle de queue avec la force disproportionnée d'un arbre qui dans sa chute écrase un grain de raisin. Fowler, qui disait toujours qu'il faisait davantage confiance aux machines qu'aux chevaux ou aux humains, était tapi dans la tourelle encore sortie lorsque l'appareil lui atterrit sur la tête. Les mitrailleurs de flanc, y compris le sergent Garp, virent les débris jaillir de dessous le ventre de l'appareil. L'adjudant de l'escadrille, le mieux placé au sol pour observer l'atterrissage, vomit dans sa jeep. Le commandant de l'escadrille n'eut pas la peine d'attendre l'annonce officielle de la mort de Fowler pour le remplacer par le plus petit mitrailleur disponible dans l'escadrille. Le minuscule sergent Garp avait toujours eu envie d'être mitrailleur de queue. En septembre 1942, son rêve fut exaucé.

« Ma mère avait la manie des détails, écrivit Garp. Chaque fois qu'arrivait un nouveau blessé, Jenny Fields était la première à demander au médecin ce qui s'était passé. Et Jenny les classait, en silence : les Externes, les Organes vitaux, les Absents et les Foutus. Et elle imaginait de petits trucs mnémotechniques pour se rappeler leurs noms et leurs malheurs. Par exemple : le soldat Jones a laissé échapper ses os, l'enseigne Potter a encaissé un sale pot, le caporal Estes a perdu ses testicules, le capitaine Corch s'est fait écorcher, le commandant Longfellow est à court de réponses.

Le sergent Garp était un mystère. Lors de sa trente-cinquième sortie au-dessus de la France, le petit mitrailleur de queue avait soudain cessé de tirer. Le pilote s'aperçut que la tourelle de queue ne tirait plus et pensa aussitôt que Garp avait été touché. Pourtant, le pilote n'avait senti aucun choc dans le ventre de l'appareil. Il espérait bien d'ailleurs que Garp n'avait rien senti lui non plus. Sitôt l'atterrissage, le pilote se hâta de faire transporter Garp dans la nacelle d'un side-car que pilotait un toubib ; il n'y avait plus une seule ambulance disponible. Une fois installé dans le side-car, le minuscule sergent technicien se mit à se masturber. Le side-car était équipé d'une capote de grosse toile qui servait à protéger l'intérieur par temps de pluie; le pilote rabattit d'un geste sec la capote. La capote était pourvue d'une lucarne, à travers laquelle le médecin, le pilote et les hommes qui commençaient à affluer pouvaient observer le sergent Garp. Pour un homme d'aussi petite taille, son sexe en érection semblait particulièrement énorme, mais il le manipulait sans guère plus d'habileté qu'un enfant – avec moins d'habileté, et de loin, qu'un singe au zoo. Tout comme un singe, cependant, Garp regardait ce qui se passait hors de sa cage et dévisageait sans vergogne les humains qui le regardaient faire.

– Garp? dit le pilote.

Garp avait le front éclaboussé de sang, en grande partie déjà sec, mais son casque avait embouti le sommet de son crâne et dégoulinait de sang; par ailleurs, il ne paraissait avoir été touché nulle part.

– Garp! lui lança le pilote.

Une longue fente béait dans la sphère de métal qui abritait les mitrailleuses de 50; il s'avéra qu'un projectile de DCA avait touché les canons des mitrailleuses, fendant le châssis et même débloquant les poignées-gâchettes, bien que les mains de Garp ne parussent pas avoir souffert – il semblait simplement qu'elles n'étaient pas très douées pour la masturbation.

– Garp! s'écria le pilote.

– Garp? fit Garp.

Il imitait le pilote, comme un perroquet savant ou une pie.

– Garp, fit Garp, comme s'il venait tout juste d'apprendre le mot.

Le pilote hocha la tête, comme pour encourager Garp à retenir son nom. Garp sourit.

– Garp, fit-il encore.

On eût dit qu'il pensait que c'était ainsi que les gens se saluaient. Non pas bonjour, bonjour! – mais Garp, Garp!

– Bonté divine, Garp! s'exclama le pilote.

Une série de trous et d'entailles marquaient le hublot de la tourelle de queue. L'infirmier défit alors la fermeture à glissière qui retenait la capote du side-car et scruta les yeux de Garp. Les yeux de Garp avaient quelque chose d'anormal, chacun roulait dans son orbite indépendamment de l'autre ; l'infirmier estima que, pour Garp, le monde extérieur devait sans doute surgir vaguement, puis disparaître, pour ensuite ressurgir de nouveau – à supposer que Garp vît quelque chose. Ce que ne pouvaient savoir ni le pilote ni l'infirmier à ce moment-là, c'était que des éclats de DCA, très fins et très acérés, avaient endommagé un des nerfs oculomoteurs dans le cerveau de Garp – ainsi d'ailleurs que d'autres parties de son cerveau. Le nerf oculomoteur se compose essentiellement de fibres motrices qui innervent la plupart des muscles du globe oculaire. Quant au reste du cerveau de Garp, il avait reçu un certain nombre de coupures et d'entailles, un peu comme lors d'une lobotomie préfrontale – mais il y avait plus soigné, en fait de chirurgie.

Le toubib songeait avec terreur à la désinvolture avec laquelle avait été exécutée la lobotomie du sergent Garp, et c'est pourquoi il jugea plus sage de ne pas retirer le casque imbibé de sang plaqué sur le crâne de Garp et rabattu en avant jusqu'au niveau d'une petite bosse dure et luisante qui, maintenant, semblait enfler rapidement. Tout le monde cherchait partout le chauffeur du toubib, mais il était parti dégueuler quelque part, et le toubib conclut qu'il lui faudrait désigner quelqu'un d'autre pour monter avec Garp dans le side-car, tandis qu'il se chargerait lui-même de conduire la moto.

– Garp ? demanda Garp au toubib, histoire d'essayer son nouveau mot.

– Garp, confirma le toubib.

Garp parut ravi. Il tenait ses deux mains plaquées sur son impressionnante érection et se masturbait avec succès.

– Garp ! aboya-t-il.

Il y avait une note de joie dans sa voix, de joie mais aussi de surprise. Il roula les yeux en direction de son public, comme pour supplier le monde extérieur de surgir puis enfin de s'immobiliser. Il n'était pas très sûr de ce qu'il avait fait.

– Garp ? demanda-t-il, d'un ton hésitant.

Le pilote lui tapota le bras et hocha la tête à l'adresse des hommes de l'équipage et des rampants qui contemplaient la scène, comme pour dire : Allons, les gars, donnons un petit coup de main au sergent. S'il vous plaît, aidons-le à se sentir chez lui. Et les hommes, frappés d'une stupéfaction respectueuse au spectacle de l'éjaculation de Garp, entonnèrent en chœur : Garp ! Garp ! Garp ! – cacophonie rassurante et phoquesque destinée à mettre Garp en confiance.

Garp hocha la tête, tout heureux, mais le toubib lui retint le bras et lui chuchota avec angoisse :

– Non ! Ne remue pas la tête, d'accord ? Garp ? Je t'en supplie, ne remue pas la tête.

Les yeux de Garp dérivèrent loin du pilote et de l'infirmier, qui durent attendre qu'ils reviennent vers eux.

– Doucement, allons doucement, Garp, chuchota le pilote. Surtout reste tranquille, d'accord ?

Le visage de Garp irradiait une paix absolue. Soutenant à deux mains son érection agonisante, le petit sergent avait l'air de quelqu'un qui vient de faire précisément ce qu'exige la situation.

Personne en Angleterre ne put rien pour le sergent Garp. Il eut la chance d'être ramené à Boston bien avant la fin de la guerre. En fait, c'était à un sénateur qu'il le devait. Un éditorial d'un journal de Boston avait accusé la marine américaine de ne rapatrier que les blessés qui appartenaient à des familles riches et influentes. Dans une tentative pour couper court à cette immonde rumeur, un sénateur américain proclama alors que si *un seul* des grands blessés pouvait avoir la chance d'être rapatrié, « aucune raison pour qu'un *orphelin* ne soit pas du voyage – au même titre que n'importe qui ». Un tas de gens s'étaient mis en campagne pour dégoter un orphelin blessé afin de prouver que le sénateur disait vrai, et ils avaient fini par dénicher le personnage idéal.

Non seulement le sergent technicien Garp était orphelin, mais c'était aussi un idiot dont le vocabulaire se limitait à un seul mot, ce qui l'empêchait de faire ses doléances aux journaux. Et sur toutes les photographies que l'on prit de lui, le mitrailleur Garp arborait un sourire.

Lorsque le sergent débile arriva au Mercy de Boston, Jenny Fields eut du mal à le cataloguer. C'était de toute évidence un Absent, plus docile qu'un enfant, mais, cela mis à part, elle n'aurait guère su dire ce en quoi consistaient ses autres afflictions.

– Bonjour. Vous allez bien ? lui demanda-t-elle, lorsque, couché sur sa civière – et souriant –, il fit son entrée dans la salle.

– Garp ! aboya-t-il.

Le nerf oculomoteur avait été en partie réparé, et désormais ses yeux sautaient, plutôt qu'ils ne roulaient, mais ses mains étaient enveloppées dans des mitaines de gaze, conséquence des ébats auxquels Garp s'était livré dans un incendie accidentel qui avait ravagé la section hospitalière du transport de troupes qui le ramenait au pays. Apercevant le feu, il avait tendu les mains, et les flammes avaient jailli jusqu'à sa figure ; il s'était roussi les sourcils. Aux yeux de Jenny, il avait tout d'un hibou, un hibou rasé.

En raison de ses brûlures, Garp était à la fois un Externe et un Absent. De plus, avec ses mains couvertes d'épais bandages, il n'était plus capable de se masturber, activité que pourtant, à en croire son dossier médical, il pratiquait fréquemment et avec succès – et sans la moindre inhibition. Ceux qui l'avaient observé de près, depuis son accident lors de l'incendie du navire, craignaient que le mitrailleur infantile ne fût en train de sombrer dans la dépression – privé qu'il était de son unique plaisir adulte, du moins jusqu'à la guérison de ses mains.

Il était possible, bien entendu, que Garp eût en outre d'autres lésions, qui faisaient de lui un Organe vital. De nombreux éclats avaient pénétré dans son crâne ; beaucoup s'étaient logés dans des endroits trop délicats pour qu'on puisse les extraire. Il était également possible que les lésions cervicales du sergent Garp n'aient pas été enrayées par sa grossière lobotomie ; peut-être les ravages internes étaient-ils en train de s'aggraver.

« Notre processus de détérioration est déjà passablement complexe, écrivit Garp, sans que des projectiles de DCA ne viennent s'introduire dans nos organismes. »

Il y avait eu un cas semblable avant celui du sergent Garp, un autre malade qui lui aussi présentait de profondes lésions internes à la tête. Il avait tenu le coup pendant des mois, à ceci près qu'il parlait tout seul et pissait de temps en temps au lit. Puis, il avait commencé à perdre ses cheveux ; il avait du mal à terminer ses phrases. Juste avant de mourir, les seins avaient commencé à lui pousser.

A en juger par les faits, les ombres et les aiguilles blanches qui striaient les clichés de ses radios, le mitrailleur Garp était probablement un Foutu. Mais, du point de vue de Jenny Fields, il était très séduisant. L'ex-mitrailleur de là tourelle de queue était un petit homme bien tourné, aussi naïf et franc dans ses exigences qu'un bébé de deux ans. Lorsqu'il avait faim, il criait « Garp », et encore « Garp » lorsqu'il était heureux ; « Garp ? », demandait-il lorsque quelque chose l'intriguait ou lorsqu'il s'adressait à des inconnus, tandis que, lorsqu'il reconnaissait quelqu'un, il disait « Garp », sans ajouter de point d'interrogation. Bien qu'il fît le plus souvent ce qu'on lui ordonnait, il était impossible de lui faire confiance ; il oubliait facilement, et si, par moments, il se montrait aussi docile qu'un gamin de six ans, il était en d'autres occasions aussi étourdi et curieux qu'un bébé d'un an et demi.

Ses dépressions, abondamment commentées dans son dossier médical, paraissaient se produire en même temps que ses érections. En ces occasions, il agrippait sa pauvre quéquette hypertrophiée entre ses mains gantées de gaze, et fondait en larmes. Il pleurait parce que le contact de la gaze était moins agréable que le souvenir éphémère qu'il gardait de ses mains, et aussi parce qu'il ne pouvait rien toucher sans avoir mal. C'était alors que Jenny Fields venait lui tenir compagnie. Elle lui frottait le dos entre les omoplates jusqu'au moment où il renversait la tête en arrière comme un chat, en même temps qu'elle ne cessait de lui parler, d'une voix amicale et traversée de troublantes variations de timbre. La plupart des infirmières bourdonnent en parlant aux malades – d'une voix régulière et monotone, mais Jenny savait que ce n'était pas de sommeil dont Garp avait besoin. Elle le savait, ce n'était rien d'autre qu'un bébé, un bébé qui s'ennuyait, et auquel il fallait un peu de distraction. Aussi Jenny s'efforçait-elle de le distraire. Elle lui branchait la radio, mais certains programmes semblaient perturber Garp ; personne n'aurait su dire pourquoi. D'autres programmes déclenchaient chez lui d'extraordinaires érections, qui provoquaient ses crises de dépression, et ainsi de suite. Un certain programme, une seule fois, déclencha chez Garp un rêve érotique, qui lui procura tant de surprise et de plaisir que, par la suite, il cherchait avec avidité à *voir* le poste de radio. Mais Jenny ne réussit jamais à retrouver le programme en question et ne put donc renouveler l'expérience. Elle savait que, si elle parvenait à brancher le pauvre Garp sur le programme du rêve érotique, son existence à lui et son travail à elle n'en seraient que plus heureux. Mais ce n'était pas facile.

Elle renonça à vouloir lui enseigner des mots nouveaux. Lorsqu'elle l'alimentait et constatait que la nourriture lui plaisait, elle disait :

– Bon ! C'est *bon* ça !

– Garp ! approuvait-il.

Et lorsqu'il recrachait la nourriture sur le plastron de Jenny avec une horrible grimace, elle disait :

– Mauvais ! Ce truc-là est *mauvais*, compris ?

– Garp ! s'étranglait-il.

Jenny nota le premier symptôme d'une aggravation de l'état de Garp le jour où il parut perdre le *g*. Un matin, il la salua par un simple « Arp ».

– Garp, le corrigea-t-elle avec fermeté. G-arp.

– Arp, fit-il.

Elle sut alors qu'elle était en train de le perdre.

De jour en jour, il paraissait rajeunir. Lorsqu'il dormait, il pétrissait le vide de ses deux poings qui se contorsionnaient, une moue sur les lèvres, tétant à pleines joues, paupières frémissantes. Jenny avait passé beaucoup de temps à s'occuper des enfants ; elle savait que le mitrailleur de la tourelle de queue était en train de régresser dans ses rêves. Elle songea pendant quelque temps à voler une tétine à la maternité, mais désormais elle n'y mettait plus les pieds ; les plaisanteries l'irritaient. (« Tiens, Jenny la Sainte Vierge en train de barboter un faux nichon pour son môme. Qui c'est l'heureux papa, Jenny ? ») Elle contemplait le sergent

Garp qui tétait dans son sommeil et elle essayait de se convaincre que son ultime régression serait paisible, qu'il réintégrerait sa phase fœtale et cesserait de respirer avec ses poumons ; que, par un bienheureux miracle, sa personnalité se scinderait, qu'une moitié de son être se réfugierait dans des rêves d'œuf, l'autre moitié dans des rêves de sperme. Et, finalement, il ne *serait* tout simplement plus rien.

Il en fut presque ainsi. La phase infantile de Garp s'accentua tellement qu'il parut se réveiller toutes les quatre heures, comme un bébé qui réclame son biberon ; et même, il pleurait comme un bébé, le visage cramoisi, les yeux soudain inondés de larmes, et se calmait tout aussi brusquement – apaisé par la radio, par la voix de Jenny. Un jour qu'elle lui frottait le dos, il fit son rot. Jenny éclata en sanglots. Elle demeura longtemps assise à son chevet, en lui souhaitant d'entreprendre au plus tôt le voyage indolore qui le ramènerait dans la matrice et au-delà.

Si seulement ses mains arrivaient à se cicatriser, pensait-elle. Il pourrait au moins sucer son pouce. Lorsqu'il émergeait de ses rêves de poupon, avide de prendre le sein, du moins se l'imaginait-il, Jenny approchait son doigt de la bouche de Garp et le laissait téter goulûment. Bien qu'il eût de vraies dents d'adulte, il n'avait pas de dents *dans son esprit*, et jamais il ne la mordit. Ce fut cette constatation qui poussa Jenny, une nuit, à lui offrir son sein, qu'il suça avec une ardeur infatigable sans paraître se formaliser qu'il n'y eût rien à en tirer. Jenny se disait que, s'il continuait à la téter ainsi, elle finirait par *avoir* du lait ; elle sentait un tiraillement dans ses entrailles, tellement impérieux, à la fois maternel et sexuel. Les sentiments qu'elle éprouvait étaient si forts – elle crut un instant qu'il lui suffirait peut-être de donner le sein au bébé-mitrailleur de la tourelle de queue pour *concevoir* un enfant.

C'était presque ça. Mais le mitrailleur Garp n'était pas *exclusivement* un bébé. Une nuit qu'il lui suçait le sein, Jenny constata qu'il avait une érection, une érection qui soulevait le drap ; de ses mains bandées, il s'éventait gauchement, en couinant de frustration tandis qu'il lui dévorait le sein. Et ce fut ainsi que, une nuit, elle vint à son aide ; de sa main fraîche et saupoudrée de talc, elle s'empara de lui. Le nez contre son sein, il cessa de téter, se contenta de se nicher plus près.

— Ar, gémit-il.

Il avait perdu le *p*.

Autrefois un « Garp », puis un « Arp », maintenant seulement un « Ar » ; elle savait qu'il était en train de mourir. Il ne lui restait plus qu'une voyelle et une consonne.

Lorsqu'il éjacula, elle sentit le jet de sperme chaud lui mouiller la main. Une odeur de serre en été montait de dessous le drap, une odeur absurdement fertile, une odeur de végétation débridée. On aurait pu y planter *n'importe quoi*, tout y aurait germé. Ce fut cette idée que déclencha en Jenny Fields le sperme de Garp : il suffirait d'en répandre quelques gouttes dans une serre, des *bébés* surgiraient de l'humus.

Jenny accorda au problème vingt-quatre heures de réflexion.

— Garp ? chuchota Jenny.

Elle déboutonna le corsage de sa robe et en fit jaillir ses seins qu'elle avait toujours trouvés trop gros.

— Garp ? lui murmura-t-elle à l'oreille.

Ses paupières palpitèrent, ses lèvres s'avancèrent. Autour d'eux pendait un linceul blanc, un rideau accroché à une tringle, qui les isolait du reste de la salle. L'un des deux voisins de lit de Garp était un Externe – un grand brûlé, victime d'une attaque au lance-flammes, gluant de pommade, emmailloté de gaze. N'ayant plus de paupières, il donnait l'impression d'être perpétuellement aux aguets, mais en fait il était aveugle. Jenny retira ses grosses chaussures d'infirmière, dégrafa ses bas blancs, se débarrassa de sa robe. Elle frôla du doigt les lèvres de Garp.

De l'autre côté du lit de Garp, caché par son linceul blanc, se trouvait un Organe vital en train de se muer en Absent. Il avait perdu la plus grande partie de son intestin grêle et de son rectum ; de plus, un de ses reins lui causait des ennuis et il souffrait du foie à en devenir fou. Au cours des terribles cauchemars qui le hantaient, il se retrouvait contraint de déféquer et d'uriner, bien que, pour lui, ces fonctions fussent de l'histoire ancienne. En réalité, lorsqu'il faisait ces choses, il ne s'en rendait plus compte, et il les faisait dans des sacs en caoutchouc par le truchement de tubes. Il gémissait fréquemment et, à l'inverse de Garp, ses gémissements étaient des mots complets.

— Merde, gémit-il.

— Garp ? murmura Jenny.

Elle s'extirpa de sa combinaison et de sa culotte ; elle retira son soutien-gorge et rabattit le drap.

— Seigneur Dieu ! dit l'Externe, doucement ; ses lèvres brûlées étaient couvertes d'ampoules.

— Bordel de merde ! hurla l'Organe vital.

— Garp, dit Jenny Fields.

Elle lui empoigna son sexe en érection et se jucha à califourchon dessus.

— Aaa, fit Garp.

Même le *r* avait disparu. Il ne disposait plus désormais que d'une unique voyelle pour exprimer à la fois sa joie et sa tristesse.

— Aaa, fit-il, comme Jenny l'attirait en elle et s'accroupissait en pesant de tout son poids.

— Garp ? demanda-t-elle. Ça va ? Est-ce que c'est bon, Garp ?

— *Bon*, approuva-t-il, très distinctement.

Mais ce n'était qu'un mot rescapé du naufrage de sa mémoire, illuminé soudain, un bref instant, lorsqu'il l'avait pénétrée. C'était le premier et ce fut le dernier véritable mot que Jenny Fields l'entendit prononcer : bon. A mesure qu'il se recroquevillait et que sa semence suintait sous Jenny, il se retrouva une fois de plus réduit aux « Aaa » ; il ferma les yeux et pleura. Quand Jenny lui offrit le sein, il n'avait pas faim.

— Mon Dieu ! lança l'Externe, en effleurant à peine le *d* ; il avait eu aussi la langue brûlée.

— Saloperie ! gronda l'Organe vital.

Jenny Fields prit un des bassins en émail blanc réglementaires, se lava, puis lava Garp. Naturellement, il n'était pas question qu'elle se fasse un lavement, et elle ne doutait pas un instant que la magie aurait fait son œuvre. Elle se sentait plus féconde qu'une glèbe bien préparée – la terre nourricière –, et elle avait senti Garp lâcher en elle un jet aussi généreux que celui d'un tuyau d'arrosage en été (à croire qu'il voulait inonder une pelouse).

Jamais elle ne recommença. Pour quelle raison l'eût-elle fait ? De temps en temps, elle le soulageait avec la main, et, lorsqu'il pleurait, elle lui donnait le sein, mais quelques semaines plus tard ses érections avaient disparu. Lorsqu'on débarrassa ses mains de leurs bandages, on constata que la cicatrisation semblait elle aussi régresser ; on l'emmaillota de nouveau. Il se désintéressa des soins qu'on lui prodiguait. Il faisait des rêves, des rêves que Jenny soupçonnait d'être pareils à des rêves de poisson. Il avait réintégré le ventre, Jenny le savait ; il adopta de nouveau la position fœtale, recroquevillé tout au milieu du lit. Il ne faisait aucun bruit. Un matin, Jenny le regarda agiter ses petits pieds fragiles ; elle crut sentir un coup de pied *en elle*. Bien qu'il fût beaucoup trop tôt pour qu'il puisse s'agir de l'heureux événement, elle le savait, l'heureux événement était en route.

Bientôt Garp cessa de ruer. Il continuait d'absorber son oxygène en inspirant l'air par les poumons, mais, Jenny le savait, c'était simplement là un exemple de l'adaptabilité naturelle de l'homme. Il refusait de manger ; on dut l'alimenter par perfusions, si bien qu'une fois de plus il se retrouva relié à une espèce de cordon ombilical. Jenny attendait la phase ultime avec une certaine anxiété. Y aurait-il lutte à la fin, pareille à la lutte frénétique du sperme ? Le bouclier de sperme se soulèverait-il et l'œuf nu attendrait-il, plein d'espoir, la mort ? Au cours du voyage de retour du petit Garp, comment, en dernier ressort, son *âme* se diviserait-elle ? Mais cette phase s'acheva avant que Jenny ait pu se livrer à la moindre observation. Un jour qu'elle n'était pas de service, le sergent technicien Garp trépassa.

« Quand donc aurait-il pu trépasser *autrement*, écrivit Garp. Il ne pouvait s'échapper qu'en choisissant un moment où ma mère n'était pas de service. »

« Naturellement, j'ai *éprouvé* quelque chose lorsqu'il est mort, écrivit Jenny Fields dans sa célèbre autobiographie. Mais je portais en moi le meilleur de lui-même. C'était ce qui pouvait nous arriver de mieux à tous les deux, la seule façon qui pouvait lui permettre de continuer à vivre, la seule façon dont je souhaitais avoir un enfant. Que le reste du monde taxe cet acte d'immoralité est à mes yeux la preuve que le reste du monde n'a aucun respect pour les droits de l'individu. »

On était en 1943. Lorsque la grossesse de Jenny devint visible, elle perdit son travail. Naturellement, ses parents et ses frères l'avaient toujours prédit ; ils ne furent pas surpris. Il y avait beau temps que Jenny avait renoncé à les convaincre de sa pureté. Dans la résidence familiale de Dog's Head Harbor, elle errait dans les longs couloirs comme un fantôme satisfait de lui-même. Son calme inquiétait sa famille et on la laissait en paix. En son for intérieur, Jenny se sentait parfaitement heureuse, mais, considérant le temps qu'elle passa sans doute à rêvasser à cet enfant à venir, on peut s'étonner qu'elle n'ait pas accordé un instant de réflexion au problème du nom.

En effet, le jour où Jenny Fields donna naissance à un gros garçon de neuf livres, elle n'avait aucun nom en tête. La mère de Jenny lui demanda comment elle voulait l'appeler, mais Jenny venait d'accoucher et on lui avait administré un sédatif ; elle ne fut pas très coopérative.

– Garp, dit-elle.

Son père, le roi de la chaussure, crut qu'elle venait de lâcher un rot, mais sa mère lui chuchota à l'oreille :

– Le nom est *Garp*.

– Garp ? fit-il.

Ils savaient que, de cette façon, ils parviendraient peut être à découvrir l'identité du père. Jenny, bien entendu, n'avait rien avoué.

– Il faut savoir si c'est son prénom ou son nom de famille, à ce salaud, chuchota le père de Jenny à la mère de Jenny.

– Est-ce un prénom ou un nom de famille, ma chérie ? lui demanda sa mère.

Jenny avait affreusement sommeil.

– C'est Garp, dit-elle. Garp, c'est tout. Rien d'autre.

– Pour moi, c'est un nom de famille, dit la mère de Jenny au père de Jenny.

– Et son *prénom*, c'était quoi ? demanda avec hargne le père de Jenny.

– Je ne l'ai jamais su, marmonna Jenny.

C'est vrai, elle ne l'avait jamais su.

– Elle n'a jamais su son prénom ! rugit son père.

– Je t'en prie, ma chérie, dit sa mère. Il avait *forcément* un prénom.

– Sergent Technicien Garp, dit Jenny Fields.

– Encore un de ces salopards de soldats, je le savais bien ! cracha son père.

– Sergent Technicien ? insista la mère de Jenny.

– S. T., dit Jenny Fields. S. T. Garp. C'est le nom de mon enfant.

Elle sombra dans le sommeil.

Son père était furieux.

– S. T. Garp ! vitupérait-il. Vous parlez d'un nom pour un bébé, ça !

– C'est son nom à lui, dit Jenny par la suite. C'est son fichu nom à lui, et rien qu'à lui.

« C'était drôlement marrant d'aller en classe avec un nom pareil, écrivit un jour Garp. Les professeurs me demandaient ce que signifiaient les initiales. Moi, au début, je disais toujours que c'étaient seulement des initiales, mais ils ne voulaient jamais me croire. Ce qui fait que j'étais obligé de dire : "Adressez-vous à ma mère. Elle vous le dira, elle." Ce qu'ils faisaient. Et cette brave vieille Jenny en profitait pour leur dire ce qu'elle avait sur le cœur. »

Ce fut ainsi que le monde hérita de S. T. Garp : né d'une brave infirmière qui savait ce qu'elle voulait, et de la semence d'un mitrailleur de queue – sa dernière cartouche.

2

Rouge sang et bleu azur

S. T. Garp avait toujours pensé qu'il était destiné à mourir jeune.

« Je crois que, comme mon père, écrivit Garp, j'ai le don de l'éphémère. Je suis l'homme du coup unique. »

Il s'en fallut de peu que Garp ne grandisse dans l'enceinte d'un pensionnat de jeunes filles, où sa mère s'était vu offrir le poste d'infirmière résidente. Mais Jenny Fields entrevit les perspectives infernales que son acceptation aurait pu entraîner pour l'avenir : son petit Garp entouré de femmes (un logement était réservé à Jenny et à Garp dans une des résidences). Elle imaginait la première expérience sexuelle de son fils : un fantasme inspiré par le spectacle et l'atmosphère de la buanderie réservée aux jeunes filles, où, par jeu, elles auraient un jour enseveli l'enfant dans de moelleuses montagnes de sous-vêtements pour adolescentes. Jenny avait été tentée d'accepter le poste, mais l'avait finalement refusé dans l'intérêt de Garp. Elle fut alors recrutée par une autre institution, immense et célèbre, Steering School, où elle ne serait qu'une simple infirmière parmi d'autres, et où le logement qu'elle devait partager avec Garp était situé dans l'aile glaciale aux fenêtres munies de barreaux réservée à l'annexe de l'infirmerie.

– Aucune importance, lui dit son père.

Il était exaspéré par son obstination à travailler ; l'argent ne manquait pas, et il eût été plus heureux de la voir se terrer dans la propriété de Dog's Head Harbor jusqu'au jour où son bâtard de fils, devenu grand, aurait pu être discrètement expédié ailleurs.

– Si l'enfant a pour deux sous d'intelligence naturelle, insistait le père de Jenny, bien sûr qu'il finira un jour par *entrer* à Steering, mais, en attendant, à mon avis, c'est encore ici l'endroit idéal pour élever un garçon.

« Intelligence naturelle » était une des formules qu'utilisait son père pour évoquer la douteuse généalogie de Garp. Steering School, où jadis le père et les frères de Jenny avaient fait leurs études, était à l'époque exclusivement un établissement pour garçons. Jenny pensait que, si elle avait la force de supporter la solitude qui l'attendait là – pendant toutes les études primaires de Garp –, elle aurait fait ce qui était le mieux pour son fils.

– Pour te faire pardonner de l'avoir privé d'un père, comme disait à sa façon son père à elle.

« Bizarre, écrivit Garp, que ma mère, qui était assez lucide pour savoir que rien n'aurait jamais pu la décider à partager la vie d'un homme, ait fini par partager la vie de huit cents garçons. »

Le jeune Garp, donc, grandit sous l'aile de sa mère dans l'annexe de l'infirmerie de Steering School. Il ne fut pas précisément traité comme un « lardon de prof » – appellation réservée, dans le jargon des élèves, à tous les gosses des professeurs et employés de l'établissement. Une infirmière ne jouissait pas tout à fait de la même considération ni du même statut que les membres du personnel enseignant. En outre, Jenny ne fit pas le moindre effort pour inventer une mythologie au père de Garp – pour se fabriquer à son propre usage un mariage fictif, pour légitimer son fils. Elle était une Fields, et insistait pour informer les gens de son nom. Son fils était un Garp. Et elle insistait pour informer les gens de son nom à *lui*.

– C'est son nom à lui, disait-elle.

Tout le monde comprenait. Non seulement certaines formes d'arrogance étaient-elles tolérées par la bonne société de Steering School, mais certaines même étaient encouragées ; en matière d'arrogance acceptable, tout est une question de goût et de style. Il fallait que les motifs de l'arrogance parussent valables – parés d'une certaine noblesse – et la façon dont se manifestait l'arrogance devait en principe avoir du charme. Par nature, Jenny Fields n'avait rien d'un bel esprit. Comme l'écrivit Garp, sa mère « ne faisait jamais exprès de se montrer arrogante et ne cédait à l'arrogance que lorsqu'on l'y poussait ». L'orgueil était un sentiment fort prisé à Steering School, mais Jenny Fields paraissait tirer fierté d'avoir un enfant illégitime. Aucune raison, peut-être, de se couvrir la tête de cendres ; néanmoins, elle aurait pu faire preuve *d'un peu* d'humilité.

Non seulement Jenny était fière de Garp, mais elle était, en outre, heureuse des circonstances dans lesquelles il avait été conçu. De ces circonstances, le monde ne savait rien, rien encore ; Jenny n'avait pas publié son autobiographie – en fait, elle n'avait pas commencé à l'écrire. Elle attendait que Garp fût en âge d'apprécier l'histoire.

L'histoire que connaissait Garp se limitait à ce que Jenny racontait à quiconque avait le culot de la questionner.

1. Le père de Garp était un soldat.

2. Il avait été tué à la guerre.

3. Qui trouvait le temps de se marier en temps de guerre ?

Par sa concision et son mystère, cette histoire eût pu se prêter à une interprétation romantique. Après tout, à en juger par les faits bruts, le père aurait pu être un héros. On pouvait imaginer une passion contrariée par un destin funeste. L'infirmière Fields aurait pu servir sur le champ de bataille. Elle aurait pu tomber amoureuse « au front ». Et le père de Garp aurait pu estimer qu'il devait « aux gars » d'accomplir une dernière mission. Mais Jenny Fields ne poussait pas l'imagination à concevoir un tel mélodrame. En particulier, elle paraissait trop heureuse de sa solitude ; on aurait dit que le passé ne lui inspirait pas la moindre nostalgie. Elle ne rêvassait jamais, se contentait de se consacrer pleinement au petit Garp – et à ses devoirs d'infirmière.

Le nom de Fields était bien connu à Steering School. Le célèbre roi de la chaussure de la Nouvelle-Angleterre était un célèbre ancien élève de l'école, et que la chose fût prévisible ou non à l'époque, il devait même devenir membre du conseil d'administration. Dans l'échelle des fortunes de la Nouvelle-Angleterre, il s'en trouvait de plus anciennes, mais aussi de plus récentes que la sienne, et sa femme, la mère de Jenny – une Weeks de Boston –, était peut-être encore plus connue que lui à Steering. Parmi les anciens du corps enseignant, certains se souvenaient du temps où, chaque année sans exception, un Weeks sortait de Steering avec son diplôme. Pourtant, à Steering, Jenny Fields ne paraissait pas avoir hérité de toutes les qualités. Elle était belle, on devait l'admettre, mais d'une beauté banale ; elle portait l'uniforme d'infirmière même lorsqu'elle aurait eu le loisir de s'habiller avec plus d'élégance. En réalité, toute cette histoire, ce métier d'infirmière – ce choix dont elle semblait si fière –, tout cela était étrange. Vu ses origines. Pour une Fields comme pour une Weeks, il y avait mieux à faire que d'être infirmière.

Socialement parlant, Jenny avait cette forme de sérieux dépourvu de grâce qui met les gens plus frivoles mal à l'aise. Elle lisait beaucoup et puisait avec avidité dans la bibliothèque de Steering ; si quelqu'un réclamait un livre, on constatait inévitablement qu'il avait été emprunté par l'infirmière Fields. Les gens téléphonaient et on leur répondait avec courtoisie ; Jenny proposait même volontiers d'aller remettre le livre en main propre au lecteur qui le réclamait, sitôt qu'elle l'aurait terminé. Elle se hâtait de terminer les livres en question, mais n'avait rien à en dire. Dans un établissement scolaire, quelqu'un qui lit un livre dans un dessein secret, et non pour en discuter, est bizarre. Pourquoi donc lisait-elle ?

Qu'elle assistât aux cours pendant ses heures de liberté paraissait plus étrange encore. Le règlement de Steering School spécifiait que les membres du corps enseignant ou du personnel, et/ou leurs conjoints, pouvaient suivre, gratis, tous les cours proposés par l'école, à la seule condition d'obtenir la permission de l'enseignant concerné. Qui serait allé décourager une infirmière ? – lui déconseiller les élisabéthains, le roman victorien, l'histoire de la Russie jusqu'en 1917, l'initiation à la génétique, la civilisation occidentale niveaux I et II. Au fil des années, Jenny Fields allait avancer résolument de César à Eisenhower, parcourir toutes les étapes, Luther, Lénine, Érasme et la caryocinèse, l'osmose et Freud, Rembrandt, les chromosomes et Van Gogh, passer du Styx à la Tamise, de Homère à Virginia Woolf. D'Athènes à Auschwitz, tout cela sans jamais dire un mot. Elle était la seule femme dans les classes. Toujours vêtue de son uniforme blanc, elle assistait aux cours avec tant de discrétion que les élèves et bientôt le maître finissaient par oublier sa présence et se détendaient ; le cours se déroulait tandis qu'assise, calme et blanche parmi eux, elle écoutait avec attention, témoin de tout ce qui se disait – sans jamais peut-être s'arrêter à rien, peut-être toujours prête à tout critiquer.

Jenny Fields faisait enfin les études dont elle avait rêvé ; enfin le moment semblait venu. Mais ses motivations n'étaient pas totalement égoïstes ; elle testait Steering School à l'intention de son fils. Lorsque Garp aurait l'âge d'y entrer comme élève, elle serait capable de lui donner une foule de conseils – elle connaîtrait les poids morts dans toutes les disciplines, les cours qui se traînaient et ceux qui soulevaient l'enthousiasme.

Son minuscule appartement situé dans l'annexe de l'infirmerie regorgeait de ses livres. Elle passa dix ans à Steering School avant de découvrir que la librairie accordait une ristourne de dix pour cent aux enseignants et membres du personnel (que jamais la librairie ne lui avait proposée). Elle se sentit furieuse. Surtout qu'elle se montrait généreuse avec ses livres – qu'elle finissait par ranger un peu partout dans toutes les pièces de la sinistre annexe. Mais la place manquait sur les rayons et ils envahissaient peu à peu l'infirmerie elle-même, la salle d'attente, la salle de radiographie, où ils recouvraient les revues et journaux avant de les remplacer. Peu à peu, les malades se rendirent compte à quel point Steering était un endroit sérieux – l'infirmerie n'était pas une infirmerie ordinaire, bourrée de livres frivoles et de mauvais journaux. Tout en attendant son tour, on pouvait méditer sur *le Déclin du Moyen Age* ; en attendant les résultats de ses analyses, on pouvait réclamer à l'infirmière ce précieux manuel de génétique intitulé *Répertoire des mouches à fruit*. Ceux qui étaient gravement malades, ou susceptibles de faire de fréquentes visites à l'infirmerie, avaient la certitude d'y trouver un exemplaire de *la Montagne magique*. Pour les jambes cassées et les victimes d'accidents de sports, il y avait les vaillants héros de légende et leurs palpitantes aventures – Conrad et Melville, et non *Sports Illustrated* ; non pas

Time ni *Newsweek*, mais Dickens, Hemingway ou Twain. Quel rêve délicieux pour les amoureux de bonne littérature que de passer quelques jours à l'infirmerie de Steering ! Enfin une infirmerie qui offrait de bonnes lectures.

Lorsque Jenny Fields eut séjourné douze ans à Steering, les bibliothécaires avaient pris l'habitude de dire, quand quelqu'un leur réclamait un livre qu'ils n'avaient pas :

– Peut-être que c'est l'infirmière qui l'a.

Et à la librairie, si par hasard un ouvrage manquait en magasin ou était épuisé, on pouvait fort bien s'entendre donner le conseil suivant :

– Allez donc voir l'infirmière, Miss Fields, il se peut qu'elle l'ait, *elle*.

Et quand on s'adressait à Jenny, elle fronçait les sourcils et disait :

– Celui-là, je crois qu'il est au 26, à l'annexe, mais McCarty est en train de le lire. Il a la grippe. Peut-être que, lorsqu'il aura fini, il ne demandera pas mieux que de vous le prêter.

A moins qu'elle ne réponde :

– La dernière fois que je l'ai vu, c'était au bord de la piscine. Peut-être que les premières pages seront un peu mouillées.

Impossible, bien sûr, de juger de l'influence de Jenny sur la qualité des études à Steering, mais jamais elle ne surmonta sa colère d'avoir, pendant dix ans, été volée de ses dix pour cent de ristourne.

« C'était ma mère qui faisait vivre cette librairie, écrivit Garp. Par comparaison à elle, personne à Steering ne lisait jamais rien. »

Garp avait deux ans lorsque Steering School proposa à Jenny un contrat de trois ans ; elle était bonne infirmière, nul ne le contestait, et le léger dégoût qu'elle inspirait à tout le monde ne s'était pas aggravé au cours de ces deux premières années. Le bébé, somme toute, était semblable à *tous* les bébés ; peut-être un peu plus basané que la plupart en été, et un peu plus livide en hiver – et un peu trop gras. Il avait quelque chose d'un peu rond, comme un Eskimo emmitouflé, même lorsqu'il n'était pas vraiment emmitouflé. Et les jeunes professeurs de retour depuis peu de la guerre faisaient observer que la silhouette de l'enfant était aussi trapue qu'une bombe. Mais, même illégitimes, les enfants sont des enfants, après tout. L'irritation provoquée par les bizarreries de Jenny demeurait tolérable.

Elle accepta le contrat de trois ans. Elle apprenait, se cultivait en même temps qu'elle jetait des jalons sur la route qui permettrait à Garp d'entrer à Steering. « Une éducation supérieure », voilà ce que pouvait offrir Steering School, comme avait dit son père. Jenny estimait qu'il valait mieux s'en assurer.

Lorsque Garp eut cinq ans, Jenny Fields fut promue infirmière-chef. Il n'était pas facile de trouver des infirmières jeunes et actives capables de supporter l'insolence et les mauvaises manières des élèves ; il n'était pas facile non plus de trouver des infirmières disposées à vivre dans l'enceinte de l'établissement, et Jenny paraissait satisfaite de vivre dans l'aile de l'annexe qui lui était réservée. En ce sens, elle devint une mère pour beaucoup ; toujours prête à se lever au beau milieu de la nuit quand il arrivait qu'un élève vomisse, ou l'appelle, ou renverse son verre d'eau. Ou encore lorsque les fortes têtes se mettaient à chahuter dans les travées obscures, à faire la course en poussant leurs lits, à se livrer des combats de gladiateurs du fond de leurs fauteuils roulants, ou à bavarder furtivement avec des gamines de la ville à travers les barreaux des fenêtres, ou encore tentaient de se laisser glisser jusqu'au sol, ou de remonter, accrochés aux épaisses branches du lierre qui recouvrait les vieux murs de brique de l'infirmerie et de son annexe.

Un tunnel souterrain reliait l'infirmerie à l'annexe, assez large pour laisser passer un brancard à roulettes escorté de chaque côté par une infirmière. Il arrivait parfois aux mauvais sujets de *jouer aux boules* dans le tunnel, et le vacarme parvenait jusqu'à Jenny et Garp enfermés dans leur aile lointaine – comme si les cobayes, les rats et les lapins prisonniers dans le laboratoire du sous-sol avaient depuis la veille pris des proportions énormes et refoulé de leurs puissants museaux les poubelles tout au fond du tunnel.

Mais lorsque Garp atteignit cinq ans – lorsque sa mère fut promue infirmière-chef –, la petite communauté de Steering remarqua en lui quelque chose d'étrange. On ne sait pas trop en quoi un garçon de cinq ans peut se distinguer des autres, mais sa tête avait quelque chose de lisse, de sombre, de mouillé (comme une tête de phoque), et la densité exagérée de son corps faisait renaître les vieilles spéculations au sujet de ses gènes. Par tempérament, l'enfant paraissait tenir de sa mère : volontaire, peut-être renfermé, hautain, mais perpétuellement sur ses gardes. Bien que petit pour son âge, il donnait l'impression d'être, par d'autres côtés, d'une maturité anormale, et son calme mettait les gens mal à l'aise. Plutôt petit, pareil à un animal doté d'un bon équilibre, il paraissait doué, en outre, d'une coordination inhabituelle. Comme le remarquaient parfois les autres mères, non sans inquiétude, l'enfant était capable d'*escalader* n'importe quoi. Portiques, balançoires, gradins des tribunes, les arbres les plus dangereux : il suffisait de lever le nez pour trouver Garp juché tout en haut.

Un soir après souper, Jenny ne le trouva nulle part. Garp était libre de circuler à sa guise dans l'infirmerie et l'annexe pour bavarder avec les enfants, et lorsque Jenny voulait qu'il rentre, il lui suffisait d'ordinaire de l'appeler par l'intercom. « A la maison, Garp », disait-elle. Il avait des consignes : savait quelles chambres lui étaient interdites, quels malades étaient contagieux, connaissait ceux qui se sentaient vraiment mal et préféraient rester seuls. C'étaient les victimes d'accidents de sports que Garp préférait ; il aimait contempler les plâtres, les écharpes, les attelles et les énormes pansements, et il aimait entendre raconter les circonstances de l'accident, sans jamais se lasser. Tout comme sa mère, peut-être – infirmier par nature –, il adorait faire des menues courses pour les malades, transmettre des messages, leur apporter en cachette de quoi manger. Mais, un soir, il avait alors cinq ans, Garp ne répondit pas à l'appel : « à la maison, Garp. » L'intercom diffusa le message dans toutes les chambres de l'infirmerie et de l'annexe, y compris dans les salles dont l'accès était formellement interdit à Garp – le laboratoire, la salle d'opération et la salle de radiographie. Si Garp n'entendait pas le message, c'était soit qu'il lui était arrivé quelque chose, soit qu'il était sorti, Jenny le savait. Mobilisant promptement les malades les plus valides, elle se lança à sa recherche.

C'était le début du printemps et la nuit était brumeuse ; un groupe d'élèves entreprirent de fouiller les buissons de forsythias détrempés, en poussant de grands cris. D'autres explorèrent les recoins sombres et déserts, ainsi que les salles interdites bourrées de matériel. Tout d'abord, Jenny se laissa aller à ses craintes. Elle alla inspecter le toboggan de la buanderie, un cylindre lisse qui traversait quatre étages pour aboutir directement au sous-sol (Garp n'était même pas autorisé à mettre du linge sale dans le toboggan). Mais, à la verticale de l'endroit où le toboggan perçait le plafond pour vomir son contenu sur le plancher du sous-sol, il n'y avait rien d'autre que du linge sale sur le ciment froid. Elle inspecta la chaufferie et l'énorme ballon rempli d'eau bouillante, mais Garp n'y avait pas été cuit tout vivant. Elle inspecta les cages d'escalier, mais Garp avait pour consigne de ne pas jouer dans les escaliers et il ne gisait nulle part fracassé quatre étages plus bas. Elle commença alors à céder à ses peurs inexprimées, qui lui faisaient parfois redouter que le petit Garp ne tombe entre les griffes d'un sadique inconnu dissimulé parmi les élèves de Steering. Mais, au début du printemps, il y avait trop d'élèves hospitalisés pour que Jenny puisse les tenir tous à l'œil – encore moins se faire une idée de leurs mœurs sexuelles. Il y avait les imbéciles qui, dès le premier jour de soleil, allaient se baigner, alors que la neige n'était pas encore fondue. Il y avait les dernières victimes de rhumes tardifs, en état de moindre résistance en cette fin d'hiver. Il y avait aussi le dernier peloton de blessés victimes d'accidents de sports hivernaux et la première moisson des blessés du printemps.

L'un de ceux-là était Hathaway, qui, Jenny s'en rendit compte, était justement en train de sonner désespérément de sa chambre située au quatrième étage de l'annexe. Hathaway était un joueur de hockey qui s'était déchiré un ligament du genou ; deux jours après avoir été plâtré et remis en circulation sur des béquilles, Hathaway était sorti sous la pluie, et le bout de ses béquilles avait glissé au sommet du long escalier de marbre de Hyle Hall. Au cours de la chute, il s'était fracturé l'autre jambe. Et maintenant Hathaway, ses deux longues jambes plâtrées, gisait vautré sur son lit au quatrième étage de l'annexe, ses grosses mains noueuses amoureusement crispées sur une crosse de hockey. S'il se trouvait relégué là, isolé au quatrième étage de l'annexe, c'était en raison de sa manie exaspérante de catapulter une balle de hockey à travers la pièce pour la faire ricocher sur le mur. Il attrapait alors au vol la balle dure dans le filet fixé au bout de sa crosse et, d'un coup sec, la renvoyait contre le mur. Jenny aurait pu y mettre bon ordre, mais elle avait elle-même un fils, après tout, et elle comprenait le besoin qu'ont les garçons de s'absorber, machinalement, dans des gestes purement répétitifs. Cela semblait les détendre, Jenny l'avait constaté – qu'ils eussent cinq ans, comme Garp, ou dix-sept ans, comme Hathaway.

Mais, ce qui la rendait furieuse, c'était que Hathaway maniait sa crosse avec une telle maladresse que la balle lui échappait sans arrêt ! Elle avait pris la peine de l'installer à l'écart, pour que les autres malades ne puissent se plaindre du bruit, mais chaque fois que Hathaway perdait sa balle, il sonnait pour que quelqu'un vienne la lui chercher ; bien qu'il y eût un ascenseur, le quatrième étage de l'annexe était pour tout le monde au diable vauvert. Constatant que l'ascenseur était en service, Jenny s'élança un peu trop vite dans l'escalier, et ce fut hors d'haleine, en même temps que furieuse, qu'elle atteignit la chambre de Hathaway.

– Je sais à quel point ce jeu compte pour vous, Hathaway, dit Jenny, mais pour le moment Garp est perdu et je n'ai vraiment pas le temps de chercher votre balle.

Hathaway était un garçon d'une gentillesse immuable, aux réactions lentes, au visage mou et imberbe et à la crinière d'un blond-roux qui, lui retombant sur le nez, dissimulait en partie un de ses yeux pâles. Il avait l'habitude de rejeter la tête en arrière, peut-être pour mieux y voir sous l'écran de ses cheveux, et, pour cette raison, et aussi parce qu'il était grand, il était impossible de regarder Hathaway sans plonger les yeux dans ses larges narines.

– Miss Fields ? fit-il.

Jenny remarqua qu'il ne tenait pas sa crosse de hockey.

– Quoi *encore*, Hathaway ? demanda Jenny. Navrée de ne pas avoir le temps, mais Garp est perdu. Je cherche *Garp*.

– Oh ! fit Hathaway.

Il promena son regard sur la chambre – à croire qu'il cherchait Garp –, un peu comme si quelqu'un lui avait demandé un cendrier.

– Je suis désolé, reprit Hathaway. Dommage que je ne puisse pas vous aider à le chercher.

Il contemplait ses deux plâtres d'un regard impuissant.

Jenny tapota un des genoux plâtrés, comme si elle frappait à une porte derrière laquelle quelqu'un était peut-être endormi.

– Surtout, ne vous inquiétez pas, dit-elle.

Puis elle attendit qu'il lui dise ce qu'il voulait, mais Hathaway semblait avoir oublié pourquoi il avait sonné.

– Hathaway ? demanda-t-elle, en donnant un nouveau petit coup sur le plâtre pour le tirer de sa torpeur. Alors, qu'est-ce que vous vouliez ? Vous avez perdu votre balle ?

– Non, expliqua Hathaway, j'ai perdu ma *crosse*.

Machinalement, tous deux prirent le temps d'examiner la chambre de Hathaway pour chercher la crosse manquante.

– Je dormais, expliqua-t-il, et quand je me suis réveillé, elle avait disparu.

Jenny pensa aussitôt à Meckler, Meckler la terreur du second étage de l'annexe. Meckler était un brillant sujet à l'esprit sarcastique, qui passait au minimum quatre jours par mois à l'infirmerie. A seize ans, il fumait comme un pompier, assumait la rédaction de la plupart des journaux et revues de l'école, et, à deux reprises, avait remporté le concours annuel de littérature classique. Meckler dédaignait la nourriture du réfectoire et vivait de café et de sandwiches à l'omelette qu'il consommait au snack-grill Buster où, en fait, il rédigeait ses dissertations trimestrielles, toujours très longues et très en retard, mais brillantes. Tous les mois, Meckler venait s'écrouler à l'infirmerie pour récupérer des mauvais traitements qu'il infligeait à son corps, et de son génie, et s'appliquait alors à concevoir d'ignobles farces dont Jenny ne parvenait jamais tout à fait à lui attribuer la paternité. On trouva un jour des têtards bouillis dans la théière destinée aux laborantins, qui se plaignirent que le thé avait un goût de poisson ; une autre fois, Jenny en avait la certitude, Meckler avait rempli de blanc d'œuf un préservatif dont il avait entortillé le col souple sur la poignée de la porte de son appartement. Elle savait qu'il s'agissait de blanc d'œuf, car elle découvrit par la suite les coquilles. Dans son sac. Et c'était encore Meckler, Jenny l'aurait juré, qui avait semé le chaos au troisième étage de l'infirmerie quelques années auparavant, durant l'épidémie de varicelle : les garçons se masturbaient à tour de rôle, et, les mains pleines de sperme tout chaud, se précipitaient vers les microscopes du laboratoire – pour voir s'ils étaient devenus stériles.

Mais le style de Meckler, se disait Jenny, l'aurait plutôt poussé à découper un trou dans le filet – avant de laisser la crosse inutile entre les mains de Hathaway endormi.

– Je parie que c'est Garp qui l'a prise, dit Jenny à Hathaway. Trouvons Garp, et nous trouverons votre crosse.

Elle refoula, pour la centième fois, l'envie d'avancer la main pour repousser la mèche qui masquait presque complètement l'un des yeux de Hathaway ; elle se contenta de presser doucement ses gros orteils qui émergeaient de leurs plâtres.

Si Garp avait l'intention de jouer au hockey, réfléchit Jenny, où irait-il ? Pas dehors, il faisait nuit ; il perdrait la balle. Et le seul endroit où il risquait de ne pas avoir entendu l'appel de l'intercom était le tunnel qui reliait l'infirmerie à l'annexe – l'endroit idéal pour taper dans la balle, Jenny le savait. C'était déjà arrivé ; un jour, bien après minuit, Jenny avait interrompu une mêlée. Elle prit l'ascenseur et descendit directement au sous-sol. Hathaway était un bon garçon, pensait-elle, Garp pourrait faire pire que de suivre ses traces. Mais n'empêche qu'il pourrait faire mieux.

De son côté, bien que laborieusement, Hathaway réfléchissait ; il regrettait de ne pouvoir se lever pour participer aux recherches. Garp venait souvent rendre visite à Hathaway. Un athlète infirme avec deux jambes dans le plâtre sortait de l'ordinaire. Hathaway avait laissé Garp couvrir de dessins ses jambes plâtrées ; recoupant et recouvrant les signatures de ses autres copains s'entrelaçaient au fusain les visages et les monstres nés de l'imagination de Garp. Contemplant les dessins d'enfant qui bariolaient ses plâtres, Hathaway se sentait inquiet pour Garp. Ce fut ainsi qu'il repéra la balle, entre ses cuisses ; à cause du plâtre, il ne l'avait pas sentie. Elle gisait là comme un œuf qu'aurait pondu Hathaway, bien au chaud. Comment Garp aurait-il pu jouer au hockey sans balle.

Lorsqu'il entendit les pigeons, Hathaway comprit tout, Garp n'était pas en train de jouer au hockey. Les pigeons ! Il se souvenait maintenant. Il s'était plaint des pigeons à l'enfant. Avec leurs fichus roucoulements, leurs gloussements et leur perpétuelle agitation dans la gouttière et sur le faîte du toit d'ardoise en pente raide, les pigeons tenaient Hathaway éveillé toute la nuit. Dormir au quatrième et au dernier étage n'allait pas sans problème ; un problème que connaissaient tous les pensionnaires logés aux étages supérieurs de Steering – à croire que les pigeons faisaient la loi sur le campus. Les préposés à l'entretien des locaux avaient eu beau condamner l'accès de la plupart des avancées et chéneaux avec du grillage, les pigeons nichaient par temps sec dans les gouttières, bâtissaient leurs nids sous le rebord des toits, et se perchaient dans le vieux lierre noueux. Il était impossible de les tenir à l'écart des bâtiments. Et ce qu'ils pouvaient roucouler ! Hathaway les avait en horreur. S'il avait eu ne fût-ce qu'une seule jambe valide, avait-il dit à Garp, il leur aurait fait leur affaire.

– Comment ? avait demandé Garp.

– Ils n'aiment pas voler la nuit, avait expliqué Hathaway.

C'était en deuxième année de biologie que Hathaway avait tout appris sur les mœurs des pigeons ; Jenny Fields avait suivi le même cours.

– Il me serait facile de monter sur le toit, avait dit Hathaway à Garp, la nuit – une nuit qu'il ne pleuvrait pas –, et de les coincer dans la gouttière. C'est tout ce qu'ils savent faire, se fourrer dans la gouttière pour roucouler et chier à longueur de nuit.

– Mais *comment* que tu ferais pour les coincer ?

Hathaway avait fait virevolter sa crosse, et intercepté la balle. Il avait fait rouler la balle entre ses cuisses, puis, doucement, avait coiffé la petite tête de Garp avec le filet.

– Comme ça, avait-il dit. Avec ça, je les aurais facilement – avec ma crosse. Un par un, jusqu'au dernier.

Hathaway revoyait encore le sourire de Garp – Garp qui adorait son grand copain prisonnier de ses deux glorieux plâtres. Hathaway jeta un coup d'œil par la fenêtre, constata qu'il faisait très noir et qu'il ne pleuvait pas. Hathaway se jeta sur sa sonnette.

– Garp ! hurla-t-il. Oh, mon Dieu !

Il plaqua le pouce sur le bouton de la sonnette et le maintint enfoncé.

Lorsque Jenny Fields aperçut le voyant lumineux qui l'appelait au quatrième, elle crut que Garp avait ramené à Hathaway son équipement de hockey. Quel brave garçon, pensa-t-elle, reprenant l'ascenseur pour, une fois de plus, se hisser jusqu'au quatrième. Ses bonnes grosses chaussures d'infirmière couinant à chaque pas, elle se précipita vers la chambre de Hathaway. Elle aperçut la balle dans la main de Hathaway. Son œil unique, très nettement visible, paraissait effrayé.

– Il est sur le toit, lui dit Hathaway.

– Sur le toit ! s'exclama Jenny.

– En train d'essayer de capturer les pigeons avec ma crosse, dit Hathaway.

Un adulte de bonne taille, planté debout sur la plate-forme du quatrième étage de l'escalier de secours, pouvait tout juste effleurer du bout des doigts le rebord de la gouttière. Lorsque Steering School entreprenait de curer ses gouttières, après la chute des feuilles et avant les grosses pluies de printemps, seuls des hommes de *grande taille* étaient affectés à cette corvée, les plus petits renâclant à la perspective de plonger la main dans les gouttières et de toucher des choses qu'ils ne pouvaient voir – pigeons morts, écureuils à moitié pourris et autres matières impossibles à identifier. Seuls des hommes de grande taille pouvaient se mettre debout sur les plates-formes des escaliers de secours et inspecter l'intérieur des gouttières avant d'y plonger la main. Les gouttières étaient aussi larges et presque aussi profondes que des auges à porcs, mais loin d'être aussi solides – et elles étaient vieilles. A Steering, à cette époque, *tout* était vieux.

Lorsque, une fois franchie la porte à incendie du quatrième, Jenny se retrouva sur l'escalier, ce fut tout juste si elle parvint à effleurer du bout des doigts la gouttière ; elle ne pouvait pas voir au-dessus le toit d'ardoise en pente raide – et, dans l'obscurité et le brouillard, elle ne pouvait même pas distinguer, à droite ni à gauche, le dessous de la gouttière jusqu'aux deux angles du bâtiment. Nulle part elle ne vit Garp.

– Garp ? chuchota-t-elle.

Quatre étages plus bas, au milieu des buissons où luisaient çà et là le capot ou le toit d'une voiture en stationnement, des enfants le hélaient eux aussi.

– Garp, chuchota-t-elle, un peu plus fort.

– Maman ? demanda-t-il, ce qui la fit sursauter, bien qu'il eût chuchoté plus doucement qu'elle.

Sa voix était toute proche, presque à portée de main ; pourtant elle ne le voyait pas. Puis elle vit l'extrémité de la crosse prolongée par son filet qui se découpait sur la lune auréolée de brouillard comme une étrange patte palmée, la patte d'un animal nocturne inconnu ; elle saillait de la gouttière, presque à la verticale de Jenny. Elle leva alors le bras et faillit mourir de peur au contact de la jambe de Garp, qui avait transpercé la gouttière ; le métal pourri lui avait déchiré son pantalon et entaillé la chair, et il était coincé là, une jambe passée jusqu'à la hanche à travers la gouttière, l'autre allongée de tout son long derrière lui dans le conduit, parallèle au rebord du toit d'ardoise. Garp gisait donc sur le ventre dans la gouttière, qui grinçait sous son poids.

Lorsqu'il était passé au travers de la gouttière, la peur l'avait empêché d'appeler au secours ; il le sentait, l'auge était fragile, complètement pourrie et menaçait de tomber en morceaux. Sa *voix*, se disait-il, suffirait peut-être à faire s'effondrer le toit. Il était resté là, la joue dans la gouttière, et, à travers un minuscule trou auréolé de rouille, avait contemplé les garçons qui, quatre étages plus bas, fouillaient le parking et les buissons à sa recherche. La crosse de hockey, qui avait bel et bien capturé un pigeon stupéfait, avait basculé par-dessus le rebord, libérant l'oiseau.

Le pigeon, mal remis de sa capture et de sa libération subséquente, n'avait pas bougé. Il restait tapi dans la gouttière, où il poussait ses grotesques petits gloussements. Jenny se rendit compte que Garp aurait bien été incapable d'atteindre la gouttière à partir de l'escalier de secours, et frissonna en se le représentant acharné à escalader le lierre, une de ses mains crispée sur la crosse. Elle lui empoigna fermement la jambe ; le petit mollet chaud et nu était légèrement poisseux de sang, mais la coupure qu'il s'était faite sur la gouttière rouillée n'était pas trop grave. Une piqûre antitétanique, se dit-elle ; le sang était presque sec et Jenny estima qu'il serait inutile de poser des agrafes – bien que, dans le noir, elle ne pût clairement distinguer la plaie. Elle réfléchissait au meilleur moyen de le ramener au sol. Tout en bas, les buissons de forsythias, illuminés par la lueur qui tombait des fenêtres du rez-de-chaussée, semblaient cligner de l'œil ; à cette distance, les fleurs jaunes avaient l'air de petites flammes de gaz.

– Maman ? demanda Garp.

– Oui, chuchota-t-elle. Je te tiens.

– Ne me lâche pas, fit-il.

– Promis, fit-elle.

Comme provoqué par sa voix, un nouveau fragment de gouttière se détacha.

– Maman ! lança Garp.

– Tout va bien, assura Jenny.

Elle se demandait s'il ne vaudrait pas mieux le tirer violemment vers le bas, d'un coup sec, dans l'espoir de lui faire traverser d'une pièce la gouttière pourrie. Mais, bien entendu, la gouttière tout entière risquait de se détacher en bloc – et alors *dans ce cas* ? pensa-t-elle. Elle se vit, et lui avec, projetée loin de l'escalier et dégringoler jusqu'au sol. Mais, elle le savait aussi, personne ne parviendrait à monter sur la gouttière pour arracher l'enfant à son trou et ensuite le ramener jusqu'à son niveau par-dessus le rebord. C'était à peine si la gouttière pouvait supporter le poids d'un enfant de cinq ans ; à plus forte raison, jamais elle ne supporterait le poids d'un adulte. Et Jenny le savait aussi, il était exclu qu'elle lâche la jambe de Garp, fût-ce pour donner à quelqu'un le temps d'essayer.

Ce fut la nouvelle infirmière, Miss Creen, qui, la première, les aperçut du sol et se précipita dans le bâtiment pour appeler le doyen Bodger. Miss Creen avait tout de suite pensé au projecteur du doyen Bodger, monté sur sa voiture noire (qui, toutes les nuits, patrouillait le campus après le couvre-feu en quête des traînards). En dépit des plaintes des jardiniers, Bodger empruntait les sentiers pour piétons et coupait à travers les pelouses, braquant le faisceau de son projecteur sur les buissons épais qui bordaient les bâtiments, rendant le campus fort inhospitalier aux rôdeurs – ou aux amoureux, qui ne pouvaient trouver asile à l'intérieur.

Miss Creen alerta également le Dr. Peel, parce que ses réflexes, en cas d'urgence, la portaient à se tourner vers ceux qui étaient en principe responsables. Elle ne pensa pas à appeler les pompiers, alors qu'au même instant Jenny y pensait ; mais Jenny redoutait qu'ils ne tardent trop et que la gouttière ne s'effondre avant leur arrivée ; pire encore, imaginait-elle, ils exigeraient qu'elle les laisse, eux, se charger de mener les opérations et la forceraient à lâcher la jambe de Garp.

Soudain, Jenny leva les yeux et, à sa grande surprise, vit la petite chaussure détrempée de Garp, qui se balançait dans la lumière brutale et crue du projecteur que venait d'allumer le doyen Bodger. La lumière dérangeait et perturbait les pigeons, qui avaient un sens de l'aube des plus vagues et qui semblaient presque sur le point de passer à l'action dans la gouttière ; leurs roucoulements et les crissements de leurs serres se faisaient de plus en plus frénétiques.

En bas, sur la pelouse, courant tout autour de la voiture du doyen Bodger, les garçons en blouse blanche paraissaient comme frappés de démence par l'événement – ou par la voix cinglante du doyen Bodger qui leur ordonnait de courir ici et là, de lui ramener ceci ou cela. S'adressant aux élèves, Bodger disait toujours « les gars ». Par exemple : « Allons les gars, alignez-moi des matelas au pied de l'escalier de secours ! Et que ça saute ! » aboyait-il. Avant d'être promu doyen, Bodger avait enseigné l'allemand pendant vingt ans à Steering ; ses ordres n'étaient pas sans rappeler les rafales des conjugaisons allemandes. Les « gars » empilèrent des matelas et, à travers l'ossature de l'escalier à incendie, se mirent à lorgner en direction de l'uniforme de Jenny, d'une blancheur miraculeuse. Un des garçons se planta carrément au pied du bâtiment, juste sous l'escalier à incendie, et sans doute le spectacle des dessous de Jenny et de ses jambes illuminées le laissa-t-il ébloui, car il parut tout oublier du drame et se contenta de rester *planté* là.

– Schwarz ! hurla le doyen Bodger, mais l'autre s'appelait Warner et ne réagit pas.

Et il fallut que le doyen le gratifie d'une bourrade pour qu'il renonce à écarquiller les yeux.

– Vite, d'autres matelas, Schmidt ! lui lança Bodger.

Un fragment de gouttière, ou un bout de feuille, vint se ficher dans l'œil de Jenny et elle dut écarter les jambes encore davantage pour garder l'équilibre. Lorsque la gouttière s'effondra, le pigeon qu'avait capturé Garp fut catapulté loin de la gueule béante de l'auge et contraint un instant à battre frénétiquement des ailes. Jenny suffoqua de terreur à l'idée qui lui traversa d'abord l'esprit : que le pigeon dont la tache floue déjà s'estompait était le corps de son fils projeté dans le vide ; mais elle se rassura en sentant sous ses doigts crispés la jambe de Garp. Puis le substantiel morceau de gouttière où était toujours enfermé Garp s'effondra et le choc aplatit d'abord Jenny sur les jarrets, avant de la projeter sur une hanche contre la plateforme de l'escalier de secours. Ce ne fut que lorsqu'elle comprit qu'ils étaient tous deux sains et saufs sur la plateforme, et assis, que Jenny lâcha la jambe de Garp. Toute une semaine, il garderait sur le mollet une meurtrissure au dessin compliqué : l'empreinte presque parfaite des doigts de Jenny.

Vue du sol, la scène était déroutante. Le doyen Bodger

vit brusquement des corps bouger au-dessus de lui, entendit le bruit de la gouttière qui se déchirait, vit l'infirmière Fields basculer. Il vit aussi un bon mètre de gouttière s'engloutir dans l'obscurité, mais ne vit pas l'enfant. Par contre, il vit quelque chose qui ressemblait à un pigeon traverser comme une flèche le faisceau de son projecteur, mais il ne put suivre des yeux la trajectoire de l'oiseau – l'oiseau aveuglé par la lumière, qui disparut dans les ténèbres. Heurtant le rebord en fer de l'escalier de secours, le pigeon se rompit le cou, parut se draper dans ses ailes et dégringola en vrille, comme un ballon de football dégonflé, manquant largement la rangée de matelas que Bodger avait fait disposer en prévision de l'ultime catastrophe. Bodger vit l'oiseau tomber et crut que le petit corps de l'enfant piquait vers le sol.

Le doyen Bodger était un homme courageux et tenace, père de quatre enfants, qu'il élevait avec une grande fermeté. Le zèle qu'il déployait pour maintenir l'ordre sur le campus n'était pas tant motivé par son désir de jouer les rabat-joie que par sa conviction intime que, pour la plupart, les accidents sont inutiles et peuvent, avec un peu d'astuce et de bonne volonté, être évités. Aussi Bodger s'imagina-t-il pouvoir intercepter l'enfant dans sa chute, parce que, dans son cœur toujours angoissé, il était préparé à ce genre de situation et se croyait capable d'arracher aux ténèbres un corps en train de tomber du ciel. Le doyen, avec son poil ras, ses muscles puissants et son corps au gabarit bizarre, ressemblait à un dogue, partageant par ailleurs avec cette race de petits yeux perpétuellement irrités, qui louchaient comme des yeux de porc. Du dogue, également, Bodger avait l'art de foncer et de se ruer en avant, ce qu'il fit, étendant les bras, ses petits yeux porcins rivés sur le pigeon qui plongeait vers le sol.

– Je te tiens, petit ! s'écria Bodger, ce qui terrifia les garçons en blouse blanche que rien n'avait préparés à pareil spectacle.

Le doyen Bodger, emporté par son élan, plongea pour bloquer l'oiseau, qui lui percuta la poitrine avec une force à laquelle Bodger était loin de s'attendre. Sous l'impact de l'oiseau, le doyen tituba, puis bascula sur le dos où, le souffle brusquement coupé, il demeura pantelant. L'oiseau écrasé était niché dans le creux de ses bras ; son bec piquait le menton rugueux de Bodger. Dans sa frayeur, un des enfants, posté au quatrième, fit pivoter le projecteur et braqua le faisceau en plein sur le doyen. Voyant qu'il serrait un pigeon contre sa poitrine, il lança au loin l'oiseau mort qui, passant par-dessus la tête des gosses ébahis, atterrit sur le parking.

Une agitation folle régnait dans la salle d'accueil de l'infirmerie. Le Dr. Peel venait d'arriver et s'occupait de la jambe du petit Garp – une vilaine déchirure, mais superficielle, qu'il fallut nettoyer et soigner longuement, mais qui ne nécessitait pas d'agrafes. L'infirmière Creen fit à l'enfant une piqûre antitétanique, tandis que le Dr. Peel extirpait une petite particule de métal rouillé de l'œil de Jenny ; Jenny s'était meurtri le dos sous le poids conjugué de Garp et de la gouttière, mais à part ça elle était indemne. Dans la salle d'accueil, l'atmosphère était au soulagement et à la joie, sauf lorsque Jenny parvenait à croiser le regard de son fils ; en public, Garp se comportait comme un héroïque rescapé, mais il devait se demander avec angoisse ce que Jenny lui réservait pour le moment où ils se retrouveraient en tête à tête.

Le doyen Bodger fut l'une des rares personnes de Steering qui parvînt jamais à gagner la sympathie de Jenny. Il la prit discrètement à part et lui dit en confidence que, si elle le jugeait utile, il était tout disposé à réprimander l'enfant – si Jenny estimait que, venant de Bodger, la réprimande aurait un effet plus durable que ce qu'elle pourrait dire elle-même. Jenny accepta la proposition avec reconnaissance, et Bodger et elle convinrent d'une menace capable de toucher l'enfant. Bodger fit alors tomber les plumes accrochées à sa poitrine et rentra sa chemise, qui sortait, comme une nappe de crème, de son petit gilet. Sur quoi, coupant plutôt brutalement court aux bavardages, il annonça qu'il aimerait bien rester un moment seul avec le jeune Garp. Le silence se fit. Garp essaya de s'accrocher à Jenny :

– Non, le *doyen* aimerait te parler, dit Jenny.

Sur quoi, ils se retrouvèrent seuls. Garp ignorait ce qu'était un doyen.

– Ta mère est une femme à poigne, pas vrai, mon garçon, demanda Bodger.

Garp ne comprit pas, mais il hocha la tête.

– Elle mène bien son affaire, si tu veux mon avis, continua le doyen. Elle mériterait de pouvoir faire *confiance* à son fils. Est-ce que tu sais ce que signifie le mot « confiance », mon garçon ?

– Non, dit Garp.

– Eh bien voilà : quand tu *dis* que tu vas quelque part, peut-elle croire que tu y vas ? Peut-elle croire que jamais tu ne feras ce qu'en principe tu ne dois pas faire ? C'est ça, la confiance, mon garçon, dit Bodger. Alors, à ton avis, oui ou non ta mère peut-elle te faire confiance ?

– Oui, dit Garp.

– Est-ce que tu te plais ici ? lui demanda Bodger.

Il savait parfaitement que l'enfant était ravi ; Jenny avait suggéré à Bodger de faire vibrer cette corde.

– Oui, dit Garp.

– Est-ce que tu sais comment m'appellent les élèves ? demanda le doyen.

– « Chien-Enragé » ? s'enquit Garp.

A l'infirmerie, en effet, il avait entendu les enfants appeler quelqu'un « Chien-Enragé », et, aux yeux de Garp, le doyen Bodger avait tout d'un chien fou. Le doyen parut pourtant surpris ; il avait une foule de surnoms, mais, celui-là, il ne l'avait jamais encore entendu.

– Ce que je voulais dire, c'est que les élèves m'appellent « monsieur », dit Bodger, qui constata avec soulagement que Garp était un enfant sensible – il perçut la nuance offensée dans la voix du doyen.

– Oui, monsieur, fit Garp.

– Et c'est vrai que tu te plais bien ici ? répéta le doyen. Eh bien, si *jamais* tu remets les pieds sur cet escalier de secours, ou si jamais tu t'avises de retourner rôder près du toit, tu n'auras plus la *permission* de vivre ici. Est-ce que tu comprends ?

– Oui, monsieur, dit Garp.

– Bon, eh bien, sois bien sage avec ta mère, sinon on t'obligera à partir très loin d'ici, dans un endroit inconnu.

Garp sentit une obscurité l'envelopper, analogue à l'obscurité et au sentiment d'isolement qu'il avait éprouvés couché là-haut dans la gouttière, quatre étages à la verticale de l'endroit où le monde était sûr. Il fondit en larmes, mais Bodger lui saisit le menton entre le pouce et l'index ; il secoua la tête de l'enfant.

– Ne cause *jamais* de déception à ta mère, lui recommanda Bodger. Sinon, tu te sentiras toute ta vie aussi malheureux qu'en ce moment.

« Le pauvre Bodger était pétri de bonnes intentions, écrivit Garp. *C'est vrai*, je me suis senti malheureux presque toute ma vie, et *c'est vrai*, j'ai causé des déceptions à ma mère. Mais l'intuition de Bodger, cette intuition de ce qui se passe *réellement* dans le monde, est aussi suspecte que l'est toujours ce type d'intuition. »

Garp voulait parler de l'illusion à laquelle se cramponna le pauvre Bodger vers la fin de sa vie ; à savoir que c'était non pas un pigeon, mais le petit Garp qu'il avait intercepté dans sa chute. Aucun doute que, vu son âge avancé, l'instant où il avait attrapé l'oiseau avait eu autant d'importance pour le bon Bodger que s'il avait bel et bien attrapé Garp.

La vision que le doyen Bodger se faisait de la réalité était souvent déformée. En quittant l'infirmerie, le doyen s'aperçut que le projecteur fixé à sa voiture avait disparu. Furieux, il fouilla une à une toutes les chambres des malades, même celles des contagieux.

– Cette lumière inondera un jour le coupable ! proclama Bodger, mais personne ne se dénonça.

Jenny était convaincue que Meckler avait fait le coup, mais elle n'avait aucune preuve. Le doyen Bodger rentra chez lui sans avoir retrouvé son projecteur. Deux jours après, il attrapait la grippe et dut venir se faire soigner à l'infirmerie. Jenny lui témoigna une sollicitude toute particulière.

Ce fut quatre jours plus tard seulement que Bodger fut amené à fouiller dans sa boîte à gants. Tout mal fichu qu'il était, le doyen était sorti en pleine nuit pour patrouiller le campus, dans sa voiture équipée d'un projecteur tout neuf, lorsqu'il fut intercepté par un agent des services de sécurité du campus, une nouvelle recrue.

– Mais, bonté divine ! je suis le doyen, dit Bodger au jeune homme tout tremblant.

– Qu'est-ce qui me le prouve, monsieur ? dit l'agent. J'ai pour consigne de ne laisser circuler personne en voiture dans les allées pour piétons.

– On aurait dû vous recommander aussi de ne pas vous mêler des affaires du doyen Bodger ! dit Bodger.

– Ça aussi, on me l'a dit, fit l'agent, mais qu'est-ce qui me *prouve* que vous êtes le doyen Bodger !

– Ma foi, dit Bodger, secrètement ravi du zèle dépourvu d'humour que le jeune agent mettait à accomplir son devoir, bien entendu, je peux prouver *qui* je suis.

Se souvenant alors que son permis de conduire était périmé, le doyen Bodger décida de montrer sa carte grise à l'agent. Lorsqu'il ouvrit la boîte à gants, il y trouva le défunt pigeon.

Une fois encore, Meckler avait frappé ; et, une fois encore, il n'y avait aucune preuve. Le pigeon n'était pas exagérément faisandé, il ne grouillait pas de vers (pas encore), mais la boîte à gants du doyen Bodger était infestée de poux. Le pigeon était si bien mort que les poux s'évertuaient à chercher un nouvel asile. Le doyen s'empressa de dénicher sa carte grise, mais le jeune agent ne parvenait pas à détacher ses yeux du pigeon.

– A ce qu'on m'a dit, c'est un vrai problème ici, ces bêtes-là, fit l'agent. A ce qu'on m'a dit, elles se fourrent partout.

– Les *élèves* se fourrent partout, entonna Bodger. Les pigeons sont inoffensifs, mais les élèves, ce sont les *élèves* qu'il faut tenir à l'œil.

Pendant une période qui parut interminable à Garp, Jenny le tint, *lui*, étroitement à l'œil. A vrai dire, elle l'avait toujours tenu étroitement à l'œil, mais, par ailleurs, elle avait appris à lui faire confiance. Désormais, elle contraignit Garp à lui prouver qu'il était redevenu digne de sa confiance.

Dans une collectivité aussi petite que celle de Steering, les nouvelles se propagent plus vite encore que la teigne. L'histoire des exploits du petit Garp, comment il avait escaladé le toit de l'annexe, comment il avait opéré à l'insu de sa mère, eut pour résultat de les rendre tous deux suspects – lui d'être un enfant capable d'exercer une mauvaise influence sur ses camarades, Jenny d'être une mère incapable de surveiller son fils. Bien entendu, Garp ne sentit pas tout d'abord l'ostracisme qui le visait, mais Jenny, toujours prompte à flairer l'injustice (et prompte à la provoquer), sentit une fois encore que les gens se livraient à d'injustes hypothèses. Son gamin de cinq ans avait fait une escapade sur le toit ; donc, elle ne le surveillait pas comme elle aurait dû le faire. Et, donc, c'était un enfant *bizarre*.

Un enfant sans père, disaient certains, a toujours en tête des bêtises redoutables.

« Bizarre, écrivit Garp, que la famille qui devait, *moi*, me convaincre de mon unicité n'ait jamais inspiré à ma mère la moindre affection. Maman était une femme pratique, elle croyait aux preuves et aux résultats. Elle croyait à Bodger, par exemple, car ce que faisait un doyen avait du moins le mérite d'être clair. Elle croyait à l'utilité de tâches *spécifiques* : enseigner l'histoire, enseigner la lutte – soigner les malades, bien sûr. Mais la famille qui me convainquit de mon unicité ne fut jamais une famille que ma mère respecta. Pour ma mère, la famille Percy *n'accomplissait* rien. »

Jenny Fields n'était pas, à vrai dire, la seule de son avis. Stewart Percy, bien qu'il fût doté d'un titre, n'avait pas à proprement parler d'emploi. Il avait le titre de secrétaire administratif de Steering School, mais personne ne l'avait jamais vu taper à la machine. En fait, il avait sa propre secrétaire, et personne ne se serait risqué à dire sur quoi il pouvait lui arriver de taper. Stewart Percy parut entretenir un temps certaines relations avec l'Association des diplômés de Steering, un groupe d'anciens élèves tellement prodigues de leur richesse et débordants de nostalgie que les autorités de l'école les tenaient en haute estime. Mais, à en croire le président de l'Association, Stewart Percy était trop impopulaire parmi la jeune génération des anciens de l'école pour être d'une quelconque utilité. Les jeunes anciens en question avaient fait leurs études en même temps que Percy, et ils s'en souvenaient.

Stewart Percy n'était pas populaire parmi les élèves, qui eux aussi le soupçonnaient de ne rien faire.

C'était un gros homme rubicond doté d'un torse de lutteur de foire, ce genre de torse qui, à tout moment, peut se révéler n'être rien d'autre qu'un estomac – le genre de poitrine vaillamment bombée capable de se relâcher tout à coup et de faire sauter les boutons de la veste de tweed qui l'enserre, en soulevant la cravate style militaire rayée aux couleurs de Steering. « Rouge sang et bleu azur », comme disait Garp.

Stewart Percy, que sa femme appelait Stewie – bien que toute une génération d'anciens élèves de Steering l'eussent surnommé « Gras-du-Bide » –, avait des cheveux en brosse gris argenté, de la couleur de la *Distinguished Silver Cross*. Les élèves affirmaient que la coiffure de Stewart avait l'ambition d'évoquer un porte-avions, sous prétexte que Stewie avait servi dans la marine pendant la Deuxième Guerre mondiale. Sa contribution aux études de Steering se limitait à un seul cours, qu'il enseigna pendant quinze ans – c'est-à-dire le temps qu'il fallut au département d'histoire pour rassembler le courage et l'irrespect nécessaires pour lui interdire de l'enseigner. Pendant quinze ans, ce cours fut pour l'école un objet de honte. A Steering seuls les plus naïfs des bizuts se laissaient avoir au point de s'y inscrire. Le cours avait pour titre « Mon secteur du Pacifique », et traitait uniquement des batailles navales de la Deuxième Guerre mondiale auxquelles Stewart Percy avait participé en personne. Autrement dit, deux. Le cours ne s'appuyait sur aucun manuel ; il se limitait aux conférences de Stewart et à sa collection personnelle de diapositives. Les diapositives avaient été tirées à partir de vieilles photos en noir et blanc – le résultat était un fondu intéressant. Une certaine semaine de cours et de projections était mémorable entre toutes, celle qui concernait une permission de détente que Stewart avait passée à Hawaï, où il avait rencontré et épousé sa femme, Midge.

– Mais attention, les enfants, ce n'était pas une indigène, précisait-il à sa classe (bien que, sur la diapositive grise, il était difficile de dire de *qui* il s'agissait). Elle était *de passage*, elle n'était pas *née* là-bas, insistait Stewart.

Suivait alors une interminable série de diapositives montrant les cheveux gris-blond de Midge.

Tous les enfants Percy étaient blonds, d'ailleurs, et l'on devinait qu'ils deviendraient un jour couleur *distinguished silver*, comme Stewie, auquel les élèves de la génération de Garp avaient conféré le nom d'un plat qu'une fois par semaine au moins on leur infligeait au réfectoire de l'école : « Ragoût-Gras[1] ». Ce ragoût gras était concocté à partir des restes d'un autre plat traditionnel inscrit au menu hebdomadaire des réfectoires de Steering : la « viande mystère ». Mais Jenny Fields prétendait toujours que Stewart Percy se limitait à une crinière couleur *distinguished silver*.

Et qu'ils le surnomment Gras-du-Bide ou Ragoût-Gras, les élèves qui suivaient le cours de Stewart Percy, « Mon secteur du Pacifique », étaient censés savoir déjà que Midge n'était pas née à Hawaï, quand bien même il était parfois nécessaire de le rappeler à certains. Ce que savaient les plus malins d'entre eux, et que tous les membres de la petite communauté de Steering savaient pratiquement dès leur naissance – et ensevelissaient par la suite sous un mépris silencieux –, était que Stewart Percy avait épousé Midge *Steering*. La princesse encore solitaire, l'héritière de Steering School – aucun proviseur n'avait encore croisé sa route. Stewart Percy avait épousé un tel sac que rien ne l'obligeait à être capable de faire quoi que ce soit, sinon rester marié.

Le père de Jenny Fields, le roi de la chaussure, pensait souvent à la fortune de Midge Steering, et en tremblait dans ses chaussures.

« Midge était à ce point folle, écrivit Jenny Fields dans son autobiographie, qu'elle se rendit à Hawaï, en pleine Deuxième Guerre mondiale, pour passer des *vacances*. Et son imbécillité était à ce point *absolue*, qu'elle s'amouracha bel et bien de Stewart Percy, et qu'elle se mit presque aussitôt à lui donner des enfants, des enfants insipides aux cheveux couleur *distinguished silver* – avant même la fin de la guerre. Et *sitôt* la fin de la guerre, elle les ramena, lui et leurs rejetons sans cesse plus nombreux, à Steering

1. Ragoût, en anglais se dit *stew*. (N. d. É.)

66

School. Et elle exigea que l'école engage Stewie comme professeur. »

« Lorsque j'étais enfant, écrivit Garp, il y avait déjà trois ou quatre petits Percy, et davantage – toujours davantage, aurait-on dit – en route. »

Les innombrables grossesses de Midge Percy inspirèrent à Jenny Fields un petit poème sarcastique :

> *Que cache donc Midge Percy dans son ventre,*
> *De si rond, de si exagérément blond ?*
> *En fait, ce n'est rien du tout, sinon*
> *Une boule de cheveux couleur* distinguished silver.

« Comme romancière, ma mère n'avait aucun talent, écrivit Garp, en se référant à l'autobiographie de Jenny. Comme poète, elle en avait encore moins. »

A cinq ans, cependant, Garp était trop jeune pour que l'on récite de tels poèmes en sa présence. Et d'où venait cette hargne que Jenny vouait à Stewart et à Midge ?

Jenny savait que Ragoût-Gras la méprisait. Mais Jenny ne disait rien, elle se contentait de rester sur ses gardes. Garp partageait les jeux des enfants Percy, qui, eux, n'avaient pas le droit de venir jouer avec lui à l'annexe.

— Vraiment, je crois qu'ici, chez nous, c'est mieux pour les enfants, dit un jour Midge à Jenny, au téléphone. Oui, vous comprenez, s'esclaffa-t-elle, je pense qu'ici ils ne peuvent rien *attraper.*

Sinon un grain de stupidité, pensa Jenny, qui se borna à dire :

— Je sais qui est contagieux et qui ne l'est pas. Et personne ne va jouer sur le toit.

Soyons justes : Jenny savait que la maison Percy, jadis la maison de famille des Steering, était accueillante aux enfants. Elle était spacieuse, garnie de tapis et bourrée de jouets de bon goût accumulés au fil des générations. Une maison riche. Et parce qu'il y avait aussi des domestiques pour en prendre soin, c'était une maison où régnait une certaine décontraction. Jenny enrageait à l'idée de cette décontraction que pouvait se permettre la famille Percy. Jenny estimait que ni Midge ni Stewie n'avait le bon sens de prendre soin de leurs enfants comme ils l'auraient dû ;

de plus, ils avaient *tellement* d'enfants. Peut-être que lorsqu'on a *un tas* d'enfants, songeait Jenny, on se fait moins de soucis pour chacun.

A dire vrai, Jenny ne cessait de se faire du souci lorsque son Garp partait jouer avec les enfants Percy. Jenny, elle aussi, avait grandi dans une famille de la bonne bourgeoisie, et elle savait que les enfants de la bonne bourgeoisie ne sont pas comme par magie à l'abri du danger, sous prétexte qu'ils sont venus au monde dans des conditions plus sûres, avec des métabolismes plus résistants et des gènes magiques. A Steering School, cependant, beaucoup de gens semblaient être de cet avis – parce que, superficiellement, cela *paraissait* souvent être vrai. Les aristocratiques rejetons de ces familles *avaient* quelque chose de spécial : on aurait dit qu'ils étaient toujours bien peignés, qu'ils ne s'écorchaient jamais. S'ils ne paraissaient jamais en proie à la moindre tension intérieure, c'était peut-être qu'ils ne désiraient rien, songeait Jenny. Mais elle se demandait alors à quoi elle devait de ne pas être comme eux.

Les soucis qu'elle nourrissait pour Garp étaient fondés sur son expérience spécifique des Percy. Les enfants s'ébattaient en toute liberté, à croire que leur propre mère était convaincue qu'un charme les protégeait. Et c'était *vrai*, les gosses Percy, au teint presque albinos, à la peau presque translucide, semblaient être plus magiques, pour ne pas dire en fait plus sains, que les autres enfants. Et malgré l'antipathie que la plupart des membres du corps enseignant vouaient à Ragoût-Gras, ils reconnaissaient que les enfants Percy, et Midge elle-même, avaient de la « classe ». L'influence de gènes puissants et protecteurs, se disaient-ils.

« Ma mère, écrivit Garp, était *en guerre* contre tous ceux qui prenaient les gènes au sérieux. »

Et Jenny, un jour, suivit des yeux son petit noiraud de Garp qui détalait sur la pelouse de l'infirmerie, en route vers les maisons plus élégantes réservées aux professeurs, les maisons blanches aux volets verts, parmi lesquelles la maison Percy trônait comme la doyenne des églises d'une ville pleine d'églises. Jenny suivait des yeux cette horde d'enfants qui gambadaient dans les allées sûres de l'école – le plus agile était Garp. Un chapelet de petits Percy, gauches et flageolants, le poursuivaient – lui et les autres enfants qui s'étaient joints à la bande.

Il y avait Clarence DuGard, dont le père enseignait le français et puait la sueur, à croire qu'il ne se lavait jamais ; il gardait tout l'hiver ses fenêtres fermées. Il y avait Talbot Mayer-Jones, dont le père était historien et connaissait plus de choses sur l'Amérique que Stewart Percy n'en connaissait sur son petit coin de Pacifique. Il y avait Emily Hamilton, qui avait huit frères et sortirait diplômée d'une institution pour jeunes filles de seconde zone juste un an avant que Steering ne prenne la décision d'ouvrir ses portes aux filles ; sa mère devait se suicider, pas nécessairement à la suite de ce vote, mais au moment précis où il fut annoncé (ce qui incita Stewart Percy à insinuer que c'était là un exemple de ce qu'amènerait l'entrée des jeunes filles à Steering : davantage de suicides). Et il y avait les frères Grove, Ira et Buddy, « de la ville » ; leur père était employé dans les services d'entretien de l'école, ce qui posait un problème délicat – était-il sage d'encourager les deux garçons à entrer à Steering, et avaient-ils des chances raisonnables de réussir ?

Jenny regardait donc les enfants qui détalaient dans les grandes cours aux pelouses d'un vert cru coupées d'allées goudronnées de frais, cernées de bâtiments aux murs tellement patinés que la brique ressemblait à du marbre rose. Avec eux, elle le constata avec regret, gambadait le chien des Percy – pour Jenny, un incorrigible corniaud qui, des années durant, devait défier le règlement municipal stipulant de tenir les chiens en laisse, avec la même désinvolture qu'affichaient les Percy. C'était un terre-neuve, mais le chiot qui jadis renversait les poubelles et volait innocemment les balles de base-ball était devenu un géant et un vrai *fauve*.

Un jour que les enfants jouaient au volley-ball, le chien avait broyé un ballon – acte dépourvu de méchanceté, d'ordinaire. Une simple bourde. Mais lorsque le propriétaire du ballon dégonflé avait voulu l'arracher de la gueule du grand chien, la bête avait mordu l'enfant – plaies profondes sur l'avant-bras ; pas du tout le type de morsure, une infirmière le savait, qui pouvait passer pour un simple accident, de ceux que l'on excuse en disant : « Bonkers s'est un peu énervé, il adore tellement jouer avec les enfants, vous savez. » Comme disait du moins Midge Percy, qui avait surnommé le chien « Bonkers ». Elle s'était procuré le chien, expliqua-t-elle à Jenny, peu après la naissance de son quatrième enfant. Le mot *bonkers* signifiait « un peu dingue », précisa-t-elle, ce que Midge se vantait d'être encore de Stewie, même après leur quatrième enfant.

— Et oui, je me sentais *dingue* de lui, dit Midge à Jenny, c'est pourquoi j'ai appelé le pauvre chien « Bonkers », histoire de prouver mes sentiments à Stewie.

« Midge Percy était dingue, c'est sûr, écrivit Jenny Fields. Ce chien était un tueur, protégé par un de ces fragiles et absurdes postulats qui font le génie et la célébrité des couches supérieures de la société américaine : à savoir que les enfants et les animaux domestiques de l'aristocratie ne sauraient en aucun cas jouir de *trop* de liberté, ni faire de mal à personne. Les *autres* ne devraient pas avoir le droit de surpeupler le monde, ni de lâcher leurs chiens, mais les enfants et les chiens des riches ont le droit de s'ébattre en toute liberté. »

« Les roquets de la haute », comme les appelait Garp — en parlant à la fois des chiens et des enfants.

Il aurait été d'accord avec sa mère, le terre-neuve des Percy, Bonkers, était dangereux. Les terre-neuve sont des chiens à poil gras, qui font penser à des saint-bernard tout noirs dotés de pattes palmées ; d'ordinaire, ils sont fainéants et inoffensifs. Mais, ce jour-là, sur la pelouse des Percy, Bonkers interrompit une partie de foot en catapultant ses quatre-vingts kilos sur le dos du petit Garp alors âgé de cinq ans, et en lui arrachant d'un coup de dents le lobe de l'oreille gauche – sans compter un bon morceau du reste de l'oreille. Bonkers aurait probablement arraché *toute* l'oreille, mais c'était un chien qui semblait avoir du mal à se concentrer. Les autres enfants s'égaillèrent dans toutes les directions.

— Bonkie vient de mordre quelqu'un, annonça un des petits Percy, en arrachant Midge à son téléphone.

La coutume voulait dans la famille Percy que l'on ajoute

un *y* ou *ie* au nom de presque tous les membres de la famille. Ainsi les enfants – Stewart (Jr.), Randolph, William, Cushman (une fille) et Bainbridge (encore une fille) – étaient-ils surnommés, dans l'intimité, Stewie II, Dopey, Willy-le-Braillard, Cushie et Pooh. La pauvre Bainbridge, dont le nom se prêtait mal à une terminaison en *y* ou *ie*, était aussi la dernière à porter encore des langes ; ainsi, résultat d'un astucieux compromis descriptif et littéraire, était-elle devenue Pooh[1].

C'était Cushie qui s'accrochait au bras de Midge pour annoncer à sa mère que « Bonkie avait mordu quelqu'un ».

– Qui a-t-il bien pu se payer cette fois ? dit Ragoût-Gras.

Il empoigna une raquette de squash, comme s'il se proposait de se charger de l'affaire, mais il était nu comme un ver ; ce fut Midge qui, boutonnant sa robe de chambre, se mit en devoir de sortir pour aller constater les dégâts.

Chez lui, Stewart Percy circulait fréquemment tout nu. Nul ne savait pourquoi. Peut-être était-ce pour soulager la tension qu'il éprouvait à déambuler *très* habillé sur le campus sans avoir rien à faire, en arborant sa coupe en brosse gris argenté, et peut-être était-ce par nécessité – avec toute la progéniture qu'il avait engendrée, il fallait bien qu'il se fût fréquemment mis tout nu chez lui.

– Bonkie a mordu Garp, dit la petite Cushie Percy.

Ni Stewart ni Midge ne remarquèrent que Garp était là, sur le seuil, tout le côté de la tête en sang et couvert de morsures.

– Mrs. Percy ? chuchota Garp, d'une voix trop faible pour être audible.

– Donc, c'était Garp ? fit Ragoût-Gras.

Se penchant pour ranger la raquette de squash dans le placard, il lâcha un pet. Midge le regarda avec insistance.

– Donc Bonkie a mordu Garp, reprit pensivement Stewart. Ma foi, ça prouve au moins que le chien a bon goût, pas vrai ?

– Oh ! Stewie, fit Midge, en laissant fuser un petit rire aussi léger qu'une rafale de postillons. Garp n'est encore qu'un bambin.

1. En jargon enfantin, *pooh* signifie « sale », « caca ».

Et lui était là, au bord de la syncope, imbibant de son sang le précieux tapis qui garnissait, sans une fronce ni un pli, quatre des monstrueuses pièces du rez-de-chaussée.

Cushie Percy, qui, à peine sortie de l'adolescence, devait mourir en couches en s'efforçant de mettre au monde son premier enfant, vit que Garp inondait de son sang le trésor de la famille Steering : l'extraordinaire tapis.

— Oh, sale ! s'écria-t-elle, en s'élançant dehors.

— Oh ! il va falloir que j'appelle ta mère, dit Midge à Garp, tout étourdi par le grondement de l'énorme chien dont la bave brûlait encore son oreille en lambeaux.

Des années durant, Garp devait se tromper sur le sens de l'exclamation de Cushie Percy : « Oh, sale ! » Dans son idée, ce n'était pas les lambeaux sanglants de son oreille qu'elle visait, mais l'immense nudité grise de son père, qui emplissait le vestibule. Pour Garp, c'était *cela* qui était sale, le marin aux cheveux argentés et au ventre gros comme une barrique qui, nu comme un ver, venait de surgir du puits de l'immense escalier en spirale des Percy, et s'approchait de lui.

S'agenouillant devant Garp, Stewart Percy examina avec curiosité le visage souillé de sang de l'enfant ; Ragoût-Gras ne semblait pas prêter attention à l'oreille mutilée, et Garp se demanda s'il ne devrait pas renseigner le géant nu sur l'endroit où se trouvait sa blessure. Mais ce n'était pas la blessure de Garp que regardait Stewart Percy. Il regardait les yeux bruns et brillants de l'enfant, leur couleur et leur forme, et il parut arriver enfin à une certitude intime, car, avec un hochement de tête sévère, il dit à Midge, sa stupide blonde :

— Jap.

Il fallut des années à Garp pour comprendre pleinement ce qu'il avait voulu dire. Mais Stewart Percy dit à Midge :

— J'ai assez passé de temps dans le Pacifique pour être capable de reconnaître des yeux de Jap. Je te l'avais bien dit que c'était un Jap.

Le *ce* auquel se référait Stewart Percy visait celui, quel qu'il fût, auquel il avait décidé d'attribuer la paternité de Garp. C'était là un petit jeu de conjectures qui depuis toujours faisait fureur à Steering : deviner qui était le père de

Garp. Et Stewart Percy, sur la foi de son expérience dans son petit secteur du Pacifique, avait décidé que le père de Garp était un Japonais.

« Sur le moment, écrivit Garp, je crus que "Jap" voulait dire que toute mon oreille avait été arrachée. »

— Inutile d'appeler sa mère, dit Stewie à Midge. Il suffit de le transporter à l'infirmerie. Elle est infirmière, pas vrai ? Elle *saura* ce qu'il faut faire.

Pour savoir, Jenny savait.

— Pourquoi ne pas amener le chien ici ? suggéra-t-elle à Midge, tandis qu'elle nettoyait avec précaution ce qui restait de la petite oreille de Garp.

— Bonkers ? s'étonna Midge.

— Amenez-le, dit Jenny, et je lui ferai une piqûre.

— Une piqûre ? s'esclaffa Midge. Vous voulez vraiment dire qu'il existe une piqûre qui pourrait l'empêcher de recommencer à mordre les gens ?

— Non, dit Jenny. Ce que je veux dire, c'est que vous pourriez économiser votre argent – au lieu d'aller le montrer à un vétérinaire. Je veux dire qu'il existe une piqûre pour le tuer. Ce *genre* de piqûre. Comme ça, il ne mordra plus personne.

« Ce fut ainsi, écrivit Garp, que commença la guerre contre les Percy. Pour ma mère, j'en suis convaincu, il s'agissait d'une guerre de classes, comme d'ailleurs, affirmat-elle plus tard, toutes les guerres l'étaient. Quant à moi, je savais seulement que je devais prendre garde à Bonkers. Comme d'ailleurs à toute la bande Percy. »

Stewart Percy adressa à Jenny Fields une note, sur papier à en-tête du secrétariat de l'institut Steering : « Je refuse de croire que vous ayez sérieusement la prétention de nous faire abattre Bonkers », disait Stewart.

— Pourtant, espèce de gros lard, c'est bien ce que je veux vous obliger à faire, lui confirma Jenny au téléphone. Ou, du moins, le garder à la niche, une fois pour toutes.

— A quoi bon avoir un chien s'il n'est pas libre de courir partout, objecta Stewart.

— Dans ce cas, tuez-le, dit Jenny.

— Bonkers a déjà eu toutes ses piqûres, merci tout de

73

même, dit Stewart. C'est un chien très doux, en réalité. Sauf quand on le provoque.

« Manifestement, écrivit Garp, Ragoût-Gras avait le sentiment que Bonkers avait été provoqué par mon côté *Jap*. »

– Qu'est-ce que ça veut dire « bon goût » ? demanda le petit Garp à Jenny.

A l'infirmerie, le Dr. Pell lui recousit l'oreille ; Jenny rappela au médecin que, peu de temps auparavant, Garp avait été vacciné contre le tétanos.

– Bon goût ? demanda Jenny.

Par la suite, l'aspect bizarre de son oreille mutilée contraignit Garp à toujours porter les cheveux longs, un style de coiffure dont il se plaignait souvent.

– C'est Ragoût-Gras qui a dit que Bonkers avait « bon goût », expliqua Garp.

– De te mordre ? demanda Jenny.

– Sans doute que oui, dit Garp. Qu'est-ce que ça signifie ? Jenny le savait, et comment ! Mais elle dit :

– Ça signifie que Bonkers savait sans doute que, de tous les gosses de la bande, c'était toi qui avais le meilleur goût.

– C'est vrai ? demanda Garp.

– Bien sûr, dit Jenny.

– Comment qu'il le savait, Bonkers ? demanda Garp.

– *Moi*, je n'en sais rien, dit Jenny.

– Et « Jap », qu'est-ce que ça veut dire ? demanda Garp.

– C'est comme ça que Ragoût-Gras t'a appelé ? demanda Jenny.

– Non, dit Garp. Je crois qu'il parlait de mon oreille.

– Oh, oui, ton oreille, dit Jenny. Ça veut dire que tu as des oreilles *spéciales*.

Mais elle se demandait s'il n'aurait pas mieux valu qu'elle lui dise ce qu'elle pensait des Percy, *tout de suite*, ou s'il tenait suffisamment d'elle pour tirer profit plus tard, en un moment plus important, de l'expérience de la colère. Peut-être devrait-elle mettre de côté pour lui ce morceau de choix, en prévision du jour où il aurait le pouvoir d'en *faire usage*. Dans son esprit, Jenny ne cessait d'imaginer les batailles à venir, des batailles plus rudes.

« On aurait dit que ma mère avait besoin d'un ennemi, écrivit Garp. Vrais ou imaginaires, les ennemis de ma mère l'aidaient à voir comment elle devait se comporter, et comment elle devait m'élever. Le rôle de mère ne lui était pas naturel ; en fait, je crois que ma mère se demandait si *rien* ne se passait jamais de façon naturelle. Jusqu'au bout, elle fut inhibée et systématique. »

Ce fut le monde selon Ragoût-Gras qui, pendant la petite enfance de Garp, devint l'ennemi de Jenny. Cette phase pourrait s'intituler : « Entraînement de Garp pour son entrée à Steering. »

Elle vit peu à peu ses cheveux repousser et recouvrir son oreille lacérée. Elle constatait avec surprise qu'il était beau, car la beauté n'avait joué aucun rôle dans sa relation avec le sergent technicien Garp. A supposer que le sergent eût été beau, Jenny Fields ne l'avait pas remarqué. Mais le jeune Garp était beau, elle le voyait, bien qu'il restât de petite taille – comme si la vie l'avait destiné à pouvoir se loger dans la nacelle d'une tourelle de queue.

Les enfants de la petite bande (qui sillonnaient les allées et les pelouses des cours et des terrains de sport) devenaient de plus en plus balourds et inhibés à mesure qu'ils grandissaient sous les yeux de Jenny. Clarence DuGard ne tarda pas à porter des lunettes, qu'il ne cessait de mettre en miettes ; au fil des années, Jenny dut fréquemment le soigner pour des infections de l'oreille et, une fois même, pour une fracture du nez. Talbot Mayer-Jones se prit à zézayer ; il avait un corps en forme de bouteille, mais un caractère charmant et souffrait d'une forme mineure de sinusite chronique. Emily Hamilton monta en graine, au point que, à force de trébucher et de tomber, elle avait en permanence les genoux à vif et en sang, et la manière dont ses petits seins se dressaient fièrement faisait tressaillir Jenny – qui en regrettait par moments de ne pas avoir de fille. Ira et Buddy Grove, « de la ville », avaient de grosses chevilles, de gros poignets, et de gros cous, les doigts tout tachés et écorchés à force de bricoler dans l'atelier de leur père. Et les enfants Percy grandissaient eux aussi, blonds et d'une propreté toute métallique, les yeux couleur de la glace mate qui recouvrait en hiver la Steering, dont les eaux saumâtres se faufilaient à travers les marais salants jusqu'à la mer toute proche.

Stewart, Jr., que l'on appelait Stewie II, quitta Steering dûment diplômé avant même que Garp ne fût en âge d'y entrer ; Jenny soigna Stewie II à deux reprises pour des entorses à la cheville, et une fois pour une blennorragie. Par la suite, il passa par les affres de la Harvard Business School, d'une infection de staphylocoques, et d'un divorce.

Randolph Percy garda le surnom de Dopey jusqu'au jour de sa mort (une crise cardiaque, à trente-six ans ; géniteur selon le cœur de son père, il avait lui-même engendré cinq enfants). Dopey ne parvint jamais à décrocher le diplôme de Steering, mais réussit à se faire transférer dans une quelconque école préparatoire où, au bout d'un certain temps, il obtint son diplôme. « Notre Dopey est mort ! » s'écria un jour Midge dans la salle à manger dominicale. Le surnom avait quelque chose de tellement horrible dans ce contexte que la famille, après sa mort, prit l'habitude de parler de lui en disant Randolph.

William Percy, Willy-le-Braillard, avait honte de son absurde sobriquet, ce qui était tout à son honneur, et, bien qu'il fût de trois ans son aîné, il témoignait à Garp une bienveillance des plus sympathiques, alors qu'il était déjà dans les grandes classes au moment où Garp venait d'entrer à Steering. Jenny eut toujours de l'amitié pour William, qu'elle appelait William. Elle le soigna souvent pour des bronchites et réagit avec émotion à la nouvelle de sa mort (quelque part à la guerre, sitôt après être sorti diplômé de Yale) au point d'écrire une longue lettre de condoléances à Midge et Ragoût-Gras.

Quant aux filles Percy, Cushie devait faire sa bonne part de bêtises (et Garp lui-même l'y aiderait un peu ; ils étaient du même âge). Et la pauvre Bainbridge, la cadette des Percy, condamnée pour son malheur au sobriquet de Pooh, se vit, *elle*, épargner d'affronter Garp jusqu'au jour où Garp fut dans la fleur de l'âge.

Tous ces enfants donc, et aussi son Garp, Jenny les regardait grandir. Tandis que Jenny attendait le jour où Garp serait prêt à entrer à Steering, Bonkers, le fauve noir, devint très vieux, et plus lent – sans pour autant perdre ses dents, Jenny le remarqua. Et jamais Garp ne cessa de le tenir à l'œil, même lorsque Bonkers renonça à poursuivre la bande. Si Garp apercevait son énorme masse, embusquée près des piliers blancs de la façade des Percy – aussi hirsute, bourrue et menaçante qu'un buisson de ronces dans les ténèbres –, il ne le quittait pas de l'œil. Il arrivait qu'un jeune élève, ou un nouveau venu dans le voisinage, s'approche d'un peu trop près et se fasse dévorer. Jenny tenait le compte des agrafes et des morceaux de chair arrachés imputables à l'énorme chien dégoulinant de bave, mais Ragoût-Gras supporta tous les reproches de Jenny et Bonkers survécut.

« Je crois que ma mère finit par prendre l'animal en affection, même si elle refusa toujours de l'admettre, écrivit Garp. Bonkers était le symbole vivant de l'Ennemi Percy – incarné dans le muscle, le poil et la mauvaise haleine. Sans doute ma mère se réjouit-elle de constater que le vieux chien baissait à mesure que moi je grandissais. »

Quand arriva le moment où Garp fut prêt pour entrer à Steering, Bonkers avait quatorze ans. Quand arriva le jour où Garp entra à Steering, Jenny Fields avait, elle aussi, quelques distingués cheveux argentés. Quand arriva le moment où Garp commença ses études à Steering, Jenny avait suivi tous les cours qui valaient la peine d'être suivis et les avait catalogués selon des critères de valeur et d'intérêt universels. Quand arriva le moment où Garp fut au milieu de ses études, Jenny Fields s'était vu conférer le traditionnel cadeau réservé aux membres du personnel et de la faculté après quinze ans de bons et loyaux services : le célèbre service de table Steering. Les illustres bâtiments de brique de l'école, y compris l'annexe de l'infirmerie, s'inscrivaient en effigie sur la surface des larges assiettes, richement parées des nobles couleurs de Steering School. Rouge sang et bleu azur.

Ce qu'il voulait être
quand il serait grand

En 1781, la veuve et les enfants d'Everett Steering fondèrent l'institut Steering, comme on l'appela d'abord, pour la simple raison qu'Everett Steering avait annoncé à sa famille, tout en découpant sa dernière dinde de Noël, que l'unique grief qu'il nourrissait à l'égard de *sa* ville était qu'elle ne lui avait pas permis d'offrir à ses garçons un institut capable de les préparer aux études supérieures. Il ne fit aucune allusion à ses filles. Il était constructeur de bateaux, dans un village dont le seul lien vital avec la mer était une rivière condamnée ; Everett savait que la rivière était condamnée. C'était un homme intelligent, peu porté par nature à folâtrer, mais, une fois terminé le dîner de Noël, il se laissa aller à disputer une partie de boules de neige avec ses enfants, les filles aussi bien que les garçons. Une crise d'apoplexie l'emporta avant la tombée de la nuit. Everett Steering avait soixante-douze ans ; ses garçons et ses filles étaient eux aussi trop vieux pour se battre à coups de boules de neige, mais c'était à bon droit qu'il appelait la ville de Steering sa ville.

Elle avait reçu son nom lors du grand élan d'enthousiasme qui avait salué la libération de la ville, à la fin de la guerre d'Indépendance. Everett avait organisé l'installation de pièces d'artillerie en divers points stratégiques le long de la rivière ; les canons étaient destinés à décourager une attaque qui ne se produisit jamais – une attaque des troupes britanniques, que l'on s'attendait à voir remonter la rivière à partir de Great Bay. A cette époque, la rivière s'appelait Great River, mais, une fois la guerre finie, elle fut rebaptisée Steering River ; et la ville, qui ne portait aucun nom bien défini – mais que l'on avait toujours appelée « Les Prairies », sous prétexte qu'elle était située dans les marécages aux eaux saumâtres qui s'étendaient jusqu'à quelques milles seulement de Great Bay –, reçut elle aussi le nom de Steering.

Nombreuses étaient les familles de Steering qui vivaient de la construction des bateaux, ou d'autres activités dues à la proximité de la mer ; depuis l'époque où il avait été baptisé « Les Prairies », le village avait toujours servi de base arrière à Great Bay. Mais, en même temps qu'il informait ses enfants de son désir de fonder une académie pour garçons, Everett Steering leur avait expliqué que Steering *ne serait plus* très longtemps un port. La rivière, il l'avait remarqué, serait bientôt irrémédiablement envasée.

De toute sa vie, la chose était connue, Everett Steering ne s'était permis qu'une seule plaisanterie, et encore en famille. La plaisanterie se ramenait à ceci : la seule rivière à laquelle il avait jamais conféré son nom était pleine de vase ; elle s'envasait davantage de minute en minute. De Steering à la mer, toute la région n'était que prés et marais, et, à moins que les gens ne décident que Steering méritait de rester un port et ne creusent un chenal plus profond, Everett savait que même une petite barque à rames finirait par avoir du mal à couvrir le trajet de Steering à Great Bay (sauf par très forte marée). Everett savait que, tôt ou tard, de sa ville natale jusqu'à l'Atlantique, le limon comblerait le lit de la rivière.

Au cours du siècle suivant, les Steering eurent la sagesse de miser pour leur subsistance sur la filature qu'ils édifièrent au bord de la cascade située sur la portion de la Steering que n'atteignait pas la marée. Lorsque éclata la guerre de Sécession, l'*unique* usine de la ville de Steering, construite au bord de la Steering, était la filature Steering. La famille abandonna les bateaux et se reconvertit à point nommé dans le textile.

Une autre famille de Steering, qui vivait elle aussi de la construction des bateaux, n'eut pas pareille chance ; le dernier navire que possédait la famille en question quitta un jour Steering et dut s'arrêter à mi-chemin de la mer. Parvenu en un certain point de la rivière, jadis tristement célèbre, appelée le Goulet, le dernier navire jamais fabriqué à Steering se logea pour toujours dans la vase, et resta par la suite des années visible de la route, à demi immergé à marée haute et complètement échoué à marée basse. Les gosses prirent l'habitude d'aller s'y amuser, jusqu'au jour où il finit par basculer et écraser un de leurs chiens. Un éleveur de porcs du nom de Gilmore récupéra les mâts pour construire sa grange. Et, à l'époque où le jeune Garp entra à Steering, les équipes de rameurs de l'institut ne pouvaient aventurer leurs coques de noix sur la rivière qu'à marée haute. A marée basse, et de Steering à la mer, la Steering n'est qu'un immense banc de vase. Ce fut, par conséquent, grâce à l'intuition qu'avait Everett Steering des choses de l'eau qu'une académie de garçons vit le jour en 1781. Un siècle plus tard environ, elle était florissante.

« Au fil de toutes ces années, écrivit Garp, les sagaces gènes des Steering souffrirent sans aucun doute de dégénérescence ; l'intuition familiale en ce qui concerne les choses de l'eau ne cessa de se gâter. »

Garp adorait égratigner de cette façon Midge Steering Percy.

« Une Steering dont l'intuition aquatique était arrivée à bout de souffle », disait-il. Garp jugeait d'une « ironie merveilleuse » que les gènes des Steering touchant les choses de l'eau se soient trouvés à court de chromosomes en arrivant à Midge. « *Chez elle*, le sens de l'eau était tellement pervers, écrivit encore Garp, qu'il l'attira tout d'abord à Hawaï et ensuite vers la marine des États-Unis – en la personne de Ragoût-Gras. »

Midge Steering Percy était une fin de race. Après elle, personne ne porterait plus le nom de Steering, sinon Steering School, ce que le vieil Everett avait peut-être prévu ; bien des familles ont laissé moins, ou pire, en guise d'héritage. Du temps de Garp, du moins, Steering School proclamait sans équivoque sa vocation : « Préparer de jeunes hommes aux études supérieures. » Et, dans le cas de Garp, il avait une mère qui elle aussi prenait cette vocation au sérieux. Garp lui-même prenait l'école tellement au sérieux qu'Everett Steering en personne, l'homme qui n'avait plaisanté qu'une seule fois dans sa vie, se fût estimé satisfait.

Garp savait quels cours et quels professeurs il avait intérêt à choisir. A l'école, c'est souvent là ce qui décide entre la réussite et la médiocrité. Il n'était pas à proprement parler très doué, mais il avait quelqu'un pour le guider ; bon nombre de cours qu'il suivait étaient encore tout frais dans l'esprit de Jenny, qui faisait une excellente répétitrice. Il est probable que Garp n'était pas davantage que sa mère porté par nature aux travaux intellectuels, mais il avait l'implacable sens de la discipline de Jenny ; une infirmière est par nature *douée* pour établir une routine, et Garp avait foi en sa mère.

Il était pourtant un domaine où, comme conseillère, Jenny s'était montrée négligente. A Steering, jamais elle ne s'était intéressée aux sports ; aussi était-elle incapable de guider Garp dans le choix des activités sportives qui auraient pu lui plaire. Elle était capable de lui dire que le cours de civilisation de l'Extrême-Orient de Mr. Merrill lui plairait davantage que le cours de Mr. Langdelle sur l'Angleterre des Tudors. Mais, par exemple, Jenny ignorait ce qui distinguait le football du rugby en termes de plaisir et de souffrance physiques. Elle avait remarqué que son fils était petit, robuste, doté d'un bon équilibre, rapide et solitaire ; et elle en déduisait qu'il avait déjà une idée des sports qu'il aimerait pratiquer. Il n'en avait pas.

L'aviron, estimait-il, était un sport stupide : ramer en cadence, comme un galérien qui plonge sa rame dans un cloaque – et la Steering était sans conteste un cloaque. La rivière regorgeait de déchets d'usine et d'excréments humains – tandis que le limon salé laissé par la marée recouvrait en permanence les bancs de vase (une boue dont la texture rappelait la graisse de lard réfrigérée). La rivière d'Everett Steering n'était pas uniquement envahie par la boue, mais, eût-elle même été limpide et claire comme de l'eau de source, Garp n'avait rien d'un rameur. Pas plus d'ailleurs que d'un joueur de tennis. Dans un des premiers essais de Garp – qui date de sa première année à Steering –, on relève la notation suivante : « Les balles ne m'intéressent pas. La balle s'interpose entre le sportif et son sport. Il en est de même des palets de hockey sur glace et des volants de badminton – et les patins, tout comme les skis, font obstacle entre le corps et le sol. Et si l'on éloigne davantage encore son corps de la lutte en recourant à un appendice – par exemple une raquette, une batte ou une crosse, tout ce que le geste a de pureté, de force et de concentration est irrémédiablement gâché. »

Il n'avait que seize ans, mais déjà se devinait chez lui le sens d'un esthétisme tout personnel.

Puisqu'il était de trop petite taille pour jouer au football et le rugby impliquant de toute façon un ballon, il se mit à la course de fond, que l'on appelait le cross-country, mais il pataugeait trop souvent dans les flaques et souffrit tout l'automne d'un rhume perpétuel.

Lorsque s'ouvrit la saison d'hiver, Jenny fut consternée de voir son fils manifester tant d'inquiétude ; elle lui reprocha de prendre trop à cœur ce qui n'était, après tout, que le simple choix d'un sport – n'avait-il donc aucune préférence et pourquoi ? Mais, pour Garp, le sport n'avait rien d'une distraction. Pour Garp, *rien* ne constituait une distraction. Dès le début, il donna l'impression de croire qu'une tâche ardue l'attendait. (« Les écrivains ne lisent pas pour leur plaisir », écrivit Garp par la suite, en parlant de lui-même.) A croire qu'avant même de savoir qu'il serait écrivain, ou de savoir *ce qu'il voulait être*, il ne faisait rien « pour s'amuser ».

Le jour où, en principe, il devait s'inscrire pour la saison d'hiver dans une des équipes sportives, Garp était alité. Jenny refusa de le laisser sortir du lit.

– De toute façon, tu n'as pas décidé ce que tu allais choisir, lui dit-elle.

Garp se borna à tousser.

– Ma parole, c'est d'une absurdité incroyable, dit Jenny. Quinze ans parmi cette bande de snobs et de mufles, et voilà que tu te rends malade sous prétexte qu'il faut que tu décides quel *sport* tu vas pratiquer pour occuper tes après-midi.

– Je n'ai pas encore choisi, maman, croassa Garp. Il *faut* que je choisisse un sport.

– Pourquoi ? demanda Jenny.

– Je n'en sais rien, gémit-il.

Il toussait comme un perdu.

– Mon Dieu ! si tu t'entendais, se lamenta Jenny. *Moi*, je vais te trouver un sport. Je file au gymnase et je vais t'inscrire, pour n'importe quoi.

– Non ! implora Garp.

Jenny prononça alors les paroles qui devaient être pour Garp, durant ses quatre années à Steering, la litanie maternelle :

– J'en sais davantage que toi, non ?

Garp s'écroula sur son oreiller trempé de sueur.

– Pas pour *ces choses-là*, maman, protesta-t-il. Tu as suivi tous les cours, mais tu n'as jamais fait partie d'aucune *équipe*.

Si Jenny Fields reconnut en son for intérieur qu'elle avait commis une grave négligence, elle ne l'avoua pourtant pas. C'était, pour Steering, une journée de décembre typique, le sol comme vitrifié par la gadoue gelée, la neige grise et boueuse à force d'avoir été piétinée par huit cents garçons. Jenny Fields s'emmitoufla et, en bonne mère résolue et obstinée qu'elle était, traversa à pas lourds le lugubre campus hivernal. On aurait dit une infirmière partie, la mort dans l'âme, pour dispenser un faible rayon d'espoir sur l'âpre front de Russie. Ce fut ainsi que Jenny Fields aborda le gymnase de Steering. Depuis quinze années qu'elle vivait à Steering, elle n'y avait jamais mis les pieds ; l'idée ne lui était jamais venue que cela pouvait être important. Tout au fond du campus de Steering, entouré sur des hectares par les terrains de sport, les patinoires à hockey, les courts de tennis, pareils aux alvéoles d'une énorme ruche humaine, Jenny vit soudain le gymnase géant surgir de la neige sale comme un ennemi dont elle n'avait pas soupçonné l'existence, et une vague d'angoisse et de tristesse envahit son cœur.

Le gymnase Seabrook, et le stade Seabrook, et les patinoires de hockey Seabrook, tout cela avait été baptisé en souvenir du magnifique athlète Miles Seabrook, as de la chasse aérienne pendant la Première Guerre mondiale, dont le visage et le torse massif accueillirent Jenny, au milieu d'un triptyque de photographies pieusement enfermées dans la vitrine placée dans l'immense hall du gymnase. Miles Seabrook, promotion 1909, la tête coiffée d'un casque de football en cuir, affublé de protège-épaules probablement inutiles. Sous la photo du vénérable n° 32 trônait le maillot lui-même, quasiment en lambeaux : depuis longtemps fané et en butte aux fréquentes attaques des mites, le maillot gisait en un petit tas dans la vitrine aux trophées fermée à clef, sous le premier panneau du triptyque photographique consacré à Miles Seabrook. Un écriteau annonçait : Sa chemise.

Le cliché central du triptyque montrait Miles Seabrook en tenue de gardien de but de hockey – à cette époque lointaine, les gardiens de but portaient des protège-épaules, mais le vaillant visage était nu, les yeux limpides et hardis, la peau couturée de cicatrices. Miles Seabrook remplissait de sa masse le filet, qui en paraissait minuscule. Comment quelqu'un aurait-il réussi à marquer un but contre Miles Seabrook, avec ses pattes de cuir, rapides comme celles d'un chat et énormes comme celles d'un ours, son bâton gros comme une massue, son plastron protubérant, ses patins pareils aux longues griffes d'un fourmilier géant ? Sous les photos de football et de hockey figuraient les résultats des *grands* matchs annuels : à Steering et pour tous les sports, la saison se terminait par le tournoi traditionnel contre l'académie de Bath, presque aussi ancienne et célèbre que Steering, la rivale abhorrée par tous les élèves de Steering. Les affreux de Bath étaient en uniformes vert et or (du temps de Garp, on disait « dégueulis et caca » pour désigner leurs couleurs). Steering 7, Bath 0 ; Steering 3, Bath 0. Personne ne marquait jamais contre Miles.

Le *capitaine* Miles Seabrook, comme l'annonçait la troisième photo du triptyque, soutenait hardiment le regard de Jenny Fields, vêtu d'un uniforme qu'elle ne connaissait que trop bien. Une combinaison d'aviateur, elle le vit au premier coup d'œil ; bien que les tenues eussent changé entre les deux guerres mondiales, elles n'avaient pas changé au point que Jenny ne sache reconnaître le col doublé de mouton du blouson de vol, remonté selon un angle canaille, et la jugulaire volontairement dégrafée du casque de cuir, les oreillettes retroussées (comme si Miles Seabrook était du genre à avoir froid aux oreilles !) et les grosses lunettes négligemment remontées sur le front. Autour de sa gorge, la virginale écharpe blanche. Aucun score ne figurait sous ce dernier portrait, mais si, dans le département des sports de Steering, quelqu'un avait eu le moindre sens de l'humour, Jenny aurait pu lire : États-Unis 16, Allemagne 1. Seize, tel était le nombre d'avions que Miles Seabrook avait abattus avant que les Allemands ne marquent contre lui.

Des médailles et des rubans poussiéreux étaient pieusement disposés dans la vitrine fermée à clef, pareils à des offrandes sur un autel dédié au culte de Miles Seabrook. Il y avait aussi un bout de bois très abîmé, que Jenny prit pour un morceau de l'avion que pilotait Miles Seabrook le jour où il avait été abattu ; en fait de mauvais goût, elle s'attendait *au pire*, mais le bout de bois était tout ce qui subsistait de sa dernière crosse de hockey. Pourquoi pas son suspensoir ? se dit Jenny Fields. Ou, comme la pieuse relique d'un défunt bébé, une mèche de ses cheveux ? Ses cheveux qui, sur les trois photos, étaient dissimulés sous un casque ou une casquette, ou une énorme chaussette à rayures. Peut-être, songea Jenny – avec un mépris bien à elle –, Miles Seabrook était-il chauve.

Jenny avait horreur de ce qu'impliquaient les reliques pieusement conservées de cette vitrine poussiéreuse : le guerrier-athlète, qui n'avait fait que changer une fois encore d'uniforme. Et, chaque fois, le corps ne s'était vu offrir qu'une illusion de protection : depuis ses débuts d'infirmière à Steering, il y avait quinze ans que Jenny voyait défiler les blessures de football et de hockey – malgré casques, masques, courroies, boucles, charnières et rembourrages. Le sergent Garp et tant d'autres avaient démontré à Jenny qu'à la guerre, plus que partout, les hommes ne jouissent que d'une protection illusoire.

D'un pas lourd et fatigué, Jenny se remit en marche ; lorsqu'elle laissa derrière elle les vitrines, elle eut le sentiment d'avancer vers le moteur d'une redoutable machine. Elle évita les aires vastes comme des arènes, d'où montaient les cris et les grognements des adversaires. Elle se réfugia dans les couloirs obscurs, où, supposait-elle, se trouvaient les bureaux. Ai-je gaspillé quinze ans de ma vie, se disait-elle, pour immoler mon enfant à *ça* ?

L'odeur avait quelque chose de familier. Désinfectant. Des années de récurage acharné. Nul doute qu'un gymnase fût un lieu grouillant de virus potentiellement monstrueux qui n'attendaient que l'occasion de proliférer. Une odeur qui lui rappelait celle des hôpitaux et des infirmeries, entre autres l'infirmerie de Steering – l'atmosphère confinée qui traîne dans les salles d'opération. Mais ici, dans cet énorme bâtiment édifié à la mémoire de Miles Seabrook, planait une *autre* odeur, que Jenny Fields trouva aussi indécente que l'odeur du sexe. Le complexe du gymnase et des installations sportives avait été érigé en 1919, moins d'un an avant la naissance de Jenny : ce que Jenny reniflait, c'était près de quarante années de pets tonitruants et de sueur arrachés aux garçons par la tension et l'effort. Ce que Jenny sentait, c'était l'odeur de l'émulation, féroce et lourde de frustrations. Elle se sentait totalement étrangère à ces choses, qui jamais n'avaient fait partie de son éducation *à elle*.

Parvenue dans un corridor qui paraissait à l'écart des divers centres névralgiques du gymnase, Jenny s'arrêta pour écouter. Elle se trouvait à proximité d'une salle d'entraînement aux poids et haltères ; elle perçut le fracas du métal et les terribles ahans des candidats aux hernies – une infirmière ne pouvait attendre autre chose d'une telle frénésie. En fait, Jenny avait l'impression que le bâtiment tout entier grognait et ahanait, comme si tous les élèves de Steering avaient souffert de constipation et tenté de se soulager dans l'horrible gymnase.

Jenny Fields se sentait vaincue, comme seul peut se sentir quelqu'un qui, malgré toutes ses précautions, constate qu'il a commis une erreur.

Ce fut à cet instant que le lutteur ensanglanté surgit dans le couloir. Jenny ne comprit pas comment elle avait pu se laisser surprendre par le garçon hébété et dégoulinant de sang, mais une des portes de ce couloir encadré de petites salles d'aspect inoffensif s'ouvrit et elle se retrouva face à la tête ébouriffée d'un lutteur, le protège-oreilles de guingois, au point que la jugulaire avait glissé jusqu'au niveau de la bouche et remontait la lèvre supérieure en un rictus de poisson. La petite cupule de la jugulaire, destinée en principe à coiffer le menton, débordait du sang qui lui dégoulinait du nez.

En bonne infirmière, Jenny n'était guère impressionnée par la vue du sang, mais elle se crispa en prévision de la collision menaçante avec l'adolescent trapu, trempé de sueur et l'air farouche, qui, d'un brusque écart, l'évita de justesse. Puis, avec un sens admirable de la balistique, il vomit copieusement sur son camarade qui le soutenait à grand-peine.

– Pardonnez-moi, gargouilla-t-il, car, comme la plupart des élèves de Steering, il avait de bonnes manières.

Son camarade eut la bonté de lui arracher son serre-tête, pour épargner au malheureux de s'étrangler dans ses vomissures ; indifférent aux éclaboussures dont il était lui aussi aspergé, il se retourna vers la porte restée ouverte de la salle et lança :

– Carlisle a pas tenu le coup !

De l'intérieur de la salle, dont la chaleur de serre tropicale semblait inviter Jenny à entrer, une voix de ténor lança :

– Carlisle ! Aujourd'hui, au réfectoire, t'as pris *double* ration de c'te saloperie de ratatouille, Carlisle ! Une *seule* ration, et encore t'aurais mérité de la perdre ! N'espère pas que je vais te *plaindre*, Carlisle !

Carlisle, qui ne devait pas espérer se faire plaindre, poursuivit sa marche flageolante dans le couloir ; dégoulinant de sang et titubant, il se traîna jusqu'à une porte, par laquelle il s'esquiva. Son camarade, qui, de l'avis de Jenny, n'avait lui non plus guère témoigné de compassion, lâcha dans le couloir le serre-tête de Carlisle, qui alla rejoindre les saletés du lutteur malchanceux ; sur quoi, il suivit Carlisle dans le vestiaire. Jenny espéra qu'il avait l'intention d'aller se changer.

Elle jeta un coup d'œil vers la porte ouverte de la salle de lutte ; elle prit une profonde inspiration et franchit le seuil. Aussitôt, elle eut l'impression de perdre l'équilibre. Ses pieds s'enfonçaient dans une matière douce et moelleuse, et, lorsqu'elle s'appuya contre le mur, il céda à son contact ; elle se trouvait à l'intérieur d'une cellule capitonnée, au parquet et aux murs recouverts d'épais tapis chauds et mous, à l'atmosphère si confinée et alourdie d'une puanteur de sueur qu'elle osa à peine respirer.

– Fermez la porte ! lança la voix de ténor – car les lutteurs, Jenny devait l'apprendre par la suite, *adorent* avoir chaud et ruisseler de sueur, particulièrement lorsqu'ils s'efforcent de perdre du poids, et ils se sentent au *summum* de leur forme quand les murs et le sol sont aussi chauds et moelleux que la croupe d'une jeune fille plongée dans le sommeil.

Jenny ferma la porte. Même la porte était capitonnée, et elle s'y appuya de tout son poids, souhaitant que quelqu'un s'avise de l'ouvrir du dehors pour lui rendre au plus vite sa liberté. L'homme à la voix de ténor était l'entraîneur, et Jenny, à travers la buée de chaleur, le suivit des yeux tandis qu'incapable de rester en place il arpentait la pièce sur toute sa longueur tout en lorgnant ses lutteurs en plein effort.

– Trente secondes ! hurla-t-il.

Sur le tapis, les couples tressautèrent, comme galvanisés par une décharge électrique. Répartis par groupes de deux au hasard de la salle, les adversaires s'affrontaient, bloqués par des prises brutales, chacun d'eux, aux yeux de Jenny, aussi acharné et farouche que s'il eût cherché à commettre un viol.

– Quinze secondes ! hurla le moniteur. Poussez !

Les deux corps contorsionnés les plus proches de Jenny se détendirent brusquement, membres soudain dénoués, les veines des bras et du cou gonflées à se rompre. Une demi-douzaine d'entre eux se dirigèrent alors à pas lourds vers Jenny toujours plantée près de la porte ; sans doute avaient-ils envie d'aller boire ou respirer un peu, mais Jenny supposa que tous allaient s'empresser de gagner le couloir pour vomir, ou pour saigner en paix – ou les deux.

A part Jenny et le moniteur, il n'y avait plus personne debout dans la salle. Jenny remarqua que le moniteur était un homme bien bâti, mais de petite taille, aussi tendu qu'un ressort ; elle remarqua aussi qu'il était presque aveugle, car il louchait dans sa direction, alerté par la blancheur de sa silhouette qui n'avait rien à faire dans la salle d'entraînement. Il se mit à chercher à tâtons ses lunettes, qu'il planquait d'habitude au-dessus du capitonnage des murs, à peu près à hauteur de tête – où elles couraient moins de risques d'être écrasées par un lutteur catapulté contre la paroi. Jenny constata aussi que le moniteur était à peu près de son âge, et qu'elle ne l'avait jamais vu ni sur le campus ni dans les parages – ni avec ni sans ses lunettes.

Le moniteur était nouveau à Steering. Il se nommait Ernie Holm, et, tout comme Jenny, il avait jusqu'à présent catalogué les gens de Steering comme de parfaits snobs. Ernie Holm avait par deux fois remporté la coupe des Dix pour l'université de l'Iowa, mais n'avait jamais décroché de titre national et, pendant quinze ans, il avait enseigné comme moniteur dans des écoles secondaires aux quatre coins de l'Iowa tout en s'efforçant d'élever, sans l'aide de personne, son unique enfant, une fille. Il en avait eu sa claque du Midwest, comme il ne se gênait nullement pour le dire, et il était venu s'installer dans l'Est afin d'assurer à sa fille des études « de riche » – comme il l'aurait dit lui-même. C'était elle le cerveau de la famille, aimait-il répéter – et elle avait en outre la beauté de sa mère, dont il ne parlait jamais.

Helen Holm, à l'âge de quinze ans, avait, à raison de trois heures par après-midi, déjà passé une éternité, assise dans les salles de lutte, celle de l'Iowa comme celle de Steering, à regarder des garçons de toutes tailles suer sang et eau et se bagarrer de bon cœur. Helen devait faire remarquer, des années plus tard, que d'avoir passé toute son enfance comme seule fille dans une salle de lutte lui avait donné le goût de la lecture.

– J'ai été élevée pour être spectatrice, disait Helen. J'ai été entraînée à être voyeuse.

En réalité, c'était une lectrice insatiable, au point que c'était pour elle qu'Ernie était venu s'installer dans l'Est. C'était pour Helen qu'il s'était fait nommer à Steering, car il avait lu dans son contrat que les enfants du personnel et des maîtres pouvaient faire leurs études à Steering sans bourse délier – ou, sinon, recevaient une somme d'argent équivalente destinée à couvrir leurs frais de scolarité dans un autre établissement privé. Ernie Holm, pour sa part, était peu doué pour la lecture ; au point qu'il lui avait échappé que seuls les garçons étaient admis à Steering.

Ce fut en automne qu'il vint se joindre à l'austère petite communauté de Steering, et une fois de plus son petit génie de fille se retrouva inscrite dans une médiocre petite école publique. En fait, l'école publique de la ville de Steering était sans doute pire que la plupart des écoles publiques dans la mesure où les garçons les plus doués entraient tous à Steering, et où les filles les plus douées étaient expédiées ailleurs. Ernie Holm n'avait jamais pensé qu'il serait contraint de se séparer de sa fille – c'était dans ce but qu'il avait demandé son changement, pour rester avec elle. Aussi, tandis qu'Ernie Holm s'accoutumait peu à peu à ses nouvelles fonctions, Helen Holm rôdait aux confins de l'immense école, dévorant les ressources de sa librairie et de sa bibliothèque (et sans doute avait-elle entendu parler de *l'autre* grande fanatique de lecture de leur communauté : Jenny Fields) ; et Helen continuait à s'ennuyer, comme elle s'était ennuyée dans l'Iowa, dans son ennuyeuse école et en compagnie de ses ennuyeux condisciples.

Ernie Holm sentait d'instinct lorsque les gens s'ennuyaient. Il avait épousé une infirmière de seize ans sa cadette ; lorsque Helen était née, l'infirmière avait démissionné pour se consacrer à son rôle de mère. Au bout de six mois, elle voulut reprendre son métier, mais, à l'époque, il n'y avait pas de crèches dans l'Iowa et, accablée par son passé d'infirmière et son présent de mère à plein temps, la jeune épouse d'Ernie Holm se détacha peu à peu de lui. Un jour, elle le laissa. Elle le laissa sans la moindre explication et avec, sur les bras, une petite fille à plein temps.

Ce fut ainsi qu'Helen Holm grandit dans les salles de lutte, qui, pour les enfants, sont des endroits très sûrs – tout y est matelassé et il y fait toujours très chaud. Les livres avaient permis à Helen Holm de ne pas s'ennuyer, n'empêche qu'Ernie Holm se rongeait en se demandant combien de temps encore le goût de sa fille pour l'étude trouverait à s'alimenter dans le vide. Dans l'esprit d'Ernie, sa fille portait en elle les *gènes* de son ennui.

Ce fut ainsi qu'il vint s'installer à Steering. Ce fut ainsi qu'Helen, qui elle aussi portait des lunettes – elle non plus n'aurait pu s'en passer –, se trouvait avec lui le jour où Jenny Fields pénétra dans la salle de lutte. Jenny ne remarqua pas la présence d'Helen ; lorsque Helen avait quinze ans, peu de gens la remarquaient. Helen, pourtant, remarqua aussitôt Jenny ; différente en cela de son père, Helen n'avait pas à lutter avec les garçons, ni à démontrer attaques et prises, et par conséquent elle gardait *toujours* ses lunettes.

Helen Holm recherchait perpétuellement à rencontrer des infirmières, car elle n'avait cessé de chercher sa mère disparue, qu'Ernie n'avait fait aucun effort pour retrouver. Avec les femmes, Ernie Holm avait l'habitude d'accepter les rebuffades. Mais lorsque Helen était petite, Ernie l'avait bercée d'une fable inventée de toutes pièces à laquelle, sans doute, il lui plaisait de faire semblant de croire – une histoire qui, d'ailleurs, avait toujours intrigué Helen. « Un jour, disait l'histoire, peut-être rencontreras-tu une jolie infirmière, qui aura l'air de ne plus savoir *où elle est*, et peut-être auras-tu l'impression qu'elle ne sait pas non plus qui tu es, *toi* – et peut-être aura-t-elle l'air d'avoir envie de le découvrir. »

– Et ça sera ma maman ? demandait Helen à son père.

– Et ça sera ta maman ! répondait Ernie.

Si bien que, lorsque ce jour-là, dans la salle de lutte de Steering, Helen leva les yeux de sur son livre, elle crut voir sa mère. Avec son uniforme blanc, Jenny Fields avait partout l'air incongru ; là, sur les tapis rouge vif du gymnase, avec son air sombre et sain et sa robuste charpente, elle avait l'air sinon jolie, du moins d'une belle personne, et Helen Holm pensa sans doute que, sa mère exceptée, aucune femme n'aurait osé se risquer dans l'enfer moelleux où travaillait son père. Les lunettes d'Helen s'embuèrent, elle ferma son livre ; vêtue de son anonyme survêtement gris, qui dissimulait sa silhouette balourde de gamine de quinze ans – ses hanches dures et ses petits seins –, elle se leva et, gauchement accotée au mur, attendit de son père un signe de reconnaissance.

Mais Ernie Holm cherchait toujours à tâtons ses lunettes ; la silhouette blanche lui apparut au milieu d'un flou – vaguement féminine, peut-être une infirmière – et son cœur eut un raté à la perspective de cette éventualité à laquelle il n'avait jamais vraiment cru : le retour de sa femme, et ses paroles : « Oh, comme vous m'avez manqué, toi et notre fille ! » Quelle *autre* infirmière aurait bien pu faire irruption sur les lieux de son travail ?

Notant la nervosité de son père, Helen l'interpréta comme le signal attendu. Foulant les tapis encore tièdes de sang, elle se dirigea vers Jenny, et Jenny se dit : Mon Dieu, mais c'est une *fille* ! Une jolie petite fille avec des lunettes. Que fait donc une jolie petite fille dans un endroit pareil ?

– Maman ? dit la petite fille à Jenny. C'est *moi*, maman ! C'est *Helen*, dit-elle, en fondant en larmes ; elle s'élança, lui passa ses bras maigres autour des épaules et plaqua son visage ruisselant sur la gorge de Jenny.

– Seigneur Dieu ! s'exclama Jenny Fields, qui n'avait jamais été du genre à supporter qu'on la touche.

Néanmoins, elle était infirmière et devina sans doute le désarroi d'Helen ; elle avait beau savoir qu'elle n'était pas sa mère, elle ne repoussa pas l'enfant. Jenny Fields estimait qu'avoir été mère une fois suffisait amplement. Sans s'émouvoir, elle tapota le dos de la fillette en pleurs et tourna un regard implorant vers le moniteur, qui venait enfin de retrouver ses lunettes.

– Et à vous non plus, je ne suis pas *votre* mère, lui dit-elle poliment, car il la contemplait avec la même expression de soulagement furtif que Jenny avait remarqué sur le visage de la jolie fillette.

En fait, se disait Ernie Holm, si ressemblance il y avait, elle ne tenait pas à l'uniforme ni à la coïncidence qui, pour la deuxième fois, amenait une infirmière dans sa salle de lutte ; mais Jenny était loin d'être aussi jolie que l'épouse fugitive d'Ernie, et Ernie songeait que quinze années n'auraient pas suffi pour réduire la beauté de sa femme au charme somme toute assez banal de Jenny. Pourtant, Jenny parut sympathique à Ernie Holm, qui la gratifia du sourire vaguement consterné qu'il réservait à ses lutteurs, lorsqu'ils étaient vaincus.

– Ma fille vous a prise pour sa mère, expliqua Ernie Holm à Jenny. Il y a un certain temps qu'elle n'a pas vu sa mère.

Manifestement, songea Jenny Fields, qui sentit l'enfant se raidir, puis se dégager d'une secousse.

– Ce n'est pas ta maman, ma chérie, dit Ernie Holm à Helen, qui alla se réfugier contre le mur ; la fillette avait du caractère, et ne se laissait jamais aller à faire étalage de ses émotions – pas même devant son père.

– Et vous, m'avez-vous prise pour votre *femme*? demanda Jenny à Ernie, car elle avait eu l'impression, un bref instant, qu'Ernie s'était lui aussi mépris.

Elle se demanda avec curiosité ce que représentait le « certain temps » écoulé depuis la disparition de Mrs. Holm.

– Je m'y suis laissé prendre quelques instants, dit Ernie, poliment ; il avait un sourire timide, dont il usait avec réserve.

Helen s'accroupit dans un angle de la pièce, sans cesser de contempler Jenny d'un regard farouche, comme si Jenny avait délibérément choisi de la plonger dans l'embarras. Jenny se sentit attendrie ; il y avait des années que Garp n'était pas venu se blottir ainsi contre elle, et c'était une émotion dont même une mère aussi exigeante que l'était Jenny éprouvait la nostalgie.

– Comment t'appelles-tu ? demanda-t-elle à Helen. Moi, je m'appelle Jenny Fields.

Bien entendu, c'était un nom qu'Helen connaissait. Elle avait devant elle l'autre mystérieuse lectrice de Steering School. En outre, jamais encore Helen n'avait fait l'offrande à personne des sentiments qu'elle réservait pour une mère ; quand bien même elle ne les avait prodigués à Jenny que par pur accident, Helen trouvait difficile de les lui retirer totalement. Elle avait le sourire timide de son père et gratifia Jenny d'un regard plein de reconnaissance ; bizarrement, Helen sentit qu'elle serait heureuse de retourner se blottir contre Jenny, mais elle se retint. Déjà les lutteurs réintégraient la salle, les lèvres encore humides de l'eau qu'ils venaient de boire au rafraîchisseur, où ceux qui essayaient de perdre du poids s'étaient contentés de se rincer la bouche.

– Fini l'entraînement, dit Ernie Holm, en leur faisant signe de sortir. Suffit pour aujourd'hui. Allez faire vos tours de piste !

Dociles, soulagés même, ils sortirent en se bousculant ; ils ramassèrent leurs casques, leurs survêtements de caoutchouc, leurs rouleaux de bandes. Ernie Holm attendait que la salle se vide, tandis que sa fille et Jenny attendaient qu'il s'explique ; de toute façon, une explication s'imposait, il le sentait, et Ernie ne se trouvait nulle part plus à l'aise que dans une salle de lutte. C'était à ses yeux l'endroit naturel et idéal pour raconter une histoire à quelqu'un, même une histoire difficile et dépourvue de dénouement – fût-ce à une parfaite inconnue. Aussi, dès que ses poulains se furent éloignés pour faire leurs tours de piste, Ernie commença à raconter son histoire, l'histoire d'un père et de sa fille, évoquant brièvement l'infirmière qui les avait abandonnés et le Midwest qu'ils avaient, eux, abandonné depuis peu. C'était une histoire capable de toucher Jenny, cela va sans dire, car Jenny n'avait jamais connu d'autre père ni d'autre mère qui soit resté seul avec un enfant unique. Et quand bien même la tentation l'effleura peut-être de leur raconter sa propre histoire – en raison des similarités et des différences plutôt intéressantes entre les deux cas –, Jenny se borna à répéter sa version habituelle : le père de Garp était un soldat, et ainsi de suite. Et qui trouve le temps de se marier en temps de guerre ? En dépit des lacunes de l'histoire, Helen et Ernie, qui à Steering n'avaient jamais rencontré personne d'aussi réceptif et d'aussi franc que Jenny, l'écoutèrent avec émotion.

Là, dans ce décor, cette petite salle chaude et peinte en rouge, sur les tapis moelleux, entre ces murs matelassés – dans ce genre de décor peut soudain surgir une inexplicable intimité.

Bien entendu, jamais Helen ne devait oublier cette première étreinte ; quand bien même ses sentiments à l'égard de Jenny évolueraient avec le temps pour l'éloigner d'elle avant de l'en rapprocher de nouveau, dès ce premier instant dans le gymnase, Jenny Fields fut aux yeux d'Helen davantage une mère que jamais personne ne l'avait été. Et Jenny, de son côté, ne devait pas oublier ce que l'on éprouve à être embrassée comme une mère, au point qu'elle nota, dans son autobiographie, combien les baisers d'une fille peuvent être différents des baisers d'un garçon. Il est, disons, plutôt ironique que l'unique expérience qui lui souffla ce genre de déclaration se soit déroulée en ce jour de décembre avec pour cadre le gymnase géant édifié à la mémoire de Miles Seabrook.

Quant à Ernie Holm, s'il éprouva le moindre désir pour Jenny Fields, et s'il imagina, même brièvement, qu'il venait peut-être de rencontrer une femme qui l'aiderait à refaire sa vie, la chose est regrettable, car Jenny Fields ne ressentit rien de semblable ; elle pensa qu'Ernie était un brave homme, et gentil – peut-être, elle l'espérait, deviendraient-ils amis. Dans ce cas, il serait son premier ami

Et sans doute Ernie et Helen se sentirent-ils perplexes lorsque Jenny demanda si elle pouvait s'attarder un moment, là, dans la salle de lutte, toute seule. Pour quoi faire ? se demandèrent-ils. Ernie se souvint qu'il ne lui avait pas demandé ce qui l'amenait.

– Je suis venue inscrire mon fils pour apprendre la lutte, dit vivement Jenny.

Elle espéra que Garp serait d'accord.

– Eh bien, c'est entendu, dit Ernie. Et vous n'oublierez pas de fermer les lumières et les radiateurs, quand vous partirez ? La porte se verrouille automatiquement.

Restée seule donc, Jenny éteignit les lampes et écouta s'éteindre le bourdonnement des énormes radiateurs. Là, dans la salle plongée dans le noir, la porte entrouverte, elle retira ses chaussures et se mit à arpenter le sol matelassé. En dépit de l'apparente violence de ce sport, songeait-elle, je me sens *en sécurité* ici, pourquoi ? Est-ce à cause de lui ? se demanda-t-elle, mais la pensée d'Ernie ne fit que lui effleurer l'esprit – Ernie, rien d'autre qu'un petit homme soigné et musclé, un petit homme à lunettes. A supposer que Jenny songeât parfois aux hommes, ce qu'elle ne faisait d'ailleurs jamais vraiment, elle les jugeait plus tolérables lorsqu'ils étaient petits et soignés, et elle préférait que non seulement les hommes, mais *aussi* les femmes soient musclés – qu'ils soient forts. Elle aimait bien les gens qui portaient des lunettes, comme seul quelqu'un qui n'en a pas besoin peut aimer les lunettes que portent les autres – sous prétexte que cela fait « bien ». Mais c'est avant tout cette *salle*, conclut-elle – la salle de lutte aux murs rouges, vaste mais intime, matelassée pour protéger de la souffrance. *Plaf*, elle se laissa choir sur les genoux, rien que pour entendre le bruit des tapis sous son poids. Elle fit un saut périlleux et déchira sa robe : elle s'assit alors sur le tapis et contempla le costaud qui s'encadrait sur le seuil de la salle plongée dans la pénombre. C'était Carlisle, le lutteur qui avait vomi son déjeuner ; il avait changé de tenue, puis était revenu en quête d'une nouvelle raclée, et maintenant il contemplait médusé l'infirmière accroupie comme une ourse au fond de sa caverne et qui se détachait toute blanche sur les tapis rouge sombre.

– Excusez-moi, m'dame, fit-il. Je cherchais quelqu'un pour m'aider à m'entraîner.

– Eh bien, inutile de me regarder, *moi*, dit Jenny. Va faire tes tours de piste !

– Oui, m'dame, dit Carlisle, qui s'éloigna au petit trot.

Lorsqu'elle eut refermé la porte dont le verrou joua tout seul derrière elle, elle se rendit compte qu'elle avait laissé ses chaussures à l'intérieur. Le concierge auquel elle s'adressa parut incapable de trouver la bonne clef, mais lui prêta une énorme paire de chaussures de basket qui avait échoué aux objets trouvés. Pataugeant dans la gadoue, Jenny regagna l'infirmerie, avec le sentiment que sa première incursion dans le monde du sport avait fait davantage que de la changer en surface.

Dans l'annexe, toujours dans son lit, Garp continuait à tousser comme un perdu.

– La lutte ! croassa-t-il. Grand Dieu ! maman, tu as envie de me faire tuer ou quoi ?

– Je crois que le moniteur te plaira, dit Jenny. Je l'ai rencontré, c'est un homme sympathique. J'ai aussi rencontré sa fille.

– Oh, Seigneur ! gémit Garp. Sa *fille* fait de la lutte ?

– Non, mais elle lit beaucoup, dit Jenny, d'un ton approbateur.

– Ça m'a l'air très excitant tout ça, maman, fit Garp. Tu te rends compte, me fourrer dans les pattes de la fille du moniteur de lutte, mais ça risque de me coûter la vie ! C'est ça que tu cherches ?

Jenny était innocente d'aussi noirs desseins. En réalité, elle n'avait pensé à rien d'autre qu'à la salle de lutte et à Ernie Holm ; Helen lui inspirait des sentiments exclusivement maternels, et lorsque son jeune mufle de fils avait fait allusion à l'éventualité d'une union – à l'attrait qu'il pourrait éprouver, *lui*, à l'égard de la jeune Helen Holm –, Jenny se sentit plutôt inquiète. Jamais encore l'idée ne l'avait effleurée que son fils pourrait un jour s'intéresser à quelqu'un de cette façon – du moins, se disait-elle, ce genre d'intérêt ne lui viendrait pas de sitôt. L'idée la mit mal à l'aise, et elle se borna à lui dire :

– Tu n'as que quinze ans ! Ne l'oublie pas.

– Mais, et la fille, quel âge a-t-elle ? demanda Garp. Et elle s'appelle comment ?

– Helen, répondit Jenny. Elle n'a que quinze ans, comme toi. Et elle porte des lunettes, ajouta-t-elle, hypocritement.

Après tout, elle savait ce qu'elle pensait, *elle*, des lunettes ; peut-être Garp, lui aussi, aimait-il les lunettes.

– Ils viennent de l'*Iowa*, ajouta-t-elle, avec l'impression d'être encore plus snob que tous les odieux dandys qui faisaient la gloire de Steering.

– Seigneur ! la *lutte*, gémit de nouveau Garp, et Jenny nota avec soulagement qu'il avait cessé de parler d'Helen.

Jenny avait honte de constater combien elle s'insurgeait contre cette éventualité. *C'est* une jolie fille, songeait-elle – bien que sa beauté n'ait rien de tape-à-l'œil ; et les jeunes garçons ne s'intéressent-ils pas qu'aux filles un peu tape-à-l'œil ? Et serais-je plus heureuse si Garp s'intéressait à une fille de ce genre ?

Parlant de ce genre de *filles*, il y en avait une que Jenny tenait à l'œil, Cushie Percy – le verbe un peu trop insolent, l'allure un peu trop désinvolte ; et une donzelle de quinze ans de la race de Cushman Percy aurait-elle dû être déjà *formée* à ce point ? Jenny se fit aussitôt horreur, horreur d'avoir songé, fût-ce un instant, au mot *race*.

Elle avait eu une journée éprouvante. Elle sombra dans le sommeil, indifférente pour une fois aux quintes de toux de son fils, qui lui paraissait exposé à des périls beaucoup plus redoutables. Et moi qui commençais à croire qu'on était enfin tirés d'affaire ! se dit Jenny. Il faudrait qu'elle discute des problèmes des *garçons* avec quelqu'un, mais qui ? – Ernie Holm, peut-être ; elle espérait qu'elle avait vu juste à son sujet.

En tout cas, elle avait vu juste en ce qui concernait la salle de lutte, apparut-il bientôt – et le bonheur intense qu'y éprouvait son Garp. De plus, le garçon aimait bien Ernie. Tout au long de sa première saison de lutte, Garp travailla dur et avec joie pour assimiler ses mouvements et ses prises. Bien qu'il se fît le plus souvent rosser par les autres élèves de sa catégorie, il ne se plaignait jamais. Il le savait, il avait trouvé le sport et le passe-temps qui lui convenaient ; et, jusqu'au jour où il se mettrait à écrire, il devait y consacrer le meilleur de son énergie. Il aimait le côté solitaire du combat, et les limites effrayantes du cercle tracé sur le tapis ; l'entraînement impitoyable ; la hantise constante de ne pas prendre de poids. Et, au cours de cette première saison à Steering, Jenny le constata avec soulagement, Garp ne fit que de rares allusions à Helen Holm, qui pourtant était toujours là, avec ses lunettes et son sur-vêtement gris, absorbée dans ses livres. Il lui arrivait à l'occasion de lever les yeux, lorsqu'un choc plus violent ou un cri de douleur jaillissaient du tapis.

C'était Helen qui s'était chargée de rapporter à l'annexe les chaussures de Jenny, et à sa grande honte Jenny n'avait même pas invité la fillette à entrer. Un bref instant, elles s'étaient senties si proches. Mais Garp était à la maison. Jenny ne tenait pas à les présenter l'un à l'autre. En outre, Garp avait un rhume.

Un jour, dans la salle d'entraînement, Garp vint s'asseoir à côté d'Helen. Comme il avait un bouton sur le cou et suait à grosses gouttes, il se sentait inhibé. Les lunettes d'Helen étaient tellement embuées que Garp se demandait si elle parvenait à lire grand-chose.

— Pour ça, on peut dire que tu aimes lire, lui dit-il.

— Pas autant que ta mère, fit Helen, sans le regarder.

Deux mois plus tard, Garp revint à la charge :

— Il fait si chaud ici, peut-être que tu vas finir par t'esquinter les yeux.

Elle releva la tête, ses lunettes parfaitement limpides cette fois, et qui lui grossissaient les yeux d'une façon qui le laissa pantois.

— J'ai déjà les yeux esquintés, dit-elle. Je suis *venue au monde* avec les yeux esquintés.

Mais Garp trouvait, pour sa part, que c'étaient de très jolis yeux ; si jolis, en fait, qu'il ne trouva rien d'autre à lui dire.

Vint la fin de la saison de lutte. Garp décrocha son badge de troisième année et s'inscrivit pour les compétitions d'athlétisme. Il se trouvait relativement en forme, grâce à son entraînement à la lutte, si bien qu'il décida de courir le mille ; il se classa troisième dans l'équipe de Steering, mais jamais il ne devait réussir à faire mieux. Lorsqu'il terminait un mille, Garp avait l'impression qu'il venait tout juste de se mettre en train. (« Un romancier, déjà – même si je n'en savais rien », noterait Garp, bien des années plus tard.) Il se mit aussi au javelot, avec un succès très relatif.

Les lanceurs de javelot de Steering s'exerçaient derrière le terrain de football, où ils passaient une grande partie de leur temps à harponner les grenouilles. Un des bras de la Steering coulait juste derrière le stade Seabrook ; d'innombrables javelots s'y perdaient et d'innombrables grenouilles s'y faisaient harponner. Sale saison, le printemps, se disait Garp, qui ne tenait plus en place, avait la nostalgie de la lutte ; puisqu'il ne pouvait s'entraîner à la lutte, vivement l'été, pour qu'il puisse au moins s'entraîner à la course de fond sur la route qui menait à la plage de Dog's Head Harbor.

Un jour, juchée tout en haut des tribunes du stade Seabrook désert, il aperçut Helen, en tête à tête avec un livre. Il escalada les gradins pour la rejoindre, en tapotant le ciment du bout de son javelot, par souci de ne pas l'effrayer en surgissant à l'improviste devant elle. Elle ne fut nullement effrayée. Il y avait des semaines qu'elle les regardait s'entraîner au javelot, lui et les autres.

– Alors, on a massacré assez de petites bêtes pour la journée ? demanda Helen. On cherche un autre gibier ?

« Dès le commencement, nota Garp, Helen sut se faire comprendre. »

– Avec toutes tes lectures, il me semble que tu devrais te mettre à écrire, dit Garp à Helen ; il faisait de son mieux pour avoir l'air désinvolte, mais dissimulait honteusement la pointe de son javelot derrière son pied.

– Pas question, fit Helen ; pour elle, la chose allait de soi.

– Dans ce cas, peut-être que tu *épouseras* un écrivain, lui dit Garp.

Elle le regarda bien en face, le visage très grave, avec

99

ses nouvelles lunettes de soleil à verres correcteurs qui convenaient beaucoup mieux à ses larges pommettes que sa vieille paire qui lui glissait sans cesse sur le nez.

– Si *jamais* j'épouse quelqu'un, j'épouserai un écrivain, déclara Helen. Mais ça m'étonnerait que j'épouse quelqu'un.

Garp avait voulu plaisanter ; la gravité d'Helen le mit mal à l'aise.

– En tout cas, je suis sûr que tu n'épouseras jamais un *lutteur*.

– Ça, tu peux en être *sûr*, dit Helen.

Peut-être le jeune Garp fut-il incapable de masquer son chagrin, car Helen ajouta :

– A moins que le lutteur en question soit en même temps un écrivain.

– Et avant tout un écrivain, supputa Garp.

– Oui, un *véritable* écrivain, dit Helen, d'un ton mystérieux – mais toute disposée à définir ce qu'elle entendait par là.

Garp n'osa pas le lui demander. Il la laissa se replonger dans son livre.

Il mit longtemps à redescendre les tribunes, en traînant son javelot derrière lui. La verrai-je jamais porter autre chose que ce survêtement gris ? se demandait-il. Comme Garp le nota par la suite, ce fut en essayant d'imaginer le corps d'Helen Holm qu'il découvrit pour la première fois qu'il était doué d'imagination.

« La voyant toujours affublée de ce foutu survêtement, écrivit-il, *j'étais obligé* d'imaginer son corps ; il n'y avait pas d'autre moyen de le voir. »

Garp prêtait en imagination à Helen un très joli corps - et, d'ailleurs, nulle part dans son œuvre, il ne prétend avoir été déçu le jour où enfin il le vit pour de bon.

Ce fut cet après-midi-là, dans le stade désert, quand Helen Holm galvanisa son imagination, que S. T. Garp, la pointe de son javelot souillée de sang de grenouille, décida de devenir écrivain. Un *véritable* écrivain, comme avait dit Helen.

4

Remise des diplômes

Pendant tout le temps qu'il passa à Steering, de la fin de sa première année jusqu'au jour où il reçut son diplôme, S. T. Garp écrivit une nouvelle par mois, mais ce fut seulement au cours de sa seconde année qu'il montra à Helen un spécimen de ce qu'il avait écrit. Après une première année passée en simple spectatrice à Steering, Helen fut envoyée à l'institution Talbot, un pensionnat pour jeunes filles, et Garp ne la vit plus que de temps à autre durant le week-end. Elle revenait parfois à Steering pour assister aux tournois de lutte. Ce fut après un de ces matchs que Garp l'aperçut et lui demanda de l'attendre le temps qu'il prenne sa douche ; il avait dans son placard quelque chose qu'il voulait lui donner.

– Oh, mon Dieu ! dit Helen, tes vieux protège-coudes ?

Elle ne venait plus jamais dans la salle de lutte, même lorsqu'elle rentrait pour de longues vacances. Elle portait de longues chaussettes vert foncé et une jupe de flanelle grise, une jupe à plis ; son pull, d'une couleur immuablement sombre et sévère, était le plus souvent assorti à ses chaussettes, et elle portait toujours ses longs cheveux noirs remontés, tressés en natte sur le dessus de sa tête, ou retenus par une panoplie d'épingles. Elle avait une grande bouche aux lèvres très minces, ne mettait jamais de rouge et ne se maquillait jamais. Garp savait qu'elle sentait toujours bon, mais jamais il ne la touchait. Il n'imaginait même pas que quelqu'un puisse la toucher ; elle était aussi mince et presque aussi grande qu'un jeune arbuste – plus grande que Garp d'au moins cinq bons centimètres –, et elle avait un visage aux arêtes aiguës, presque cruelles, alors que derrière ses lunettes ses yeux étaient toujours doux et immenses, d'une chaude couleur de miel.

— Tes vieilles godasses, alors ? le taquina Helen avec curiosité, à la vue de la grosse enveloppe gonflée, scellée avec soin.

— Il s'agit de quelque chose à lire, dit Garp.

— J'ai déjà beaucoup de choses à lire, fit Helen.

— Quelque chose que j'ai écrit, insista Garp.

— Oh, mon Dieu ! s'exclama Helen.

— Rien ne t'oblige à le lire tout de suite, fit Garp. Tu peux l'emporter quand tu retourneras à ton école et m'écrire une lettre.

— J'ai beaucoup de choses à écrire, dit Helen. J'ai toujours des devoirs en retard.

— Dans ce cas, on pourra en parler plus tard, fit Garp. Est-ce que tu viendras pour Pâques ?

— Oui, mais j'ai déjà un rendez-vous, dit Helen.

— Oh, mon Dieu ! fit Garp.

Mais lorsqu'il tendit le bras pour reprendre l'enveloppe, elle refusa de la lâcher et les phalanges de sa longue main fine blêmirent.

Dans la catégorie des cent trente-trois livres, au cours de sa seconde année, Garp termina la saison avec un record de douze victoires pour une défaite, perdant uniquement en finale dans le championnat de la Nouvelle-Angleterre. Au cours de sa dernière année, il gagnerait dans toutes les épreuves, serait promu capitaine de l'équipe, remporterait le prix du Meilleur Lutteur et le titre de la Nouvelle-Angleterre. La victoire de son équipe inaugurerait en outre une ère de vingt années de suprématie absolue en Nouvelle-Angleterre pour les équipes de Steering entraînées par Ernie Holm. Dans cette région du pays, Ernie bénéficiait de ce qu'il appelait « un avantage de l'Iowa ». Le jour où Ernie prendrait sa retraite sonnerait le déclin de la lutte à Steering. Et peut-être parce que Garp ne fut que le premier d'une longue lignée de champions sortis de Steering, Ernie Holm eut toujours un faible pour lui.

Helen se fichait éperdument de tout cela. Elle se réjouissait quand les poulains de son père remportaient la victoire parce que leurs victoires rendaient son père heureux. Mais, pendant la dernière année de Garp, alors qu'il avait été promu capitaine de l'équipe de Steering, Helen n'assista pas à un seul match. Pourtant, elle finit par lui renvoyer son histoire, de Talbot, par la poste, accompagnée de cette courte lettre :

Cher Garp,

C'est là une histoire prometteuse, ce qui n'empêche, à mon avis, que pour le moment tu es davantage un lutteur qu'un écrivain. Elle dénote un grand souci du langage et beaucoup d'émotion en ce qui concerne les person- nages, mais la situation me paraît plutôt tirée par les cheveux et le dénouement quelque peu juvénile. Je suis cependant touchée que tu aies pensé à me la montrer.

Bien à toi,
Helen.

Inutile de dire que Garp devait recevoir bien d'autres rebuffades au cours de sa carrière d'écrivain, mais jamais aucune ne l'affecta autant. Pourtant, Helen s'était montrée indulgente. La nouvelle que Garp lui avait donnée à lire racontait l'histoire de deux jeunes amoureux qui se font assassiner dans un cimetière par le père de la jeune fille, qui les a pris pour des pilleurs de tombes. Après cette malencontreuse erreur, les amoureux sont ensevelis côte à côte ; pour une raison inconnue, leurs tombes ne tardent pas à être profanées. Ce qu'il advient du père n'est pas très clair – sans parler du pilleur de tombes.

Jenny déclara à Garp que ses premières velléités d'écri- ture avaient un côté irréel, mais Garp eut droit aux encou- ragements de son professeur d'anglais – ce qui, à Steering, ressemblait le plus à un écrivain-résident –, un petit homme frêle qui avait tendance à bredouiller et répondait au nom de Tinch. Il avait une haleine épouvantable, qui rappelait à Garp l'haleine du chien Bonkers – une odeur de chambre hermétiquement close pleine de géraniums morts. Mais ce que disait Tinch, quand bien même odorant, était aimable. Il complimenta Garp pour son imagination, et il enseigna à Garp, une fois pour toutes, les bonnes vieilles règles de la syntaxe et le goût de l'expression précise. Du temps de

Garp, les élèves de Steering avaient surnommé Tinch « le Putois », et son haleine fétide lui valait de recevoir constamment d'éloquents messages. Par exemple, un flacon d'élixir pour bains de bouche surgissait sur son bureau. Il recevait des brosses à dents par la poste intérieure.

Ce fut au reçu d'un de ces messages – un paquet de pastilles de menthe fixé par un bout de scotch à une carte littéraire de l'Angleterre – que Tinch demanda aux élèves de sa classe de composition littéraire s'ils trouvaient qu'il avait mauvaise haleine. La classe demeurant pétrifiée, Tinch choisit le jeune Garp, son élève favori, celui en qui il avait toute confiance, et s'adressa directement à lui :

–*Vous*, Garp, diriez-vous que j'ai mauvaise ha-ha-haleine ?

Par ce jour de printemps de la dernière année de Garp, la vérité parut hésiter un instant dans l'embrasure des fenêtres grandes ouvertes. Garp était célèbre pour son honnêteté scrupuleuse alliée à une totale absence d'humour, sans parler de ses dons de lutteur et de ses talents en composition anglaise. Dans les autres disciplines, ses résultats étaient quelconques, voire médiocres. Dès sa plus tendre enfance, prétendit Garp par la suite, il avait aspiré à la perfection et essayé de ne pas trop s'éparpiller. Ses tests d'aptitude montraient qu'il était loin d'être doué en tout ; rien ne lui venait naturellement. Cette constatation ne fut pas une surprise pour Garp, qui partageait avec sa mère la certitude que rien ne venait jamais naturellement. Mais le jour où un critique, *après* la sortie du deuxième roman de Garp, s'avisa de qualifier l'auteur d'« écrivain-né », Garp céda à un mouvement de malice. Il adressa une copie de l'article du critique en question aux responsables des tests de Princeton, New Jersey, avec une note leur conseillant de réviser leurs évaluations antérieures. Sur quoi il envoya une copie des résultats de ses tests au critique, avec une note qui disait : « Merci infiniment, mais je ne suis *né* rien de particulier. » Dans l'esprit de Garp, il n'était pas davantage *né* pour être écrivain qu'infirmier ou mitrailleur de tourelle de queue.

– G-G-Garp ? bafouillait Mr. Tinch, en parlant sous le nez du garçon – qui reniflait la terrible vérité qui planait dans la classe de quatrième année de dissertation anglaise.

Garp le savait, il devait remporter le prix annuel de composition littéraire. L'unique juge était toujours Tinch. Et s'il parvenait seulement à passer ses maths de troisième année, matière dans laquelle il redoublait, il obtiendrait son diplôme avec une moyenne honorable et rendrait sa mère très heureuse.

– Est-ce que j'ai mau-mau-mauvaise haleine, Garp? demanda Tinch.

– Ce qui est « bon » ou « mauvais » est toujours une question d'opinion personnelle, monsieur, fit Garp.

– Votre opinion à *vous*, G-G-Garp? insista Tinch.

– Selon *mon* opinion, dit Garp, sans ciller, de tous les professeurs de cette institution, c'est vous qui avez la meilleure haleine.

Sur quoi, il décocha un regard lourd de sens à Benny Potter, de New York, assis au fond de la classe – un petit malin-*né*, celui-là, Garp lui-même devait en convenir –, et contraignit Benny à rengainer son sourire, parce que les yeux de Garp disaient clairement à Benny que Garp n'hésiterait pas à rompre le cou de Benny s'il s'avisait de piper.

– Merci, Garp, dit Tinch, et Garp remporta le prix, en dépit de la note qu'il annexa à son dernier devoir :

> *Mr. Tinch,*
>
> *J'ai menti en classe, parce que je ne voulais pas que tous ces trous du cul se paient votre tête. Il convient que vous sachiez, cependant, que votre haleine est tout simplement épouvantable. Navré.*
>
> *S.T. Garp.*

– Vous voulez que je vous dise quel-quel-quelque chose? demanda Tinch à Garp lorsqu'ils se retrouvèrent en tête à tête pour discuter de la dernière nouvelle que venait d'écrire Garp.

– Quoi? demanda Garp.

– Il n'y a rien que je puisse f-f-faire au sujet de mon haleine, dit Tinch. Je crois que c'est parce que je suis en train de mou-mou-mourir, dit-il, avec un clin d'œil malicieux. Je suis en train de pou-pou-pourrir en dedans, et ça remonte !

Mais Garp n'apprécia pas la plaisanterie, et, pendant des années après sa sortie de l'école, il guetta des nouvelles de Tinch, soulagé de constater que le vieux monsieur n'avait apparemment rien de fatal.

Tinch était destiné à mourir, par une nuit d'hiver et dans la cour de Steering, de causes sans aucun rapport avec sa mauvaise haleine. Il rentrait d'une réception organisée pour le personnel, où, de l'avis général, il avait peut-être un peu forcé sur la boisson, lorsqu'il glissa sur une plaque de glace et perdit connaissance en tombant brutalement sur le sol gelé. Le veilleur de nuit ne découvrit le corps qu'un peu avant l'aube, et il y avait beau temps que Tinch était mort de froid.

Un malencontreux hasard voulut que Garp apprît la nouvelle de la bouche de ce petit rigolo de Benny Potter. Garp rencontra Potter à New York, où il travaillait pour une revue. La piètre opinion dans laquelle Garp tenait Potter était aggravée par la piètre opinion qu'avait Garp des revues en général, ainsi que par sa conviction que Potter l'avait toujours jalousé d'être un écrivain plus prolifique que lui.

« Potter est un de ces pauvres minables qui gardent toujours une douzaine de romans cachés dans leurs tiroirs, écrivit Garp, mais jamais ils n'oseraient les montrer à personne. »

Pendant ses années à Steering, pourtant, Garp n'était pas lui-même tellement enthousiaste pour montrer ce qu'il écrivait. Jenny et Tinch étaient les seuls à voir ce à quoi il travaillait – sans oublier, bien sûr, l'histoire qu'il avait confiée à Helen Holm. Garp résolut de ne rien montrer à Helen avant d'avoir composé une histoire si bonne qu'elle ne trouverait rien à y redire.

– Tu as appris ? demanda à New York Benny Potter à Garp.

– Quoi ? dit Garp.

– Le vieux Putois a clamecé, dit Benny. Il est mo-mo-mort de froid.

– Qu'est-ce que tu dis ? fit Garp.

– Le vieux Putois, dit Potter. (Garp avait toujours eu

horreur de ce surnom.) Il s'est saoulé à ne plus tenir sur ses jambes, et il est sorti dans la cour pour rentrer chez lui – il est tombé et s'est pété la tronche, ce qui fait qu'il ne s'est pas réveillé le matin.

– Espèce de petit con, fit Garp.

– C'est la vérité, Garp, insista Benny. Un temps à se les geler, quinze en dessous de zéro. Pourtant, ajouta-t-il en prenant des risques, j'aurais cru que sa sacrée vieille chaudière de gueule l'aurait empêché de prendre froid.

Ils se trouvaient dans le bar d'un hôtel sympathique, dans les rues 50, quelque part entre Park Avenue et la Troisième Avenue ; lorsque Garp était à New York, il perdait tout sens de l'orientation. Il avait rendez-vous dans un autre coin de la ville pour le déjeuner et avait par hasard rencontré Potter, qui l'avait amené ici. Garp empoigna Potter sous les aisselles et l'assit sur le comptoir.

– Espèce de sale petit moucheron, dit Garp.

– Tu ne m'as jamais beaucoup aimé, fit Benny.

Garp poussa Benny Potter, qui bascula en arrière de telle façon que les poches de sa veste, déboutonnée, plongèrent dans l'évier du bar.

– Fous-moi la paix ! piailla Benny. T'as toujours été le lèche-cul favori du vieux Putois !

Garp poussa ferme de manière à fourrer les fesses de Benny dans l'évier ; l'évier était rempli de verres sales, et l'eau éclaboussa le bar.

– Je vous en prie, monsieur, ne restez pas assis sur le bar, dit le barman à Benny.

– Bonté divine, mais je suis en train de me faire agresser, idiot ! dit Benny.

Déjà Garp quittait la salle et le barman fut contraint d'extirper Benny de l'évier et de le déposer à terre, au pied du bar.

– C't enfant de salaud, v'là que j'ai le *cul* trempé ! hurla Benny.

– Ici on est prié de surveiller son langage, monsieur ! fit le barman.

– Bordel, et mon portefeuille qu'est tout trempé ! dit Benny, en tordant le fond de son pantalon et en brandissant le portefeuille tout dégoulinant sous le nez du barman.

Garp ! hurla Benny, mais Garp avait disparu. T'as toujours eu un foutu sens de l'humour, Garp !

Disons en toute *honnêteté* que, surtout du temps de ses études à Steering, Garp n'était guère porté à l'humour sur le chapitre de ses activités de lutteur et d'écrivain – son passe-temps favori, et sa carrière future.

– Comment sais-tu que tu deviendras écrivain ? lui demanda un jour Cushie Percy.

Garp était dans sa dernière année, et ils étaient sortis de la ville ; ils suivaient un sentier qui longeait la Steering pour se rendre à un certain endroit que Cushie prétendait connaître. Elle faisait ses études à Dibbs, mais était rentrée pour le week-end. Dibbs était la cinquième école préparatoire pour jeunes filles que fréquentait Cushie ; elle avait commencé par Talbot, dans la même classe qu'Helen, mais Cushie avait des problèmes de discipline et avait été priée de partir. Ses problèmes de discipline s'étaient renouvelés dans trois autres écoles. Parmi les garçons de Steering, Dibbs était devenu célèbre – et populaire – grâce à ses filles affligées de problèmes de discipline.

La marée était haute, et Garp suivit des yeux une yole à huit rameurs qui glissait sur les eaux de la Steering ; une mouette la suivait. Cushie Percy saisit la main de Garp. Cushie disposait de toute une panoplie de moyens compliqués pour tester l'affection que lui vouaient les garçons. Nombreux à Steering étaient ceux qui ne demandaient pas mieux que de tripoter Cushie lorsqu'ils se trouvaient seuls avec elle, mais la plupart ne tenaient guère à être *vus* en train de lui manifester leur affection. Garp, Cushie le remarqua, s'en fichait. Il lui tenait fermement la main ; bien sûr, ils avaient grandi ensemble, mais s'ils étaient amis, elle ne pensait pas qu'ils fussent pour autant très proches ni très intimes. Au moins, songea Cushie, si Garp cherchait ce que cherchaient les autres, cela ne le gênait pas qu'on le voie courir après. Cushie ne l'en trouvait que plus sympathique.

– Je croyais que tu voulais faire de la lutte, dit Cushie à Garp.

– Je *fais* de la lutte, dit Garp. Je vais *devenir* écrivain.

– Et tu vas aussi épouser Helen Holm, le taquina Cushie.

– Peut-être, dit Garp.

Elle sentit sa main se faire toute molle. Cushie ne l'ignorait pas, c'était encore là un sujet parmi tant d'autres qu'il abordait sans humour – Helen Holm –, et elle avait intérêt à faire attention.

Un groupe d'élèves de Steering apparut un peu en avant sur le sentier ; lorsqu'ils se croisèrent, l'un d'eux lança :

– Dans quoi vas-tu te fourrer, Garp ?

Cushie lui pressa la main.

– T'occupe pas de ce qu'ils peuvent dire, fit-elle.

– Je m'en occupe pas, assura Garp.

– Sur quel sujet est-ce que tu veux écrire ? demanda Cushie.

– Je ne sais pas, fit Garp.

Il ne savait même pas s'il entrerait à l'université. Plusieurs établissements du Midwest s'étaient intéressés à ses dons pour la lutte, et Ernie Holm avait écrit plusieurs lettres. Deux établissements l'avaient convoqué et Garp s'était déplacé. En face de ses adversaires, il avait eu l'impression de ne pas faire le poids, moins par manque de classe que par manque de *volonté*. Les autres semblaient avoir davantage envie que lui de vaincre. Un certain collège, pourtant, lui avait fait une offre prudente – un peu d'argent, et aucun engagement ferme au-delà d'un an. Assez normal, dans la mesure où il venait de Nouvelle-Angleterre. Mais Ernie l'avait déjà mis en garde :

– Là-bas, c'est un sport différent, petit. Tu comprends, tu as les capacités – et si je peux me permettre de dire ça, tu as eu l'entraînement. Ce que tu n'as pas encore eu, c'est la concurrence. Et pour ça, faut que tu en veuilles, Garp. Faut vraiment que ça te tienne, tu comprends ?

Et le jour où il avait demandé à Tinch où, selon lui, il devrait poursuivre ses études, Tinch, chose assez naturelle, n'avait trop su quoi répondre.

– Dans une b-b-bonne école, bien sûr, avait-il dit. Mais si vous avez l'intention d'é-é-écrire, ajouta Tinch, pourquoi ne le fe-fe-feriez-vous pas n'importe où ?

– Tu as un joli corps, chuchota Cushie à l'oreille de Garp, qui la remercia en lui pressant la main.

109

– Toi *aussi*, lui dit-il, sincèrement.

A vrai dire, elle avait un corps absurde. Petit, mais épanoui, comme un bouquet trop compact. On n'aurait pas dû la baptiser Cushman, songea Garp, mais *Coussin* – et souvent, depuis leur enfance commune, il lui était arrivé de l'appeler ainsi.

– Hé, Coussin, envie d'aller faire un tour ?

Cette fois, elle avait dit qu'elle connaissait un coin.

– Où est-ce que tu m'emmènes ? lui demanda Garp.

– Ha ! fit-elle. C'est *toi* qui m'emmènes, *moi*. Tout ce que moi je fais, c'est te montrer le chemin. Et le coin, ajouta-t-elle.

Arrivés en un point de la Steering appelé naguère le Goulet, ils quittèrent le sentier. Un bateau s'était autrefois envasé là, mais on n'en voyait plus trace. Seule la berge avait une histoire à conter. C'était à cet endroit, où la rivière faisait un coude étroit, qu'Everett Steering avait rêvé d'écraser les Anglais – et les canons d'Everett gisaient encore là, trois énormes tubes de fer, mangés par la rouille sur leurs affûts de ciment. Au temps jadis, bien sûr, ils pouvaient pivoter, mais ces dernières années les édiles municipaux les avaient immobilisés à jamais. A côté s'entassait pour l'éternité un monceau de boulets agglutinés dans le ciment. Les boulets étaient verdâtres et rouges de rouille, comme s'ils appartenaient à la cargaison d'un vaisseau depuis longtemps englouti, tandis que les socles de ciment sur lesquels étaient montés les canons étaient jonchés d'ordures laissées par les jeunes gens – boîtes de bière vides et tessons de bouteilles. Le talus couvert d'herbe qui dévalait vers la rivière stagnante et presque à sec était piétiné, comme brouté par un troupeau de moutons – mais, Garp le savait, il était seulement foulé aux pieds par les innombrables élèves de Steering et leurs petites amies qui fréquentaient le lieu. Le choix qu'avait fait Cushie pour leur rendez-vous n'était pas très original, mais cela lui ressemblait tout à fait, songea Garp.

Garp aimait bien Cushie, et William Percy avait toujours bien traité Garp. Garp était trop jeune pour avoir connu Stewie II, et Dopey était Dopey. La jeune Pooh était une enfant bizarre et craintive, songeait Garp, mais Cushie, avec son émouvante insouciance, était tout à fait la réplique de sa mère, Midge Steering Percy. Garp se sentait malhonnête de ne pas avouer à Cushie ce qu'il pensait de son père, Ragoût-Gras, qu'il prenait pour un fieffé crétin.

– Tu n'es jamais venu ici ? demanda Cushie à Garp.

– Peut-être avec ma mère, fit Garp, mais ça remonte loin

Bien entendu, il savait à quoi s'en tenir sur les « canons » Une des expressions favorites à Steering était « aller tirer son coup aux canons » – on disait, par exemple : « Je suis allé tirer un coup aux canons le week-end dernier », ou encore « T'aurais dû voir le vieux Fenley tirer son coup aux canons, une vraie bordée ». Les canons eux-mêmes arboraient des inscriptions bon enfant : « Paul a sauté Betty, 58 » et « Ici, M. Overton, 59, a perdu son pucelage ».

Sur l'autre berge de la rivière paresseuse, Garp regardait évoluer les joueurs de golf du Country Club de Steering. Même à distance, leurs ridicules costumes tranchaient de façon grotesque sur le vert du gazon et, au-delà, sur l'herbe des marécages qui avançaient jusqu'au pied des bancs de vase. Les couleurs crues de leurs chemises de madras et de leurs plaids parmi les marron-vert et les marron-gris de la berge leur donnaient l'air d'animaux terrestres incongrus et circonspects lancés à la poursuite de petits points blancs qui s'enfuyaient clopin-clopant à travers un lac.

– Grand Dieu ! que c'est idiot, le golf, fit Garp.

Sa théorie sur les sports de ballon et de cannes, une fois de plus, Cushie la connaissait déjà et s'en moquait éperdument. Elle s'installa dans un coin moelleux – à leurs pieds la rivière, autour d'eux les buissons, et juste au-dessus de leurs épaules les gueules béantes des énormes canons. Garp leva la tête, plongea son regard dans la gueule de la pièce la plus proche et fut stupéfait d'apercevoir la tête d'une poupée brisée, un de ses yeux vitreux rivé droit sur lui.

Cushie lui déboutonna sa chemise et lui mordit légèrement le bout des seins.

– Je t'aime bien, dit-elle.

– Je t'aime bien, *toi*, Coussin, dit-il.

– Tu trouves que ça gâche quelque chose, lui demanda Cushie, qu'on soit de vieux copains ?

111

– Oh, non ! assura-t-il.

Il espérait qu'ils allaient se hâter de passer à « la chose », parce que *la chose* n'était jamais encore arrivée à Garp, et il se fiait à l'expérience de Cushie. Assis dans l'herbe piétinée, ils échangèrent des baisers mouillés ; Cushie l'embrassait à pleine bouche, lui plantant ses petites dents aiguës dans les lèvres.

Parole, même en cet instant, Garp tenta de lui marmonner que son père était selon lui un idiot.

– Mais bien sûr, renchérit Cushie. Ta mère est un peu bizarre elle aussi, tu ne crois pas ?

Ma foi, oui, Garp était un peu de cet avis.

– N'empêche que je l'aime bien, dit-il, en bon fils loyal. Même en cet instant.

– Oh, *moi aussi* je l'aime bien, dit Cushie.

Ayant ainsi expédié l'indispensable, Cushie commença à se déshabiller. Garp se déshabillait lui aussi lorsque, tout à coup, elle lui demanda.

– Allons, où est-il ?

Garp paniqua. Où était quoi ? Il lui semblait pourtant qu'elle l'avait bien en main.

– Où il est, ton *machin* ? le somma Cushie, en tiraillant ce que Garp croyait *être* son machin.

– Quoi ? demanda Garp.

– Oh, alors ça ! s'exclama Cushie. T'en as pas apporté ?

Garp se demandait ce qu'il aurait dû apporter.

– Quoi ? répéta-t-il.

– Oh, Garp ! fit Cushie. T'as pas pris de *préservatif* ?

Il la regarda d'un air d'excuse. Ce n'était qu'un enfant qui avait vécu toute sa vie en compagnie de sa mère, et le seul préservatif qu'il eût jamais vu avait été enfilé sur la poignée de la porte de leur appartement de l'annexe par un vaurien du nom de Meckler – depuis longtemps diplômé et disparu pour courir à sa perte.

N'empêche qu'il aurait dû savoir ! Certes, Garp avait souvent entendu des histoires de préservatifs.

– Suis-moi, dit Cushie, en l'entraînant vers les canons. C'est la première fois, pas vrai ?

Il secoua la tête, honnête comme un agneau qui vient de naître.

112

– Oh, Garp ! soupira-t-elle. Si tu n'étais pas un vieux copain.

Elle lui sourit, mais, il le devinait, elle ne le laisserait pas faire. Elle pointa le doigt vers la gueule du canon du milieu.

– Regarde, dit-elle.

Il aperçut du verre pilé qui scintillait comme des joyaux, comme ces cailloux qui, imaginait-il, jonchent les plages des tropiques ; et autre chose – de moins plaisant.

– Regarde, des capotes, lui dit Cushie.

Le canon était bourré de vieilles capotes anglaises. Des centaines de préservatifs ! Une débauche de sperme avorté. A l'instar des chiens qui compissent les confins de leur territoire, les élèves de Steering avaient abandonné leurs immondices dans la gueule du canon géant qui gardait la Steering. Une fois encore, notre époque avait laissé sa souillure sur un vestige historique.

Cushie se rhabillait.

– Tu ne connais rien à rien, le taquina-t-elle. Alors, à propos de quoi est-ce que tu vas écrire ?

Il y avait quelques années déjà que Garp soupçonnait que cela lui poserait tôt ou tard un problème.

Il était sur le point de se rhabiller à son tour, lorsqu'elle le força à s'allonger près d'elle pour le contempler.

– C'est *vrai* que tu es beau, dit-elle. Pourtant, ce n'est pas ce qui compte.

Elle lui donna un baiser.

– Des capotes, je peux aller en *chercher*, proposa-t-il. Ça me prendrait pas longtemps. Et on pourrait revenir.

– Mon train part à cinq heures, dit Cushie, mais elle lui souriait avec gentillesse.

– Je ne pensais pas que tu étais tenue de rentrer à heure fixe, dit Garp.

– Ma foi, même à Dibbs il y a *certaines* règles, tu sais, dit Cushie – elle avait l'air vexée de constater la réputation de laxisme de son école. Et d'ailleurs, dit-elle, tu vois Helen. Tu la vois, je le sais, c'est vrai, hein ?

– Oui, mais pas de cette façon, reconnut-il.

– Garp, tu ne devrais pas tout raconter à n'importe qui, dit Cushie.

C'était aussi son problème lorsqu'il écrivait ; Mr. Tinch le lui avait reproché.

– Tu es trop sérieux tout le temps, dit Cushie, qui pour une fois se trouvait en situation de le chapitrer.

Sur la rivière en contrebas, une yole à huit rameurs se faufila dans l'étroit chenal qui subsistait encore au milieu du Goulet et mit le cap sur le hangar à bateaux de Steering, avant que la marée trop basse ne l'empêche de rentrer.

Ce fut alors que Cushie et Garp aperçurent le joueur de golf. Il était descendu à travers les hautes herbes du maré-cage, sur l'autre rive ; son pantalon de toile violette roulé au-dessus des genoux, il pataugeait dans les bancs de vase déjà découverts par la marée. Un peu plus en avant, là où la vase était la plus trempée, gisait sa balle, à deux mètres peut-être du dernier filet d'eau. Prudemment, le golfeur avançait, mais déjà la vase lui arrivait à mi-mollet ; utili-sant sa canne pour garder l'équilibre, il plongea le fer lui-sant dans la gadoue et poussa un juron.

– Harry, reviens ! lança une voix.

C'était son partenaire, un homme vêtu de manière tout aussi criarde, pantalon vert à mi-jambes – un vert que n'avait jamais eu aucune prairie – et longues chaussettes jaunes. Le dénommé Harry avança d'un pas résolu pour se rapprocher de sa balle. On aurait dit un spécimen rare d'oiseau aquatique lancé à la poursuite de son œuf sur une nappe de mazout.

– Harry, tu vas *t'enfoncer* dans cette merde ! l'avertit son ami.

Ce fut alors que Garp reconnut le partenaire de Harry : l'homme en vert et jaune était le père de Cushie, Ragoût-Gras.

– C'est une balle neuve ! hurla Harry.

Au même instant, sa jambe gauche disparut, jusqu'à la hanche ; Harry voulut faire demi-tour, perdit l'équilibre et chuta sur son séant. En quelques secondes, il se retrouva embourbé jusqu'à la taille, son visage affolé cramoisi au-dessus de sa chemise bleu poudre – jamais ciel n'avait été si bleu. Il brandit sa canne, mais elle lui échappa et s'im-prima dans la vase, à quelques centimètres de sa balle, d'une blancheur incroyable et à jamais hors d'atteinte de Harry.

114

– Au secours ! hurla Harry.

Pourtant, à quatre pattes, il parvint à se rapprocher de quelques mètres de Ragoût-Gras et de la terre ferme de la berge.

– C'est comme si je pataugeais sur des anguilles ! lançat-il.

Il avançait en glissant sur le buste, utilisant ses bras comme un phoque utilise ses nageoires pour se mouvoir sur la terre ferme. Un horrible bruit de déglutition ponctuait son avancée sur les bancs de vase, comme si, sous la boue, une gueule avait hoqueté d'envie de l'engloutir.

Dans les buissons, Cushie et Garp avaient peine à réprimer leurs rires. A deux pas du rivage, Harry s'élança avec l'énergie du désespoir. Stewart Percy, plein de bonne volonté, avança d'un pas, d'un seul, et aussitôt perdit une de ses chaussures et une de ses chaussettes jaunes dans la vase goulue.

– Chuuuut ! Et reste *tranquille* ! commanda Cushie.

Tous deux le constatèrent, Garp était en érection.

– Oh, quel dommage ! chuchota Cushie, en contemplant avec tristesse l'érection de Garp ; mais, quand il voulut la basculer dans l'herbe, elle s'insurgea : Je ne veux pas de gosse, Garp. Pas même de toi. Et qui sait, le tien serait peut-être un *Jap*, tu sais bien, dit Cushie. Et de ça, pas question !

– Quoi ? dit Garp.

C'était une chose de s'y connaître en capotes, mais qu'est-ce que c'était que cette histoire de bébé jap ? se demandait-il.

– Chuuuut, murmura Cushie. Je vais te faire quelque chose qui te donnera de quoi écrire.

Déjà les deux golfeurs, furibonds, fonçaient à travers les hautes herbes pour rejoindre le gazon immaculé, lorsque la bouche de Cushie mordilla le bord du petit nombril dru de Garp. Garp ne sut jamais avec certitude si sa mémoire avait été tirée de sa torpeur par le mot *Jap*, ni si, à cet instant précis, il se rappela clairement le jour où il avait inondé de son sang la demeure des Percy – la petite Cushie annonçant à ses parents que « Bonkers avait mordu Garp » (et l'examen que le petit Garp avait subi devant Ragoût-Gras tout nu). Peut-être, à cet instant, Garp se rappela-t-il avoir entendu Ragoût-Gras insinuer qu'il avait des yeux de Jap, et un pan de son histoire personnelle s'emboîta dans sa vraie perspective ; quoi qu'il en soit, Garp prit sur-le-champ la décision d'exiger de sa mère davantage de détails qu'elle ne lui en avait confié jusqu'alors. Il ne pouvait plus se contenter de savoir qu'il avait eu pour père un soldat, etc., il le sentait. Mais il sentait aussi les lèvres douces de Cushie Percy courir sur son ventre, et lorsque soudain elle le prit dans sa bouche chaude, il en resta stupéfait, au point que ses résolutions explosèrent tout aussi brutalement que le reste de sa personne. Ce fut là, sous les tubes des trois canons de l'artillerie des Steering, que S. T. Garp fut initié aux joies de la chair selon cette technique relativement sûre et non reproductrice. Bien entendu, du point de vue de Cushie, ce fut, en outre, une expérience à sens unique.

Main dans la main, ils rebroussèrent chemin le long de la Steering.

— Je veux te revoir le week-end prochain, déclara Garp.

Il décida que, cette fois, il n'oublierait pas les capotes.

Je sais que tu aimes Helen pour de bon, dit Cushie.

Il était à parier qu'elle détestait Helen Holm, à supposer qu'elle l'eût rencontrée. Helen était si snob, si fière de son intelligence.

— N'empêche que je veux te voir, insista Garp.

— Tu es gentil, lui dit Cushie, en lui pressant la main. Et tu es mon plus vieil ami.

Tous deux devaient pourtant se douter qu'il est possible de connaître quelqu'un toute sa vie sans jamais devenir tout à fait amis.

— Qui t'a dit que mon père était japonais ? lui demanda Garp.

— Je n'en sais rien, dit Cushie. D'ailleurs, je ne sais même pas s'il l'était vraiment.

— Moi non plus, reconnut Garp.

— Je ne comprends pas pourquoi tu ne poses pas la question à ta mère, fit Cushie.

Bien entendu, *il l'avait déjà posée*, et Jenny s'en était, avec une résolution farouche, tenue à sa première et unique version.

– Tiens, tiens, c'est *toi* ! fit Cushie le jour où Garp lui téléphona à Dibbs. Mon père vient de m'appeler pour me dire que je ne devais pas te revoir, ni t'écrire, ni te parler. Ni même lire tes lettres – comme si tu m'en écrivais. Je crois que le jour où on est allés aux canons, un des golfeurs nous a vus repartir.

Elle trouvait la chose très drôle, mais Garp ne voyait qu'une chose, il avait laissé échapper son avenir de canonnier.

– Je rentrerai à la maison le week-end de la remise des diplômes, ajouta Cushie.

Mais Garp se rongeait de questions : s'il achetait dès maintenant les préservatifs, seraient-ils encore utilisables le jour de la remise des diplômes ? Arrivait-il que les capotes se gâtent ? Au bout de combien de semaines ? Et fallait-il les conserver au réfrigérateur ? Il ne savait auprès de qui se documenter.

Garp pensa interroger Ernie Holm, mais il redoutait déjà qu'Helen vienne à apprendre qu'il était sorti avec Cushie Percy et, quand bien même sa relation avec Helen n'était pas telle qu'il risquât de se voir accuser d'infidélité, Garp avait de l'imagination, et aussi des projets.

Il écrivit à Helen une longue lettre, où il lui confessait sa « concupiscence », comme il disait – qui n'avait rien de commun, affirmait-il avec les sentiments « plus nobles » qu'il nourrissait à son égard à elle. Helen lui répondit qu'elle ne comprenait pas pourquoi il venait lui raconter tout ça *à elle*, mais qu'à son avis il *exprimait* très bien la chose. C'était mieux écrit, par exemple, que l'histoire qu'il lui avait montrée un jour, et elle souhaitait qu'il continue à lui montrer ce qu'il écrirait. Quant à Cushie Percy, ajoutait-elle, que par ailleurs elle connaissait fort peu, elle la jugeait plutôt *stupide*. Mais agréable, précisait Helen. Et si Garp était porté à la concupiscence, comme il disait, ne devait-il pas s'estimer heureux d'avoir dans son entourage quelqu'un comme Cushie ?

Garp lui répondit par retour qu'il n'était pas question qu'il lui montre quoi que ce soit avant d'avoir écrit une histoire qui serait digne d'elle. Il s'expliquait aussi sur sa décision de ne pas poursuivre ses études. D'abord, estimait-il, l'unique raison valable pour entrer à l'université était de faire de la lutte, et il n'était pas certain d'y tenir au point de pratiquer la lutte à *ce niveau-là*. De plus, il trouvait absurde de se contenter de faire de la lutte dans un quelconque petit collège où le sport n'était pas jugé important.

– Ça n'en vaut la peine, écrivit Garp à Helen, que si je suis décidé à essayer d'être le meilleur.

Mais il pensait qu'essayer d'être le meilleur à la lutte n'était pas ce qu'il souhaitait; en outre, et il en avait conscience, il était improbable qu'il *parvienne* à être le meilleur. Et qui avait jamais entendu parler d'entrer à l'université pour devenir le meilleur dans *l'art d'écrire*?

Et puis, d'où lui venait cette idée de vouloir être le meilleur?

Helen répondit en lui conseillant de partir pour l'Europe, idée que Garp s'empressa de discuter avec Jenny.

A sa grande surprise, il découvrit que Jenny n'avait jamais pensé qu'il *entrerait* à l'université; elle n'acceptait pas l'idée que c'était à cela que servaient les instituts préparatoires.

– S'il est exact que Steering dispense à tout le monde une formation d'une telle qualité, dit Jenny, pourquoi, grand Dieu! irais-tu encore la *poursuivre*? Après tout, si tu as pris tes études au sérieux, tu dois être maintenant instruit. D'accord?

Garp n'avait pas l'impression d'être instruit, mais déclara que oui, sans doute, il l'était. Il avait le sentiment d'avoir pris ses études au sérieux. Quant au voyage en Europe, Jenny parut trouver l'idée séduisante.

– Ma foi, c'est vrai que ça me tenterait bien d'essayer, dit-elle. Quelle barbe de rester ici!

Ce fut à cet instant que Garp comprit que sa mère avait l'intention de *rester* avec lui.

– Je me charge de trouver l'endroit idéal pour un écrivain qui veut vivre en Europe, lui dit Jenny. Je pensais justement moi aussi écrire quelque chose.

Garp se sentit si déprimé qu'il alla se fourrer au lit. En se levant le matin, il écrivit à Helen qu'il était condamné à être escorté partout par sa mère, et jusqu'à la fin de ses jours. « Comment pourrai-je écrire, écrivit-il à Helen, si maman est toujours là à regarder par-dessus mon épaule ? »

Helen n'avait rien à répondre. Elle promit de mettre son père au courant du problème : peut-être Ernie serait-il capable de donner à Jenny quelques bons conseils. Ernie Holm aimait bien Jenny ; il lui arrivait de temps en temps de l'emmener voir un film. Jusqu'à un certain point même, Jenny était devenue une fana de lutte, et, quand bien même rien d'autre n'aurait jamais pu exister entre eux qu'une bonne amitié, Ernie s'était toujours senti très ému par l'histoire de la mère célibataire – il avait écouté et accepté la version que lui avait faite Jenny, estimant que *lui* n'avait nul besoin d'en savoir plus, et il défendait Jenny contre ceux qui s'avisaient d'insinuer qu'ils aimeraient bien en savoir davantage.

Mais c'était sur Tinch que Jenny comptait pour la conseiller en matière de problèmes culturels. Elle lui demanda où un jeune garçon accompagné de sa mère pourrait éventuellement s'installer en Europe – l'Europe était à ses yeux le contexte le plus artistique, l'endroit idéal pour écrire. Quant à Mr. Tinch, son dernier voyage en Europe remontait à 1913. Il n'y était resté qu'un seul été. Il s'était d'abord rendu en Angleterre, où vivaient encore plusieurs Tinch, la branche britannique de sa famille, mais ses lointains parents l'avaient effrayé en mendiant de l'argent – ils avaient trop mendié, et de façon si grossière que Tinch s'était réfugié en hâte sur le continent. Mais en France aussi, les gens s'étaient montrés grossiers, et bruyants en Allemagne. Il avait l'estomac fragile et craignait la cuisine italienne, si bien qu'il était parti pour l'Autriche.

– C'est à Vienne, expliqua Tinch à Jenny, que j'ai trouvé la *véritable* Europe. Un climat c-c-contemplatif et artistique, précisa Tinch. Dont on pouvait sentir toute la tristesse et la g-g-grandeur.

Une année plus tard, la Première Guerre mondiale éclatait. En 1918, la grippe espagnole acheva de décimer ceux des Viennois qui avaient survécu à la guerre. La grippe devait tuer le vieux Klimt, comme elle tuerait aussi le jeune Schiele et sa jeune épouse. Quarante pour cent du reste de la population mâle ne survivrait pas à la Deuxième Guerre mondiale. Le Vienne où Tinch se préparait à envoyer Jenny et Garp était une cité qui avait fini de vivre. Sa lassitude pouvait encore s'interpréter à tort comme une tendance à la contemplation, mais Vienne aurait été bien en peine de montrer encore la moindre g-g-grandeur. Entre autres demi-vérités de Tinch, Jenny et Garp en décèleraient encore une, la tristesse.

« Et *n'importe quel* endroit peut être artistique, écrivit plus tard Garp, à condition qu'un artiste y travaille. »

– Vienne ? dit Garp à Jenny.

Il avait dit ça de la même façon qu'il avait dit « la lutte ? », il y avait maintenant plus de trois ans, cloué sur son lit de malade, et sceptique quant à l'aptitude de sa mère à lui choisir un sport. Mais il se souvint qu'elle avait vu juste ; il ne connaissait rien de l'Europe, et très peu de choses par ailleurs. Garp avait fait trois années d'allemand à Steering, aussi ne serait-il pas totalement perdu, et Jenny (qui n'avait pas le don des langues) avait lu un livre sur les bizarres complices de l'histoire de l'Autriche : Maria Theresa et le fascisme. *De l'Empire à l'Anschluss*, tel était le titre du livre. Garp l'avait vu traîner dans les WC, des années durant, mais personne ne put mettre la main dessus. Peut-être avait-il disparu dans le bain à remous.

– La dernière personne entre les mains de qui je l'ai vu, c'était Ulfelder, dit Jenny à Garp.

– Ulfelder est parti avec son diplôme, il y a déjà trois ans, lui rappela Garp.

Le jour où Jenny informa le doyen Bodger qu'elle avait décidé de partir, Bodger lui déclara que Steering la regretterait, et que l'on serait toujours très heureux de la reprendre. Jenny ne tenait pas à faire preuve de grossièreté, mais marmonna pourtant qu'à son avis il était facile de trouver n'importe où un poste d'infirmière ; elle ignorait, bien entendu, que jamais plus elle ne serait infirmière. Bodger fut intrigué par la décision de Garp d'interrompre ses études. Dans l'esprit du doyen, Garp à Steering n'avait jamais eu de problèmes de discipline depuis qu'à l'âge de cinq ans il avait survécu à son expédition sur le toit de l'annexe, et la tendresse avec laquelle Bodger évoquait le rôle qu'il avait joué dans ce sauvetage faisait qu'il gardait toujours un petit faible pour Garp. En outre, Bodger adorait la lutte, et il était un des rares admirateurs de Jenny. Mais Bodger l'admettait, le jeune homme paraissait sincère dans son désir de « gagner sa vie par sa plume », comme disait Bodger. Ce que Jenny ne dit pas à Bodger, c'est qu'elle aussi avait l'intention d'écrire.

Cet aspect de leur projet mettait Garp fort mal à l'aise, mais il n'en souffla mot à Helen. Les événements se précipitaient et Garp dut se contenter de confier ses appréhensions à son entraîneur de lutte, Ernie Holm.

— Ta maman sait ce qu'elle veut, j'en suis certain, lui dit Ernie. Essaie seulement d'être sûr de ce que *toi* tu veux.

Même le vieux Tinch envisageait le projet avec optimisme.

— C'est un petit peu ex-ex-extravagant, dit Tinch à Garp, mais c'est souvent comme ça, avec les bonnes idées.

Bien des années plus tard, Garp devait se rappeler l'émouvant bégaiement de Tinch comme un message que Tinch recevait de son corps. Garp écrivit que le corps de Tinch s'efforçait de le prévenir qu'il était destiné à m-m-mourir de froid.

Jenny ne cessait de répéter qu'ils partiraient aussitôt après la remise des diplômes, alors que Garp, pour sa part, avait eu l'espoir de passer l'été à Steering.

— Pour quoi faire, grand Dieu ? se récria Jenny.

Pour Helen, aurait-il voulu pouvoir lui dire, mais rien de ce qu'il avait écrit n'était assez bon pour mériter d'être montré à Helen ; il l'avait déjà dit. Le mieux était de partir et de se mettre à écrire. Et il ne fallait pas compter sur Jenny pour passer un autre été à Steering, histoire de lui permettre d'honorer ses rendez-vous avec Cushie Percy au pied des canons ; peut-être était-il écrit que cela ne serait pas. Pourtant, il conservait l'espoir de se ménager une rencontre avec Cushie le week-end de la remise des diplômes.

Le jour où Garp reçut son diplôme, il plut. Des rideaux de pluie balayèrent le campus au sol spongieux ; les caniveaux débordèrent et, dans les rues, les voitures venues des États voisins labouraient l'eau comme des yachts pris dans la tempête ; les femmes avaient l'air misérable avec leurs robes d'été ; pathétiques, les gens chargeaient en hâte leurs breaks. On avait dressé une immense tente pourpre devant le gymnase Seabrook, et ce fut dans une atmosphère confinée de cirque que s'effectua la remise des diplômes ; les discours se perdirent dans le bruit de la pluie qui tambourinait sur la tente.

Personne ne s'attarda. Les grands navires fuirent la ville. A Talbot, la remise des diplômes devait avoir lieu la semaine suivante, et Helen, qui se trouvait en pleine session d'examens, n'était pas venue. Cushie Percy avait assisté à la décevante cérémonie, Garp en était certain ; mais il ne l'avait aperçue nulle part. Il le savait, elle serait en compagnie de sa grotesque famille, et Garp avait eu la sagesse de rester hors d'atteinte de Ragoût-Gras – un père outragé était quand même un père, après tout, même s'il y avait beau temps que Cushman Percy avait perdu sa vertu.

Lorsque, en fin d'après-midi, le soleil reparut, cela n'avait plus guère d'importance. Steering était noyé dans la buée, et le sol – du stade Seabrook jusqu'aux canons – resterait détrempé pendant des jours. Garp se représenta les torrents d'eau qui, bien sûr, devaient être en train de dévaler dans l'herbe tendre tout autour des canons ; même la Steering serait gonflée. Les canons eux-mêmes seraient remplis d'eau ; les tubes étaient pointés vers le ciel et se remplissaient chaque fois qu'il pleuvait. Par mauvais temps, les canons vomissaient du verre pilé et laissaient, sur le ciment souillé de taches, des flaques grasses où nageaient de vieux préservatifs. Inutile de vouloir entraîner Cushie aux canons ce week-end, Garp le savait.

Pourtant, au fond de sa poche, l'étui de trois capotes crissait comme un minuscule feu d'espoir.

– Écoute, dit Jenny. J'ai acheté de la bière. Vas-y, prends une cuite, si ça te tente.

– Bonté divine, maman, fit Garp, mais il accepta de vider quelques boîtes de bière avec elle.

Ils restèrent là tout seuls en cette soirée de remise des diplômes, avec autour d'eux l'infirmerie déserte et, dans l'annexe, les rangées de lits vides et débarrassés de leurs draps – à l'exception des lits où ils passeraient la nuit. Garp but sa bière en se demandant si *tout* était toujours aussi décevant; il se rassura en pensant aux quelques bons livres qu'il lui avait été donné de lire, mais bien qu'ayant été éduqué à Steering, il n'était pas un grand lecteur – en comparaison d'Helen, ou de Jenny, par exemple. En matière de lecture, Garp s'y prenait toujours de la même façon, lorsqu'il mettait la main sur un livre qui lui plaisait, il le relisait inlassablement; et, pendant longtemps, il n'avait pas la moindre envie de lire autre chose. Au cours de ses années à Steering, il lut trente-quatre fois *The Secret Sharer* de Joseph Conrad. Il lut également *The Man Who Loved Islands*, de D. H. Lawrence, vingt et une fois; et il se sentait à présent tout disposé à le relire.

Au-delà des fenêtres de leur minuscule logement s'étendait le campus, noir, détrempé et désert.

– Écoute, voilà comment tu dois voir les choses, dit Jenny, qui le sentait déprimé. Il ne t'a fallu que quatre ans pour décrocher ton diplôme à Steering, mais moi, ça en fait dix-huit que je *traîne* dans cette fichue boîte.

Elle ne tenait pas si bien le coup, Jenny : arrivée à la moitié de sa deuxième bière, elle tomba endormie. Garp la transporta dans sa chambre; elle avait déjà ôté ses chaussures, et Garp se contenta de lui retirer sa broche d'uniforme – pour éviter qu'elle ne se poignarde en roulant sur le côté. La nuit était chaude, si bien qu'il ne rabattit pas la couverture.

Il vida une autre bière et sortit faire un tour.

Bien entendu, il savait où il allait.

La maison des Percy – à l'origine, la maison de la famille Steering – se dressait au milieu de sa pelouse détrempée, non loin de l'annexe. Une seule lampe était encore allumée dans la maison de Stewart Percy, et Garp savait dans quelle chambre elle brûlait : la petite Pooh Percy, quatorze ans maintenant, ne pouvait dormir sans lumière. Cushie avait également confié à Garp que Bainbridge était encore encline à dormir avec un lange – peut-être, se disait Garp, parce que sa famille s'obstinait à l'appeler Pooh.

– Ma foi, avait dit Cushie, je ne vois pas ce qu'il y a de *mal* à ça. Il ne lui *sert à rien*, son lange; bien sûr qu'on lui a appris à être *propre*, et tout. C'est seulement que Pooh aime bien *porter* des langes – une fois de temps en temps.

Garp était là, les pieds dans l'herbe trempée de brume sous la fenêtre de Pooh Percy, et essayait de se rappeler où était la chambre de Cushie. N'y parvenant pas, il décida de réveiller Pooh ; il était sûr qu'elle le reconnaîtrait et qu'elle appellerait Cushie. Mais Pooh s'encadra à sa fenêtre comme un fantôme ; elle ne parut pas tout d'abord reconnaître Garp, qui se cramponnait au lierre. Bainbridge Percy avait des yeux de biche prise dans la lumière des phares, résignée au coup qui la frapperait.

– Pour l'amour de Dieu, Pooh, c'est *moi*, lui chuchota Garp.

– Tu veux voir Cushie ? demanda Pooh, maussade.

– Oui ! grogna Garp.

Au même instant, le lierre céda et il tomba dans les buissons au pied du mur. Cushie, qui s'était endormie en maillot de bain, l'aida à se sortir de là.

– Bon sang, mais tu vas réveiller toute la maison, dit-elle. T'as bu ou quoi ?

– Je suis *tombé*, rectifia Garp, excédé. Y a pas à dire, ta sœur est bizarre.

– C'est mouillé dehors, partout, lui dit Cushie. Où est-ce qu'on peut aller ?

Garp y avait réfléchi. Dans l'infirmerie, il le savait, soixante lits vides attendaient.

Mais Garp et Cushie n'avaient pas encore franchi la véranda des Percy que surgit Bonkers. D'avoir dévalé l'escalier de la véranda, le monstre noir était déjà hors d'haleine, et son museau gris fer était tacheté de bave ; l'odeur de son haleine frappa Garp en plein visage comme une poignée d'herbe pourrie. Bonkers grondait, mais même son grondement avait faibli.

– Dis-lui de foutre le camp, chuchota Garp à Cushie.

– Il est sourd, dit Cushie. Il est très vieux.

– Je sais quel âge il a, dit Garp.

Bonkers aboya, un grincement aigu, pareil au bruit d'une porte rarement ouverte et dont on force les gonds. Il avait maigri, mais faisait bien encore soixante-dix kilos. Rongé par les tiques et la gale, lacéré par de vieilles mor-

sures et les barbelés, Bonkers flaira son ennemi et accula
Garp contre la balustrade.

– Allez, *file*, Bonkie, siffla Cushie.

Garp tenta de contourner le chien et nota la lenteur de
ses réactions.

– Mais il est à moitié *aveugle*, chuchota Garp.

– Et il n'est plus capable de sentir grand-chose, fit Cushie.

– Mieux vaudrait qu'il soit mort, murmura *in petto* Garp,
mais il essaya de contourner le chien.

Bonkers suivit, plus ou moins mollement. Sa gueule évoquait toujours pour Garp la mâchoire puissante d'un bull-
dozer, tandis que, sur son poitrail noir et hirsute, la masse
flasque des muscles rappelait à Garp avec quel élan le chien
pouvait se ruer en avant – il y avait bien longtemps de cela.

– T'en occupe pas, c'est tout, suggéra Cushie, à l'instant même où Bonkers fonçait.

Le chien était assez lent : Garp put passer vivement derrière lui et, l'empoignant par les pattes de devant, il tira,
tandis que, poitrine en avant, il se laissait choir sur le dos
de la bête. Bonkers s'aplatit, glissa sur le sol nez en avant –
pattes de derrière toujours arc-boutées. Garp maintenait
coincées les pattes antérieures repliées, mais seul le poids
de sa poitrine immobilisait la tête de l'énorme molosse. Un
grondement terrifiant s'enfla, tandis que Garp pesait sur
l'épine dorsale et plantait son menton dans le cou épais.
Au cours de la mêlée, une *oreille* surgit – dans la bouche
de Garp, qui mordit. Il mordit de toutes ses forces, et Bonkers poussa un hurlement. Il mordit l'oreille de Bonkers
en souvenir de sa propre chair arrachée, mordit pour se
venger des quatre années qu'il avait passées à Steering – et
des dix-huit années de pénitence de sa mère.

Ce fut seulement lorsque la lumière inonda la maison
des Percy que Garp laissa filer le vieux Bonkers.

– Sauve-toi ! suggéra Cushie.

Garp l'empoigna par la main et elle se laissa entraîner. Il
sentait un goût immonde dans sa bouche.

– Bon sang, qu'est-ce qui t'a pris de le *mordre* ? demanda
Cushie.

– Il m'a mordu, lui rappela Garp.

– Je me souviens, dit Cushie.

Elle lui pressa la main et le suivit là où il voulait aller.

– Bon Dieu ! mais qu'est-ce qui se passe ? entendirent-ils Stewart Percy hurler.

– C'est Bonkie, c'est Bonkie ! lança la voix de Pooh Percy dans la nuit.

– Bonkers ! appela Ragoût-Gras. Ici, Bonkers ! Ici, Bonkers !

Tous purent alors entendre les épouvantables gémissements du chien sourd.

Le vacarme était tel qu'il parvint sans doute au fin fond du campus. Il réveilla Jenny Fields, qui jeta un coup d'œil au-dehors. Par chance, Garp vit s'allumer la lumière. Il força Cushie à se dissimuler derrière lui, dans un couloir de l'annexe déserte, tandis qu'il allait quêter le diagnostic de Jenny.

– Qu'est-ce qui t'est arrivé ? lui demanda Jenny.

Garp voulait savoir si le sang qui lui ruisselait sur le menton était le sien, ou uniquement celui de Bonkers. Devant la table de la cuisine, Jenny fit tomber une espèce de grosse croûte collée à la gorge de Garp. Elle se détacha et atterrit sur la table – aussi grosse qu'un dollar en argent. Tous deux contemplèrent fixement la chose.

– Qu'est-ce que c'est ? demanda Jenny.

– Une oreille, fit Garp. Ou un morceau d'oreille.

Sur l'émail blanc de la table, gisaient les restes d'une oreille, noire et raide comme du cuir, craquelée comme un vieux gant desséché, et légèrement recroquevillée sur les bords.

– J'ai rencontré Bonkers, expliqua Garp.

– Oreille pour oreille, fit Jenny Fields.

Garp n'avait pas une éraflure ; le sang provenait uniquement de Bonkers.

Dès que Jenny eut regagné sa chambre, Garp escamota Cushie dans le souterrain qui conduisait au bâtiment principal de l'infirmerie. Depuis dix-huit ans qu'il l'empruntait, il connaissait le chemin par cœur. Il la conduisit dans l'aile la plus éloignée du logement de l'annexe où dormait sa mère ; au-dessus du grand hall d'accueil, près des salles d'opération et d'anesthésie.

Ce fut ainsi que, pour Garp, l'amour allait être à jamais

associé à certaines sensations et odeurs. L'expérience devait être agréable, mais resterait secrète : ultime récompense en des heures éprouvantes. Le souvenir de l'odeur subsisterait dans sa mémoire comme quelque chose de profondément personnel et de vaguement clinique. Le cadre lui paraîtrait à jamais désert. Dans l'esprit de Garp, l'acte sexuel resterait toujours un acte solitaire commis dans un univers abandonné – un jour, après la pluie. Un acte à jamais empreint d'un optimisme délirant.

Cushie, comme de juste, évoqua toujours pour Garp de multiples images de canons. Une fois épuisé le contenu de l'étui, à la troisième capote, elle lui demanda s'il n'en avait pas d'autres – s'il n'en avait acheté qu'un étui. Un lutteur n'aime jamais rien tant qu'une lassitude durement gagnée ; Garp sombra dans le sommeil à côté de Cushie qui maugréait.

– La première fois, tu n'en avais pas, disait-elle, et cette fois, voilà que tu tombes en panne ! T'as de la chance qu'on soit de vieux copains.

Il faisait encore nuit et l'aube était encore loin lorsque Stewart Percy les réveilla. La voix de Ragoût-Gras viola le sanctuaire de la vieille infirmerie comme une maladie honteuse.

– Ouvrez ! l'entendirent-ils hurler, et ils se faufilèrent jusqu'à la fenêtre pour voir ce qui se passait.

Sur le gazon vert, si vert, de la pelouse, en robe de chambre et pantoufles – Bonkers en laisse à côté de lui –, le père de Cushie bêlait en direction des fenêtres de l'annexe. Jenny ne mit pas longtemps à se montrer.

– Êtes-vous malade ? demanda-t-elle à Stewart.

– Je veux ma fille ! glapit Stewart.

– Êtes-vous ivre ? demanda Jenny.

– Vous allez me laisser entrer, oui ! hurla Stewart.

– Le docteur n'est pas là, dit Jenny Fields, et je doute que vous ayez quelque chose que je puisse soigner.

– Salope ! beugla Stewart. Votre bâtard de fils a séduit ma fille ! Je sais qu'ils sont là-dedans, dans c't espèce de bordel d'infirmerie !

Cette fois, *c'est* un bordel d'infirmerie, se dit Garp, ravi du contact et de l'odeur de Cushie qui tremblait tout contre lui. Dans l'air froid qui filtrait à travers la fenêtre noire, ils frissonnèrent en silence.

– Je voudrais que vous voyiez mon *chien*! braillait Stewart à l'adresse de Jenny. Du sang partout! Le chien caché sous le hamac! La véranda pleine de sang!

Stewart en croassait de fureur :

– Mais bordel, qu'est-ce qu'il est allé faire à Bonkers, c't espèce de bâtard ?

Lorsque sa mère parla, Garp sentit Cushie tressaillir. Sans doute ce que dit Jenny rappela-t-il à Cushie Percy les paroles qu'elle-même avait prononcées, treize ans auparavant.

– Garp a mordu Bonkie, dit simplement Jenny Fields.

Puis sa lumière s'éteignit et, dans l'obscurité qui engloutit l'infirmerie et l'annexe, on n'entendit plus rien que la respiration de Ragoût-Gras, et le bruit de la pluie qui s'égouttait – ruisselait sur Steering, purifiant tout.

5

Dans la ville où mourut Marc Aurèle

Lorsque Jenny emmena Garp en Europe, il était mieux préparé à la réclusion de la vie d'écrivain que la plupart des adolescents de dix-huit ans. Il y avait longtemps déjà qu'il trouvait son bonheur dans un monde né de sa propre imagination ; après tout, il avait été élevé par une femme qui s'accommodait fort bien d'une vie de recluse et trouvait ce style d'existence parfaitement naturel. Il devait s'écouler des années avant que Garp ne remarque qu'ils n'avaient pas d'amis, bizarrerie qui, par contre, ne frappa jamais Jenny Fields comme telle. Ernie Holm, avec ses manières distantes et courtoises, avait été le premier ami de Jenny Fields.

Avant de trouver un appartement, Jenny et Garp séjournèrent dans une bonne douzaine de pensions aux quatre coins de Vienne. L'idée venait de Mr. Tinch, qui leur avait affirmé que ce serait là le moyen idéal de décider quelle partie de la ville leur conviendrait le mieux : ils feraient le tour de tous les quartiers et fixeraient ensuite leur choix. Sans doute la vie de pension, et pour de brefs séjours, avait-elle été fort agréable pour Tinch en 1913 ; mais Jenny et Garp débarquèrent à Vienne en 1961 ; ils se lassèrent vite de trimballer leurs machines à écrire de pension en pension. Ce fut cette expérience, pourtant, qui fournit à Garp la matière de sa première nouvelle de quelque envergure : *la Pension Grillparzer*. Avant d'arriver à Vienne, Garp ne savait même pas ce que c'était qu'une pension, mais il ne lui fallut pas longtemps pour se rendre compte que les pensions avaient beaucoup moins à offrir que les hôtels ; elles étaient toujours plus petites et n'avaient jamais aucune classe ; certaines fournissaient le petit déjeuner, d'autres pas. Loger dans une pension était tantôt une bonne affaire, tantôt une erreur. Certaines des pensions que connurent Jenny et Garp étaient propres, confortables et hospitalières, mais beaucoup étaient sordides.

Jenny et Garp ne perdirent guère de temps avant de décider où ils voulaient s'installer, dans la Ringstrasse ou à proximité, l'immense anneau qui encercle le cœur de la vieille ville ; c'était dans ce secteur que se trouvait pratiquement tout, et Jenny, même sans parler allemand, pourrait s'y débrouiller mieux qu'ailleurs – c'était aussi le quartier le plus cosmopolite et le plus sophistiqué, à supposer qu'un tel quartier existât à Vienne.

Garp était responsable de sa mère et trouvait la chose amusante ; trois années d'allemand à Steering faisaient de Garp le chef, et il était ravi de régenter sa mère.

– Prends le *Schnitzel*, maman, lui disait-il.

– Moi, je trouvais que ce *Kalbsnieren* avait l'air intéressant, objectait Jenny.

– Des rognons de veau, disait Garp. Tu aimes les rognons ?

– Je n'en sais rien, capitulait Jenny. Sans doute que non.

Lorsque, enfin, ils trouvèrent un endroit où s'installer, Garp se chargea des courses. Dix-huit années durant, Jenny avait pris ses repas dans les réfectoires de Steering ; elle n'avait jamais appris à faire la cuisine, et, de plus, maintenant, elle était incapable de lire les recettes. Ce fut à Vienne que Garp découvrit qu'il adorait cuisiner, mais la chose qui, à l'en croire, le séduisit d'emblée en Europe, fut les WC – les toilettes. Au cours de leur tournée des pensions, Garp découvrit que les toilettes étaient en général un réduit minuscule sommairement équipé d'une cuvette ; ce fut la première chose à laquelle Garp trouva du sens en Europe. Il en parla à Helen :

– C'est le système le plus intelligent que je connaisse – on urine et se vide les tripes dans un endroit, on se brosse les dents dans un autre.

Les WC, comme de juste, occuperaient une place éminente dans le récit de Garp, *la Pension Grillparzer*, récit que d'ailleurs Garp ne devait pas écrire dans l'immédiat.

Bien que, pour un jeune homme de dix-huit ans, il fût capable de s'imposer une discipline peu commune, trop de choses pourtant sollicitaient sa curiosité ; avec, en plus, toutes les responsabilités qui pleuvaient sur lui, Garp se retrouva très occupé et il n'écrivit rien de satisfaisant pendant des mois, sinon ses lettres à Helen. Il était trop excité par son nouveau cadre de vie pour établir, malgré ses efforts, la routine indispensable pour qui veut écrire.

Il tenta de bâtir une histoire au sujet d'une famille ; tout ce qu'il savait lorsqu'il se mit à écrire était que la famille menait une vie intéressante et que ses membres étaient tous très liés. Ce n'était pas assez.

Jenny et Garp s'installèrent dans un appartement haut de plafond et aux murs crème, situé au premier étage d'un vieil immeuble de la Schwindgasse, une petite rue du quatrième arrondissement. Ils étaient à deux pas de la Schwarzenbergplatz, le carrefour de la Prinz-Eugen-Strasse, et des deux Belvédères. Avec le temps, Garp visita tous les musées de la ville, mais Jenny ne mit jamais les pieds dans aucun, sauf celui du Belvédère supérieur. Garp lui expliqua que le musée du Belvédère supérieur ne contenait rien d'autre que des tableaux des XIXᵉ et XXᵉ siècles, ce à quoi Jenny répondit que les XIXᵉ et XXᵉ siècles lui suffisaient amplement. Garp lui expliqua qu'elle pourrait au moins traverser les jardins du Belvédère inférieur pour aller voir les collections d'art baroque, mais Jenny secoua la tête ; à Steering, elle avait suivi plusieurs cours d'histoire de l'art – elle en avait assez des études.

– Et les Breughel, maman ! s'exclama Garp. Tu n'as qu'à prendre le *Strassenbahn* jusqu'au Ring et descendre à la Mariahilferstrasse. Le grand musée juste en face de l'arrêt du tram est le Kunsthistorisches.

– Mais je peux y aller *à pied*, jusqu'au Belvédère, dit Jenny. A quoi bon prendre le tram ?

Elle aurait également pu aller à pied jusqu'à la Karlskirche, et à deux pas de l'Argentinierstrasse, dans le quartier des ambassades, il y avait quelques édifices intéressants. L'ambassade de Bulgarie se trouvait juste en face de chez eux, dans la Schwindgasse. Ce que préférait Jenny, disait-elle, c'était rester dans son quartier. Il y avait un café,

131

au carrefour voisin, où elle aimait aller s'asseoir pour lire les journaux anglais. Jamais elle ne sortait pour prendre ses repas, sauf quand Garp l'emmenait ; et, à la maison, sauf s'il se chargeait de faire lui-même la cuisine, elle ne mangeait rien. Elle était totalement obnubilée par une seule et unique idée, écrire – bien davantage, à ce stade, que Garp.

– En ce moment de ma vie, je n'ai pas de temps à perdre pour jouer les touristes, dit-elle un jour à son fils. Mais vas-y, *toi*, imbibe-toi de culture. Voilà ce que tu *devrais* faire.

« Absorbez, ab-ab-absorbez », leur avait seriné Tinch. Jenny avait le sentiment que c'était ce qu'aurait dû faire Garp ; pour sa part, elle trouvait qu'elle avait déjà absorbé suffisamment de choses pour avoir beaucoup à dire. Jenny Fields avait quarante et un ans. Elle s'imaginait que la partie la plus intéressante de sa vie était déjà derrière elle ; tout ce qu'elle voulait, c'était en faire le récit.

Garp lui donna un morceau de papier, en lui recommandant de ne jamais s'en séparer. Dessus était inscrite leur adresse, au cas où Jenny viendrait à se perdre : Schwindgasse 15/2, Vienne IV. Garp dut lui apprendre comment prononcer leur adresse – une leçon fastidieuse.

– *Schwindgassefünfzehnzwei* ! crachait Jenny.

– Encore, insistait Garp. Tu as donc envie de rester perdue, le jour où tu te perdras ?

Dans la journée, Garp parcourait la ville en quête d'endroits où emmener Jenny le soir ou en fin d'après-midi, lorsqu'elle avait fini d'écrire ; ils prenaient une bière ou un verre de vin, et Garp lui racontait sa journée par le menu détail. Jenny écoutait poliment. Le vin ou la bière lui donnaient sommeil. Ensuite, ils faisaient d'ordinaire un bon dîner, puis Garp ramenait Jenny à la maison en *Strassenbahn* ; il avait pris tant de mal pour se familiariser avec le réseau des tramways qu'il mettait un point d'honneur à ne jamais prendre de taxis. Parfois, le matin, il allait faire leurs courses dans les marchés en plein air, puis rentrait de bonne heure et passait toute l'après-midi à préparer la cuisine. Jenny ne se plaignait jamais ; manger à la maison ou sortir dîner en ville, cela lui était indifférent.

– Ça, c'est un *Gumpoldskirchner*, disait Garp, en présentant le vin. Avec le *Schweinebraten*, c'est parfait.

– Quels drôles de mots, faisait Jenny.

Dans un commentaire caractéristique de la prose de Jenny, Garp écrivit par la suite : « Ma mère avait tant de mal à se débrouiller en anglais qu'il n'est pas étonnant qu'elle ne se soit jamais souciée d'apprendre l'allemand. »

Jenny avait beau passer toutes ses journées rivée à sa machine, elle ne savait pas écrire. Et elle avait beau – physiquement parlant – écrire, elle ne prenait aucun plaisir à relire ce qu'elle avait écrit. Très vite, elle s'efforça de se remémorer les bonnes choses qu'elle avait eu l'occasion de lire pour trouver ce qui les distinguait du résultat de ses premiers jets Elle s'était contentée de commencer par le commencement. « Je suis née », et ainsi de suite. « Mes parents voulaient m'obliger à rester à Wellesley ; néanmoins... » Et, bien entendu : « Je décidai alors que je voulais avoir un enfant et finis par en avoir un en m'y prenant de la manière suivante... » Mais Jenny avait lu suffisamment de bonnes histoires pour savoir que la sienne n'avait pas le *ton*, ce ton des bonnes histoires dont elle avait gardé le souvenir. Elle se demandait ce qui pouvait clocher, et chargeait souvent Garp d'aller fouiller pour elle les rares librairies qui vendaient des livres en anglais. Elle voulait regarder de plus près de quelle façon débutaient les récits de ces livres ; il ne lui avait guère fallu longtemps pour produire trois cents pages dactylographiées, et pourtant elle avait le sentiment que son livre n'avait pas encore *commencé* pour de bon.

Mais Jenny endurait ses problèmes d'écrivain en silence ; avec Garp, elle se montrait gaie, même si elle n'était que rarement attentive. Toute son existence, Jenny Fields avait eu le sentiment que les choses commencent, puis qu'un jour elles se terminent. Comme les études de Garp, par exemple – ou les siennes. Comme le sergent Garp. L'affection qu'elle portait à son fils ne s'était pas amoindrie, mais – elle en avait l'intuition – une certaine phase de sa vie de mère était révolue ; elle le sentait, elle avait mené Garp jusqu'à un certain point, et maintenant elle devait lui laisser le soin de trouver tout seul la voie où il aimerait s'engager.

Elle ne pouvait continuer jusqu'à la fin de leur vie commune à décider à sa place ce qu'il devait faire, qu'il s'agisse de la lutte ou d'autre chose. Jenny aimait vivre avec son fils ; en réalité, jamais l'idée ne l'effleura qu'ils se sépareraient un jour. Mais Jenny comptait bien qu'à Vienne Garp mettrait toutes ses journées à profit pour tenter de se distraire, et Garp n'y manqua pas.

Il n'avait pas avancé d'une seule ligne son récit, l'histoire de la famille unie aux membres fascinantes, sinon qu'il leur avait trouvé des occupations fascinants. Le père était un genre d'inspecteur, et, lorsque son travail l'appelait au-dehors, sa famille l'accompagnait. Sa charge l'obligeait à inspecter tous les restaurants et hôtels et pensions d'Autriche – pour les juger et leur attribuer un classement en catégories A, B, C. Un travail dont Garp s'imaginait qu'il aimerait, *lui*, être chargé. Dans un pays comme l'Autriche, tellement dépendant du tourisme, la classification et la reclassification des endroits qui offraient aux touristes le gîte et le couvert auraient *dû* être parées d'une sorte de tragique importance, mais Garp n'arrivait pas à imaginer ce que cette tâche pouvait avoir d'important – ni aux yeux de qui. Pour le moment, lui n'avait rien d'autre que cette famille ; ils faisaient un travail bizarre. Ils révélaient des lacunes ; ils attribuaient des grades. Et ensuite ? Il était plus facile d'écrire à Helen.

Toute cette fin d'été et ce début d'automne, Garp sillonna Vienne à pied et en tram, sans faire la moindre rencontre.

« Une partie de l'adolescence, écrivit-il à Helen, réside dans ce sentiment qu'il n'existe nulle part personne qui vous ressemble assez pour pouvoir vous comprendre. » Garp ajoutait qu'à son avis Vienne exacerbait en lui ce sentiment « dans la mesure où, à Vienne, il n'existe *vraiment personne* qui me ressemble ».

Numériquement parlant du moins, son intuition était juste. Vienne comptait très peu de gens comparables à Garp, fût-ce par l'âge. Peu nombreux étaient les Viennois nés en 1943 ; à vrai dire, du début de l'occupation nazie en 1938 jusqu'à la fin de la guerre en 1945, il y avait eu peu de naissances à Vienne. Et bien qu'un nombre élevé de grossesses eussent été provoquées par des viols, peu de

Viennois *voulurent* avoir des enfants avant 1955 – la fin de l'occupation russe. Pendant dix-sept ans, Vienne fut une ville occupée par des étrangers. Beaucoup de Viennois, on peut le comprendre, estimèrent que ces dix-sept années n'étaient pas la période idéale pour engendrer des enfants. Et Garp fit l'étrange expérience de vivre dans une ville où, avec ses dix-huit ans, il se sentait bizarre. Sans doute cela le poussa-t-il à grandir plus vite, sans doute aussi cela contribua-t-il à développer en lui le sentiment que Vienne était davantage « un musée qui abritait une ville morte » – comme il l'écrivit à Helen – qu'une ville encore vivante.

Cette constatation n'avait rien d'une critique aux yeux de Garp. Garp *aimait* déambuler dans les musées.

« Peut-être une ville plus réelle ne m'aurait-elle pas aussi bien convenu, écrivit-il plus tard. Mais Vienne était dans sa phase mortuaire ; elle gisait immobile et me laissait la contempler, et réfléchir à son sort, et la contempler de nouveau. Dans une ville *vivante*, jamais je n'aurais pu observer tant de choses. Les villes vivantes ne restent jamais en repos. »

Ainsi donc, S. T. Garp passa la belle saison à observer Vienne, à écrire des lettres à Helen Holm, et à décharger de tous soucis domestiques sa mère, qui avait ajouté l'isolement de l'écrivain à la solitude qu'elle s'était depuis longtemps choisie. « Ma mère, l'écrivain », comme disait Garp, facétieusement, dans les innombrables lettres qu'il envoyait à Helen. Mais il enviait Jenny qui, elle, parvenait à écrire. Lui se sentait coincé par son histoire. Il aurait pu, il s'en rendait compte, attribuer à son imaginaire famille toute une série d'aventures, mais où cela l'aurait-il mené ? Une fois de plus dans un restaurant de catégorie B, aux desserts si lamentables qu'une promotion en catégorie A était à jamais exclue ; ou, une fois de plus, dans un hôtel de catégorie B en passe de glisser vers C tout aussi inéluctablement que jamais il ne parviendrait à se débarrasser de l'odeur de moisi qui empestait le hall. Peut-être pourrait-on s'arranger pour que l'un des membres de la famille de l'inspecteur meure empoisonné dans un restaurant de catégorie A, mais cela *signifierait quoi* ? On aurait pu également inventer des fous, ou même des criminels, cachés dans une des pensions, mais qu'auraient-ils eu à voir avec l'intrigue ?

Garp n'avait pas d'intrigue, et il le savait.

Un jour, dans une gare, il vit un cirque composé d'un quatuor débarquer de Hongrie, ou de Yougoslavie. Il essaya de se *les* représenter intégrés à son histoire. Ils avaient un ours qui pilotait une motocyclette, en tournant inlassablement autour d'un parking. Une petite foule s'était rassemblée et, pendant le numéro de l'ours, un homme qui marchait sur les mains avait fait la quête, un pot juché en équilibre sur la plante de ses pieds ; de temps en temps, le pot tombait, tout comme l'ours d'ailleurs.

Finalement, la motocyclette refusa de démarrer. Personne ne comprit jamais ce que faisaient les deux autres saltimbanques ; à l'instant précis où ils s'efforçaient de prendre la relève de l'ours et de l'homme qui marchait sur les mains, la police arriva et les pria de remplir un tas de formulaires. Le spectacle n'avait présenté que peu d'intérêt, et la foule – ce qui en tenait lieu – s'était vite dispersée. Garp était resté le dernier, non qu'il s'intéressât aux autres numéros de ce cirque minable, mais parce qu'il avait envie de les fourrer dans son histoire. Pourtant, il ne voyait pas comment. Au moment où il sortait de la gare, Garp entendit les râles de l'ours qui vomissait.

Pendant des semaines, tout ce que Garp réussit à inventer *pour faire progresser son histoire fut un titre : le* Bureau du tourisme autrichien. Il le trouva insipide. Renonçant à écrire, il redevint touriste.

Mais, lorsque le temps se fit plus froid, Garp se lassa de jouer les touristes ; il se mit à accabler Helen d'amers reproches, sous prétexte qu'elle ne lui écrivait pas assez – preuve que lui, il lui écrivait trop. Elle était plus occupée que lui ; elle avait été acceptée dans un collège universitaire où, d'emblée, on l'avait inscrite en seconde année, et elle menait de front un horaire double de la normale. Une chose surtout, peut-être, rapprochait Helen et Garp, en ces jours lointains, tous deux se comportaient comme s'ils étaient *pressés* d'arriver quelque part.

– Laisse donc cette pauvre Helen en paix, lui conseillait

Jenny. Moi qui croyais que tu avais l'intention d'écrire autre chose que des lettres.

Mais Garp n'aimait pas l'idée de rivaliser avec sa mère sous le même toit. Jenny tapait sans relâche et sans jamais s'arrêter pour réfléchir ; Garp le sentait, ce martèlement monotone risquait de sonner le glas de sa propre carrière d'écrivain avant même qu'elle n'ait débuté pour de bon.

« Ma mère ne sut jamais ce que c'était que le silence de la relecture », nota un jour Garp.

Quand vint novembre, Jenny avait déjà noirci six cents pages, mais ne s'était toujours pas débarrassée du sentiment de ne pas avoir commencé. Garp, lui, n'avait pas de sujet qu'il aurait pu laisser ainsi couler de source. L'imagination, il s'en rendait compte, est plus paresseuse que la mémoire.

Sa « percée », comme il devait dire quand il la décrivit par lettre à Helen, survint par un jour de froid et de neige, et eut pour cadre le musée municipal de l'Histoire de Vienne. En réalité, le musée se trouvait à deux pas de la Schwindgasse ; sachant qu'il pourrait s'y rendre n'importe quand à pied, Garp en avait toujours remis la visite à plus tard. Ce fut Jenny qui lui en parla. Le musée était l'un des deux ou trois endroits qu'elle avait pris la peine de visiter en personne, pour l'unique raison qu'elle n'avait eu qu'à traverser la Karlsplatz et qu'il se trouvait en plein cœur de ce qu'elle appelait son quartier.

Elle mentionna à Garp que le musée contenait une chambre d'écrivain reconstituée ; elle avait oublié de quel écrivain il s'agissait. Elle avait jugé intéressante l'idée de mettre une chambre d'écrivain dans un musée.

— Une *chambre* d'écrivain, maman ? demanda Garp.

— Oui, une chambre d'écrivain au grand complet, dit Jenny. Ils ont gardé tous les meubles, peut-être même aussi les murs et le plancher. Je ne sais pas comment ils s'y sont pris.

— Je ne vois pas *pourquoi* ils ont fait ça, dit Garp. Et toute la chambre est dans le musée ?

— Oui, je crois que c'était une chambre à coucher, dit Jenny, mais c'était bel et bien là aussi que l'écrivain *travaillait*.

Garp leva les yeux au ciel. Il trouvait la chose obscène.

Y voyait-on aussi la brosse à dents de l'écrivain ? Et son pot de chambre ?

C'était une chambre banale ; le lit avait l'air trop petit – on aurait dit un lit d'enfant. Le bureau avait l'air petit, lui aussi. Ni le lit ni le bureau d'un écrivain de très grande envergure, songea Garp. Le bois était sombre ; tout paraissait d'une remarquable fragilité ; Garp constata que sa mère était beaucoup mieux installée pour travailler. L'écrivain dont la chambre était enchâssée dans le musée municipal de l'Histoire de Vienne avait pour nom Franz Grillparzer ; Garp n'en avait jamais entendu parler.

Franz Grillparzer était mort en 1872 ; c'était un Autrichien, poète et dramaturge, dont bien peu de gens avaient jamais entendu parler hors des frontières de l'Autriche. Un de ces auteurs du XIXᵉ siècle dont la gloire éphémère n'a pas survécu au XIXᵉ siècle, au point que Garp devait soutenir par la suite que Grillparzer ne méritait à aucun titre de survivre à son époque. Garp ne s'intéressait ni aux pièces de théâtre ni à la poésie, pourtant il se rendit à la bibliothèque et lut ce qui passe pour l'œuvre en prose la plus remarquable de Grillparzer : la longue nouvelle intitulée *le Pauvre Violoneux*. Peut-être, songea Garp, trois années d'allemand à Steering étaient-elles insuffisantes pour lui permettre d'apprécier l'histoire à sa juste valeur ; en allemand, elle lui parut détestable. Il en découvrit alors la traduction anglaise dans une librairie d'occasion de la Habsburgergasse ; elle lui parut tout aussi détestable.

Garp jugea que le célèbre récit de Grillparzer n'était qu'un grotesque mélodrame ; il jugea aussi qu'il était conté de façon inepte et paré d'un sentimentalisme de mauvais goût. Tout au plus évoquait-il de loin les histoires russes du XIXᵉ siècle, dont le protagoniste est souvent un velléitaire pathétique et un raté dans tous les domaines de la vie pratique ; mais Dostoïevski, selon Garp, aurait eu, *lui*, le pouvoir de contraindre le lecteur à prêter intérêt à un personnage si lamentable ; Grillparzer rasait son lecteur en l'accablant de banalités larmoyantes.

Toujours dans la même librairie d'occasion, Garp acheta une traduction en anglais des *Pensées* de Marc Aurèle ; on lui avait fait lire Marc Aurèle à Steering, dans un de ses cours de latin, mais jamais encore il ne l'avait lu en anglais. Il acheta le livre uniquement parce que le libraire lui dit que Marc Aurèle était mort à Vienne.

« Dans la vie d'un homme, avait écrit Marc Aurèle, le temps qui lui est imparti n'est qu'un instant, son existence un flux incessant, sa conscience un éclair fugitif, son corps la proie des vers, son âme un trouble tourbillon, son avenir sombre, sa gloire douteuse. En un mot, tout ce qui est corps est pareil à une onde impétueuse, tout ce qui est âme pareil aux rêves et aux brumes. »

L'idée effleura Garp que, lorsque Marc Aurèle avait écrit cela, il habitait sans aucun doute Vienne.

Le thème des mornes réflexions de Marc Aurèle était sans conteste le thème *favori* de la majorité des bons auteurs, songea Garp ; entre Grillparzer et Dostoïevski, la différence n'était pas affaire d'inspiration. La différence, conclut Garp, était affaire d'intelligence et de grâce ; affaire d'art. En un sens, il fut ravi d'avoir découvert cette évidence. Des années plus tard, Garp lut dans une introduction critique à l'œuvre de Grillparzer que l'auteur était un être « sensible, torturé, épisodiquement paranoïaque, dépressif, instable et étouffé par la tristesse ; bref, un homme complexe et bien de notre temps. »

« Peut-être, écrivit Garp. Mais c'était, par-dessus le marché, un écrivain exécrable. »

Cette conviction que Franz Grillparzer était un « exécrable » écrivain sembla inspirer à Garp, et pour la première fois, la véritable certitude qu'il avait en lui l'étoffe d'un artiste – même s'il n'avait encore rien écrit. Peut-être tout écrivain doit-il inévitablement en passer par cette phase où il attaque quelque autre écrivain comme indigne d'écrire. A l'égard du pauvre Grillparzer, l'instinct qui poussait Garp à tuer était quasiment un instinct de lutteur, comme si Garp avait épié un de ses futurs adversaires aux prises avec un autre lutteur ; décelant les faiblesses, Garp *se savait* capable de faire mieux. Il força même Jenny à lire *le Pauvre Violoneux*. Ce fut l'une des rares occasions où il sollicita son opinion littéraire.

– Foutaises, exécuta Jenny. Simplet. Pleurnichard. De la guimauve.

Tous les deux se sentaient ravis.

— Je n'ai pas aimé sa chambre, à vrai dire, confia Jenny à Garp. En fait, ça n'avait rien d'une chambre d'écrivain.

— Ma foi, à mon avis, tout ça est sans importance, maman, dit Garp.

— Mais on était à l'étroit dans cette chambre, se plaignit Jenny.

Il y faisait trop sombre, et, en plus, on aurait dit une vraie chambre de *maniaque*.

Garp jeta un coup d'œil sur la chambre de sa mère. Partout sur le lit et sur la commode, collées au miroir accroché au mur – au point de masquer presque entièrement l'image de sa mère – s'étalaient, éparpillées en vrac, les pages de son manuscrit, d'une longueur et d'une confusion incroyables. Aux yeux de Garp, la chambre de sa mère ne ressemblait guère à une chambre d'écrivain, mais il s'abstint de le dire.

Il écrivit à Helen une longue lettre pleine de suffisance, où il citait Marc Aurèle et massacrait Grillparzer. A en croire Garp, Franz Grillparzer était mort à jamais en 1872 et, « pareil à un mauvais petit vin du terroir, il voyage mal et ne peut, sans se gâter, trop s'éloigner de Vienne ». La lettre était semblable à un exercice d'assouplissement ; peut-être Helen le comprit-elle. La lettre était une mise en condition physique ; Garp en fit un double au papier carbone et se dit que, réflexion faite, elle lui plaisait tellement qu'il garda l'original et expédia le double à Helen.

— J'ai un peu l'impression d'être une bibliothèque, lui écrivit Helen. On dirait que tu as l'intention de m'utiliser comme classeur.

Mais Helen se plaignait-elle vraiment ? Garp ne s'inquiétait pas assez au sujet d'Helen pour prendre la peine de lui poser la question. Il se contenta de lui préciser, dans sa réponse, qu'il « se préparait à écrire ». Il ne doutait pas qu'elle serait satisfaite du résultat. Peut-être Helen eut-elle l'impression qu'il lui conseillait de se détacher de lui, en tout cas elle ne manifesta aucune angoisse ; à l'université, elle avalait ses cours à près de trois fois le rythme habituel. Lorsque approcha la fin de son premier semestre, elle était sur le point de passer en troisième année pour le second semestre. L'égotisme et l'égocentrisme d'un écrivain en herbe n'avaient rien pour effrayer Helen Holm ; elle aussi avançait à son rythme personnel, un rythme remarquable, et elle appréciait ceux qui savaient ce qu'ils voulaient. En outre, elle aimait que Garp lui écrive ; elle avait un ego, elle aussi, et les lettres de Garp, elle ne se lassait pas de le lui dire, étaient extraordinairement bien écrites.

A Vienne, Jenny et Garp s'offrirent une orgie de plaisanteries Grillparzer. Ils ne tardèrent pas à découvrir de petites traces du défunt Grillparzer aux quatre coins de la ville. Il y avait une Grillparzergasse, un Kaffeehaus des Grillparzers ; et un jour, dans une pâtisserie, quelle ne fut pas leur stupéfaction de découvrir un genre de gâteau fourré qui portait son nom : la *Grillparzertorte* ! Beaucoup trop sucré, d'ailleurs. Par la suite, lorsque Garp cuisinait pour sa mère, il lui demandait si elle voulait ses œufs à la coque ou à la Grillparzer. Un jour, au zoo de Schönbrunn, ils remarquèrent une antilope dégingandée, aux flancs décharnés et souillés de crotte ; l'antilope était tristement plantée dans le réduit nauséabond de ses quartiers d'hiver. Garp l'identifia : *der Gnu des Grillparzers*.

Parlant de ce qu'elle écrivait, Jenny confia un jour à Garp qu'elle se savait coupable de « faire du Grillparzer ». Ce qui voulait dire, expliqua-t-elle, qu'il lui arrivait de présenter une scène ou un personnage avec « à peu près autant de discrétion qu'un réveille-matin n'en met à sonner ». Elle avait une scène bien précise à l'esprit, la scène qui s'était déroulée dans le cinéma de Boston le jour où le soldat l'avait accostée.

« Dans le cinéma, écrivit Jenny Fields, je fus accostée par un militaire dévoré de concupiscence. »

– C'est affreux, maman, reconnut Garp.

C'était à l'expression « dévoré de concupiscence » que se référait Jenny lorsqu'elle s'accusait de « faire du Grillparzer ».

– N'empêche que *c'était* bien ça, dit Jenny, de la concupiscence, rien d'autre.

– Mieux vaudrait dire qu'il était *lourd* de concupiscence, suggéra Garp.

– Pouah ! fit Jenny. Encore du Grillparzer.

C'était la *concupiscence* qui lui déplaisait, en règle géné-

rale. Ils débattirent de la concupiscence, de leur mieux. Garp
avoua la concupiscence que lui avait inspirée Cushie Percy
et brossa un tableau plutôt édulcoré de la scène de la consommation finale. Jenny ne la trouva pas du tout à son goût.

– Et Helen ? demanda Jenny. Est-ce que tu éprouves la
même chose pour Helen ?

Garp avoua que c'était en effet le cas.

– Quelle horreur ! fit Jenny.

Elle ne comprenait rien à cette forme de sentiment et ne
voyait pas comment Garp pouvait l'associer au plaisir,
moins encore à l'affection.

– « Tout ce qui est corps est pareil à une onde impétueuse », fit piteusement Garp, en citant Marc Aurèle ; sa
mère se borna à secouer la tête.

Ils entrèrent pour dîner dans un restaurant du quartier de
la Blutgasse, un restaurant tout rouge. « Rue du Sang »,
traduisit Garp ravi, au bénéfice de sa mère.

– Cesse de toujours tout me traduire, ronchonna Jenny.
Je ne tiens pas à savoir tout.

Elle trouva le restaurant *trop* rouge, sans compter que la
nourriture y était trop chère. Le service était lent et il était
trop tard quand ils se décidèrent à partir pour rentrer. Il faisait très froid et les pimpants éclairages de la Kärntner-
trasse ne contribuèrent guère à les réchauffer.

– Prenons un taxi, suggéra Jenny.

Mais Garp fit valoir que, cinq rues plus loin, ils pourraient tout aussi bien prendre le tram.

– Toi et tes foutus *Strassenbahnen*, grogna Jenny.

Il était clair que le sujet de la concupiscence leur avait
gâché la soirée.

Le premier arrondissement scintillait du clinquant de
Noël ; entre les flèches majestueuses de Saint-Étienne et la
masse trapue de l'Opéra, se pressaient sur sept blocs magasins, bars et hôtels ; dans cette portion de rue et en ce début
d'hiver, ils auraient pu se trouver n'importe où dans le
monde.

– Un de ces soirs, il faudra que nous allions à l'Opéra,
maman, suggéra Garp.

Ils étaient à Vienne depuis six mois, mais, Jenny n'aimant
pas se coucher tard, n'étaient jamais encore allés à l'Opéra.

– Vas-y tout seul, dit Jenny.

Ce fut alors qu'elle aperçut, un peu en avant, trois femmes en longs manteaux de fourrure ; l'une d'elles avait un manchon assorti, qu'elle tenait devant son visage et dans lequel elle soufflait pour se réchauffer les mains. Elle avait une allure très élégante, mais les deux femmes qui l'accompagnaient avaient quelque chose du clinquant de Noël. Jenny envia la femme d'avoir un manchon.

– Voilà ce qu'il me faut, décréta Jenny. Où est-ce que je peux en trouver un ?

Elle lui désigna les femmes en avant, mais Garp ne comprit pas ce qu'elle voulait dire.

Les femmes, lui le savait, étaient des prostituées.

Lorsqu'à leur tour les femmes repérèrent Jenny qui s'approchait en compagnie de Garp, elles ne surent que penser du couple. Ce qu'elles voyaient, c'était un beau jeune homme en compagnie d'une femme certes belle, mais assez quelconque et assez vieille pour être sa mère ; pourtant, tout en marchant, Jenny s'accrochait au bras de Garp avec une certaine raideur, et la conversation dans laquelle ils paraissaient absorbés paraissait tendue et compliquée – ce qui incita les putains à conclure que Jenny *ne pouvait pas* être la mère de Garp. Puis Jenny les montra du doigt, et elles se sentirent furieuses ; Jenny était elle aussi une putain, se dirent-elles, une putain qui tapinait sur leur territoire et avait racolé un jeune homme qui semblait avoir de l'argent plein les poches et n'avait rien de sinistre – un joli garçon qui aurait pu les payer, *elles*.

A Vienne, la prostitution est légale et soumise à une réglementation complexe. Il existe une sorte de syndicat ; on exige des certificats médicaux, des visites périodiques, des cartes d'identité. Parmi les prostituées, seules les plus jolies sont autorisées à tapiner dans les rues chic du premier arrondissement. Dans les quartiers périphériques, les prostituées sont soit plus laides, soit plus vieilles, ou les deux à la fois ; leurs tarifs sont aussi moins élevés, bien sûr. En principe, les prix sont fixés pour chaque arrondissement. Lorsque les putains aperçurent Jenny, elles descendirent du trottoir pour bloquer le passage à Jenny et à Garp. Il ne leur fallut pas longtemps pour conclure que

Jenny ne faisait pas tout à fait le poids pour tapiner dans le premier arrondissement et qu'elle travaillait sans doute à son compte – au mépris de la loi –, à moins qu'elle ne se fût aventurée hors de son quartier habituel pour essayer d'arrondir ses gains ; ce qui, dans ce cas, lui vaudrait pas mal d'ennuis avec les autres prostituées.

A la vérité, la plupart des gens n'auraient jamais eu l'idée de prendre Jenny pour une prostituée, mais il n'était pas facile de dire exactement à quoi elle ressemblait. Elle avait porté tant d'années l'uniforme d'infirmière qu'à Vienne elle ne savait pas comment s'habiller ; lorsqu'elle sortait avec Garp, elle avait tendance à en rajouter, peut-être pour se faire pardonner la vieille robe de chambre qu'elle ne quittait jamais pour écrire. Elle n'avait pas l'habitude de se choisir des vêtements, et, dans une ville étrangère, tous les vêtements lui paraissaient différents. N'ayant aucun goût bien arrêté, elle se contentait d'acheter ce qui était le plus cher ; après tout, elle *avait* de l'argent, alors qu'elle n'avait ni la patience ni le goût de faire les magasins avant de choisir. En conséquence, elle avait toujours l'air d'étrenner ses toilettes, et, en outre, à côté de Garp, elle ne paraissait pas appartenir à la même famille. A Steering, Garp avait pris l'habitude de porter en permanence veste, cravate et pantalon confortable – un genre d'uniforme standard et banal de citadin négligé qui le rendait presque partout anonyme.

– Voudrais-tu demander à cette femme où elle a trouvé son manchon ? dit Jenny à Garp.

A sa grande surprise, les femmes prirent position sur le trottoir de manière à leur barrer le passage.

– Ce sont des *putains*, maman, lui chuchota Garp.

Jenny Fields se figea. La femme au manchon lui adressa avec vivacité la parole. Naturellement, Jenny ne comprit pas un traître mot de ce qu'elle disait ; elle interrogea Garp du regard, attendant qu'il traduise. La femme débitait un chapelet de mots à Jenny, qui, pas un instant, ne quitta son fils des yeux.

– Ma mère voulait vous demander d'où venait votre joli manchon, commença Garp dans son allemand laborieux.

– Oh ! ce sont des *étrangers*, dit l'une.

– Seigneur ! mais c'est sa *mère*, fit une autre.

La femme au manchon dévisageait Jenny, qui se mit à son tour à dévisager le manchon de la femme. Une des putains était une jeune femme aux cheveux remontés très haut et constellés de petites étoiles d'or et d'argent ; elle portait aussi une étoile verte tatouée sur une de ses joues, et une cicatrice lui tiraillait la lèvre supérieure, la retroussant légèrement – si bien qu'un bref instant on se demandait ce qu'avait de bizarre son visage, en sachant seulement qu'il *avait* quelque chose de bizarre. Son corps en tout cas, lui, n'avait rien de bizarre ; elle était grande et mince, avec un air très dur, ce qui n'empêcha pas Jenny de se surprendre en train de la dévisager.

– Demande-lui son âge, dit Jenny à Garp.

– *Ich bin* dix-huit, dit la fille. Je connaître bon anglais.

– C'est aussi l'âge de mon fils, dit Jenny, en poussant Garp du coude.

Elle ne se doutait pas que les femmes l'avaient *prise* pour l'une d'entre elles ; lorsque Garp le lui dit, plus tard, elle se sentit furieuse – mais seulement contre elle-même.

– C'est à cause de mes vêtements, s'écria-t-elle. Je ne sais pas m'habiller.

Et, de ce jour-là, Jenny refusa de s'habiller autrement qu'en infirmière ; elle remit son uniforme et ne s'en sépara plus jamais – comme si elle avait été perpétuellement de service, elle qui jamais plus ne serait infirmière.

– Est-ce que je peux voir votre manchon ? demanda Jenny à la femme.

Jenny supposait qu'elles parlaient toutes anglais, mais la jeune fille était la seule à connaître la langue. Garp traduisit et, avec mauvaise grâce, la femme retira son manchon – une bouffée de parfum jaillissant du nid chaud où elle avait tenu entrelacées ses longues mains aux doigts étincelant de bagues.

La troisième femme avait le front grêlé de marques de petite vérole, comme martelé au moyen d'un noyau de pêche. Cette tare mise à part, et une petite bouche poupine de fillette obèse, elle avait l'inévitable embonpoint – à peine plus de vingt ans, estima Garp ; elle avait sans doute d'énormes seins, bien qu'il fût difficile d'en juger sous le long manteau de fourrure noire.

La femme au manchon, estima Garp, était très belle. Elle avait un long visage, empreint d'une tristesse latente. Son corps, supposa Garp, devait être serein. Sa bouche était très calme. Seuls ses yeux et ses mains, nues malgré le froid, permirent à Garp de voir qu'elle avait l'âge de sa mère. Peut-être même était-elle plus âgée.

– C'est un cadeau, dit-elle à Garp, en parlant du manchon. Je l'ai eu avec le manteau.

La fourrure était d'un blond argenté, et très lisse.

– C'est du vrai, dit la jeune putain, celle qui parlait anglais et semblait vouer à son aînée une admiration sans bornes.

– Bien sûr, on peut en trouver, pas tout à fait aussi cher, presque n'importe où, dit à Garp la femme au visage grêlé. Allez voir chez Stef, ajouta-t-elle dans un argot bizarre que Garp eut du mal à comprendre, en pointant le doigt vers le haut de la Kärntnerstrasse.

Mais Jenny ne tourna pas la tête et Garp se contenta d'opiner, sans détacher les yeux des longs doigts nus étincelant de bagues de la plus âgée des femmes.

– J'ai froid aux mains, se plaignit-elle doucement à Garp, et Garp reprit le manchon à Jenny pour le rendre à la putain ; Jenny paraissait hébétée.

– Je veux que nous lui *parlions*, dit Jenny à Garp. Je veux lui poser des questions.

– Sur *quoi*, maman ? s'étonna Garp. Grand Dieu !

– Sur ce dont nous parlions tout à l'heure, dit Jenny. Je veux lui poser des questions sur la *concupiscence*.

Les deux plus âgées interrogèrent du regard celle qui connaissait l'anglais, mais son anglais était insuffisant pour lui permettre de suivre.

– Il fait froid, maman, protesta Garp. Et il est tard. Allez, on rentre.

– Dis-lui que je veux que nous allions tous ensemble quelque part où il fait chaud, pour s'asseoir et parler un moment, dit Jenny. Si on la paie pour ça, elle acceptera, pas vrai ?

– Je suppose, gémit Garp. Maman, elle n'a rien à dire à propos de la concupiscence, elle. Probable que, dans ce domaine, elles ne ressentent pas grand-chose.

– Je veux tout savoir de la *concupiscence* des hommes, précisa Jenny. Votre concupiscence à vous. Là-dessus, elle a bien quelque chose à dire.

– Pour l'amour de Dieu, maman !

– *Was macht's*? demanda la ravissante prostituée. Quel est le problème? insista-t-elle. Qu'est-ce qui se passe? Est-ce qu'elle veut acheter le manchon?

– Non, non, dit Garp. C'est *vous* qu'elle veut acheter.

La plus vieille des putains n'en revenait pas; la putain au visage grêlé éclata de rire.

– Non, non, expliqua Garp. Seulement pour *parler*. Tout ce que ma mère veut, c'est pouvoir vous poser quelques questions.

– Il fait froid, fit la putain, d'un ton méfiant.

– On pourrait peut-être entrer quelque part? suggéra Garp. Où vous voudrez.

– Demande-lui quel est son tarif, dit Jenny.

– *Wieviel kostet*? marmonna Garp.

– Ça coûte cinq cents schillings, dit la putain, le tarif normal.

Garp dut expliquer à Jenny combien cela faisait, vingt dollars environ. Jenny Fields devait passer plus d'un an en Autriche sans jamais apprendre les nombres en allemand, ni comment compter l'argent.

– Vingt dollars, tout ça pour parler? fit Jenny.

– Non, non, maman, dit Garp, ça c'est pour le « truc habituel ».

Jenny réfléchit. Vingt dollars pour le « truc habituel », est-ce que ça faisait beaucoup? Elle n'aurait su dire.

– Dis-lui qu'on lui en donnera dix, dit Jenny, mais la putain avait l'air hésitante – à croire que parler, pour elle, risquait d'être plus difficile que le « truc habituel ».

Son indécision, pourtant, n'était pas uniquement une question de prix; Jenny et Garp ne lui inspiraient pas confiance. Elle demanda à la jeune putain, celle qui parlait anglais, s'ils étaient anglais ou américains. Américains, lui dit-on; elle parut soulagée, un peu.

– Les Anglais sont souvent pervers, dit-elle à Garp. D'habitude, les Américains sont normaux.

– Nous voulons simplement vous *parler*, insista Garp,

mais il voyait bien que la prostituée croyait dur comme fer que la mère et le fils s'adonnaient à des pratiques d'une bizarrerie monstrueuse.

– Deux cent cinquante schillings, finit par accepter la femme au manchon. Et vous me payez mon café.

Ainsi entrèrent-ils tous ensemble dans le bar où les putains allaient toujours se réchauffer, un bar minuscule meublé de tables miniatures ; le téléphone sonnait sans arrêt, mais seuls de rares hommes rôdaient à proximité du vestiaire, en reluquant les femmes. D'après un certain règlement, il était interdit d'accoster les femmes à l'intérieur du bar ; le bar était une sorte de base arrière, une zone de repos.

– Demande-lui quel âge elle a, dit Jenny à Garp.

Mais, lorsqu'il lui posa la question, la femme ferma les yeux et secoua la tête.

– Bon, d'accord, fit Jenny, alors demande-lui pourquoi, à son avis, elle plaît aux hommes.

Garp leva les yeux au ciel.

– Ma parole, mais à toi aussi elle te plaît ? lui demanda-t-elle.

Garp en convint.

– Eh bien, mais *qu'est-ce* que tu *attends* d'elle ? lui demanda Jenny. Je ne veux pas seulement parler de ses organes sexuels, ce que je veux savoir c'est s'il y a autre chose qui te séduit en elle ? Quelque chose à imaginer, quelque chose à quoi penser, une espèce d'*aura* ? demanda Jenny.

– Pourquoi ne pas me payer, *moi*, deux cent cinquante schillings ? Ça t'éviterait de lui poser des questions, maman, dit Garp d'un ton las.

– Pas d'insolence, dit Jenny. Je veux savoir si elle est humiliée de se sentir *désirée* de cette façon – et aussi d'être *possédée* de cette façon, je suppose – ou si elle pense que cela ne dégrade que les hommes ?

Garp eut du mal à traduire. La femme parut réfléchir très sérieusement ; à moins qu'elle n'eût pas compris la question ou l'allemand de Garp.

– Je ne sais pas, finit-elle par avouer.

– J'ai d'autres questions, annonça Jenny.

Et cela continua, une heure. Puis la putain annonça qu'il était temps qu'elle retourne au travail. L'entretien n'avait guère donné de résultats concrets, mais Jenny n'avait l'air ni satisfaite ni déçue ; tout au plus animée d'une insatiable curiosité. Garp avait envie de la femme, comme jamais il n'avait eu envie de personne.

– Tu as envie d'elle ? lui demanda Jenny, si brusquement qu'il ne put mentir. Je veux dire, après tout ça – et après l'avoir regardée, et lui avoir parlé –, tu as, en plus, envie de faire l'amour avec elle ?

– Bien sûr que oui, maman, avoua Garp, piteusement.

Jenny ne semblait pas plus apte qu'avant le dîner à comprendre quoi que ce soit à la concupiscence. Elle contemplait son fils d'un regard stupéfait et perplexe.

– D'accord, fit-elle, en lui tendant les deux cent cinquante schillings qu'ils devaient à la femme, plus un autre billet de cinq cents schillings. Fais ce que tu as envie de faire, lui dit-elle, ou ce que tu ne peux pas *t'empêcher* de faire, sans doute. Mais, s'il te plaît, ramène-moi d'abord à la maison.

La putain avait regardé l'argent changer de main, elle avait l'œil et avait constaté que la somme était exacte.

– Écoutez, dit-elle à Garp, en lui effleurant la main du bout de ses doigts, aussi froids que ses bagues. Moi, si votre mère veut me payer pour que j'aille avec vous, j'ai rien contre, mais elle ne peut pas nous accompagner. *Pas question* que j'accepte qu'elle nous regarde faire. Je suis toujours catholique, croyez-le ou non, précisa-t-elle, et, si vous avez envie de ce genre de trucs tordus, faudra vous adresser à Tina.

Garp se demanda qui était Tina ; il frissonna d'horreur à la pensée que sans doute rien pour Tina n'était trop « tordu ».

– Je vais ramener ma mère chez elle, dit Garp à la jolie femme. Et je n'ai pas l'intention de revenir vous retrouver.

Mais elle lui sourit et il craignit que son érection ne crève sa poche pleine de menue monnaie et de *Groschen* sans valeur. Elle avait des dents parfaites, à part une – une grosse incisive supérieure – qui portait une couronne en or.

Dans le taxi (que Garp accepta de prendre pour rentrer), Garp expliqua à sa mère comment fonctionnait la prostitution à Vienne. Jenny apprit sans surprise que la prostitution était légale ; par contre, elle fut surprise d'apprendre que dans de nombreux autres lieux elle était *illégale*.

– Pourquoi ne serait-ce pas légal ? demanda-t-elle. Pourquoi une femme ne peut-elle utiliser son corps comme ça lui chante ? Si quelqu'un veut la payer en échange, ça ne fait jamais qu'un sordide marché de plus. Est-ce que c'est beaucoup vingt dollars pour ça ?

– Non, c'est assez raisonnable, dit Garp. Du moins, pour celles qui sont jolies, c'est un tarif très bas.

Jenny lui donna une gifle.

– Tu connais tout sur la question, hein ? dit-elle.

Puis elle lui dit qu'elle était désolée – jamais encore elle ne l'avait frappé, seulement elle ne comprenait rien, mais alors, rien, à cette saloperie de concupiscence, concupiscence, concupiscence !

Une fois rentré dans l'appartement de la Schwindgasse, Garp mit un point d'honneur à *ne pas* ressortir ; en fait, il se mit au lit et s'endormit bien avant Jenny, qui, dans sa chambre en pagaille, resta longtemps à feuilleter les pages de son manuscrit. Une phrase bouillonnait en elle, une phrase que, pourtant, elle ne parvenait pas encore à formuler avec clarté.

Garp rêva, rêva d'autres prostituées ; il s'était laissé racoler deux ou trois fois à Vienne – mais jamais il n'avait payé les tarifs du premier arrondissement. Le lendemain soir, après avoir dîné de bonne heure à la maison, Garp alla retrouver la femme au manchon de fourrure strié de lumière.

Sur le trottoir, elle se faisait appeler Charlotte. Elle ne fut pas surprise de le voir. Charlotte avait l'âge de savoir quand elle avait fait une touche sérieuse, mais jamais elle n'avoua à Garp quel était son âge. Elle avait pris grand soin de sa personne et à part les veines de ses longues mains, rien ne trahissait son âge, sauf quand elle était nue. Des vergetures lui marquaient le ventre et les seins, mais elle expliqua à Garp que l'enfant était mort depuis longtemps. Elle laissa sans protester Garp caresser la cicatrice de sa césarienne.

Il était déjà monté quatre fois avec Charlotte au tarif habituel du premier arrondissement, lorsqu'il la rencontra par hasard un samedi matin au Naschmarkt. Elle achetait des fruits. Elle avait sans doute les cheveux un peu sales ; elle les avait couverts d'un foulard et s'était fait une coiffure de petite fille – une frange et deux courtes nattes. La frange était un peu grasse sur son front, qui paraissait plus pâle à la lumière du jour. Elle n'était pas maquillée et portait un jean américain, des chaussures de tennis et un long pull à col roulé. Jamais Garp ne l'aurait reconnue s'il n'avait remarqué ses mains crispées sur les fruits ; elle portait toutes ses bagues.

Lorsqu'il lui adressa la parole, elle refusa tout d'abord de lui répondre, mais il avait eu le temps de lui dire qu'il se chargeait de faire toutes les courses, et la cuisine, pour lui-même et sa mère, ce qu'elle trouva amusant. Irritée par cette rencontre avec un client en dehors de ses heures de travail, elle se calma bientôt et parut de bonne humeur. Ce ne fut que plus tard que Garp fut frappé par cette évidence : il avait l'âge qu'aurait eu l'enfant de Charlotte. Charlotte fit montre d'une curiosité quelque peu suspecte à l'égard de la façon dont Garp vivait avec sa mère.

– Et votre mère, ça marche ce qu'elle écrit ? lui demandait Charlotte.

– Elle continue à en mettre un coup, disait Garp. Je ne crois pas qu'elle ait encore résolu le problème de la concupiscence.

Mais Charlotte ne laissait Garp se moquer de sa mère que jusqu'à un certain point

Preuve que Garp manquait, dans une certaine mesure, de confiance en lui avec Charlotte, il ne lui avoua jamais qu'il essayait *lui aussi* d'écrire ; il le savait, elle estimerait qu'il était trop jeune. Et son histoire n'était pas encore assez mûre pour qu'il puisse la raconter à quelqu'un. Tout au plus en avait-il changé le titre. Il l'appelait désormais *la Pension Grillparzer*, et ce titre était la première chose de toute l'entreprise dont il fût satisfait sans réserves. Le titre l'aidait à se concentrer. Il avait enfin un décor en tête, un décor unique où se déroulerait pratiquement tout ce qui avait de l'importance. Le titre l'aidait, en outre, à réfléchir avec plus d'intensité à ses personnages – la famille des classificateurs et les autres clients d'une petite pension triste située il ne savait encore où (il *faudrait* qu'elle soit petite, et triste, et située à Vienne, pour pouvoir porter le nom de Franz Grillparzer). Parmi ces « autres clients », il y aurait les artistes d'une espèce de cirque ; pas de très grande classe, d'ailleurs, supposait-il, mais un cirque échoué là et qui ne savait où aller.

S'il avait fallu lui attribuer une catégorie, toute l'affaire aurait mérité tout au plus un C. Mais ce genre de cogitation permit à Garp de démarrer, lentement, et dans ce qu'il jugea être la bonne direction ; il ne se trompait pas, mais tout cela était trop neuf pour qu'il puisse l'utiliser pour en faire un récit ni même en parler par lettre. D'ailleurs, plus il écrivait de lettres à Helen, moins il parlait de ces choses bien plus importantes ; et c'était un sujet dont il ne pouvait discuter avec sa mère ; l'imagination n'était pas le point fort de Jenny. Naturellement, il se serait senti idiot s'il avait abordé le sujet en présence de Charlotte.

Garp rencontrait souvent Charlotte au Naschmarkt le samedi. Ils faisaient leurs courses et parfois déjeunaient ensemble dans une gargote tenue par un Serbe, à deux pas du Stadtpark. En ces occasions, Charlotte payait elle-même son repas. Ce fut au cours de l'un de ces déjeuners que Garp lui avoua qu'il trouvait de plus en plus dur de payer régulièrement le tarif du premier arrondissement en cachant à sa mère où passait ce flot d'argent. Furieuse, Charlotte lui reprocha avec véhémence de parler boutique alors qu'elle était de congé. Elle aurait été encore plus furieuse s'il lui avait avoué qu'il la voyait moins souvent, profes-sionnellement parlant, parce que les tarifs du sixième arron-dissement pratiqués par certaine personne qu'il rencontrait à l'angle de la Karl-Schweighofer-Gasse et de la Maria-hilferstrasse, étaient beaucoup plus faciles à cacher à Jenny.

Charlotte tenait en piètre estime celles de ses collègues qui opéraient en dehors du premier arrondissement. Elle avait dit un jour à Garp qu'au premier indice que sa cote baisserait dans le premier arrondissement, elle était déci-dée à se retirer des affaires. Jamais elle ne travaillerait dans les quartiers périphériques. Elle avait déjà pas mal d'argent de côté, et projetait de partir à Munich (où personne ne savait qu'elle était putain) pour y épouser un jeune médecin qui pourrait prendre soin d'elle, à tous points de vue, et cela jusqu'au jour de sa mort ; elle n'avait nul besoin d'expliquer à Garp que les hommes jeunes lui avaient toujours trouvé du charme, mais Garp accueillit avec dépit son postulat que les médecins étaient – à long terme – des partis intéressants. Peut-être fut-ce cette précoce révélation de l'intérêt que pouvaient présenter les médecins qui poussa Garp, tout au long de sa carrière, à souvent peupler ses romans et nouvelles de spécimens si antipathiques de la profession médicale. Quoi qu'il en soit, il n'en prit conscience que plus tard. Il n'y a pas de médecin dans *la Pension Grillparzer*. En outre, au début du récit, il est très peu question de la mort, même si, par la suite, tout le récit se ramène à ce thème. Au début, Garp n'évoque la mort qu'à propos d'un *rêve*, mais un rêve époustouflant et qu'il attribue au personnage le plus vieux de tous ceux qu'il met en scène dans son histoire : une grand-mère. Ce qui impliquait, selon Garp, qu'elle serait la première à mourir.

LA PENSION GRILLPARZER

Mon père était employé à l'Office du tourisme autrichien. Ce fut ma mère qui décida que toute la famille l'accompagnerait dans ses voyages lorsqu'il prenait la route pour espionner au profit de l'Office du tourisme. Nous l'accompagnions donc, ma mère, mon frère et moi, dans ses missions secrètes pour démasquer l'impolitesse, la poussière, la mauvaise cuisine, les pratiques cavalières des restaurants, pensions et hôtels autrichiens. Nous avions pour consigne de provoquer des problèmes à tout propos, de ne jamais commander exactement ce qui figurait au menu, de simuler les exigences bizarres des clients étrangers – horaires de nos bains, besoin urgent de cachets d'aspirine et itinéraire pour se rendre au zoo. Nous avions pour consigne de nous montrer courtois, mais pointilleux ; sitôt la reconnaissance terminée, nous venions rendre compte à mon père demeuré dans la voiture.

– Leur coiffeur est toujours fermé le matin, disait par exemple ma mère. Mais ils en recommandent de tout à fait convenables en ville. Rien à dire, bien sûr, à condition qu'ils n'affirment pas qu'il y a un coiffeur dans l'hôtel.

– Eh bien, c'est pourtant ce qu'ils affirment, disait papa en inscrivant une note sur un bloc géant.

C'était toujours moi qui conduisais.

– La voiture ne couche pas dans la rue, disais-je, mais, entre le moment où nous l'avons confiée au portier et celui où nous l'avons récupérée au garage de l'hôtel, quelqu'un est allé ajouter quatorze kilomètres au compteur.

– C'est là le genre de problème dont il faut se plaindre directement à la direction, disait mon père, en faisant une note.

– Il y a une fuite dans les toilettes, disais-je.

– Je n'ai pas pu ouvrir la porte des WC, disait mon frère, Robo.

– Robo, disait maman, tu te débrouilles toujours mal avec les portes.

– C'était quoi, en principe ? demandais-je. Un « catégorie C » ?

– Je crains bien que non, faisait papa. Il est toujours inscrit en catégorie B.

Nous roulions un moment en silence ; nous connaissions notre cas de conscience le plus grave quand nous devions changer la catégorie d'un hôtel ou d'une pension. Nous ne recommandions jamais à la légère une modification du classement.

– Je suis d'avis que cela mérite une lettre à la direction, proposait maman. Une lettre pas trop aimable, mais pas trop brutale non plus. Contentons-nous de faire état des faits.

– Oui, il m'avait paru plutôt sympathique, disait papa, qui tenait toujours à rencontrer les membres de la direction.

– N'oublie pas de dire aussi que quelqu'un s'est servi de notre voiture, disais-je. C'est vraiment impardonnable.

– Et les œufs n'étaient pas frais, disait Robo ; il n'avait pas encore dix ans, et personne ne prenait jamais son opinion au sérieux.

Nous fîmes une équipe d'inspecteurs beaucoup plus coriace du jour où mon grand-père mourut et où nous héritâmes de la présence de ma grand-mère – ma grand-mère maternelle, qui dorénavant nous accompagna dans nos voyages. Grande dame, Johanna était accoutumée aux voyages en catégorie A, alors que les devoirs de mon père l'appelaient le plus souvent à enquêter dans des établissements de catégorie B et C. C'était ce genre d'endroits, les hôtels B et C (et les pensions), qui attiraient le plus grand nombre de touristes. Dans les restaurants, nous avions un peu plus de chance. Les gens qui ne pouvaient se permettre de passer la nuit dans des endroits chic ne se désintéressaient pas pour autant des endroits où l'on mangeait bien.

– Pas question que je serve de cobaye pour tester des nourritures douteuses, nous déclara Johanna. Peut-être ce métier bizarre vous remplit-il tous d'allégresse à l'idée de vous offrir des vacances à l'œil, mais moi, je vois bien que la rançon à payer est terrible; l'angoisse de ne pas savoir dans quel genre de lieu on passera la nuit. Il est possible que les Américains trouvent charmant que nous ayons encore des chambres sans salle de bains ni toilettes privées, mais je suis une vieille femme, et la perspective d'arpenter un couloir en quête d'un endroit où pouvoir me purifier ou me soulager est dépourvue de charme à mes yeux. C'est angoissant, mais il n'y a pas que l'angoisse. Il y a aussi le risque d'attraper des maladies – et pas seulement à cause de la nourriture. Si le lit est douteux, je vous garantis que pour rien au monde je n'y poserai la tête. De plus, les enfants sont jeunes et facilement impressionnables; vous devriez penser au genre de clientèle qui fréquente parfois ces établissements et réfléchir sérieusement aux risques de contamination.

Ma mère et mon père hochaient la tête; ils ne disaient rien.

– Ralentis! me lança grand-mère. Tu n'es qu'un gosse qui aime faire le malin.

Je ralentis.

– Vienne, soupira grand-mère. A Vienne, je descendais toujours à l'Ambassador.

– Johanna, l'Ambassador n'est pas soumis à enquête, dit papa.

– Le contraire m'aurait étonnée, rétorqua Johanna. Je suppose qu'il n'est pas même question que nous nous arrêtions dans un seul catégorie A?

– C'est que c'est un voyage de catégorie B, admit mon père. Dans l'ensemble.

– Je suppose, dit grand-mère, que vous voulez dire qu'il y a, au minimum, un catégorie A sur l'itinéraire?

– Non, avoua papa. Un catégorie C.

– Moi, ça me va, dit Robo. En catégorie C, y a de la bagarre.

– Ça ne m'étonne pas, dit Johanna.

– Il s'agit d'une pension de catégorie C, une très petite pension, précisa papa, comme si la taille de l'établissement avait constitué une circonstance atténuante.

– Et ils demandent à passer en B, expliqua maman.

– Mais il y a eu des réclamations, glissai-je.

– Je l'aurais parié, fit Johanna.

– Et il y a des animaux, ajoutai-je.

Ma mère me lança un regard noir.

– Des animaux ? s'étonna Johanna.

– Des animaux, avouai-je.

– Présomption d'animaux, rectifia ma mère.

– Oui, soyons juste, admit papa.

– Oh, merveilleux ! s'extasia grand-mère. Présomption d'animaux. Leurs poils partout sur les tapis ! Leurs abominables excréments dans tous les coins ! Saviez-vous qu'à cause de mon asthme il suffit qu'un chat soit passé dans une chambre pour que je pique une crise d'allergie, et grave.

– La réclamation ne faisait pas état de chats, dis-je.

Ma mère me décocha un violent coup de coude.

– De chiens alors ? demanda Johanna. De chiens enragés ! Qui vous mordent quand vous allez à la salle de bains.

– Non, dis-je. Pas de chiens.

– D'ours ! s'écria Robo.

Mais ma mère intervint :

– Nous n'avons aucune certitude en ce qui concerne l'ours, Robo.

– Ce n'est pas sérieux, fit Johanna.

– Naturellement que ce n'est pas sérieux ! dit papa. Comment pourrait-il y avoir des ours dans une pension ?

– N'empêche qu'il y a eu une lettre qui l'affirmait, dis-je. Bien sûr, l'Office du tourisme a supposé que la plainte provenait d'un cinglé. Mais on aurait vu l'ours une seconde fois – puis il y a eu une deuxième lettre qui confirmait l'existence d'un ours.

Mon père leva les yeux et me lança un regard noir dans le rétroviseur, mais j'estimais que, si nous étions tous censés participer à l'enquête, il était sage de mettre grand-mère en forme.

– Probable qu'il ne s'agit pas d'un vrai ours, dit Robo, visiblement déçu.

– Un homme costumé en ours ! s'écria Johanna. Mais alors, c'est d'une perversion inouïe ! Un monstre d'homme qui rôde partout sous un déguisement ! Pour mijoter quoi ? Il s'agit d'un homme dans une peau d'ours, j'en suis sûre, dit-elle. Je veux que nous commencions par là. Si nous devons goûter à la catégorie C *au cours de ce voyage, autant s'en débarrasser et le plus tôt possible.*

– *Mais nous n'avons pas réservé de chambres pour ce soir,* objecta maman.

– *Oui, mieux vaudrait leur donner l'occasion de se montrer à leur avantage,* dit papa.

Bien qu'il n'eût jamais révélé à ses victimes qu'il travaillait pour l'Office du tourisme, mon père croyait que réserver ses chambres était une façon correcte de donner l'occasion aux employés de se préparer de leur mieux.

– *Je suis sûre qu'il est inutile de réserver dans un établissement fréquenté par des hommes qui se déguisent en animaux,* dit Johanna. *Je suis sûre qu'ils ont toujours de la place. Je suis sûre que les clients meurent régulièrement dans leur lit – de frayeur, à moins que ce ne soit des immondes blessures que leur inflige l'homme costumé en ours.*

– *Probable que c'est un vrai ours,* dit Robo, d'un ton plein d'espoir – car, à la tournure que prenait la conversation, Robo devinait qu'un vrai ours serait préférable au vampire imaginé par grand-mère ; Robo n'avait nullement peur, à mon avis, d'un vrai ours.

Je conduisis avec le plus de discrétion possible, jusqu'au carrefour plongé dans l'ombre de la Planken et de la Seilergasse. Nous cherchions la pension de catégorie C qui aspirait à être promue en B.

– *Pas de place pour garer,* dis-je à papa, qui déjà notait le fait sur son bloc.

Je me garai en double file et nous restâmes là dans la voiture, à examiner la pension Grillparzer ; ses trois modestes étages étaient coincés entre une pâtisserie et un bureau de tabac.

– *Vous voyez ?* fit papa. *Pas d'ours.*

– *Pas d'hommes, j'espère,* fit grand-mère.

– *C'est la nuit qu'ils viennent,* précisa Robo, en jetant des regards méfiants sur les deux bouts de la rue.

Nous entrâmes alors pour rencontrer le propriétaire, un certain Herr Theobald, qui aussitôt éveilla la méfiance de Johanna.

– *Trois générations qui voyagent ensemble !* s'exclama-t-il. *Comme au bon vieux temps,* ajouta-t-il, à l'adresse expresse de grand-mère, *avant tous ces divorces et cette obstination des jeunes à s'installer hors de chez leurs parents. Ici, c'est une pen-*

sion de famille! Quel dommage que vous n'ayez pas réservé — j'aurais pu vous installer plus près les uns des autres.

— Il n'est pas dans nos habitudes de dormir dans la même chambre, répliqua grand-mère.

— Bien sûr que non! s'écria Theobald. Tout ce que je voulais dire, c'est que je regrette que vos chambres ne soient pas plus près les unes des autres.

Ce qui, visiblement, inquiéta grand-mère.

— Et nous serons très loin les uns des autres? demanda-t-elle.

— Eh bien, il ne me reste que deux chambres, dit-il. Dont une seule assez grande pour que les deux garçons puissent la partager avec leurs parents.

— Et ma chambre, elle est loin de la leur? demanda carrément Johanna.

— Vous serez juste en face des WC! lui dit Theobald, comme s'il s'agissait là d'un avantage.

Mais, tandis qu'on nous conduisait à nos chambres — grand-mère fermant dédaigneusement le cortège en compagnie de papa —, je l'entendis marmonner:

— Ce n'est pas de cette façon que j'avais imaginé ma retraite. Dormir en face des WC, obligée de tout entendre.

— Pas une seule de ces chambres n'est pareille, nous confia Theobald. Tous les meubles viennent de ma famille.

Nous n'eûmes aucune peine à le croire. L'unique grande chambre, de la taille d'un couloir, celle que Robo et moi devions partager avec mes parents, était un vrai musée bourré de bibelots et meublé de commodes toutes pourvues de poignées de style différent. En outre, le lavabo avait des robinets de cuivre et la tête du lit était sculptée. Je voyais que mon père pesait déjà le pour et le contre pour décider ce qu'il noterait sur le bloc géant.

— Tu auras le temps de faire ça plus tard, le tança Johanna. Moi, où est-ce que je m'installe?

Toujours en cortège, nous suivîmes docilement Theobald et grand-mère jusqu'au bout de l'interminable couloir sinueux, tandis que mon père comptait le nombre de pas nécessaires pour atteindre les WC. Le tapis du couloir était râpé, couleur d'ombre. Les murs étaient décorés de vieilles photos de patineurs sur glace en pleine action — les pieds ornés de bizarres lames aux extrémités retournées, pareilles aux chausses des bouffons royaux ou aux patins de traîneaux d'antan.

Robo, qui s'était précipité en éclaireur, annonça qu'il venait de découvrir les WC.

La chambre de grand-mère était remplie de porcelaines, de bois poli, et fleurait une discrète odeur de moisi. Les rideaux étaient humides. Une malencontreuse petite saillie marquait le milieu du lit, comme une crête de poils hérissés sur le dos d'un chien – à croire qu'un corps très mince gisait sous le couvre-lit.

Grand-mère ne fit aucun commentaire, et lorsque Theobald sortit de la pièce, titubant comme un blessé qui vient de s'entendre annoncer qu'il survivra, grand-mère s'adressa à papa :

— Sur quels critères la pension Grillparzer a-t-elle la prétention de passer en B ?

— Aucun doute, c'est C, trancha papa.

— C elle est, et C elle restera, jusqu'à sa mort, dis-je.

— Moi, j'aurais dit E ou F, déclara grand-mère.

Dans la salle à manger mal éclairée, un homme sans cravate chantait une chanson hongroise.

— Ça ne signifie pas qu'il soit hongrois, dit mon père pour rassurer Johanna, qui demeura sceptique.

— A mon avis, les chances ne sont pas de son côté, insinue-t-elle.

Elle n'accepta ni thé ni café. Robo grignota un gâteau sec, qu'il prétendit trouver bon. Ma mère et moi fumâmes une cigarette ; elle s'efforçait de renoncer à fumer et moi j'essayais de m'y mettre. C'est pourquoi nous nous partageâmes une cigarette – en réalité, nous avions fait le serment de ne jamais en fumer une tout entière l'un sans l'autre.

— C'est un client extraordinaire, chuchota Herr Theobald à l'oreille de mon père. Il connaît des chansons du monde entier.

— De Hongrie, au moins, dit grand-mère, qui s'arracha un sourire.

Un homme de petite taille, rasé de près mais au visage maigre marqué par l'ombre bleue d'une barbe, adressa la parole à ma grand-mère. Il portait une chemise blanche fort propre (mais jaunie par l'âge et les lessives), un pantalon et un veston dépareillés.

— Je vous demande pardon ? fit grand-mère.

159

– J'expliquais que je peux dire les rêves, l'informa l'homme.

– Vous dites les rêves ? s'étonna grand-mère. Vous voulez dire que vous en faites.

– J'en fais et j'en dis, fit-il d'un ton mystérieux.

Le chanteur s'interrompit.

– Si on a envie de connaître un rêve, n'importe lequel, fit le chanteur, il est capable de le dire.

– Je suis tout à fait certaine que je n'ai envie d'en connaître aucun, affirma grand-mère.

Elle contemplait avec dégoût le foulard de poils noirs qui jaillissait du col de chemise largement ouvert du chanteur. Quant à l'homme qui « disait » les rêves, elle feignit de l'ignorer.

– Je vois bien que vous êtes une vraie dame, ajouta le diseur de rêves à l'intention de grand-mère. Vous ne vous laissez pas prendre au premier rêve venu.

– Certainement pas, assura grand-mère, en décochant à mon père un de ses regards style comment-avez-vous-osé-me-fourrer-dans-ce-pétrin ?

– Mais moi, j'en connais un, annonça le diseur de rêves, en fermant les yeux.

Le chanteur poussa une chaise en avant et nous constatâmes, tout à coup, qu'il s'était installé tout près de nous. Robo, bien que beaucoup trop grand, s'installa sur les genoux de papa.

– Dans un immense château, commença le diseur de rêves, une femme dormait à côté de son mari. Soudain, au beau milieu de la nuit, elle se retrouva tout éveillée. Elle se réveilla sans avoir la moindre idée de ce qui l'avait tirée de son sommeil, et elle se sentait l'esprit aussi clair que si elle eût été debout depuis des heures. De plus, il lui apparut, sans un regard, ni un mot, ni un geste, que son mari était, lui, tout à fait réveillé – et s'était réveillé de la même manière.

– J'espère qu'il s'agit d'une histoire que l'enfant peut entendre, ha ! ha ! gloussa Herr Theobald, mais personne ne daigna lui accorder un regard.

Ma grand-mère croisa les mains sur ses cuisses et fixa ses yeux dessus – genoux serrés, talons fourrés sous sa chaise à dossier raide. Ma mère avait pris la main de mon père.

J'étais assis à côté du diseur de rêves, dont le veston puait le fauve. Il poursuivit :

– La femme et son mari restèrent là les yeux grands ouverts

160

à guetter les bruits du château, dont ils étaient simples locataires et qu'ils ne connaissaient pas à fond. Ils guettaient les sons qui montaient de la cour, qu'ils ne prenaient jamais la peine de fermer à clef. Les gens du village aimaient venir se promener près du château ; les enfants du village avaient la permission de se balancer sur l'énorme portail de la cour. Qu'est-ce donc qui les avait réveillés ?

— Des ours ? suggéra Robo, mais papa lui effleura les lèvres du bout des doigts.

— Ils entendirent un bruit de chevaux, fit le diseur de rêves.

La vieille Johanna, les yeux clos, la tête inclinée vers les genoux, parut secouée d'un grand frisson sur sa chaise à dossier raide.

— Ils entendirent le souffle et le piétinement de plusieurs chevaux qui s'efforçaient de ne pas faire de bruit, fit le diseur de rêves. Le mari allongea la main et frôla le bras de sa femme. « Des chevaux ? » fit-il. La femme sortit du lit et s'approcha de la fenêtre qui donnait sur la cour. Aujourd'hui encore, elle jurerait que la cour était pleine de soldats à cheval – mais quels soldats ! Ils portaient des armures ! Les visières de leurs heaumes étaient baissées et leurs chuchotements étaient aussi métalliques et difficiles à comprendre que les voix d'une radio brouillée. Les armures cliquetaient, tandis que, écrasés par leur poids, les chevaux piaffaient nerveusement sur place.

Là, au milieu de la cour, il y avait un vieux bassin à sec, une ancienne fontaine, mais la femme constata que la fontaine débordait ; l'eau clapotait sur la margelle usée et les chevaux se désaltéraient. Les cavaliers restaient sur leurs gardes, ne se risquaient pas à mettre pied à terre ; ils épiaient les fenêtres obscures du château, comme s'ils savaient que personne ne les avait invités à faire halte à cet abreuvoir – à s'octroyer cette pause au milieu de leur voyage, qui les menait Dieu sait où.

A la lueur de la lune, la femme vit scintiller leurs grands boucliers. Elle revint se glisser dans le lit et resta allongée toute raide près de son mari. « Qu'est-ce que c'est ? demanda-t-il. – Des chevaux, dit-elle. – C'est bien ce que je pensais, fit-il. Ils vont manger les fleurs. – Qui a bâti ce château ? lui demanda-t-elle. (C'était un très vieux château, tous deux le savaient.) – Charlemagne », dit-il, mais déjà il glissait de nouveau dans le sommeil.

La femme demeura éveillée, écoutant le bruit de l'eau qui, aurait-on dit, maintenant ruisselait par tout le château, gargouillait dans les moindres gouttières, comme si l'antique fontaine avait pompé toutes les sources disponibles. Et il y avait aussi les voix déformées des chevaliers qui chuchotaient entre eux – les soldats de Charlemagne qui conversaient dans leur langage mort ! Aux oreilles de cette femme, les voix des soldats étaient aussi sinistres que le VIIIe siècle et les hommes que l'on nomme les Francs. Les chevaux buvaient toujours.

La femme demeura longtemps éveillée, attendant que les soldats se décident à repartir ; elle ne redoutait aucune attaque de leur part – elle était convaincue qu'ils effectuaient un voyage et s'étaient juste arrêtés pour s'octroyer un peu de repos en un lieu qu'ils avaient connu jadis. Mais quelque chose lui soufflait que, tant que l'eau coulerait, elle ne devait pas troubler la paix du château ni l'obscurité qui l'enveloppait. Lorsqu'elle sombra dans le sommeil, elle aurait juré que les hommes de Charlemagne étaient encore là.

Le matin venu, son mari lui demanda : « Tu as entendu l'eau couler, toi aussi ? » Oui, bien sûr. Mais la fontaine était à sec, bien sûr, et, en regardant par la fenêtre, ils constatèrent que les fleurs n'avaient pas été mangées – or, comme chacun sait, les chevaux mangent les fleurs. « Regarde, lui dit son mari, comme ils descendaient ensemble dans la cour. Il n'y a pas de traces de sabots, pas de crottin. Nous avons dû rêver que nous entendions des chevaux. »

Elle s'abstint de lui dire qu'il y avait, en plus, des soldats ; et qu'à son avis il était peu plausible que deux personnes fissent en même temps le même rêve. Elle s'abstint de lui rappeler qu'il était gros fumeur et que jamais il ne sentait l'odeur de la soupe lorsqu'elle la laissait à mijoter sur le feu ; l'odeur des chevaux qui planait encore dans l'air était trop subtile pour son odorat.

Elle revit les soldats, ou les rêva, à deux reprises encore durant leur séjour, mais son mari ne se réveilla jamais plus en même temps qu'elle. La chose arrivait toujours très brusquement. Une nuit, elle se réveilla avec sur la langue un goût de métal, comme si un vieux bout de fer tout rouillé lui avait soudain effleuré les lèvres – une épée, un plastron, une cotte de mailles, une cuissarde. Ils étaient de nouveau là, dehors, par une nuit plus froide. L'épais brouillard qui montait de la fontaine les enveloppait comme d'un suaire ; les chevaux étaient blancs de givre. La fois suivante, ils n'étaient pas aussi nombreux – à croire

162

que l'hiver ou leurs escarmouches avaient décimé leur troupe. La dernière fois, les chevaux lui parurent décharnés, tandis que les hommes ressemblaient plutôt à des armures vides posées en équilibre précaire sur les selles. De longues muselières de glace masquaient la tête des chevaux. Leur souffle (ou le souffle des hommes) était rauque.

Son mari, fit le diseur de rêves, était destiné à mourir d'une infection des voies respiratoires. Mais la femme n'en savait rien la nuit où elle fit ce rêve.

Détachant soudain les yeux de ses genoux, ma grand-mère gifla le diseur de rêves, en plein sur son visage gris de barbe. Robo se raidit sur les genoux de mon père ; ma mère, elle, agrippa la main de sa mère. Repoussant sa chaise, le chanteur se leva d'un bond, effrayé, ou prêt à se battre, mais le diseur de rêves se contenta de s'incliner devant grand-mère et quitta la lugubre salle à manger. On eût dit qu'un pacte avait été conclu entre Johanna et lui, un pacte irrévocable qui, pourtant, ne procurait à aucun d'eux la moindre satisfaction. Mon père griffonna quelques mots sur son bloc géant.

— Eh bien, ça alors, en voilà une histoire, pas vrai ? Ha ! ha ! gloussa Herr Theobald, en ébouriffant les cheveux de Robo — chose que détestait Robo.

— Herr Theobald, annonça ma mère, sans lâcher la main de Johanna, mon père est mort d'une infection des voies respiratoires.

— Oh, bon Dieu, merde ! lâcha Herr Theobald. Je suis navré, meine Dame, assura-t-il ma grand-mère, mais la vieille Johanna refusa de lui adresser la parole.

Nous emmenâmes grand-mère dîner dehors, dans un restaurant de catégorie A, mais ce fut à peine si elle toucha à son assiette.

— Ce type était un gitan, nous dit-elle. Un être satanique, et un Hongrois.

— Je t'en prie, maman, dit ma mère. Il ne pouvait pas savoir au sujet de papa.

— Il en savait plus que tu n'en sais, toi, aboya grand-mère.

— Le Schnitzel est excellent, assura papa, en écrivant sur son bloc. Et le Gumpoldskirchner va à merveille avec.

— Les Kalbsnieren sont parfaits, fis-je.

— Les œufs sont bien, renchérit Robo.

Grand-mère ne desserra pas les dents sur le chemin du retour ; en réintégrant la pension Grillparzer, nous remarquâmes que la porte des WC s'arrêtait à trente ou même quarante centimètres au-dessus du plancher, ressemblant en conséquence au panneau inférieur d'une porte de WC américains, ou à une porte de saloon dans un vieux western.

— Je peux dire que je me félicite d'être allée aux toilettes au restaurant, fit grand-mère. C'est répugnant ! Je vais essayer de passer la nuit sans aller m'exhiber dans un lieu où n'importe qui pourrait venir me reluquer les chevilles !

Une fois dans notre chambre familiale, papa dit :

— Johanna a-t-elle jamais habité un château ? J'ai comme un vague souvenir que, il y a de cela bien longtemps, grand-papa et elle avaient loué un château.

— Oui, ça remonte à bien avant ma naissance, fit maman. Ils avaient loué le Schloss Katzelsdorf. J'ai vu les photos.

— Mais alors, voilà pourquoi le rêve du Hongrois l'a tellement bouleversée, dit papa.

— Y a quelqu'un qui fait du vélo dans le couloir, annonça Robo. Je viens de voir passer une roue — là sous la porte.

— Robo, il est temps de dormir, coupa maman.

— Même que ça faisait « couic couic », insista Robo.

— Bonne nuit, les enfants, dit papa.

— Si vous avez le droit de parler, nous aussi, protestai-je.

— Dans ce cas, parlez entre vous tous les deux, trancha papa. Moi, je suis en train de parler à votre mère.

— J'ai envie de dormir, se plaignit maman. Je voudrais bien que personne ne parle.

Nous essayâmes. Peut-être même dormîmes-nous. Puis Robo me chuchota qu'il fallait qu'il sorte pour aller aux WC.

— Tu connais le chemin, dis-je.

Robo sortit de la chambre, laissant la porte entrebâillée ; je l'entendis s'éloigner dans le couloir, en laissant sa main traîner le long du mur. A peine quelques instants plus tard, il était de retour.

— Y a quelqu'un dans les WC, annonça-t-il.

— Attends qu'il ait fini, conseillai-je.

— La lumière était pas allumée, dit Robo, mais n'empêche que j'ai pu voir sous la porte. Y a quelqu'un dedans, dans le noir.

— Moi aussi, je préfère rester dans le noir, dis-je.

Mais Robo tint absolument à me raconter ce qu'il avait vu.

164

Selon lui, ce qui dépassait sous la porte, c'était une paire de mains.

— De mains? fis-je.

— Oui, là où y aurait dû avoir des pieds, dit Robo, qui prétendit qu'il y avait deux mains, une de chaque côté du réduit — au lieu de deux pieds.

— Fiche-moi le camp, Robo! éclatai-je.

— Je t'en prie, viens voir, implora-t-il.

Je l'accompagnai jusqu'au bout du couloir, mais il n'y avait personne dans les WC.

— Ils ont filé, dit-il.

— En marchant sur les mains, bien sûr, raillai-je. Va pisser. Je t'attends.

Il entra dans les WC et pissa tristement dans le noir. Alors que nous étions sur le point de rentrer tous les deux dans notre chambre, un petit homme brun avec le même genre de peau et de vêtements que le diseur de rêves qui avait provoqué la colère de grand-mère nous croisa dans le couloir. Il nous décocha un clin d'œil et un sourire. Je fus bien obligé de constater qu'il marchait sur les mains.

— Tu vois? me chuchota Robo, sur quoi nous rentrâmes dans la chambre et refermâmes la porte.

— Qu'est-ce qui se passe? s'enquit maman.

— Y a un homme qui marche sur les mains, dis-je.

— Un homme qui se pisse sur les mains, dit Robo

— Catégorie C, murmura papa dans son sommeil; papa rêvait souvent qu'il griffonnait des notes sur son bloc géant.

— On parlera de ça demain matin, dit maman.

— C'était sans doute un acrobate qui essayait de t'impressionner, parce que tu n'es qu'un gosse, lançai-je à Robo.

— Comment pouvait-il savoir que j'étais un gosse alors qu'il était enfermé dans les WC? contra Robo.

— Vous allez dormir oui? chuchota maman.

Au même instant, nous entendîmes grand-mère hurler au bout du couloir.

Maman endossa son joli peignoir vert; papa passa son peignoir de bain et mit ses lunettes; j'enfilai un pantalon, par-dessus mon pyjama. Robo fut le premier dans le couloir. Nous vîmes de la lumière sous la porte des WC. Et, à l'intérieur, grand-mère poussait des hurlements bien rythmés.

– On arrive! lui lançai-je.

– Maman, qu'est-ce qui se passe? demanda ma mère.

Nous nous groupâmes dans le large rai de lumière. Nous apercevions sous la porte les pantoufles mauves de grand-mère et ses chevilles d'un blanc de porcelaine. Ses hurlements cessèrent.

– J'étais dans mon lit quand j'ai entendu des chuchotements, expliqua-t-elle.

– C'était Robo et moi, lui dis-je.

– Ensuite, quand j'ai cru qu'il n'y avait plus personne, je suis entrée dans les WC, dit Johanna. J'ai laissé la lumière éteinte. Je n'ai pas fait le moindre bruit, nous dit-elle. C'est alors que j'ai vu et entendu la roue.

– La roue? demanda papa.

– Une roue est passée plusieurs fois devant la porte, reprit grand-mère. Elle passait et revenait et repassait de nouveau.

Papa faisait tourner ses doigts comme des roues contre sa tempe; il regarda maman et fit une grimace.

– Quelqu'un aurait bien besoin d'une nouvelle paire de roues, ça tourne pas rond, murmura-t-il, mais maman lui lança un regard furibond.

– J'ai allumé, poursuivit grand-mère, et aussitôt la roue a disparu.

– Je vous avais bien dit qu'il y avait un vélo dans le couloir, triompha Robo.

– La ferme! Robo, coupa papa.

– Non, ce n'était pas un vélo, dit grand-mère. Il n'y avait qu'une seule roue.

Papa continuait à faire des gestes frénétiques au niveau de sa tempe.

– Il lui manque une ou deux roues, oui, siffla-t-il à ma mère, mais elle lui envoya une gifle et il se retrouva avec ses lunettes tout de guingois sur le nez.

– Et puis quelqu'un est arrivé et a regardé sous la porte, dit grand-mère, et cette fois, j'ai hurlé.

– Quelqu'un? dit papa.

– J'ai vu ses mains, des mains d'homme – avec des poils partout sur les phalanges, dit grand-mère. Les mains étaient sur le tapis, juste de l'autre côté de la porte. Je suis sûre qu'il était en train de me regarder. De bas en haut.

– Non, grand-mère, dis-je. Moi, je crois qu'il était simplement planté là sur les mains.

– Allons, pas d'insolence, fit ma mère.

– Mais on a vu un homme qui marchait sur les mains, insista Robo.

– Ce n'est pas vrai! dit papa.

– C'est vrai! dis-je.

– Nous allons réveiller toute la maison, avertit maman.

La chasse fut tirée et grand-mère sortit d'un pas traînant, drapée dans les maigres vestiges de sa dignité d'antan. Elle portait une première robe de chambre par-dessus une deuxième par-dessus une troisième; elle avait le cou très long et le visage blanc de crème. Grand-mère ressemblait à une oie effarée.

– Il était maléfique et immonde, entonna-t-elle. Il connaissait de terribles tours de magie.

– L'homme qui t'a regardée? demanda maman.

– L'homme qui m'a raconté mon rêve, dit grand-mère.

Une larme se frayait un chemin à travers les sillons de la crème qui lui enduisait le visage.

– C'était mon rêve à moi, geignit-elle, et il l'a raconté à tout le monde. Il était déjà inouï qu'il en ait eu connaissance, siffla-t-elle. Mon rêve – avec les chevaux et les soldats de Charlemagne –, à part moi, personne ne devrait être au courant. Tu n'étais même pas née quand j'ai fait ce rêve, précisa-t-elle à ma mère. Et cet immonde magicien, cet être maléfique, est allé raconter mon rêve comme si je venais de le faire. Je n'ai même jamais raconté à ton père tout ce qu'il y avait dans ce rêve. Je n'ai jamais été certaine qu'il s'agissait d'un rêve. Et maintenant, voilà des hommes qui marchent sur les mains, des hommes avec plein de poils sur les phalanges, et voilà des roues magiques. Je veux que les garçons restent avec moi pour dormir.

Ce fut ainsi que, Robo et moi, nous retrouvâmes partager la grande chambre familiale, aux antipodes des WC, avec grand-mère, qui passa la nuit accotée aux oreillers de mes parents, son visage barbouillé de crème luisant comme le visage d'un fantôme détrempé. Robo demeura éveillé à la contempler. Je ne crois pas que Johanna dormit très bien. Je suppose qu'elle rêva une fois de plus son rêve de mort – revivant le dernier hiver des soldats glacés de Charlemagne, avec leurs étranges habits de métal couverts de givre et leurs armures bloquées par le froid.

Lorsqu'il fut évident que je ne pouvais me dispenser d'aller aux WC, les yeux ronds et brillants de Robo me suivirent jusqu'à la porte.

Il y avait quelqu'un dans les WC. Aucune lumière ne passait sous la porte, mais un unicycle était garé dehors, appuyé contre le mur. Le cycliste était assis dans les WC, plongé dans le noir ; la chasse jouait sans arrêt – pareil à un enfant, l'unicycliste ne laissait pas au réservoir le temps de se remplir.

Je me rapprochai du vide sous la porte des WC, mais l'occupant, ou l'occupante, ne se tenait pas à cet instant debout sur les mains. Je vis ce qui était visiblement des pieds, approximativement dans la position où je m'attendais à les voir, mais lesdits pieds ne touchaient pas le plancher ; leurs plantes étaient braquées sur moi – noirâtres, couleur de chair meurtrie. Des pieds énormes prolongés par deux tibias courts et velus. Des pieds d'ours, à ceci près qu'ils étaient dépourvus de griffes. A l'inverse du chat, l'ours ne peut rétracter ses griffes ; si c'était un ours, on verrait ses griffes. Ici, donc, se trouvait un imposteur déguisé en ours, ou un ours dégriffé. Un ours domestique peut-être. Du moins – vu sa présence dans les WC –, un ours dompté. Car, à l'odeur, personne n'aurait pu s'y tromper, il ne s'agissait pas d'un homme déguisé en ours ; c'était bel et bien un ours. Un vrai ours.

J'emboutis à reculons la porte de l'ex-chambre de grand-mère, derrière laquelle était tapi mon père, qui guettait de nouveaux perturbateurs. Il ouvrit brusquement la porte et je m'écroulai à l'intérieur, à notre grande frayeur à tous deux. Maman se redressa d'un coup dans son lit, et se fourra la tête sous l'édredon.

– Je le tiens ! hurla papa, en se laissant choir sur moi.

Le plancher trembla, l'unicycle de l'ours glissa contre le mur et s'écroula contre la porte des WC, d'où surgit soudain l'ours, qui trébucha contre son unicycle et fonça pour reprendre son équilibre. L'air soucieux, il contemplait, à travers le couloir, par la porte ouverte, papa assis sur ma poitrine. Il ramassa l'unicycle avec ses pattes de devant.

– Grauf ? demanda l'ours.

Papa claqua la porte.

De l'autre bout du couloir, nous parvint une voix de femme :

– Où es-tu, Duna ?

– Harf ! fit l'ours.

Papa et moi entendîmes la femme se rapprocher. Elle parla:
— Oh! Duna, encore en train de répéter? Toujours à répéter!
Mais c'est mieux pendant la journée.

L'ours ne souffla mot. Papa ouvrit la porte.

— Ne laisse entrer personne, couina maman, toujours tapie
sous l'édredon.

Dans le couloir, une jolie femme plus très jeune était plantée
à côté de l'ours, qui maintenant faisait du surplace juché sur son
unicycle, une énorme patte posée sur l'épaule de la femme. Elle
était coiffée d'un turban rouge criard et drapée dans un long pei-
gnoir taillé dans un rideau. Accroché haut sur son imposante poi-
trine, elle portait un collier de dents d'ours; ses boucles d'oreilles
lui frôlaient les épaules, celle recouverte de la robe-rideau, ainsi
que l'autre, nue, marquée d'un séduisant grain de beauté dont ni
mon père ni moi ne pouvions détacher nos regards.

— Bonsoir, dit-elle à mon père. Navrée que nous vous ayons
dérangés. Il est défendu à Duna de répéter la nuit – mais il adore
son travail.

L'ours marmonna en s'éloignant à grands coups de pédales.
L'ours avait un équilibre remarquable, mais ne faisait pas atten-
tion; il frôlait les murs du couloir, tandis que ses pattes effleu-
raient les photos des patineurs. La femme, après une révérence
pour prendre congé de papa, s'élança derrière l'ours en appe-
lant: « Duna, Duna », et en redressant au passage les photos.

— Duna est le mot hongrois pour Danube, me dit papa. Cet
ours porte le nom de notre Donau bien-aimée.

Il arrivait dans ma famille que l'on manifestât de la surprise en
constatant que les Hongrois étaient eux aussi capables d'amour
pour un fleuve.

— Est-ce que l'ours est un vrai ours? demanda maman, tou-
jours fourrée sous l'édredon.

Mais je laissais à papa le soin de lui expliquer toute l'affaire.
Je savais que, le lendemain matin, Herr Theobald aurait pas mal
de comptes à rendre, et à ce moment-là, j'aurais droit à un rap-
port complet sur les événements.

Je traversai le couloir pour gagner les WC. L'odeur tenace de
l'ours et mon intuition, qui me soufflait qu'il y avait des poils
d'ours partout, m'incitèrent à faire diligence; pourtant, mon intui-
tion était fausse, car en fait, l'ours avait tout laissé très propre –
disons, du moins, très net pour un ours.

– J'ai vu l'ours, sifflai-je à Robo, de retour dans notre chambre.

Mais Robo s'était faufilé dans le lit de grand-mère et s'était endormi auprès d'elle. Quant à la vieille Johanna, elle était réveillée.

– Je voyais de moins en moins de soldats, entonna-t-elle. La dernière fois, ils n'étaient que neuf. Tous avaient l'air si affamés ; ils avaient sans doute mangé les chevaux inutiles. Il faisait si froid. Bien sûr que j'aurais voulu les aider ! Mais nous ne vivions pas à la même époque ; comment aurais-je pu les aider alors que je n'étais même pas née ? Naturellement que je savais qu'ils allaient mourir ! Mais il leur a fallu si longtemps. La dernière fois qu'ils sont venus, la fontaine était gelée. Ils durent se servir de leurs épées et de leurs longues piques pour briser la glace en gros morceaux. Ils préparèrent un feu et firent fondre la glace dans une marmite. Puis ils tirèrent des os des sacoches de leurs selles – des os de toutes sortes – et les jetèrent dans la soupe. Le potage fut très léger parce que les os avaient été depuis longtemps rongés et il ne restait rien dessus. Je ne sais pas d'où ils venaient, ces os. Des os de lapin, sans doute, ou peut-être de cerf et de sanglier. Peut-être les chevaux des morts. Je préfère ne pas me dire, dit grand-mère, qu'il s'agissait peut-être des os des soldats disparus.

– Essaie de dormir, grand-mère, dis-je.

– Ne te fais pas de souci à cause de l'ours, fit-elle.

Et *ensuite* quoi ? se demanda Garp. Que peut-il arriver maintenant ? D'ailleurs, il n'était pas très sûr de ce qui *était* arrivé, ni pourquoi. Garp était un conteur-né ; il était capable d'inventer des choses, les unes après les autres, et on avait toujours l'impression qu'elles s'emboîtaient. Quel était leur sens ? Ce rêve et ces artistes frénétiques, leur sort à tous – il fallait que tout ça eût un lien. Quel genre d'explication serait le plus naturel ? Quel type de dénouement pourrait englober le tout dans le même univers ? Garp savait qu'il n'en savait pas assez ; pas encore. Il faisait confiance à ses instincts ; ils lui avaient permis de mener à bien jusqu'ici *la Pension Grillparzer* ; il devait maintenant faire confiance à l'instinct qui lui soufflait de ne pas aller plus loin avant d'en savoir bien davantage.

Ce qui valait à Garp d'être plus sage et plus mûr qu'on ne l'est à dix-neuf ans n'avait rien à voir avec son expérience ni avec ce qu'il avait appris. Il avait de l'intuition, de l'obstination, davantage de patience que la moyenne des gens ; il avait l'amour du travail. L'un dans l'autre, avec la grammaire que lui avait enseignée Tinch, c'était tout. Seuls deux faits avaient de l'importance pour Garp : sa mère se croyait sérieusement capable d'écrire un livre, et c'était avec une putain qu'en cette période de sa vie il avait la relation la plus féconde. Ces deux faits contribuèrent à épanouir le sens de l'humour du jeune homme.

Il mit *la Pension Grillparzer* sous le boisseau – comme on dit. Ça viendra, se disait Garp. Il le savait, il fallait qu'il en sache davantage ; tout ce qu'il pouvait faire pour l'instant, c'était regarder Vienne et apprendre. Vienne s'était mis en veilleuse pour lui. On aurait dit que la vie s'était mise en veilleuse. A force d'observer Charlotte, il avait accumulé une foule d'impressions, et rien ne lui échappait de ce que faisait sa mère, mais il était cependant trop jeune. Ce qui me manque, c'est une *vision* des choses, se disait-il, car il en avait l'intuition. Une conception globale des choses, une vision bien à lui. Cela viendra, se répétait-il, comme s'il s'entraînait pour la saison de lutte à venir – le saut à la corde, les tours de piste sur le petit stade, les poids et haltères, des choses presque machinales, mais indispensables.

Même Charlotte possède une vision des choses, songeait-il ; il était bien placé pour savoir que sa mère en possédait une. Garp n'avait aucune sagesse comparable à l'absolue clarté du monde selon Jenny Fields. Mais, il le savait, ce n'était qu'une question de temps pour qu'il parvienne à son tour à imaginer un monde bien à lui – avec un peu d'aide de la part du monde réel. Le monde réel ne tarderait pas à coopérer.

6

La pension Grillparzer

Lorsque arriva le printemps, Garp n'avait toujours pas terminé *la Pension Grillparzer* ; il n'avait pas, bien sûr, jugé bon de raconter par lettre à Helen les relations qu'il entretenait avec Charlotte et ses collègues. Jenny avait brusquement accéléré son rythme de travail ; elle avait enfin trouvé la phrase qui bouillonnait en elle depuis la nuit où elle avait débattu de la concupiscence avec Garp et Charlotte ; une vieille phrase, en fait, surgie de sa vie d'antan, et ce fut par cette phrase qu'elle *commença* pour de bon le livre qui devait la rendre célèbre.

« Dans ce monde à l'esprit sordide, écrivit Jenny, une femme est toujours soit l'épouse, soit la putain d'un homme – ou en passe de devenir l'une ou l'autre, et vite. » La phrase donnait un ton au livre, ce qui jusqu'alors lui avait fait défaut ; Jenny découvrit que, lorsqu'elle eut achevé cette phrase, une sorte d'aura parut soudain illuminer son autobiographie, soudant du même coup les fragments disparates de sa vie – à la façon dont le brouillard enveloppe un paysage tourmenté, ou dont la chaleur envahit peu à peu toutes les pièces d'une grande maison. Cette phrase en inspira d'autres de même facture, et Jenny les tissa comme elle aurait pu tisser une trame lumineuse et éclatante dans une tapisserie informe et dépourvue de thème apparent.

« Je voulais travailler et je voulais vivre seule, écrivit-elle. Cela me rendit, sexuellement parlant, suspecte. »

Mais, en plus, cela lui fournit un titre : *Sexuellement suspecte*, autobiographie de Jenny Fields. Le livre allait donner lieu à huit éditions reliées et être traduit en six langues avant d'être publié en édition de poche, assurant à Jenny de quoi se payer et offrir à tout un régiment d'infirmières des uniformes neufs pendant un siècle entier.

« Puis je voulus un enfant, sans être, pour autant, obligée de partager mon corps ni ma vie, écrivit Jenny. Cela aussi me rendit, sexuellement parlant, suspecte. »

Ainsi Jenny avait enfin trouvé le fil qui allait lui permettre de fignoler l'assemblage de son œuvre décousue.

Mais, lorsque le printemps survint, Garp éprouva l'envie de partir en voyage ; pourquoi pas l'Italie ; peut-être pourraient-ils louer une voiture.

– Est-ce que tu sais conduire ? lui demanda Jenny, qui savait qu'il n'avait jamais appris (il n'en avait jamais éprouvé la nécessité). Ma foi, moi non plus, d'ailleurs, reprit-elle. En outre, je travaille ; je ne peux pas m'arrêter en ce moment. Si tu veux partir en voyage, pars tout seul.

Ce fut dans les bureaux de l'American Express, où Garp et Jenny se faisaient adresser leur courrier, que Garp rencontra pour la première fois de jeunes Américains qui parcouraient le monde. Deux jeunes filles qui avaient fait leurs études à Dibbs et un garçon du nom de Boo qui, lui, sortait de Bath.

– Et nous alors ? dit à Garp une des filles lorsqu'ils eurent fait connaissance. On sort tous du même moule.

Elle s'appelait Flossie, et Garp eut l'impression qu'il y avait quelque chose entre elle et Boo. L'autre fille s'appelait Vivian et, sous le guéridon du café de la Schwarzenbergplatz, Vivian coinça le genou de Garp entre les siens et se mit à bêtifier tout en sirotant son vin.

– Je sors de chez le *denziste*, expliqua-t-elle. Il m'a tellement bourrée de novocaïne que je sais plus si j'ai la bouche ouverte ou fermée.

– Moitié moitié, on dirait, fit Garp.

Mais il réfléchissait : Et puis, merde. Cushie Percy lui manquait et, à force de fréquenter les prostituées, il commençait à avoir lui aussi l'impression d'être sexuellement suspect. Charlotte, la chose était claire à présent, ne s'intéressait à lui que pour le materner ; bien qu'il s'efforçât de se la représenter sur un autre plan, il voyait bien, et avec tristesse, que ce plan-là resterait à jamais cantonné dans des limites strictement professionnelles.

Flossie, Vivian et Boo étaient tous les trois en route pour la Grèce, mais ils laissèrent Garp leur faire visiter Vienne pendant trois jours. Garp profita de ces trois jours pour coucher à deux reprises avec Vivian, dont la novocaïne finit par se dissiper ; il fit une fois l'amour avec Flossie, pendant que Boo était sorti pour toucher des chèques de voyage et faire vidanger la voiture. En fait de sympathie, il n'y avait rien de trop entre les anciens de Steering et ceux de Bath, Garp le savait ; mais ce fut Boo qui eut le mot de la fin.

Il est impossible de savoir qui, de Flossie ou de Vivian, flanqua une blennorragie à Garp, mais Garp fut convaincu que la *source* de la chaude-pisse était Boo. De l'avis de Garp, c'était un cas typique de « chaude-pisse de Bath ». Naturellement, lorsque les premiers symptômes se manifestèrent, le trio était déjà parti pour la Grèce et Garp se retrouvait seul pour affronter les brûlures et les écoulements. Impossible de pouvoir attraper une plus mauvaise chaude-pisse dans toute l'Europe, se répétait-il. « Boo m'a refilé sa chtouille », écrivit-il, mais bien plus tard ; sur le moment, la chose n'avait rien de drôle, et il n'osa pas aller demander conseil à sa mère. Il le savait, elle refuserait de croire qu'il n'avait pas attrapé ça avec une putain. Il rassembla assez de courage pour demander à Charlotte de lui indiquer un médecin spécialiste de ce genre de chose ; il pensait qu'elle devait savoir. Il se dit par la suite que peut-être Jenny lui aurait manifesté *moins* de fureur.

— Dire que les Américains passent pour avoir un peu le souci de leur hygiène intime ! vitupéra Charlotte. Et ta mère, tu y as pensé ? Je t'aurais cru meilleur goût ! Des filles qui offrent ça pour rien à quelqu'un qu'elles connaissent à peine — ma foi, y a de quoi se sentir méfiant, non ?

Une fois de plus, Garp s'était laissé surprendre sans capote anglaise.

Ce fut ainsi que, défaillant de peur, Garp alla consulter le médecin personnel de Charlotte, un certain Thalhammer, un homme jovial amputé du pouce gauche.

— Et dire que j'étais gaucher, confia Herr Doktor Thalhammer à Garp. Mais, avec un peu d'énergie, rien n'est insurmontable. A condition de s'appliquer, on peut toujours tout apprendre, ajouta-t-il avec une allégresse pleine de fermeté ; sur quoi, il démontra à Garp comment il parvenait à rédiger une ordonnance de la main droite, et avec une écriture tout à fait enviable.

Le traitement fut simple et indolore. Du temps de Jenny, au bon vieux Mercy de Boston, Garp aurait eu droit au traitement Valentine et aurait appris, de façon plus emphatique, que les gosses de riches ne sont pas forcément des gosses propres.

Par ailleurs, il ne souffla mot de l'histoire à Helen.

Son moral s'effritait ; le printemps s'avançait, la ville s'ouvrait, de multiples façons – comme un arbre en bourgeons. Mais Garp avait l'impression qu'il n'y avait pour lui plus rien à voir à Vienne. C'était à peine s'il parvenait à arracher sa mère à son livre le temps de sortir dîner. Lorsqu'il chercha à revoir Charlotte, ses collègues lui apprirent qu'elle était malade ; depuis plusieurs semaines, elle ne travaillait plus. Trois samedis de suite, Garp la chercha en vain au Naschmarkt. Quand, un soir de mai, il intercepta ses collègues dans la Kärntnerstrasse, il sentit qu'elles n'avaient pas envie de parler de Charlotte. L'une des putains, celle dont le front grêlé semblait avoir été martelé avec un noyau de pêche, lui confia que Charlotte était plus malade qu'elle ne l'avait d'abord cru. La jeune, celle à la lèvre tordue, qui avait le même âge que Garp et parlait un anglais approximatif, tenta de lui expliquer :

– C'est son *sexe* qui est malade.

Curieuse façon d'exprimer la chose, songea Garp. Garp ne fut pas surpris de s'entendre dire que *tous* les sexes, et pas seulement le sien, pouvaient être malades, mais, comme il souriait de cette formulation, la jeune putain qui parlait anglais s'éloigna en lui décochant un regard noir.

– Vous ne comprenez pas, dit l'autre, la plantureuse prostituée au visage grêlé. Oubliez Charlotte.

Arrivé à la mi-juin, et constatant que Charlotte n'avait toujours pas reparu, Garp passa voir Herr Doktor Thalhammer et lui demanda où il pouvait la retrouver.

– Ça m'étonnerait qu'elle ait envie de voir qui que ce soit, lui dit Thalhammer, mais les êtres humains ont une faculté d'adaptation quasi illimitée.

175

A deux pas de Grinzing et de la forêt de Vienne, dans le neuvième arrondissement que ne fréquentent pas les putains, Vienne ressemble à une version villageoise d'elle-même ; dans ces faubourgs, quantité de rues sont encore pavées et les trottoirs sont bordés d'arbres. Connaissant mal cette partie de la ville, Garp prit le *Strassenbahn* n° 38 et descendit trop loin sur la Grinzinger Allee ; il dut rebrousser chemin jusqu'à l'angle de la Billrothstrasse et de la Rudolfinergasse, où se trouvait l'hôpital.

Le Rudolfinerhaus est un hôpital privé, dans une ville où toute la médecine est socialisée ; ses vieux murs de pierre sont du même jaune Maria Theresa que le palais de Schönbrunn, ou les deux Belvédères. Les jardins sont enclos dans l'enceinte de la cour, et les tarifs sont presque aussi élevés que dans les hôpitaux américains. Le Rudolfinerhaus ne fournit en général pas de pyjama à ses malades, parce que les malades préfèrent d'habitude porter leur linge personnel. Les riches Viennois s'offrent le luxe de venir s'y faire soigner – et la plupart des étrangers qui redoutent la médecine socialisée finissent par échouer là, où ils sont scandalisés par les tarifs.

En juin, lorsque Garp s'y rendit, il eut l'impression que l'hôpital était rempli de jeunes mères qui relevaient de couches. Mais il y avait aussi une foule de gens riches venus là dans l'intention de se faire soigner sérieusement et aussi une foule, moins nombreuse pourtant, de gens riches venus, comme Charlotte, dans l'intention d'y mourir.

Charlotte avait une chambre indépendante parce que, expliqua-t-elle, elle n'avait plus de raison d'économiser. Au premier coup d'œil, Garp sut qu'elle était condamnée. Elle avait perdu près de quinze kilos. Garp constata qu'elle portait les bagues qui lui restaient à l'index et au médius de ses deux mains ; ses autres doigts avaient tellement maigri que les bagues auraient glissé. Le teint de Charlotte avait la couleur mate de la glace sur l'eau brunâtre de la Stee-ring. Elle ne parut pas outre mesure surprise de voir Garp, mais elle était si assommée par les drogues que Garp se dit que Charlotte ne devait plus guère, en général, manifester de surprise. Garp avait apporté une corbeille de fruits ; depuis qu'ils faisaient leurs courses ensemble, Garp savait que Charlotte était gourmande, mais elle devait garder un tube plusieurs heures par jour à l'intérieur de l'œsophage et elle avait la gorge trop irritée pour pouvoir avaler autre chose que du liquide. Garp mangea quelques cerises, tandis que Charlotte énumérait les organes qu'on lui avait enlevés. Les organes sexuels, croyait-elle, et la plus grande partie du tube digestif, et aussi quelque chose qui lui servait à éliminer.

— Oh, et puis mes seins, je crois, ajouta-t-elle, le blanc des yeux très gris et les mains en suspens au-dessus de son buste au niveau de l'endroit où elle se plaisait à imaginer que se trouvaient autrefois ses seins.

Pour sa part, Garp eut l'impression qu'on ne lui avait pas enlevé les seins ; sous le drap, il y avait encore quelque chose. Mais il songea par la suite que Charlotte avait été si belle qu'elle devait encore pouvoir adopter une pose capable d'inspirer l'*illusion* qu'elle avait des seins.

— Dieu merci ! j'ai de l'argent, dit Charlotte. C'est bien un établissement de catégorie A ici ?

Garp hocha la tête. Le lendemain, il apporta une bouteille de vin ; sur le chapitre de l'alcool et des visites, le règlement de l'hôpital était d'une grande souplesse ; peut-être était-ce là un des luxes que les gens payaient si cher.

— Même si je sortais, dit Charlotte, qu'est-ce que je pourrais bien faire ? On m'a coupé le sac.

Elle essaya de boire un peu de vin, puis s'endormit. Garp demanda à une infirmière stagiaire de lui expliquer ce que Charlotte avait voulu dire par « le sac », bien qu'il en eût une vague idée. L'infirmière stagiaire, qui avait l'âge de Garp, dix-neuf ans tout au plus, piqua un fard et détourna les yeux en lui traduisant le mot d'argot.

En jargon de prostituée, le sac était le vagin.

— Merci, dit Garp.

Une ou deux fois, en rendant visite à Charlotte, il rencontra ses deux collègues qui, dans la chambre inondée de soleil, manifestèrent à Garp une timidité de petites filles. La plus jeune, celle qui parlait anglais, s'appelait Wanga ; elle devait sa cicatrice à la lèvre à une chute qu'elle avait faite tout enfant, un jour qu'elle revenait en courant de l'épicerie avec un pot de mayonnaise.

– On était pour partir en pique-nique, expliqua-t elle, mais, après ça, toute ma famille devoir apporter moi à l'hôpital.

L'autre, la femme plantureuse et maussade au front grêlé comme un noyau de pêche, et aux seins pareils à deux seaux pleins d'eau, ne proposa pas, elle, de raconter l'histoire de sa cicatrice ; c'était la célèbre Tina, celle qui ne trouvait jamais rien trop « tordu ».

Il arriva plusieurs fois à Garp de rencontrer le Herr Doktor Thalhammer, et un jour, il raccompagna Thalhammer jusqu'à sa voiture ; tous deux sortaient par hasard de l'hôpital au même moment.

– Vous voulez que je vous emmène ? proposa Thalhammer.

Dans la voiture attendait une jolie jeune fille en uniforme de lycéenne, que Thalhammer présenta à Garp comme sa fille. Tous trois bavardèrent sans contrainte des *Vereinigten Staaten*, et Thalhammer assura Garp que cela ne le dérangeait aucunement de le ramener jusque chez lui et de le déposer dans la Schwindgasse. Garp regardait la fille de Thalhammer, qui lui rappelait Helen, mais il se voyait mal demandant à revoir la jeune fille ; que son père l'eût auparavant soigné pour une chaude-pisse paraissait à Garp une tare insurmontable – en dépit de l'optimisme de Thalhammer selon lequel les gens peuvent s'adapter à *tout*. Garp doutait fort que Thalhammer eût été capable de s'adapter à ça.

Tout autour de Garp, désormais, la ville paraissait mûre pour la mort. Les parcs et les jardins grouillants lui semblaient exhaler des relents de pourriture, et, dans les grands musées, le thème favori des grands peintres était toujours la mort. Il y avait toujours des infirmes et des vieillards dans le *Strassenbahn* n° 38 que prenait Garp pour se rendre à la Grinzinger Allee ; et les fleurs au parfum capiteux qui bordaient les allées bien élaguées du Rudolfinerhaus n'évoquaient rien d'autre pour Garp que des salons funéraires. Il se rappelait les pensions où Jenny et lui avaient séjourné aux premiers temps de leur séjour, il y avait plus d'un an : les tapisseries sur les murs, passées et dépareillées, le bric-à-brac poussiéreux, la porcelaine ébréchée, les gonds qui grinçaient faute d'huile.

« Dans la vie d'un homme, écrivait Marc Aurèle, le temps qui lui est imparti n'est qu'un instant… son corps, la proie des vers… »

La jeune infirmière stagiaire que Garp avait fait rougir en lui parlant du « sac » de Charlotte lui manifestait de plus en plus d'insolence. Un jour qu'il était arrivé très tôt, avant l'heure officielle du début des visites, elle lui demanda avec un rien d'agressivité ce que, en fin de compte, il était pour Charlotte. Quelqu'un de sa famille ? Elle avait vu les autres gens qui rendaient visite à Charlotte – ses collègues un peu trop voyantes – et, à ses yeux, Garp ne pouvait être que le client d'une vieille pute.

– C'est ma mère, dit Garp, sans savoir pourquoi, mais il savoura la surprise de la jeune infirmière et le respect que dès lors elle lui témoigna.

– Qu'est-ce que tu es allé leur raconter ? lui chuchota Charlotte, quelques jours plus tard. Elles croient que tu es mon *fils*.

Il confessa son mensonge. Charlotte confessa qu'elle n'avait rien fait pour le rectifier.

– Merci, murmura-t-elle. C'est agréable de rouler ces salauds. Ils se croient tellement supérieurs.

Et, avec un sursaut de sa lubricité agonisante, elle ajouta .

– Si j'avais encore le matériel pour, je te laisserais t'en servir une fois à l'œil. Peut-être même deux, à moitié prix.

Il fut ému et fondit en larmes.

– Ne fais pas l'enfant, dit-elle. Qu'est-ce que je *suis* pour toi, en réalité ?

Lorsqu'elle fut endormie, il lut son âge sur sa carte d'hôpital : elle avait cinquante et un ans.

Elle mourut une semaine plus tard. Lorsque Garp entra dans la chambre de Charlotte, toutes ses affaires avaient déjà disparu, la literie était repliée, les fenêtres grandes ouvertes. Il voulut se renseigner, mais ne reconnut pas l'infirmière de service – une vieille fille aux cheveux gris fer qui l'écouta en secouant la tête.

– Fräulein Charlotte, insista Garp. Une des malades de Herr Doktor Thalhammer.

– Il a beaucoup de malades, dit la vieille fille aux cheveux gris fer.

Elle consulta une liste, mais Garp ignorait le véritable nom de Charlotte. De guerre lasse, il eut recours au seul moyen qui pouvait permettre de l'identifier.

– La putain, dit-il. C'était une putain.

La femme grise posa sur lui un regard froid ; si Garp n'y décela pas la moindre satisfaction, il n'y décela pas non plus la moindre sympathie.

– La prostituée est morte, annonça la vieille infirmière.

Peut-être Garp s'imagina-t-il à tort déceler une note de triomphe dans sa voix.

– Un jour, *meine Dame*, fit-il, vous aussi vous serez morte.

C'était là, songea-t-il en quittant le Rudolfinerhaus, une réflexion typiquement viennoise

Ce soir-là, il alla voir son premier opéra ; à sa grande surprise, il était en italien, et, comme il n'y comprit pas un traître mot, tout le spectacle lui fit l'impression d'une sorte de service religieux. Puis, en pleine nuit, il alla contempler les flèches illuminées de Saint-Étienne ; la construction de la tour sud de la cathédrale, lut-il sur une plaque, avait débuté au milieu du XIVe siècle et été achevée en 1439. Vienne, songea Garp, était un cadavre, peut-être l'Europe tout entière était-elle un cadavre exposé en costume d'apparat dans un cercueil ouvert. « Dans la vie d'un homme, avait écrit Marc Aurèle, le temps qui lui est imparti n'est qu'un instant… son avenir, sombre… »

Ce fut dans cet état d'esprit que Garp prit la Kärntnerstrasse pour rentrer, et rencontra en chemin la célèbre Tina. Les grêlures profondes de son visage, où venaient se nicher les reflets des enseignes au néon, étaient d'un bleu verdâtre.

– *Guten Abend*, Herr Garp, dit-elle. Devinez un peu.

Tina expliqua alors que Charlotte avait laissé un petit cadeau à Garp : Garp pourrait avoir Tina et Wanga pour rien ; soit une à la fois, soit toutes les deux ensemble, expliqua Tina. Ensemble, selon Tina, était plus intéressant – et plus rapide. Mais peut-être Garp ne les trouvait-il pas toutes les deux à son goût ? Garp reconnut que Wanga ne le tentait pas ; elle était trop proche de lui par l'âge, et, quand même par souci de ne pas l'offenser, jamais il ne l'aurait avoué en sa présence, il ne pouvait supporter le rictus que le pot de mayonnaise avait imprimé sur sa lèvre.

– Dans ce cas, vous pourrez m'avoir deux fois, dit Tina d'un ton joyeux. Une fois tout de suite, et une autre fois, ajouta-t-elle, après que vous aurez pris votre temps, un bon bout de temps, pour récupérer. Oubliez Charlotte, dit Tina. Tout le monde finit par mourir un jour, expliqua-t-elle.

Néanmoins, Garp déclina la proposition.

– Eh bien, ça vous attendra, conclut Tina. Pour le jour où vous en aurez envie.

Elle avança le bras et, carrément, lui empoigna le sexe à pleine paume ; la grosse main chaude fit l'impression à Garp d'une énorme tranche de morue, mais il se borna à sourire et à la saluer d'une inclinaison de tête – à la viennoise – avant de rentrer à pied retrouver sa mère.

Il se délectait de son léger chagrin. Il tirait plaisir de son absurde abnégation – et davantage de plaisir à imaginer Tina qu'il n'en aurait jamais éprouvé à jouir de son corps vulgaire. La cicatrice couleur argent qui lui mordait le front était presque aussi grosse que sa bouche ; ses grêlures faisaient à Garp l'effet d'une petite tombe béante.

Ce que savourait Garp, c'étaient les prémices de cet état de grâce que quêtent longtemps les écrivains, et où l'univers s'insère dans un registre unique et immense : « Tout ce qui est corps est pareil à une onde tumultueuse, se souvenait Garp, tout ce qui est âme pareil aux rêves et aux brumes. » Ce fut seulement en juillet que Garp se remit à *la Pension Grillparzer*. Sa mère mettait la dernière main au manuscrit qui devait bientôt changer leurs vies à tous les deux.

Ce fut en août que Jenny termina son livre et annonça, à son tour, qu'*elle* était prête à voyager, du moins à voir quelque chose de l'Europe.

– Pourquoi pas la Grèce ? suggéra-t-elle. Prenons le train et allons quelque part. J'ai toujours eu envie de prendre l'Orient-Express. Où est-ce qu'il va ?

– De Paris à Istanbul, je crois, dit Garp. Mais *toi*, tu vas le prendre. Moi, j'ai trop de travail.

Un prêté pour un rendu, Jenny dut en convenir. Elle en

avait tellement assez de *Sexuellement suspecte* qu'elle n'avait même plus le courage d'en relire une nouvelle fois le texte. De plus, elle ne savait même pas quoi en faire ; fallait-il tout bonnement partir pour New York et offrir l'histoire de sa vie à un parfait inconnu ? Elle aurait dû le faire lire à Garp, mais elle voyait bien que Garp était enfin accaparé par une tâche bien à lui ; il lui semblait qu'elle n'avait pas le droit de le troubler. En outre, elle avait des doutes ; pour une large part, l'histoire de sa vie était aussi l'histoire de la vie de Garp – elle craignait que l'histoire ne le bouleverse.

Tout le mois d'août, Garp fignola le dénouement de sa nouvelle, *la Pension Grillparzer*. Exaspérée, Helen écrivit à Jenny. « Que devient Garp, est-il mort ? demandait-elle. Ayez la bonté de me dire ce qu'il en est. » Une fille astucieuse, cette Helen Holm, se dit Jenny. Helen reçut une réponse plus substantielle qu'elle ne l'avait espéré. Jenny lui envoya un double du manuscrit de *Sexuellement suspecte*, accompagné d'un mot expliquant que c'était là le fruit de son année de travail, et que Garp, lui aussi, était maintenant en train d'écrire quelque chose. Jenny ajoutait qu'elle serait heureuse qu'Helen lui dise franchement ce qu'elle pensait de son texte. Et peut-être quelqu'un, parmi les professeurs d'Helen, saurait-il ce que l'on *faisait* d'habitude d'un livre terminé ?

Garp se détendait, quand il n'écrivait pas, en se rendant au zoo ; le zoo occupait une partie de l'immense parc et des jardins qui entouraient le palais de Schönbrunn. Garp se rendit compte que de nombreux bâtiments du zoo étaient des ruines de la guerre, aux trois quarts détruits, et partiellement reconstruits pour loger les animaux. Garp en éprouvait une impression irréelle, l'impression que le zoo de Vienne n'était jamais sorti de la période de la guerre ; et, du coup, il se mit à s'intéresser à cette période. Le soir, pour s'endormir, il se plongeait dans la lecture de récits consacrés à l'histoire de Vienne sous l'occupation des nazis et des Russes. Tout cela n'était pas sans rapport avec les thèmes de mort qui hantaient *la Pension Grillparzer*. Et Garp découvrit que, quand on est occupé à écrire, tout semble être en rapport avec tout. Vienne se mourait, le zoo

endommagé par la guerre n'avait pas été aussi bien reconstruit que les maisons où habitaient les *gens*; l'histoire
d'une ville était pareille à l'histoire d'une famille – on
y trouve de l'intimité, voire même de l'affection, mais
la mort finit toujours par séparer tout le monde. C'est la
vigueur de la mémoire qui, seule, prête aux morts une vie
éternelle; la tâche de l'écrivain est d'imaginer toutes choses
de façon si personnelle que la fiction soit empreinte d'autant
de vigueur que nos souvenirs personnels. Dans le hall de
l'appartement de la Schwindgasse, il sentait dans les murs
les trous laissés par les balles des mitrailleuses.

Il comprenait maintenant la signification du rêve de la
grand-mère.

Il écrivit à Helen qu'un jeune écrivain a désespérément
besoin de vivre avec quelqu'un, et qu'il était arrivé à cette
conclusion qu'il voulait vivre avec elle; même *l'épouser*,
proposa-t-il, car l'activité sexuelle était bien sûr indispensable, mais on gaspillait trop de temps si l'on était contraint
de planifier sans cesse les moyens de la satisfaire. En
conséquence, raisonnait Garp, mieux vaut encore vivre
avec!

Helen ratura plusieurs lettres avant de lui en envoyer
une qui l'invitait, à quelque chose près, à aller se faire voir.
Croyait-il vraiment qu'elle s'imposait avec tant de rigueur
des études supérieures dans le simple dessein de lui procurer une vie sexuelle qui ne demanderait même pas à être
planifiée?

Lui ne ratura pas, pas du tout, la lettre qu'il lui adressa
en retour; il était trop occupé à écrire pour prendre le
temps de lui expliquer la chose, disait-il; il faudrait qu'elle
lise ce qu'il était en train de terminer pour juger par elle-
même s'il parlait sérieusement ou non.

– Je ne doute pas un instant que tu parles sérieusement,
répondit-elle. Mais, pour le moment, j'ai tellement à lire
que je ne sais pas où donner de la tête.

Elle ne lui précisa pas qu'elle voulait parler du livre de
Jenny, *Sexuellement suspecte* : un texte de 1 158 pages.
Même si, plus tard, Helen devait se ranger à l'avis de Garp
qui estimait que l'œuvre n'avait rien d'un joyau littéraire,
elle ne pouvait nier que l'histoire était très prenante.

Tandis que Garp mettait la dernière main à son propre récit, de beaucoup plus court, Jenny Fields fignolait sa tactique. Son impatience l'avait poussée à acheter une revue américaine dans un des grands kiosques à journaux de Vienne ; elle avait lu qu'un courageux directeur littéraire, éditeur associé dans une célèbre maison d'édition, venait de refuser un manuscrit proposé par un ex-membre du gouvernement à la réputation infamante, récemment condamné pour dilapidation des deniers publics. L'ouvrage était une « fiction » à peine déguisée, relatant les sordides et minables activités politiques du coupable. La revue citait le directeur littéraire : « Un roman exécrable. L'homme ne sait pas écrire. Pourquoi devrait-il tirer bénéfice de sa sordide existence ? » Le livre, bien entendu, finirait par être publié ailleurs et par rapporter un tas d'argent à son méprisable auteur et à son éditeur. « Il m'arrive d'avoir le sentiment que mon devoir me commande de dire non, continuait l'éditeur, quand bien même je sais que les gens ont *envie* de lire ce genre de saloperie. » La saloperie en question aurait les honneurs de la critique dans diverses revues sérieuses, tout comme s'il s'agissait d'un livre sérieux, mais Jenny, fort impressionnée par l'éditeur qui avait eu le courage de dire non, découpa l'article. Elle entoura d'un cercle le nom de l'éditeur – un nom banal, presque comme un nom d'acteur, ou un nom d'animal dans un album pour enfants : John Wolf. La revue publiait aussi une photo de John Wolf ; il avait l'air d'un homme qui prenait soin de sa personne et était très bien habillé ; il ressemblait à un tas de gens qui travaillent et vivent à New York – où le sens des affaires et le bon sens tout court soufflent aux gens qu'ils ont *intérêt* à prendre soin de leur personne et à s'habiller de leur mieux –, mais, aux yeux de Jenny Fields, il avait tout d'un ange. C'était lui qui la ferait publier ; elle en avait la certitude. Elle avait la conviction que *sa vie à elle* n'était pas « sordide » et que John Wolf jugerait qu'elle méritait d'en tirer bénéfice.

Garp avait d'autres ambitions pour *la Pension Grillparzer*. Jamais la nouvelle ne lui rapporterait beaucoup d'argent ; elle serait d'abord publiée dans une revue sérieuse, où elle passerait à peu près inaperçue. Des années plus tard, lorsque lui se serait fait un nom, une réédition susciterait davantage d'intérêt et vaudrait à l'auteur un certain nombre d'éloges, mais, du vivant de Garp, jamais *la Pension Grillparzer* ne lui rapporterait de quoi se payer fût-ce une bonne voiture. Garp, pourtant, attendait davantage que de l'argent ou un moyen de transport de *la Pension Grillparzer*. En toute simplicité, il s'attendait à ce que le livre décide Helen Holm à venir vivre avec lui – et même à l'épouser.

Sitôt terminé *la Pension Grillparzer*, il annonça à sa mère qu'il voulait rentrer en Amérique pour revoir Helen ; il allait lui envoyer un exemplaire de son travail pour qu'elle ait le temps de le lire avant son arrivée aux États-Unis. Pauvre Helen, songea Jenny ; Jenny était bien placée pour savoir qu'Helen avait beaucoup de choses à lire. Jenny s'inquiétait aussi d'entendre Garp parler de Steering comme de « la maison » ; mais elle avait des raisons personnelles de souhaiter rencontrer Helen, et Ernie Holm ne demanderait pas mieux que de leur donner l'hospitalité pendant quelques jours. Et puis, il y avait toujours la maison de famille de Dog's Head Harbor – au cas où Garp et Jenny auraient besoin d'un endroit pour se reposer, ou mettre leurs projets au point.

Garp et Jenny étaient des gens à ce point obsédés qu'ils ne prirent pas le temps de se demander pourquoi ils avaient si peu vu l'Europe ; et voilà qu'ils partaient. Jenny emballa ses uniformes d'infirmière. Il n'y avait plus à la traîne, dans l'esprit de Garp, que les faveurs que Tina avait été chargée par Charlotte de lui prodiguer.

L'idée que Garp se faisait de ces faveurs l'avait soutenu tandis qu'il peinait sur *la Pension Grillparzer*, mais, comme il ne cesserait de le découvrir tout au long de sa vie, les exigences de l'écriture et celles de la vie réelle ne sont pas toujours du même ordre. Son imagination l'avait soutenu pendant qu'il écrivait ; maintenant qu'il avait cessé d'écrire, il avait envie de Tina. Il se mit à sa recherche dans la Kärntnerstrasse, mais la putain à la lèvre fendue par le pot de mayonnaise, celle qui parlait anglais, lui dit que Tina avait abandonné le premier arrondissement.

– C'est comme ça, dit Wanga. Oubliez Tina.

Garp constata qu'il était *capable* de l'oublier ; la concu-

185

piscence, comme disait sa mère, vous jouait des tours bizarres. Et le temps, il le découvrit, avait atténué sa répugnance pour la lèvre fendue de Wanga ; subitement, il la trouvait à son goût. Ce fut donc elle qu'il eut, à deux reprises, et comme il ne cesserait de le découvrir tout au long de sa vie, dès qu'un auteur a fini d'écrire quelque chose, presque tout lui paraît vide de sens.

Garp et Jenny avaient passé quinze mois à Vienne. On était en septembre, Garp et Helen n'avaient que dix-neuf ans, et Helen ne tarderait pas à reprendre ses études. L'avion les emmena de Vienne à Francfort. Dans le corps de Garp, le petit titillement (Wanga) s'apaisa doucement.

Lorsqu'il songeait à Charlotte, Garp se disait qu'elle avait eu de la chance. Après tout, elle n'avait jamais eu à quitter le premier arrondissement.

L'avion les emmena de Francfort à Londres ; Garp relut *la Pension Grillparzer* en espérant qu'Helen ne le repousserait pas. De Londres à New York, Jenny lut le travail de son fils. Comparé à ce qui lui avait demandé à elle plus d'une année de sa vie, Jenny trouva le récit de Garp plutôt irréel. Mais elle n'avait jamais été très portée sur la littérature, et l'imagination de son fils la laissa émerveillée. Elle devait dire plus tard de *la Pension Grillparzer* que c'était tout à fait le genre d'histoire qui pouvait naître un jour dans l'esprit d'un garçon sans véritable famille.

Peut-être. Quant à Helen, elle dirait plus tard que c'est dans le dénouement de *la Pension Grillparzer* qu'il est possible d'entrevoir à quoi devait ressembler le monde selon Garp.

LA PENSION GRILLPARZER
(suite et fin)

Dans la petite salle à manger de la pension Grillparzer, nous confrontâmes Herr Theobald avec ses clients, les fauves qui avaient troublé la paix de notre soirée. Je savais que mon père (pour la première fois) avait l'intention de révéler qu'il était un espion envoyé par l'Office du tourisme.

– Des hommes qui circulent en marchant sur les mains, dit papa.

– Des hommes qui regardent sous la porte des WC, dit grand-mère.

– Le voilà! fis-je, le doigt pointé vers le petit homme maussade assis au coin de la table, déjà installé pour le petit déjeuner avec ses acolytes – le diseur de rêves et le chanteur hongrois.

– Il fait ça pour gagner sa vie, nous informa Herr Theobald, et, comme pour prouver que c'était vrai, l'homme qui pouvait se mettre debout sur les mains entreprit de le faire devant nous.

– Dites-lui d'arrêter, fit papa. Nous savons qu'il en est capable.

– Mais saviez-vous qu'il n'y a que de cette façon qu'il peut le faire? demanda soudain le diseur de rêves. Saviez-vous qu'il ne peut pas se servir de ses jambes? Il n'a pas de tibias. C'est miraculeux qu'il puisse marcher sur les mains! Sinon, il ne pourrait pas marcher du tout.

L'homme – bien qu'en se tenant sur les mains la chose fût manifestement difficile – hocha la tête.

– De grâce, asseyez-vous, dit maman.

– Il est respectable d'être infirme, intervint hardiment grand-mère. Mais vous, vous êtes démoniaque, dit-elle au diseur de rêves. Vous connaissez des choses que vous n'avez nullement le droit de connaître. Il connaissait mon rêve, dit-elle à Herr Theobald, comme si elle voulait porter plainte pour un vol commis dans sa chambre.

– Il est un petit peu démoniaque, je le sais, concéda Theobald. Mais pas en règle générale! Et il est de plus en plus sage. Mais il ne peut pas s'empêcher de savoir ce qu'il sait.

– J'essayais de vous secouer un peu, expliqua le diseur de rêves à grand-mère. Je pensais que ça vous ferait du bien. Il y a un bout de temps que votre mari est mort, après tout, et il serait grand temps que vous cessiez de faire tout un plat de ce rêve. Vous n'êtes pas la seule à avoir eu ce genre de rêve.

– Suffit! coupa grand-mère.

– Ma foi, autant que vous sachiez la vérité, fit le diseur de rêves.

– Non, un peu de calme, s'il vous plaît, protesta Herr Theobald.

– J'appartiens à l'Office du tourisme, annonça papa, qui sans doute n'avait rien trouvé d'autre à dire.

– Oh, bon Dieu de merde! s'exclama Herr Theobald.

– Ce n'est pas de la faute de Theobald, plaida le chanteur. C'est de notre faute. C'est gentil de sa part de nous supporter, au détriment de sa réputation.

– Ils ont épousé ma sœur, expliqua Theobald. Ils sont ma famille, vous comprenez. Qu'est-ce que je peux faire?

– « Ils » ont épousé votre sœur? s'étonna maman.

– Eh bien, c'est moi qu'elle a épousé le premier, précisa le diseur de rêves.

– Et c'est alors que moi, elle m'a entendu chanter: dit le chanteur.

– Mais elle n'a jamais été mariée avec l'autre, dit Theobald, sur quoi tout le monde regarda d'un air navré l'homme qui pouvait uniquement marcher sur les mains.

– Autrefois, ils se produisaient tous ensemble dans un cirque, dit Theobald, mais ils ont eu des histoires politiques.

– Nous étions les meilleurs de Hongrie, dit le chanteur. Jamais entendu parler du cirque Szolnok?

– Non, j'ai bien peur que non, avoua papa, sans rire.

– Nous nous sommes produits à Miskolc, à Sezged, à Debrecen, fit le diseur de rêves.

– Deux fois à Szeged, renchérit le chanteur.

– Sans les Russes, on aurait fini par monter à Budapest, intervint l'homme qui marchait sur les mains.

– Oui, ce sont les Russes qui lui ont enlevé ses tibias! fit le diseur de rêves.

– Pas de mensonges! fit le chanteur. Il est né sans tibias. Mais c'est vrai que nous ne pouvions pas nous entendre avec les Russes.

– Ils ont essayé de jeter l'ours en prison, dit le diseur de rêves.

– Pas de mensonges! fit Theobald.

– Sa sœur était entre leurs mains, nous l'avons sauvée, dit l'homme qui marchait sur les mains.

– Alors, bien sûr, il faut que je les supporte, expliqua Herr Theobald, et ils travaillent aussi dur qu'ils le peuvent. Mais qui s'intéresse à leur numéro dans ce pays? C'est un truc hongrois. Il n'y a aucune tradition d'ours unicyclistes ici. Et pour nous autres, Viennois, ces foutus rêves n'ont aucun sens.

– Pas de mensonges! répéta le diseur de rêves. C'est parce que je n'ai pas raconté ce qu'il fallait. Nous avions un engagement dans un night-club de la Kärntnerstrasse, puis, un jour, on s'est fait flanquer à la porte.

188

– Jamais tu n'aurais dû raconter ce rêve-là, dit gravement le chanteur.

– Mais c'était la faute de ta femme, après tout! dit le diseur de rêves.

– Elle était ta femme à toi, à l'époque, rectifia le chanteur.

– De grâce, arrêtez! supplia Theobald.

– Et maintenant nous faisons les bals au bénéfice des enfants malades, dit le diseur de rêves. Ou dans les hôpitaux publics – surtout au moment de Noël.

– Si seulement vous acceptiez d'en faire davantage avec l'ours, leur conseilla Herr Theobald.

– C'est à ta sœur qu'il faut dire ça, protesta le chanteur. C'est son ours – elle l'a dressé, elle le laisse devenir fainéant et sale et prendre de mauvaises habitudes.

– C'est, de vous tous, le seul qui ne se moque jamais de moi, geignit l'homme qui ne pouvait marcher que sur les mains.

– Je voudrais bien m'en aller loin d'ici, intervint grand-mère. Pour moi, tout cela est une expérience affreuse.

– Je vous en prie, ma chère madame, dit Herr Theobald, nous voulions seulement vous montrer que nous n'avions pas l'intention de vous offenser. Les temps sont difficiles. J'ai besoin de passer en catégorie B pour attirer davantage de touristes, et je ne peux pas, je n'ai pas le cœur de jeter le cirque Szolnok à la rue.

– Le cœur, mon cul! explosa le diseur de rêves. Il a peur de sa sœur, oui! Il n'oserait pas nous flanquer à la rue.

– Si l'idée lui en venait, tu le saurais, toi! s'écria l'homme qui marchait sur les mains.

– C'est l'ours qui me fait peur, dit Herr Theobald. C'te bête, ça fait tout ce qu'elle lui commande de faire.

– Dis « il », s'il te plaît, pas « ça », protesta l'homme qui marchait sur les mains. Il est très bien, cet ours, et il n'a jamais fait de mal à personne. Il n'a pas de griffes, tu le sais bien – et très peu de dents, d'ailleurs.

– La pauvre bête a un mal fou pour manger, reconnut Herr Theobald. Il est très vieux, et il est dégoûtant.

Par-dessus l'épaule de mon père, je vis qu'il griffonnait sur son bloc géant : « Un ours en pleine dépression et un cirque en chômage. Toute la famille dépend de la sœur. »

Au même moment, nous l'aperçûmes, dehors sur le trottoir, qui s'occupait de son ours. Il était très tôt et il ne passait pas grand monde dans la rue. Conformément à la loi, bien sûr, elle gardait l'ours en laisse, mais c'était une précaution de pure forme. Coiffée de son turban d'un rouge éclatant, la femme faisait les cent pas sur le trottoir, suivant les évolutions nonchalantes de l'ours juché sur l'unicycle. L'animal pédalait avec une grande aisance de parcmètre en parcmètre, posant parfois une patte sur l'appareil au moment de tourner. Il était très doué avec son unicycle, c'était évident, mais il était tout aussi évident que c'était pour lui une abominable corvée. Il sautait aux yeux que l'ours en avait ras le bol de l'unicycle.

– Elle devrait pas le laisser dans la rue à cette heure-ci, s'agita Herr Theobald. Les gens de la pâtisserie d'à côté viennent se plaindre à moi. Ils prétendent que l'ours fait fuir leurs clients.

– Cet ours attire les clients ! s'insurgea l'homme qui marchait sur les mains.

– Il en fait fuir certains, il en attire d'autres, fit le diseur de rêves, brusquement très sombre, comme déprimé par sa propre lucidité.

Mais nous nous étions à ce point laissé fasciner par les élucubrations du cirque Szolnok que nous en avions négligé la vieille Johanna. Voyant que grand-mère pleurait en silence, ma mère me dit d'aller chercher la voiture.

– Tout ça a été trop pour elle, chuchota papa à l'oreille de Theobald.

Toute la troupe du cirque Szolnok paraissait ne plus savoir où se mettre.

Sur le trottoir, l'ours donna un bon coup de pédale et, fonçant sur moi, me tendit les clefs ; la voiture était garée le long du trottoir.

– Y a des gens qui n'apprécient pas qu'on leur apporte leurs clefs de cette manière, dit Herr Theobald à sa sœur.

– Oh, j'ai cru que lui ça lui plairait plutôt, dit-elle, en m'ébouriffant les cheveux.

Elle avait à peu près autant de charme qu'une serveuse de bar, ce qui revient à dire qu'elle avait davantage de charme la nuit que le jour ; à la lumière du jour, je voyais sans peine qu'elle était plus âgée que son frère, plus âgée aussi que ses maris – et, avec le temps, me dis-je, elle cesserait d'être pour eux une amante et une sœur pour devenir leur mère à tous. Déjà, elle était une mère pour l'ours.

– Approche un peu, lui dit-elle.

Il pédalait nonchalamment en faisant du surplace, accroché à un parcmètre pour garder l'équilibre. Il lécha le petit cadran de verre de l'appareil. Elle tira sur la laisse. Il la regarda fixement. Elle tira de nouveau. L'ours se mit à pédaler avec insolence - d'abord dans un sens, puis dans l'autre. On aurait dit que, constatant qu'il avait un public, il s'intéressait à la chose. Il commençait à cabotiner.

— Surtout, ne fais pas le malin ! lui dit la sœur.

L'ours pédalait de plus en plus vite, en avant, en arrière, braquant et virevoltant au milieu des parcmètres ; la sœur dut lâcher la laisse.

— Arrête, Duna, arrête ! lança-t-elle.

Mais l'ours avait cessé d'entendre raison. Il laissa la roue frôler de trop près le trottoir et piqua du nez durement dans le pare-chocs d'une voiture en stationnement. Il demeura assis là sur le trottoir, l'unicycle à côté de lui ; de toute évidence, il n'était pas blessé, mais il avait l'air si penaud que personne n'osa rire.

— Oh, Duna ! mais elle s'approcha et s'accroupit près de lui sur le trottoir. Duna, Duna ! gronda-t-elle, doucement.

Il secouait sa grosse tête ; il refusait de la regarder. Quelques gouttes de bave souillaient sa fourrure aux commissures de ses babines, et elle les essuya du revers de la main. Il lui repoussa la main de sa grosse patte.

— Revenez bientôt ! s'écria Herr Theobald, comme nous nous enfournions dans la voiture.

Maman demeura assise, les yeux clos, se massant les tempes du bout des doigts ; ainsi, elle semblait ne rien entendre de ce que nous disions. Elle prétendait que, avec une famille aussi chicanière, c'était sa seule défense en voyage.

Je ne tenais pas à faire mon rapport habituel au sujet de la voiture, mais je vis que papa s'évertuait à préserver l'ordre et le calme ; il gardait le bloc géant ouvert sur ses cuisses, comme s'il venait d'effectuer une enquête de routine.

— Que dit la jauge ? demanda-t-il.

— Quelqu'un lui a collé trente-cinq kilomètres de plus, dis-je.

— Cet affreux ours est entré ici, fit grand-mère. Il y a des poils sur le siège arrière, et puis, je peux le sentir.

— Moi, je ne sens rien, dit papa.

— Et aussi le parfum de la gitane au turban, reprit grand-mère. Il plane encore sous le plafond de la voiture.

191

Papa et moi reniflâmes. Maman continuait à se masser les tempes.

Sur le plancher, à côté des pédales de frein et d'embrayage, je vis plusieurs cure-dents vert menthe, ces cure-dents que le chanteur hongrois avait coutume d'exhiber comme une cicatrice au coin de sa bouche. Je ne soufflai mot. C'était déjà assez de les imaginer sillonnant la ville, dans notre voiture. Le chanteur au volant, l'homme qui marchait sur les mains assis à côté de lui – agitant ses pieds par la vitre baissée. Et derrière, s'interposant entre le diseur de rêves et son ex-épouse – son énorme tête frôlant le capitonnage du plafond, ses pattes redoutables nonchalamment posées sur ses énormes cuisses –, le vieil ours affalé comme un poivrot débonnaire.

– Ces pauvres gens, dit maman, les yeux toujours clos.

– Une bande de menteurs et de criminels, dit grand-mère. Des mystiques, des réfugiés et des animaux en pleine déprime.

– Ils faisaient tout leur possible, dit papa, mais ils n'ont pas décroché le gros lot.

– Il serait mieux dans un zoo, dit grand-mère.

– Je me suis bien amusé, dit Robo.

– Pas facile de s'échapper de la catégorie C, dis-je.

– Ils ont dégringolé encore plus bas que Z, dit la vieille Johanna. Ils ont disparu de l'alphabet.

– Je suis d'avis que cette affaire exige une lettre, fit maman.

Mais papa leva la main – comme s'il voulait nous bénir – et nous fîmes silence. Il écrivait sur son bloc géant et avait besoin de paix. Son expression était sévère. Je le savais, grand-mère faisait confiance à son verdict. Maman savait que toute discussion aurait été inutile. Robo, déjà, en avait assez de toute l'histoire. La voiture se faufilait à travers les rues minuscules ; je pris la Spiegelgasse pour rejoindre la Lobkowitzplatz. La Spiegelgasse est une rue si étroite que l'on peut voir au passage le reflet de sa voiture dans les vitrines des boutiques, et j'avais l'impression que nos évolutions à travers Vienne étaient en surimpression – comme dans un film, une séquence truquée, comme si nous poursuivions un voyage féerique à travers une ville-jouet.

Lorsqu'elle vit que grand-mère s'était endormie, maman parla :

– Je suppose que, dans le cas qui nous intéresse, un changement de classification n'aurait pas grande importance, ni dans un sens ni dans l'autre.

– Non, concéda papa, pas la moindre importance.

Il avait raison sur ce point, et pourtant bien des années devaient s'écouler avant que je revoie la pension Grillparzer.

Lorsque grand-mère mourut, plutôt inopinément et pendant son sommeil, maman annonça qu'elle en avait assez des voyages. La véritable raison, pourtant, était qu'elle commençait à se retrouver à son tour hantée par le rêve de grand-mère.

– Les chevaux sont si maigres, me dit-elle un jour. Tu comprends, j'ai toujours su qu'ils seraient maigres, mais pas maigres à ce point. Et les soldats – je savais qu'ils étaient pitoyables, mais pas pitoyables à ce point.

Papa démissionna de l'Office du tourisme et se fit embaucher par une agence locale de détectives privés spécialisée dans les hôtels et les grands magasins. C'était un emploi qui lui convenait, ce qui ne l'empêchait pas de refuser de travailler pendant la saison de Noël – époque, disait-il, où les gens devraient avoir le droit de voler quelques petites choses.

Avec les années, mes parents me paraissaient plus détendus, et j'avais vraiment l'impression qu'à l'approche du terme de leur existence ils avaient trouvé un bonheur raisonnable. Je savais que la force du rêve de grand-mère était obscurcie par le monde réel, et très précisément par ce qui arriva à Robo. Il entra dans une école privée où tout le monde l'aimait bien, mais, lors de sa première année à l'université, il fut tué par l'explosion d'une bombe de fabrication artisanale. Il n'était même pas « politisé ». Dans la dernière lettre qu'il envoya à mes parents, il disait : « On exagère beaucoup la conviction et la crédibilité des groupuscules extrémistes parmi les étudiants. Quant à la nourriture, elle est exécrable. » Sur quoi, Robo partit pour son cours d'histoire et la salle fut pulvérisée.

Ce fut seulement après la mort de mes parents que je renonçai au tabac et me remis à voyager. J'emmenai ma seconde épouse à la pension Grillparzer. Avec ma première épouse, je n'avais jamais réussi à arriver jusqu'à Vienne.

La pension Grillparzer n'avait pas gardé très longtemps le B que lui avait attribué papa, et, lorsque j'y revins, elle avait totalement disparu de la liste officielle. La sœur de Herr Theobald dirigeait l'établissement. Dépouillée de son charme canaille, il ne lui restait plus que le cynisme asexué de ces vieilles tantes qui restent à jamais pucelles. Elle avait un corps informe et les cheveux teints d'une couleur bronze, si bien que sa tête ressemblait à ces tampons de cuivre qui servent à récurer les marmites. Elle ne se souvenait pas de moi et mes questions lui parurent louches. Dans la mesure où je paraissais tellement bien au courant de la vie de ses ex-acolytes, elle devina sans doute que je faisais partie de la police.

Le chanteur hongrois avait levé le pied – une femme de plus fascinée par sa voix. Le diseur de rêves avait été enlevé – pour être fourré dans un asile. Ses propres rêves avaient viré au cauchemar et, toutes les nuits, il réveillait la pension par ses hurlements terrifiants. Son départ forcé du minable établissement, expliqua la sœur de Herr Theobald, avait coïncidé avec la déchéance de la pension Grillparzer.

Herr Theobald était mort. Il s'était effondré en portant les mains à son cœur, dans le couloir, une nuit qu'il s'y était aventuré pour tenter de surprendre ce qu'il croyait être un rôdeur. Ce n'était que Duna, l'ours aigri, revêtu du complet à petites rayures du diseur de rêves. La raison pour laquelle la sœur de Theobald avait ainsi affublé l'ours ne me fut pas révélée, mais le spectacle surprenant de l'animal grincheux pédalant sur son unicycle et accoutré de la défroque oubliée par le fou avait suffi à foudroyer Herr Theobald de peur.

L'homme qui marchait sur les mains avait lui aussi été victime d'ennuis redoutables. Sa montre-bracelet s'était un jour coincée dans un escalier roulant, et il s'était soudain retrouvé incapable de se dégager ; sa cravate, qu'il portait rarement car elle traînait par terre quand il marchait sur les mains, avait été happée sous la grille-marchepied à l'extrémité de l'escalier roulant – et il s'était fait étrangler. Une file de gens s'était formée derrière lui, qui piétinaient sur place, reculant d'un pas pour aussitôt laisser l'escalier les ramener en avant, pour aussitôt reculer d'un nouveau pas. Il fallut un bon moment avant que quelqu'un ne trouve le cran d'enjamber le corps. Le monde dispose d'une foule de mécanismes cruels qui ne sont pas conçus pour les gens qui marchent sur les mains.

Après cela, raconta la sœur de Herr Theobald, la pension Grillparzer avait connu bien pire que la catégorie C. A mesure que le fardeau de la direction se faisait plus pesant sur ses épaules, elle avait disposé de moins de temps pour s'occuper de Duna, et l'ours avait sombré dans la sénilité et les tendances à l'obscénité. Un jour, il s'en était pris à un facteur, lui faisant dévaler un escalier de marbre à un rythme tellement forcené que l'homme était tombé et s'était brisé les hanches ; l'attaque avait provoqué une plainte, et l'ordonnance municipale qui interdisait la présence d'animaux en liberté dans les lieux ouverts au public avait été appliquée dans toute sa rigueur. Duna était devenu hors la loi à la pension Grillparzer.

Quelque temps encore, la sœur de Theobald garda l'ours dans une cage reléguée dans la cour de la pension, mais il était sans cesse persécuté par les chiens et les enfants, et, des appartements qui surplombaient la cour, les gens le bombardaient de restes de nourriture (et de choses pires encore). L'ours se mua en ours mal léché et sournois – ne dormant plus que d'un œil – et, un jour, il dévora un chat aux trois quarts. On tenta alors par deux fois de l'empoisonner, et, dans ce milieu hostile, il finit par avoir peur d'avaler la moindre nourriture. Il n'y eut bientôt d'autre alternative que d'en faire don au zoo de Schönbrunn, où, même là, on ne l'accepta pas sans réticences. Il était tout édenté et malade, peut-être même contagieux, et, depuis longtemps habitué à se voir traiter comme un être humain, il était mal préparé à la routine plus aimable de la vie de zoo.

A force de dormir dans la cour du Grillparzer, ses rhumatismes avaient empiré, et son unique talent, l'unicycle, était irrémédiablement gâché. La première fois qu'il voulut s'y essayer dans le zoo, il tomba. Quelqu'un rit. Et il suffisait que quelqu'un se mît à rire de ce que faisait Duna, expliqua la sœur de Theobald, pour que Duna refuse de jamais recommencer. En fin de compte, il devint un objet de pitié à Schönbrunn, où il mourut deux mois à peine après avoir pris ses nouveaux quartiers. A en croire la sœur de Theobald, Duna mourut d'humiliation – à la suite d'une éruption de boutons qui avait envahi son immense poitrail, qu'il fallut alors raser. Et un ours rasé, comme le déclara un employé du zoo, finit par mourir d'humiliation.

Dans la cour glacée de la pension, j'allai jeter un coup d'œil à la cage vide. Les oiseaux n'avaient pas laissé une seule graine, mais, dans un coin de la cage, un monceau de crottes d'ours momifiées dressait encore sa masse menaçante – aussi dépourvue de vie, et même d'odeur, que les corps pris au piège dans l'holocauste de Pompéi. Je ne pus m'empêcher de penser à Robo ; de l'ours, subsistaient davantage de vestiges.

De retour dans la voiture, ma déprime s'aggrava lorsque je constatai que pas un kilomètre n'avait été ajouté au compteur, que pas un kilomètre n'avait été couvert en secret. Plus personne n'était là pour s'octroyer de menues libertés.

— Lorsque nous serons à bonne distance de ta précieuse pension Grillparzer, me dit ma seconde femme, j'aimerais bien que tu m'expliques pourquoi tu m'as traînée dans un endroit aussi minable.

— C'est un longue histoire, reconnus-je.

Je songeais justement que j'avais remarqué une bizarre absence d'enthousiasme, mais aussi d'amertume, dans le bilan du monde que m'avait fait la sœur de Theobald. Son récit était empreint de cette platitude qui, d'habitude, est le propre des conteurs résignés aux dénouements malheureux, à croire qu'à ses yeux à elle ni sa vie ni celle de ses compagnons n'avaient jamais rien eu d'exotique – à croire que, toute leur vie, ils n'avaient cessé de jouer une comédie, grotesque et vouée d'avance à l'échec, pour tenter de changer de catégorie.

7

Toujours la concupiscence

Ainsi donc, elle l'epousa ; elle fit ce qu'il demandait. Quant à son histoire, Helen jugea que, pour un début, elle n'était pas mauvaise du tout. Le vieux Tinch la trouva lui aussi à son goût.

– Elle est pétrie de fo-fo-folie et de douleur, dit Tinch à Garp.

Tinch conseilla à Garp d'envoyer *la Pension Grillparzer* à son magazine littéraire favori. Au bout de trois longs mois, Garp reçut cette réponse :

> *L'histoire n'a qu'un intérêt relatif et, ni du point de vue langage ni du point de vue forme, elle ne présente la moindre originalité. Merci, pourtant, de nous l'avoir communiquée.*

Garp resta perplexe et fit part de ce refus à Tinch. Tinch resta lui aussi perplexe.

– Je suppose que ce qui les intéresse, c'est de la fiction plus m-m-moderne, risqua Tinch.

– Et qu'est-ce que c'est ?

Tinch admit qu'il ne le savait pas vraiment.

– La fiction moderne se préoccupe du langage et de la f-f-forme, je suppose, dit Tinch. Mais je ne comprends pas vraiment ce dont il s'agit. Parfois, il me semble que cette sorte de fiction se nourrit d'elle m-m-même.

– Se nourrit d'elle-même ?

– Une sorte de fiction dont le sujet serait la fi-fi-fiction.

Garp ne comprenait toujours pas, mais l'important, à ses yeux, c'était que son histoire plût à Helen.

Près de quinze ans plus tard, lorsque Garp publia son troisième roman, le même critique du magazine favori de

Tinch écrivit une lettre à Garp. Une lettre flatteuse pour Garp et pour son œuvre, qui invitait l'auteur à communiquer au magazine en question tout ce qu'il pouvait avoir écrit d'*original*. Mais S. T. Garp avait la mémoire tenace et à peu près autant d'humour qu'un blaireau. Il exhuma la vieille lettre de refus qui attribuait à *la Pension Grillparzer* un intérêt tout « relatif »; la lettre, à force d'avoir été manipulée, était raide de taches de café et toute déchirée aux pliures, mais Garp l'expédia néanmoins, accompagnée d'un mot de sa main destiné au critique du magazine favori de Tinch :

> *Je n'éprouve qu'un intérêt très relatif à l'égard de votre magazine, et je continue à ne rien faire d'original ni du point de vue langage ni du point de vue forme. Merci, pourtant, d'avoir pensé à moi.*

Garp était doté d'un amour-propre absurde et prenait un mal fou à se remémorer les humiliations et les refus que lui avait valus son travail. Heureusement, Helen, elle aussi, était dotée d'un amour-propre féroce, car, si elle n'avait nourri une haute opinion d'elle-même, elle eût fini par le haïr. A dire vrai, ils eurent de la chance. Beaucoup de couples vivent ensemble et s'aperçoivent qu'ils ne sont pas amoureux ; certains couples ne s'en rendent jamais compte. D'autres s'épousent et ne découvrent la vérité qu'en des moments de crise. Dans le cas de Garp et d'Helen, ils se connaissaient à peine, mais ils avaient tous deux du flair – et, avec l'obstination et la détermination qui les caractérisaient, ils tombèrent amoureux l'un de l'autre peu de temps après s'être épousés.

Peut-être parce qu'ils étaient trop occupés à poursuivre leurs carrières respectives, ils ne perdirent pas trop de temps à analyser leurs rapports. Helen devait décrocher son diplôme deux ans après le début de ses études ; elle serait docteur en littérature anglaise à vingt-trois ans et obtiendrait son premier poste – comme assistante dans un collège universitaire pour femmes – à l'âge de vingt-quatre ans. Il faudrait quatre ans à Garp pour terminer son premier roman, mais un bon roman, qui lui vaudrait une notoriété enviable pour un jeune écrivain – quand bien même il ne lui rapporterait pas un sou. Ensuite, Helen se chargerait de pourvoir à leurs besoins. Mais, pendant tout le temps qu'Helen poursuivit ses études et que Garp écrivit, ce fut Jenny qui s'occupa de leurs finances.

Si quelqu'un éprouva de la surprise en lisant le livre de Jenny, ce fut Helen bien plus que Garp – qui, après tout, avait vécu avec sa mère et connaissait depuis longtemps ses côtés excentriques ; il avait fini par s'y habituer. Garp, pourtant, *fut* surpris par le succès du livre. Il n'avait jamais pensé qu'il deviendrait un personnage public – le protagoniste central du livre de quelqu'un d'autre, avant même d'avoir eu le temps d'écrire son propre livre.

L'éditeur John Wolf ne devait jamais oublier sa première rencontre avec Jenny Fields, un matin, dans son bureau.

– Il y a une infirmière qui vous demande, annonça la secrétaire, en roulant des yeux ébahis – comme si elle soupçonnait son patron de se retrouver avec une recherche en paternité sur les bras.

Ni John Wolf ni la secrétaire n'auraient pu se douter que c'était un texte dactylographié de 1 158 pages qui rendait si pesante la valise de Jenny.

– Il y est question de moi, annonça-t-elle à John Wolf en ouvrant la valise et en hissant le monstrueux manuscrit sur le bureau. Quand pouvez-vous le lire ?

John Wolf eut le sentiment que la femme se proposait d'attendre dans son bureau *pendant* qu'il lirait. Il jeta un coup d'œil sur la première phrase (« Dans ce monde à l'esprit sordide… ») et se dit : Oh, Seigneur ! encore une ! Comment vais-je m'en débarrasser, de *celle-ci* ?

Plus tard, bien entendu, lorsqu'il s'aperçut qu'il ne pouvait dénicher nulle part son numéro de téléphone, il céda à la panique ; il brûlait d'impatience de lui dire que oui ! – bien entendu qu'ils allaient la publier ! – mais il n'avait aucun moyen de savoir que Jenny Fields était l'invitée d'honneur d'Ernie Holm à Steering, où Jenny et Ernie parlaient fort avant dans la nuit, toutes les nuits (habituelle inquiétude des parents lorsqu'ils s'aperçoivent que leurs enfants de vingt ans projettent de se marier).

– Où peuvent-ils bien traîner tous les soirs ? demandait Jenny. Ils ne rentrent jamais avant deux ou trois heures du matin, et, hier soir, il pleuvait. Il a plu toute la nuit, et ils n'ont même pas de voiture.

Ils allaient s'enfermer dans le gymnase de lutte. Helen avait une clef. Et, pour eux, un tapis de sol était tout aussi confortable et naturel qu'un lit. Et beaucoup plus grand.

– Ils disent qu'ils veulent avoir des enfants, gémissait Ernie. Helen devrait d'abord terminer ses études.

– Avec des enfants, Garp ne finira jamais un seul livre, renchérissait Jenny, qui, après tout, songeait qu'il lui avait fallu attendre, elle, dix-huit ans pour *commencer* le sien.

– Ce sont tous les deux des bourreaux de travail, dit Ernie, autant pour se rassurer que pour rassurer Jenny.

– Il *faudra* qu'ils le soient.

– Je ne comprends pas pourquoi ils ne peuvent pas se contenter de *vivre* ensemble, dit Ernie. Et si ça marche, *alors* qu'ils se marient ; qu'ils aient un enfant alors.

– Je ne comprends pas cette *idée* d'avoir *envie* de vivre avec quelqu'un, dit Jenny Fields.

Ernie parut quelque peu peiné.

– Pourtant, vous êtes heureuse que Garp vive avec vous, lui rappela-t-il, et je suis heureux qu'Helen vive avec moi. C'est vrai, elle me manque quand elle est à l'université.

– Tout ça, c'est la faute de la *concupiscence*, dit Jenny, d'un ton menaçant. Le monde est malade de concupiscence.

Ernie se faisait du souci pour elle ; il ignorait qu'elle était à la veille de devenir riche et à jamais célèbre.

– Vous voulez une bière ? proposa-t-il.

– Non, merci, refusa Jenny.

– Ce sont de braves gosses, lui rappela Ernie.

– Mais, au bout du compte, la concupiscence finit toujours par tous les avoir, dit Jenny Fields, d'un ton morose, sur quoi Ernie Holm passa avec tact dans la cuisine pour s'octroyer une autre bière.

De tous les chapitres de *Sexuellement suspecte*, c'était celui consacré à la concupiscence qui mettait Garp le plus mal à l'aise. C'était une chose d'être un enfant célèbre né en dehors du mariage, mais c'était tout autre chose d'être un cas d'espèce célèbre censé illustrer les frustrations juvéniles – de voir ses appétits charnels jetés en pâture au public. Helen trouvait la chose très drôle, quand bien même elle avouait ne rien comprendre à l'intérêt qu'il portait aux prostituées.

« La concupiscence pousse les meilleurs des hommes à des conduites indécentes », écrivit Jenny Fields – phrase qui rendit Garp particulièrement furieux.

– Mais qu'est-ce qu'elle en sait donc, *elle* ? hurla-t-il. Elle n'a jamais ressenti ça, pas une seule fois. Parlez d'une autorité, *elle* ! Ça revient à écouter une plante décrire les motivations d'un mammifère !

Mais d'autres critiques montrèrent moins de sévérité à l'égard de Jenny ; quand bien même les revues littéraires lui reprochèrent parfois sa forme, les médias, en règle générale, réservèrent à son livre un accueil chaleureux. « La première autobiographie authentiquement féministe qui préconise un certain genre de vie avec autant d'enthousiasme qu'elle en condamne un autre », écrivait un critique. « Livre courageux, qui proclame ce fait essentiel qu'une femme peut demeurer toute sa vie libre de toute *relation* sexuelle », écrivait un autre.

John Wolf avait mis Jenny en garde :

– De nos jours, soit vous serez acclamée comme la voix qui dit ce qu'il faut au moment où il faut, soit vous serez condamnée sous prétexte que vous vous êtes totalement trompée.

On lui accorda qu'elle disait ce qu'il fallait et au moment où il le fallait, mais Jenny Fields, assise toute blanche dans son uniforme d'infirmière – dans le restaurant où John Wolf n'invitait que ses auteurs favoris –, se sentait gênée par le mot *féminisme*. Elle ne savait pas trop ce qu'il signifiait, mais le *mot* évoquait irrésistiblement pour elle l'hygiène intime des femmes et le traitement Valentine. Après tout, elle avait fait ses débuts comme infirmière. Elle déclara avec timidité qu'elle croyait seulement avoir fait le bon choix en ce qui concernait sa vie personnelle, et, dans la mesure où son choix n'avait guère été bien accueilli, elle s'était sentie poussée à dire quelque chose pour le défendre. Ironiquement, une bande de jeunes excitées de l'université de Floride, à Tallahassee, saluèrent, elles, le choix de Jenny avec un grand enthousiasme ; et

201

elles déclenchèrent une petite controverse en complotant pour se faire engrosser. Pendant quelque temps à New York, et parmi les femmes à l'esprit original, ce syndrome fut baptisé « faire un Jenny Fields ». Garp, pour sa part, appela toujours la chose « faire un Grillparzer ». Quant à Jenny, elle était simplement d'avis que les femmes – tout comme les hommes – auraient dû pouvoir au moins décider en toute lucidité du cours de leur existence ; si cela suffisait à faire d'elle une féministe, disait-elle, dans ce cas, oui, elle était féministe.

John Wolf éprouvait une grande sympathie pour Jenny Fields, et s'évertua de son mieux à lui faire comprendre qu'elle risquait d'être déroutée aussi bien par les attaques que par les louanges que lui vaudrait son livre. Mais Jenny ne soupçonna jamais tout à fait la dimension « politique » de son livre – ni comment il pouvait être utilisé comme tel.

– J'ai fait des études pour être infirmière, dit-elle plus tard, au cours d'une de ses désarmantes interviews. Soigner les gens a été mon premier choix, et la première chose que j'aie jamais eu envie de faire. Il me paraissait naturel, pour quelqu'un qui jouissait d'une bonne santé – et j'ai toujours été en bonne santé –, d'aider des gens qui, eux, étaient en mauvaise santé ou incapables de se débrouiller tout seuls. Je crois aussi que ce fut tout simplement dans cet esprit que j'ai eu envie d'écrire un livre.

Dans l'opinion de Garp, sa mère ne cessa jamais d'être une infirmière. A force de soins, elle lui avait fait faire ses études à Steering ; en sage-femme laborieuse elle avait présidé à l'accouchement de l'étrange histoire de sa propre vie ; en fin de compte, elle devint une sorte d'infirmière pour les femmes affligées de problèmes. Elle devint une figure de proue, un symbole de courage hors pair ; les femmes se mirent à quêter ses conseils. Dans le sillage du succès foudroyant de *Sexuellement suspecte*, Jenny Fields découvrit l'existence d'innombrables femmes confrontées à la nécessité de choisir la vie qu'elles voulaient vivre ; en matière de choix impopulaires, ces femmes se sentaient encouragées par l'exemple de Jenny.

Elle aurait pu se voir confier une rubrique de conseillère dans n'importe quel journal, mais Jenny Fields sentait que, désormais, elle avait fini d'écrire – tout comme elle avait décidé, une fois déjà, qu'elle en avait fini avec l'Europe. En un sens, *jamais* elle n'en eut fini avec le métier d'infirmière. Son puritain de père, le roi de la chaussure, mourut d'une crise cardiaque peu après la sortie de *Sexuellement suspecte* ; certes, jamais la mère de Jenny ne rendit le livre responsable du drame – et jamais Jenny ne s'en rendit responsable –, mais Jenny connaissait sa mère et la savait incapable de vivre seule. A l'inverse de Jenny, sa mère avait pris l'habitude de vivre avec quelqu'un ; elle était vieille à présent, et Jenny se la représentait errant en claudiquant dans les immenses pièces de la maison de Dog's Head Harbor, totalement désœuvrée et, en l'absence de son compagnon, totalement démunie de ses dernières ressources intellectuelles.

Jenny alla s'installer près d'elle, et ce fut dans la grande demeure de Dog's Head Harbor que Jenny fit ses débuts comme conseillère et se mit à apporter aide et réconfort aux femmes qu'attiraient son bon sens et son talent pour les choix.

– Et même des choix *bizarres* ! gémissait Garp ; mais il était heureux, et bien entouré.

Helen et lui eurent leur premier enfant, presque aussitôt. Un garçon, qui fut baptisé Duncan. Garp prétendit souvent en plaisantant que, si son premier roman se composait de tant de chapitres si courts, c'était à cause de Duncan. Garp écrivait entre deux biberons ou deux siestes ou deux changements de langes. « Ce fut un roman fait de petites séquences, prétendit-il plus tard, et le crédit en revient totalement à Duncan. »

Helen enseignait à plein temps ; elle avait accepté d'avoir un enfant, mais à la condition expresse que Garp se chargerait de l'élever. Garp adorait l'idée de ne jamais être obligé de sortir. Il écrivait et s'occupait de Duncan ; il faisait la cuisine, écrivait, puis retournait s'occuper de Duncan. Lorsque Helen rentrait, c'était pour retrouver un gardien du foyer heureux de son sort ; tant que Garp voyait son roman avancer, aucune corvée, même la plus ingrate, n'aurait pu lui peser. En fait, plus elles étaient ingrates, plus il les aimait. Deux heures par jour, il confiait Duncan à la voisine du dessous; il allait au gymnase. Par la suite, il se tailla la réputation d'un original dans le collège pour jeunes filles où enseignait Helen – il tournait inlassablement autour du terrain de hockey, ou sautait à la corde pendant une demi-heure dans le coin du gymnase réservé à l'acrobatie au sol. La lutte lui manquait, et il se plaignait à Helen, lui reprochant de ne pas avoir décroché un poste dans un établissement où se pratiquait la lutte; Helen se plaignait que le département d'anglais fût trop petit, et elle déplorait de ne pas avoir de garçons dans ses cours, mais c'était un bon poste, qu'elle avait bien l'intention de conserver jusqu'au jour où elle en trouverait un meilleur.

En Nouvelle-Angleterre, rien, du moins, n'est jamais très loin. Ils prirent l'habitude d'aller voir Jenny au bord de la mer, et Ernie à Steering. Garp filait avec Duncan au gymnase et s'amusait à le faire rouler par terre comme un ballon.

– C'est ici que ton papa a appris à faire de la lutte, lui disait-il.

– C'est ici que ton papa a *tout* fait, disait Helen à Duncan, se référant, bien entendu, au jour où Duncan avait été conçu, à cette première fois où, par une nuit de pluie, elle s'était retrouvée enfermée avec Garp dans le gymnase Seabrook désert, et allongée bien au chaud sur les tapis de sol cramoisis.

– Et voilà, tu as fini par m'avoir, lui avait murmuré Helen, des larmes dans la voix, mais Garp était resté immobile, les bras en croix, vautré sur le tapis de sol, en se demandant lequel des deux avait eu l'autre.

Lorsque la mère de Jenny mourut, Jenny rendit plus souvent visite à Helen et à Garp, malgré les préventions que nourrissait Garp à l'égard de ce qu'il appelait « l'entourage » de sa mère. Jenny Fields ne se déplaçait jamais sans un petit noyau d'adoratrices, ou parfois en compagnie d'autres personnes qui se piquaient d'appartenir à ce qui plus tard, devait être appelé le mouvement féministe; ce que la plupart d'entre elles voulaient, c'était le soutien ou la caution de Jenny. Il y avait à chaque instant un procès ou une cause qui nécessitaient à la tribune la présence de Jenny toujours vêtue de son uniforme virginal, bien qu'en général Jenny ne parlât ni beaucoup ni très longtemps.

Les discours terminés, on présentait l'auteur de *Sexuellement suspecte* à l'auditoire, qui, à cause de son uniforme d'infirmière, la reconnaissait sur-le-champ. A cinquante ans passés, Jenny Fields demeurait une femme robuste et pleine de charme, dynamique et sans prétention. Elle se levait et disait : « C'est bien. » Ou parfois : « C'est mal » – selon les circonstances. Jenny était cette femme résolue qui, dans sa propre vie, avait su faire des choix difficiles et dont, en conséquence, on pouvait être sûr qu'elle verrait clair dans les problèmes des autres femmes. La logique que dissimulait tout cela fit enrager Garp pendant des jours, pourtant il accepta de recevoir une journaliste envoyée par un magazine féminin pour l'interroger sur ce qu'éprouvait un homme quand il avait pour mère une féministe célèbre. Lorsque la journaliste découvrit la vie que Garp s'était librement choisie, son rôle de « femme au foyer », comme elle le qualifia avec une joie maligne, Garp s'emporta :

– Je fais ce que j'ai envie de faire, dit-il. Personne n'a le droit de l'interpréter autrement. Je me contente de faire ce que j'ai envie de faire – et, d'ailleurs, ma mère n'a jamais fait autre chose. Simplement ce qu'elle avait, *elle*, envie de faire.

La journaliste se mit à le harceler ; elle glissa qu'il paraissait amer. Bien sûr, il devait être difficile, insinuat-elle, d'être un auteur obscur quand on a pour mère un écrivain dont l'œuvre est connue dans le monde entier. Garp rétorqua qu'il était surtout pénible d'être incompris, et qu'il n'éprouvait aucune amertume du succès de sa mère ; tout au plus, il lui arrivait parfois de trouver ses nouvelles relations antipathiques.

– Ces pantins qui vivent à ses crochets, cingla-t-il.

L'article que publia le magazine féminin souligna que *Garp*, lui aussi, « vivait aux crochets de sa mère », très confortablement, et qu'il n'avait aucun droit de critiquer le mouvement des femmes. C'était la première fois que Garp entendait ce nom : le « mouvement des femmes ».

Ce fut peu après cette interview que Jenny vint lui rendre

visite. Un de ses gorilles, comme les appelait Garp, l'accompagnait ; une grande femme, taciturne et maussade, qui resta tapie sur le seuil de la chambre de Garp et refusa de quitter son manteau. Elle contempla avec méfiance le petit Duncan, comme si elle attendait, avec une aversion extrême, l'instant où l'enfant tenterait de la toucher.

– Helen est à la bibliothèque, dit Garp à Jenny. J'allais emmener Duncan faire un tour. Vous voulez venir ?

Jenny consulta du regard la grosse femme qui l'accompagnait ; la femme haussa les épaules. Garp se dit que la plus grande faiblesse de sa mère, depuis son succès, était, nous citons, « de se laisser exploiter par toutes les femmes débiles ou impuissantes qui regrettaient de n'avoir pu écrire elles-mêmes *Sexuellement suspecte* ou quelque chose d'aussi réussi ».

Garp ne se pardonnait pas, alors qu'il était chez lui, de se laisser intimider par la compagne de sa mère, cette femme muette assez grosse pour jouer les gardes du corps. Peut-être était-ce là sa fonction, songea-t-il. Et une image déplaisante lui traversa l'esprit, l'image de sa mère escortée par une robuste gouine – une tueuse remplie de haine, attentive à protéger le blanc uniforme de Jenny de la souillure des mains masculines.

– Cette femme aurait-elle des ennuis avec sa *langue*, maman ? chuchota Garp.

La supériorité que la grosse femme tirait de son silence emplissait Garp de fureur ; Duncan essayait de lui faire la conversation, mais la femme se bornait à fixer sur l'enfant un regard décourageant. Sans s'émouvoir, Jenny informa Garp que, si la femme ne parlait pas, c'était qu'elle n'avait pas de langue. Au sens propre.

– Elle a été tranchée, dit Jenny.

– Seigneur ! murmura Garp. C'est arrivé comment ?

Jenny leva les yeux au ciel ; une habitude qu'elle avait empruntée à son fils.

– Vraiment, tu ne lis rien, n'est-ce pas ? C'est simple, tu ne prends jamais la peine de te tenir au courant de ce qui se passe ?

Ce qui « se passait », pour Garp, n'avait jamais autant d'importance que ce qu'il inventait – ce à quoi il travaillait.

Une des choses qui le perturbaient chez sa mère (depuis que les idéologues féministes l'avaient adoptée), c'était qu'elle ne cessait plus de commenter l'*actualité*.

– Tu veux dire que c'est *de l'actualité* ? dit Garp. Cette histoire de langue est un accident si célèbre que je devrais en avoir entendu parler ?

– Oh, mon Dieu ! soupira Jenny avec lassitude. Pas un accident célèbre. Un accident tout à fait volontaire.

– Maman, est-ce que quelqu'un lui a tranché la langue ?

– Précisément.

– Grand Dieu !

– Tu n'as jamais entendu parler d'Ellen James ?

– Non, avoua Garp.

– Eh bien, il y a maintenant toute une *association* de femmes à cause de ce qui est arrivé à Ellen James.

– Qu'est-ce qui lui est arrivé ?

– Quand elle avait onze ans, elle a été violée, par deux hommes, dit Jenny. Ensuite, ils lui ont coupé la langue pour qu'elle ne puisse dire à personne qui ils étaient ni ce à quoi ils ressemblaient. Seulement, ces imbéciles ignoraient qu'une enfant de onze ans est capable d'*écrire*. Ellen James rédigea une description très minutieuse des hommes ; ils furent arrêtés, jugés et condamnés. En prison, ils furent tous deux assassinés.

– Bon sang ! Et *voilà* Ellen James ? chuchota-t-il, en désignant la grande femme taciturne avec un respect tout nouveau.

Jenny leva une fois de plus les yeux au ciel :

– Non. C'est un membre de l'association Ellen James. Ellen James est encore une enfant ; une petite fille blonde toute menue.

– Tu veux dire que les membres de cette association Ellen James se baladent partout sans parler, comme si c'étaient *elles* qui n'avaient plus de langue ?

– Non, je veux dire qu'elles *n'ont* pas de langue, dit Jenny. Les membres de l'association Ellen James se font *trancher* la langue. Pour protester contre ce qui est arrivé à Ellen James.

– Oh, bonté divine ! s'exclama Garp en contemplant la grande femme avec un regain de répugnance.

– Elles ont pris le nom d'« Ellen-Jamesiennes », dit Jenny.

– Je ne veux plus entendre parler de ça, c'est immonde, maman.

– Eh bien, cette femme que tu vois là est une Ellen-Jamesienne, insista Jenny. Tu as voulu savoir.

– Quel âge a maintenant Ellen James ?

– Douze ans. Il y a un an que c'est arrivé.

– Et ces Ellen-Jamesiennes, est-ce qu'elles tiennent des réunions, élisent des présidentes, des trésorières, ce genre de trucs.

– Pourquoi ne lui demandes-tu pas ? fit Jenny, en désignant d'un geste la potiche plantée près de la porte. Je croyais que tu ne voulais plus entendre parler de cette histoire.

– Comment puis-je lui demander quoi que ce soit, si elle n'a pas de langue pour répondre ? siffla Garp.

– Elle *écrit*. Toutes les Ellen-Jamesiennes ont toujours un petit calepin sur elles et, quand elles veulent dire quelque chose, elles l'*écrivent*. Tu sais ce que c'est que d'écrire, n'est-ce pas ?

Par bonheur, Helen entra.

Garp était destiné à revoir les Ellen-Jamesiennes. Bien que bouleversé par ce qu'avait subi Ellen James, il n'éprouvait que de la répugnance pour ces imitatrices, ces adultes aigries qui abordaient toujours les gens en leur tendant une carte. La carte disait en gros ceci :

> *Salut, je m'appelle Martha. Je suis une Ellen-Jamesienne.*
> *Savez-vous ce qu'est une Ellen-Jamesienne ?*

Et si les gens n'en savaient rien, on leur tendait une autre carte.

Les Ellen-Jamesiennes représentaient, pour Garp, le genre de femmes qui transformaient sa mère en célébrité et cherchaient à l'exploiter dans l'intérêt de leurs croisades grossières.

– Je vais te dire quelque chose au sujet de ces femmes, maman, dit-il un jour à Jenny. De toute façon, probable qu'elles n'étaient pas capables de dire autre chose que des conneries ; probable que, de toute leur vie, elles n'ont pas eu une seule chose valable à dire – si bien qu'elles n'ont pas sacrifié grand-chose en renonçant à leur langue ; en fait, je parie que ça leur épargne de se fourrer dans des pétrins épouvantables. Si tu vois ce que je veux dire.

– Ce n'est pas la compassion qui t'étouffe, fit Jenny.

– J'ai des *masses* de compassion – pour Ellen James.

– Ces femmes ont souffert, elles aussi, d'autres façons. C'est la raison qui les pousse à vouloir se rapprocher les unes des autres.

– Et à s'infliger encore de nouvelles souffrances, maman.

– Le viol est le problème de toutes les femmes, dit Jenny.

Garp détestait plus que tout au monde entendre sa mère discourir de « toutes les femmes ». Exemple, se disait-il, de théorie démocratique poussée jusqu'à son extrême le plus absurde.

– C'est aussi le problème de tous les hommes, maman. Suppose que, la prochaine fois qu'il y aura un viol, je me coupe la *bitte* et que je me l'accroche autour du cou. Dis-moi, tu trouverais *ça* édifiant ?

– Nous sommes en train de parler de gestes *sincères*, fit Jenny.

– Nous sommes en train de parler de gestes *stupides*, fit Garp.

Mais il n'oublierait jamais sa première Ellen-Jamesienne – la grosse femme qui, un jour, était entrée chez lui en compagnie de Jenny ; au moment de partir, elle griffonna un billet qu'elle glissa dans la main de Garp, comme s'il s'agissait d'un pourboire.

– Maman a un nouveau garde du corps, chuchota Garp à Helen pendant qu'ils leur faisaient au revoir de la main. Sur quoi, il lut le billet :

Votre mère en vaut bien deux comme vous.

A dire vrai, il n'avait aucune raison de se plaindre de sa mère ; cinq ans après le mariage de Garp et d'Helen, c'était encore Jenny qui réglait leurs factures.

Garp aimait dire en plaisantant que, s'il avait intitulé son premier roman *Procrastination*, c'était parce qu'il lui avait fallu si longtemps pour l'écrire, mais il y avait travaillé avec soin et assiduité; Garp n'avait aucun goût pour la procrastination.

Le roman se présentait comme « historique ». Le décor en est Vienne, le Vienne des années de guerre 1938-1945 jusqu'à la fin de l'occupation russe. Le personnage central est un jeune anarchiste qui, d'abord contraint de se cacher après l'Anschluss, attend son heure pour passer à l'action contre les nazis. Il attend trop longtemps. Le nœud de l'affaire, c'est qu'il aurait mieux fait d'agir avant le coup d'État et la prise du pouvoir par les nazis; mais, à l'époque, il ne peut être sûr de rien, et il est trop jeune pour se rendre compte de ce qui se passe. En outre, sa mère – une veuve – adore sa vie privée; indifférente à la politique, elle couve avec avarice l'argent de son défunt mari.

Pendant toutes les années de guerre, le jeune anarchiste travaille comme gardien de zoo à Schönbrunn. Lorsque la population de Vienne commence à souffrir de la faim, et que les razzias nocturnes sur le zoo deviennent un moyen courant de se ravitailler, l'anarchiste décide de libérer les animaux survivants – qui sont, bien entendu, innocents de la procrastination de son propre pays et de sa faiblesse envers l'Allemagne nazie. Mais, déjà, les animaux eux-mêmes souffrent de la faim; lorsque l'anarchiste leur rend la liberté, ils le dévorent. « C'était une chose parfaitement naturelle », écrivit Garp. Les animaux, à leur tour, sont massacrés sans peine par la foule affamée qui sillonne les rues de Vienne en quête de nourriture – alors que les troupes russes sont aux portes de la ville. Ce qui, également, était « parfaitement naturel ».

La mère de l'anarchiste survit à la guerre et s'installe dans la zone d'occupation russe (Garp lui attribua l'appartement de la Schwindgasse où il avait vécu avec sa mère); l'indulgence de l'avaricieuse veuve finit par se lasser au spectacle des atrocités répétées auxquelles elle voit maintenant les Soviétiques se livrer – en premier lieu, le viol. Elle voit la ville retrouver peu à peu son sens de la mesure et sa suffisance, et se remémore avec un immense regret sa propre apathie lors de la montée des nazis. Finalement, les Russes évacuent la ville ; on est en 1956, et Vienne de nouveau se replie sur lui-même. Mais la femme pleure son fils et son pays en ruine ; tous les dimanches, elle va se promener au zoo de Schönbrunn, en partie reconstruit et de nouveau florissant, en évoquant les visites qu'y faisait en secret son fils, pendant la guerre. C'est alors qu'éclate la révolution hongroise, qui incite enfin la vieille dame à passer à l'action. Par centaines de milliers, de nouveaux réfugiés affluent à Vienne.

Dans une tentative pour réveiller la cité alanguie – pour empêcher qu'elle ne reste une fois encore spectatrice passive des événements –, la mère essaie de rééditer le geste de son fils : elle libère les animaux du zoo de Schönbrunn. Mais cette fois, les animaux sont bien nourris et satisfaits de leur sort ; rares sont ceux que les coups parviennent à chasser de leurs cages et, quand ils se risquent au-dehors, ils sont cantonnés sans peine dans les allées et jardins de Schönbrunn ; on parvient en fin de compte à leur faire réintégrer leurs cages, sains et saufs. Un vieil ours est victime d'une violente crise de diarrhée. Le geste de libération de la vieille dame part d'une bonne intention, mais est dépourvu de sens et se traduit par un fiasco complet. La vieille dame est arrêtée et le médecin de la police chargé de l'examiner découvre qu'elle est atteinte d'un cancer ; elle est incurable.

Finalement, et non sans ironie, son trésor lui est de quelque utilité. Elle meurt dans le luxe – dans l'unique hôpital privé de Vienne, le Rudolfinerhaus. Dans ses rêves d'agonisante, elle imagine que certains des animaux s'échappent du zoo : deux jeunes ours noirs, des ours d'Asie. Elle imagine qu'ils survivent et se multiplient avec tant d'ardeur qu'ils deviennent célèbres comme fondateurs d'une nouvelle espèce animale dans la vallée du Danube.

Mais tout cela ne se passe que dans son imagination. Le roman se termine – après la mort de la vieille femme – par la mort de l'ours diarrhéique au zoo de Schönbrunn.

« Ainsi va la révolution au jour d'aujourd'hui », écrivit un critique, qui qualifiait *Procrastination* de « roman anti-marxiste ».

Le roman eut droit à des louanges pour la minutie de sa documentation historique – point auquel Garp n'avait guère porté d'intérêt. On faisait également état de son originalité et de son envergure, qualités surprenantes pour un premier roman écrit par un auteur aussi jeune. John Wolf s'était chargé de publier Garp, et, bien qu'il eût été convenu entre Garp et lui que la jaquette passerait sous silence qu'il s'agissait d'un premier roman dont l'auteur était le fils de la célèbre héroïne féministe Jenny Fields, rares furent les critiques qui omirent d'établir le rapprochement.

« Il est surprenant que le fils de Jenny Fields, désormais célèbre, écrivit l'un d'eux, ait réussi à devenir en grandissant ce qu'il avait toujours affirmé vouloir devenir. »

Cela et diverses autres ineptes astuces au sujet des liens entre Garp et Jenny emplirent Garp de fureur à l'idée que son livre ne pouvait être lu ni critiqué pour ses propres défauts ou/et mérites ; et John Wolf dut lui expliquer la dure vérité, à savoir que la plupart des lecteurs s'intéressaient sans doute davantage à sa personnalité qu'à son œuvre.

« Le jeune Mr. Garp continue à nous parler des ours », tançait un bel esprit, qui avait eu l'énergie d'aller exhumer l'histoire Grillparzer de l'obscure revue où elle avait été publiée. « Peut-être, le jour où il sera devenu adulte, se mettra-t-il à nous parler des gens ? »

Mais, l'un dans l'autre, ce début littéraire était plus surprenant que beaucoup d'autres – et fut plus remarqué. Naturellement, le roman ne connut jamais un grand succès, et on ne peut dire qu'il fit de S. T. Garp une vedette ; il faudrait autre chose pour faire de lui le « produit de grande consommation » – comme il disait – qu'était devenue sa mère. Mais il ne s'agissait pas de ce genre de livre ; et lui n'était pas ce genre d'écrivain et ne le serait jamais, l'avertit John Wolf.

« Quels sont vos projets maintenant ? lui écrivit John Wolf. Si vous voulez devenir riche et célèbre, changez de métier. Si vous prenez ça au sérieux, ne râlez pas. Vous avez écrit un livre sérieux, il a été publié avec sérieux. Si vous espérez en tirer de quoi *vivre*, vous vous trompez de monde. Et souvenez-vous : vous n'avez que vingt-quatre ans. Je crois que vous avez encore beaucoup de livres à écrire. »

John Wolf était un homme honnête et intelligent, mais Garp était sceptique – et il n'était pas satisfait. Il avait gagné un peu d'argent, et désormais Helen avait un salaire ; maintenant qu'il n'avait plus *besoin* de l'argent de Jenny, Garp n'éprouvait aucun scrupule à l'accepter lorsque, tout simplement, elle lui en donnait. Et il avait le sentiment qu'il avait gagné le droit de s'offrir une autre récompense : il demanda à Helen de lui donner un autre enfant. Duncan avait quatre ans ; il était en âge d'apprécier la présence d'un petit frère ou d'une petite sœur. Helen accepta, sachant combien Garp lui avait rendu facile d'avoir Duncan. S'il avait envie de changer les langes entre les chapitres de son prochain livre, c'était son affaire.

Mais, à vrai dire, c'était bien davantage que le simple désir d'avoir un deuxième enfant qui poussait Garp à vouloir procréer de nouveau. Il se connaissait, savait qu'il était un père trop vigilant et trop inquiet, et se disait qu'il épargnerait peut-être à Duncan une partie du poids de ses peurs paternelles si un *autre* enfant était là pour en absorber le trop-plein.

– Je suis très heureuse, dit Helen. Si tu veux un autre enfant, on en fera un. Je voudrais seulement que tu te *détendes*. Je voudrais que tu te sentes plus heureux. Tu as écrit un bon livre, et maintenant tu vas en écrire un autre. N'est-ce pas ce que tu as toujours souhaité ?

Mais il râlait ferme à la lecture des critiques de *Procrastination* et se lamentait du bilan des ventes. Il cherchait des crosses à sa mère, et vitupérait contre « ses amies les flagorneuses ». Au point qu'Helen finit par le mettre en garde :

– Tu veux trop de choses. Trop de louanges excessives, ou d'amour – je ne sais quoi, mais *quelque chose* d'excessif, de toute façon. Tu veux que le monde dise : « J'aime ce que vous écrivez, je vous aime », et c'est là trop demander. A vrai dire, c'est maladif.

– C'est pourtant ce que *toi* tu dis, lui rappela-t-il. J'aime ce que tu écris, je t'aime. C'est exactement ce que tu dis.

– Mais je suis forcément la seule de mon espèce, lui rappela Helen.

De fait, elle serait toujours la seule de son espèce, et il l'aimait beaucoup. « La décision la plus intelligente que j'aie prise de ma vie », disait-il souvent en parlant d'elle. Il lui arrivait de prendre des décisions moins intelligentes, il le reconnaissait ; mais, pendant les cinq premières années de son mariage, il ne trompa Helen qu'une seule fois – ce fut une passade sans lendemain.

Il s'agissait d'une baby-sitter, étudiante de première année dans le collège où enseignait Helen, inscrite dans sa classe d'anglais ; Helen prétendait que, comme étudiante, la jeune fille n'était pas brillante, mais elle était gentille avec Duncan. Elle s'appelait Cindy ; elle avait lu *Procrastination* et en était restée médusée. Lorsqu'il la reconduisait, elle ne cessait de le harceler de questions sur son livre : « Où donc êtes-vous allé chercher cette idée ? Et qu'est-ce qui vous a poussé à faire ça comme ça ? » C'était une petite chose minuscule, toujours à papillonner, à se tortiller, à roucouler, aussi confiante, aussi fidèle et aussi stupide qu'un pigeon de Steering. « Pigeonneau-Maigre », l'appelait Helen, mais Garp lui trouvait du charme ; il ne lui donnait pas de nom. La famille Percy lui avait laissé pour la vie une répugnance à l'égard des surnoms. Et les questions de Cindy lui plaisaient.

Cindy avait décidé d'abandonner ses études, convaincue qu'elle n'était pas faite pour vivre dans un collège universitaire pour femmes ; elle avait besoin de vivre en compagnie d'adultes, et d'hommes, disait-elle, et bien qu'elle eût obtenu l'autorisation de loger en dehors du campus – dans son propre appartement, dès le second semestre de sa première année –, elle trouvait cependant le collège encore trop « répressif » et voulait vivre dans un « environnement plus réel ». Dans son esprit, le Vienne qu'avait connu Garp avait été un « environnement plus réel », quand bien même Garp s'évertuait à lui affirmer le contraire. Pigeonneau-Maigre, se disait Garp, avait une cervelle d'oiseau, et était aussi douce et malléable qu'une banane. Mais il avait envie d'elle, il s'en rendait compte, et, à ses yeux, elle était tout simplement disponible – comme les putains de la Kärntnerstrasse, elle serait là chaque fois qu'il lui demanderait de l'être. Et elle ne lui coûterait rien, rien que des mensonges.

Helen lui lut ce que disait de son livre un magazine en vogue ; le critique qualifiait ainsi *Procrastination* : « Un roman complexe et émouvant, riche en résonances historiques aiguës… La tragédie englobe les aspirations et les affres de la jeunesse. »

– « Aspirations et affres de la jeunesse », *mon cul*, oui ! explosa Garp.

Comme par hasard, une de ces juvéniles aspirations lui compliquait en ce moment la vie.

Parlant de « tragédie » : au cours des cinq premières années de son mariage, la vie ne mit qu'une seule fois S. T. Garp au contact d'une authentique tragédie, et encore n'y fut-il pas pour grand-chose.

Garp s'entraînait à courir dans le parc municipal lorsqu'il rencontra la fillette, une gosse de dix ans nue comme un ver qui détalait devant lui dans l'allée cavalière. Quand elle se rendit compte qu'il allait la rattraper, elle se jeta à terre et se couvrit le visage, puis se couvrit l'entrecuisse, puis essaya de cacher ses seins inexistants. Il faisait froid, une journée froide de fin d'automne, et Garp aperçut le sang qui souillait les cuisses de l'enfant, vit ses yeux gonflés et terrifiés. Elle hurlait, et elle hurlait à cause de lui.

– Qu'est-ce qui t'est arrivé ? demanda-t-il, bien qu'il eût déjà compris.

Il jeta un coup d'œil à la ronde, mais il n'y avait personne. Elle plaqua ses genoux à vif contre sa poitrine et hurla.

– Je ne vais pas te faire de mal, dit Garp. Je veux t'aider.

Mais l'enfant continua à gémir de plus belle. Mon Dieu ! mais bien sûr ! songea Garp – c'étaient probablement les mêmes mots qu'avait prononcés l'affreux satyre, et il n'y avait pas longtemps.

– De quel côté est-il parti ? demanda Garp ; sur quoi il changea de ton, dans l'espoir de la convaincre qu'il ne lui voulait pas de mal : Si je le trouve, je le tuerai.

Elle le contemplait, sans cesser de secouer la tête et de se pincer spasmodiquement la peau des bras.

– Je t'en prie, essaie au moins de me dire où sont tes vêtements?

Il ne voyait pas ce qu'il aurait pu lui donner pour se couvrir, sinon son tee-shirt trempé de sueur. Il était en short et chaussures de course. Il se dépouilla de son tee-shirt, et se sentit aussitôt gelé ; la fillette poussa un cri, affreusement perçant, et se cacha le visage.

– Non, n'aie pas peur, c'est pour que tu te couvres, dit Garp.

Il jeta le tee-shirt sur elle, mais elle se mit à se contorsionner et à ruer pour le repousser ; sur quoi, ouvrant toute grande la bouche, elle se mordit le poing.

« Elle n'était pas encore assez grande pour qu'on puisse dire si elle était garçon ou fille, écrivit Garp. Seul le petit renflement autour de ses tétons avait quelque chose de vaguement féminin. En tout cas, son pubis imberbe n'évoquait pas à première vue un sexe et elle avait les mains asexuées d'une enfant. Peut-être sa bouche avait-elle quelque chose de vaguement sensuel – ses lèvres étaient toutes gonflées –, mais ce n'était pas elle qui en était responsable. »

Garp se mit à pleurer. Le ciel était gris, le sol jonché de feuilles mortes, et, lorsque Garp se mit à pousser des gémissements, la fillette ramassa son tee-shirt et se couvrit avec. Ils se trouvaient donc là, dans cette posture bizarre – l'enfant tapie sous le tee-shirt de Garp, vautrée aux pieds de Garp, et Garp planté devant elle, éperdu de sanglots –, lorsque deux agents de la police montée qui assuraient la surveillance du parc surgirent dans l'allée et repérèrent le pseudo-satyre et sa victime. Garp écrivit par la suite que l'un des policiers poussa son cheval entre la fillette et lui de manière à les séparer, « au risque de piétiner la fillette ». L'autre policier abattit sa matraque sur la clavicule de Garp qui eut l'impression, relate-t-il quelque part, d'avoir tout un côté du corps paralysé – « mais pas l'autre ». Utilisant « l'autre », Garp arracha le policier à sa selle et le fit basculer.

– Ce n'est pas *moi*, espèce de salaud ! hurla Garp. Je viens juste de la trouver, ici même – il n'y a pas plus d'une minute.

Le policier, à plat ventre au milieu des feuilles, braquait

216

son revolver d'une main ferme. L'autre, toujours en selle, et dont le cheval piaffait, interpella la fillette :

– C'est *lui*?

L'enfant avait l'air terrifiée par les chevaux. Son regard faisait sans arrêt la navette entre Garp et les bêtes. Sans doute n'est-elle pas très sûre de ce qui *s'est passé*, se dit Garp, encore moins de qui il s'agit. Mais la fillette secoua la tête – avec véhémence.

– Par où est-ce qu'il a filé? demanda le policier à cheval.

Mais la fillette ne quittait pas Garp des yeux. Elle se tiraillait le menton et se frottait les joues – essayait de lui parler avec ses mains. Apparemment, tout son vocabulaire avait disparu; ou sa *langue*, songea Garp, en se souvenant d'Ellen James.

– Une *barbe*! s'exclama le flic affalé dans les feuilles; il s'était relevé, mais n'avait toujours pas rengainé son revolver. Elle nous dit que le type avait une barbe.

Garp portait la barbe à l'époque.

– Quelqu'un avec une barbe? Comme la *mienne*? demanda Garp à l'enfant, en caressant sa barbe noire et fournie, luisante de sueur.

Mais elle secoua la tête et passa les doigts sur sa lèvre supérieure tout enflée.

– Une moustache! s'écria Garp, et la fillette opina.

Elle tendit le doigt dans la direction d'où était venu Garp, qui ne se souvint pas d'avoir vu quelqu'un à l'entrée du parc. Le policier se tassa sur sa selle et s'éloigna dans un grand bruit de feuilles éparpillées. L'autre s'efforçait de calmer son cheval, mais il ne s'était pas remis en selle.

– Couvrez-la, ou cherchez ses habits, lui dit Garp.

Il s'élança dans l'allée pour rattraper le premier policier; il savait qu'il y a des choses que l'on voit plus facilement au niveau du sol que du haut d'un cheval. De plus, Garp était tellement idiot dès qu'il s'agissait de courir qu'il s'imaginait capable de battre à l'usure, sinon de rattraper, n'importe quel cheval.

– Hé! vous avez intérêt à rester ici! lança le policier, mais Garp avait trouvé sa foulée et il était clair qu'il n'avait aucune intention de s'arrêter.

Il suivit les grandes zébrures laissées sur le sol par le

cheval. Il n'avait même pas parcouru six cents mètres dans le sentier par lequel il était venu qu'il aperçut une silhouette courbée, à demi cachée par les arbres, environ vingt-cinq mètres à l'écart du sentier. Garp interpella la silhouette, un monsieur digne d'un âge certain, avec une moustache blanche, qui, se retournant, gratifia Garp d'un regard à ce point rempli de stupéfaction et de honte que Garp eut la certitude d'être tombé sur le satyre. Fonçant à travers les ronces et les arbustes qui ployaient comme des fouets, il se précipita sur l'homme, qui, surpris en train de pisser, se hâtait de ranger ses attributs dans son pantalon. Il avait tout à fait l'air d'un homme surpris en train de faire quelque chose de répréhensible.

– J'étais seulement… commença l'homme, mais déjà Garp était sur lui et, lui fourrant sa barbe raide en plein sous le nez, se mit à le renifler comme un chien de chasse.

– Si c'est vous, mon salaud, je vais le *sentir* ! menaça Garp.

L'homme s'écarta, craintif, terrorisé par cette brute à demi nue, mais Garp, lui saisissant les deux poignets, les remonta vivement pour les renifler de près. Il renifla plusieurs fois, et l'homme poussa un cri, comme s'il redoutait que Garp ne le morde.

– Ne bougez pas ! intima Garp. C'est vous qui avez fait le coup ? Où sont les vêtements de l'enfant ?

– Je vous en prie ! piailla l'homme. Je voulais seulement me soulager.

Il n'avait pas eu le temps de refermer sa braguette et Garp lui lorgnait l'entrecuisse d'un œil soupçonneux.

« Rien ne sent comme l'odeur du sexe, écrivit Garp. C'est une odeur impossible à camoufler, aussi forte et facile à reconnaître que l'odeur de la bière. »

Aussi Garp, là, en plein bois, se laissa-t-il tomber à genoux et, dégrafant la ceinture de l'homme, il lui ouvrit brutalement le pantalon et lui descendit d'une secousse son caleçon jusqu'aux chevilles ; il contempla les attributs du malheureux à demi mort de frayeur.

– Au secours ! hurla le vieux monsieur.

Garp renifla un bon coup et l'homme s'effondra au milieu des arbustes ; puis, titubant comme une marionnette attachée sous les aisselles, il fonça comme un fou au milieu d'un fourré dont les troncs minces et les branches serrées lui évitèrent de tomber.

– Au secours ! *Seigneur* ! s'écria-t-il.

Mais déjà Garp s'éloignait à toutes jambes pour rejoindre l'allée, ses pieds labourant les feuilles, ses bras fouettant l'air, sa clavicule meurtrie palpitant de douleur.

A l'entrée du parc, le policier caracolait sur son cheval au milieu du parking, scrutant l'intérieur des voitures en stationnement, tournant autour de la petite cabane de briques qui abritait les lavabos. Quelques badauds l'observaient, alertés par son zèle.

– Pas de moustachu, lança le policier.

– S'il est arrivé ici avant vous, il a eu le temps de filer en voiture, dit Garp.

– Allez donc jeter un coup d'œil dans les lavabos des hommes, dit le policier, en mettant le cap sur une femme qui poussait un landau surchargé de couvertures.

Pour Garp, tous les lavabos et tous les WC se ressemblaient ; à l'entrée de ce lieu malodorant, Garp croisa un jeune homme qui sortait. Il était rasé de près, sa lèvre supérieure si lisse qu'elle en paraissait presque luisante ; il avait l'air d'un étudiant. En pénétrant dans les toilettes, Garp était comme un chien de chasse, les poils hérissés sur la nuque et tous les sens en alerte. Il vérifia si des pieds passaient sous les panneaux des portes des chiottes ; il n'aurait pas été surpris d'apercevoir deux mains – ou un ours. Il alla voir si quelqu'un n'était pas planté devant le long urinoir, lui tournant le dos – ou encore debout devant les lavabos jaunâtres, en train de le guetter dans les glaces au tain piqueté. Mais il n'y avait personne dans les toilettes. Garp renifla. Il y avait maintenant longtemps qu'il portait la barbe, pleine mais taillée, et il ne reconnut pas sur-le-champ l'odeur de la crème à raser. Il décela pourtant une odeur étrangère à ce réduit humide. Puis son regard tomba sur le lavabo le plus proche : il vit les flocons de mousse, le cercle de poils accrochés à la cuvette.

Le jeune homme rasé de près et qui avait l'air d'un étudiant traversait le parking, d'un pas rapide mais calme, lorsque Garp jaillit des toilettes.

– C'est *lui* ! hurla Garp.

Le flic à cheval jeta un coup d'œil au jeune satyre, perplexe.

– Mais il n'a pas de moustache, *lui*, objecta le policier.

– Il vient de la raser !

Garp fonça à travers le parking, droit sur le jeune homme, qui s'élança en direction du labyrinthe des sentiers qui sillonnaient le parc. Tandis qu'il courait, une avalanche d'objets divers s'échappa de dessous sa veste : Garp vit les ciseaux, un rasoir, un bol de crème à raser, puis les petits ballots de vêtements – ceux de la fillette, bien sûr. Son jean avec une coccinelle cousue sur la hanche, un pull de coton, la poitrine barrée par la face souriante d'une grenouille. Il n'y avait pas de soutien-gorge ; il aurait été inutile. Ce fut le slip qui coupa le souffle à Garp. Un slip en coton tout simple, et d'un bleu tout simple ; avec cousue, à la ceinture, une fleur bleue, que humait un lapin bleu.

Le policier à cheval rattrapa sans peine le fuyard. Le poitrail de la monture le précipita le nez dans le mâchefer de l'allée, tandis qu'un sabot postérieur lui arrachait sur le mollet un morceau de chair en forme de U ; il se recroquevilla en position fœtale, sur le sol, mains crispées sur la jambe. Garp survint à son tour, le slip orné du lapin bleu à la main ; il le remit au policier à cheval. D'autres gens les rejoignirent – la femme au landau chargé de couvertures, deux garçons à vélo, un homme maigre porteur d'un journal. Ils remirent au flic les autres objets qu'avait perdus le jeune homme dans sa fuite. Le rasoir, le reste des vêtements de la fillette. Personne ne disait rien. Garp écrivit par la suite qu'il vit en cet instant la brève histoire du jeune bourreau d'enfants étalée sous les sabots du cheval : les ciseaux, le bol de crème à raser. Évidemment ! Le jeune homme se laissait pousser la moustache, puis il agressait une enfant, et se rasait la moustache (la seule chose dont se souvenaient en général ses victimes).

– Tu as déjà fait le coup ? demanda Garp au jeune homme.

– En principe, vous n'avez pas le droit de lui poser des questions, intervint le policier.

Le jeune homme gratifia Garp d'un sourire stupide.

– Je me suis jamais fait *prendre*, répliqua-t-il, avec insolence.

Il souriait, et Garp vit qu'il n'avait plus de dents de
devant ; le sabot du cheval les avait arrachées. Il ne lui
restait qu'un bout de gencive sanguinolent. Garp se rendit compte que ce jeune homme avait quelque chose de
bizarre ; pour une raison quelconque, on aurait dit qu'il ne
sentait pas grand-chose – ni douleur ni sans doute autre
chose.

Le deuxième policier émergea des bois au bout de
l'allée, guidant son cheval par la bride – l'enfant assise sur
la selle, la veste du policier sur les épaules. Ses mains
étaient crispées sur le tee-shirt de Garp. Elle parut ne
reconnaître personne. Le policier la mena sans attendre
vers l'endroit où le satyre gisait prostré sur le sol, mais ce
fut à peine si elle lui accorda un regard. Le premier policier mit pied à terre ; s'approchant du satyre, il releva le
visage ensanglanté pour le montrer à l'enfant.

– C'est lui ?

Elle dévisagea le jeune homme, les yeux vides. Le satyre
lâcha un petit rire, cracha une giclée de sang ; l'enfant
demeura sans réaction. Garp porta alors un doigt à la
bouche du satyre ; du bout de son doigt enduit de sang,
Garp lui barbouilla une moustache sur la lèvre supérieure.
L'enfant se mit à hurler comme une folle. Il fallut calmer
les chevaux. L'enfant continua à hurler jusqu'au moment
où le deuxième policier entraîna le satyre. Elle se tut aussitôt, et rendit à Garp son tee-shirt. Elle n'arrêtait pas de
passer la main sur l'épaisse crête de poils noirs qui marquait la base du cou du cheval, à croire que c'était le premier cheval qu'elle voyait de sa vie.

Garp pensait que, vu son état, elle devait souffrir de se
trouver ainsi à califourchon, quand elle demanda soudain :

– Je peux faire un autre tour ?

Garp constata avec joie que, du moins, elle avait une
langue.

Ce fut alors que Garp aperçut le vieux monsieur vêtu
avec recherche, que sa moustache avait accusé à tort ; il
émergeait peureusement du parc et pénétrait avec circonspection dans le parking, guettant d'un regard angoissé le

dément qui lui avait avec tant de férocité arraché son pantalon pour le renifler à la façon d'un redoutable omnivore. Lorsque l'homme aperçut Garp debout près du policier, il parut soulagé – il supposait que Garp avait été appréhendé –, et ce fut d'un pas plus hardi qu'il les rejoignit. Garp songea à s'enfuir – pour couper au malentendu, aux explications – quand, au même instant, le policier dit :

– Il faut que je note votre nom. Et aussi ce que vous faites. Quand vous ne courez pas dans le parc ! s'esclaffa-t-il.

– Je suis écrivain, dit Garp.

Le policier n'avait jamais entendu parler de Garp et se confondit en excuses, mais, à l'époque, Garp n'avait rien publié d'autre que *la Pension Grillparzer* ; le policier n'aurait donc pas *pu* lire grand-chose. Du coup, le policier parut intrigué.

– Un auteur non publié ? s'enquit-il.

Garp se sentit plutôt mortifié.

– Dans ce cas, comment gagnez-vous votre vie ?

– Ma femme et ma mère m'entretiennent, avoua Garp.

– Eh bien, je suis forcé de vous demander ce qu'elles font, elles, fit le policier. C'est pour le rapport, on aime bien savoir comment les gens gagnent leur vie.

Le monsieur offensé à la moustache blanche, qui avait seulement entendu les dernières bribes de la question, intervint :

– Je l'aurais parié. Un vagabond, un méprisable clochard !

Le policier le regarda sévèrement. A cette époque lointaine où il n'était pas publié, Garp était furieux chaque fois qu'il était contraint d'avouer qu'il ne gagnait pas de quoi vivre ; en l'occurrence, il était davantage tenté d'accroître la confusion que d'éclaircir les choses.

– N'empêche que je suis content que vous l'ayez attrapé, dit le vieux monsieur. Ce parc était un endroit très comme il faut autrefois, mais on y trouve maintenant de ces gens ! Vous devriez le surveiller d'un peu plus près, dit-il au policier, qui supposa que le vieillard faisait allusion au bourreau d'enfants.

Le flic ne tenait pas à discuter de l'affaire en présence de la petite victime, aussi leva-t-il les yeux dans sa direction – elle était assise toute raide sur la selle – dans l'espoir de faire comprendre au vieux monsieur qu'il ferait mieux de se taire.

— Oh non, il ne s'en est tout de même pas pris à cette *enfant*! s'écria l'homme, à croire qu'il venait de la remarquer, juchée à côté de lui sur le cheval, à moins qu'il n'eût seulement remarqué que, sous la capote du policier, elle était toute nue et serrait dans ses bras ses petits vêtements.

— Quelle infamie! lança-t-il en fusillant Garp du regard. Quelle honte! Vous aurez besoin de mon nom, naturellement?

— Pour quoi faire? fit le policier.

Garp fut contraint de sourire.

— Regardez-le donc ricaner! explosa le vieux monsieur. Mais, à titre de *témoin* bien sûr! Je serais prêt à traverser tout le pays pour aller apporter mon témoignage à n'importe quel tribunal, si ça pouvait servir à faire condamner ce genre d'individu!

— Mais de quoi avez-vous été témoin?

— Mais, il a fait cette... cette chose... à... à *moi* aussi!

Le policier interrogea Garp du regard; Garp leva les yeux au ciel. Le policier se cramponnait encore à cette supposition pleine de bon sens que le vieux monsieur se référait au bourreau d'enfants, mais n'arrivait pas à comprendre ce qui valait à Garp de se faire traiter de cette manière insultante.

— Mais naturellement, dit le policier, histoire d'amadouer le vieil imbécile.

Il releva son nom et son adresse.

Des mois plus tard, Garp était en train d'acheter un étui de trois préservatifs, lorsque le même vieux monsieur fit son entrée dans le drugstore.

— Quoi? C'est *vous*! hurla-t-il. Comme ça, on vous a déjà laissé sortir? Moi qui croyais qu'on vous mettrait à l'ombre pour *des années*!

Il fallut quelques instants à Garp pour reconnaître le bonhomme. Le gérant du drugstore prit le vieux râleur pour un fou. Le vieux monsieur à la moustache blanche taillée avec soin s'approcha avec circonspection de Garp:

— Voilà donc la justice de nos jours! Je suppose qu'on vous a laissé sortir pour bonne conduite? Pas de vieillards ni de petites filles à *renifler* en prison, je suppose ! Ni d'avocat pour vous faire sortir grâce à une quelconque astuce technique ? Cette pauvre enfant traumatisée pour le restant de ses jours, et vous, vous voilà libre d'écumer les jardins publics !

– Vous vous êtes trompé, lui assura Garp.

– Oui, c'est Mr. Garp, dit le gérant du drugstore.

Il n'ajouta pas « l'écrivain ». Si l'idée lui était venue d'ajouter quelque chose, Garp le savait, il aurait dit « le héros », car il avait vu les titres grotesques des journaux qui annonçaient le crime du parc et la capture du criminel.

ÉCRIVAIN RATÉ MAIS HÉROS ACCOMPLI !
UN BON CITOYEN CAPTURE LE SATYRE DU PARC :
LE FILS D'UNE CÉLÈBRE FÉMINISTE TRÈS DOUÉ POUR AIDER
LES JEUNES FILLES EN DÉTRESSE.

A cause de ces titres, Garp était resté des mois incapable d'écrire, mais l'article avait fait sensation parmi les gens de la ville qui n'avaient jamais fait que croiser Garp au super-marché, au gymnase ou au drugstore. Sur ces entrefaites, *Procrastination* avait enfin été publié – mais on aurait dit que tout le monde l'ignorait. Pendant des semaines, les employés et vendeurs s'obstinèrent à le présenter ainsi aux autres clients :

– C'est Mr. Garp, celui qui a coincé le satyre du parc.

– Quel satyre ?

– Celui du parc municipal. Le Moustachu. Celui qui pourchassait les petites filles.

– Les enfants ?

– Eh bien, Mr. Garp, c'est lui, là, et c'est lui qui l'a attrapé.

– Eh bien, à vrai dire, rectifiait Garp, c'est plutôt le policier à cheval.

– Et, en plus, il lui a fait avaler toutes ses dents ! croassaient-ils de concert avec ravissement – le gérant du drugstore, l'employé et les vendeurs.

– Eh bien, à vrai dire, c'est le cheval, reconnaissait Garp, avec modestie.

Il arrivait parfois que quelqu'un pose une question :

– A propos, Mr. Garp, qu'est-ce que vous faites dans la vie ?

Suivait alors un silence qui chagrinait Garp, et il restait là à attendre en réfléchissant que le mieux serait probablement de dire qu'il *courait* – pour gagner sa vie. Il sillonnait les jardins publics et les parcs, coinceur de satyres par profession. Il rôdait autour des cabines téléphoniques, comme l'homme à la cape – dans l'attente des catastrophes. Pour ces gens, n'importe quoi aurait eu davantage de sens que ce qu'il faisait en réalité.

– J'écris, avouait finalement Garp.

Déception – et même méfiance – sur tous ces visages tout à l'heure éperdus d'admiration.

Dans le drugstore – histoire d'arranger les choses –, Garp laissa *tomber par* terre l'étui de préservatifs.

– *Aha* ! s'écria le vieux. Regardez un peu ! Qu'est-ce qu'il mijote encore avec ça ?

Garp se demanda quelles options se seraient offertes à lui s'il avait en effet mijoté quelque chose avec.

– Un détraqué sexuel en liberté, assura le vieux au gérant. En quête d'innocence à profaner et à souiller !

L'indignation vertueuse du vieux schnock était à ce point irritante que Garp perdit tout désir de dissiper le malentendu ; en réalité, il se remémorait avec un certain plaisir l'instant où il avait déculotté le vieux dans le parc et n'éprouvait pas le moindre remords de sa méprise.

Ce fut quelque temps après que Garp se rendit compte que le vieux monsieur n'avait pas eu le monopole de l'indignation. Un jour que Garp accompagnait Duncan à un match de basket du lycée, il constata à sa grande terreur que le contrôleur des billets n'était autre que le Moustachu – le vrai satyre, l'auteur de l'odieuse agression contre la malheureuse enfant du parc.

– Vous êtes *sorti*, fit Garp, stupéfait.

Le satyre gratifia Duncan d'un grand sourire.

– Un adulte, un enfant, dit-il, en déchirant les billets.

– Comment avez-vous pu être relâché ? demanda Garp, qui se sentait bouillonner de fureur.

– Personne n'a rien prouvé, dit l'autre avec insolence. Elle n'a même pas été fichue de *parler*, c't idiote.

Une nouvelle fois, Garp repensa à Ellen James qui, à onze ans, avait eu la langue tranchée.

Il songea avec une soudaine sympathie à la folie du vieillard qu'il avait si odieusement déculotté dans le parc. Un affreux sentiment d'injustice l'envahit au point qu'il comprenait soudain que, dans son malheur, une femme cède au désespoir et aille jusqu'à se trancher la langue. Il brûlait d'envie de châtier le Moustachu ; ici même – sous les yeux de Duncan. Il aurait voulu pouvoir le corriger et le mutiler, histoire de lui enseigner la morale.

Mais une foule s'était rassemblée et réclamait ses billets pour le match de basket ; Garp retardait le mouvement.

– Allez, avancez, vieux bouc ! dit le jeune homme.

Dans cette formule, Garp crut déceler un abîme de sarcasmes. La lèvre supérieure du jeune homme affichait la preuve dérisoire qu'il se laissait de nouveau pousser la moustache.

Puis, bien des *années* plus tard, il revit la fillette, une jeune fille désormais ; il la reconnut uniquement parce qu'elle le reconnut la première. Il se trouvait dans une autre ville et sortait d'un cinéma ; elle faisait la queue pour entrer. Des amis l'accompagnaient.

– Bonjour, vous allez bien ? demanda Garp.

Il était heureux de voir qu'elle avait des amis. Aux yeux de Garp, c'était la preuve qu'elle était normale.

– Alors, il est bon ce film ? demanda la jeune fille.

– Vous, on peut dire que vous avez grandi ! fit Garp.

La jeune fille rougit et Garp sentit qu'il venait de lâcher une stupidité.

– Ma foi, pas vrai, c'est loin toute cette histoire maintenant – cette histoire qui ne méritait d'ailleurs qu'une chose, qu'on l'oublie au plus vite ! ajouta-t-il, avec chaleur.

Déjà, les amis de la jeune fille pénétraient dans le hall du cinéma, et elle jeta un coup d'œil de leur côté pour s'assurer que Garp et elle étaient vraiment seuls.

– Oui, je passe mon diplôme ce mois-ci, dit-elle.

– Le bac ? s'étonna Garp tout haut.

Se pouvait-il vraiment que tout ça fût déjà si loin.

– Oh, non ! le brevet, s'esclaffa la jeune fille.

– Formidable ! J'essaierai de venir, ajouta-t-il sans savoir pourquoi. Mais la jeune fille parut paniquée :

– Non, *je vous en prie*. Je vous en prie, ne venez pas.

– D'accord, je ne viendrai pas, se hâta de promettre Garp.

Il la croisa plusieurs fois après cette rencontre, mais elle ne le reconnut jamais, pour la bonne raison qu'il s'était rasé la barbe.

– Pourquoi ne te laisses-tu pas repousser la barbe? lui demandait parfois Helen. Ou au moins la moustache!

Mais chaque fois que Garp rencontrait la jeune fille, et qu'il constatait qu'elle ne le reconnaissait pas, sa conviction se renforçait qu'il avait intérêt à ne pas porter la barbe.

« Je me sens mal à l'aise, écrivit Garp, de voir que ma vie m'a si souvent mis en contact avec le viol. » Vraisemblablement, il faisait allusion à la gamine de dix ans dans le parc, à l'autre gamine de onze ans, la petite Ellen James, et à l'horrible association qui avait pris son nom – ces femmes mutilées qui gravitaient autour de sa mère, prisonnières de leur mutisme symbolique dû à leur mutilation volontaire. Plus tard, Garp écrirait un roman qui contribuerait, cette fois, à faire de lui un « produit de grande consommation », et dont l'un des thèmes essentiels serait le viol. Aux yeux de Garp, le plus révoltant dans le viol, c'était qu'il s'agissait d'un acte qui le dégoûtait de lui-même – de ses propres instincts, très mâles, qui par ailleurs restaient inoffensifs. Il n'avait jamais envie de violer personne; mais le viol, songeait Garp, donne aux hommes le sentiment d'être coupables par association.

Pour sa part, Garp assimilait le remords que lui laissait sa conquête de Pigeonneau-Maigre à une réaction à l'égard d'un viol. On ne pouvait dire, pourtant, qu'il s'agissait de viol. Mais il y avait eu préméditation. Il avait même acheté les préservatifs plusieurs semaines à l'avance, sachant fort bien dans quelles circonstances il s'en servirait. Les pires des crimes ne sont-ils pas toujours prémédités? Ce ne serait pas à un brusque mouvement de passion que succomberait Garp; il fignolerait son plan et se tiendrait prêt pour le jour où Cindy, *elle*, succomberait à la passion qu'il lui inspirait. *Sachant* à quel usage il réservait ces capotes, il est à parier qu'il ressentit un pincement de cœur lorsqu'il les laissa choir aux pieds du vieux monsieur du parc et

227

entendit aussitôt le vieillard l'accuser : « En quête d'innocence à profaner et à souiller ! » Comme c'était vrai.

Pourtant, il avait accumulé les obstacles pour contrecar-
rer le désir que lui inspirait la jeune fille ; deux fois de
suite, il cacha les préservatifs, mais réussit aussi à se rappeler où il les avait cachés. Et, le dernier jour où Cindy
devait venir garder leur enfant, Garp, en fin d'après-midi,
fit l'amour comme un fou avec Helen. Alors qu'ils
auraient dû s'habiller pour descendre dîner, ou s'occuper
de préparer le souper de Duncan, Garp verrouilla la porte
de la chambre et arracha Helen à son placard.

— Es-tu fou ? s'étonna-t-elle. Nous sortons.

— Affreuse concupiscence, implora-t-il. Ne va pas la
frustrer.

— Je vous en *supplie*, monsieur, taquina-t-elle. Jamais
avant les hors-d'œuvre, c'est une question d'honneur.

— Mes hors-d'œuvre à moi, c'est toi, dit Garp.

— Ça alors, *merci*, fit Helen.

— Hé, c'est fermé à clef, dit Duncan, en frappant à la porte.

— Duncan, lança Garp, va voir un peu ce que dit le temps.

— Le temps ? s'étonna Duncan en secouant la porte.

— On dirait qu'il neige dans la cour de derrière. Va voir.

Helen étouffa son rire, et aussi d'autres sons, sous la
pression de la dure épaule de Garp ; il jouit si vite qu'il
la prit par surprise. Duncan revint en trottinant vers la porte
de la chambre, avec la nouvelle que, dans la cour de derrière, comme partout ailleurs, c'était le printemps. Garp en
avait terminé et le laissa entrer.

Pourtant, il n'en avait pas terminé. Il le savait. Lorsqu'il
reconduisit Helen en sortant de chez leurs amis, il savait
exactement où se trouvaient les capotes : sous sa machine
à écrire, en chômage depuis des mois, ces mois si mornes
depuis la sortie de *Procrastination*.

— Tu as l'air fatigué, dit Helen. Tu veux que je recon-
duise Cindy ?

— Non, ça ira, marmonna-t-il. Je m'en charge.

Helen lui sourit tout en se frottant la joue contre ses lèvres.

— Mon sauvage amant de l'après-midi, chuchota-t-elle.
Tu sais, si tu veux, tu peux *toujours* m'emmener dîner de
cette façon.

Il resta un long moment dans la voiture, assis en compagnie de Pigeonneau-Maigre, en face de son appartement plongé dans l'ombre. Il avait bien choisi son heure – l'année universitaire touchait à sa fin ; Cindy allait quitter la ville. Elle était déjà bouleversée à la perspective de dire adieu à son écrivain favori ; le seul écrivain, du moins, qu'elle eût jamais rencontré en chair et en os.

– Je suis sûr que tu passeras une année formidable, l'an prochain, Cindy, dit-il. Et si jamais tu reviens voir tes amis, je t'en prie, passe chez nous. Duncan va te regretter.

La jeune fille fixait obstinément les lueurs froides du tableau de bord, puis elle leva les yeux sur Garp, des yeux misérables – le visage brouillé par les larmes et l'aveu de sa pathétique histoire.

– Moi, c'est vous que je vais regretter, geignit-elle.

– Non, non, dit Garp. Il ne faut pas me regretter.

– Je vous *aime*, chuchota-t-elle, en laissant sa tête fine lui heurter l'épaule.

– Non, ne dis pas ça, fit-il, sans la toucher. Pas encore.

Les trois capotes anglaises étaient nichées au fond de sa poche, lovées comme des serpents.

Chez elle, dans son appartement où traînaient des relents de moisi, il n'en utilisa qu'une. A sa grande surprise, il constata que tous les meubles avaient été déménagés. Ils regroupèrent tant bien que mal ses énormes valises pour en faire un lit peu confortable. Il prit grand soin de ne pas s'attarder une seconde de plus qu'il n'était indispensable, de crainte qu'Helen ne trouve que ses adieux s'éternisaient un peu trop, même pour des adieux *littéraires*.

Un gros ruisseau en crue traversait le campus, et Garp en profita pour se débarrasser des deux préservatifs qui lui restaient encore, en les jetant subrepticement par la vitre baissée, sans arrêter la voiture – s'imaginant qu'un flic vigilant l'avait peut-être repéré et dévalait déjà le talus pour récupérer la pièce à conviction : les capotes arrachées au torrent ! L'arme dont la découverte permet de remonter au crime qu'elle a servi à perpétrer.

Mais personne ne le vit, personne ne le démasqua. Helen elle-même, déjà endormie, n'aurait pas trouvé bizarre l'odeur de l'amour ; après tout, quelques heures plus tôt à peine, il s'était en toute légitimité oint de cette même odeur. Garp passa pourtant sous la douche, et ce fut purifié qu'il se glissa dans le havre du lit conjugal ; il se lova contre Helen, qui murmura une quelconque douceur ; instinctivement, elle lui coiffa la hanche d'une de ses longues jambes. Comme il demeurait sans réaction, elle remonta ses fesses et les lui plaqua contre le ventre. Bouleversé par tant de confiance, et par l'amour qu'il lui vouait, Garp sentit sa gorge se nouer. Il posa la main sur le flanc d'Helen, palpa avec tendresse le léger renflement de son ventre.

Duncan était un enfant sain, débordant de santé et d'intelligence. Le premier roman de Garp avait du moins fait de lui ce qu'il avait toujours affirmé vouloir être. La concupiscence troublait encore par moments la jeune vie de Garp, mais il avait la chance d'avoir une femme qui éprouvait encore de la concupiscence à son égard, et d'en éprouver pour elle. Et voilà qu'un deuxième enfant allait venir participer à l'aventure prudente et ordonnée de leur existence. Il palpait avec angoisse le ventre d'Helen – guettant une ruade, un signe de vie. Bien qu'il eût convenu avec Helen qu'il serait agréable d'avoir une fille, Garp espérait avoir un autre garçon.

Pourquoi ? se demandait-il. Il se souvenait de la fillette du parc, de sa vision d'Ellen James à la langue tranchée, des choix difficiles de sa propre mère. Il estimait avoir de la chance de vivre avec Helen ; elle avait ses propres ambitions et il n'avait pas le pouvoir de la manipuler. Mais il se rappelait aussi les putains de la Kärntnerstrasse, et Cushie Percy (qui devait mourir en couches). Et maintenant – le corps, ou du moins l'esprit, encore tout imprégné de son odeur, bien qu'il se fût lavé –, il venait de plumer Pigeon-neau-Maigre. Cindy avait crié sous lui, le dos arqué contre une valise. Une veine bleue avait palpité sur sa tempe, sa tempe à la texture transparente de blonde. Et Cindy elle aussi, Cindy qui pourtant avait toujours sa langue, s'était trouvée incapable de lui dire un mot lorsqu'il l'avait quittée.

C'était à cause des *hommes* que Garp ne voulait pas de fille. A cause des hommes mauvais, bien sûr ; mais même, songeait-il, à cause d'hommes tels que *moi*.

8

Deuxièmes enfants, deuxièmes romans, deuxième amour

Ce fut un garçon ; leur deuxième fils. On appela le frère de Duncan Walt – jamais personne ne l'appela Walter, ni Valt, à la manière allemande ; il fut un simple diminutif : Walt, comme une queue de castor qui gifle l'eau, une balle de squash frappée de plein fouet. Il dégringola dans leurs vies et ils se retrouvèrent avec deux garçons.

Garp essaya d'écrire un deuxième roman. Helen obtint son second poste ; elle fut nommée professeur associée d'anglais à l'université de l'État, dans la ville voisine de celle où se trouvait le collège universitaire pour jeunes filles. Garp et ses fils eurent enfin un gymnase pour s'ébattre, et Helen hérita de temps à autre d'un étudiant de maîtrise assez doué pour lui faire oublier la monotonie des plus jeunes ; elle avait aussi davantage de collègues, et des collègues plus intéressants.

L'un d'eux s'appelait Harrison Fletcher ; il était spécialiste du roman victorien, mais c'était pour d'autres raisons qu'Helen le trouvait sympathique – entre autres, lui aussi avait épousé un écrivain. Elle s'appelait Alice ; elle aussi travaillait à son deuxième roman, bien qu'elle n'eût jamais terminé le premier. Lorsque les Garp firent sa connaissance, leur première impression fut qu'il eût été facile de la prendre pour une Ellen-Jamesienne – c'était simple, elle ne parlait pas. Harrison, que Garp appelait Harry, n'avait jusqu'alors jamais été appelé Harry par personne – mais il aimait bien Garp et on aurait dit qu'il était ravi de son nouveau nom, comme d'un cadeau que lui aurait fait Garp. Helen devait continuer à l'appeler Harrison, mais pour Garp, il était Harry Fletcher. C'était le premier ami que Garp eût jamais eu, quand bien même tous deux sentaient

231

intuitivement que Harrison préférait la société d'Helen.

Ni Helen ni Garp ne savaient trop quoi penser d'Alice-la-Calme, comme ils l'appelaient.

– Ce livre qu'elle est en train d'écrire, je parie que c'est un sacré livre, disait souvent Garp. Il lui a pris tous ses mots.

Les Fletcher n'avaient qu'un enfant, une fillette gauchement coincée par son âge entre Duncan et Walt ; ils laissaient entendre qu'ils en voulaient un autre. Mais le livre, le deuxième roman d'Alice, avait la priorité ; dès qu'il serait terminé, ils auraient un deuxième enfant, affirmaient-ils.

Il arrivait aux deux couples de dîner ensemble, mais les Fletcher étaient des adeptes résolus du barbecue – c'est-à-dire que ni l'un ni l'autre ne savaient cuisiner – et Garp traversait une période où il cuisait son propre pain, laissait toujours une marmite à mijoter sur le fourneau. La plupart du temps, Helen et Harrison discutaient livres, pédagogie, et leurs collègues ; ils déjeunaient ensemble au restaurant de l'université, bavardaient – à loisir – le soir, au téléphone. Et Garp et Harry couraient les matchs de football, les rencontres de basket-ball, les tournois de lutte ; trois fois par semaine, ils jouaient au squash, le sport favori de Harry – et son seul sport –, mais Garp, qui était meilleur athlète et en meilleure forme grâce à la course, n'avait aucune peine à se mesurer à lui. Garp trouvait tant de plaisir à leurs parties qu'il en surmontait son horreur des jeux de balle.

Au cours de la deuxième année de leur amitié, Harry confia un jour à Garp qu'Alice aimait aller au cinéma.

– Moi *non*, pas du tout, reconnut Harry, mais si vous ça vous plaît – comme Helen le prétend –, pourquoi ne pas emmener Alice ?

Alice Fletcher pouffait de rire au cinéma, surtout pendant les films sérieux ; pratiquement tout ce qui passait sur l'écran provoquait chez elle des hochements de tête incrédules. Il fallut à Garp des mois avant de se rendre compte qu'Alice souffrait d'un léger bégaiement ou d'un défaut d'élocution dû à sa nervosité ; peut-être était-ce psychologique. Garp crut au début que c'était à cause du pop-corn.

– On dirait que vous avez un petit défaut d'élocution, Alice, dit-il, un soir qu'il la reconduisait.

– Voui, fit-elle, en hochant la tête.

Il s'agissait le plus souvent d'un simple zézaiement ; parfois, c'était tout autre chose. A l'occasion même, tout était normal. Et le phénomène semblait empirer sous le coup de l'émotion.

– Et ce livre, ça marche ?

– Bien, dit-elle.

Un jour, au cinéma, elle lui avait lâché qu'elle avait bien aimé *Procrastination*.

– Aimeriez-vous que je jette un coup d'œil sur votre travail ? proposa Garp.

– Voui, voui, dit-elle, en secouant sa tête menue avec enthousiasme.

Elle était assise là, ses doigts courts et robustes froissant sa jupe sur ses cuisses, de la même façon, Garp l'avait remarqué, que sa fille chiffonnait toujours ses vêtements – la gamine remontait parfois sa jupe, comme un store, jusqu'à la ceinture de sa petite culotte (malgré tout, Alice n'allait pas jusque-là).

– C'est un accident ? demanda Garp. Votre défaut d'élocution ? Ou est-ce de naissance ?

– De naissance.

La voiture s'arrêta devant chez les Fletcher, et Alice agrippa le bras de Garp. Elle ouvrit la bouche et pointa le doigt vers l'intérieur, comme si ce geste devait tout expliquer. Garp vit les deux rangées de dents, petites et parfaites, et une langue charnue et fraîche comme une langue d'enfant. Il ne remarqua rien d'anormal, mais il faisait sombre dans la voiture, et, même s'il avait vu quelque chose, il n'aurait su dire si c'était normal ou pas. Quand Alice referma la bouche, il vit qu'elle pleurait – en même temps qu'elle souriait, à croire que cette bouffée d'exhibitionnisme avait exigé d'elle une confiance énorme. Garp hocha la tête, comme s'il avait tout compris.

– Je vois, marmonna-t-il.

Elle essuya ses larmes avec le dos d'une de ses mains, tandis que, de l'autre, elle pressait les doigts de Garp.

– Harrizon a une liaison, dit-elle.

Ce n'était pas avec Helen que Harry avait une liaison, Garp le savait, mais il ignorait ce qu'avait en tête la pauvre Alice.

– Pas avec Helen en tout cas.

– Nan, nan, fit Alice. Telt'un d'autre.

– Qui ?

– Une étudiante ! gémit Alice. Une ztuvide vetite môme !

Deux ans au moins s'étaient écoulés depuis que Garp s'était attaqué à Pigeonneau-Maigre, et, entre-temps, il s'était offert une autre baby-sitter ; à sa grande honte, il avait oublié jusqu'à son nom. Il avait l'impression, en toute sincérité, que, cette fois, il avait à tout jamais perdu le goût des baby-sitters. Pourtant, il comprenait Harry – Harry était son ami, et pour Helen, c'était un ami très important. Il avait également de la peine pour Alice. Alice était très séduisante ; il était clair qu'il y avait chez elle quelque chose de mortellement vulnérable, une vulnérabilité qu'elle portait de façon aussi visible qu'un pull trop serré sur son corps charnu.

– Je suis désolé, fit Garp. Est-ce que je peux faire quelque chose ?

– Dites-lui de z'arrêter.

Jamais Garp n'avait trouvé pénible de rompre, mais, par ailleurs, il n'avait jamais été professeur – avec des étudiantes en tête, ou sur les bras. Peut-être était-ce dans tout autre chose que Harry s'était laissé piéger. La seule chose qui vint à l'idée de Garp – peut-être Alice s'en sentirait-elle soulagée – fut de confesser ses propres erreurs :

– Ce sont des choses qui arrivent, Alice.

– Pas à vous, dit Alice.

– Si, à moi aussi, deux fois.

Elle le regarda, stupéfaite.

– Dites-moi la *vérité*, insista-t-elle.

– La vérité, c'est que ça m'est arrivé deux fois. Avec une baby-sitter, les deux fois.

– Zeigneur Dieu ! gémit Alice. Zeigneur !

– Mais elles n'avaient aucune importance. J'aime Helen.

– Za z'est important, dit Alice. Il me fait zouffrir. Et ze ne peux plus *écrire*.

Garp savait ce qu'éprouve un écrivain quand il ne peut

plus écrire ; et, du coup, Garp trouva Alice adorable, sur-le-champ.

– Ce salopard de Harry est en train de se payer une liaison, annonça Garp à Helen.

– Je sais. Je lui ai dit de rompre, mais c'est plus fort que lui, il y retourne. Il ne s'agit même pas d'une très bonne étudiante.

– Qu'est-ce qu'on peut faire ? demanda Garp.

– Saloperie de *concupiscence*, dit Helen. Ta mère avait raison. C'est un problème d'hommes. Parle-lui, toi.

– Alice m'a parlé de vos baby-sitters, dit Harry à Garp. Moi, ce n'est pas pareil. Cette fille est extraordinaire.

– Une *étudiante*, dit Garp. Seigneur Dieu !

– Une étudiante *extraordinaire*. Je ne suis pas comme vous. J'ai été franc, j'ai tout raconté à Alice, dès le début. Il faut qu'elle s'y fasse, voilà tout. Je lui ai dit également qu'elle était libre d'en faire autant.

– Elle ne connaît pas d'étudiants, elle.

– *Vous*, elle vous connaît, dit Harry. Et elle est amoureuse de vous.

– Qu'est-ce qu'on peut faire ? demanda Garp à Helen. Il essaie de me fourrer dans les bras d'Alice, histoire de se sentir mieux dans sa peau.

– Du moins a-t-il été franc avec elle, dit Helen.

Suivit un de ces silences dans lesquels une famille peut dans le noir identifier chacun de ses membres à sa respiration. Le palier du premier, les portes ouvertes : la respiration paresseuse de Duncan, un gamin de huit ans bientôt, avec un tas d'années devant lui ; le souffle court et précipité de Walt, un souffle hésitant comme toujours chez les gosses de deux ans ; le souffle d'Helen, calme et régulier. Garp retenait son souffle. Il savait qu'elle était au courant à propos des baby-sitters.

– Harry t'a raconté ? demanda-t-il enfin.

– Tu aurais pu me le dire avant d'en parler à Alice. Qui était la deuxième ?

– Je ne me souviens plus de son nom.

– Je trouve ça sordide, dit Helen. Vraiment, c'est indigne de moi ; et c'est indigne de *toi*. J'espère que tu as dépassé ce stade.

– Oui, bien sûr, assura Garp.

Il voulait dire qu'il n'en était plus au stade des baby-sitters. Mais de la concupiscence ? Ah, ça. Jenny Fields avait touché du doigt un problème qui était en fait au cœur du cœur de son fils.

– Il faut que nous aidions les Fletcher, décréta Helen. Nous avons trop d'amitié pour eux pour rester les bras croisés.

Helen, Garp s'en émerveillait, avançait dans leur vie commune comme s'il s'était agi d'un essai littéraire qu'elle aurait eu à construire – avec une introduction, un exposé des données de base, puis enfin la thèse.

– D'après Harry, l'étudiante en question *est extraordinaire*, souligna Garp.

– Quels salauds *les hommes* ! Tu vas t'occuper d'Alice. Moi, je me charge de montrer à Harrison ce que c'est que quelqu'un d'extraordinaire.

Ce qui fait qu'un soir, un soir où Garp s'était chargé de préparer un poulet au paprika fort raffiné garni de spätzli, Helen s'adressa à Garp :

– Harrison et moi, nous nous chargeons de la vaisselle. Toi, tu reconduis Alice.

– La reconduire ? Déjà ?

– Montrez-lui votre roman, Alice, dit Helen. Montrez-lui *tout* ce que vous voudrez. Moi, je vais montrer à votre mari à quel point il est con.

– Hé, là, doucement, dit Harry. Nous sommes tous amis, et nous voulons tous *rester* amis, pas vrai ?

– Espèce de pauvre petit saligaud ! cingla Helen. Vous baisez une étudiante et vous la qualifiez d'extraordinaire – c'est insultant pour votre femme, pour moi aussi c'est insultant. Alors *moi*, je vais vous faire voir ce que c'est que d'être extraordinaire.

– Du calme, Helen, conseilla Garp.

– Pars avec Alice, dit Helen. Et laisse Alice reconduire sa baby-sitter chez elle.

– Hé, ça suffit, protesta Harrison Fletcher.

– La ferme, Harrizon ! dit Alice.

Elle empoigna Garp par la main et se leva de table.

– Quels salauds, *les hommes* ! dit Helen.

Garp, aussi muet qu'une Ellen-Jamesienne, ramena Alice chez elle.

– Je peux reconduire la baby-sitter, Alice, proposa-t-il.

– Si vous voulez, mais revenez vite.

– Très vite, Alice, promit Garp.

Elle le pria de lui lire tout haut le premier chapitre de son roman.

– Je tiens à l'*entendre*, et je ne zuis pas capable de me le lire toute zeule à haute voix.

Aussi Garp le lui lut-il ; il lut, constata-t-il avec soulagement, avec une diction superbe. Alice écrivait avec tant d'aisance et de soin que Garp aurait pu *chanter* ses phrases sans s'en rendre compte, et qu'elles auraient toujours paru belles.

– Vous avez une voix adorable, Alice, lui dit-il, et elle fondit en larmes.

Bien entendu, ils firent l'amour, et, en dépit de ce que tout le monde sait de ces choses, ce *fut* extraordinaire.

– Vrai ? demanda Alice.

– Oui, vraiment extraordinaire, reconnut Garp.

Et maintenant, se dit-il, gare aux problèmes.

– Qu'est-ce que nous pouvons faire ? demanda Helen à Garp.

Elle avait réussi à faire oublier à Harrison son étudiante « extraordinaire » ; et déjà Harrison trouvait qu'Helen était ce qu'il avait de plus extraordinaire dans sa vie.

– C'est toi qui as tout commencé, lui dit Garp. S'il faut que ça s'arrête, c'est à toi de tout arrêter, à mon avis.

– Facile à dire. *J'aime bien* Harrison ; c'est mon meilleur ami, j'y tiens et ne veux pas le perdre. Seulement, faire l'amour avec lui ne m'intéresse pas particulièrement.

– Lui, ça l'intéresse !

– A qui le dis-tu, Seigneur !

– Il pense qu'il n'a jamais connu de meilleure baiseuse que toi, l'informa Garp.

– Oh, formidable ! Alice doit trouver ça charmant.

– Alice n'y pense même pas.

C'était à *Garp* que pensait Alice, Garp le savait ; et Garp redoutait de voir arriver la fin de l'histoire. Il y avait des moments où Garp pensait qu'Alice était la meilleure baiseuse qu'il eût jamais connue.

– Et toi ? lui demanda Helen.

(« Rien n'est jamais équitable », devait écrire Garp, un jour.)

– Moi, tout va bien, assura Garp. J'aime Alice, je t'aime, j'aime Harry.

– Et Alice ?

– Alice m'aime bien.

– Oh, bonté divine ! Comme ça, tout le monde s'aime bien ; seulement voilà, moi je ne tiens pas tant à *coucher* avec Harrison.

– Donc, c'est terminé, dit Garp, en essayant de cacher la note de deuil dans sa voix

Alice lui avait crié que *jamais* ça ne pourrait finir. (« Pas vrai ? Pas vrai ? s'était-elle écriée. Ze me zens incapable de zezzer ! »)

– Eh bien, c'est tout de même mieux que ça ne l'était *avant*, non ? demanda Helen à Garp.

– Tu as ce que tu voulais, dit Garp. Grâce à toi, Harry a oublié sa foutue étudiante. Mais maintenant, il faut que tu le laisses tomber en douceur.

– Et toi et Alice, au fait ?

– Si c'est fini pour l'un de nous, c'est fini pour tout le monde. Ce n'est que justice.

– Je sais ce qui est *juste*. Je sais aussi ce qui est *humain*.

Les « au revoir » qu'en imagination Garp échangeait avec Alice étaient toujours de violents scénarios, alourdis par l'élocution difficile d'Alice, et qui se terminaient immanquablement par des étreintes désespérées – résolutions avortées, corps trempés de sueur, tout poisseux de la liqueur d'amour, ô combien.

– Je trouve Alice un peu *dingue*, dit Helen.

– Alice est un écrivain plutôt remarquable, dit Garp. Elle a ce qu'il faut.

– Salopards d'*écrivains*, marmonna Helen.

– Harry n'a aucune idée du talent d'Alice, insista Garp.

– Oh, ça alors ! murmura Helen. A part le mien, c'est bien la dernière fois que j'essaie de sauver un mariage.

Il fallut six mois à Helen pour laisser tomber Harry en douceur, et, durant cette période, Garp vit Alice le plus souvent possible, tout en s'efforçant de la préparer à l'idée que, pour leur quatuor en sursis, le dénouement était proche. Il s'efforça en même temps de s'y préparer, car il redoutait la perspective de devoir renoncer à Alice.

– Ce n'est pas la même chose, pas la même chose pour nous quatre, expliqua-t-il à Alice. Il va falloir que ça cesse, et sans tarder.

– Et alors ? faisait Alice. Za n'a pas zezzé juzqu'ici, pas vrai ?

– Pas encore, reconnaissait Garp.

Il lui lisait à haute voix tout ce qu'elle écrivait, et ils faisaient tellement l'amour que la peau lui cuisait sous la douche et qu'il ne pouvait supporter un suspensoir quand il allait courir.

– Il faut faire l'amour, le faire, le *faire*, disait Alice avec ferveur. Le faire tant que nous le pouvons encore.

Garp tenta de mettre Harry en garde, un jour qu'ils jouaient tous les deux au squash :

– Tu sais, ça *ne peut pas* durer.

– Je sais, je sais, dit Harry, mais *tant* que ça dure, c'est formidable, pas vrai ?

– Tu ne trouves pas que c'est vrai ? le sommait Alice.

Garp aimait-il Alice ? Oh, que oui !

– Oui, oui, disait Garp, en secouant la tête. Il en était persuadé.

Mais Helen, tirant le moins de plaisir de la situation, était celle qui en souffrait le plus ; le jour où elle décida enfin d'y mettre un terme, elle ne put se retenir de laisser voir sa jubilation. Les trois autres ne purent s'empêcher de laisser voir leur rancœur qu'elle parût à ce point soulagée alors qu'ils sombraient dans une telle tristesse. Sans que la chose eût été officiellement décidée, s'établit alors un moratoire de six mois sur les relations des deux couples, qui ne se virent plus que par hasard. Naturellement, Helen et Harry se rencontraient au département d'anglais. Garp croisait Alice au supermarché. Un jour même, elle jeta délibérément son chariot contre le sien ; le petit Walt, assis au milieu des provisions et des boîtes de jus de fruits, fut secoué, et la fille d'Alice parut tout aussi terrifiée par la collision.

– Je zouffrais de ne plus avoir de *contacts*, dit Alice.

239

Puis, un soir, elle appela les Garp, très tard, alors que Garp et Helen étaient déjà couchés. Ce fut Helen qui décrocha.

– Est-ce que Harrizon est chez vous ? demanda-t-elle à Helen.

– Non, Alice. Des ennuis ?

– Il n'est pas *ici*, Harrizon n'est pas rentré de toute la zoirée !

– Je vais venir vous tenir compagnie si vous voulez, suggéra Helen. Garp essaiera de voir où est passé Harrison.

– *Garp* pourrait venir me tenir compagnie, non ? demanda Alice. Vous, vous pourriez essayer de retrouver Harrison.

– Non, c'est *moi* qui vais venir vous tenir compagnie, dit Helen. Je crois que ça vaut mieux. Garp ira chercher Harrison.

– Je veux Garp.

– Désolée, mais vous ne pouvez pas avoir Garp.

– Je zuis dézolée, Helen, dit Alice.

Elle se mit à pleurer en débitant un chapelet de mots qu'Helen ne parvint pas à comprendre. Helen passa le combiné à Garp.

Garp resta à parler à Alice, et à l'écouter, pendant une bonne heure. Personne ne s'occupa de partir à la recherche de « Harrizon ». Helen avait le sentiment d'avoir réussi à se contenir pendant les six mois où elle avait laissé cette histoire se poursuivre ; maintenant que tout était fini, elle espérait que du moins tout le monde saurait se tenir.

– Si Harrison recommence à baiser ses étudiantes, cette fois, je fais un trait dessus *pour de bon*, dit Helen. Quel *trou du cul* ! Et puisque Alice se prétend écrivain, pourquoi donc n'écrit-elle pas ? Si elle a tant de choses à dire, pourquoi les gaspiller en les disant au téléphone ?

Le temps, Garp le savait, rendrait les choses plus faciles. Le temps devait également prouver qu'il s'était trompé à propos d'Alice et de son talent d'écrivain. Peut-être avait-elle une jolie voix, mais elle était incapable de rien mener à bien ; elle ne termina jamais son deuxième roman, ni au cours des années où les Garp fréquentèrent les Fletcher ni d'ailleurs par la suite. Elle était capable de s'exprimer dans une forme somptueuse, mais – comme Garp le fit observer à Helen le jour où Alice eut réussi à l'exaspérer – elle était incapable de rien mener à terme. Elle ne pouvait pas *z'arrêter*.

Harry, de son côté, ne jouerait ses cartes personnelles ni avec astuce ni avec sagesse. L'université lui refuserait un poste de titulaire – une perte cruelle pour Helen, qui vouait à Harrison une amitié sincère. Mais l'étudiante que Harry avait plaquée pour Helen ne s'était pas laissé si facilement évincer ; la garce s'était plainte d'avoir été séduite, et le bruit avait fait le tour du département d'anglais – bien que ce fût en réalité d'avoir été évincée qui la faisait râler. Les collègues de Harry en étaient tombés des nues. Et, lorsque *Helen* était intervenue en faveur de la titularisation de Harrison Fletcher, il n'y avait pas eu d'histoires, mais personne n'en avait tenu compte – les relations entre *elle* et Harry avaient été clairement soulignées par l'étudiante évincée.

La mère de Garp elle-même, Jenny Fields – en dépit de tout ce qu'elle défendait, pour les femmes –, tomba d'accord avec Garp : la titularisation qu'Helen avait obtenue sans peine, alors qu'elle était bien plus jeune que le pauvre Harry, avait été un geste symbolique de la part du département d'anglais. On avait soufflé aux responsables du département qu'il leur fallait une femme du niveau maître de conférences, et Helen était arrivée au bon moment. Helen avait beau ne pas mettre en doute ses qualifications, elle savait fort bien qu'elle ne devait pas sa titularisation à ses seuls mérites.

Mais Helen n'avait jamais couché avec ses étudiants ; pas encore. Harrison Fletcher avait, chose impardonnable, laissé sa vie sexuelle prendre le pas sur son travail. D'ailleurs, il décrocha un autre poste. Et peut-être ce qui subsistait encore d'amitié entre les Garp et les Fletcher fut-il sauvé par le départ forcé des Fletcher. De cette façon, les deux couples ne se virent plus que deux fois l'an ; l'éloignement dilua des sentiments qui menaçaient de se muer en rancunes. Alice put recommencer à débiter à Garp sa prose sans failles – par lettres. La tentation de se toucher, et même de se tamponner avec les chariots du supermarché, leur fut déniée, et tous s'installèrent dans le genre d'amitié qui, tôt ou tard, finit par devenir le lot de tant de vieux amis ; en d'autres termes, ils n'étaient des amis que lorsque l'idée venait à l'un d'eux d'envoyer des nouvelles – ou quand, à l'occasion, ils se réunissaient. Et lorsqu'ils perdaient le contact, jamais ils ne pensaient les uns aux autres.

Garp jeta son deuxième roman à la corbeille à papiers et mit en chantier un *second* deuxième roman. A l'inverse d'Alice, Garp était un véritable – écrivain – non qu'il fût doué de plus de talent, mais parce qu'il savait ce que tout artiste devrait savoir : comme disait Garp, « on ne saurait grandir sans mener quelque chose à terme et commencer autre chose ». Même si ces pseudo-commencements et fins ne sont que des illusions. Garp n'écrivait pas plus vite que les autres, ni *davantage* ; simplement, il travaillait toujours avec en tête l'*obsession* de mener son travail à bien.

Son deuxième livre débordait, il en avait conscience, de l'énergie que lui avait laissée sa liaison avec Alice.

Ce fut un livre rempli de joutes oratoires et amoureuses qui laissaient les protagonistes frémissants ; l'amour charnel, dans le livre, poussait les partenaires à se sentir coupables et, en règle générale, à vouloir plus d'amour. Paradoxe que ne se firent pas faute de relever divers critiques, certains qualifiant le phénomène de « génial », d'autres d'« absurde ». Pour l'un d'entre eux, le roman était marqué par une « authenticité amère », mais il se hâtait de préciser que l'amertume en question condamnait le roman au statut de « simple classique mineur ». « L'amertume eût-elle été davantage élaborée et distillée, théorisait le critique, il en aurait émergé une vérité beaucoup plus pure. »

Quant à la « thèse » du roman, elle suscita bien d'autres élucubrations. Un critique se débattait laborieusement avec la théorie que le roman semblait impliquer : que les seules relations capables de révéler aux gens leur nature profonde sont les relations sexuelles ; pourtant, c'était au cours des relations sexuelles que les gens paraissaient perdre ce qu'ils avaient de profond. Garp déclara que jamais il n'avait eu de thèse, et précisa en maugréant à un journaliste qu'il avait écrit « une comédie sérieuse sur le thème du mariage, et une farce sexuelle ». Il écrivit plus tard que « la sexualité de l'homme tourne en farce nos intentions les plus sérieuses ».

Mais Garp eut beau dire – comme d'ailleurs les critiques –, le livre ne fut pas un succès. Intitulé *le Second Souffle du coucou*, le roman plongea tout le monde dans la perplexité ; perplexité que les critiques elles-mêmes contribuèrent à accroître. Les ventes furent inférieures de quelques milliers d'exemplaires à celles de *Procrastination*, et John Wolf eut beau assurer Garp que c'était souvent là le sort des deuxièmes romans, Garp – pour la première fois de sa vie – connut un sentiment d'échec.

John Wolf, en bon éditeur et directeur littéraire, épargna entre autres à Garp l'article d'un certain critique, jusqu'au jour où il craignit qu'il ne lui tombât par accident sous les yeux ; à contrecœur, Wolf lui envoya alors la coupure de presse, relevée dans un journal de la côte Ouest, accompagnée d'un billet qui précisait que l'auteur passait pour souffrir de déséquilibre hormonal. L'article soulignait, avec sécheresse, « le côté sordide et pathétique de l'entreprise de S. T. Garp, le fils dépourvu de talent de la célèbre féministe Jenny Fields, auteur d'un roman qui se vautre dans le sexe – même pas de façon instructive ». Et ainsi de suite.

Élevé par Jenny Fields, Garp n'était guère prédisposé à se laisser influencer par l'opinion d'autrui, mais personne n'aimait *le Second Souffle du coucou*, pas même Helen. Et Alice Fletcher elle-même, dans ses lettres d'amour, débordantes d'affection, ne fit pas une seule fois allusion à l'existence du livre.

Le Second Souffle du coucou relatait l'histoire de deux couples mariés qui s'offrent une liaison.

– Oh, Seigneur ! fit Helen, le jour où elle apprit le sujet du livre.

– Il ne s'agit pas de *nous*, expliqua Garp. Il ne s'agit pas de ce genre de choses. Je me contente de m'en inspirer.

– Et toi qui me répètes toujours qu'il n'y a rien de pire que la fiction autobiographique.

– Il n'y a rien d'autobiographique là-dedans, dit Garp. Tu verras.

Elle ne le vit pas. Si le roman ne parlait ni d'Helen et Garp ni d'Alice et Harrison, il parlait de quatre personnes dont la relation, sexuellement éprouvante et finalement inégale, se termine par un fiasco.

Chacun des membres du quatuor souffre d'un handicap physique. L'un des deux hommes est aveugle. L'autre souffre d'un bégaiement si monstrueux que la transcription de ses propos est insupportable à lire. Jenny incendia Garp d'avoir de façon aussi mesquine pris pour cible le défunt Mr. Tinch, mais les écrivains, Garp ne le savait hélas que trop, sont de simples observateurs – de fidèles et implacables imitateurs de la nature humaine. Garp n'avait pas voulu insulter la mémoire de Tinch ; il n'avait fait qu'exploiter un de ses tics.

– Je ne comprends pas que tu aies eu le culot de faire ça à Alice, se lamentait Helen.

Helen voulait parler des infirmités, en particulier de celles des femmes. L'une d'elles est affligée de spasmes du bras droit – sa main ne cesse de s'agiter avec frénésie, renversant verres, pots de fleurs, giflant les enfants, et un jour même émasculant presque (par accident) le mari, avec un sécateur. Seul son amant, le mari de l'autre femme, a le don de calmer ce spasme affreux et incontrôlable – si bien que la femme se trouve, pour la première fois de sa vie, posséder un corps sans défaut, maître de ses mouvements, qu'elle seule contrôle et gouverne.

L'autre femme souffre d'une flatulence à la fois imprévisible et chronique. La péteuse est l'épouse du bègue ; l'aveugle, le mari du redoutable bras droit.

Soit dit à la décharge de Garp, aucun des membres du quatuor n'est écrivain. (« Nous devrions sans doute avoir la reconnaissance des petits bienfaits, je suppose ? » demanda Helen.) L'un des couples n'a pas d'enfants, et ne veut pas en avoir. L'autre couple essaie d'avoir un enfant ; la femme finit par concevoir, mais sa joie est tempérée par l'angoisse de tous quant à l'identité du père naturel. Lequel est-ce ? Les couples épient les signes révélateurs dans le comportement du nouveau-né. Va-t-il bégayer, péter, gesticuler ou être aveugle ? (Dans l'esprit de Garp, ce devait être là son ultime commentaire – au nom de sa mère – sur le problème des *gènes*.)

Il s'agit, dans une certaine mesure, d'un roman optimiste, ne serait-ce que parce que l'amitié qui unit les deux couples les persuade en fin de compte de couper court à leur liaison. Par la suite, le couple sans enfants se sépare ; ils sont déçus l'un par l'autre – mais pas nécessairement par suite de leur expérience. Le couple avec enfant réussit sa vie en tant que couple ; l'enfant grandit sans tare visible. Le roman se termine par la rencontre fortuite entre les deux femmes ; elles se croisent sur un escalier mécanique, dans un grand magasin, à l'époque de Noël ; la péteuse monte, tandis que la femme au redoutable bras droit redescend. Toutes deux croulent sous le poids des paquets. Au moment où elles se croisent, la femme à l'incontrôlable flatulence lâche un pet aigu et modulé – l'handicapée motrice assomme un vieillard placé devant elle, qui dégringole le tapis roulant, précipitant une avalanche de gens. Mais c'est Noël. Les escaliers mécaniques sont bondés d'une foule bruyante ; personne n'est blessé et, comme de juste, vu la saison, tout est pardonnable. Les deux femmes, entraînées loin l'une de l'autre par leurs tapis roulants, semblent rendre un hommage serein à leurs calvaires respectifs : elles se saluent d'un sourire sinistre.

– C'est une comédie ! proclamait Garp, inlassablement. Personne n'y pige rien. C'est censé être très *drôle*. Ça ferait un film du tonnerre !

Mais personne ne songea même à acquérir les droits pour l'édition de poche.

Comme le laissait déjà supposer le destin de l'homme qui ne pouvait marcher que sur les mains. Garp avait une dent contre les escaliers mécaniques.

Helen ne lui cacha pas qu'aucun de ses collègues du département d'anglais ne fit jamais en sa présence la moindre allusion au *Second Souffle du coucou* ; dans le cas de *Procrastination*, nombreux étaient ceux parmi ses collègues bien intentionnés qui avaient tenté, du moins, d'amorcer une discussion. Helen prétendit que le livre était une intrusion dans sa vie privée, qu'elle espérait que, si toute l'affaire avait permis à Garp de prendre son pied, il allait maintenant se dépêcher de le lâcher.

– Seigneur ! ils ne pensent tout de même pas qu'il s'agit de *toi* ? lui demanda Garp. Ils sont dingues ou quoi, tes crétins de collègues ? Est-ce que vous, là-bas, vous *pétez* dans les couloirs ? Ton épaule se déboîte-t-elle pendant les réunions de département ? Est-ce que le pauvre Harry bégayait en classe ? glapit Garp. Est-ce que je suis aveugle, *moi* ?

– *Oui*, tu es aveugle, dit Helen. En ce qui concerne le domaine de la fiction et celui de la réalité, tu as tes propres critères, mais tu t'imagines peut-être que les autres sont au courant de ton code ? Tout ça vient de ton *expérience* à toi – en un sens, même si tu extrapoles par la suite, même s'il ne s'agit que d'une expérience *imaginaire*. Les gens *pensent* que c'est moi, ils *pensent* que c'est toi. Et, quelquefois, moi aussi il m'arrive de le penser.

Dans le roman, l'aveugle est un géologue.

– Est-ce qu'ils me voient en train de faire joujou avec des cailloux ? beugla Garp.

La femme affligée de flatulence travaille comme volontaire dans un hôpital ; comme aide-soignante.

– Tu vois un peu ma mère en train de se plaindre ? demanda Garp. Est-ce qu'elle m'écrit, elle, pour me faire remarquer que jamais de sa vie elle n'a lâché un pet dans un hôpital – seulement à la maison, et toujours devant témoins ?

Pourtant, Jenny Fields se plaignit bel et bien à son fils du *Second Souffle du coucou*. Elle ne lui cacha pas qu'elle se sentait déçue qu'il eût choisi un sujet aussi mince et dépourvu de toute résonance universelle.

– Elle veut parler du sexe, commenta Garp. Le coup est classique. Une femme qui, pas une seule fois de sa vie, n'a ressenti le désir sexuel, faire un sermon sur ce qui est universel ! Et le pape, qui a fait vœu de chasteté, tranche pour des millions d'êtres le problème de la contraception. Le monde est *fou* !

La dernière en date des consœurs de Jenny était une transsexuelle d'un mètre quatre-vingt-douze, du nom de

Roberta Muldoon. Le poids de Roberta, autrefois Robert Muldoon, un des meilleurs ailiers de l'équipe des Eagles de Philadelphie, était tombé en flèche à la suite de l'opération qui lui avait permis de changer de sexe ; il était passé de cent dix à quatre-vingt-dix kilos. Les injections d'œstrogènes avaient sapé sa force naguère impressionnante et aussi une partie de son endurance ; Garp soupçonnait également que les « mains agiles[1] » de Robert Muldoon, naguère célèbres, n'étaient plus désormais aussi agiles, mais pour Jenny Fields, Roberta Muldoon faisait une compagne extraordinaire. Roberta adorait la mère de Garp. C'était le livre de Jenny, *Sexuellement suspecte*, qui avait donné à Robert Muldoon le courage de se faire opérer pour changer de sexe – un hiver où, à la suite d'une opération du genou, il passait sa convalescence dans un hôpital de Philadelphie.

Et maintenant, Jenny Fields s'était faite l'avocat de Roberta dans le conflit qui l'opposait aux chaînes de télévision qui, selon Roberta, avaient conclu un pacte secret pour ne pas l'engager comme commentatrice sportive. Les œstrogènes n'avaient en rien diminué la *connaissance* que Roberta avait du football, soutenait Jenny ; le soutien massif des campus universitaires aux quatre coins du pays avait fait de Roberta Muldoon, avec son mètre quatre-vingt-douze, l'héroïne d'une polémique forcenée. Roberta était intelligente, elle savait s'exprimer et puis elle s'y connaissait en football ; elle aurait agréablement changé le public des habituels crétins chargés de commenter les matchs.

Garp l'aimait bien. Ils discutaient football ensemble et ils jouaient au squash. Roberta gagnait toujours les premières parties – elle était plus puissante que Garp, et en meilleure condition physique –, mais, par ailleurs, elle avait moins d'endurance et, de beaucoup la plus lourde, elle s'épuisait plus vite. Roberta finirait également par se lasser de son procès contre les chaînes de télévision, mais,

---

1. Il s'agit ici de football américain, lequel est plus proche du rugby que du football français. C'est pourquoi le traducteur a souvent opté pour des termes propres au rugby. *(N.d. E.)*

pour d'autres choses, et de plus importantes, elle se révélerait avec le temps d'une immense endurance.

– Ça, on peut dire que vous redorez le blason de l'association Ellen James, Roberta, la félicitait Garp.

Il prenait davantage de plaisir aux visites de Jenny lorsque Roberta l'accompagnait. Et Roberta passait des heures à jouer au ballon avec Duncan. Roberta promit d'emmener Duncan voir un match des Eagles, mais Garp n'y tenait pas tellement. Roberta était devenue une vraie cible ; elle avait provoqué la colère de trop de gens. Garp imaginait des agressions de toutes sortes et des alertes à la bombe qui, toutes, visaient la personne de Roberta – et Duncan disparaissait dans l'immense stade rugissant de Philadelphie, où un sadique s'emparait de lui pour le souiller.

Roberta recevait d'innombrables lettres de menaces, et c'était le fanatisme de certaines de ces lettres qui enflammait l'imagination de Garp ; mais, du jour où Jenny lui montra certaines des lettres de menaces qu'elle aussi recevait, Garp se mit aussi à se ronger pour elle. C'était un aspect de la publicité qui entourait la vie de sa mère auquel il n'avait pas réfléchi : il y avait des gens qui, littéralement, la haïssaient. Certains écrivaient à Jenny qu'ils lui souhaitaient de mourir d'un cancer. D'autres écrivaient à Roberta Muldoon qu'ils espéraient bien que ses parents étaient morts depuis longtemps. Un couple alla jusqu'à écrire à Jenny Fields qu'il aimerait pouvoir la soumettre à l'insémination artificielle, avec du sperme d'éléphant – pour lui faire éclater les entrailles. Le message était signé : « Un couple légitime. »

Un homme écrivit à Roberta qu'il avait toujours été un supporter des Eagles, et que ses grands-parents eux-mêmes étaient nés à Philadelphie, mais que, dorénavant, il soutiendrait les Giants ou les Redskins, et qu'il irait en voiture jusqu'à New York ou Washington – « ou même jusqu'à Baltimore, au besoin » –, car, avec ses manières de tapette, Roberta avait perverti tous les avants des Eagles.

Une femme écrivit à Roberta Muldoon qu'elle espérait bien que Roberta se ferait un jour sauter par toute l'équipe des Raiders d'Oakland. Pour la femme, les Raiders représentaient l'équipe de football la plus minable du monde ;

peut-être sauraient-ils montrer à Roberta à quel point cela pouvait être agréable d'être une femme.

Un ailier du Wyoming écrivit à Roberta Muldoon qu'elle avait fini par lui faire honte de jouer ailier et qu'il changeait de position – il jouerait arrière. Jusqu'à présent, il n'y avait jamais encore eu d'arrière transsexuel.

Un avant du Michigan écrivit à Roberta que, si jamais elle passait par Ypsilanti, il serait ravi de la baiser affublée de ses protège-épaules.

– Tout ça n'est rien, dit Roberta à Garp. Votre mère en reçoit de bien pires. Elle, c'est fou le nombre de gens qui la haïssent.

– Maman, dit Garp, pourquoi ne laisses-tu pas tomber pendant quelque temps ? Prends des vacances. Écris un autre livre.

Jamais il ne se serait imaginé qu'il s'entendrait un jour lui conseiller une chose pareille, mais, d'un coup, il voyait en Jenny une victime en puissance, qui s'offrait, à travers d'autres victimes, à toute la haine, la cruauté et la violence du monde.

Aux questions des journalistes, Jenny répondait invariablement qu'elle *écrivait* un autre livre ; Garp, Helen et John Wolf étaient les seuls à savoir qu'elle mentait. Jenny Fields n'écrivait plus un seul mot.

– En ce qui me concerne, *moi*, j'ai déjà fait tout ce que je voulais faire, dit Jenny à son fils. Maintenant, ce sont les autres qui m'intéressent. Contente-toi de te ronger à propos de toi-même, dit-elle, avec gravité, comme si, à ses yeux, l'introversion de son fils – sa vie imaginative – était la plus dangereuse de toutes les façons de vivre.

A dire vrai, c'était aussi ce que redoutait Helen – surtout dans les périodes où Garp n'écrivait pas ; et, pendant plus de six mois après *le Second Souffle du coucou*, Garp n'écrivit pas. Puis il passa une année entière à écrire, et mit au panier tout ce qu'il écrivit. Il envoya des lettres à son éditeur ; John Wolf n'avait jamais reçu de lettres plus difficiles à lire, mais il trouva moins difficile d'y répondre. Certaines faisaient dix à douze pages ; la plupart accusaient John Wolf de ne pas avoir « poussé » *le Second Souffle du coucou* avec autant d'énergie qu'il aurait pu le faire.

– Tout le monde a trouvé le livre *détestable*, lui rappela John Wolf. Comment aurions-nous pu le pousser ?

– Vous ne l'avez jamais soutenu, ce livre, répondit Garp.

Helen écrivit à John Wolf, le suppliant de se montrer patient avec Garp, mais John Wolf connaissait bien les auteurs, et se montrait aussi patient et aimable que possible.

En fin de compte, Garp se mit à écrire à d'autres gens. Il se chargea de répondre à certaines des lettres d'injures que recevait sa mère – à celles, plutôt rares, qui portaient l'adresse de l'expéditeur. Il écrivait de longues lettres dans l'espoir de convaincre les gens que leur haine était sans fondement.

– Tu te transformes en dame de charité, lui dit Helen.

Garp alla jusqu'à se proposer pour répondre aux lettres d'injures que recevait Roberta Muldoon ; cependant, Roberta avait un nouveau soupirant, et les injures glissaient sur elle comme de l'eau.

– Seigneur ! se lamenta Garp, d'abord vous changez de sexe, et voilà que vous tombez amoureuse. Pour un ailier pourvu de nichons, vous êtes vraiment casse-pieds, Roberta.

Ils étaient très bons amis et disputaient des parties de squash acharnées chaque fois que Roberta accompagnait Jenny en ville, mais ces visites étaient trop rares pour occuper le temps et calmer l'agitation de Garp. Il passait des heures à jouer avec Duncan – en attendant que Walt soit assez grand pour pouvoir s'y mettre lui aussi. Une tempête bouillonnait en lui.

– Le troisième roman est toujours le grand coup, dit John Wolf à Helen, devinant qu'elle commençait à se lasser de l'agitation perpétuelle de Garp et avait besoin qu'on lui remonte le moral. Laissez-lui le temps, ça viendra.

– Qu'est-ce qu'il en sait, lui, que le troisième roman est le grand ? fulmina Garp. Mon troisième roman n'existe même pas. Et, à voir le traitement que l'éditeur lui a réservé, mon deuxième roman aurait aussi bien pu ne jamais voir le jour. Ces directeurs littéraires sont toujours pleins de mythes et de prophéties gratuites ! S'il s'y connaît si bien en fait de troisième roman, pourquoi n'écrit-il pas le sien, de troisième ? Pourquoi n'écrit-il pas son *premier* ?

Mais Helen sourit et lui donna un baiser, et prit l'habitude de l'accompagner au cinéma, bien qu'elle eût horreur du cinéma. Son travail lui plaisait ; les gosses étaient heureux. Garp était bon père et bon cuisinier, et il lui faisait l'amour avec plus de fantaisie quand il n'écrivait pas que lorsqu'il était absorbé par son travail. On verra bien, se disait Helen.

Son père, le brave vieux Ernie Holm, avait eu des petits ennuis cardiaques quelque temps plus tôt, mais il était heureux à Steering. Lui et Garp s'offraient une virée tous les deux, chaque hiver, pour assister à l'un des grands tournois de lutte de l'Iowa. Helen était certaine que le blocage qui empêchait Garp d'écrire n'était qu'une petite épreuve passagère.

– Za viendra, assura Alice Fletcher à Garp, au téléphone. Ze n'est pas quelque chose qu'on peut *forzer*.

– Je n'essaie pas de *forcer* quoi que ce soit, se récria-t-il. Je n'ai rien là-dedans, voilà tout.

Mais il songeait que la désirable Alice, qui n'était jamais capable de rien finir – pas même l'amour qu'elle lui vouait –, n'était pas des mieux qualifiées pour comprendre ce qu'il voulait dire.

Ce fut alors qu'à son tour Garp se mit à recevoir des lettres d'injures. Il fut interpellé dans une lettre pleine d'enjouement par quelqu'un qui avait pris ombrage du *Second Souffle du coucou*. Par ailleurs, il ne s'agissait pas d'un aveugle, ni d'un bègue, ni d'un infirme, ni d'un pétomane – comme on pourrait l'imaginer. C'était exactement ce dont Garp avait besoin pour le tirer de sa déprime.

> *Cher connard,*
> (écrivait le lecteur offusqué)
>
> *J'ai lu votre roman. Il semble que vous trouviez très drôles les problèmes d'autrui. J'ai vu votre photo. Avec votre épaisse crinière, j'imagine qu'il vous est facile de vous moquer des chauves. Et dans votre livre cruel, vous vous moquez des gens qui ne peuvent arriver à l'orgasme, et de ceux dont le mari ou la femme est infidèle. Vous devriez savoir que les gens affligés de ces problèmes ne trouvent pas, eux, que toutes ces choses soient*

si drôles. Regardez un peu le monde qui vous entoure,
connard – c'est un lit de douleur, les gens souffrent, per-
sonne ne croit plus en Dieu et personne ne sait plus com-
ment élever ses enfants. Espèce de connard, vous n'avez
pas de problèmes, ce qui vous permet de vous moquer
des malheureux qui en ont.

> *Bien sincèrement à vous,*
> *(Mrs.) I. B. Poole*
> *Findlay, Ohio.*

Cette lettre cingla Garp comme une gifle ; rarement il avait eu le sentiment d'être à ce point incompris. Pourquoi les gens s'obstinaient-ils à prétendre qu'on ne pouvait être à la fois « comique » et « sérieux » ? Il semblait à Garp que la plupart des gens confondaient solennité et modération, sérieux et gravité. A croire qu'il suffisait d'avoir l'air sérieux pour l'être. Vraisemblablement, les autres animaux de la création ne pouvaient se moquer d'eux-mêmes ; et Garp croyait que le rire était inséparable de la compassion, dont le besoin se faisait de plus en plus sentir. Il avait eu, après tout, une enfance dépourvue d'humour – et aussi de la moindre piété –, ce qui expliquait peut-être que, maintenant, il prenait la comédie plus au sérieux que beaucoup d'autres.

Mais Garp souffrit cruellement de voir que sa vision des choses était interprétée comme un désir de tourner les gens en dérision ; et, constatant que son œuvre avait donné de lui l'image d'un homme cynique, Garp éprouva un poignant sentiment d'échec. Avec d'infinies précautions, comme s'il s'adressait à un candidat au suicide perché sur le toit d'un hôtel inconnu en pays étranger, Garp répondit à sa lectrice de Findlay, Ohio.

Chère Mrs. Poole,

Oui, le monde est un lit de douleur, les gens supportent
d'affreuses épreuves, peu d'entre nous croient encore en
Dieu ou élèvent leurs enfants comme il conviendrait
de le faire ; sur tous ces points, vous avez raison. Il est
également exact que les gens affligés de problèmes ne

trouvent pas, en général, leurs problèmes très « drôles ».

Horace Walpole a affirmé un jour que le monde paraît comique à ceux qui pensent, et tragique à ceux qui sentent. J'espère que vous conviendrez avec moi qu'en s'exprimant ainsi Horace Walpole simplifie quelque peu le monde. Pour ce qui est de vous et de moi, je suis certain que nous pensons et sentons ; quant à savoir ce qui est comique et ce qui est tragique, Mrs. Poole, le monde est en pleine confusion. C'est pour cette raison que je n'ai jamais compris pourquoi « sérieux » et « drôle » passent pour être incompatibles. A mes yeux, c'est simplement en vertu d'une contradiction très logique que les problèmes des gens sont souvent drôles, tandis que les gens sont souvent et néanmoins tristes.

Je rougis de honte, cependant, à l'idée que vous me soupçonnez de me moquer des gens, ou de les tourner en dérision. Je prends les gens très au sérieux. En fait, je ne prends rien au sérieux, hormis les gens. En conséquence, je n'ai que de la compassion quand j'observe comment les gens se comportent – et rien à leur offrir d'autre que mon rire pour les consoler.

Le rire est ma religion, Mrs. Poole. J'admets qu'à l'instar de bien des religions mon rire est assez désespéré. Je tiens à vous raconter une petite histoire pour illustrer mon propos. Cette histoire a pour cadre Bombay, en Inde, où quantité de gens meurent chaque jour de faim ; cependant, tous les habitants de Bombay ne meurent pas de faim.

Parmi les habitants de Bombay, Inde, qui ne meurent pas de faim, il y eut un jour un mariage, et une réception fut organisée en l'honneur des jeunes époux. Certains des invités arrivèrent à dos d'éléphant. Ils n'avaient pas conscience de faire de l'esbroufe, ils utilisaient simplement leurs éléphants comme moyen de locomotion. Bien que cela puisse nous paraître un moyen très snob de se déplacer, je ne pense pas que les invités en question en aient eu le moins du monde conscience. La plupart n'avaient sans doute aucune responsabilité directe dans la famine qui tout autour d'eux décimait leurs concitoyens ; la plupart se contentaient de s'octroyer une « pause », afin d'oublier leurs propres problèmes et les problèmes du monde, à l'occasion du mariage d'un ami. Mais, à supposer qu'un de ces Indiens faméliques se soit trouvé passer par là, qu'il ait vu les invités occupés à festoyer et les éléphants parqués devant la maison, comment n'aurait-il pas éprouvé quelque amertume.

En outre, certains des invités en goguette s'enivrèrent et entreprirent de forcer un des éléphants à boire de la bière. Vidant un seau à glace, ils le remplirent de bière, gagnèrent en pouffant de rire le parking et forcèrent leur éléphant assoiffé à vider le seau. L'éléphant trouva la chose à son goût. Aussi les fêtards lui apportèrent-ils plusieurs autres seaux.

Qui sait quel effet la bière peut avoir sur l'éléphant ? Ces gens n'avaient aucune mauvaise intention, ils cherchaient simplement à s'amuser – et il est à parier que, par ailleurs, leur vie n'était pas tous les jours une partie de plaisir. Sans doute avaient-ils grand besoin de cette petite fête. Mais, par ailleurs, ces gens étaient stupides et irresponsables.

Si l'un de ces innombrables Indiens faméliques s'était trouvé traverser le parking et avait vu ces invités ivres occupés à bourrer leur éléphant de bière, il est à parier qu'il eût éprouvé de la rancœur. Mais j'espère que vous voyez que je ne me moque de personne.

Il se passe alors ceci : les fêtards ivres sont priés de partir, les autres invités jugeant intolérable la façon dont ils se comportent avec l'éléphant. Personne ne saurait reprocher aux autres invités d'avoir réagi de cette façon ; peut-être certains même estimaient-ils en toute bonne foi qu'ils empêchaient ainsi les choses de « dégénérer », bien que jamais personne n'ait eu beaucoup de succès en essayant d'empêcher ce genre de choses.

Poussifs, mais galvanisés par la bière, les fêtards se hissèrent à grand-peine sur leur éléphant, qu'ils firent pivoter pour sortir du parking – en affichant une extrême allégresse – emboutissant au passage plusieurs autres éléphants et divers objets, parce que l'éléphant des fêtards, les yeux troubles et tout gonflé de bière, zigzaguait au hasard en titubant pesamment. Sa trompe cin-

glait l'air comme un membre artificiel sommairement attaché. La gigantesque bête flageolait tant qu'elle finit pas heurter un poteau électrique, le coupant net en deux et provoquant la chute des fils qui s'abattirent sur son énorme tête – le tuant sur-le-champ, et, avec lui, les invités juchés sur son dos.

Mrs. Poole, je vous en prie, croyez-moi : je ne trouve pas cela du tout « drôle ». Mais survient, sur ces entrefaites, un de ces Indiens faméliques. Il voit tous les invités rassemblés pour pleurer leurs amis, et l'éléphant de leurs amis ; et tous de gémir, de lacérer leurs beaux vêtements, de gâcher toutes ces bonnes choses à boire et à manger. Sa première réaction est de sauter sur l'occasion, et, se faufilant dans la noce en profitant de ce que les invités ont l'esprit ailleurs, il vole quelques victuailles pour les porter à sa famille affamée. Sa deuxième réaction le pousse à se tordre de rire en pensant à la façon dont les fêtards ont mis fin à leurs jours et à ceux de leur éléphant. Comparée à la mort par la faim, ce style de mort apocalyptique peut sembler drôle, ou du moins rapide, à un Indien sous-alimenté. Mais les invités de la noce voient les choses d'un autre œil. Pour eux, il s'agit déjà d'une tragédie ; ils évoquent déjà le « tragique événement », et, alors que peut-être ils auraient pu fermer les yeux sur la présence d'un minable mendiant à leur fête – et même tolérer qu'il vole leur nourriture –, ils ne peuvent lui pardonner de se moquer de leurs défunts amis et de l'éléphant de leurs défunts amis.

Les invités – outragés par la conduite du mendiant (par son rire, et non par son larcin ni par ses haillons) – le noient dans un des seaux à bière dont s'étaient servis les défunts fêtards pour donner à boire à leur éléphant. Il s'agit à leurs yeux d'un acte de « justice ». Nous constatons que cette histoire est en fait un aspect de la lutte des classes – et, bien entendu, elle est, en définitive, « sérieuse ». Mais il me plaît d'y voir une comédie inspirée par une catastrophe naturelle ; il s'agit, en fait, de gens plutôt stupides qui tentent de « prendre en main » une situation dont la complexité les dépasse – une situation dont la trame est faite de facteurs éternels et banals

*Après tout, vu l'énormité d'un éléphant, les choses
auraient pu être bien pires.*

*J'espère, Mrs. Poole, avoir réussi à éclaircir ce que je
voulais dire. De toute manière, étant toujours heureux
de connaître les sentiments de mes lecteurs – même critiques –, je vous remercie d'avoir pris la peine de m'écrire.*

*Cordialement vôtre,
« Connard. »*

Garp avait un côté excessif. Il rendait tout baroque,
croyait à l'outrance ; sa fiction était, elle aussi, outrancière.
Garp n'oublia jamais son échec aux yeux de Mrs. Poole ; il
se rongeait en pensant à elle, souvent, et la réponse dont
elle gratifia sa lettre pompeuse ne put qu'accroître son
désarroi :

Cher Mr. Garp,
(répondit Mrs. Poole)

*Je n'aurais jamais imaginé que vous prendriez la
peine de m'écrire. Il faut que vous soyez un malade.
Votre lettre me prouve que vous avez foi en vous-même,
et sans doute est-ce tant mieux pour vous. Mais la plupart des choses que vous dites sont à mes yeux d'ineptes
absurdités, et je vous interdis de tenter à nouveau de
m'expliquer quoi que ce soit, parce que vos explications
m'ennuient et constituent une insulte à mon intelligence.*

*Bien à vous,
Irène Poole.*

Garp était, comme ses convictions, bourré de paradoxes.
Il se montrait d'une extrême générosité envers les autres,
mais affreusement impatient. Il avait ses propres critères
pour décider si les gens méritaient son temps et sa
patience, et jusqu'à quel point. Il pouvait se mettre en
quatre pour être aimable, jusqu'au moment, cependant, où
il décidait qu'il ne l'avait que trop été. Alors, il faisait
demi-tour et fonçait en direction inverse.

Chère Irène,
(écrivit Garp à Mrs. Poole)

*Vous devriez soit cesser d'essayer de lire des livres,
soit y mettre un peu plus d'énergie.*

Cher Connard,
(écrivit Irène Poole)

*Mon mari me charge de vous dire que si vous m'écri-
vez encore une fois, il vous cassera la gueule.*

> *Bien sincèrement,*
> *Mrs. Fitz Poole.*

Chers Fitzy et Irène,
(renvoya Garp du tac au tac)

Allez vous faire voir!

C'est ainsi qu'il en vint à perdre son sens de l'humour et
à refuser sa compassion au monde.

Dans *la Pension Grillparzer*, Garp avait d'une certaine
façon fait vibrer une double corde, celle de la comédie
(d'une part) et celle de la pitié (de l'autre). Le récit ne
diminuait en rien les *personnages* de l'histoire – soit en les
enjolivant systématiquement, soit en recourant à toute
autre forme d'exagération présentée comme indispensable
pour les besoins de la cause. Par ailleurs, le récit ne cherchait pas à présenter les gens sous un jour pathétique, ni à
faire bon marché de leur tristesse.

Mais Garp avait désormais le sentiment d'avoir perdu
cet équilibre dans ses dons de narrateur. Son premier
roman, *Procrastination*, pâtissait – à son avis – du poids
prétentieux de tout ce contexte fasciste auquel il n'avait
pas vraiment, lui, participé. Son deuxième roman pâtissait
de son impuissance à faire preuve d'*assez* d'imagination –
autrement dit, il lui semblait que son imagination ne l'avait
pas projeté assez loin au-delà de son propre récit, somme

toute assez banal. Le sort du *Second Souffle du coucou* le laissa relativement froid ; cela ne semblait rien d'autre, une fois encore, qu'une expérience « réelle », mais plutôt banale.

En fait, Garp se demandait s'il n'était pas trop accaparé par son existence douillette (en compagnie d'Helen et des enfants). Il lui semblait qu'il se trouvait en danger de limiter son talent d'écrivain d'une façon plutôt banale : en écrivant, essentiellement, à propos de lui-même. Pourtant, lorsqu'il projetait son regard très loin par-delà sa propre personne, Garp ne voyait rien d'autre que des invités à la pédanterie. Son imagination le trahissait – « sa perception des choses, une vague lueur ». Quelqu'un lui demandait-il comment marchait son travail, c'était à peine s'il parvenait à s'arracher une brève et cruelle imitation de la pauvre Alice Fletcher.

– J'ai *zezzé* d'écrire, disait Garp.

9

L'éternel mari

Dans les pages jaunes de l'annuaire téléphonique de Garp, « Mariages » figurait non loin de « Menuisiers ». Avant « Menuisiers » venaient « Machines », « Maisons de vente par correspondance » et, enfin, « Mariages et conseillers matrimoniaux ». Garp cherchait « Menuisiers » quand il tomba sur « Mariages » ; il avait un problème d'étagères et voulait téléphoner pour se documenter, lorsque le mot « Mariages » accrocha son regard, suscitant aussitôt d'autres questions, plus intéressantes et plus troublantes. Garp ne se serait jamais douté, par exemple, qu'il y avait davantage de conseillers matrimoniaux que de menuisiers. Mais tout dépend sans doute de l'endroit où l'on vit. A la campagne, les gens s'intéressent peut-être davantage aux planches.

Garp était marié depuis bientôt onze ans ; pendant cette période, il n'avait jamais eu besoin de planches, et encore moins de conseils. Ce n'était pas à cause de problèmes personnels que Garp s'intéressait à la longue liste de noms dans les pages jaunes de l'annuaire ; c'était parce que Garp passait un temps considérable à essayer d'imaginer ce qu'il éprouverait s'il avait un emploi.

Il y avait le Centre de conseil chrétien, et le Service-Conseil de la communauté pastorale ; Garp se représentait des pasteurs débordant de vitalité, avec des mains sèches et potelées qu'ils frottaient sans arrêt. Ils lâchaient des phrases rondes et onctueuses, pareilles à des bulles de savon, pour dire par exemple : « Nous ne nous berçons pas d'illusions et savons que l'Église est souvent impuissante à résoudre les problèmes individuels, comme le vôtre par exemple. Les individus doivent s'efforcer de rechercher des solutions individuelles, ils doivent préserver leur individualité ; cependant, nous savons par expérience que quantité de gens ont découvert l'*identité* de leur propre individualité *dans* l'Église. »

Devant eux attendait patiemment le couple déconcerté venu dans l'espoir de discuter, disons, le problème de l'orgasme simultané – mythe ou réalité ?

Garp constata que les membres du clergé semblaient très portés sur le rôle de conseiller ; il y avait un Service social luthérien, un révérend Dwayne Kuntz (qui était « homologué ») et une Louise Nagle qui était « ministre de tous les saints » et associée à un truc intitulé l'Association des conseillers familiaux et matrimoniaux des États-Unis (qui l'avait « homologuée »). Prenant un crayon, Garp traça des petits zéros en regard des noms des conseillers matrimoniaux dotés de références religieuses. Tous devaient sans doute offrir des conseils optimistes, pensait Garp.

Il se sentait moins sûr de l'optique des conseillers qui se recommandaient d'une formation plus « scientifique » ; en outre, il était moins sûr de leur formation. L'un d'eux se présentait comme « psychologue clinique consultant homologué », un autre se bornait à faire suivre son nom de « M. A., spécialiste[1] » ; Garp le savait, ce genre de choses pouvait signifier n'importe quoi, pouvait aussi ne rien signifier du tout. Un étudiant titulaire d'une maîtrise de sociologie, un ex-étudiant en sciences économiques. L'un d'eux annonçait « licencié ès sciences » – peut-être en botanique. Une autre était docteur en philosophie – du mariage ? Un autre était simplement « docteur » – mais médecin ou docteur en philosophie ? Dans le domaine des conseils matrimoniaux, qui serait le plus efficace ? L'un se spécialisait dans la « thérapie de groupe » ; un autre, moins ambitieux peut-être, se contentait de faire miroiter un « bilan psychologique ».

Garp arrêta son choix sur deux favoris. Le premier, un certain Dr. O. Rothrock – « atelier d'auto-évaluation ; cartes de crédit acceptées ». Le second était M. Neff – « sur rendez-vous seulement ». Après le nom de M. Neff, un simple numéro de téléphone. Comment ? Ni références

1. M. A. = Master of Art (titre universitaire). (*N.d.E*)

professionnelles ni suprême arrogance? Les deux peut-être. Si j'avais, *moi*, besoin de quelqu'un, songea Garp, j'essaierais d'abord M. Neff. Le Dr. O. Rothrock, avec ses cartes de crédit et son atelier d'auto-évaluation, était de toute évidence un charlatan. Mais M. Neff était sérieux; M. Neff avait une philosophie des choses, Garp le sentait.

Garp se laissa aller à une petite incursion en deçà et au-delà de « Mariages », dans les pages jaunes de l'annuaire. Il arriva à « Maçonnerie », « Maternités », et « Matelas et tapis en tous genres – réparations » (une seule adresse, suivie d'un numéro de téléphone de l'extérieur, à Steering: le beau-père de Garp, Ernie Holm, qui, pour occuper ses loisirs et arrondir ses fins de mois, s'était lancé dans la réparation des tapis et matelas pour gymnases; Garp était à cent lieues de penser à son vieil entraîneur; il glissa sur « Matelas » sans accrocher sur le nom d'Ernie). Venaient ensuite « Mausolées », « Moulins », « Moulinettes à viande – voir Scies ». Cela suffisait. Le monde était trop compliqué. Garp en revint sans se presser à « Mariages ».

Puis Duncan rentra de l'école. L'aîné de Garp avait maintenant dix ans; il était grand pour son âge et avait le visage fin et osseux d'Helen et ses yeux marron-jaune en amande. Helen avait un teint chêne clair et Duncan avait lui aussi une peau merveilleuse. De Garp, il tenait sa nervosité, son obstination, ses crises de misérabilisme noir.

– Papa! fit-il. Est-ce que je peux aller passer la nuit chez Ralph? C'est très important.

– Quoi? dit Garp. Non. Quand ça?

– Tu étais encore en train de lire l'annuaire? fit Duncan.

Chaque fois que Garp mettait le nez dans un annuaire, Duncan le savait, l'en tirer était aussi difficile que de l'arracher à une sieste. Il lisait souvent l'annuaire, en quête de noms. Garp puisait les noms de ses personnages dans l'annuaire; quand il était à court d'inspiration, il lisait l'annuaire pour y trouver de nouveaux noms; puis, inlassablement, il révisait les noms de ses personnages. Lorsque Garp était en voyage, l'annuaire était la première chose qu'il cherchait dans les chambres de motel; et, en général, il le volait.

– Papa?

Il supposait que son père se trouvait en proie à sa transe d'annuaire, en train de vivre les vies de gens imaginaires. En fait, Garp avait oublié que, ce jour-là, quelque chose de tout à fait réel l'avait poussé à prendre l'annuaire ; il y avait beau temps qu'il avait oublié ses planches, et ne pensait plus qu'au culot de M. Neff et à ce que pouvait être la vie d'un conseiller matrimonial.

– Papa ! lança de nouveau Duncan. Si j'appelle pas Ralph avant dîner, sa mère voudra plus que je vienne.

– Ralph ? fit Garp. Ralph n'est pas ici.

Duncan releva son menton délicat et écarquilla les yeux ; encore une mimique d'Helen, dont Duncan avait aussi le joli cou.

– Ralph est *chez lui*, dit Duncan, et moi je suis *chez moi*, mais j'aimerais aller coucher chez Ralph – dans la chambre de Ralph.

– Pas un jour de classe, objecta Garp.

– C'est vendredi, dit Duncan. Bon Dieu !

– Je te défends de jurer, Duncan ! dit Garp. Quand ta mère rentrera, demande-lui la permission.

Il cherchait à gagner du temps, et en était conscient ; Garp se méfiait de Ralph – pire, il redoutait de voir Duncan passer la nuit chez Ralph, bien que la chose fût déjà arrivée. Ralph était plus grand que Duncan, et Garp n'avait aucune confiance en lui ; de plus, Garp n'aimait pas la mère de Ralph – elle sortait souvent le soir en laissant les enfants seuls (Duncan avait fini par l'avouer). Helen avait un jour qualifié la mère de Ralph de « souillon », un mot qui avait toujours intrigué Garp (et un genre, chez les femmes, auquel il n'était pas insensible). Le père de Ralph ne vivait pas avec sa famille et, en conséquence, le genre « souillon » de la mère de Ralph se trouvait rehaussé par son statut de femme seule.

– Je *ne peux pas* attendre que maman rentre, dit Duncan. La mère de Ralph dit qu'il faut absolument qu'elle soit prévenue avant le dîner, sinon elle veut pas que je vienne.

C'était Garp qui était chargé de préparer le dîner et une brusque inquiétude l'envahit ; il se demanda quelle heure il était. On aurait dit que Duncan rentrait de l'école aux heures les plus fantaisistes.

– Pourquoi ne pas demander à Ralph de venir passer la nuit ici ? dit Garp.

Une astuce familière. Ralph passait habituellement la nuit avec Duncan, épargnant ainsi à Garp de se ronger en pensant à l'insouciance de Mrs. Ralph (il n'arrivait jamais à se souvenir du nom de famille de Ralph).

– Ralph passe *toujours* la nuit ici, dit Duncan. Je veux aller coucher là-bas.

Et faire *quoi* ? se demandait Garp. Boire, fumer de la drogue, martyriser les animaux domestiques, épier les sordides ébats amoureux de Mrs. Ralph ? Mais Garp savait aussi que Duncan n'avait que dix ans et qu'il était très sain – et très prudent. Il était probable que les deux garçons aimaient se retrouver seuls dans une maison, sans Garp pour leur sourire avec son air bonasse et leur demander sans cesse s'ils avaient besoin de quelque chose.

– Pourquoi ne pas appeler Mrs. Ralph et lui demander si tu peux attendre que ta mère rentre pour dire si tu y vas ou pas ? suggéra Garp.

– Bonté divine, encore « *Mrs.* Ralph » ! gémit Duncan. Tout ce que maman dira, c'est : « *Moi*, je m'en fiche. Demande à ton père. » C'est toujours ça qu'elle dit.

Malin, ce gosse, pensa Garp. Il était piégé. A moins de lâcher qu'il était terrorisé à l'idée qu'ils risquaient de tous griller pendant la nuit lorsque Mrs. Ralph, qui fumait au lit, mettrait le feu à ses cheveux avec sa cigarette. Garp ne *pouvait* rien dire de plus.

– D'accord, vas-y, bougonna-t-il.

Il ne savait même pas si la mère de Ralph fumait. Simplement, d'instinct, il ne la trouvait pas sympathique et se méfiait de Ralph – sans raison valable, sinon que l'enfant était plus vieux que Duncan et, par conséquent, imaginait Garp, capable de le corrompre en l'initiant à des pratiques odieuses.

Garp se méfiait de la plupart de ceux vers qui sa femme et ses enfants se sentaient attirés ; il avait un besoin pressant de protéger les rares êtres qu'il aimait contre ce que représentaient – imaginait-il – « tous les autres ». La malheureuse Mrs. Ralph n'était peut-être pas la seule victime des suppositions calomnieuses que soufflait à Garp sa paranoïa. Je devrais sortir davantage, se disait Garp. Si seulement je trouvais un emploi, pensa-t-il – une pensée qui lui venait tous les jours, et qu'il ressassait tous les jours, depuis qu'il avait cessé d'écrire.

A vrai dire, Garp ne se sentait tenté par aucun travail, et il est certain qu'il n'était qualifié pour aucun ; il était qualifié, il en avait conscience, pour très peu de choses. Il était capable d'écrire ; et, *quand* il écrivait, à son avis, il écrivait très bien. Mais entre autres raisons qui le poussaient à envisager de prendre un emploi, il lui semblait urgent d'apprendre à mieux connaître les autres ; il voulait surmonter sa méfiance. Au moins un emploi l'obligerait-il à entrer en contact avec les gens – car si rien ne le *forçait* à se mêler aux gens, Garp préférait rester chez lui.

C'était pour pouvoir écrire, au début, qu'il n'avait jamais envisagé sérieusement l'idée de travailler au-dehors. Et maintenant, c'était pour pouvoir écrire qu'il songeait à chercher du travail. Je sens que je vais bientôt me retrouver incapable d'inventer des personnages, se disait-il, mais peut-être était-ce en réalité qu'il n'avait jamais rencontré tellement de gens qu'il *aimait* ; et il y avait trop d'années qu'il n'aimait rien de ce qu'il avait écrit.

– Je m'en vais ! lança Duncan, et Garp cessa de rêver.

Le gamin était harnaché d'un sac à dos orange éclatant ; un sac de couchage jaune était roulé et attaché sous le sac. C'était Garp qui les avait tous les deux choisis, parce qu'ils se voyaient de loin.

– Je vais te conduire, dit Garp, mais Duncan leva une fois de plus les yeux au ciel.

– Maman a pris la voiture, papa, et elle n'est pas rentrée.

Bien sûr, Garp eut un sourire idiot. Puis il vit que Duncan se préparait à prendre son vélo et il le héla par la porte ouverte.

– Pourquoi est-ce que tu n'y vas pas *à pied*, Duncan ?

– Pourquoi ? fit Duncan, exaspéré.

Pour que tu ne te retrouves pas avec la colonne vertébrale brisée si une bagnole conduite par un jeune chauffard, ou un ivrogne terrassé par une crise cardiaque, vient à te renverser dans la rue, se dit Garp – pour que ton torse, ton torse si chaud, si adorable, ne se fracasse pas contre le trottoir, pour que ton crâne merveilleux n'éclate pas en deux quand tu atterriras sur le pavé, et pour qu'une bande d'abrutis ne viennent pas t'envelopper dans une vieille couverture comme si tu étais un petit animal égaré ramassé dans le caniveau. Là-dessus, les cons de banlieusards se ramènent et essaient de deviner à qui il appartient (« Aux gens de la maison vert et blanc, là-bas, à l'angle d'Elm et de Dodge Street, je crois bien »). Et puis quelqu'un te ramène, tire la sonnette et me dit : « Euh, désolé ! » Et, le doigt tendu vers la masse informe jetée sur la banquette arrière, demande : « Il est à vous ? »

Pourtant, Garp se borna à dire :

– Oh, bon, va Duncan, *prends-le*, ton vélo. Mais sois prudent !

Il regarda Duncan traverser la rue, pédaler jusqu'au carrefour, regarder prudemment avant de prendre le tournant *(Brave gosse ! T'as vu comme il a pris soin de tendre le bras – mais peut-être était-ce seulement à mon bénéfice.)* C'était une banlieue tranquille, dans une petite ville tranquille ; pelouses bien entretenues, maisons individuelles – des familles d'universitaires pour la plupart, avec, çà et là, une grande maison scindée en petits appartements réservés aux étudiants de maîtrise. La mère de Ralph, par exemple, paraissait bien décidée à rester toute sa vie étudiante, bien qu'elle disposât d'une maison tout entière – et qu'elle fût plus âgée que Garp. Son ex-mari enseignait une des disciplines scientifiques, et se chargeait vraisemblablement de régler ses frais d'inscription. Garp se souvint qu'on avait raconté à Helen que le type vivait avec une étudiante.

Mrs. Ralph est sans doute une femme honorable ; elle a un enfant, un enfant que probablement elle aime. Elle est de bonne foi quand elle cherche à faire quelque chose de sa vie. Si seulement elle était plus *prudente* ! songeait Garp. Il faut être prudent ; les gens ne se rendent pas compte. Il est si facile de tout gâcher.

– Salut ! dit quelqu'un, ou s'imagina-t-il que quelqu'un le disait.

Il se retourna, mais, si quelqu'un avait parlé, il avait déjà disparu – ou n'avait jamais été là. Il se rendit compte qu'il était pieds nus (il avait froid aux pieds ; c'était encore le début du printemps), planté sur le trottoir devant sa maison, un annuaire à la main. Il aurait aimé pouvoir continuer à imaginer M. Neff et le métier de conseiller matrimonial, mais il savait qu'il se faisait tard – il devait préparer le repas du soir et n'avait pas encore fait les courses. A cent mètres de là, il entendait le bourdonnement des moteurs qui alimentaient les énormes chambres froides du supermarché (c'était pour cette raison qu'ils avaient choisi ce quartier – pour que Garp puisse aller à pied faire ses courses quand Helen prenait la voiture pour se rendre au travail. De plus, il y avait à proximité un parc où il pouvait aller courir). Il y avait des ventilateurs sur le mur du fond du supermarché et Garp les entendait aspirer l'air stagnant et chasser de vagues odeurs de nourriture sur tout le quartier. Garp aimait ça. Il avait une âme de cuisinier.

Il passait ses journées à écrire (ou à essayer d'écrire), à courir et à faire la cuisine. Il se levait tôt et préparait son petit déjeuner et celui des enfants ; personne ne rentrait pour déjeuner et Garp sautait toujours le repas de midi ; chaque soir, il se chargeait de préparer le dîner pour tout le monde. C'était un rite qu'il aimait, mais ses ambitions culinaires étaient fonction d'autres facteurs, par exemple s'il avait bien écrit ou s'il avait bien couru ce jour-là. Si son travail avait été décevant, il se purgeait par une longue course menée bon train ; parfois, épuisé par une mauvaise journée où il avait eu du mal à écrire, c'était à peine s'il pouvait courir deux kilomètres ; il tentait alors de sauver la journée en préparant un festin.

Helen ne pouvait jamais deviner le genre de journée qu'avait passée Garp d'après ce qu'il leur préparait ; un bon petit plat mijoté pouvait signifier qu'il y avait quelque chose à fêter, mais aussi que le dîner était la seule chose qui avait bien tourné, que la cuisine était la seule tâche encore susceptible de protéger Garp du désespoir. « Si l'on fait attention, écrivit Garp, à condition d'utiliser de bons ingrédients, et de prendre son temps, il est en général facile de réussir de l'excellente cuisine. Quelquefois, c'est la seule chose positive qui puisse racheter une journée désastreuse : ce que l'on prépare à manger. Pour ce qui est d'écrire, ai-je constaté, on peut fort bien disposer de tous les bons ingrédients, ne ménager ni son temps ni sa peine, et n'aboutir à rien. C'est tout aussi vrai de l'amour. La cuisine, en conséquence, peut conserver à qui ne ménage pas sa peine la santé de l'esprit. »

Il rentra dans la maison pour chercher une paire de chaussures. Il ne possédait que des chaussures de course – de nombreuses paires. Toutes à des stades variés d'usure. Garp et ses enfants portaient des vêtements propres, mais froissés ; Helen aimait faire toilette, mais, bien que Garp se chargeât de lui laver son linge, il refusait de mettre la main au repassage, Helen repassait ses propres affaires et, à l'occasion, une chemise pour Garp ; le repassage était la seule corvée domestique traditionnelle que rejetât Garp. La cuisine, les gosses, la grosse lessive, le ménage – il s'en chargeait. La cuisine, avec talent ; les gosses, avec une certaine nervosité, mais une réelle conscience ; le ménage, un peu par devoir. Il ramassait en jurant les vêtements qui jonchaient la maison, la vaisselle, les jouets, mais ne laissait rien traîner, il avait la manie de tout ramasser. Certains matins, avant de s'installer à sa table pour écrire, il parcourait à fond de train la maison armé d'un aspirateur, ou bien encore nettoyait le four. La maison n'avait jamais l'air en désordre, elle n'était jamais sale, mais on aurait toujours dit que le ménage était fait à la va-vite. Garp adorait jeter, et il manquait toujours un tas de choses. Des mois de suite, il laissait les ampoules électriques griller les unes après les autres, sans les remplacer, jusqu'au jour où Helen se rendait compte qu'ils vivaient dans une obscurité presque complète, agglutinés autour des deux seules lampes encore en bon état. Ou, s'il pensait aux ampoules, il oubliait le savon et le dentifrice.

Helen, de son côté, mettait parfois la main à la pâte, mais Garp dégageait alors totalement sa responsabilité : les plantes, par exemple ; si Helen n'y pensait pas, elles mouraient. Lorsque Garp en voyait une qui semblait pencher tristement sur sa tige, ou virer un tant soit peu au pâle, il l'escamotait aussitôt et la jetait à la poubelle. Des jours plus tard, il arrivait qu'Helen demande :

– Où est passé l'arronzo rouge ?

– Cette saloperie, fait Garp. Il avait une maladie. J'ai vu

des vers dessus. Et il était en train de perdre toutes ses petites épines sur le plancher.

C'était ainsi que Garp tenait la maison.

Garp mit la main sur ses chaussures jaunes et les enfila. Il fourra l'annuaire dans le placard où il rangeait les gros ustensiles de cuisine (il empilait des annuaires partout – puis bouleversait tout pour trouver celui qu'il cherchait). Il versa un peu d'huile d'olive dans une cocotte en fonte, hacha un oignon en attendant que l'huile chauffe. Il était en retard pour se mettre à préparer le dîner ; il n'avait même pas fait les courses. Un peu de sauce tomate, une poignée de pâtes, une laitue une miche de son bon pain. De cette manière, il pourrait filer au supermarché après avoir mis sa sauce en train et il n'aurait plus que les légumes à acheter. Il finit en vitesse son hachis (un peu de basilic frais), mais il était important de ne rien jeter dans la cocotte avant que l'huile soit à point, très chaude, mais non fumante Il est des choses en matière de cuisine, comme d'ailleurs d'écriture, qu'il ne faut pas bousculer. Garp le savait, et jamais il ne les bousculait.

Lorsque le téléphone sonna, il réagit avec une telle fureur qu'il jeta une poignée d'oignons dans la cocotte et se brûla la main avec l'huile qui commençait à brûler.

– Merde ! hurla-t-il.

Il décocha un coup de pied au placard placé près du fourneau, brisant la petite charnière de la porte ; un annuaire glissa à terre et il le contempla avec des yeux ronds. Il versa en vrac les oignons et le basilic dans l'huile et baissa la flamme. Il passa sa main sous l'eau froide et, penché sur un pied à la limite du déséquilibre, tressaillant de douleur à cause de sa brûlure, il décrocha le téléphone de l'autre main.

(Ces charlatans, se disait Garp. Quelles qualifications pouvait bien exiger le métier de conseiller matrimonial ? Pas de doute, songeait-il, encore un de ces trucs que ces psychiatres simplistes prétendent monopoliser.)

– Bordel ! vous me dérangez au beau milieu de mon travail ! aboya-t-il dans l'appareil ; il surveillait du coin de l'œil les oignons qui se recroquevillaient dans l'huile chaude.

De tous les gens susceptibles de l'appeler, il ne redoutait d'offenser personne ; c'était là, entre autres, un des avantages d'être chômeur. Son éditeur, John Wolf, se serait contenté de constater que la façon dont Garp répondait au téléphone confirmait tout à fait l'idée qu'il se faisait de sa muflerie. Helen avait l'habitude de la façon dont il répondait au téléphone ; et s'il s'agissait de quelqu'un qui appelait Helen, il y avait beau temps qu'aux yeux de ses collègues et de ses amis Garp faisait figure d'ours mal léché. S'il s'était agi d'Ernie Holm, Garp aurait eu un remords fugitif ; le moniteur avait la manie de se confondre en excuses, ce qui embarrassait Garp. S'il s'agissait de sa mère, Garp le savait, elle lui lancerait du tac au tac :

— Menteur, va ! Tu n'es jamais au beau milieu de ton travail. Tu vis à la périphérie.

Garp espérait bien qu'il ne *s'agissait pas* de Jenny. En cette période, il ne voyait pas quelle autre femme aurait pu l'appeler. Excepté quelqu'un de la crèche, pour prévenir que le petit Walt avait eu un accident ; c'était peut-être Duncan qui appelait pour annoncer que la fermeture à glissière de son sac de couchage était coincée, ou qu'il venait de se casser la jambe, et dans ce cas-là seulement Garp se sentirait coupable d'avoir gueulé comme une brute. Il est certain que les enfants ont le droit de vous déranger en plein travail – en général, ils ne s'en privent pas.

— Au beau milieu de *quoi donc*, chéri ? lui demanda Helen. Au beau milieu de *qui* ? J'espère qu'elle est jolie au moins.

Au téléphone, la voix d'Helen avait quelque chose de sexuellement provocant, ce qui surprenait toujours Garp – ce n'était pas le genre d'Helen, elle n'était même pas coquette. Bien que Garp la trouvât, dans l'intimité, très excitante, elle n'avait rien d'une allumeuse dans sa façon de s'habiller ni de se comporter en public. Pourtant, au téléphone, il avait toujours trouvé qu'elle avait une voix bandante.

— Je me suis brûlé ! annonça-t-il, d'un ton dramatique. L'huile est trop chaude et les oignons sont en train de roussir. Qu'est-ce qui se passe, bordel ?

— Mon pauvre homme, fit-elle, toujours taquine. Tu n'as pas laissé de message à Pam.

Pam était la secrétaire du département d'anglais ; Garp

se creusait la cervelle pour se rappeler quel message il aurait dû lui laisser.

– Ça te fait mal, cette brûlure ?

– Non, bougonna-t-il. *Quel* message ?

– Les planches, dit Helen.

« *Menuisiers* », Garp se souvenait Il avait promis de passer un coup de fil à la scierie pour commander un lot de planches coupées sur mesure ; Helen devait passer les chercher en rentrant de son travail. Et il lui revint que les conseillers matrimoniaux lui avaient fait oublier le marchand de bois.

– J'ai oublié, avoua-t-il.

Helen, comme toujours, aurait une solution de rechange ; elle avait compris avant même de lui téléphoner.

– Appelle-les tout de suite, dit Helen, et moi je te rappellerai en arrivant à la crèche. Ensuite, sitôt que j'aurai récupéré Walt, je passerai chercher les planches. Il adore les scieries.

Walt, leur second fils, avait maintenant cinq ans ; ils l'avaient mis dans cette espèce de garderie ou de maternelle – en tout cas, il y régnait une ambiance de totale irresponsabilité à laquelle Garp devait certains de ses cauchemars les plus intéressants.

– Bon d'accord, dit Garp, je les appelle tout de suite.

Il se tracassait pour sa sauce tomate, et il avait horreur de raccrocher au nez d'Helen quand il se trouvait, comme maintenant, d'humeur morne et soucieuse.

– J'ai trouvé un travail passionnant, fit-il, en savourant son silence. Mais elle ne demeura pas longtemps silencieuse :

– Tu es un écrivain, chéri. Tu *as* un travail passionnant.

Parfois Garp cédait à la panique lorsqu'il avait l'impression qu'Helen paraissait souhaiter qu'il reste à la maison et « se contente d'écrire » – pour la simple raison que, de son point de vue à elle, c'était bien sûr l'arrangement idéal. Mais, pour lui aussi, la situation était confortable ; il avait cru que c'était ce qu'il voulait.

– Il faut que je retourne remuer les oignons, coupa-t-il. Et ma brûlure me fait mal.

– J'essaierai de te rappeler quand tu seras en plein milieu

de quelque chose, le taquina avec enjouement Helen, de sa voix insolente où frémissait son rire canaille ; un rire qui excitait Garp autant qu'il le rendait furieux.

Il remua les oignons et écrasa une demi-douzaine de tomates dans l'huile chaude ; puis il ajouta du poivre, du sel, de l'origan. Il se contenta de téléphoner à la scierie la plus proche de la garderie de Walt ; Helen était souvent trop méticuleuse pour certaines choses – avec sa manie de toujours comparer les prix, manie qui suscitait l'admiration de Garp. Du bois était toujours du bois, raisonnait-il ; et le meilleur endroit pour faire scier ces fichues planches était l'endroit le plus proche.

Conseiller *matrimonial* ! songea de nouveau Garp, en diluant une cuillerée de purée de tomate dans une tasse d'eau chaude pour ensuite ajouter le tout à sa sauce. Pourquoi les boulots sérieux sont-ils toujours entre les mains de charlatans ? Que pouvait-il y avoir de plus sérieux que le travail de conseiller matrimonial ? Pourtant, il lui semblait que, dans l'échelle de la confiance, un conseiller matrimonial se situait un peu en dessous d'un pédicure. De la même façon que beaucoup de médecins méprisaient les pédicures, les psychiatres ne méprisaient-ils pas les conseillers matrimoniaux ? Quant à Garp, il n'y avait personne qu'il méprisât autant que les psychiatres – ces redoutables simplificateurs, ces voleurs de la complexité des êtres. Pour Garp, les psychiatres étaient les spécimens les plus méprisables de tous ceux qui se révélaient incapables de mettre de l'ordre dans leur propre gâchis.

Le psychiatre s'attaquait au gâchis sans avoir pour le gâchis le respect le plus élémentaire, se disait Garp. L'objectif du psychiatre était de faire le vide dans la tête ; selon Garp, ils y parvenaient (*quand* ils y parvenaient) en se débarrassant de tout ce qui provoquait le gâchis. C'est là le moyen le plus simple de mettre de l'ordre, Garp en savait quelque chose. Le truc, c'est d'*exploiter* le gâchis – de tirer parti de tout ce qui crée le gâchis.

– Facile à dire pour un *écrivain*, avait objecté Helen. Les artistes *peuvent* exploiter le gâchis ; la plupart des gens ne le peuvent pas, et, en outre, ils ont tout simplement horreur du gâchis. Moi, en tout cas, je le sais. Quel psychiatre tu ferais ! Quelle serait ta réaction si un pauvre type qui en aurait ras le bol de son gâchis personnel venait te trouver tout simplement pour qu'on le débarrasse de son gâchis ? Tu lui conseillerais d'*écrire* quelque chose, je suppose ?

Garp n'avait pas oublié cette conversation, et elle lui donnait le cafard ; il se connaissait, connaissait sa tendance à simplifier exagérément les choses qui le mettaient en fureur, mais il était convaincu que la psychiatrie simplifiait exagérément tout.

– La scierie de Springfield Avenue, dit-il lorsque le téléphone sonna. C'est sur ton chemin.

– Je sais où c'est. Tu as téléphoné ailleurs ?

– Du bois, c'est toujours du bois, non ? Les planches sont des planches. Passe à Springfield Avenue, tout sera prêt.

– Et ce travail intéressant, *qu'est-ce que c'est* ? demanda Helen ; elle n'avait cessé d'y penser, il l'aurait parié.

– Conseiller matrimonial, annonça Garp.

Sa sauce tomate mijotait doucement – la cuisine se remplissait de vapeurs odorantes. Au bout du fil, Helen gardait un silence respectueux. Garp s'en doutait, elle trouverait difficile de lui demander, pour une fois, quelles qualifications il estimait avoir pour ce genre de travail.

– Tu es écrivain, fit-elle.

– Qualification excellente pour ce travail, dit Garp. Des années passées à méditer sur le marasme des relations humaines ; des heures passées à tenter de deviner ce que les gens ont en commun. L'échec de l'amour, poursuivait Garp d'une voix monotone, la complexité des compromis, le besoin de compassion.

– Eh bien, *écris* là-dessus, fit Helen. Que te faut-il de plus ?

Elle savait ce qui allait suivre.

– L'art n'aide personne, dit Garp. En fait, l'art n'est d'aucune utilité pour personne ; les gens ne peuvent pas le manger, il ne les habillera pas, pas plus qu'il ne les abritera – et, s'ils sont malades, il ne les aidera pas à guérir.

Telle était, Helen le savait, la théorie de Garp sur l'inutilité fondamentale de l'art ; il rejetait l'idée que, du point de vue social, l'art eût la moindre valeur – qu'il pût en avoir, qu'il dût en avoir. Les deux choses ne devaient sur tout pas être confondues, estimait-il ; il y avait l'art, et il y avait l'aide dont les gens avaient besoin. Et il y avait lui, qui, maladroitement, s'essayait aux deux – le vrai fils de sa mère, finalement. Mais, fidèle à sa théorie, il voyait dans l'art et dans l'engagement social deux domaines distincts. Les gâchis éclataient lorsque des imbéciles tentaient de combiner les deux champs. Garp devait toute sa vie garder la conviction, conviction qui d'ailleurs l'exaspérait, que la littérature était une denrée de luxe ; il aurait souhaité qu'elle fût plus utilitaire – et pourtant, dès qu'elle l'était, il en avait horreur.

– Bon, eh bien, je vais passer chercher les planches, fit Helen.

– Et au cas où les particularités de mon talent ne constitueraient pas des qualifications suffisantes, dit Garp, j'ai, comme tu sais, été marié, moi aussi. (Il attendit.) J'ai eu des enfants. (Il attendait toujours.) J'ai fait toute une gamme d'expériences en rapport avec le mariage – tout comme toi d'ailleurs.

– Springfield Avenue ? fit Helen. Je ne serai pas longue.

– J'ai plus d'expérience qu'il n'en faut pour ce travail, insista-t-il. Je sais ce que c'est que d'être financièrement dépendant, j'ai goûté à l'infidélité.

– Tant mieux pour toi, fit Helen en lui raccrochant au nez.

Mais Garp se disait : Peut-être le métier de conseiller matrimonial est-il un domaine bidon, même si le conseiller est quelqu'un de sincère et de qualifié. Il reposa le combiné sur son berceau. Il savait qu'il lui serait facile de faire sa publicité dans l'annuaire et avec un grand succès – même sans mentir.

PHILOSOPHIE DU MARIAGE
& CONSEILS AUX FAMILLES

S.T.GARP

auteur de *Procrastination*
et du *Second Souffle du coucou*

A quoi bon ajouter qu'il s'agissait de romans ? On pouvait croire d'après les titres, Garp s'en rendait compte, qu'il s'agissait de manuels de conseils matrimoniaux.

Mais où recevrait-il ses malheureux patients, à son domicile ou dans un bureau ?

Garp prit un poivron vert et le ficha debout au centre du brûleur ; il augmenta la flamme et le poivron se mit à brûler. Quand toute la surface serait noircie, Garp le laisserait refroidir, puis raclerait soigneusement la peau brûlée. A l'intérieur, il resterait un poivron rôti, très doux au goût, qu'il débiterait en tranches minces et mettrait à mariner dans un mélange d'huile, de vinaigre de d'origan. Il l'utiliserait comme assaisonnement pour sa salade. Mais c'était avant tout parce que le poivron rôti donnait une si bonne odeur à la cuisine qu'il aimait préparer ainsi son assaisonnement.

Il retourna le poivron avec des pincettes. Une fois le poivron noirci, Garp le retira vivement, toujours à l'aide de ses pinces, et le jeta dans l'évier. Le poivron siffla comme pour protester.

– Vas-y, cause toujours, fit Garp. Il ne te reste plus beaucoup de temps.

Il avait l'esprit ailleurs. D'ordinaire, lorsqu'il faisait la cuisine, il aimait bien cesser de penser à autre chose – en fait, il s'y contraignait. Mais cette histoire de conseiller matrimonial le tracassait, il était en pleine crise de confiance.

– Tu fais une crise de confiance, tu te demandes si tu peux encore écrire, lui dit Helen, en pénétrant dans la cuisine avec plus d'autorité encore qu'à l'ordinaire – les deux étagères fraîchement débitées coincées sous son bras comme une paire de fusils de chasse.

– Papa a fait brûler quelque chose, fit Walt.

– Un poivron, et papa l'a fait *exprès*, dit Garp.

– Chaque fois que tu ne peux pas écrire, tu fais des idioties, dit Helen. Je reconnais pourtant qu'en fait de diversion l'idée me semble plus astucieuse que la dernière fois.

Garp s'était bien attendu à ce qu'elle soit fin prête à passer à l'offensive, mais il fut surpris de constater qu'elle était prête *à ce point*. La dernière « diversion », comme disait Helen, qu'il avait pratiquée pour oublier son impuissance à écrire avait été une baby-sitter.

Garp plongea une cuiller en bois dans sa sauce tomate. Il

tressaillit quand un crétin prit le virage au coin de la maison en rétrogradant bruyamment, avec un hurlement de pneus qui lacéra les nerfs de Garp comme un miaulement de chat torturé. D'instinct, il chercha des yeux Walt, qui était là – planté sain et sauf dans la cuisine.

– Où est Duncan ? demanda Helen.

Elle se dirigea vers la porte, mais Garp lui coupa le chemin.

– Duncan est allé chez Ralph.

Aucune crainte à avoir, *cette fois*, le chauffard n'aurait pas écrasé Duncan ; mais Garp avait pour habitude de pourchasser les chauffards. En fait, il avait harcelé tous les conducteurs du quartier un peu trop portés sur l'accélérateur. Dans le quartier de Garp, toutes les rues se coupaient à angle droit, et des panneaux de stop signalaient tous les carrefours ; Garp était en général capable de rattraper une voiture, à pied, à condition toutefois qu'elle ne brûle pas les stops.

Au moindre bruit de moteur, Garp s'élançait dans la rue. Parfois, si la voiture allait trop vite, Garp ne parvenait pas à la rattraper avant le troisième ou le quatrième stop. Un jour, il franchit cinq carrefours de suite et était si essoufflé en rattrapant la voiture coupable que le conducteur fut persuadé qu'un crime venait d'être commis dans le quartier et que Garp, s'il n'était pas lui-même le meurtrier, tentait de prévenir la police.

La plupart des conducteurs se laissaient impressionner par Garp et, même s'ils l'injuriaient par la suite, ils se montraient polis et se confondaient en excuses en sa présence, promettant de modérer à l'avenir leur vitesse en traversant le quartier. Ils constataient au premier coup d'œil que Garp était en bonne forme physique. La plupart étaient des lycéens qui cédaient à la panique – ils jouaient les chauffards pour épater leurs petites amies, ou démarraient en trombe devant chez elles. Garp n'était pas idiot au point de croire qu'il pourrait changer leurs mœurs ; tout ce qu'il espérait, c'était les inciter à aller faire de l'esbroufe ailleurs.

Ce jour-là, le délinquant était une femme (Garp vit luire ses boucles d'oreilles et ses bracelets, tandis qu'il fonçait pour la rattraper). Elle s'était arrêtée à un stop et était sur le point de redémarrer lorsque Garp heurta sa vitre d'un coup sec avec la cuiller en bois, ce qui fit sursauter la femme. La cuiller, dégoulinante de sauce tomate, paraissait avoir été plongée dans le sang.

Garp attendit qu'elle consente à baisser sa vitre, et formulait déjà ses premiers commentaires (« Désolé de vous avoir fait peur, mais je voudrais vous demander un service personnel… ») lorsqu'il reconnut la femme : c'était la mère de Ralph – la célèbre Mrs. Ralph. Ni Duncan ni Ralph ne l'accompagnaient ; elle était seule, et il était visible qu'elle venait de pleurer.

– Oui, qu'est-ce qui se passe ? demanda-t-elle.

Garp n'aurait su dire si elle avait reconnu ou non en lui le père de Duncan.

– Désolé de vous avoir fait peur, commença Garp.

Il se tut. Qu'aurait-il pu lui dire d'autre ? Le visage souillé de larmes, mal remise d'une querelle avec son ex-mari ou son amant, la malheureuse paraissait accablée par sa ménopause menaçante comme par une grippe ; son corps semblait chiffonné par la souffrance, elle avait les yeux rouges et le regard flou.

– Je suis désolé, marmonna Garp – sincèrement désolé de la vie que menait cette femme.

Comment pouvait-il lui dire qu'en réalité il n'avait qu'une chose à lui demander, ralentir.

– Qu'y a-t-il ?

– Je suis le père de Duncan.

– Je *sais* qui vous êtes. Moi, je suis la mère de Ralph.

– Je sais, fit-il, avec un sourire.

– Le père de Duncan et la mère de Ralph se rencontrent, railla-t-elle.

Sur quoi elle fondit en larmes. Son visage parut s'abattre en avant et heurta le klaxon. Elle se redressa vivement, accrochant la main de Garp appuyée sur le bord de la portière ; ses doigts s'ouvrirent, laissant choir la longue cuiller sur les cuisses de la femme. Tous deux la contemplèrent, médusés ; une tache de sauce tomate souillait la robe beige toute chiffonnée.

– Vous devez penser que je fais une mère affreuse, dit Mrs. Ralph.

Garp, comme toujours obsédé par le danger, se pencha et

coupa le contact. Il décida de laisser la cuiller où elle était. Entre autres malédictions qui pesaient sur Garp, il était impuissant à dissimuler ses sentiments, même à de parfaits inconnus ; s'il vous trouvait méprisable, vous le *sentiez* d'une façon ou d'une autre.

– Je n'ai pas la moindre idée du genre de mère que vous faites, lui dit Garp. Je trouve que Ralph est un gentil garçon.

– Il est capable d'être un sacré emmerdeur, fit-elle.

– Peut-être aimeriez-vous mieux que Duncan ne passe pas la nuit chez vous ? demanda Garp – *espéra* Garp.

Garp eut l'impression qu'elle ne savait même pas que Duncan *allait* passer la nuit avec Ralph. Elle regardait la cuiller toujours posée sur ses cuisses.

– C'est de la sauce tomate, dit Garp.

A sa grande surprise, Mrs. Ralph saisit la cuiller et la lécha.

– Vous faites la cuisine ?

– Oui, j'aime bien faire la cuisine.

– C'est très bon, lui dit Mrs. Ralph, en lui tendant la cuiller. J'aurais dû me dégoter quelqu'un dans votre genre – un petit connard bien musclé qui aime faire la cuisine.

Garp compta mentalement jusqu'à cinq ; puis il se lança :

– Je ne demande pas mieux que d'aller chercher les enfants. Ils pourraient passer la nuit chez nous, si vous avez envie d'être seule.

– Seule ! Je suis *toujours* seule. *J'aime* que les garçons restent avec moi. Et eux aussi ils aiment ça. Savez-vous pourquoi ? demanda Mrs. Ralph, en lui coulant un regard pervers.

– Pourquoi ?

– Ils aiment me regarder prendre mon bain. Il y a une fente dans la porte. Vous ne trouvez pas que c'est gentil de la part de Ralph d'avoir envie de faire admirer sa vieille mère à ses copains ?

– Oui, admit Garp.

– Vous n'êtes pas d'accord, n'est-ce pas, Mr. Garp. Vous n'êtes pas d'accord du tout.

– Je suis navré que vous soyez si malheureuse, dit Garp.

La voiture était un vrai dépotoir, et il aperçut sur la banquette avant un exemplaire broché de l'*Éternel Mari* de Dostoïevski. Il revint à Garp que Mrs. Ralph poursuivait ses études.

— Quel est votre sujet principal ? demanda-t-il, stupidement.

Il se souvint qu'elle était une étudiante quasi professionnelle ; sans doute son problème était-il une thèse qu'elle ne finirait jamais.

Mrs. Ralph secoua la tête :

— Y a pas à dire, vous aimez savoir où vous mettez les pieds, vous, pas vrai ? Vous êtes marié depuis longtemps ?

— Presque onze ans, dit Garp.

Mrs. Ralph ne parut pas particulièrement impressionnée ; il y avait douze ans que Mrs. Ralph était mariée.

— Votre gosse ne risque rien avec moi, fit-elle, comme brusquement excédée par sa présence, et comme si elle pouvait lire dans son esprit avec une parfaite lucidité. Ne vous faites pas de souci. Je suis tout à fait inoffensive – avec les enfants. Et je ne fume pas au lit.

— Je suis sûr que cela fait un bien fou aux enfants de vous regarder prendre votre bain, dit Garp, qui, sur-le-champ, se sentit honteux de ses paroles, bien que, de tout ce qu'il lui avait dit, ce fût une des rares choses qu'il pensât.

— Je ne sais pas. On dirait que ça n'a pas fait de bien à mon mari ; pourtant, *lui*, il m'a regardée pendant des années.

Elle leva les yeux sur Garp, qui, à force de sourire, avait mal à la bouche.

Caresse-lui la joue, se disait-il ; au moins, *dis*-lui quelque chose. Mais Garp n'était pas très doué pour se montrer aimable, et il ne flirtait pas.

— Ma foi, les maris sont bizarres, marmonna-t-il (Garp le conseiller matrimonial, plein de bons conseils). Je crois que la plupart ne savent pas ce qu'ils veulent.

Mrs. Ralph partit d'un rire amer :

— Mon mari a déniché un petit *con* de dix-huit ans. C'est *ça* qu'il veut, semble-t-il.

— Désolé, dit Garp.

Le conseiller matrimonial est du genre « désolé », comme un médecin malchanceux – celui qui récolte tous les incurables.

— Vous êtes écrivain, fit Mrs. Ralph d'un ton accusateur,

en lui brandissant sous le nez un exemplaire de l'*Éternel Mari*. Qu'est-ce que vous en pensez, de ça ?

— C'est une histoire merveilleuse, dit Garp (par bonheur, c'était un livre dont il se souvenait), clair et compliqué, plein de paradoxes à la fois pervers et très humains.

— Moi, je trouve que c'est une histoire *écœurante*, dit Mrs. Ralph. J'aimerais bien qu'on m'explique ce que Dostoïevski a de tellement extraordinaire.

— Eh bien, dit Garp, ses personnages sont tellement complexes du point de vue psychologique et émotionnel ; et ses intrigues sont tellement ambiguës.

— Ses femmes sont *moins* que des objets, dit Mrs. Ralph, elles n'ont pas la moindre *forme*. Ce ne sont que des idées, dont les hommes parlent et avec lesquelles ils jouent.

Elle lança le livre dans sa direction ; il toucha Garp à la poitrine et tomba sur le trottoir. Elle fourra ses poings crispés entre ses cuisses, les yeux rivés sur la tache qui souillait sa robe, marquait comme d'une cible rouge tomate l'emplacement de son sexe.

— Bon Dieu ! ça c'est moi tout craché, dit-elle, les yeux rivés sur la tache.

— Je suis désolé, répéta Garp. J'ai bien peur que la tache ne s'en aille pas.

— Les taches ne s'en vont jamais ! s'écria Mrs. Ralph.

Elle partit d'un rire tellement idiot que Garp se sentit terrorisé. Il ne dit rien et elle ajouta :

— Je parie que vous pensez que ça me ferait le plus grand bien de me faire *baiser*.

Pour être juste, il était rare que Garp pensât aux gens en ces termes, mais, Mrs. Ralph suggérant la chose, il se dit qu'en effet, oui, dans son cas, cette solution simpliste marcherait peut-être.

— Et je parie aussi que vous vous imaginez que je vous laisserais faire, dit-elle en le foudroyant du regard.

A vrai dire, c'était ce que pensait Garp.

— Non, je ne pense rien de semblable, assura-t-il.

— Si, vous pensez que vous adoreriez ça.

— Non, fit Garp, en baissant la tête.

— Ma foi, vu qu'il s'agit de vous, j'y consentirais peut-être.

Il la regarda ; elle le gratifia d'un sourire démoniaque.

— Peut-être cela rabattrait-il un peu votre caquet, ajouta-t-elle, cinglante.

— Vous ne me connaissez pas, pas assez pour vous permettre de me parler de cette façon, dit Garp.

— Je sais que vous êtes *vaniteux*, dit Mrs. Ralph. Vous vous croyez tellement supérieur.

Vrai, Garp était d'accord ; il *était* supérieur. Comme conseiller matrimonial, il serait minable, il en était sûr maintenant.

— Je vous en prie, pas d'imprudence au volant, dit Garp en s'écartant. S'il y a quelque chose que je puisse faire, ne vous gênez pas pour passer un coup de fil.

— Par exemple, si j'ai besoin d'un bon *amant* ? lui demanda Mrs. Ralph, avec hargne.

— Non, non pas ça.

— Pourquoi m'avez-vous arrêtée ?

— Parce que j'ai trouvé que vous conduisiez trop vite.

— Pour moi, vous n'êtes qu'un petit trou du cul pompeux, dit-elle.

— Pour moi, vous êtes une connasse irresponsable, dit-il.

Elle lâcha un cri, comme si elle avait reçu un coup de poignard.

— Écoutez, je suis désolé, fit-il (une fois de plus), mais je vais passer chercher Duncan.

— Non, je *vous en prie*, dit-elle. Je suis capable de m'en occuper, vrai, j'en ai *envie*. Il ne lui arrivera rien – je m'en occuperai comme s'il était à moi !

Garp ne se sentit pas outre mesure rassuré.

— Je ne suis pas connasse *à ce point* – avec les *gosses*, ajouta-t-elle, en s'arrachant un sourire empreint d'un charme inquiétant.

— Je suis désolé, dit Garp – une vraie rengaine chez lui.

— Moi aussi, dit Mrs. Ralph.

Comme si entre eux le problème avait été réglé, elle démarra et, brûlant le stop, traversa le carrefour. Elle s'éloigna – lentement, mais en tenant plus ou moins le milieu de la chaussée –, et Garp la salua en agitant sa cuiller en bois.

Sur quoi, il ramassa l'*Éternel Mari* et regagna la maison.

10

Le chien dans la ruelle,
l'enfant dans le ciel

— Il faut sortir Duncan de chez cette folle, déclara Garp
à Helen.

— Eh bien, tu t'en charges. C'est toi qui te fais du mouron.

— J'aurais voulu que tu voies comment elle conduisait.

— Ma foi, dit Helen, je doute qu'elle emmène Duncan
faire une balade en voiture.

— Il est possible qu'elle les emmène manger une pizza,
dit Garp. Je parie qu'elle est incapable de faire la cuisine.

Helen contemplait l'*Éternel Mari*.

— Bizarre qu'une femme aille choisir ce livre pour faire
un cadeau au mari d'une autre femme.

— Elle ne m'en a pas fait cadeau, Helen. Elle me l'a *jeté*
à la figure.

— C'est une histoire extraordinaire.

— Elle, elle trouve que c'est une histoire *répugnante*, dit
Garp, au bord du désespoir. Une histoire injuste à l'égard
des femmes.

Helen parut intriguée :

— L'idée ne me serait jamais venue que cela pouvait
poser le moindre problème.

— Bien sûr que non, hurla Garp. Cette femme est une
imbécile ! Ma mère la trouverait adorable.

— Oh, pauvre Jenny, dit Helen. Ne va pas t'en prendre à
elle.

— Finis tes pâtes, Walt, fit Garp.

— Tu peux te les mettre au popotin, fit Walt.

— Joli vocabulaire, dit Garp. Walt, je n'ai pas de popotin.

— Si, t'en as un.

— Il ne sait pas ce que ça veut dire, fit Helen. Moi non
plus, je ne suis pas très sûre de ce que ça veut dire.

– Cinq ans ! dit Garp. Très vilain à cinq ans de dire des choses pareilles aux gens, Walt.

– C'est Duncan qui lui aura appris ça, je parie, dit Helen.

– Dans ce cas, Duncan l'aura appris de Ralph, qui, sans aucun doute, l'aura appris de sa garce de mère !

– Surveille un peu ton langage, toi aussi, dit Helen. Walt aurait tout aussi bien pu apprendre son « popotin » de ta bouche.

– Pas de la mienne, impossible. Moi non plus, je ne suis pas très sûr de ce que ça veut dire. Je n'utilise jamais ce mot-là.

– Tu en utilises un tas d'autres du même acabit.

– Walt, mange tes pâtes, dit Garp.

– Calme-toi, fit Helen.

Garp contemplait le restant de pâtes dans l'assiette de Walt, comme s'il s'agissait pour lui d'une offense personnelle.

– Dites-moi donc pourquoi je me fais du mouron ? fit-il. L'enfant ne mange rien.

Ils finirent leur repas en silence. Helen savait que Garp était en train de concocter l'histoire qu'il raconterait à Walt après le dîner. Elle le savait, c'était toujours ce que faisait Garp pour se calmer, chaque fois qu'il se faisait du mouron pour les enfants – comme si d'inventer une bonne histoire à l'intention des enfants lui permettait de croire qu'il ne leur arriverait jamais rien.

Avec les enfants, Garp se montrait d'une générosité instinctive, d'une loyauté tout animale, le plus affectueux des pères ; il comprenait Duncan et Walt, de façon à la fois globale et nuancée. Pourtant, Helen l'aurait juré, il ne se rendait pas compte à quel point l'anxiété qu'il manifestait envers les enfants contribuait à les rendre anxieux – tendus, immatures même. D'une certaine façon, il les traitait en adultes, mais, par ailleurs, se montrait si protecteur qu'il les empêchait de grandir. Il ne se résignait pas aux dix ans de Duncan ni aux cinq ans de Walt, et on aurait dit parfois que les enfants étaient à jamais figés dans son esprit comme s'ils avaient toujours eu trois ans.

Helen écouta l'histoire que Garp avait inventée pour

Walt avec, comme d'habitude, un mélange d'intérêt et d'inquiétude. Comme la plupart des histoires que Garp inventait à l'intention des enfants, celle-ci commençait comme une histoire pour enfants et se terminait comme une histoire qu'on eût dit inventée par Garp à l'intention de Garp lui-même. On aurait pu croire que les enfants d'un écrivain auraient l'occasion d'entendre davantage d'histoires que les autres, mais Garp préférait que ses enfants n'entendent que ses histoires à lui.

– Il y avait une fois un chien, commença Garp.

– Quel genre de chien ? demanda Walt.

– Un gros chien, un berger allemand.

– Et c'était quoi, son nom ?

– Il n'avait pas de nom. Il vivait en Allemagne, dans une ville, après la guerre.

– Quelle guerre ?

– La Deuxième Guerre mondiale.

– Oh, oui, je vois, dit Walt.

– Le chien avait été à la guerre, continua Garp. Comme chien de sentinelle, ce qui fait qu'il était très féroce, et très malin.

– Très méchant, dit Walt.

– Non, fit Garp, il n'était ni méchant ni gentil, ou, quelquefois, il était les deux en même temps. Il était tout ce que son maître le dressait à être, parce qu'on l'avait dressé à faire tout ce que son maître lui disait.

– Et comment qu'il reconnaissait son maître ?

– Je n'en sais rien, admit Garp. Après la guerre, il eut un nouveau maître. Ce maître était le propriétaire d'un des cafés de la ville ; un café où l'on pouvait boire du café ou du thé, ou n'importe quoi, et lire les journaux. La nuit, le maître laissait la lumière allumée dans le café, pour que, de la rue, on puisse voir par les fenêtres les tables débarrassées et les chaises retournées dessus. Le plancher était bien balayé, et, toute la nuit, le gros chien arpentait le plancher. Il était comme un lion en cage, jamais il ne restait immobile. Quelquefois, des passants l'apercevaient, et ils frappaient sur la vitrine pour attirer son attention. Le chien se contentait de les regarder – il n'aboyait pas, ne grondait même pas. Simplement, il s'arrêtait de marcher et les regardait jusqu'à ce que le curieux se lasse et se décide à partir. On avait l'impression que, si on s'attardait un peu trop, le chien serait capable de vous sauter dessus en crevant la vitrine. Mais il ne le fit jamais ; il ne fit jamais rien, en fait, parce que personne ne tenta jamais de pénétrer dans le café la nuit. Il suffisait d'y laisser le chien ; le chien n'avait pas besoin de *faire* quoi que ce soit.

— Le chien avait *l'air* très méchant, dit Walt.

— Bon, je vois que tu as compris, fit Garp. Pour le chien, toutes les nuits se passaient de la même façon, et, le jour, on l'attachait dans la ruelle qui bordait le café. Il était attaché à une longue chaîne, elle-même fixée à l'essieu avant d'un vieux camion militaire que quelqu'un était venu garer en marche arrière dans la ruelle et avait laissé là – pour de bon. Le camion en question n'avait plus de roues. Et tu sais ce que c'est que des cales, pas vrai, enchaîna Garp. Eh bien, le camion était posé sur des cales, de façon à ce qu'il ne bouge pas d'un pouce sur ses essieux. Il y avait juste assez de place pour que le chien puisse se faufiler sous le camion et rester là, à l'abri du soleil ou de la pluie. La chaîne était juste assez longue pour permettre au chien d'avancer jusqu'à l'entrée de la ruelle et de regarder passer les gens sur le trottoir et les voitures dans la rue. Quand on suivait le trottoir, on voyait parfois le chien pointer son museau à l'entrée de la ruelle ; la chaîne lui permettait d'aller jusque-là, mais pas plus loin. Si on avançait la main, le chien la reniflait, mais il n'aimait pas se laisser caresser et jamais il ne léchait la main de personne, comme le font certains chiens. Si on essayait de le caresser, il baissait la tête et s'esquivait dans la ruelle. A la façon dont il vous regardait, il était clair qu'il n'aurait pas été très malin de le suivre ni d'insister pour le caresser.

— Il aurait mordu, dit Walt.

— Ma foi, personne n'en savait rien. A vrai dire, il n'a jamais mordu personne ou, du moins, jamais je ne l'ai entendu dire.

— Tu y étais toi, là-bas ? demanda Walt.

— Oui, assura Garp ; il le savait, le conteur se devait toujours d'avoir été « là-bas ».

– Walt ! intervint Helen.

A la grande exaspération de Garp, elle restait toujours là pour écouter les histoires qu'il racontait aux enfants.

– Voilà ce qu'on veut dire par « mener une vie de chien », lança-t-elle.

Mais ni Walt ni son père ne trouvèrent l'interruption à leur goût.

– Continue, papa. Qu'est-ce qui est arrivé au chien ?

Comme chaque fois, Garp sentait poindre les responsabilités. Quel est donc cet instinct qui pousse les gens à toujours espérer que quelque chose va *arriver* ? Si on commence une histoire où il est question d'un homme ou d'un chien, il faut que quelque chose leur arrive.

– Continue ! s'impatienta Walt.

Captivé par son propre récit, il arrivait fréquemment à Garp d'oublier son public.

Il poursuivit :

– Si trop de gens avançaient la main pour la faire renifler au chien, il reculait dans le fond de la ruelle et se faufilait sous le camion. On voyait souvent le bout de son museau noir pointer dessous. Donc, il se tenait soit sous le camion, soit au ras du trottoir, à l'entrée de la ruelle ; jamais il ne stationnait entre les deux. Il avait ses habitudes et rien ne pouvait les troubler.

– Rien ? demanda Walt, déçu – ou du moins inquiet de voir qu'il n'arriverait rien.

– Eh bien, disons *presque* rien, concéda Garp, et Walt dressa aussitôt l'oreille. *Quelque chose* le tracassait ; une chose, rien qu'une. La seule chose capable de le mettre en colère, ce chien. L'unique chose capable de pousser le chien à aboyer. Une chose qui en fait le rendait fou.

– Oh, bien sûr, un *chat* ! s'écria Walt.

– Un chat *affreux*, dit Garp, d'une voix telle qu'Helen, qui s'était une fois de plus replongée dans *l'Éternel Mari*, interrompit sa lecture et retint son souffle. Pauvre Walt ! pensa-t-elle.

– Pourquoi qu'il était affreux, le chat ? demanda Walt.

– Parce qu'il taquinait le chien.

Helen se sentit soulagée en constatant qu'il n'y avait rien là de bien affreux.

– C'est pas très gentil de taquiner, dit Walt, qui parlait d'expérience.

Walt était le souffre-douleur de Duncan, qui adorait taquiner. C'était *Duncan* qui aurait dû écouter cette histoire, songea Helen. Gratifier Walt d'un sermon sur les taquineries était une perte de temps.

– C'est affreux de taquiner, renchérit Garp. Mais le chat était affreux. C'était un vieux chat, un chat de gouttière, sale et méchant.

– Comment qu'il s'appelait ?

– Il n'avait pas de nom. Il n'avait pas de maître ; il avait tout le temps faim, ce qui fait qu'il volait pour manger. Personne n'aurait pu le lui reprocher. Et il était toujours en train de se battre avec d'autres chats, et, ça non plus, personne n'aurait pu le lui reprocher. Je suppose. Il n'avait qu'un œil ; il avait perdu l'autre depuis si longtemps que le trou s'était refermé et que le poil avait repoussé sur l'emplacement de l'œil. Il n'avait pas d'oreilles. Il avait sans doute été obligé de se battre toute sa vie.

– Pauvre bête ! s'écria Helen.

– Personne ne pouvait reprocher au chat d'être ce qu'il était, poursuivit Garp, à ceci près qu'il taquinait le chien. Ça, c'était mal ; rien ne l'y forçait. Il mourait de faim, ce qui fait qu'il était forcé d'être sournois et personne ne le protégeait, ce qui fait qu'il était forcé de se battre. Mais il n'était pas *forcé* de taquiner le chien.

– C'est pas gentil de taquiner, répéta Walt.

Une histoire pour Duncan, pas de doute, pensa Helen.

– Tous les jours, reprit Garp, le chat suivait le trottoir et s'arrêtait pour faire sa toilette au bout de la ruelle. Le chien jaillissait de dessous le camion et fonçait si vite que la chaîne se tortillait derrière lui comme un serpent qui vient de se faire écraser sur la route. Tu as déjà vu ça ?

– Oh, oui, bien sûr, fit Walt.

– Et quand le chien arrivait au bout de la chaîne, la chaîne lui ramenait brutalement le cou en arrière ; le chien décollait et atterrissait sur les pavés de la ruelle, le souffle coupé ou parfois même à demi assommé. Le chat ne bougeait jamais. Le chat *connaissait* la longueur de la chaîne et il restait là à faire sa toilette, son œil unique rivé sur le chien. Le chien devenait fou. Il aboyait et tirait et se débattait au bout de sa chaîne, tant et si bien que le propriétaire du café, son maître, finissait par sortir pour chasser le chat. Alors, le chien retournait se faufiler sous le camion. Certains jours, le chat revenait aussitôt, et le chien restait allongé sous le camion jusqu'au moment où il ne pouvait plus y tenir, ce qui ne traînait jamais très longtemps. Il restait tapi là, tandis que, sur le trottoir, le chat se débarbouillait avec soin, et on ne tardait pas à entendre le chien recommencer à gémir et se plaindre, tandis que le chat le regardait sans s'émouvoir du bout de la ruelle en continuant à faire sa toilette. Et, bientôt, le chien se mettait à hurler, mais sans sortir de dessous le camion, et commençait à se démener comme s'il avait été assailli par un essaim d'abeilles, mais le chat continuait calmement à faire sa toilette. Tant et si bien que le chien jaillissait de dessous le camion et fonçait une fois de plus dans la ruelle, en tirant sa chaîne derrière lui – tout en sachant ce qui allait arriver. Il savait que la chaîne allait l'arracher du sol et l'étrangler et le projeter sur le trottoir, et que, quand il se relèverait, le chat serait toujours assis là, à quelques centimètres de lui, occupé à faire sa toilette. Et il aboierait à en perdre la voix jusqu'à ce que son maître, ou quelqu'un d'autre, vienne chasser le chat. Ce chien *haïssait* le chat, conclut Garp.

– *Moi aussi*, je le hais, dit Walt.

– Et moi aussi, dans ce temps-là, je le haïssais, dit Garp.

Helen sentit que l'histoire lui plaisait de moins en moins – la conclusion était trop prévisible. Elle s'abstint pourtant de tout commentaire.

– Continue, dit Walt.

L'important, quand on raconte une histoire à un enfant, Garp le savait, est de raconter (ou de faire semblant) une histoire dont le dénouement est évident.

– Un jour, reprit Garp, tout le monde crut que le chien avait perdu la tête pour de bon. Pendant une journée entière, il n'arrêta pas de jaillir de dessous le camion et de foncer jusqu'au bout de la ruelle, alors que, chaque fois, la chaîne le tirait en arrière et le projetait à terre ; sur quoi il recommençait. Même lorsque le chat n'était pas là, le chien s'obstinait à se ruer vers l'entrée de la ruelle, tirant de tout son poids sur la chaîne et se précipitant sur les pavés. Certains des passants en restaient terrifiés, surtout ceux qui voyaient le chien leur foncer dessus et ignoraient qu'il était *enchaîné*. Et, cette nuit-là, le chien fut si fatigué qu'il ne patrouilla pas dans le café ; il resta allongé sur le plancher et dormit comme s'il était malade. Cette nuit-là, n'importe qui aurait pu faire irruption dans le café ; je ne crois pas que le chien aurait ouvert l'œil. Et le lendemain, il recommença, bien que son cou fût meurtri, car, chaque fois que la chaîne l'arrachait du sol, il poussait un cri. Et cette nuit-là, il dormit dans le café, aussi inerte qu'un chien mort qui aurait été abattu là et abandonné sur le plancher. Son maître fit venir un vétérinaire, et le vétérinaire fit plusieurs piqûres au chien – pour le calmer sans doute. Pendant quarante-huit heures, le chien passa ses nuits prostré sur le plancher du café et ses journées allongé sous le camion, et, même lorsque le chat venait se pavaner sur le trottoir ou s'installait à l'entrée de la ruelle pour faire sa toilette, le chien ne bougeait pas. Pauvre chien, ajouta Garp.

– Il était triste, dit Walt.

– Mais penses-tu qu'il était *intelligent* ?

Walt parut perplexe, mais il finit par dire :

– Je *pense* que oui.

– Il l'était, dit Garp, parce que, à force de tirer comme un fou sur sa chaîne, il avait réussi à déplacer le camion auquel il était attaché – un tout petit peu. Le camion avait beau être là depuis des années et bloqué par la rouille sur ses cales au point que toutes les maisons du voisinage auraient pu s'effondrer sans l'ébranler d'un pouce, *malgré tout*, le chien avait *déplacé* le camion. Un tout petit peu. Mais à ton avis, le chien avait-il *suffisamment* déplacé le camion ? demanda Garp.

– Je pense que oui, dit Walt.

Helen était de cet avis, elle aussi.

– Il ne s'en fallait plus que de quelques centimètres pour qu'il puisse atteindre le chat, dit Garp.

Walt hocha la tête. Helen, sentant poindre un abominable dénouement, se replongea dans l'*Éternel Mari*.

– Un jour, reprit Garp plus lentement, le chat vint s'installer à l'entrée de la ruelle et se mit à se lécher les pattes.

Il humectait ses pattes et frottait jusqu'au fond des trous qui marquaient l'emplacement de ses oreilles disparues, puis passait ses pattes sur sa vénérable orbite maintenant obstruée qui avait naguère abrité son œil disparu, et fixait son œil valide sur le chien tapi sous le camion au fond de la ruelle. Maintenant que le chien refusait de sortir, le chat commençait à s'ennuyer. Ce fut alors que le chien sortit.

– Je crois que le camion avait suffisamment bougé, dit Walt.

– Le chien dévala la ruelle plus vite qu'il ne l'avait jamais encore fait, si bien que la chaîne parut décoller du sol, et le chat ne fit pas un geste pour fuir, bien que, *cette fois*, le chien fût capable de l'atteindre. A ceci près, dit Garp, que la chaîne était *un rien* trop courte.

Helen poussa un gémissement.

– Le chien coiffa de sa gueule grande ouverte la tête du chat, mais la chaîne l'étrangla si rudement qu'il ne parvint pas à refermer ses mâchoires ; le souffle coupé net, le chien fut projeté en arrière – comme toujours –, et le chat, comprenant que les choses avaient changé, s'enfuit.

– Mon Dieu ! s'écria Helen.

– Oh, non ! dit Walt.

– Bien sûr, le chat n'était pas du genre à se laisser avoir deux fois, dit Garp. Le chien avait eu sa chance, il l'avait gâchée. Jamais plus à l'avenir le chat ne le laisserait s'approcher assez près.

– Quelle histoire horrible ! s'exclama Helen.

Walt, silencieux, paraissait du même avis.

– Mais il arriva *autre chose*, dit Garp.

Walt leva les yeux, en alerte. Helen, exaspérée, retint de nouveau son souffle.

– Le chat eut une telle trouille qu'il se précipita dans la rue – sans regarder. Quoi qu'il arrive, il ne faut jamais se précipiter dans la rue sans regarder, n'est-ce pas, Walt ?

– Non, dit Walt.

– Même si un chien menace de vous mordre. *Jamais*. On ne doit *jamais* se précipiter dans la rue sans regarder.

– Oh, oui, bien sûr, je le sais, dit Walt. Qu'est-ce qui est arrivé au chat ?

Garp claqua des mains, si fort que le gamin sursauta :

– Il a été tué, comme ça ! Paf ! Il était mort. Personne ne put rien faire pour lui. Il aurait eu davantage de chances de s'en tirer si le chien l'avait attrapé.

– Il s'est fait écraser par une voiture ? demanda Walt.

– Par un camion, qui lui est passé en plein sur la tête. Sa cervelle a jailli par les trous de ses oreilles, là où étaient autrefois ses oreilles.

– Écrabouillé ? demanda Walt.

– Comme une galette, dit Garp, qui leva la main, paume vers le haut, au niveau du petit visage de Walt pétrifié de sérieux.

Seigneur Dieu ! se dit Helen, en fin de compte, c'était une histoire pour Walt. *Ne te précipite jamais dans la rue sans regarder.*

– Terminé, dit Garp.

– Bonne nuit, dit Walt.

– Bonne nuit, dit Garp.

Helen les entendit échanger un baiser.

– Mais *pourquoi* que le chien, il n'avait pas de nom ? demanda Walt.

– Je ne sais pas. Et ne te précipite pas dans la rue sans regarder.

Dès que Walt eut sombré dans le sommeil, Garp et Helen firent l'amour. Et, soudain, Helen eut une illumination au sujet de l'histoire de Garp.

– Jamais le chien n'aurait été capable de remuer le camion, dit-elle. Pas d'un seul pouce.

– Exact, dit Garp.

Helen avait la certitude qu'il s'était trouvé là-bas en personne :

– Dans ce cas, comment as-tu fait, toi, pour le remuer ?

– Moi non plus, je n'ai pas réussi à le remuer, dit Garp. Impossible de le bouger. Aussi j'ai pris une pince et j'ai enlevé un maillon à la chaîne, une nuit que le chien faisait sa ronde dans le café, puis je suis allé dans une quincaillerie acheter des maillons de même grosseur. La nuit suivante, j'ai *ajouté* plusieurs maillons – sur une dizaine de centimètres.

– Et jamais le chat ne s'est précipité dans la rue ?

– Non, ça c'était pour Walt, avoua Garp.

– J'en étais sûre, dit Helen.

– La chaîne était assez longue. Le chat y est passé.

– Le chien a tué le chat ?

– Il l'a coupé en deux.

– Cette ville, c'était en Allemagne ?

– Non, en Autriche. A Vienne. Je n'ai jamais séjourné en Allemagne.

– Mais comment le chien avait-il pu se trouver mêlé à la guerre ? Il aurait eu vingt ans à l'époque où tu es arrivé là-bas.

– Le chien n'avait pas été mêlé à la guerre. C'était simplement un chien comme tous les autres. Son *maître* avait fait la guerre – le propriétaire du café. C'est pour ça qu'il savait comment dresser les chiens. Il avait dressé le sien à tuer quiconque serait entré dans le café une fois la nuit tombée. Lorsqu'il faisait jour, n'importe qui pouvait entrer ; quand il faisait nuit, le maître lui-même n'aurait pas pu entrer.

– Charmant ! fit Helen. Et s'il y avait eu un incendie ? Voilà une méthode qui me paraît présenter un certain nombre d'inconvénients.

– C'est une méthode de guerre.

– Eh bien, ça fait une meilleure histoire que si le *chien* avait été à la guerre.

– Tu crois, vraiment ? lui demanda Garp qui, pour la première fois depuis le début de leur conversation, parut sortir de sa torpeur. Intéressant, parce que je viens de l'inventer à l'instant.

– Que le maître du chien avait été à la guerre ?

– Oui, ça, et bien d'autres choses encore.

– Quelle partie de l'histoire as-tu inventée ?

– Toute l'histoire.

Ils étaient allongés côte à côte dans le lit et Helen ne fit pas un geste, sachant qu'il en était arrivé à un moment délicat.

– Eh bien, disons plutôt *presque* tout.

Garp ne se lassait jamais de ce jeu, même si Helen, pour sa part, s'en lassait indiscutablement. Il attendait le moment où elle lui demanderait : Et alors ? Qu'est-ce qui est vrai, qu'est-ce qui est inventé ? Il lui dirait alors que rien de tout ça n'avait la moindre importance ; elle n'avait qu'à lui dire ce qu'elle ne *croyait* pas. Il modifierait alors cette partie. Tout ce qu'elle croyait était vrai ; tout ce qu'elle ne croyait pas devait être remanié. Si elle croyait toute l'histoire, dans ce cas, toute l'histoire était vraie. Helen le connaissait, c'était un conteur dépourvu de scrupules. Si la vérité convenait à l'histoire, il la révélait sans la moindre gêne ; mais si une vérité quelconque gâchait une histoire, il ne se gênait guère pour la modifier.

— Quand tu auras fini de battre la campagne, dit-elle, je serais quand même curieuse de savoir ce qui s'est réellement passé.

— Eh bien, *dans la réalité*, le chien était un beagle.

— Un beagle !

— Eh bien, disons pour être exact, un schnauzer. Il *restait* toute la journée attaché dans la ruelle, mais pas à un camion militaire.

— A une Volkswagen ? risqua Helen.

— A un traîneau à ordures. Un traîneau à ordures qui, en hiver, servait à charrier les poubelles jusque sur le trottoir, mais le schnauzer, bien entendu, était trop petit et trop faible pour le remuer — en hiver comme en été.

— Et le propriétaire du café ? *Il n'avait pas fait la guerre ?*

— *Elle*, dit Garp. C'était une veuve.

— Qui avait perdu son mari à la guerre ? supputa Helen.

— C'était une *jeune* veuve, dit Garp. Son mari avait été tué en traversant la rue. Elle était très attachée au chien, que son mari lui avait offert pour le premier anniversaire de leur mariage. Mais sa nouvelle propriétaire lui interdisait d'avoir un chien dans son appartement, alors, toutes les nuits, la veuve lâchait le chien dans le café. C'était un lieu désert et inquiétant, où le chien ne se sentait pas très rassuré ; en fait, il crottait à longueur de nuit. Les passants s'arrêtaient, regardaient à travers la vitrine et s'esclaffaient à la vue de toutes les saletés que le chien avait faites. Ces rires ne faisaient qu'aggraver la panique du chien, qui, du coup, crottait de plus belle. Le matin, la veuve arrivait de bonne heure — pour aérer le local et nettoyer les saletés —, et elle corrigeait le chien avec un journal plié en quatre et le traînait tout penaud dans la ruelle, où il passait la journée attaché au traîneau à ordures.

– Et il n'y avait pas de chat ?

– Des chats, oh, il y en avait des tas. Ils venaient tous dans la ruelle, attirés par les poubelles. Le chien ne touchait jamais aux poubelles, parce qu'il avait peur de la veuve, et les chats lui inspiraient une véritable *terreur* ; chaque fois qu'un chat pénétrait dans la ruelle pour piller les poubelles, le chien se glissait sous le traîneau et restait tapi là jusqu'au départ du chat.

– Mon Dieu ! s'exclama Helen. Ce qui fait que personne ne le taquinait, non plus.

– Il y a toujours quelqu'un qui taquine, fit Garp solennel. Il y avait une petite fille qui venait se planter au bout de la ruelle et appelait le chien pour qu'il la rejoigne sur le trottoir ; seulement, la chaîne n'allait pas jusqu'au trottoir et le chien se mettait à aboyer ouah ! ouah ! ouah ! en regardant la petite fille, qui restait là sur le trottoir en l'appelant : « Viens, viens », jusqu'à ce que quelqu'un finisse par ouvrir une fenêtre et lui hurle de flanquer la paix au pauvre corniaud.

– Tu y étais ? demanda Helen.

– *Nous* y étions, dit Garp. Ma mère passait ses journées à écrire dans une pièce dont l'unique fenêtre donnait sur cette ruelle. Les aboiements du chien la rendaient dingue.

– Alors, c'est *Jenny* qui a déplacé le traîneau à ordures, dit Helen, et le chien a *mangé* la petite fille, dont les parents sont allés porter plainte à la police, qui a fait abattre le chien. Et *toi*, bien entendu, tu t'es chargé d'apporter un réconfort providentiel à la veuve éplorée, qui peut-être avait tout juste la quarantaine.

– Trente et quelques années, précisa Garp. Mais ce n'est pas ainsi que ça s'est passé.

– *Qu'est-ce qui* s'est passé ?

– Une nuit, dans le café, le chien a piqué une crise cardiaque. Un certain nombre de gens en revendiquèrent la responsabilité, affirmant qu'ils avaient flanqué une telle trouille au chien qu'il avait piqué une crise. Une espèce d'émulation sévissait à ce sujet dans le quartier. Les gens n'arrêtaient pas de faire des trucs, comme, par exemple, de s'approcher sur la pointe des pieds du café, puis de se précipiter contre les fenêtres et les portes, en miaulant comme d'énormes chats – déclenchant chez le chien terrorisé une colique épouvantable.

– La crise cardiaque a *tué* le chien, j'espère, dit Helen.

– Pas tout à fait. Elle lui a paralysé le train arrière, et le chien s'est trouvé incapable de remuer, sinon le devant de son corps et la tête. La veuve, cependant, se cramponna à la vie de son misérable chien comme elle se cramponnait au souvenir de son défunt mari, et elle commanda à un menuisier, avec qui elle couchait, de fabriquer une petite charrette pour le train postérieur du chien. La charrette était munie de roues, ce qui fait que, désormais, le chien ne marcha plus que sur les pattes de devant en remorquant son train arrière dans la petite charrette.

– Mon Dieu ! fit Helen.

– Tu n'as pas idée du *bruit* que faisaient ces sacrées petites roues.

– Sans doute pas, dit Helen.

– Maman prétendait qu'elle n'entendait rien, mais ce roulement était pathétique, pire que les aboiements du chien lorsqu'il apercevait la stupide petite fille. Et le chien n'était pas très doué pour prendre les virages sans déraper. Il avançait cahin-caha, puis il tournait, et alors ses roues arrière glissaient sous lui, plus vite qu'il ne pouvait continuer à progresser, et il partait en tonneau. Une fois sur le flanc, il était incapable de se relever. On aurait dit que j'étais le seul à le voir quand il avait ce genre d'ennuis – du moins, c'était toujours *moi* qui descendais dans la ruelle pour le remettre dans le bon sens. Dès qu'il se retrouvait sur ses roues, il essayait de me mordre, dit Garp, mais il était facile à semer.

– Ce qui fait qu'un beau jour, enchaîna Helen, tu as détaché le schnauzer, et il s'est précipité dans la rue sans regarder. Non, excuse-moi : il a *basculé* sur la chaussée sans regarder. Et finis les ennuis pour tout le monde. La veuve et le menuisier se sont mariés.

– Pas du tout, dit Garp.

– J'exige la vérité, dit Helen qui tombait de sommeil. Qu'est-il arrivé au foutu schnauzer ?

– Je n'en sais rien. Maman et moi sommes rentrés, et tu connais la suite.

294

Helen, qui cédait peu à peu au sommeil, savait que seul son silence amènerait peut-être Garp à abattre ses cartes. Cette histoire, elle le savait, pouvait tout aussi bien être pure invention que les versions antérieures, ou encore les autres versions pouvaient fort bien être en grande partie véridiques – au point que même *celle-ci* pouvait être véridique. Avec Garp, toutes les combinaisons étaient concevables.

Helen dormait déjà lorsque Garp lui demanda :

– Quelle version est-ce que tu préfères ?

Mais l'amour donnait toujours sommeil à Helen, et la voix de Garp, avec son inlassable bourdonnement, avait le pouvoir d'aggraver sa somnolence ; c'était sa façon favorite de s'endormir : après l'amour, tandis que Garp parlait.

Garp en restait frustré. Au moment de se coucher, il n'était jamais au meilleur de sa forme. Faire l'amour paraissait le regonfler et le provoquer à des discours marathons, ou à passer la nuit à manger, lire, rôder dans la maison. Dans ces moments-là, il n'essayait que rarement d'écrire, bien qu'il lui arrivât de gribouiller des messages à son usage personnel au sujet de ce qu'il écrirait plus tard. Mais pas cette nuit-là. Au contraire, il rabattit les couvertures et regarda Helen dormir : puis il la recouvrit. Il passa dans la chambre de Walt et le regarda dormir. Duncan passait la nuit chez Mrs. Ralph ; Garp ferma les yeux et vit une lueur rouge à l'horizon, du côté de la banlieue, qu'il attribua à la sinistre maison Ralph – en flammes.

Garp contempla Walt, et se calma peu à peu. Garp se délectait lorsqu'il épiait l'enfant d'aussi près ; il s'allongea près de Walt et huma l'haleine fraîche de l'enfant, se souvenant de l'époque où il avait remarqué que l'haleine de Duncan se faisait plus aigre, comme une haleine d'adulte. Garp avait éprouvé une sensation désagréable lorsqu'il avait constaté, alors que Duncan venait tout juste d'avoir six ans, que, dans son sommeil, Duncan avait une haleine douceâtre et légèrement nauséabonde. A croire qu'en lui le processus de décomposition, de mort lente, avait déjà commencé. C'était la première fois que Garp prenait conscience de la nature mortelle de son fils. En même temps que cette odeur apparurent les premières taches et décolorations sur les dents jusqu'alors parfaites de Duncan. Peut-être était-ce parce que Duncan était le premier enfant de Garp, mais Garp s'était toujours fait plus de souci pour Duncan qu'il ne s'en faisait pour Walt – quand bien même, à cinq ans, un gosse semble davantage prédisposé qu'à dix aux habituels accidents et maladies de l'enfance. Lesquels, au fait ? se demandait Garp. Etre écrasé par une voiture ? S'étouffer en mangeant des cacahuètes ? Etre kidnappé ? Mais mourir du cancer, ça, pas question.

Il y avait tant de raisons de se ronger lorsqu'on pensait aux enfants, et, de toute façon, Garp n'arrêtait pas de se ronger à tout propos ; par moments, surtout quand il se débattait dans les affres de l'insomnie, Garp se jugeait psychologiquement inapte au rôle de père. Et, aussitôt, il se rongeait à ce sujet-là aussi, et ne se sentait que plus angoissé à la pensée de ses enfants. Et si, en fin de compte, leur ennemi le plus redoutable allait finalement se révéler être lui, leur père ?

Il ne tarda pas à sombrer dans le sommeil à côté de Walt, mais Garp était assailli de rêves affreux ; il ne dormit pas longtemps. Bientôt, il se mit à gémir ; une douleur lui mordait l'aisselle. Il se réveilla en sursaut, le petit poing de Walt était coincé dans les poils de son aisselle. Walt gémissait lui aussi. Garp s'arracha à l'étreinte de l'enfant qui geignait, qui paraissait, pensa Garp, accablé par le même rêve qui avait tout à l'heure accablé Garp – comme si le corps tremblant de Garp avait communiqué le rêve en question à Walt. Mais Walt s'offrait un cauchemar bien à lui.

Jamais Garp ne serait allé s'imaginer que son édifiante histoire du chien ancien combattant, du chat bourreau et de l'inévitable camion tueur aurait pu terrifier Walt. Mais, dans son cauchemar, Walt voyait l'énorme camion militaire abandonné, plutôt un tank par la taille et la forme, hérissé de canons, d'outils et d'instruments mystérieux à l'aspect menaçant – avec, en guise de pare-brise, une meurtrière pas plus grosse que la fente d'une boîte aux lettres. Et, bien entendu, il était tout noir.

Le chien attaché au camion était de la taille d'un poney, bien que plus maigre, et il avait l'air beaucoup plus féroce. Il progressait par petits bonds, comme au ralenti, vers le bout de la ruelle, tandis que sa chaîne à l'aspect fragile se tortillait derrière lui. La chaîne n'avait pas l'air assez solide pour retenir le chien. Au bout de l'allée, les jambes en coton et trébuchant à chaque pas, pataud et incapable de fuir, le petit Walt tournait en rond, mais paraissait incapable de se mettre en mouvement – pour s'éloigner de cet horrible chien. Lorsque la chaîne claqua, l'énorme camion fit un bond en avant, comme si quelqu'un venait d'actionner le démarreur, et le chien fonça. Walt empoigna le pelage du chien, rugueux et trempé de sueur (l'aisselle de son père), mais ses doigts durent bientôt lâcher prise. Le chien lui sauta à la gorge, mais Walt avait repris sa course et fuyait de nouveau, s'élançait dans la rue, où des camions pareils au véhicule militaire abandonné défilaient, leurs rangées d'énormes roues avant empilées comme des beignets géants le long de leurs flancs. Et, à cause des simples meurtrières qui leur servaient de pare-brise, les chauffeurs ne pouvaient rien voir, bien sûr ; ils ne voyaient pas le petit Walt.

Puis son père l'embrassa et le rêve de Walt s'estompa, provisoirement. Il se retrouvait ailleurs, de nouveau en sécurité ; il pouvait sentir l'odeur de son père et le contact des mains de son père, et il entendait la voix de son père qui disait :

– C'est un rêve, Walt, seulement un rêve.

Dans le rêve de Garp, Duncan et lui faisaient un voyage en avion. Duncan avait eu envie d'aller aux toilettes. Garp lui avait désigné le bout du couloir ; il y avait plusieurs portes, une petite cuisine, la cabine de pilotage, les toilettes. Duncan voulait que quelqu'un l'accompagne, lui montre quelle était la bonne porte, mais il portait sur les nerfs de Garp.

– Tu as dix ans, Duncan, dit Garp. Tu sais lire. Ou tu peux demander à l'hôtesse.

Duncan croisa les genoux et se mit à bouder. Garp poussa l'enfant dans le couloir.

– Sois un grand garçon, Duncan. C'est une de ces portes, là-bas. Va !

L'air boudeur, l'enfant suivit le couloir en direction des portes. Une hôtesse lui sourit et lui ébouriffa les cheveux au passage, mais Duncan, cabochard comme toujours, ne lui posa aucune question. Parvenu au bout du couloir, il se retourna et lança à Garp un regard furibond ; d'un geste impatient, Garp lui fit signe d'avancer. Duncan eut un haussement d'épaules impuissant. *Quelle* porte ?

Garp se leva, exaspéré.

— Mais ouvres-en une ! lança-t-il à Duncan toujours planté au bout du couloir et que les gens regardaient.

Honteux, Duncan ouvrit aussitôt une porte au hasard – celle qui était la plus proche. Se retournant un instant, il jeta un regard surpris mais dénué de reproches à son père, puis parut aspiré à travers la porte qu'il venait d'ouvrir. La porte claqua sur les talons de Duncan. L'hôtesse poussa un hurlement. L'appareil tangua et perdit de l'altitude, puis se redressa. Tout le monde regardait par les hublots ; certains s'évanouirent, d'autres vomirent. Garp se précipita dans le couloir, mais le pilote et une autre personne à l'allure officielle empêchèrent Garp d'ouvrir la porte.

— Elle doit toujours rester fermée à clef, espèce de connasse ! hurla le pilote à l'adresse de l'hôtesse secouée de sanglots.

— Je croyais qu'elle était fermée ! se lamenta-t-elle.

— Sur quoi est-ce que ça donne ? s'écria Garp. *Mon Dieu !* sur quoi est-ce que ça donne ?

Il avait vu qu'il n'y avait rien d'écrit sur aucune des portes.

— Je suis désolé, monsieur, dit le pilote. Personne n'est à blâmer.

Mais Garp le repoussa brutalement, plaqua un policier en civil contre le dossier d'un siège, écarta d'une gifle l'hôtesse qui cherchait à lui barrer le passage. Lorsqu'il ouvrit une porte, Garp vit qu'elle donnait sur l'extérieur – droit sur le ciel qui défilait à toute vitesse – et, avant même de pouvoir crier pour appeler Duncan, Garp fut aspiré par la porte ouverte et précipité dans les cieux, où il dégringola à la suite de son fils.

11

Mrs. Ralph

Si Garp avait eu le droit de formuler un seul souhait, un souhait immense et naïf, il aurait souhaité pouvoir transformer le monde en un lieu *sûr*. Pour les enfants et pour les adultes. Le monde frappait Garp comme un lieu rempli de périls inutiles pour les uns comme pour les autres.

Après que Garp et Helen eurent fait l'amour et qu'Helen se fut endormie – après les rêves –, Garp se rhabilla. Voulant nouer les lacets de ses chaussures de jogging, il s'assit sur le lit et réveilla Helen en s'asseyant en plein sur sa jambe. Elle avança la main pour le caresser, et constata alors qu'il avait passé son short.

– Où vas-tu ? lui demanda-t-elle.

– Voir si Duncan n'a besoin de rien.

Helen se souleva sur les coudes, jeta un coup d'œil à sa montre. Il était plus d'une heure du matin et, elle le savait, Duncan était chez Ralph.

– Et *comment* verras-tu si Duncan n'a besoin de rien ?

– Je n'en sais rien, dit Garp.

Pareil à un tueur qui traque sa proie, pareil au satyre terreur des parents, Garp sillonne la banlieue endormie, verte et noire. Les gens ronflent, font des souhaits et des rêves, leurs tondeuses à gazon enfin au repos ; il fait trop frais pour que les climatiseurs marchent encore. Ici et là, quelques fenêtres sont ouvertes, des réfrigérateurs bourdonnent. Un faible gazouillis filtre des rares postes de télé encore branchés sur *The Late Show* et la lueur bleu-gris des écrans palpite aux fenêtres de certaines des maisons. Pour Garp, cette lueur est pareille à un cancer, insidieuse et engourdissante, elle endort le monde entier. Qui sait si la télévision ne *provoque* pas le cancer, se dit Garp ; mais son irritation est en fait une irritation d'écrivain : il sait que partout où luit la télévision, veille quelqu'un qui ne *lit* pas.

Garp avance à pas légers dans la rue ; il ne veut rencontrer personne. Les lacets de ses chaussures sont noués lâche, son short claque sur ses cuisses ; il n'a pas mis de suspensoir, car il n'a pas l'intention de courir. Malgré la fraîcheur de la nuit printanière, il ne porte pas de chemise. Çà et là, dans les maisons plongées dans l'ombre, un chien renifle avec bruit au passage de Garp. Comme il vient de faire l'amour, Garp imagine qu'il dégage une odeur aussi forte que celle des fraises fraîchement cueillies. Il le sait, les chiens peuvent le sentir.

Ce quartier de la banlieue est bien surveillé par la police et Garp redoute un instant de se faire arrêter – qui sait s'il ne viole pas quelque code vestimentaire tacite, s'il n'est pas du moins coupable d'être sorti sans papiers. Il se hâte, persuadé qu'il vole au secours de Duncan, qu'il va arracher son fils aux griffes de la lascive Mrs. Ralph.

Il manque de peu se faire emboutir par un cycliste qui roule sans phare, une jeune femme aux longs cheveux flottants, les genoux nus et luisants, dont l'haleine, Garp le note avec surprise, rappelle étrangement un mélange d'herbe fraîchement coupée et de cigarettes. Garp s'accroupit – elle pousse un cri et lui flanque son vélo dans les jambes ; puis, se dressant sur ses pédales, elle s'éloigne à grands coups de jarret, sans se retourner. Peut-être le prend-elle pour un exhibitionniste en puissance – planté là torse et jambes nus, prêt à se défaire de son short. Garp le parierait, elle revient d'un lieu où jamais elle n'aurait dû aller ; elle s'attend à avoir des ennuis, imagine-t-il. Mais, pour l'instant, obsédé par la pensée de Duncan et de Mrs. Ralph, Garp redoute lui aussi les ennuis.

Lorsque Garp aperçoit la maison de Ralph, il est d'avis qu'elle mériterait le prix du Phare du quartier ; toutes les fenêtres sont illuminées, la porte est ouverte, la télévision cancérigène hurle à plein volume. Garp soupçonne Mrs. Ralph de donner une réception, mais, à mesure qu'il se rapproche – traversant la pelouse festonnée de crottes de chien et de jouets mutilés –, il sent que la maison est vide. Les rayons maléfiques de la télé palpitent dans la salle de séjour encombrée de monceaux de chaussures et de vêtements ; et, coincés contre le divan fatigué, gisent les deux corps détendus de Duncan et de Ralph, à moitié fourrés dans leurs sacs de couchage, endormis (naturellement), mais qui ont l'air d'avoir été assassinés par la télévision. Leurs visages, éclairés par la lueur blême de l'écran, paraissent exsangues.

Mais où est donc Mrs. Ralph ? Sortie pour la soirée ? Partie se coucher en laissant toutes les lampes allumées et la porte ouverte, et les garçons inondés par la lueur de la télé. Garp se demande si elle a pensé à éteindre le four. La salle de séjour est jonchée de cendriers ; Garp pense aussitôt aux mégots sans doute mal éteints. Sans quitter l'abri des buissons, il se faufile jusqu'à la fenêtre de la cuisine, tout en reniflant pour déceler l'odeur du gaz.

L'évier déborde de vaisselle sale, une bouteille de gin trône sur la table de la cuisine, des relents aigrelets de tranches de citron vert lui assaillent les narines. Le fil de l'ampoule qui brûle au plafond, à l'origine trop court, a été substantiellement allongé au moyen d'une jambe et d'une hanche empruntées à un collant féminin – tranché par le milieu, le sort de l'autre moitié demeurant un mystère. Le pied de nylon, moucheté de taches de graisse translucides, se balance au gré du courant d'air au-dessus du gin. Garp a beau renifler, rien ne brûle, à moins qu'une veilleuse ne soit allumée sous le chat, confortablement installé sur le fourneau à gaz, vautré entre les brûleurs, le menton douillettement posé sur le manche d'une lourde poêle, son ventre bien fourré réchauffé par les veilleuses. Garp et le chat se contemplent. Le chat cligne des yeux.

Mais Garp le jurerait, Mrs. Ralph n'est pas douée de la concentration nécessaire pour se métamorphoser en chat. Sa maison – sa *vie* –, tout est un total chaos, on dirait que la femme a déserté le navire, ou peut-être gît sans connaissance à l'étage. Où est-elle ? Dans son lit ? Ou dans la baignoire, noyée ? Et où est le monstre dont les crottes perfides ont transformé la pelouse en redoutable champ de mines ?

301

Au même instant, annoncé par un bruit de tonnerre, un corps pesant dégringole l'escalier de service et s'effondre contre la porte d'accès à la cuisine, qui s'ouvre d'un coup ; le chat s'enfuit éperdu, la poêle souillée de graisse glisse sur le sol. Mrs. Ralph est assise sur le linoléum, cul nu et frémissante de douleur, vêtue d'un peignoir style kimono grand ouvert et sommairement coincé au-dessus de sa taille épaisse, un verre – miracle ! – intact à la main. Elle jette un coup d'œil surpris à son verre, le contemple un instant, et avale une gorgée ; ses gros seins généreux et en forme de poire luisent – ils ballottent sur sa poitrine tavelée, tandis que, renversée en arrière et accotée sur les coudes, elle lâche un rot. Le chat, réfugié dans un angle de la cuisine, l'accable de miaulements indignés.

– Oh, la ferme ! Titsy, lance Mrs. Ralph.

Elle essaie de se redresser, mais, poussant un gémissement, se laisse retomber de tout son long sur le dos. Sa toison pubienne luit tout humide et semble lorgner Garp ; son ventre, strié de vergetures, a l'air aussi blanc et bien récuré que si Mrs. Ralph avait séjourné longtemps sous l'eau.

– Je vais te flanquer dehors, moi, même si ça doit être la dernière chose que je fais, déclare Mrs. Ralph au plafond, bien que, suppose Garp, elle s'adresse au chat.

Peut-être s'est-elle cassé la cheville mais est trop ivre pour s'en rendre compte ? réfléchit Garp ; peut-être s'est-elle cassé la colonne vertébrale ?

Garp se glisse le long de la façade jusqu'à la porte d'entrée restée ouverte. Il appelle :

– Il y a quelqu'un ?

Le chat lui détale entre les jambes et disparaît dans la nuit. Garp attend. Des grognements montent de la cuisine – d'étranges bruits de chair qui glisse.

– Eh bien, ça alors, ça me la coupe, fait Mrs. Ralph, en s'encadrant sur le seuil, son peignoir orné de fleurs fanées rajusté à la diable ; elle s'est arrangée pour se débarrasser de son verre quelque part.

– J'ai vu toutes les lumières allumées, et je me suis dit qu'il y avait peut-être quelque chose d'anormal, marmonne Garp.

– Vous arrivez trop tard, l'informe Mrs. Ralph. Les deux

garçons sont morts. Je n'aurais jamais dû les laisser faire joujou avec cette fichue bombe.

Elle épie le visage impassible de Garp, en quête de symptômes de son éventuel sens de l'humour, mais le trouve plutôt dépourvu d'humour sur le sujet.

– D'accord, vous voulez voir les corps ? propose-t-elle.

Agrippant Garp par la ceinture élastique de son short, elle l'attire vers elle. Garp, conscient de ne pas porter de suspensoir, se précipite gauchement à la poursuite de son short, et se cogne dans Mrs. Ralph, qui le libère en lâchant l'élastique et s'éloigne en direction du living. Elle est imprégnée d'une odeur qui laisse Garp perplexe – une odeur de vanille renversée au fond d'une poche en papier détrempé.

Mrs. Ralph empoigne Duncan sous les aisselles et, avec une force stupéfiante, l'arrache à son sac de couchage pour le déposer sur l'énorme canapé avachi ; Garp l'aide à soulever Ralph, qui est plus lourd. Ils installent les deux enfants sur le canapé, pieds contre pieds, en les emmaillotant dans leurs duvets et en leur glissant des oreillers sous la tête. Garp éteint la télé, tandis que Mrs. Ralph parcourt la pièce d'une démarche incertaine, éteignant les lampes, ramassant les cendriers. On dirait un couple de vieux époux, qui font le ménage après le départ de leurs invités.

– Bonne nuit, chuchote Mrs. Ralph à la pièce soudain plongée dans le noir, tandis que Garp trébuche sur un panier, en essayant de regagner à tâtons la cuisine éclairée.

– Vous ne pouvez pas partir déjà, siffle Mrs. Ralph. Y a quelqu'un ici, faut que vous m'aidiez à le faire *sortir*.

Elle lui saisit le bras, lâche un cendrier ; son kimono s'ouvre tout grand. Garp se penche pour ramasser le cendrier, et ses cheveux frôlent l'un des gros seins.

– Oui, y a une limace là-haut dans ma chambre, explique-t-elle à Garp, et elle refuse de *partir*. Je n'arrive pas à la faire filer.

– Une limace ? dit Garp.

– Une vraie tête de mule, ce salaud, dit Mrs. Ralph, un vrai demeuré.

– Un demeuré ? dit Garp.

– Oui, je vous en prie, chassez-le.

Une fois de plus, elle agrippe la ceinture élastique de Garp et tire, et, cette fois, elle ne se gêne pas pour glisser un œil.

— Bon Dieu ! vous ne portez *rien de trop*, pas vrai ? dit-elle. Vous n'avez donc pas froid ?

Elle plaque la main sur le ventre nu de Garp.

— Non, ça peut aller, fait-elle avec un haussement d'épaules. Garp s'écarte avec discrétion.

— Qui est-ce ? demande Garp, qui redoute d'être amené à expulser l'ex-*mari* de Mrs. Ralph.

— Venez, je vais vous montrer, chuchote-t-elle.

Elle l'entraîne dans l'escalier de service et ils s'engagent dans un étroit boyau coincé entre des piles de linge sale et d'énormes sacs de nourriture pour animaux. Pas étonnant qu'elle se soit cassé la figure, pense-t-il.

Dans la chambre de Mrs. Ralph, le regard de Garp est immédiatement attiré par le labrador noir vautré sur le lit aquatique de Mrs. Ralph qui ondule doucement. Le chien roule sur le flanc avec nonchalance et agite la queue. Mrs. Ralph couche avec son chien, se dit Garp, et elle n'arrive pas à le chasser de son lit.

— Allez mon gars, viens, dit Garp. Sors d'ici.

La queue du chien tambourine de plus belle et il lâche quelques gouttes de pisse.

— Pas *lui*, fait Mrs. Ralph en gratifiant Garp d'une terrible bourrade.

Il reprend son équilibre sur le lit, qui se gondole sous son poids. L'énorme chien lui lèche la figure. Mrs. Ralph pointe le doigt vers un fauteuil placé au pied du lit, mais déjà Garp a capté l'image du jeune homme dans le miroir de la coiffeuse. Assis tout nu sur le fauteuil, il peigne l'extrémité blonde de sa maigre queue de cheval, qu'il soulève par-dessus son épaule et asperge du contenu d'un des nombreux vaporisateurs de Mrs. Ralph.

Son ventre et ses cuisses ont le même aspect lisse et crémeux que Garp a remarqué sur la chair et la toison de Mrs. Ralph, et sa jeune verge est aussi mince et arquée que l'épine dorsale d'un caniche.

— Salut, ça va ? dit le jeune homme à Garp.

— Très bien, merci, dit Garp.

— Fichez-le à la porte, dit Mrs. Ralph.

— J'ai fait tout ce que j'ai pu pour l'aider à *se détendre*, savez ? explique le jeune homme. J'essaie de l'amener à se *laisser aller* un peu, v's comprenez ?

– Ne l'écoutez pas, dit Mrs. Ralph. C'est un emmerdeur.

– Tout le monde est tellement crispé, se lamente le jeune homme.

Il pivote dans le fauteuil, se renverse en arrière et pose les pieds sur le lit aquatique ; le chien lui lèche ses longs orteils. D'un coup de pied, Mrs. Ralph envoie le chien valser loin du lit.

– Voyez ce que je veux dire ? demande le jeune homme.

– Elle veut que vous vous en alliez, dit Garp.

– V's êtes son mari ou quoi ?

– Tout juste, dit Mrs. Ralph, et si tu files pas, il va t'arracher ta petite bitte de minable.

– Feriez mieux de partir, dit Garp. Je vais vous aider à retrouver vos vêtements.

L'autre ferme les yeux, semble méditer.

– Pour ce genre de connerie, c'est un vrai champion, dit Mrs. Ralph à Garp. Fermer ses foutus yeux, y sait rien faire d'autre, ce petit crétin.

– Où sont passés vos vêtements ? demande Garp au garçon.

Garp lui donne dans les dix-sept, dix-huit ans. Peut-être est-il assez vieux pour être étudiant, ou soldat. Le garçon rêvasse toujours et Garp le secoue doucement par l'épaule.

– Bas les pattes, mec, fait le garçon, les yeux toujours fermés.

La voix a quelque chose de menaçant qui pousse Garp à reculer et à interroger Mrs. Ralph du regard. Elle hausse les épaules.

– Voilà comment il me parle, à moi aussi, dit-elle.

Comme ses sourires, remarque Garp, les haussements d'épaules de Mrs. Ralph ont quelque chose d'instinctif et de sincère. Garp empoigne la queue de cheval, la plaque en travers de la gorge du garçon et la lui ramène contre la nuque ; repliant le bras, il coince la tête du garçon dans la saignée de son coude et le maintient fermement. Les yeux du jeune homme s'ouvrent.

– Ramassez vos vêtements, compris ? lui dit Garp.

– Ne me touchez pas, hein.

– Je suis *en train* de vous toucher, signale Garp.

– Bon, bon, ça va.

Garp le laisse se relever. Il fait bien plusieurs centimètres de plus que Garp, mais il pèse cinq kilos de moins. Il cherche ses vêtements des yeux, mais Mrs. Ralph a déjà trouvé le caftan violet, chamarré de brocart. Le jeune homme s'insère dedans comme dans une armure.

– J'ai trouvé très agréable de vous sauter, dit-il à Mrs. Ralph, mais vous devriez apprendre à vous détendre un peu.

Mrs. Ralph part d'un rire si dur que le chien cesse d'agiter la queue.

– Tu devrais repartir de zéro, raille-t-elle, et recommencer à tout apprendre depuis le début.

Elle s'allonge sur le lit aquatique à côté du labrador, qui pose sa tête sur son ventre.

– Oh, arrête, veux-tu, Bill ! dit-elle avec impatience au chien.

– Elle n'arrive pas à se détendre, dit le jeune homme à Garp.

– T'y piges que dalle pour aider quelqu'un à se détendre, espèce de petit con, cingle Mrs. Ralph.

Garp entraîne le jeune homme et, d'une main ferme, lui fait dévaler l'escalier perfide et traverser la cuisine jusqu'à la porte d'entrée toujours ouverte.

– Vous savez, c'est *elle* qui m'a demandé d'entrer, explique-t-il. C'était son idée à *elle*.

– Mais, ensuite, elle vous a demandé de partir, dit Garp.

– Vous savez, vous êtes aussi crispé qu'elle.

– Est-ce que les enfants se sont rendu compte de ce qui s'est passé ? demande Garp. Étaient-ils endormis quand vous êtes montés dans la chambre tous les deux ?

– Vous tracassez donc pas pour les gosses. C'est chouette les gosses, mec. Et ça connaît bien plus de trucs que les adultes se l'imaginent. En fait, les gosses sont des êtres parfaits jusqu'au jour où les adultes leur mettent le grappin dessus. Ils ont été parfaits, ces gosses. Les gosses, c'est *toujours* parfait.

– Vous en avez des gosses, vous ? ne peut s'empêcher de marmonner Garp.

Jusqu'à présent, Garp a témoigné une infinie patience, mais, sur le chapitre des enfants, la patience de Garp a des limites. Sur ce point, il n'accepte pas de s'en laisser compter.

— Au revoir, dit Garp. Et ne revenez pas.

Il le pousse, mais sans brutalité, et lui fait passer la porte.

— Ne me poussez pas ! hurle le garçon, en lui décochant un coup de poing.

Mais Garp se baisse et se relève aussitôt, les bras noués autour de la taille du jeune homme ; Garp a l'impression qu'il pèse trente-huit, peut-être quarante kilos, bien que, naturellement, il soit beaucoup plus lourd. Il le serre à l'étouffer et lui immobilise les bras dans le dos ; puis il le porte jusque sur le trottoir. Lorsque le jeune homme cesse de se débattre, Garp le pose à terre.

— Vous savez où aller ? lui demande Garp. Vous avez besoin qu'on vous indique le chemin ?

Le garçon reprend sa respiration, se tâte les côtes.

— Et ne vous avisez pas de conseiller à vos copains de venir renifler dans le coin comme des chats en chaleur, dit Garp. Et ne lui téléphonez pas non plus.

— Je ne connais même pas son nom, mec, geint-il.

— Et ne vous avisez pas de m'appeler encore « mec », dit Garp.

— D'accord, mec.

Garp a soudain l'impression d'avoir la gorge agréablement sèche, symptôme qu'il éprouve toujours lorsqu'il brûle d'envie de sauter sur quelqu'un, mais il attend que ça passe.

— Je vous prie de vous en aller, dit Garp.

Arrivé au carrefour, le garçon lance :

— Au revoir, mec !

Garp sait qu'il ne lui faudrait pas longtemps pour le rattraper ; la perspective de la scène qui s'ensuivrait le titille, mais quelle déception si l'autre n'avait pas peur ; en outre, Garp n'éprouve pas tellement le besoin de le corriger. Garp lève le bras, lui fait au revoir. Le garçon dresse son majeur et s'éloigne, son absurde toge traînant par terre – un chrétien de la Rome antique égaré au milieu des faubourgs.

Prends garde aux lions, petit, se dit Garp en bénissant le garçon d'un geste protecteur. Encore quelques années, il le sait, et Duncan aura cet âge ; Garp ne peut qu'espérer qu'il aura moins de mal à communiquer avec Duncan.

Il rentre et trouve Mrs. Ralph en larmes. Garp l'entend qui parle à son chien.

— Oh, Bill, sanglote-t-elle. Faut que tu me pardonnes. Pardon de t'insulter, Bill. T'es si gentil.

— Au revoir, lance Garp du pied de l'escalier. Votre copain est parti, et moi aussi je m'en vais.

— Ben merde alors ! hurle Mrs. Ralph. Comment osez-vous me plaquer comme ça ?

Ses gémissements enflent ; bientôt, se dit Garp, le chien va se mettre à aboyer.

— Qu'est-ce que je peux faire pour vous ? lance Garp dans l'escalier.

— Vous pourriez au moins rester un peu et me parler ! hurle Mrs. Ralph. Espèce de petit merdeux de demeuré !

Mais pourquoi, demeuré ? se demande Garp, en mettant le cap sur le palier du premier.

— Vous pensez sans doute que ce genre de truc m'arrive tout le temps, dit Mrs. Ralph, vautrée sur le lit aquatique dans le débraillé le plus absolu ; elle est assise les jambes croisées, le kimono serré sur ses hanches, la grosse tête de Bill posée sur les cuisses.

A vrai dire, c'est ce que pense Garp, mais il secoue la tête.

— Je prends pas mon pied en me fourrant dans des situations humiliantes, vous savez, dit Mrs. Ralph. Pour l'amour de Dieu, asseyez-vous.

Elle attire Garp sur le lit, qui vacille.

— Y a pas assez d'eau dans ce foutu machin, explique Mrs. Ralph. Mon mari était toujours en train de le remplir, parce qu'y a une fuite.

— Je suis désolé, dit Garp. Garp, le conseiller matrimonial.

— J'espère bien que vous ne plaquerez jamais *votre* femme, vous.

Elle lui prend la main et la plaque sur ses cuisses ; le chien se met à lui lécher les doigts.

– C'est la pire des saloperies qu'un homme puisse faire à une femme, dit Mrs. Ralph. Il m'a dit comme ça qu'il faisait seulement semblant de me trouver intéressante, et ça « depuis des années », dit Mrs. Ralph. Et, *là-dessus*, il m'a dit que, à ses yeux, n'importe quelle autre femme, jeune ou vieille, avait plus de charme que moi. Pas très gentil, pas vrai ?

– Non, pas très, admet Garp.

– Je vous en prie, croyez-moi, jamais je ne suis allée traîner avec personne avant qu'il me quitte.

– Je vous crois, assure Garp.

– C'est très difficile pour une femme d'avouer ça, dit Mrs. Ralph. Pourquoi est-ce que je pourrais pas m'amuser un peu ?

– Vous *pouvez*, dit Garp.

– Mais je m'y prends si *mal* ! confesse Mrs. Ralph, qui porte les mains à ses yeux, se balance sur le lit.

Le chien essaie de lui lécher le visage, mais Garp le repousse ; le chien s'imagine que Garp veut jouer et bondit par-dessus les cuisses de Mrs. Ralph. Garp lui assène une claque sur le museau – trop fort –, et la pauvre bête gémit et s'écarte avec crainte.

– Je vous défends de faire mal à Bill ! hurle Mrs. Ralph.

– J'avais seulement l'intention de vous aider, affirme Garp.

– Faire mal à Bill, drôle de façon de m'aider, moi ! dit Mrs. Ralph. Seigneur ! est-ce que tout le monde est dingue ou quoi ?

Garp se laisse aller sur le lit aquatique, les yeux résolument fermés ; le lit roule comme une mer en miniature, et Garp gémit.

– Je ne sais pas *comment* vous aider, avoue-t-il. Je suis désolé que vous ayez tant d'ennuis, mais, à vrai dire, je ne vois guère ce que je pourrais faire, pas vrai ? Si vous avez envie de vous confier à moi, allez-y, ajoute-t-il, les yeux toujours fermés, mais personne n'est responsable de ce que vous éprouvez.

– Voilà qui est plutôt réconfortant, dit Mrs. Ralph.

Bill souffle dans les cheveux de Garp. Une langue hésitante frôle son oreille. Garp se demande : C'est Bill ou

Mrs. Ralph ? Puis il sent que la main de Mrs. Ralph se glisse dans son short et l'empoigne, et il se dit, froidement : Dans le fond, si ce n'était pas ça que je *souhaitais*, pourquoi est-ce que je suis allé m'allonger sur le dos ?

– Non, je vous en prie, pas ça, dit-il.

De toute évidence, elle se rend compte que ça ne l'intéresse pas, et elle le lâche. Elle s'allonge près de lui, puis roule sur le flanc, lui tournant le dos. Le lit clapote, tandis que Bill essaie de se faufiler entre eux, mais Mrs. Ralph lui décoche un coup de coude si violent dans le poitrail que le chien pique une quinte de toux et, abandonnant le lit, se réfugie sur le plancher.

– Pauvre Bill, pardon, dit Mrs. Ralph, qui se met à pleurer.

La queue de Bill martèle sèchement le plancher. Mrs. Ralph, comme pour parachever son repentir, lâche un pet. Le bruit de ses sanglots est régulier, comme ces petites pluies qui, Garp le sait, peuvent durer toute une journée. Garp, le conseiller matrimonial, se demande quoi dire à cette femme pour lui redonner un peu de *confiance*.

– Mrs. Ralph ? dit Garp – qui aussitôt se mord les lèvres pour ravaler ce qu'il vient de dire.

– Quoi ? dit-elle. Vous venez de dire quoi ?

Elle se redresse sur les coudes avec peine et braque sur lui des yeux furibonds. Elle l'a entendu, il le sait.

– C'est bien « Mrs. Ralph » que vous avez dit ? lui demande-t-elle. « Mrs. Ralph » ! Vous ne connaissez même pas mon *nom* !

Garp s'assoit à l'extrême bord du lit ; il lutte contre l'envie de rejoindre Bill sur le plancher.

– Je vous trouve beaucoup de charme, marmonne-t-il à Mrs. Ralph, mais c'est Bill qu'il regarde. Je vous assure, c'est vrai.

– Prouvez-le, espèce de foutu menteur. Montrez-le-moi.

– Je ne peux pas vous le montrer, mais ça ne veut pas dire que je ne vous trouve pas beaucoup de charme.

– Je ne vous fais même pas bander ! hurle Mrs. Ralph. Je suis plantée là à moitié à poil, et vous, vous qui êtes là à côté de moi – sur mon foutu lit –, vous n'arrivez même pas à bander comme tout le monde.

– J'essayais de vous le cacher.

– Eh bien, c'est réussi, dit Mrs. Ralph. Comment est-ce que je m'appelle ?

Garp a le sentiment de ne jamais encore avoir eu à ce point conscience d'une de ses plus affreuses faiblesses : le besoin qu'il a d'être aimé, le besoin qu'il a d'être apprécié. Chacune de ses paroles, il le sait, ne fait qu'aggraver son cas et l'enfoncer un peu plus dans un mensonge flagrant. Cette fois, il sait ce que c'est qu'un demeuré.

– Il faut que votre mari soit fou, dit Garp. *Moi*, je vous trouve mieux que la plupart des femmes.

– Oh, je vous en prie, arrêtez, dit Mrs. Ralph. Faut que vous soyez malade.

Il le faut, Garp est d'accord, mais il dit :

– Vous devriez avoir confiance dans votre sex-appeal, croyez-moi. Et, plus important encore, vous devriez aussi développer votre confiance en vous par d'autres moyens.

– Il n'y a jamais eu d'autres moyens, avoue Mrs. Ralph. Je n'ai jamais été portée sur grand-chose, sauf sur l'amour, et, maintenant, je ne suis même plus beaucoup portée sur l'amour.

– Mais vous faites des études, dit Garp, qui tâtonne de plus belle.

– Je ne sais fichtrement pas *pourquoi*, dit Mrs. Ralph. Est-ce ça que vous voulez-dire, en me conseillant de développer mon assurance par d'autres moyens ?

Garp louche comme un perdu, souhaite sombrer dans l'inconscience ; quand le clapotis du lit aquatique enfle comme un ressac, il flaire le danger et ouvre les yeux. Mrs. Ralph s'est dévêtue, elle est vautrée nue comme un ver sur le lit, membres en croix. Les petites vagues clapotent toujours sous son corps dru et coriace, qui évoque aux yeux de Garp une robuste barque amarrée sur une mer houleuse.

– Montrez-moi que vous bandez, et je vous laisse partir, dit-elle. Montrez-moi que vous bandez, et je croirai que vous me trouvez sympathique.

Garp essaie de penser à un sexe en érection ; à cette fin, il ferme les yeux et pense à quelqu'un d'autre.

– Espèce de salaud ! dit Mrs. Ralph.

Mais Garp constate que déjà il est dur ; la chose a été bien moins difficile qu'il ne se l'imaginait. Ouvrant les yeux, il est contraint de reconnaître que Mrs. Ralph est loin d'être sans allure. Il baisse son short et, se tournant vers elle, s'exhibe. Le geste a pour résultat de le rendre encore plus dur ; il se surprend à trouver du charme à la toison humide et bouclée de Mrs. Ralph. Pourtant, Mrs. Ralph ne paraît ni déçue ni impressionnée par sa démonstration ; elle est résignée à rester seule. Elle hausse les épaules. Elle se détourne, offrant sa grosse croupe ronde aux yeux de Garp.

– D'accord, c'est vrai, vous êtes capable de bander, dit-elle. Merci. Pouvez rentrer chez vous maintenant.

Garp a envie de la caresser. Malade de honte, Garp sent qu'il lui suffirait de la regarder encore un peu pour parvenir à l'orgasme. Il gagne en titubant la porte, dévale le minable escalier. Cette pauvre femme a-t-elle fini de se faire flageller pour *cette* nuit, se demande Garp. Duncan est-il en sécurité ?

L'idée lui vient de prolonger sa veille jusqu'aux premières lueurs rassurantes de l'aube. Quand il bute dans la poêle restée sur le plancher et l'envoie valser contre le fourneau, le bruit n'arrache même pas un soupir à Mrs. Ralph et à peine un gémissement à Bill. Si les garçons venaient à se réveiller·et qu'ils aient besoin de quelque chose, se ronge-t-il, Mrs. Ralph ne les entendrait même pas.

Il est trois heures du matin, et la maison de Mrs. Ralph est enfin silencieuse lorsque Garp prend la décision de nettoyer la cuisine, histoire de tuer le temps en attendant l'aube. Rompu aux corvées domestiques, Garp remplit l'évier et s'attaque à la vaisselle.

Lorsque le téléphone sonna, Garp sut aussitôt que c'était Helen. Brusquement, il les vit toutes – toutes les choses affreuses qui devaient lui trotter par la tête.

– Allô ! dit Garp.

– Aurais-tu l'obligeance de me dire ce qui se passe, je te prie ? demanda Helen.

Garp sentait qu'elle était réveillée depuis longtemps. Il était quatre heures du matin.

– Il ne se passe rien du tout, Helen. Il y a eu quelques petits ennuis ici, et je n'ai pas voulu quitter Duncan.

– Cette femme, où est-elle ?

– Dans son lit, admit Garp. Elle a perdu connaissance.

– A cause de *quoi* ?

– Elle a bu. Il y avait un jeune homme ici, avec elle ; elle a voulu que je le mette à la porte.

– Ce qui fait qu'ensuite tu t'es retrouvé seul avec elle ?

– Pas pour longtemps. Elle s'est endormie comme une brute.

– J'imagine qu'avec elle ça ne traînerait pas, dit Helen.

Garp laissa le silence tomber. Il y avait un certain temps qu'il n'avait plus eu l'occasion de subir la jalousie d'Helen, mais il n'avait aucun mal à se rappeler son extraordinaire virulence.

– Il ne se passe rien, Helen.

– Dis-moi ce que tu es en train de faire, en cet instant précis, le somma Helen.

– Je fais la vaisselle, dit Garp, qui l'entendit lâcher un long soupir contrôlé.

– Je me demande ce que tu fabriques encore là-bas, dit Helen.

– Je ne voulais pas laisser Duncan.

– Duncan, je pense que tu devrais le ramener ici. Tout de suite.

– Helen, dit Garp, j'ai été sage.

Il avait l'air sur la défensive, il s'en rendait compte ; de plus, il n'avait pas été tout à fait assez sage, et il le savait.

– Il ne s'est rien passé, ajouta-t-il, un peu moins sûr cette fois de dire la vérité.

– Je me dispenserai de te demander pourquoi tu lui laves sa vaisselle, à cette souillon.

– Pour tuer le temps.

A la vérité, il n'avait pas réfléchi à ce qu'il faisait, pas encore, et soudain cela lui parut futile – attendre l'aube, à croire que les accidents n'arrivaient que lorsqu'il faisait noir.

– J'attends que Duncan se réveille, dit-il, mais à peine les mots furent-ils sortis de sa bouche qu'eux aussi lui parurent absurdes.

– Pourquoi ne pas tout bonnement le réveiller ? suggéra Helen.

313

— Je suis très doué pour laver la vaisselle, dit Garp, dans l'espoir de détendre l'atmosphère.

— Je sais que tu es doué pour un tas de choses et je sais aussi lesquelles, dit Helen, avec un peu trop d'aigreur pour qu'il fût possible de croire à une plaisanterie.

— Tu vas te rendre malade avec des idées pareilles. Helen, je t'en prie, arrête. Je n'ai rien fait de mal.

Mais dans sa mémoire tatillonne de puritain, Garp gardait le souvenir de la superbe érection que lui avait donnée Mrs. Ralph.

— Me rendre malade, c'est déjà fait, dit Helen, mais d'une voix soudain plus douce. Je t'en prie, rentre maintenant.

— En laissant Duncan ?

— Mais, bonté divine, réveille-le ! Ou *porte-le.*

— Je rentre immédiatement, promit Garp. Je t'en prie, ne te fais pas de souci, chasse les idées que tu t'es mises en tête. Je te raconterai tout. Et je parie que tu trouveras mon histoire formidable.

Mais, il le savait déjà, il aurait du mal à lui raconter *toute* l'histoire, et il devrait choisir avec le plus grand soin les épisodes qu'il passerait sous silence.

— Je me sens mieux, dit Helen. A tout à l'heure. Et je t'en prie, laisse tomber sa vaisselle.

Sur quoi elle raccrocha, et Garp jeta un coup d'œil sur la cuisine. Sa demi-heure de travail avait changé si peu de choses que Mrs. Ralph ne remarquerait même pas que quelqu'un avait tenté un geste de bonne volonté pour s'attaquer au chaos.

Garp se mit à chercher les affaires de Duncan parmi l'amas de frusques répugnantes qui jonchaient le living. Il savait ce que portait Duncan, mais ne vit nulle part ses vêtements ; puis il lui revint que Duncan, à l'instar d'un hamster, fourrait ses affaires au fond de son sac de couchage et se faufilait dans le nid avec elles. Duncan pesait environ quarante kilos, sans compter le sac ni tout son fourbi, mais Garp se sentait capable de le porter jusqu'à la maison ; Duncan reviendrait chercher son vélo un autre jour. Du moins, décida Garp, il éviterait de réveiller Duncan avant d'être sorti de chez les Ralph. Il risquerait de provoquer une scène ; Duncan ferait des histoires pour se laisser emmener. Peut-être même Mrs. Ralph se réveillerait-elle.

Puis Garp pensa à Mrs. Ralph. Furieux contre lui-même, il comprit qu'il tenait à la revoir une dernière fois ; il bandait de nouveau, et cette brusque érection lui rappela qu'il avait envie de revoir son corps épais et grossier. Il gagna vivement l'escalier de service. La chambre puait, il aurait pu la retrouver à l'odeur.

Il la vit et son regard se porta droit sur le ventre et le sexe, le nombril bizarrement tordu, les bouts de seins plutôt petits (pour d'aussi gros seins). Il aurait mieux fait de regarder d'abord les yeux ; il se serait rendu compte qu'elle était bien réveillée et qu'elle aussi tenait les yeux fixés sur lui.

— Finie la vaisselle ? demanda Mrs. Ralph. On vient dire au revoir ?

— Je voulais voir si vous n'aviez besoin de rien.

— Foutaises. Vous aviez envie de vous rincer l'œil une dernière fois.

— Oui, avoua-t-il, en détournant les yeux. Je suis désolé.

— Y a pas de quoi, dit-elle. J'ai eu une bonne journée.

Garp tenta de sourire.

— Vous êtes tout le temps un peu trop *désolé*, railla Mrs. Ralph. Quel homme *désolé* vous faites ! Sauf vis-à-vis de votre femme. A elle, vous ne lui avez pas une seule fois dit que vous étiez désolé.

Il y avait un téléphone près du lit. Garp se dit que jamais encore il ne s'était trompé aussi grossièrement sur l'état de quelqu'un. Tout à coup, Mrs. Ralph n'était pas plus ivre que Bill ; à moins qu'elle n'eût déjà cuvé sa cuite, ou qu'elle bénéficiât de cette demi-heure de lucidité qui sépare l'hébétude de la gueule de bois – une demi-heure à propos de laquelle Garp avait lu un tas de choses, mais qu'il avait toujours prises pour un mythe. Encore une illusion.

— Je ramène Duncan, annonça Garp.

Elle hocha la tête :

— A votre place, j'en ferais autant.

Garp réprima un nouveau *désolé*, qu'il ravala de justesse au terme d'une lutte brève mais sévère.

— Faites-moi une faveur, dit Mrs. Ralph.

Garp posa de nouveau les yeux vers elle ; elle ne se formalisa pas.

— En parlant de moi à votre femme, ne lui racontez pas *tout*, d'accord ? Pas la peine de me présenter comme la salope que je suis. Peut-être, dans le portrait que vous ferez de moi, pourriez-vous mettre un brin de sympathie.

— Vous m'inspirez pas mal de sympathie, marmonna Garp.

— Je vous inspire aussi une assez jolie trique en ce moment, dit Mrs. Ralph, les yeux fixés sur la bosse qui gonflait le short de Garp. Vous feriez mieux de ne pas rentrer avec ce truc-là.

Garp ne dit rien. Garp le puritain avait l'impression qu'il méritait d'encaisser quelques gnons.

— On peut dire que votre femme vous tient à l'œil, vous, pas vrai ? dit Mrs. Ralph. Je parie que vous n'avez pas *toujours* été sage. Vous voulez savoir comment mon mari vous aurait appelé ? Mon mari vous aurait appelé un « jobard ».

— Votre mari devait être un drôle de trou du cul, dit Garp.

Plutôt agréable de placer un gnon à son tour, même un gnon pas très appuyé, mais Garp se sentit idiot d'avoir pris la femme pour une imbécile.

S'arrachant à son lit, Mrs. Ralph se planta devant Garp. Les bouts de ses seins lui frôlèrent la poitrine. Garp redoutait que sa bitte ne lui boute dans le ventre.

— Vous reviendrez, dit Mrs. Ralph. Voulez parier ?

Garp la quitta sans un mot.

Il n'avait pas parcouru plus de deux cents mètres – Duncan tassé au fond du sac de couchage, et gigotant comme un perdu sur l'épaule de son père – lorsque la voiture de police se rangea le long du trottoir, gyrophare en action, éclaboussant de lueurs bleues Garp coincé là comme en flagrant délit. Un ravisseur furtif et à demi-nu qui s'esquivait chargé de son butin d'objets et d'images volés – et d'un enfant volé.

— Eh, vous là-bas, qu'est-ce que vous trimballez ? lui demanda un des policiers.

Ils étaient deux dans la voiture, plus une troisième personne assise sur la banquette arrière et que l'on distinguait mal.

– Mon fils, dit Garp.

Les deux policiers descendirent.

– Et où est-ce que vous l'emmenez ? demanda l'un des flics. Y va pas bien ?

Il braqua une torche sur la figure de Duncan. Duncan s'obstinait à vouloir dormir ; ébloui, il loucha et détourna les yeux.

– Il devait rester passer la nuit chez un copain, expliqua Garp. Mais ça n'a pas marché. Je le ramène chez nous.

Le policier braqua sa torche sur Garp – en costume de jogging : short, chaussures à zébrures, pas de chemise.

– Vous avez vos papiers ?

Doucement, Garp déposa Duncan et le sac de couchage sur une pelouse.

– Bien sûr que non. Si vous me ramenez à la maison, je vous les montrerai.

Les policiers échangèrent un regard. On les avait envoyés dans le quartier, il y avait plusieurs heures, quand une jeune femme avait signalé qu'elle venait d'être accostée par un exhibitionniste – ou du moins un nudiste. Peut-être s'agissait-il même d'une tentative de viol. Elle lui avait échappé en sautant sur son vélo, affirmait-elle.

– Y a longtemps que vous êtes sorti ? demanda un des flics.

La troisième personne, du fond de la voiture, jeta un coup d'œil par la vitre pour voir ce qui se passait. Il aperçut Garp.

– Hé, mec, comment ça va ? lança-t-il.

Duncan commença à se réveiller.

– Ralph ? dit Duncan.

Un des policiers mit un genou à terre près de l'enfant, et braqua sa torche sur Garp.

– C'est ton père ? demanda le flic à Duncan.

L'enfant avait l'air plutôt ahuri ; ses yeux passaient vivement de son père aux flics et au gyrophare bleu qui tournait toujours sur la voiture de police.

L'autre policier s'approcha de la personne assise dans le fond de la voiture. Le jeune homme au caftan violet. Les flics l'avaient ramassé tandis qu'ils patrouillaient le quartier en quête de l'exhibitionniste. Le jeune homme avait été incapable de leur fournir l'adresse de son domicile – pour la bonne raison qu'en réalité il n'avait pas de domicile.

– Le type, celui qu'est avec l'enfant, vous le connaissez ? lui demanda le policier.

– Ouais, un vache de dur.

– Tout va bien, Duncan, dit Garp. N'aie pas peur. Je te ramène à la maison, c'est tout.

– Petit, demanda le policier, c'est ton père ?

– Vous lui faites peur, dit Garp.

– Je n'ai pas peur, dit Duncan. Pourquoi que tu me ramènes à la maison, papa ?

On aurait dit que c'était ce que tout le monde avait envie d'entendre.

– La mère de Ralph était dans tous ses états, dit Garp.

Il espérait que l'explication suffirait, mais, dans la voiture, l'amoureux éconduit éclata de rire. Le policier braqua sa torche sur le joli cœur et demanda à Garp s'il le connaissait. On n'en verra jamais le bout, pensa Garp.

– Je m'appelle Garp, dit Garp, avec mauvaise humeur. S. T. Garp. Je suis marié. J'ai deux enfants. L'un d'eux – celui-ci, du nom de Duncan, l'aîné – était parti passer la nuit chez un copain. J'étais persuadé que la mère du copain en question n'était pas en état de prendre soin de mon fils. Je me suis rendu chez elle et j'ai pris mon fils pour le ramener chez nous. Du moins, j'essaie toujours de *rentrer* à la maison. Ce *jeune homme*, continua Garp, doigt pointé vers le fond de la voiture, se trouvait chez la mère du copain de mon fils quand je suis arrivé. La mère a exigé que le jeune homme parte – ce jeune homme, dit Garp, en montrant de nouveau le garçon assis au fond de la voiture –, et il est parti.

– Quel est son nom, à cette mère ? demanda un des policiers, qui essayait de tout noter sur un calepin géant ; après un silence poli, il leva les yeux sur Garp.

– Duncan ? demanda Garp à son fils. Quel est le nom de famille de Ralph ?

– Ma foi, on est en train de le changer, dit Duncan. Autrefois, il avait le nom de son père, mais sa mère est en train d'essayer de le lui faire changer.

– Oui, mais quel *est* le nom de son père ?

– Ralph.

Garp ferma les yeux.

– Ralph Ralph ? demanda le policier au calepin.

– Non, Duncan, je t'en prie, réfléchis, dit Garp. Le nom de *famille* de Ralph, c'est quoi ?

– Eh bien, je crois qu'on est en train de changer son nom, dit Duncan.

– Duncan, *celui* qu'on est en train de lui changer, c'est quoi ? demanda Garp.

– Pourquoi que tu vas pas le demander à Ralph, suggéra Duncan.

Garp eut envie de hurler.

– Vous avez bien dit que votre nom *à vous*, c'était Garp ? demanda le policier.

– Oui, reconnut Garp.

– Et vos initiales, c'est S. T. ? s'obstina le policier.

Garp savait ce qui allait suivre ; il se sentait très las.

– Oui, S. T., dit-il. Seulement S. T.

– Hé, Salaud de Tordu ! hurla le garçon du fond de la voiture, en se laissant aller sur le siège et en rigolant comme un perdu.

– A quoi· correspond la première initiale, Mr. Garp ? demanda le policier.

– A rien.

– Rien ?

– Ce sont de simples initiales, expliqua Garp. C'est tout ce que ma mère m'a donné.

– Et votre premier prénom est S ? demanda le policier.

– Les gens m'appellent Garp, dit Garp.

– Quelle histoire, mec ! s'écria le jeune homme au caftan, mais le flic planté près de la voiture le fit taire en cognant sur le toit.

– Si je te reprends à poser tes sales panards sur la banquette, mon gars, dit-il, je te force à lécher ta merde.

– Garp ? fit le policier qui interrogeait Garp. Ça y est, je sais qui vous êtes ! s'exclama-t-il soudain, à la grande anxiété de Garp. C'est vous qu'avez coincé le satyre du parc !

– Oui ! dit Garp. C'était moi. Mais ce n'était pas ici, et il y a de ça des années.

– Je m'en souviens comme si c'était hier, assura le policier.

– Qu'est-ce que c'est que cette histoire? demanda l'autre.

– Tu es trop jeune, toi. Ce type-là, c'est le Garp qu'a sauté sur le sadique du parc, celui qui attaquait les *enfants* – où que c'était donc déjà? Et qu'est-ce que vous faisiez comme métier déjà? demanda-t-il à Garp avec curiosité. Je veux dire, c'était un truc bizarre, pas vrai?

– Bizarre? fit Garp.

– Bizarre pour *gagner* sa vie. Qu'est-ce que vous faisiez donc pour gagner votre vie?

– Je suis écrivain, dit Garp.

– Oh, ouais, ça me revient. Et vous êtes toujours écrivain?

– Oui, avoua Garp, qui, du moins, savait qu'il n'était pas conseiller matrimonial.

– Ben, ça alors, dit le policier, que pourtant quelque chose tracassait encore; Garp sentait que quelque chose clochait.

– Je portais la barbe dans le temps, risqua Garp.

– C'est ça! Et vous l'avez rasée!

– Exact, confirma Garp.

Les policiers tinrent conciliabule dans la lueur rouge des feux arrière de la voiture de patrouille. Ils décidèrent de ramener Garp et Duncan chez eux, mais annoncèrent à Garp qu'il serait néanmoins obligé de leur fournir la preuve de son identité.

– Vous comprenez, je vous reconnais pas – comparé aux photos –, pas sans la barbe, se justifia le plus vieux.

– Ma foi, c'était il y a des années, dit Garp avec tristesse, et dans une autre ville.

Garp n'aimait pas l'idée que le jeune homme au caftan allait savoir où habitait la famille Garp. Garp s'imaginait qu'il risquait de revenir les voir un jour, pour leur mendier quelque chose.

– Tu te souviens de moi? demanda le garçon à Duncan.

– Je ne crois pas, dit Duncan, poliment.

– Ma foi, c'est vrai, tu dormais presque, admit le garçon, qui ajouta, à l'adresse de Garp : Vous êtes trop vieux jeu avec les enfants, mec ! Les enfants se débrouillent toujours très bien. Vous avez que c't enfant ?

– Non, j'en ai un autre.

– Mec, vous devriez en avoir une *douzaine* d'autres. Comme ça, peut-être que vous ne seriez pas si vieux jeu avec ceux que vous avez, pas vrai ?

Garp crut reconnaître ce que sa mère nommait la « théorie Percy sur l'éducation des enfants ».

– La prochaine à gauche, signala Garp au policier qui conduisait, puis à droite, et c'est au carrefour.

L'autre tendit une sucette à Duncan.

– Merci, dit Duncan.

– Et moi alors ? demanda le jeune homme au caftan. J'aime les sucettes, *moi aussi*.

Le policier le foudroya du regard ; lorsqu'il se fut retourné, Duncan donna sa sucette au jeune homme. Duncan n'était pas fana des sucettes, il ne l'avait jamais été.

– Merci, chuchota l'autre. Voyez, mec ? dit-il à Garp. Y sont drôlement chouettes, les mômes.

Helen aussi, se dit Garp – Helen, plantée sur le seuil et éclairée par-derrière. Elle portait un peignoir bleu qui descendait jusqu'au sol, avec un col roulé ; Helen avait remonté le col comme si elle avait froid. Elle portait aussi ses lunettes, ce qui fait que Garp comprit qu'elle guettait leur arrivée.

– Mec, chuchota le jeune homme au caftan, en poussant Garp du coude lorsqu'il descendit. A quoi elle ressemble c'te jolie dame, quand elle retire ses lunettes ?

– Maman ! On s'est fait arrêter, lança Duncan.

La voiture resta le long du trottoir, tandis que Garp allait chercher ses papiers.

– On ne s'est pas fait arrêter. On s'est fait ramener, Duncan. Tout va bien, assura Garp à Helen, d'un ton furieux, en se précipitant au premier pour récupérer son portefeuille parmi ses vêtements.

– Tu es sorti comme ça ? lança Helen dans son dos. Dans cette tenue ?

– Les policiers ont cru qu'il venait de me kidnapper, dit Duncan.

– Ils sont allés jusqu'à la maison ? demanda Helen.

– Non, papa me portait, et on rentrait. Ça alors, ce qu'il est bizarre, papa.

Garp dévala quatre à quatre l'escalier et se précipita dans la rue.

– Un cas d'erreur d'identité, marmonna Garp à Helen. Sans doute qu'ils cherchaient quelqu'un d'autre. Pour l'amour de Dieu, ne te mets pas dans tous tes états !

– Je ne suis pas dans tous mes états, coupa sèchement Helen.

Garp montra ses papiers.

– Eh bien, ça alors, dit le plus vieux des deux flics. Rien que S. T., pas vrai ? Je suppose que comme ça c'est plus simple.

– Pas toujours, dit Garp.

Comme la voiture démarrait, le jeune homme lança à Garp :

– C'est pas que vous seriez le mauvais bougre, mec, si seulement vous appreniez à vous *détendre* !

La proximité du corps d'Helen, svelte et tendu et tout frissonnant sous le peignoir bleu, n'était guère faite pour le détendre. Duncan, bien réveillé maintenant, n'arrêtait pas de jacasser ; en plus, il avait faim. Garp aussi d'ailleurs. Ils passèrent dans la cuisine. Dans la lumière grise du petit matin, Helen les regarda froidement se restaurer. Duncan raconta l'histoire d'un long film qu'il avait vu à la télé ; Garp soupçonnait qu'il s'agissait en réalité de deux films, et que Duncan s'était endormi avant la fin du premier et réveillé après le commencement du deuxième. Il essaya d'imaginer où et quand les ébats de Mrs. Ralph pouvaient bien venir s'insérer dans les films de Duncan.

Helen ne posa pas de questions. En partie, Garp le savait, parce qu'elle ne pouvait rien dire en présence de Duncan. Mais, en partie aussi, parce que, comme Garp, elle fignolait soigneusement ce qu'elle comptait dire. Tous deux étaient heureux que Duncan fût présent ; lorsque viendrait pour eux le moment de se parler en toute liberté, la longue attente les aurait peut-être rendus plus conciliants, et plus circonspects.

Au petit jour, ils n'y tinrent plus et commencèrent à se parler par le truchement de Duncan.

– Dis à maman à quoi ressemble la cuisine, fit Garp. Et parle-lui du chien.

– Bill ?

– Oui ! Parle-lui de ce bon vieux Bill.

– Et que portait donc la mère de Ralph quand tu étais là-bas ? demanda Helen à Duncan, avec un grand sourire à Garp. J'espère qu'elle avait un peu plus de choses sur le dos que papa.

– Qu'est-ce que tu as mangé pour dîner ? demanda Garp.

– Et les chambres, sont-elles en haut ou en bas ? demanda Helen. Ou en haut *et* en bas ?

Garp lui décocha un regard lourd de sens : Je t'en prie, ne commence pas. Il sentait qu'elle rassemblait peu à peu les vieilles armes usées, les ramenait peu à peu à portée de sa main. Elle avait dans sa panoplie une ou deux baby-sitters qu'elle pouvait exhiber au besoin, et il sentait qu'elle était déjà en train de mettre les baby-sitters en position. Si elle décidait de faire surgir un des noms familiers et cruels, Garp n'aurait pas, lui, de noms à lancer en représailles. Il n'avait pas de baby-sitters pour la contrer ; pas encore. Dans l'esprit de Garp, Harrison Fletcher ne comptait pas.

– Combien y a-t-il de téléphones ? demanda Helen à Duncan. Un dans la cuisine et un dans la chambre ? Ou seulement un dans la chambre ?

Lorsque enfin Duncan monta se coucher, il restait moins d'une demi-heure avant le moment où Walt se réveillait d'ordinaire. Mais Helen tenait prêts les noms de ses ennemies. On a toujours assez de temps pour faire des ravages quand on sait où se cachent les vieilles blessures.

– Je t'aime tellement, et je te connais si bien, attaqua Helen.

12

Le tour d'Helen

Toute sa vie, Garp vivrait dans la terreur des coups de téléphone nocturnes – ces signaux d'alarme du cœur. Qui, lequel de ceux que j'aime ? hurlait le cœur de Garp, à la première sonnerie. Qui donc vient d'être broyé par un camion, qui s'est noyé dans ses larmes, qui a été balayé par un éléphant et gît au fond des horribles ténèbres ?

Garp avait toujours redouté ces appels nocturnes ; pourtant, lui-même, un jour – sans s'en douter – il en fit un. C'était un soir où Jenny se trouvait chez eux ; sa mère avait lâché dans la conversation que Cushie Percy venait de mourir en couches. Garp ignorait la nouvelle et, bien qu'il lui arrivât parfois de plaisanter avec Helen au sujet de sa passion d'antan pour Cushie – et Helen le taquinait à ce sujet –, la nouvelle que Cushie était *morte* laissa Garp paralysé de stupeur. Cushman Percy avait été tellement vivante – il y avait eu en elle tant de flamme et de sève – que la chose semblait impossible. Si Alice Fletcher avait été victime d'un accident, la nouvelle ne l'eût pas affecté davantage. Il se sentait mieux préparé à ce qu'un jour il lui arrive malheur. Triste à dire, il le savait, il arriverait toujours des malheurs à Alice-la-Calme.

Garp passa machinalement dans la cuisine et, sans vraiment se rendre compte de l'heure ni se souvenir de l'instant où il avait ouvert une autre boîte de bière, il constata qu'il venait de composer le numéro des Percy ; le téléphone sonnait. Garp imagina le long chemin que devait parcourir Ragoût-Gras pour émerger du sommeil avant de pouvoir décrocher.

– Seigneur ! mais qui appelles-tu ? demanda Helen en entrant dans la cuisine. Il est deux heures moins le quart !

Garp n'avait pas eu le temps de raccrocher que, déjà, Stewart Percy répondait.

– Oui ? fit Ragoût-Gras d'une voix inquiète, et Garp se représenta Midge, comme toujours fragile et écervelée, assise à côté de lui dans le lit, aussi nerveuse qu'une poule acculée dans un coin de la basse-cour.

– Je suis navré de vous avoir réveillé, dit Garp. Je n'avais pas idée qu'il était si tard.

Helen secoua la tête et sortit de la cuisine. Jenny s'encadra sur le seuil, elle arborait cette expression critique que seule une mère peut avoir quand son fils est en cause. Une expression faite davantage de déception que de colère.

– Mais qui est-ce ? bon Dieu ! fit Stewart Percy.

– C'est Garp, monsieur, dit Garp, de nouveau tout petit garçon, comme s'il s'excusait de ses gènes.

– Bordel de merde ! fit Ragoût-Gras. Vous, mais qu'est-ce que vous voulez ?

Jenny avait omis de dire à Garp que Cushie Percy était morte *plusieurs mois* auparavant ; persuadé que le deuil était tout récent, Garp venait présenter ses condoléances. D'où sa gaffe.

– Je suis navré, très navré, dit Garp.

– Vous l'avez dit, vous l'avez déjà dit, fit Stewart.

– Je viens d'apprendre la nouvelle, dit Garp, et je tenais à vous dire, à Mrs. Percy et à vous, à quel point je suis navré. Peut-être ne l'ai-je jamais laissé voir, à vous, monsieur, mais j'étais réellement très attaché à…

– Espèce de petit salopard ! coupa Stewart Percy. Espèce de putain de ta mère, espèce de petit merdeux de Jap !

Sur quoi, il raccrocha.

Même Garp n'était pas préparé à ce flot de haine. Mais il se méprit. Il ne devait comprendre que bien des années plus tard dans quel contexte il avait passé son coup de fil. La pauvre Pooh Percy, Bainbridge la fofolle, devait un jour l'expliquer à Jenny. Lorsque Garp appela, il y avait si longtemps que Cushie était morte que Percy ne comprit pas que Garp lui exprimait sa sympathie pour le deuil de *Cushie*. Garp avait appelé à deux heures du matin, au terme du jour noir où le monstre noir, Bonkers, avait enfin poussé son dernier soupir. Stewart Percy avait pris le coup de fil de

Garp pour une plaisanterie cruelle – d'hypocrites condoléances provoquées par la mort d'un chien que Garp avait
toujours détesté.

Cette fois, lorsque le téléphone sonna, Garp eut
conscience qu'Helen, qui émergeait du sommeil, se serrait
contre lui. Lorsqu'il décrocha, Helen lui avait coincé la
jambe entre ses deux genoux et serrait de toutes ses forces
– comme pour se cramponner à la vie et à la sécurité que
symbolisait pour elle le corps de son mari. Garp se livra
mentalement à un rapide pointage. Walt était à la maison, et
dormait. Duncan aussi ; il n'était pas chez Ralph.

Helen se disait : C'est mon père ; son cœur. Certaines
fois, elle se disait : On a fini par retrouver ma mère et par
l'identifier. Dans une morgue.

Et Garp se disait : Maman a été assassinée. Ou elle a été
enlevée et ses ravisseurs exigent une rançon – des hommes
qui n'accepteront rien de moins que le viol public de quarante vierges pour libérer la célèbre féministe, saine et sauve.
Et ils exigeront, en outre, la vie de mes enfants, et ainsi de
suite.

C'était Roberta Muldoon, ce qui suffit à convaincre
Garp que là victime ne pouvait être que Jenny Fields. Mais
la victime était Roberta.

– Il m'a plaquée, geignait Roberta, son énorme voix
gonflée de larmes. Il m'a balancée. *Moi* ! Vous vous rendez
compte ?

– Seigneur ! Roberta, dit Garp.

– Oh, avant de devenir une femme, je ne savais pas à
quel point les hommes peuvent être *salauds*, dit Roberta.

– C'est Roberta, chuchota Garp à Helen, pour qu'elle se
détende. Son amant s'est fait la paire.

Helen poussa un soupir, libéra la jambe de Garp, lui
tourna le dos.

– Et vous, vous vous en foutez, pas vrai ? fit Roberta,
d'un ton acide.

– Je vous en prie, Roberta, plaida Garp.

– Je suis désolée. Mais j'ai pensé qu'il était trop tard
pour que j'appelle votre mère.

Garp jugea cette logique stupéfiante, dans la mesure où,
il le savait, Jenny veillait toujours beaucoup plus tard que

lui ; mais, par ailleurs, il aimait bien Roberta, il l'aimait beaucoup, et sans doute venait-elle de traverser de durs moments.

— Il m'a reproché de ne pas être *suffisamment* femme, et aussi de le perturber, sexuellement parlant – d'être, moi, sexuellement perturbée ! explosa Roberta. Oh, Seigneur ! quel con, ce mec ! Tout ce qui le titillait, c'était le côté inédit de la chose. Histoire de crâner devant ses copains.

— Je parierais que vous étiez de taille à le dérouiller, dit Garp. Pourquoi ne lui avez-vous pas cassé la gueule, à ce salaud ?

— Vous ne comprenez pas, dit Roberta. Ça ne me tente pas de casser la gueule aux gens, plus maintenant. Je suis une *femme* !

— Alors comme ça, les femmes n'ont jamais envie de casser la gueule à personne ? demanda Garp.

Helen avança la main et lui tiralla la bitte.

— Je ne sais pas, moi, ce qui fait envie aux femmes, gémit Roberta. Je ne sais pas ce dont elles sont *censées* avoir envie, en tout cas. Tout ce que je sais, c'est ce qui me fait envie à *moi*.

— Et qu'est-ce que c'est ? demanda Garp, qui savait qu'elle ne demandait qu'à le lui dire.

— J'ai envie de lui casser la gueule *maintenant*, confessa Roberta, mais pendant qu'il m'en faisait baver, j'ai pas levé le petit doigt et j'ai tout encaissé. Même, j'ai pleuré ! J'ai passé toute la journée à pleurer ; même qu'il a eu le culot de m'appeler pour me dire que, si je continuais à pleurer, c'était que je me montais le coup.

— Qu'il aille se faire foutre.

— Tout ce qu'il voulait, c'était s'envoyer en l'air. Pourquoi les hommes sont-ils comme ça ?

— Ma foi.

— Oh, pas vous, je le sais bien. Probable que vous ne me trouvez même pas attirante.

— Mais bien sûr que vous êtes attirante, Roberta, assura Garp.

— Mais pas vraiment à vos yeux *à vous*, insista Roberta. Ne mentez pas. Du point de vue sexuel, je ne suis pas attirante, pas vrai ?

– A mes yeux à moi, pas vraiment, reconnut Garp, mais aux yeux de beaucoup d'autres hommes, si. Bien sûr que si.

– Ma foi, vous êtes un véritable ami, ce qui est plus important. Moi non plus, je ne vous trouve pas sexuellement attirant, d'ailleurs.

– C'est normal.

– Vous êtes trop court, Garp. J'aime les hommes qui ont l'air plus *long* – sexuellement plus long je veux dire. Ne soyez pas vexé.

– Je ne suis pas vexé, Roberta. Vous non plus, j'espère.

– Bien sûr que non.

– Pourquoi ne pas m'appeler demain matin, suggéra Garp. Vous vous sentirez mieux.

– Certainement pas, dit Roberta, maussade. Je me sentirai *pire*. Et j'aurai honte de vous avoir appelé.

– Pourquoi ne pas consulter votre médecin ? L'urologue ? Le type qui a pratiqué votre opération – il est votre ami, n'est-ce pas ?

– Je crois qu'il a envie de me baiser, dit Roberta, avec sérieux. Je pense qu'en réalité c'est ça qu'il a *toujours* eu envie de me·faire. Je crois que s'il m'a conseillé cette opération, c'est qu'il avait envie de me séduire, mais il voulait commencer par me transformer en femme. Ils sont bien connus pour ça – à ce que me disait une amie.

– Une cinglée, votre amie, Roberta, dit Garp. *Qui* est bien connu pour ça ?

– Les urologues, dit Roberta. Oh, je n'en sais rien, mais l'urologie, ça ne vous paraît pas un peu bizarre à vous ?

A vrai dire, si, mais Garp ne tenait pas à perturber davantage Roberta.

– Appelez maman, dit-il. Elle saura vous remonter le moral, elle. Elle aura une idée.

– Oh ! elle est merveilleuse, elle, sanglota Roberta. Elle finit toujours par avoir une idée, mais je trouve que je me suis déjà tellement servie d'elle.

– Elle adore rendre service, Roberta, dit Garp qui, sur ce point, était sûr de ne pas se tromper.

Jenny Fields était pleine de compassion et de patience, et Garp ne demandait qu'une chose, dormir.

– Une bonne partie de squash vous ferait peut-être du bien, Roberta, suggéra piteusement Garp. Pourquoi ne pas venir passer quelques jours ici ? On la ferait un peu valser, cette balle.

Helen se précipita contre lui, lui fit les gros yeux, lui mordit un bout de sein ; Helen aimait bien Roberta, mais, dans les premiers temps de sa métamorphose, Roberta n'était capable que de parler d'elle-même.

– C'est que je me sens tellement *vidée*, geignit Roberta. Aucune énergie, rien de rien. Je ne sais même pas si je serais capable de jouer.

– Eh bien, vous devriez au moins essayer, Roberta. Vous devriez vous secouer un peu.

Helen, exaspérée et déçue, s'écarta brusquement.

Mais Helen débordait de tendresse pour Garp lorsqu'il décrochait en pleine nuit ; ces coups de fil nocturnes l'effrayaient, disait-elle, et elle ne tenait pas à découvrir elle-même ce qui les motivait. Chose étrange, par conséquent, lorsque Roberta Muldoon rappela quelques semaines plus tard, ce fut *Helen* qui répondit. Garp en fut surpris, car l'appareil se trouvait de son côté et Helen dut se pencher par-dessus lui pour décrocher ; à vrai dire, cette fois, elle se précipita et chuchota précipitamment :

– Oui, qu'est-ce qui se passe ?

Lorsqu'elle reconnut la voix de Roberta, elle passa vivement l'appareil à Garp ; ce n'était donc pas qu'elle avait voulu épargner son sommeil.

Et lorsque Roberta rappela pour la troisième fois, Garp remarqua comme une absence lorsqu'il décrocha. Quelque chose manquait.

– Oh, salut Roberta ! fit Garp.

Ce qui manquait, c'était l'étreinte habituelle des genoux d'Helen : elle avait disparu. *Helen* avait disparu, constatat-il. Il dit ce qu'il fallait pour rassurer Roberta, tâta les draps tout froids du côté vide du lit, et remarqua qu'il était deux heures du matin – l'heure favorite de Roberta. Lorsque enfin Roberta raccrocha, Garp descendit voir où était passée Helen, pour la découvrir assise solitaire sur le canapé du living, un verre de vin à la main et un manuscrit posé sur les genoux.

— Pas moyen de dormir, expliqua-t-elle.

Mais elle avait une drôle d'expression – une expression que, sur le moment, Garp ne parvint pas à reconnaître. Une expression qui lui paraissait pourtant avoir quelque chose de familier, mais qu'il lui semblait bien aussi ne jamais avoir vue sur le visage d'Helen.

— Des devoirs à corriger ? demanda-t-il.

Elle opina, mais il y avait une seule copie devant elle. Garp la prit.

— Ce n'est qu'une copie d'étudiant, dit-elle, en avançant la main pour la reprendre.

La copie portait un nom : Michael Milton. Garp lut un paragraphe.

— On dirait une histoire. J'ignorais que tu demandais à tes étudiants d'écrire de la *fiction*.

— Certainement pas, mais, par ailleurs, il leur arrive de me montrer ce qu'ils font.

Garp lut un deuxième paragraphe. Le style lui parut emprunté et outré, mais il ne releva aucune faute de langue ; c'était, du moins, bien écrit.

— C'est un de mes étudiants de maîtrise, dit Helen. Il est très doué, mais…

Elle eut un haussement d'épaules ; mais son geste avait la feinte désinvolture d'une enfant embarrassée.

— Mais quoi ? demanda Garp. Il s'esclaffa – réjoui de constater qu'Helen pouvait avoir un air aussi gamin à cette heure impossible.

Mais Helen retira ses lunettes et lui laissa de nouveau voir cet autre air, cet air que, tout 'abord, il avait eu du mal à reconnaître D'une voix tendue, elle répondit :

— Oh, je ne sais pas. *Jeune*, peut-être. C'est seulement qu'il est jeune, tu sais. Très intelligent, mais jeune.

Garp tourna la page, lut une autre moitié de paragraphe, lui rendit le manuscrit. Il eut un haussement d'épaules.

— Pour moi, c'est de la merde, dit-il.

— Non, ce n'est pas de la merde, dit Helen avec gravité.

Oh, Helen, le bon juge, songea Garp, qui annonça qu'il retournait au lit.

— Je reste encore un peu, fit Helen.

Puis, de retour au premier, Garp vit son image dans le

miroir de la salle de bains. Ce fut là qu'il identifia cette expression qu'il avait surprise, bizarrement déplacée, sur le visage d'Helen. Une expression que Garp reconnaissait pour l'avoir déjà vue – sur son propre visage, de temps à autre, mais jamais sur celui d'Helen. Cette expression que Garp venait de reconnaître, c'était celle de la culpabilité, et cela l'intriguait. Il resta un long moment éveillé, mais Helen ne revint pas se mettre au lit. Le matin, Garp le constata non sans surprise, quand bien même il s'était borné à jeter un simple coup d'œil sur la copie, le nom de l'étudiant, Michael Milton, fut la première chose qui lui vint à l'esprit. Il glissa un regard circonspect vers Helen, maintenant allongée près de lui, les yeux grands ouverts.

– Michael Milton, dit calmement Garp, non pas à elle, mais assez fort pour qu'elle puisse entendre.

Il observa son visage, qui demeurait sans réaction. Ou bien elle était perdue dans un rêve, très lointain, ou elle ne l'avait tout bonnement pas entendu. Ou bien encore, réfléchit-il, le nom de Michael Milton occupait déjà ses pensées, si bien que, quand Garp l'avait prononcé, elle était *déjà* en train de se le ressasser – à elle-même – et elle n'avait pas remarqué que Garp l'avait prononcé.

Michael Milton était en troisième année de maîtrise et se spécialisait en littérature comparée ; il avait fait des études de français à Yale, où il avait décroché sa licence, mais avec des résultats très quelconques ; il était auparavant passé par Steering, bien qu'il affectât de minimiser ses années d'école préparatoire. Dès qu'il savait que *les gens* savaient qu'il était passé par Yale, il tendait à minimiser le fait, mais jamais il ne minimisait l'année qu'il avait passée à l'étranger – en France. A écouter Michael Milton, qui s'arrangeait pour donner l'impression qu'il avait passé toute son adolescence en France, jamais on n'aurait deviné qu'il n'avait séjourné qu'une seule année en Europe. Il avait vingt-cinq ans.

Malgré la brièveté de son séjour en Europe, on aurait dit qu'il s'y était monté une garde-robe destinée à lui durer jusqu'à la fin de ses jours : ses vestes de tweed avaient de larges revers, ses pantalons étaient évasés, et les vestes comme les pantalons étaient d'une coupe choisie pour flatter les hanches et la taille ; le style de vêtement que, déjà du temps où Garp était à Steering, tout le monde qualifiait de « continental ». Les cols de chemise de Michael Milton, qu'il portait largement ouverts (avec toujours *deux* boutons défaits), étaient flous et larges, avec une touche vaguement Renaissance : le tout suggérant à la fois le goût du laisser-aller et un raffinement suprême.

Il était aussi différent de Garp qu'une autruche l'est d'un phoque. Une fois vêtu, Michael Milton avait un corps gracieux ; dévêtu, c'était, de tous les animaux de la création, au héron qu'il ressemblait le plus. Il était mince et plutôt grand, avec une voussure que dissimulaient ses vestes de tweed. Il avait un corps en forme de cintre – le corps idéal pour y accrocher des vêtements. Nu, c'était à peine s'il avait un corps.

En tous points ou presque, il était l'opposé de Garp, à une exception près pourtant : Michael Milton avait en commun avec Garp une énorme assurance ; il partageait avec Garp la vertu, ou le vice, de l'arrogance. Comme Garp, il débordait d'agressivité, cette agressivité que seuls peuvent se permettre ceux qui éprouvent une totale assurance en eux-mêmes. C'étaient ces mêmes qualités qui, chez Garp, bien longtemps auparavant, avaient d'emblée séduit Helen.

Et voici que quelqu'un possédait ces mêmes qualités, parées d'une défroque nouvelle ; elles se manifestaient d'une manière radicalement différente, mais Helen les reconnaissait pourtant. Elle ne trouvait d'ordinaire que peu de charme aux jeunes gens un peu trop musqués qui s'habillent et parlent comme si, après des années en Europe, ils se retrouvaient fatigués de la vie et tristement blasés, alors qu'en fait ils ont passé la majeure partie de leurs brèves existences dans le Connecticut à se vautrer sur la banquette arrière de leur voiture. Mais, par ailleurs, quand elle était jeune fille, Helen n'avait pas pour *habitude* de trouver du charme aux lutteurs. Helen aimait les hommes pleins d'assurance, à condition que leur assurance ne soit pas déplacée.

Ce qui, aux yeux d'Helen, donnait du charme à Michael Milton, c'était ce qui la parait elle-même de charme aux yeux de beaucoup d'hommes et de si peu de femmes. Helen, à trente ans passés, était une femme séduisante, non simplement qu'elle fût belle, mais parce qu'elle avait une allure parfaite. Il importe de souligner qu'elle donnait non seulement l'impression d'avoir pris soin de sa personne, mais encore d'avoir eu de bonnes raisons de le faire. Cette allure à la fois redoutable et séduisante, dans le cas d'Helen, n'était nullement trompeuse. Le succès lui souriait. On sentait qu'elle était à ce point maîtresse de sa vie que seuls les hommes les plus sûrs d'eux-mêmes osaient continuer à la dévisager lorsqu'elle affrontait leur regard. Même aux arrêts d'autobus, c'était le genre de femme que l'on ne dévisageait que jusqu'au moment où elle vous rendait la pareille.

Helen n'avait pas l'habitude d'être dévisagée quand elle circulait dans les couloirs du département d'anglais ; les gens la regardaient volontiers, mais les regards étaient furtifs. Aussi n'était-elle guère préparée au long regard effronté dont la gratifia un beau jour le jeune Michael Milton. Il s'arrêta tout bonnement dans le couloir et la regarda s'avancer. En réalité, ce fut Helen qui détourna les yeux ; lui pivota et la suivit des yeux, tandis qu'elle s'éloignait, jusqu'au bout du couloir. Sur quoi, s'adressant à celui qui l'accompagnait, il dit, assez fort pour être entendu d'Helen :

– Est-ce qu'elle enseigne ici ou est-ce qu'elle suit les cours ? Qu'est-ce qu'elle fiche ici, d'ailleurs ? demanda Michael Milton.

Au cours du deuxième semestre de cette même année, Helen se vit confier un cours de techniques narratives ; il s'agissait en fait d'un séminaire réservé aux étudiants de maîtrise, ainsi qu'à un certain nombre d'étudiants de licence parmi les plus doués. Helen se passionnait pour l'évolution et la complexité des techniques narratives, plus particulièrement pour les problèmes de perspective dans le roman moderne. Dès le premier cours, elle remarqua un certain étudiant, avec une mince moustache pâle et une jolie chemise dont deux boutons étaient défaits ; il avait l'air plus âgé que les autres ; elle se força à détourner les yeux et distribua un questionnaire. Entre autres questions, les étudiants devaient indiquer pourquoi ils s'intéressaient à ce programme particulier. En réponse à cette question, un étudiant du nom de Michael Milton écrivit : « Parce que, dès que je vous ai vue, j'ai eu envie d'être votre amant. »

Ce fut à la fin de ce cours, quand elle se retrouva seule dans son bureau, qu'Helen lut cette réponse. Elle croyait avoir repéré Michael Milton ; si elle avait été sûre d'avoir affaire à quelqu'un d'autre, quelqu'un qu'elle n'eût même pas remarqué, elle n'aurait pas manqué de montrer le questionnaire à Garp. Garp aurait peut-être dit : « Montre-le-moi, ce salaud ! » Ou bien : « Présentons-le à Roberta Muldoon. » Tous deux auraient éclaté de rire, et Garp l'aurait taquinée en l'accusant d'exciter ses étudiants. Et les intentions du jeune homme, quel qu'il fût, ayant ainsi été discutées sans ambiguïté entre elle et Garp, elles n'auraient eu aucune chance de déboucher sur la moindre relation ; Helen le savait. Pourtant, elle ne montra pas le questionnaire à Garp, et d'emblée se sentit coupable – mais se dit que, si Michael Milton était celui qu'elle croyait avoir remarqué, elle aimerait bien voir les choses aller un peu plus loin. A cet instant, seule dans son bureau, Helen, en toute sincérité, n'envisageait pas que les choses puissent aller *beaucoup* plus loin. Mais quel mal y avait-il à les laisser aller *un petit peu* plus loin ?

Si elle avait encore eu Harrison Fletcher comme collègue, elle lui aurait, à lui, montré le questionnaire. De toute façon – que Michael Milton *fût* ce jeune homme quelque peu inquiétant ou bien quelqu'un d'autre –, elle aurait mentionné l'incident à Harrison. Harrison et Helen, dans le passé, avaient partagé quelques secrets de cette nature, à l'insu de Garp et d'Alice ; des secrets durables, mais innocents. Helen savait qu'avouer à Harrison l'intérêt que lui manifestait Michael Milton aurait été une façon de couper court à toute relation.

Mais elle ne parla pas de Michael Milton à Garp, et Harrison, bien entendu, s'était fait muter dans l'espoir de décrocher une titularisation. Les réponses au questionnaire avaient été calligraphiées à l'encre noire, en caractères style XVIIIe siècle, le genre d'écriture qui exige une plume spéciale ; le message de Michael Milton, bien que manuscrit, avait quelque chose de permanent, davantage que s'il avait été imprimé, et Helen le relut plusieurs fois. Elle jeta un coup d'œil aux autres réponses : date de naissance, durée de la scolarité, études antérieures dans le département d'anglais ou en littérature comparée. Elle consulta son dossier ; ses résultats étaient bons. Elle passa deux coups de fil, à des collègues qui, le semestre précédent, avaient eu Michael Milton comme étudiant ; elle conclut de leurs commentaires que Michael Milton était un bon étudiant, mais doué d'une agressivité et d'un orgueil qui frisaient la vanité. Elle crut aussi comprendre, quand bien même ses collègues n'exprimèrent pas la chose en clair, que Michael Milton était à la fois très doué et très antipathique. Elle songea à la chemise aux deux boutons délibérément défaits (elle en était sûre maintenant, c'était lui) et s'imagina en train de les boutonner. Elle repensa à la maigre moustache, simple trace sur la lèvre. Garp devait par la suite commenter la moustache de Michael Milton, la qualifiant d'insulte au monde du poil et des lèvres ; selon Garp, c'était, en fait de moustache, une imitation tellement minable que Michael Milton aurait rendu un énorme service à son visage en la rasant.

Mais Helen aimait la bizarre petite moustache qui marquait la lèvre de Michael Milton.

— Tu n'aimes pas les moustaches, voilà tout, dit Helen à Garp.

— Je n'aime pas *cette* moustache. Je n'ai rien contre les moustaches, en règle générale, insista Garp.

Mais, à dire vrai, Helen avait raison : Garp haïssait les moustaches, toutes les moustaches, depuis sa rencontre avec le Moustachu. Le Moustachu avait dégoûté Garp des moustaches, à tout jamais.

Helen aimait aussi les favoris de Michael Milton, blonds et bouclés ; Garp coupait les siens au niveau de ses yeux noirs, presque parallèlement à la pointe de ses oreilles — bien qu'il portât les cheveux épais et en broussaille, toujours juste assez longs pour cacher l'oreille dévorée par Bonkers.

Helen constata aussi que les petites manies de son mari

commençaient à lui paraître plus insupportables. Peut-être les remarquait-elle seulement davantage, maintenant qu'il ne se débattait plus qu'épisodiquement dans les affres de la création ; lorsqu'il écrivait, peut-être avait-il moins de temps à consacrer à ses manies ? En tout cas, elle les trouvait irritantes. Sa façon d'enfiler l'allée du garage, par exemple, un de ses coups favoris, la rendait folle de rage ; de plus, c'était un paradoxe. Pour quelqu'un qui se rongeait et faisait tant d'histoires à propos de la sécurité des enfants – les chauffards, les fuites d'essence, et ainsi de suite –, Garp avait une façon d'enfiler leur allée et leur garage, la nuit tombée, qu'Helen trouvait terrifiante.

L'allée était en pente raide et débouchait au pied d'une longue côte. Lorsque Garp savait que les enfants étaient au lit et endormis, il coupait son moteur et ses phares, et remontait en silence l'allée plongée dans le noir ; avant de bifurquer, il prenait assez d'élan dans la descente pour atteindre sans coup férir le plat au sommet de l'allée et s'enfiler dans le garage. A l'en croire, il voulait éviter que les phares et le bruit du moteur ne réveillent les enfants. Mais, de toute façon, il devait mettre le moteur en route pour faire demi-tour et reconduire la baby-sitter ; Helen l'accusait de faire ça simplement pour le plaisir et par jeu – un jeu puéril et dangereux. Il n'arrêtait pas d'écraser des jouets qui traînaient dans l'allée plongée dans le noir ou d'emboutir les vélos mal rangés dans le fond du garage.

Une baby-sitter s'était un jour plainte à Helen, lui avouant qu'elle avait horreur de dévaler l'allée moteur et phares coupés (*encore* un de ses coups favoris : il embrayait et allumait brusquement ses phares juste avant de déboucher sur la route).

Est-ce bien *moi* qui suis instable ? se demandait Helen. L'idée ne lui était jamais venue qu'elle pouvait être instable avant de réfléchir à l'instabilité de *Garp*. Et, en fait, depuis combien de temps les habitudes et manies de Garp lui paraissaient-elles odieuses ? Elle n'en savait rien. Tout ce qu'elle savait, c'était qu'elle avait *constaté* qu'elle les trouvait odieuses pratiquement du jour où elle avait lu le questionnaire de Michael Milton.

Helen se rendait en voiture à son bureau en se demandant ce qu'elle allait dire au jeune mufle, lorsque la poignée du levier de vitesses de la Volvo lui resta dans la main – la tige dénudée lui écorcha le poignet. Poussant un juron, elle se rangea le long du trottoir pour examiner les dégâts.

Il y avait des semaines que la poignée ne cessait de tomber, le filetage était usé, et Garp avait à plusieurs reprises tenté de fixer la poignée sur la tige à l'aide de bouts de scotch. Helen lui avait reproché sa technique idiote, mais Garp n'avait jamais eu la prétention d'être bricoleur et c'était à Helen qu'incombait, entre autres responsabilités domestiques, l'entretien de la voiture.

Cette répartition du travail, bien qu'approuvée dans l'ensemble de part et d'autre, était parfois source de malentendus. C'était Garp qui tenait la maison, mais Helen se chargeait du repassage (« parce que, disait Garp, c'est *toi* qui tiens à ce que les choses soient repassées »), et Helen se chargeait de faire entretenir la voiture (« parce que, disait Garp, c'est toi qui t'en sers tous les jours ; tu sais donc mieux que moi si quelque chose ne va pas »). Helen se résignait au repassage, mais pensait que Garp aurait pu s'occuper de la voiture. Elle n'aimait pas être obligée de se faire conduire au bureau dans la dépanneuse du garage – assise dans la cabine souillée de cambouis en compagnie d'un jeune mécanicien qui, en général, pilotait de façon plus ou moins désinvolte. Helen n'avait rien contre le garage où ils faisaient entretenir leur voiture, mais elle détestait d'avoir à y mettre les pieds ; quant à la petite comédie pour décider qui la conduirait à son bureau quand elle venait déposer la voiture au garage, il y avait beau temps qu'elle avait cessé de l'amuser.

– Qui a le temps de conduire Mrs. Garp à l'université ? lançait le patron dans les entrailles noires de graisse des fosses à vidange.

Et trois ou quatre jeunes gens, débordant de zèle, mais souillés de cambouis, lâchaient derechef leurs clefs et leurs pinces, se hissaient à grand-peine hors des fosses, et se précipitaient pour se disputer l'honneur de partager –

quelques brefs instants enivrants – l'étroite cabine jonchée de pièces de rechange, afin de reconduire l'élégante Mrs. Garp à son université.

Garp fit remarquer à Helen que, lorsqu'il se chargeait, lui, de conduire la voiture au garage, les volontaires ne mettaient aucun enthousiasme à se manifester ; il n'était pas rare qu'il soit, lui, obligé de poireauter une heure au garage avant de pouvoir décider un flemmard à le reconduire. Après avoir perdu plusieurs matinées, il avait décidé que la corvée revenait à Helen.

Pour cette histoire de levier, d'ailleurs, ils avaient tous les deux laissé traîner les choses.

– Si, au moins, tu téléphonais pour en commander une neuve, lui avait dit Helen, je ferais un saut jusqu'au garage et ils me l'installeraient tout de suite. Mais pas question que je leur laisse la voiture une journée entière pour qu'ils fassent semblant d'essayer de réparer *celle-ci*.

Elle lui avait lancé la poignée, mais il était retourné la fixer, tant bien que mal, sur le levier.

À croire que c'était toujours quand elle conduisait, *elle*, la voiture, que le fichu truc tombait ; mais, bien sûr, c'était elle qui prenait la voiture le plus souvent.

– Nom de Dieu ! jura-t-elle, et elle termina le trajet avec l'horrible tige dénudée.

Chaque fois qu'elle devait changer de vitesse, la pointe lui égratignait le poignet et quelques gouttes de sang souillaient sa jupe fraîchement repassée. Elle gara la voiture et, emportant la poignée, traversa le parking pour rejoindre le bâtiment où se trouvait son bureau. Elle eut envie de la jeter dans un égout, mais un numéro en petits caractères était gravé dessus ; une fois dans son bureau, elle pourrait passer un coup de fil au garage et leur communiquer le numéro. Ensuite, elle pourrait la jeter, n'importe où ; ou bien, se dit-elle, je peux encore l'expédier à Garp par la poste.

Ce fut dans cet état d'esprit, exaspérée par ces petits détails sordides, qu'Helen rencontra dans le couloir le jeune homme à l'air suffisant, vautré sur un des sièges près de la porte de son bureau, les deux boutons du haut de sa jolie chemise défaits. Il portait une veste de tweed, aux épaules, nota-t-elle, légèrement rembourrées ; ses cheveux étaient un rien trop plats, et trop longs, et une des extrémités de sa moustache – effilée comme une lame – retombait un peu trop bas à la commissure des lèvres. Elle n'aurait trop su dire si ce jeune homme lui donnait envie de l'aimer ou de l'étriller.

– Vous êtes matinal, dit-elle, en lui tendant la poignée de façon à pouvoir ouvrir la porte.

– Mais vous vous êtes fait mal ? fit-il. Vous saignez.

Helen devait se dire plus tard que c'était à croire qu'il flairait le sang, car l'écorchure avait pratiquement cessé de saigner.

– Vous avez l'intention de devenir médecin ? taquina-t-elle, en le laissant entrer dans son bureau.

– J'en avais l'intention, rectifia-t-il.

– Et qu'est-ce qui vous en a empêché ? demanda-t-elle, toujours sans le regarder, mais en tournant autour de son bureau, rangeant au hasard des choses déjà parfaitement rangées ; et en ajustant le store, auquel personne n'avait touché depuis son départ.

Elle retira ses lunettes, si bien que, lorsque enfin elle le regarda, elle lui trouva l'air doux et brouillé.

– La chimie organique, j'ai laissé tomber le cours. Et, en outre, j'avais envie de vivre en France.

– Oh, vous avez vécu en France ? lui demanda Helen.

Elle savait fort bien qu'il s'attendait à ce qu'elle lui pose la question, que c'était une des choses qui lui donnaient de l'importance à ses propres yeux, et qu'il n'hésitait pas à mentionner à la première occasion. Au point qu'il l'avait mentionnée dans ses réponses au questionnaire. Il était *très* superficiel, elle le vit aussitôt ; elle espérait qu'il avait un brin d'intelligence, mais ce fut avec un étrange soulagement qu'elle constata qu'il était superficiel – comme si cela le rendait moins redoutable, et lui laissait, à elle, un peu plus de liberté.

Ils parlèrent de la France, ce qu'Helen trouva amusant, car elle qui jamais n'avait mis les pieds en Europe parlait aussi bien de la France que Michael Milton. Elle lui dit aussi qu'à son avis les mobiles qui l'avaient poussé à s'inscrire à son cours étaient peu convaincants.

– Peu convaincants ? la pressa-t-il, avec un sourire.

– D'abord, dit Helen, c'est nourrir des espérances idéalistes quant aux résultats de ce cours.

– Oh, vous avez déjà un amant ? s'enquit Michael Milton, sans cesser de sourire.

Il était d'une frivolité telle qu'elle ne se sentit pas insultée ; elle aurait pu lui river son clou et lui lancer qu'elle avait un mari, que cela lui suffisait, que cela ne le regardait pas, qu'il n'était pas son genre. Au lieu de quoi, elle lui dit que, étant donné ce qu'il cherchait, il aurait dû au moins s'inscrire dans un séminaire de recherches personnelles. Ce à quoi il répondit qu'il ne demandait pas mieux que de changer de cours. Elle l'informa qu'elle n'acceptait jamais de diriger des recherches personnelles au cours du second semestre.

Elle le savait, elle ne l'avait pas totalement découragé, mais, par ailleurs, elle ne l'avait pas non plus encouragé. Michael Milton passa alors une heure à lui parler, très sérieusement – de son cours de composition narrative. Il se mit à discuter de Virginia Woolf, de *The Waves* et de *Jacob's Room*, de façon fort pertinente, quand bien même il se montra moins brillant à propos de *To the Lighthouse*, et Helen devina qu'il trichait en prétendant avoir lu *Mrs. Dalloway*. Lorsqu'il partit, elle fut contrainte de convenir que ses deux collègues avaient vu juste en ce qui concernait Michael Milton : il avait la langue bien pendue, il était vaniteux, il était facile, et tout cela était fort antipathique ; mais il avait aussi un certain brillant fragile, même si ce n'était que du clinquant et du toc – ce qui, *aussi*, d'une certaine façon, était antipathique. Ce qui avait échappé par contre à ses collègues, c'était son sourire audacieux et sa façon de porter ses vêtements en affectant, comme par défi, le débraillé. Mais les collègues d'Helen étaient des hommes ; comment pouvait-on s'attendre à ce qu'ils interprètent l'insolent sourire de Michael Milton de la même façon qu'Helen. Pour Helen c'était un sourire qui lui disait : Je sais déjà tout de vous, je sais tout ce que vous aimez. Un sourire exaspérant, mais qui la tentait ; elle avait envie de l'effacer sur son visage. Une façon de l'effacer, songeait Helen, serait de montrer à Michael Milton qu'il se trompait, qu'il ne savait rien d'elle – ni de ce qu'elle aimait vraiment – rien du tout.

Elle songeait également que, pour le lui montrer, elle n'avait pas le choix des moyens.

Lorsqu'elle empoigna le levier de vitesses, pour rentrer chez elle, la pointe nue lui piqua cruellement la paume. Elle savait à quel endroit précis Michael Milton avait laissé la poignée – sur le rebord de la fenêtre, au-dessus de la corbeille à papier, pour que le concierge la trouve et sans doute la jette. La jeter semblait bien être la seule chose à faire, mais Helen se rappela qu'elle n'avait pas téléphoné le petit numéro au garage. Ce qui signifiait que quelqu'un allait devoir, elle ou Garp, téléphoner au garage pour tenter de commander une poignée neuve *sans* les foutus numéros – en mentionnant l'année et le modèle du véhicule, et ainsi de suite, pour se retrouver enfin avec une poignée qui n'irait pas.

Mais Helen décida qu'elle ne retournerait pas à son bureau, et qu'elle avait déjà assez de choses en tête sans faire l'effort de penser à rappeler le concierge pour lui recommander de ne pas jeter la poignée. D'ailleurs, il était peut-être déjà trop tard.

Et, de toute façon, se dit Helen, après tout, ce n'est pas de *ma* faute. C'est de la faute de Garp, aussi. Ou, plutôt, ce n'est en fait de la faute de personne. Ce sont des choses qui arrivent.

Mais elle ne se sentait pas *tout à fait* libre de remords ; pas encore. Le jour où Michael Milton lui demanda de lire ses devoirs – ses anciens devoirs, ceux de ses cours précédents –, elle accepta et les lut, parce qu'il s'agissait là d'un sujet admissible, encore innocent, dont ils pouvaient discuter ensemble : son travail. Puis il s'enhardit, se fit plus confiant, et se risqua à lui montrer ce qu'il avait fait de *créateur*, ses nouvelles et ses pathétiques petits poèmes inspirés par la France, mais Helen s'obstina à penser que leurs longues conversations restaient toujours guidées par la relation critique et constructive qui lie maître et disciple.

Pourquoi n'auraient-ils pas déjeuné ensemble ; il fallait bien qu'ils discutent de son *travail*. Peut-être tous deux savaient-ils que le travail en question n'avait rien que de très banal. Pour Michael Milton, *n'importe quel* sujet de conversation justifiant sa présence aux côtés d'Helen avait sa raison d'être. Quant à Helen, elle continuait à redouter l'inévitable conclusion – le jour où, tout simplement, il tomberait à court de matière ; lorsqu'il aurait épuisé tous les devoirs qu'il avait eu le temps de composer ; le jour où ils auraient évoqué tous les livres que tous deux avaient lus. Helen savait qu'ils devraient alors passer à un nouveau sujet. Elle le savait aussi, c'était son problème *à elle* – Michael Milton savait déjà quel était, entre eux, l'inévitable sujet. Elle savait que, sournois, avec une tranquille et exaspérante sérénité, il attendait qu'elle se décide ; elle se demandait parfois s'il aurait le culot de risquer une nouvelle allusion à la première réponse qu'il avait faite à son questionnaire, mais elle n'en croyait rien. Peut-être savaient-ils tous deux qu'il n'aurait pas cette peine – que c'était maintenant à elle de jouer. Il lui prouverait, à force de patience, qu'il n'était pas un enfant. Quant à Helen, ce qu'elle voulait, plus que tout, c'était le surprendre.

Mais, parmi cette foule de sentiments tout nouveaux pour elle, il en était un qu'elle détestait ; elle était totalement inaccoutumée à se sentir coupable – car Helen Holm se sentait toujours en droit de faire ce qu'elle faisait, et, en cette occasion également, elle avait besoin de se sentir libre de tout remords, mais n'y était pas encore parvenue ; pas encore.

Garp allait se charger de lui fournir l'indispensable impulsion. Peut-être son intuition lui souffla-t-elle qu'il avait un rival ; c'était le goût de l'émulation qui avait incité Garp à écrire, et, lorsqu'il émergea enfin de sa période stérile, ce fut poussé par une vague d'émulation de même nature. Helen, il en avait l'intuition, *était en train de lire* quelqu'un d'autre. L'idée n'effleura pas Garp qu'elle avait peut-être tout autre chose en tête que la littérature, mais il constatait, avec la jalousie typique d'un écrivain, que des mots, des mots écrits par un autre, la tenaient éveillée la nuit. C'était avec *la Pension Grillparzer* que Garp avait commencé sa cour à Helen. Un vague instinct lui soufflait de recommencer à la courtiser.

S'il s'était agi là d'une motivation légitime pour pousser

un jeune auteur à *se mettre* au travail, c'était une motivation douteuse pour le pousser maintenant à écrire – surtout après s'être arrêté si longtemps. Qui sait s'il ne se trouvait pas au milieu d'une phase indispensable, où il remettait tout en question, laissant le puits se remplir, préparant ainsi pour l'avenir un livre au prix d'un long silence ? D'une certaine façon, la nouvelle histoire qu'il rédigea à l'intention d'Helen reflétait les circonstances anormales et forcées qui l'avaient poussé à la mettre en chantier. L'histoire était moins dictée par une réaction authentique aux dures réalités de la vie que par un désir de soulager les angoisses de l'auteur.

Peut-être était-ce un exercice salutaire pour un auteur qui avait depuis trop longtemps cessé d'écrire, mais Helen n'apprécia guère la hâte avec laquelle Garp lui fourra l'histoire entre les mains.

– Cette fois, j'ai enfin terminé quelque chose, annonça-t-il.

Ils avaient fini de dîner ; les enfants étaient endormis ; Helen avait envie d'aller se mettre au lit avec lui ; elle avait envie qu'ils fassent l'amour – longtemps, de façon rassurante –, parce qu'elle était arrivée au bout de ce qu'avait écrit Michael Milton ; elle se retrouvait sans rien à lire, et ils n'avaient plus rien à discuter. A aucun prix, bien entendu, elle ne devait paraître déçue par le manuscrit que venait de lui donner Garp, mais elle se sentit soudain affreusement lasse et resta à contempler le texte, coincé là entre les assiettes sales.

– Je me charge de la vaisselle, proposa Garp, pour lui permettre de se consacrer à son histoire.

Elle sentit le cœur lui manquer ; elle n'avait que trop lu. *Le plaisir*, ou du moins une idylle, tel était le sujet auquel elle aspirait enfin ; Garp avait intérêt à le lui fournir, sinon Michael Milton s'en chargerait.

– Je veux qu'on me fasse l'amour, dit Helen à Garp, qui débarrassait la table avec le zèle d'un garçon de restaurant assuré d'un gros pourboire ; il s'esclaffa.

– Lis mon histoire, Helen, dit-il. *Ensuite*, on s'enverra en l'air.

Elle lui en voulut de tenir à ses priorités. Il ne pouvait y avoir la moindre comparaison entre la prose de Garp et les exercices de style de Michael Milton ; malgré ses dons, Michael Milton continuerait toute sa vie à *apprendre* à écrire. Le problème n'était pas d'écrire. Le problème, c'est *moi*, pensa Helen ; je veux que quelqu'un s'intéresse à moi. Brusquement, elle trouvait insultante la façon dont Garp lui faisait sa cour. D'une certaine façon, le sujet auquel Garp faisait sa cour était ce qu'il avait écrit. Ce *n'est pas* là le sujet entre nous, se disait Helen. Quant aux sujets tacites ou non qui séparaient les gens, grâce à Michael Milton, Helen avait une bonne longueur d'avance sur Garp. « Si seulement les gens se confiaient ce qu'ils ont en tête », avait écrit Jenny Fields – regret naïf mais pardonnable ; Garp et Jenny savaient tous deux à quel point il est difficile d'y parvenir.

Garp lava avec précaution la vaisselle, en attendant qu'Helen lise son histoire. Cédant à l'instinct professionnel, Helen sortit son crayon rouge et se mit à lire. Ce n'est pas ainsi qu'elle devrait lire mon histoire, songea Garp ; je ne suis pas un de ses étudiants. Mais il continua calmement à laver sa vaisselle. Il voyait bien qu'il n'y avait pas moyen de l'arrêter.

VIGILANCE
par S. T. Garp

Couvrant mes cinq kilomètres par jour, il m'arrive souvent de rencontrer un petit mariole d'automobiliste qui, ralentissant à ma hauteur, me demande (bien à l'abri derrière son volant) :

– Pourquoi donc est-ce que vous vous entraînez ?

Respirer à fond et en cadence, tel est le secret ; il m'arrive rarement de me trouver à bout de souffle ; aussi est-ce sans jamais ni panteler ni haleter que je réponds :

– Je garde la forme pour pourchasser les voitures.

A ce point, les répliques des automobilistes prennent des formes variées ; dans le domaine de la stupidité comme en toutes choses, il existe toute une gamme de nuances. Bien entendu, ils ne comprennent jamais que ce n'est pas eux que je vise – je ne cultive pas la forme pour pourchasser leurs voitures à eux; pas sur la grand-route, en tout cas. Là, je les laisse filer, même si je pense parfois que je pourrais les rattraper. Et ce n'est pas pour me faire remarquer, comme le croient certains automobilistes, que je cours sur la grand-route.

Dans mon quartier, on ne peut courir nulle part. Même pour du demi-fond, il faut sortir de la banlieue. Dans le quartier où j'habite, chaque carrefour est équipé d'un quadruple panneau stop; entre les carrefours, la distance est courte, et la plante des pieds souffre de ces virages à angle droit. De plus, les trottoirs sont menacés par les chiens, jonchés de jouets d'enfants, épisodiquement aspergés par les jets des arroseuses de pelouses. Et à peine le champ semble-t-il enfin libre que surgit un vieillard qui monopolise tout le trottoir, en équilibre précaire sur des béquilles ou armé de cannes flageolantes. En toute conscience, impossible de hurler « Piste! » à ce genre de personne. Même lorsque je croise les vieillards à une distance raisonnable, mais à ma vitesse coutumière, ils paraissent inquiets; et il n'est pas dans mon intention de provoquer des crises cardiaques.

Donc il faut la grand-route pour s'entraîner, mais moi, c'est pour la banlieue que je m'entraîne. Vu ma forme, je ne laisse pas la moindre chance aux voitures surprises en flagrant délit d'excès de vitesse dans mon quartier. A condition qu'elles marquent une halte, fût-elle de pure forme, aux panneaux stop, elles ne peuvent dépasser le cinquante avant de devoir freiner à l'approche du carrefour suivant. Je les rattrape toujours. Je peux couper à travers les pelouses, franchir d'un bond les perrons, les portiques et les bassins d'enfants; je peux foncer à travers les haies, ou les franchir en voltige. Et, dans la mesure où mon moteur à moi est silencieux – et régulier, et toujours bien réglé –, je peux entendre approcher les voitures; je ne suis pas obligé de m'arrêter aux carrefours.

Au bout du compte, je les rattrape; je leur fais signe de s'arrêter; elles s'arrêtent toujours. Bien que je sois dans une forme impressionnante, comme traqueur de voitures, ce n'est pas ce qui intimide les chauffards. Non, presque toujours c'est mon statut de père qui les intimide, parce qu'ils sont presque toujours jeunes. Oui, mon statut de père est ce qui les refroidit, presque à coup sûr. J'attaque simplement :

– Vous n'auriez pas vu mes enfants tout à l'heure? dis-je, d'une voix forte et angoissée.

Les chauffards chevronnés, quand on leur pose ce genre de question, redoutent sur-le-champ d'avoir écrasé mes enfants. Ils se mettent aussitôt sur la défensive.

– J'ai deux jeunes enfants, leur dis-je.

Le pathétique est délibéré dans ma voix – que, ce disant, j'autorise à frémir légèrement. Comme si je retenais des larmes, ou une colère indicible, ou les deux. Peut-être s'imaginent-ils que je poursuis un ravisseur, ou que je les soupçonne d'être des satyres.

– Qu'est-ce qui s'est passé? demandent-ils immanquablement.

Je répète:

– Vous n'avez pas vu mes enfants, pas vrai? Un petit garçon qui remorque une petite fille dans un chariot rouge?

Bien entendu, cela est pure fiction. J'ai deux garçons, et ils ne sont pas si petits; ils n'ont pas de chariot. Il se peut qu'au même moment ils soient en train de regarder la télé, ou de faire du vélo dans le parc – où il ne courent aucun risque, où il n'y a pas de voitures.

– Non, dit le chauffard abasourdi. J'ai bien aperçu des enfants, quelques-uns. Mais je ne crois pas avoir vu ceux-là. Pourquoi? .

– Parce que vous avez failli les tuer.

– Mais je ne les ai pas vus! proteste le chauffard.

– Vous alliez bien trop vite pour les voir!

Cela assené comme une preuve de leur culpabilité; je prononce toujours cette formule comme une évidence irréfutable. Et ils ne sont jamais sûrs. J'ai tellement bien répété cette partie de mon rôle. La sueur de ma course effrénée, maintenant, perle de ma moustache et ruisselle sur mon menton, éclaboussant la portière du conducteur. Ils le savent, seul un père authentiquement angoissé à la pensée de ses enfants courrait à ce train d'enfer, aurait ce regard dément, arborerait cette moustache féroce.

– Je m'excuse, disent-ils d'ordinaire.

– Ce quartier est plein d'enfants, dis-je en général. Il y a d'autres endroits où vous pouvez aller faire de la vitesse, pas vrai? Je vous en prie, par pitié pour les enfants, ne venez plus faire de vitesse ici.

Ma voix, à ce stade, n'est jamais hargneuse; elle est toujours implorante. Mais ils voient bien qu'un fanatique qui se maîtrise à grand-peine est tapi derrière mes yeux francs et embués de larmes.

En général, il s'agit d'un jeunot. Ces jeunots ne peuvent s'empêcher de brûler le pavé; ils ont envie de foncer, au rythme frénétique de leurs radios. Et je n'espère pas les changer. J'espère seulement qu'ils iront se défouler ailleurs. Je reconnais que la grand-route leur appartient; quand je vais m'y entraîner, je reste à ma place. Je cours dans le ballast sur le bas-côté, sable chaud ou gravier, tessons de bouteilles de bière – parmi les chats mutilés, les oiseaux massacrés, les préservatifs en bouillie. Mais dans mon quartier, la voiture ne fait pas la loi; pas encore.

D'ordinaire, ils comprennent la leçon.

Après mes cinq kilomètres, je continue par cinquante-cinq pompes sur les bras, puis par une série de sprints de cinq cents mètres, suivis par cinquante-cinq équerres, suivies par cinquante-cinq ponts. Non que j'aie tellement la passion du chiffre cinq; c'est simplement que toute série d'exercices machinaux et exténuants semble plus facile quand on n'est pas obligé de tenir le compte de trop de nombres différents. Après ma douche (vers cinq heures), en fin d'après-midi, et au cours de la soirée, je m'octroie cinq bières.

Je ne poursuis pas les voitures la nuit. En principe, les enfants ne doivent pas jouer dehors la nuit – dans mon quartier comme dans n'importe quel autre. La nuit, je crois, la voiture fait partout la loi dans notre monde moderne. Y compris dans les banlieues.

La nuit, en fait, il est rare que je sorte de chez moi, ou que j'autorise les membres de ma famille à se risquer au-dehors. Mais il m'est arrivé une fois de sortir pour m'informer sur ce qui, de toute évidence, était un accident – les ténèbres striées par des faisceaux de phares braqués droit devant eux, et qui soudain explosent; le silence déchiré par un cri de métal torturé et un hurlement de verre brisé. A cinquante mètres de là tout au plus, en plein milieu de ma rue plongée dans le noir, une Land-Rover gisait sur le toit, vomissant son huile et son essence dans une mare si profonde et si lisse que je voyais s'y refléter la lune. Un seul son : le cliquetis de la chaleur dans les tuyaux brûlants et le moteur mort. La Land-Rover ressemblait à un tank bousculé par l'explosion d'une mine antipersonnel. Sur le trottoir, de grandes balafres et déchirures révélaient que l'auto avait fait plusieurs tonneaux avant de s'immobiliser.

Du côté du conducteur, la portière s'entrebâillait à peine, mais assez pour que, par miracle, le plafonnier s'allume. Et là, sur le siège, toujours coincé derrière le volant, toujours tête en bas et toujours vivant, se trouvait un gros homme. Le sommet de sa tête reposait sur le plafond de la voiture, qui, naturellement, était maintenant le plancher ; mais l'homme ne paraissait avoir qu'une vague conscience de ce changement de perspective. Il avait l'air intrigué, avant tout, par la présence d'une grosse boule marron, une boule de bowling nichée contre sa tête, comme une autre tête ; il se trouvait, en fait, joue contre joue avec cette boule de bowling, dont il sentait peut-être la caresse, comme il eût senti la présence de la tête tranchée d'une amante – quelques instants plus tôt posée sur son épaule.

— C'est toi, Roger ? demanda l'homme.

Je n'aurais su dire s'il s'adressait à moi ou à la boule.

— Ce n'est pas Roger, dis-je, en notre nom à tous deux.

— Un crétin, Roger, expliqua l'homme. On s'est emmêlé les pédales.

Que le gros homme veuille faire allusion à quelque perversion sexuelle me parut improbable. Je supposai qu'il faisait allusion à sa partie de bowling.

— Ça, c'est la boule de Roger, expliqua-t-il, en désignant le globe sombre appuyé contre sa joue. J'aurais dû deviner que ce n'était pas ma boule, vu qu'elle voulait pas rentrer dans mon sac. Ma boule à moi, elle entre dans n'importe quel sac, mais la boule de Roger est vraiment bizarre. J'essayais de la loger dans mon sac, quand la Land-Rover a franchi le parapet du pont.

J'avais beau savoir qu'il n'existait pas le moindre pont dans tout le voisinage, j'essayai de me représenter l'événement. Mais mon attention fut attirée par le gargouillis de l'essence qui se répandait sur le sol, comme une lampée de bière dans la gorge d'un homme assoiffé.

— Vous feriez mieux de sortir, dis-je au joueur de bowling, toujours sens dessus dessous.

— Je vais attendre Roger, répliqua-t-il. Roger ne va pas tarder.

Et, de fait, survint bientôt une deuxième Land-Rover, à croire qu'il s'agissait d'un tandem coupé d'un convoi militaire. La Land-Rover de Roger roulait tous feux éteints et ne put s'arrêter à temps ; elle emboutit la Land-Rover du gros joueur de boules, et les deux véhicules, comme des autos tamponneuses soudées l'une à l'autre, se propulsèrent mutuellement à grand fracas et sans douceur dix mètres plus loin.

Il semblait bien que Roger fût un crétin, mais je me contentai de lui poser l'inévitable question :

— C'est vous, Roger ?

— Ouais, hoqueta l'homme, dont la Land-Rover plongée dans le noir palpitait et grinçait de toutes parts ; de petits fragments de son pare-brise, de ses phares et de sa calandre pleuvaient sur le sol dans un crépitement de confettis solides.

— Y a que Roger pour faire un coup pareil ! gémit le gros joueur de bowling, toujours sens dessus dessous — et toujours vivant, dans sa voiture éclairée.

Je vis qu'il saignait légèrement du nez ; la boule lui avait vrai-semblablement heurté la figure.

— Roger, espèce de crétin ! lança-t-il. C'est ma boule que t'as !

— Ma foi, dans ce cas, quelqu'un a emporté la mienne, répli-qua Roger.

— C'est moi qu'ai ta boule, crétin ! annonça le gros.

— Ma foi, ça n'explique pas tout, dit Roger. T'as ma Land-Rover.

Roger alluma une cigarette, illuminant l'habitacle plongé dans l'obscurité ; on aurait dit qu'il ne tenait pas à s'extirper de l'épave.

— Vous devriez mettre vos feux de détresse, suggérai-je ; et le gros, lui, il ferait mieux de sortir de sa Land-Rover. Y a de l'essence partout. Je ne crois pas qu'il soit prudent de fumer.

Mais Roger se borna à continuer de fumer sans répondre, barricadé comme dans une grotte dans le silence de la seconde Land-Rover, et le gros joueur de boules revint à la charge — comme en proie à un rêve qui soudain recommençait, tout au début :

— C'est toi, Roger ?

Je rentrai chez moi et téléphonai à la police. De jour, dans mon quartier, jamais je n'aurais toléré un tel chaos, mais des gens qui se rendent au bowling en échangeant leurs Land-Rover n'ont rien des habituels chauffards de banlieue, et je conclus qu'ils étaient légitimement perdus.

— Allô ! la police ?

L'expérience m'a appris ce que l'on est en droit d'attendre ou non de la police. Je sais qu'en réalité les policiers n'approuvent pas l'intervention de simples citoyens ; chaque fois qu'il m'est arrivé de leur signaler des chauffards, les résultats ont toujours eté décevants. On dirait que les flics n'ont aucune curiosité pour les détails. On m'affirme qu'il y a des gens que la police ne demande qu'à arrêter, mais je crois que fondamentalement les flics témoignent d'une sympathie instinctive pour les chauffards ; et ils n'apprécient guère les simples citoyens qui se chargent de les arrêter à leur place.

Je les informai des circonstances de l'accident des joueurs de bowling, et, lorsque les policiers me demandèrent, comme ils le font toujours, qui était à l'appareil, je leur dis : « Roger. »

Voilà, je le savais – connaissant la police –, qui serait intéressant. Les flics sont toujours davantage enclins à chercher des histoires à la personne qui signale un délit qu'à l'auteur du délit. Et, comme prévu, dès qu'ils arrivèrent, ils se mirent sur-le-champ en quête de Roger. Je les voyais tous en grande discussion sous les réverbères, mais je ne parvins à surprendre que des bribes de la discussion.

– C'est lui, Roger, répétait inlassablement le gros. C'est lui et personne d'autre.

– Je suis pas le Roger qui vous a appelé, bande de salauds, déclara Roger aux policiers.

– Ça, c'est vrai, affirma le gros. Ce Roger-là, lui, pour rien au monde qu'il appellerait les flics.

Au bout d'un moment, ils se mirent en quête d'un autre Roger, dont ils lancèrent le nom aux quatre coins de notre quartier plongé dans les ténèbres.

– Est-ce qu'il y a un autre Roger par ici ? hurla un agent.

– Roger ! hurla le gros, mais un calme approprié enveloppait ma maison et les maisons de mes voisins plongées dans l'obscurité.

A l'aube, je le savais, tout le monde serait parti. Il ne resterait plus que leurs taches d'huile et leurs fragments de verre brisé.

Soulagé – et, comme toujours, ravi par la destruction de véhicules automobiles –, je demeurai en observation presque jusqu'à l'aube, jusqu'au moment où les deux carcasses accouplées des Land-Rover furent enfin séparées et emmenées en remorque. Elles ressemblaient à deux rhinocéros épuisés, surpris en train de forniquer en pleine banlieue. Roger et le gros joueur de bowling demeurèrent plantés là en grande discussion, balançant leurs boules à bout de bras, jusqu'au moment où s'éteignirent les lampadaires ; alors, comme en réponse à un signal donné, les deux hommes se serrèrent la main et partirent chacun de leur côté – à pied, et comme s'ils savaient où aller.

Le matin, les policiers vinrent faire leur enquête, toujours inquiets de l'existence éventuelle d'un autre Roger. Mais ils n'apprirent rien de moi – tout comme ils n'apprennent rien semble-t-il, chaque fois que je leur dénonce un chauffard.

– Eh bien, si ça se reproduit, dirent-ils, ne manquez pas de nous prévenir.

Par bonheur, je n'ai que rarement besoin de la police ; avec les délinquants primaires, je me montre en général d'une redoutable efficacité. Il ne m'est arrivé qu'une seule fois de tomber sur un récidiviste – et je ne l'ai revu que deux fois. Un jeune homme arrogant au volant d'une camionnette de plombier, une camionnette rouge sang. Sur la cabine, une enseigne en lettres d'un jaune agressif proclamait que le plombier en question se chargeait du débouchage des tuyaux et canalisations, et autres travaux de plomberie :

O. FECTEAU
SPÉCIALISTE EN PLOMBERIE

Avec les récidivistes, je vais droit au fait.

– J'appelle les flics, dis-je au jeune homme. Et j'appelle aussi votre patron, le vieux O. Fecteau ; dommage que je ne l'aie pas appelé la dernière fois.

– Je suis mon propre patron, dit le jeune homme. L'affaire est à moi. Allez vous faire voir.

Je compris alors que j'avais en face de moi O. Fecteau en personne – un jeune homme mal embouché mais prospère, que l'autorité laissait froid.

– Il y a des enfants dans ce quartier, dis-je. Dont deux les miens.

– Ouais, vous me l'avez déjà dit, fit le plombier.

Il emballa son moteur, comme s'il se raclait la gorge. Une ombre de menace marquait son expression, comme l'ombre de toison pubienne qu'il tentait de laisser pousser sur son menton juvénile. Je posai mes deux mains sur le rebord de la portière – l'une sur la poignée, l'autre sur l'arête de la vitre baissée.

– Je vous en prie, pas de vitesse dans le quartier, dis-je.

– Ouais, j'essaierai, dit O. Fecteau.

J'aurais pu m'estimer satisfait, mais le plombier alluma une cigarette et me décocha un sourire. Et sur son visage de petit salopard, je crus lire toute la méchanceté du monde.

— Si jamais je vous reprends à conduire comme ça, dis-je, je vous fourre votre siphon dans le cul.

Nous nous fusillâmes du regard, O. Fecteau et moi. Sur quoi, le plombier emballa son moteur et passa en prise; je dus faire un bond en arrière. Dans le caniveau, j'aperçus un petit camion en métal, un jouet d'enfant; les roues avant manquaient. Le ramassant vivement, je me lançai aux trousses de O. Fecteau. Cinq rues plus loin, je me trouvais suffisamment près de lui pour pouvoir lancer le camion, qui heurta la cabine; le choc fut sonore, mais le jouet ricocha de façon inoffensive. Malgré tout, O. Fecteau s'arrêta net; quatre ou cinq longs tuyaux jaillirent du plateau de la camionnette, tandis qu'un des coffres à outils s'ouvrait brusquement, vomissant un tournevis et plusieurs bobines de gros fil de fer sur la chaussée. Le plombier sauta à terre, claquant la portière derrière lui; il brandissait une clef à molette. Il était visible que l'idée de voir cabosser sa camionnette rouge sang lui hérissait le poil. Je me baissai et empoignai un des tuyaux. Il faisait à peu près cinquante-cinq centimètres de long et, le brandissant, je fracassai illico le feu arrière gauche. Depuis quelque temps, les choses m'arrivent tout naturellement par séries de cinq. Par exemple, mon tour de poitrine (après inspiration) : cent cinquante-cinq.

— Votre feu arrière est cassé, fis-je remarquer au plombier. Vous ne devriez pas circuler ainsi.

— C'est moi qui vais vous coller les flics aux fesses, espèce de sale cinglé!

— Et moi, je vous arrête. Vous avez outrepassé la limite de vitesse, vous mettez en danger la vie de mes enfants. On va aller ensemble trouver les flics.

Sur quoi, fourrant le long tuyau sous la plaque d'immatriculation arrière du camion, je la pliai en deux comme une simple lettre.

— Touchez encore à mon camion, dit le plombier, et vous allez vous retrouver le cul dans la merde.

Mais le tuyau me paraissait aussi léger qu'une raquette de badminton; le brandissant sans effort, je fracassai l'autre feu arrière.

— Vous, vous êtes déjà dans la merde, dis-je. Si jamais il vous arrive de retraverser ce quartier, je vous conseille de rester en première et de brancher votre clignotant.

Je savais (j'avais joué du tuyau) qu'il lui faudrait tout d'abord réparer le clignotant.

Au même moment, j'aperçus une dame d'un certain âge qui, alertée par le vacarme, sortait de chez elle pour voir ce qui se passait. Elle me reconnut sur-le-champ.

– Oh, bravo ! me lança-t-elle.

Je lui souris et elle s'avança vers moi en trottinant, s'arrêtant pour scruter sa. pelouse bien soignée où le camion poubelle miniature venait d'accrocher son regard. Elle le ramassa, avec une répugnance manifeste, et vint me l'apporter. Je déposai le jouet, ainsi que les fragments de verre brisé et de plastique des feux arrière et des clignotants, sur le plateau de la camionnette. C'est un quartier propre ; les ordures me dégoûtent. Sur la grand-route, lorsque je m'entraîne, je ne vois que des ordures partout. Je remis également les autres tuyaux sur le plateau et, avec le plus long, que je tenais toujours à la main (comme un javelot), repoussai délicatement le tournevis et les bobines de fil de fer qui gisaient près du trottoir. O. Fecteau les ramassa et les remit dans le coffre de métal. Sans doute est-il meilleur plombier que chauffeur, pensai-je ; il avait l'air de savoir manier la clef à molette.

– Vous devriez avoir honte, dit la vieille dame à O. Fecteau.

Le plombier lui jeta un regard noir.

– C'est l'un des pires de tous, lui confiai-je.

– Voyez-moi un peu ça ! dit la vieille dame au plombier. Et un grand garçon, avec ça ! Vous devriez être plus raisonnable.

O. Fecteau se rapprocha de la camionnette, l'air d'avoir envie de me lancer sa clef à molette à la tête, puis il remonta d'un bond dans la cabine et se retrouva derrière son volant.

– Pas d'excès de vitesse, lui recommandai-je.

Lorsqu'il fut enfermé dans sa cabine, je glissai le long tuyau à l'arrière de la camionnette. Puis, prenant la vieille dame par le bras, je l'aidai à remonter le trottoir.

La camionnette démarra en trombe, dans une puanteur de caoutchouc brûlé et un grand bruit d'os arrachés à leurs articulations, et je sentis la vieille dame trembler de tous ses membres fragiles ; à travers la pointe de son coude frêle, je sentis un peu de sa peur s'insinuer en moi, et me rendis compte combien il était dangereux de pousser quelqu'un à bout comme je venais de le faire. A cinq rues de là, peut-être, j'entendais O. Fecteau qui s'éloignait à une allure folle, et je priai Dieu d'épargner tous ceux, chats, chiens ou enfants, qui risquaient de se trouver dans les parages. Pas de doute, songeai-je, de nos jours, la vie est devenue cinq fois plus difficile qu'elle ne l'était jadis.

Je devrais clore cette croisade contre les chauffards, songeai-je. J'exagère, mais ils me mettent dans une telle fureur – avec leur insouciance, leur je-m'en-foutisme et leur goût du danger, qui, à mes yeux, constituent une menace directe pour ma propre vie et celle de mes enfants.

J'ai toujours eu horreur des voitures, et horreur des gens qui conduisent de façon stupide. Tous ces gens qui prennent des risques au mépris de la vie des autres me mettent tellement en fureur. Qu'ils conduisent comme des fous, si ça leur chante – mais dans le désert! Personne ne tolérerait l'installation d'un champ de tir en pleine banlieue. Qu'ils montent en avion et se jettent dans le vide, à leur guise – mais au-dessus de l'océan! Pas là où vivent mes enfants.

– Que deviendrait donc ce quartier sans vous? s'extasiait tout haut la vieille dame dont j'oublie toujours le nom.

Sans moi, pensai-je, ce quartier serait probablement paisible. Peut-être plus morne, mais paisible.

– Ils vont tous si vite, se lamentait la vieille dame. Sans vous, je me dis parfois qu'ils finiraient par venir se fracasser en plein dans mon living.

Mais j'avais un peu honte de constater que je partageais l'angoisse qui m'habitait avec des octogénaires – que mes peurs ressemblaient davantage aux anxiétés irrationnelles de vieillards séniles qu'aux angoisses normales des gens de mon âge, la force de l'âge.

Quelle vie ennuyeuse que la mienne, songeai-je, en pilotant la vieille dame vers sa porte d'entrée, en évitant avec soin les fissures du trottoir.

Ce fut alors que le plombier revint à la charge. Je crus que la vieille dame allait trépasser dans mes bras. Le plombier grimpa sur le trottoir et nous frôla à toute vitesse, puis traversa en trombe la pelouse de la vieille dame, aplatissant au passage un jeune arbuste au tronc gracile, et faillit alors capoter en virant cul sur pointe, manœuvre qui arracha un buisson de bonne taille et des mottes aussi grosses que des steaks de cinq livres. Puis la camionnette fonça pour rejoindre le trottoir – en vomissant une

354

pluie d'outils au moment où les roues arrière heurtèrent le rebord du trottoir. O. Fecteau remontait maintenant la rue en trombe, semant une fois de plus la terreur dans le quartier ; je vis le plombier fou escalader de nouveau le trottoir à l'angle de Dodge et de Furlong Street – où il racla l'arrière d'une voiture en stationnement avec une telle violence que la malle s'ouvrit et que le hayon se mit à battre follement.

J'aidai la vieille dame à rentrer, puis téléphonai à la police – et à ma femme, pour lui recommander d'empêcher les enfants de sortir. Le plombier avait vu rouge. Voilà comment j'aide mes voisins, me dis-je, je rends les fous encore plus fous.

La vieille dame s'était assise dans un fauteuil recouvert de tissu cachemire, dans son living encombré de meubles, aussi fragile qu'une plante. Lorsque O. Fecteau revint à la charge – passant cette fois au ras de la baie du living, et fonçant à travers les parterres d'arbustes, klaxon déchaîné –, la vieille dame n'eut pas un geste. Je restai derrière la porte, dans l'attente de l'ultime assaut, mais jugeai plus sage de ne pas me montrer. Je savais que, si O. Fecteau me voyait, il essaierait de lancer son véhicule dans la maison.

Lorsque la police arriva enfin, le plombier avait capoté, en tentant en vain d'éviter un break au carrefour de Cold Hill et de North Lane. Il s'était fracturé la clavicule et attendait, assis très raide derrière son volant, dans sa camionnette qui gisait sur le flanc ; la portière se trouvait au-dessus de sa tête et il n'avait pas réussi à sortir, ou n'avait pas essayé. O. Fecteau paraissait calme ; il écoutait sa radio.

Depuis ce jour, je m'efforce de ne pas pousser à bout les conducteurs en infraction ; si je les sens prêts à se vexer quand je les arrête et ose critiquer leurs répugnantes pratiques, je me borne à leur dire que je vais prévenir la police et file aussitôt.

O. Fecteau se révéla avoir derrière lui un long passé de violence et de réactions asociales, mais je ne m'en pardonnai pas pour autant.

– Écoute, il vaut quand même mieux que, grâce à toi, ce plombier ait été privé de son permis, me dit ma femme – elle qui d'ordinaire critique ma tendance à me mêler indûment de la conduite des autres.

Mais je ne pouvais m'empêcher de penser que j'avais poussé un honnête travailleur à perdre les pédales, et que, au cours de sa crise de folie, si O. Fecteau avait tué un enfant, à qui la faute en eût-elle incombé ? En partie à moi, j'en suis convaincu.

De nos jours, selon moi, ou bien tout est une question de morale, ou bien il n'y a plus de morale. Désormais, ou bien il n'y a plus de compromis possible, ou alors il n'y a plus que des compromis. Je continue à monter la garde, sans me laisser influencer. Il n'y a pas de répit.

Surtout, ne dis rien, se chapitra Helen. Va l'embrasser et te frotter contre lui : dépêche-toi de l'entraîner dans la chambre, et parle-lui de cette fichue histoire plus tard. *Bien* plus tard, s'exhorta-t-elle, mais, elle le savait, il ne la laisserait pas faire.

La vaisselle était finie et il s'était assis en face d'elle.

Elle essaya son sourire le plus suave et se lança :

— J'ai envie qu'on aille se fourrer au lit.

— Ça ne te plaît pas ?

— Si on allait en discuter au lit.

— Nom de Dieu, Helen ! gronda-t-il. C'est le premier truc que j'arrive à terminer depuis longtemps. Je veux savoir ce que tu en penses.

Elle se mordit la lèvre et retira ses lunettes ; elle ne s'était pas servie une seule fois de son crayon rouge.

— Je t'aime, fit-elle.

— Oui, oui, fit-il, avec impatience. Moi aussi, je t'aime mais on peut *baiser* n'importe quand. Alors, mon *histoire* ?

Elle finit par se détendre ; elle sentit qu'en un sens il venait de lui rendre sa liberté. J'ai *essayé*, se dit-elle ; elle éprouvait un immense soulagement.

— Merde pour ton histoire, dit-elle. Non, elle ne me plaît pas. Et, en plus, je n'ai pas envie d'en parler. Tu te fiches éperdument de tenir compte de ce que moi je veux, c'est clair. Tu es comme un gosse qui vient se mettre à table – tu te sers le premier.

— Ça ne te plaît pas ?

— Oh, ce n'est pas *mauvais* ; simplement, en fin de compte, ça n'est pas grand-chose. Une bricole, un petit divertissement. Si tu es en train de concocter quelque chose, je ne demande pas mieux que d'y jeter un coup d'œil – le jour où tu t'y attelleras. Mais ça, ce n'est rien, tu le sais. C'est un premier jet, pas vrai ? Tu es capable d'écrire ce genre de truc le petit doigt en l'air, pas vrai ?

– C'est *amusant*, non ?

– Oh, pour ça, c'est *amusant*, dit-elle, amusant dans le sens où les blagues sont amusantes. C'est tout de la même veine. Je veux dire, c'est *quoi*, au juste ? Une autoparodie ? Tu n'es pas assez vieux et tu n'as pas écrit suffisamment de choses pour te mettre à te moquer de toi-même. C'est de l'autosatisfaction, et, à dire vrai, dans tout ça, il n'est question que de toi-même. C'est mignon.

– Espèce de salope, explosa Garp. *Mignon* ?

– Tu n'arrêtes pas de parler des gens qui écrivent bien, mais qui n'ont rien à dire, poursuivit Helen. Et alors, comment appelles-tu ça ? Aucun rapport avec *Grillparzer*, aucun doute ; ça ne vaut pas le quart de ce que vaut *Grillparzer*. Ça n'en vaut même pas le dixième, en fait.

– *La Pension Grillparzer* est ma première longue histoire. Celle-ci est différente ; un genre de fiction radicalement différent.

– Oui, l'une a un sujet et l'autre n'en a pas, dit Helen. L'une parle d'un tas de gens, l'autre ne parle que de toi. L'une a du mystère et de la précision, et l'autre n'a que de l'esprit.

Une fois mobilisées, les facultés critiques d'Helen ne se laissaient pas démobiliser.

– Ce n'est pas juste de comparer les deux, dit Garp. Je sais que celle-ci est plus *modeste*.

– Dans ce cas, n'en parlons plus.

Garp fit la tête une bonne minute, puis revint à la charge :

– D'ailleurs, tu n'as pas non plus aimé *le Second Souffle du coucou*, et je ne pense pas que tu aimeras davantage le prochain.

– *Quel* prochain ? Est-ce que tu écrirais un autre roman ?

Il se remit à faire la tête. Elle le *détestait* de la contraindre ainsi à le traiter de cette façon, mais elle avait envie de lui et, de plus, elle était sûre de l'aimer.

– S'il te plaît, fit-elle. Allons nous fourrer au lit.

Mais, cette fois, il crut avoir *sa* chance de lui infliger à son tour un peu de cruauté – et/ou un brin de vérité – et il braqua sur elle des yeux brillants.

– Taisons-nous, implora-t-elle. Allons nous coucher.

– Tu penses que *la Pension Grillparzer* est la meilleure chose que j'aie écrite, n'est-ce pas ? lui demanda-t-il.

Il y avait longtemps qu'il savait ce qu'elle pensait du deuxième roman, et il savait que, malgré la faiblesse d'Helen pour *Procrastination*, un premier roman est un premier roman. Oui, elle le pensait, *Grillparzer* était ce qu'il avait fait de mieux.

– Jusqu'ici, oui, dit-elle avec douceur. Tu es un écrivain *adorable*, tu *sais* que je le pense.

– Disons alors que je n'ai pas tenu mes promesses, grinça-t-il.

– Tu les tiendras, affirma-t-elle, d'une voix qui peu à peu se vidait de sympathie et de tendresse.

Ils ne se quittaient pas des yeux ; puis Helen détourna les siens. Il se mit à gravir l'escalier.

– Tu viens te coucher ? demanda-t-il, le dos tourné.

Il lui dissimulait ses intentions – et aussi ses sentiments : il les lui dissimulait ou les gardait ensevelis dans son *travail* infernal.

– Pas tout de suite, dit-elle.

Il s'arrêta un instant :

– Tu as quelque chose à *lire* ?

– Non, j'en ai assez de lire pour l'instant, dit-elle.

Garp monta dans la chambre. Lorsqu'elle le rejoignit, il dormait déjà, et elle sentit le désespoir l'envahir. Si elle avait un tant soit peu occupé ses pensées, aurait-il pu s'endormir ? Mais, en réalité, tellement de choses avaient occupé ses pensées, il s'était senti si troublé ; il s'était endormi parce qu'il était perplexe. S'il avait réussi à fixer ses sentiments, fût-ce sur une seule chose, elle l'aurait trouvé encore éveillé en montant. Et, dans ce cas, ils se seraient épargné bien des épreuves.

En l'occurrence, elle s'assit près de lui sur le lit et observa son visage, soulevée d'une tendresse qu'elle crut ne pouvoir supporter. Elle vit qu'il bandait, aussi dur que s'il était resté à l'attendre, et elle le prit dans sa bouche et le suça doucement, jusqu'à ce qu'il jouisse.

Il se réveilla, surpris, l'air affreusement coupable – dès qu'il se rendit compte où il était, et avec qui. Helen, cependant, n'avait pas le moins du monde l'air coupable ; simplement l'air triste. Garp devait se demander, plus tard, si Helen avait deviné qu'il était en train de rêver de Mrs. Ralph.

Lorsqu'il revint de la salle de bains, elle dormait. Elle avait très vite glissé dans le sommeil. Enfin débarrassée de ses remords, Helen se sentait libre de s'abandonner à ses rêves. Garp demeura allongé près d'elle sans dormir, fasciné par l'expression d'extraordinaire innocence peinte sur son visage – jusqu'au moment où les enfants la tirèrent de son sommeil.

13

Walt attrape un rhume

Chaque fois que Walt attrapait un rhume, Garp dormait mal. On aurait dit qu'il essayait de respirer non seulement pour lui-même, mais aussi pour l'enfant. Garp se levait en pleine nuit pour aller l'embrasser et le cajoler ; à voir Garp, on aurait pu croire qu'il cherchait à attraper le rhume de Walt dans l'espoir de guérir l'enfant.

– Oh, bonté divine ! disait Helen. Ce n'est jamais qu'un rhume. Quand il avait cinq ans, Duncan avait des rhumes à longueur d'hiver.

Duncan approchait de onze ans et semblait bien avoir dépassé le stade des rhumes ; mais Walt, à cinq ans, se débattait dans les affres d'interminables rhumes en chaîne – ou peut-être s'agissait-il du même rhume qui se calmait et récidivait sans arrêt. En mars, quand arriva le dégel, Garp eut l'impression que Walt avait perdu toute faculté de résistance ; l'enfant restait éveillé et tenait Garp éveillé à longueur de nuit, secoué par d'abominables quintes de toux. Il arrivait à Garp de sombrer dans le sommeil, l'oreille sur la poitrine de Walt, puis il se réveillait en sursaut, terrorisé, sitôt qu'il cessait d'entendre battre le petit cœur ; mais l'enfant avait tout simplement repoussé la lourde tête de son père, de façon à pouvoir changer de côté et dormir plus à l'aise.

– Ce n'est qu'un rhume, ne cessaient d'affirmer à Garp le médecin et Helen.

Mais les anomalies de la respiration nocturne de Walt terrorisaient Garp et l'empêchaient de dormir. Aussi était-il en général éveillé lorsque Roberta appelait ; les angoisses qui privaient de sommeil la grosse et robuste Mrs. Muldoon avaient cessé d'effrayer Garp – il s'y attendait désormais –, mais les insomnies et l'agitation de Garp mettaient Helen à cran.

– Si tu t'étais remis au travail et écrivais un livre, tu serais trop fatigué pour passer la moitié de la nuit sans dormir, disait-elle.

C'était son imagination qui le tenait éveillé, lui expliqua Helen ; Garp le savait d'ailleurs, s'il se retrouvait avec trop d'imagination à consacrer à d'autres choses, c'était l'indice qu'il n'avait pas suffisamment écrit. Par exemple l'avalanche des rêves : Garp ne *rêvait plus* désormais que de catastrophes qui frappaient ses enfants.

Dans un de ces rêves, une horrible catastrophe survenait alors que Garp était plongé dans une revue porno. Il se contentait de contempler une certaine photo, toujours la même ; une photo extrêmement pornographique. Les lutteurs de l'université, avec lesquels Garp s'entraînait parfois, avaient un vocabulaire très précis pour désigner les photos de ce genre. Le vocabulaire en question, Garp le constatait, n'avait pas changé depuis l'époque où il était élève à Steering et où ses camarades commentaient en termes identiques ce genre de photos. Une seule chose avait changé, ces photos circulaient désormais en toute liberté, mais le vocabulaire était le même.

La photo que Garp contemplait dans son rêve se situait tout en haut de l'échelle dans la hiérarchie des photos pornographiques. Pour les photos de femmes nues, les appellations variaient selon ce que l'on pouvait voir. Si la toison pubienne était visible, mais non les parties génitales, cela s'appelait une « photo de buisson » – ou simplement un « buisson ». Si les organes génitaux étaient visibles, même partiellement dissimulés sous les poils, on disait un « castor » ; un castor avait davantage la cote qu'un buisson ; un castor montrait tout : les poils et les organes. Si les organes étaient *ouverts*, on disait un « castor fendu ». Et si le tout *luisait*, c'était, en matière de pornographie, le *nec plus ultra* : un « castor fendu et mouillé ». La moiteur impliquait que non seulement la femme était nue, offerte et ouverte, mais qu'en outre elle était *prête*.

Dans son rêve, Garp contemplait ce que dans leur jargon les lutteurs appelaient un castor fendu et mouillé lorsqu'il

entendit des pleurs d'enfants. Il ne savait pas à qui appartenaient ces enfants, mais Helen et sa mère, Jenny Fields, les
accompagnaient ; tous ensemble descendirent l'escalier et
passèrent en file indienne devant lui, tandis qu'il s'efforçait de leur dissimuler ce qu'il contemplait quelques instants plus tôt. Tous venaient du premier étage, où quelque
chose d'affreux les avait réveillés ; et, maintenant, ils descendaient l'escalier – pour se réfugier au sous-sol, comme
si le sous-sol avait été un abri antiaérien. Et, à l'instant où
cette idée lui traversait l'esprit, Garp entendit le sourd fracas des bombes – remarqua que le plâtre s'effritait, vit les
lumières vaciller – et il mesura l'horreur de ce qui se préparait. Les enfants avançaient deux par deux en gémissant
dans le sillage d'Helen et de Jenny qui, impassibles comme
des infirmières, les conduisaient dans l'abri antiaérien. Ce
fut à peine si elles gratifièrent Garp d'un regard au passage,
un regard empreint d'une vague tristesse et aussi de mépris,
comme si, coupable de les avoir abandonnés, il était maintenant impuissant à les secourir.

Peut-être que, au lieu de guetter les avions ennemis, il
s'était absorbé dans la contemplation du castor fendu et
mouillé ? Ce point, comme il est d'usage avec les rêves,
devait à jamais rester obscur : *pourquoi* se sentait-il si coupable, et pourquoi tous le regardaient-ils avec cet air profondément chagrin ?

Tout au bout de la file d'enfants, venaient Walt et Duncan,
main dans la main ; la pseudo-technique copain-copain,
telle qu'elle est utilisée dans les camps de vacances, semblait, dans le rêve de Garp, être la réaction naturelle des
enfants face à une catastrophe. Le petit Walt pleurait, comme
Garp l'avait souvent entendu pleurer lorsqu'il se débattait
dans ses cauchemars, et ne pouvait se réveiller.

– J'ai un cauchemar, geignait-il.

Il regarda son père et lui lança, presque comme un cri :

– Je fais un cauchemar !

Mais, dans le rêve de Garp, cette fois il ne parvenait pas
à réveiller l'enfant. Duncan se retourna et jeta un regard
stoïque en direction de son père, sans un mot, son joli visage
enfantin empreint d'une expression de vaillance impuissante. Duncan avait l'air d'un grand garçon depuis quelque

temps. Le regard de Duncan était en fait un secret qu'il partageait avec son père : tous deux savaient qu'il ne *s'agissait pas* d'un rêve, et que personne ne pouvait aider Walt.

– Réveillez-moi ! lança Walt.

Mais déjà la longue file s'engouffrait dans l'abri. Se tortillant pour échapper à l'étreinte de Duncan (Walt lui arrivait environ à la hauteur du coude), Walt se retourna pour regarder son père.

– Je suis en train de faire un *rêve* ! hurla Walt, comme s'il s'efforçait de s'en convaincre.

Garp ne pouvait rien faire ; il ne dit rien ; il n'esquissa pas un geste pour les suivre – jusqu'en bas de ces ultimes escaliers. Et le plâtre tombait toujours, recouvrant tout de blanc. Les bombes pleuvaient sans répit.

– Tu es en train de faire un rêve ! hurla Garp à son tour. Un mauvais rêve, c'est tout ! lança-t-il, tout en sachant qu'il s'agissait d'un mensonge.

En général, Helen lui décochait alors un bon coup de pied, et il se réveillait.

Peut-être Helen redoutait-elle qu'emporté par son imagination débridée Garp ne se détourne de Walt pour s'en prendre à elle. Car Garp eût-il reporté sur Helen la moitié des angoisses qu'il semblait ne pouvoir s'empêcher de nourrir pour Walt, peut-être se serait-il rendu compte qu'il se passait quelque chose.

Quant à Helen, elle s'imaginait être maîtresse de la situation ; du moins avait-elle contrôlé les choses au début : elle avait ouvert la porte de son bureau, comme d'ordinaire, pour se trouver face à Michael Milton, l'air d'un chien battu, et elle l'avait prié d'entrer. Dès qu'il fut entré, elle referma la porte et l'embrassa promptement sur la bouche, agrippant sa nuque gracile d'une main si ferme qu'il ne put même pas s'écarter pour reprendre son souffle, en même temps qu'elle lui fourrait d'autorité le genou entre les jambes ; il en renversa la corbeille à papier et lâcha son carnet de notes.

– Finies les discussions, déclara Helen, en reprenant haleine.

Elle lui effleura la lèvre supérieure de la pointe de sa langue. Helen se demandait si oui ou non elle aimait la moustache de Michael. Elle conclut qu'elle l'aimait ; ou, du moins, qu'elle l'aimait pour l'instant.

— Nous irons chez vous. Pas question d'aller ailleurs, dit-elle.

— Mais c'est de l'autre côté de la rivière.

— Je sais où c'est. C'est propre ?

— Bien sûr que oui ! Et la vue sur la rivière est magnifique.

— Je me fiche de la vue, dit Helen. Je demande que ça soit propre, rien de plus.

— C'est raisonnablement propre, assura-t-il. Je peux faire en sorte que ça le soit encore plus.

— On sera obligés de prendre votre voiture.

— Je n'ai pas de voiture, dit-il.

— Je le sais bien. Il va falloir vous en procurer une.

Maintenant, il souriait ; il avait été surpris, mais déjà toute son assurance lui revenait.

— Mais je ne suis tout de même pas forcé de m'en procurer une *maintenant*, pas vrai ? demanda-t-il en lui frôlant le cou du bout de sa moustache.

Il lui effleura les seins. Helen échappa à son étreinte.

— Procurez-vous-en une quand vous voudrez, dit-elle. On ne prendra jamais la mienne, et il n'est pas question que je me montre avec vous en train de sillonner la ville à pied, ni de circuler en autobus. Si une seule personne apprend cette histoire, c'est fini. Compris ?

Elle s'assit à son bureau, et il ne se sentit pas invité à le contourner pour aller la caresser ; il prit place dans le fauteuil réservé aux étudiants.

— Bien sûr, je comprends, fit-il.

— J'aime mon mari et jamais je ne le ferai souffrir, déclara Helen.

Michael Milton avait trop de bon sens pour sourire :

— Je vais me procurer une voiture tout de suite.

— Et nettoyer votre appartement, ou le *faire* nettoyer, rappela-t-elle.

— Certainement.

Cette fois, il se permit un sourire, léger :

— Quel genre de voiture voulez-vous que je me procure ?

— Je m'en moque. L'essentiel, c'est qu'elle marche ; et

que vous ne soyez pas obligé de la laisser à chaque instant au garage. Et surtout, n'allez pas en choisir une avec des sièges baquets. Trouvez-en une avec une grande banquette avant.

Comme il avait l'air plus surpris et perplexe que jamais, elle s'expliqua :

– Je veux pouvoir m'allonger, et confortablement, sur la banquette avant. Je poserai la tête sur vos cuisses, si bien que personne ne me verra assise à côté de vous. Vous me suivez ?

– Ne vous faites pas de souci, dit-il en souriant de nouveau.

– C'est une petite ville, dit Helen. Personne ne doit être au courant.

– Pas si petite que ça, fit Michael Milton, d'un ton plein d'assurance.

– Toutes les villes sont des petites villes, dit Helen, et la nôtre est plus petite que vous ne l'imaginez. Vous voulez que je vous dise ?

– Que vous me disiez quoi ?

– Que vous couchez avec Margie Tallworth, dit Helen. Elle suit mon cours de littérature comparée, le 205 ; en seconde année. Et puis, vous voyez aussi une autre étudiante, très jeune – elle suit le cours d'anglais de Dirkson, le 105 ; je crois qu'elle est en première année, mais j'ignore si vous avez couché ensemble. En tout cas, ça ne serait pas faute d'avoir essayé. A ma connaissance, vous ne vous êtes encore attaqué à aucune de vos camarades de maîtrise ; pas encore. Mais il y a forcément quelqu'un qui m'aura échappé, ou disons qu'il y a eu quelqu'un.

Michael Milton avait l'air à la fois penaud et ravi, au point que son flegme habituel le trahit et qu'Helen n'aima pas l'expression que soudain elle lut sur son visage ; elle détourna les yeux.

– *Voilà*, vous voyez que cette ville est petite, comme d'ailleurs toutes les villes, dit Helen. Si vous voulez m'avoir, il vous faudra renoncer à toutes les autres. Je sais ce que remarquent les jeunes filles, et je sais aussi combien elles ont tendance à bavarder.

– Oui, fit Michael Milton ; on aurait dit qu'il s'apprêtait à prendre des notes.

Helen pensa soudain à quelque chose, et une expression d'effroi passa sur son visage :

– Vous avez votre permis de conduire, au moins ?

– Oh, mais, bien sûr !

Tous deux éclatèrent de rire, et Helen se détendit de nouveau ; mais, lorsqu'il contourna le bureau pour venir l'embrasser, elle secoua la la tête et l'écarta d'un geste.

– Et vous ne me toucherez jamais ici, dit-elle. Il ne se passera rien d'intime dans ce bureau. Je ne ferme pas ma porte à clef. Je préfère même ne pas la fermer du tout. Ouvrez-la maintenant, s'il vous plaît, lui demanda-t-elle, et il s'exécuta.

Il se procura une voiture, une énorme Buick Roadmaster, un break à l'ancienne mode – aux flancs munis de bandes de protection en vrai bois. Une Buick Dynaflow modèle 1951, massive et luisante de chrome comme avant la guerre de Corée, aux garnitures de vrai chêne. Elle pesait plus de deux mille six cents kilos, soit pas loin de trois tonnes. Ses réservoirs pouvaient contenir six litres d'huile et soixante-quinze litres d'essence. Elle valait à l'origine deux mille huit cent cinquante dollars, mais Michael Milton l'enleva pour moins de six cents.

– C'est une huit cylindres, vingt chevaux, direction assistée, carburateur à injection, dit le vendeur à Michael. Encore pas trop bouffée par la rouille.

En réalité, elle faisait plus de deux mètres de large et près de dix mètres de long, et avait la couleur mate et discrète du sang caillé. La banquette avant était si spacieuse et si profonde qu'Helen pouvait s'y étendre de tout son long, presque sans être forcée de plier les genoux – ni sans être forcée de poser la tête sur les cuisses de Michael Milton, ce qui ne l'empêchait pas de le faire.

Elle ne posait pas la tête sur ses cuisses par *obligation* ; elle aimait contempler le tableau de bord, et se sentir enveloppée par l'odeur vénérable de cuir sombre que dégageait le grand siège lisse. Elle mettait la tête sur les cuisses de Michael parce qu'elle aimait sentir ses jambes se raidir, puis se détendre, sa cuisse se mouvoir imperceptiblement entre le frein et l'accélérateur. Elle pouvait laisser aller sa tête dans ce berceau paisible : la voiture étant à embrayage automatique, le conducteur n'avait à bouger qu'une seule jambe, et encore seulement de temps en temps. Plein d'attentions, Michael Milton mettait sa petite monnaie dans sa poche de poitrine gauche, si bien qu'Helen ne sentait rien d'autre sous sa joue que les grosses côtes souples de son pantalon de velours qui laissaient de petites striures sur sa peau – et, parfois, elle sentait son érection naissante lui frôler l'oreille, ou lui chatouiller les cheveux sur la nuque.

L'envie lui venait parfois de le prendre dans sa bouche, tandis qu'ils traversaient la ville dans l'énorme voiture précédée par sa calandre de chrome béante pareille à la gueule d'un squale – avec l'inscription Buick Eight plaquée en travers des dents. Mais, Helen le savait, cela aurait été prendre des risques.

Le premier indice montrant que toute l'affaire pouvait présenter des risques se manifesta le jour où Margie Tallworth laissa tomber le cours de littérature comparée d'Helen, le 205, sans le moindre mot pour expliquer ce qui lui avait déplu. Helen se demandait si ce n'était pas tout autre chose qui avait déplu à Margie, et elle convoqua la jeune Miss Tallworth dans son bureau pour lui demander une explication.

Margie Tallworth était en deuxième année, et elle connaissait suffisamment l'université pour savoir qu'elle n'était guère tenue de fournir une explication ; jusqu'à une certaine date du semestre, tout étudiant était libre d'abandonner un cours sans solliciter la permission de l'enseignant.

– Suis-je obligée de fournir une raison ? demanda la jeune fille, d'un ton maussade.

– Non, bien sûr. Mais, au cas où vous *auriez* une raison, je serais curieuse de la connaître.

– Je ne suis pas obligée de fournir une raison, répéta Margie Tallworth.

Elle soutint le regard d'Helen plus longtemps que la plupart des étudiants ne réussissaient en général à le faire ; puis elle se leva pour sortir. C'était une jolie fille, petite et plutôt bien habillée pour une étudiante, se dit Helen. A supposer qu'il y eût le moindre rapport entre l'ex-petite amie de Michael Milton et son nouveau choix, on pouvait dire qu'il aimait les femmes qui savaient s'habiller.

– Eh bien, je regrette que cela n'ait pas marché, dit Helen, en toute sincérité, comme Margie quittait la pièce ; elle continuait à jeter des coups de sonde au hasard pour découvrir ce qu'en réalité la fille *savait*.

Elle savait tout, conclut Helen, qui s'empressa d'accuser Michael.

– Tu as déjà tout fichu en l'air, dit-elle d'une voix froide, car elle était *capable* de lui parler froidement – au téléphone. Au fait, *comment* au juste as-tu plaqué Margie Tallworth ?

– Avec gentillesse, dit Michael Milton, d'un ton faraud. Mais un plaquage est un plaquage, quelle que soit la façon dont on s'y prend.

Helen n'appréciait jamais beaucoup qu'il se mêle de faire son éducation – sauf sur le plan sexuel ; dans ce domaine, elle lui laissait le champ libre, et il paraissait avoir besoin de se comporter en maître. Pour elle, c'était différent, et, en fait, cela lui était égal. Il se montrait parfois brutal, mais jamais dangereux, estimait-elle ; lorsqu'elle lui refusait fermement quelque chose, il n'insistait pas. Une seule fois, elle avait été obligée de lui dire :

– Non ! pas ça, je n'aime pas, pas question.

Mais elle avait ajouté : « S'il te plaît », parce qu'elle n'était pas sûre de lui *à ce point*. Il n'avait pas insisté ; il s'était montré impérieux, mais d'une autre façon – d'une façon dont elle ne prenait pas ombrage. Mais, de ne pouvoir faire confiance à sa *discrétion*, c'était tout autre chose ; si elle avait la preuve qu'il avait eu la langue trop longue, elle l'enverrait se faire voir.

– Je ne lui ai rien raconté, insista Michael. Je lui ai dit : « Margie, toi et moi c'est fini », ou quelque chose dans ce goût-là. Je ne lui ai même pas dit que j'avais rencontré quelqu'un, et je n'ai jamais parlé de toi.

– Mais elle t'aura sans doute entendu parler de moi avant, dit Helen. Je veux dire : avant que ça commence.

– De toute façon, elle n'a jamais aimé ton cours. C'est vrai, ça, on en a parlé un jour.

– Elle n'a jamais aimé mon cours ?

Elle était sincèrement surprise.

– Après tout, elle n'est pas si intelligente, fit Michael, à bout de nerfs.

– Il vaudrait mieux qu'elle ne sache pas, fit Helen. Je parle sérieusement : tu as intérêt à tirer la chose au clair.

Mais il ne tira rien au clair. Margie Tallworth refusa de lui parler. Il essaya de lui expliquer, au téléphone, que tout était de la faute d'une de ses anciennes petites amies, qui avait brusquement débarqué chez lui – elle était arrivée à l'improviste et ne savait pas où loger. Mais Margie Tallworth lui raccrocha au nez, sans lui laisser le temps de fignoler son histoire.

Helen se mit à fumer un peu plus. Pendant quelques jours, elle épia Garp avec angoisse – et, une fois même, se sentit véritablement coupable, en faisant l'amour avec lui ; elle se sentit coupable parce qu'elle lui avait fait l'amour non point par désir, mais par souci de le rassurer, *au cas* où il aurait eu des doutes.

Il ne s'était pas posé de questions, du moins pas beaucoup. Ou plutôt : il *s'était* posé des questions, mais une seule fois, en remarquant les bleus qui marquaient le dos des petites cuisses drues d'Helen ; malgré sa force, Garp se montrait toujours très doux avec sa femme et ses enfants. Il savait aussi à quoi ressemblaient les marques de doigts, parce qu'il pratiquait la lutte. Ce fut un ou deux jours plus tard qu'il remarqua les mêmes petits bleus sur le dos des bras de Duncan – à l'endroit précis où Garp empoignait l'enfant lorsqu'il luttait par jeu avec lui – et Garp en conclut qu'il étreignait les gens qu'il aimait plus fort qu'il ne le soupçonnait. Il en conclut aussi qu'il était également responsable des marques de doigts qui meurtrissaient Helen.

Il était trop vaniteux pour céder à la jalousie. Et le nom qu'il avait eu sur le bout de la langue – un matin à son réveil – lui était sorti de l'esprit. On ne voyait plus traîner de devoirs de Michael Milton dans la maison, ces devoirs qui empêchaient Helen de se mettre au lit. En fait, elle se couchait de plus en plus tôt ; elle avait besoin de repos.

Quant à Helen, elle se prit à aimer la tige nue et acérée du levier de vitesses de la Volvo ; lorsque, en fin de journée, elle prenait le volant pour rentrer du bureau, elle aimait sentir la morsure de la tige contre sa paume, et souvent pesait dessus de toutes ses forces, ne s'arrêtant que lorsqu'elle sentait qu'il suffirait d'un rien pour qu'elle s'entaille la peau. Elle était capable, ainsi, de se faire monter les larmes aux yeux, ce qui lui permettait de se sentir de nouveau propre en arrivant chez elle – quand les garçons la hélaient avec de grands gestes, de la fenêtre devant laquelle était installée la télé ; et, dès qu'Helen faisait son entrée dans la cuisine, Garp annonçait ce qu'il leur avait préparé pour dîner.

L'idée que Margie Tallworth était peut-être au courant avait tout d'abord effrayé Helen, car, bien qu'elle eût répété à Michael – et à elle-même – que si quelqu'un venait à être au courant, elle romprait aussitôt, Helen savait désormais qu'elle aurait plus de mal à en finir qu'elle ne se l'était imaginé. En retrouvant Garp dans sa cuisine, elle se blottissait contre lui en souhaitant de toutes ses forces que Margie Tallworth demeure dans l'ignorance.

Margie Tallworth était ignorante, mais elle n'ignorait rien de la liaison entre Michael Milton et Helen. Elle ignorait bien des choses, mais ça, elle le savait. Elle faisait preuve d'ignorance dans la mesure où elle pensait que son banal petit engouement pour Michael Milton avait « sublimé le sexe », comme elle disait ; alors que, supposait-elle, Helen ne faisait que s'amuser avec Michael. A la vérité, Margie Tallworth s'était totalement *vautrée*, comme elle aurait dit elle-même, « dans le sexe » ; il est difficile, en fait, de savoir ce qu'il y aurait pu y avoir d'autre dans sa relation avec Michael Milton, mais elle n'avait pas tout à fait tort d'assurer que c'était également en ces termes que se posait la relation de Michael et d'Helen. Margie Tallworth faisait preuve d'ignorance dans la mesure où elle se livrait à trop de suppositions, trop à la fois ; mais, en l'occurrence, sa supposition était juste.

Dès l'époque où Michael Milton et Helen ne faisaient que discuter du « travail » de Michael, conjecturait Margie, même alors ils baisaient. Margie Tallworth ne croyait pas qu'une autre forme de relation pût exister avec Michael Milton. Sur ce point précis, elle n'était pas coupable d'ignorance. Elle aurait pu deviner le genre de relation qu'Helen entretenait avec Michael avant même qu'Helen n'en eût le moindre soupçon.

Et du troisième étage, à travers la vitre sans tain des toilettes des dames, dans le département d'anglais et de littérature, Margie Tallworth pouvait voir ce que cachait le pare-brise teinté de la Buick de trois tonnes, lorsque, pareille à un cercueil royal, elle sortait souplement du parking. Margie pouvait voir les jambes fuselées de Mrs. Garp allongées sur la banquette avant. Bizarre façon de s'installer dans une voiture, sinon avec un ami intime.

Margie était au courant de leurs habitudes mieux qu'elle ne connaissait les siennes ; elle faisait de longues promenades à pied pour tenter d'oublier Michael Milton, et pour se familiariser avec le quartier où habitait Helen. Elle ne tarda pas non plus à être au courant des habitudes du mari d'Helen, personne n'ayant d'habitudes plus régulières que Garp : le matin, il déambulait dans la maison, de pièce en pièce ; peut-être était-il en chômage. Ce qui collait avec l'idée que Margie Tallworth se faisait du cocu type : un homme en chômage. A midi, il émergeait de la maison en survêtement et partait au pas de gymnastique ; après avoir couru plusieurs kilomètres, il rentrait et lisait son courrier, qui arrivait presque toujours pendant son absence. Après quoi, il se remettait à déambuler dans la maison ; il se déshabillait, semant ses vêtements au hasard des pièces, pour aller se mettre sous la douche, et, en sortant, prenait tout son temps pour se rhabiller. Une chose pourtant jurait avec l'idée qu'elle se faisait du cocu : Garp avait un beau corps. Et pourquoi passait-il tellement de temps dans la cuisine ? Margie Tallworth se demandait si, par hasard, Garp n'était pas un cuisinier en chômage.

Puis ses enfants rentraient, et le petit cœur tendre de Margie Tallworth se mettait à saigner. Il avait l'air très gentil lorsqu'il jouait avec ses enfants, ce qui cadrait là aussi à merveille avec l'idée que Margie se faisait d'un cocu : quelqu'un qui, en toute stupidité, s'amusait avec ses enfants pendant que sa femme traînait dehors pour se faire *enfiler*. « Enfiler » était encore un des mots qu'affectionnaient les lutteurs que fréquentait autrefois Garp, un mot qui avait déjà cours au bon vieux temps de Steering. Il y avait toujours quelqu'un pour se vanter d'avoir enfilé un castor fendu et mouillé.

Ce fut ainsi qu'un jour, lorsque Garp jaillit de la maison en survêtement, Margie Tallworth ne lui laissa que le temps de disparaître avant de passer à l'action ; elle gagna alors la véranda des Garp, un billet parfumé à la main, un billet qu'elle avait l'intention de glisser dans la boîte aux lettres. Elle avait réfléchi et conclu qu'il aurait le temps de lire le billet et (espérait-elle) de retrouver ses esprits avant le retour des enfants. C'était ainsi, estimait-elle, que devaient être administrées les nouvelles de ce genre : brutalement ! Suivait alors un intervalle raisonnable qui permettait de récupérer, et on se préparait à affronter les enfants. Autre exemple de domaine dont Margie Tallworth ignorait tout.

Quant au billet, il lui avait donné du mal dans la mesure où elle n'était pas très douée pour écrire. Et s'il était parfumé, ce n'était pas de propos délibéré, mais simplement parce que toutes les feuilles de papier à lettres de Margie Tallworth étaient semblablement parfumées ; si elle y avait réfléchi, elle eût compris que du papier parfumé seyait mal à ce genre de message, mais c'était là encore une chose qu'elle ignorait. Même ses copies étaient parfumées ; le jour où Helen avait lu la première dissertation rédigée par Margie Tallworth pour le cours 205, elle avait frémi d'horreur devant son *odeur*.

Le message que Margie adressait à Garp disait :

Votre femme a une « histoire » avec Michael Milton.

Avec l'âge, Margie Tallworth deviendrait le genre de femme qui, lorsque quelqu'un meurt, préfère dire qu'il est « trépassé ». C'était donc par souci de délicatesse qu'elle avait choisi de dire qu'Helen avait une « histoire » avec Michael Milton. Elle était donc plantée là, son billet parfumé à la main, sur la véranda de Garp, lorsqu'il se mit à pleuvoir.

Rien ne pouvait inciter Garp à rebrousser chemin plus vite que la pluie. Il avait horreur de mouiller ses chaussures de course. Il lui était indifférent de courir dans le froid, et de courir dans la neige, mais, lorsqu'il pleuvait, Garp rentrait en toute hâte, en jurant, et passait une heure à faire la cuisine en purgeant sa rogne. Puis il enfilait un poncho et sautait dans le bus pour arriver au gymnase à temps pour sa séance d'entraînement. En chemin, il prenait Walt à la garderie et l'emmenait avec lui au gymnase ; à peine arrivé au gymnase, il téléphonait à la maison pour voir si Duncan était rentré de l'école. Il donnait parfois ses instructions à Duncan lorsqu'il avait laissé quelque chose sur le feu, mais se contentait en général de lui recommander de faire attention s'il sortait en vélo, et de vérifier qu'il n'avait pas oublié quels numéros appeler en cas d'urgence ; Duncan savait-il quel numéro appeler en cas d'incendie, d'explosion, de cambriolage, ou d'émeute dans la rue ?

Sur quoi, il luttait, et, son entraînement terminé, fourrait Walt sous la douche avec lui ; quand il appelait de nouveau la maison, Helen était rentrée et prête à venir les chercher.

Aussi Garp n'aimait-il pas la pluie ; il avait beau adorer la lutte, la pluie compliquait ses plans tout simples. Et Margie Tallworth ne s'attendait aucunement à le voir surgir furibond et hors d'haleine sur la véranda.

— Aaahhh ! s'écria-t-elle, en serrant son billet parfumé entre ses doigts, avec autant d'ardeur qu'elle en eût mis à pincer l'artère jugulaire d'un animal pour stopper une hémorragie.

— Salut ! dit Garp.

Il crut avoir affaire à une baby-sitter. Il y avait pas mal de temps qu'il s'était désintoxiqué des baby-sitters. Il la gratifia d'un sourire empreint d'une franche curiosité – rien de plus.

— Aaa, fit Margie Tallworth ; elle était incapable de parler.

Garp jeta un coup d'œil au message chiffonné qu'elle tenait à la main ; fermant les yeux, elle lui tendit le billet, comme si elle plongeait la main dans le feu.

Si Garp s'était d'abord imaginé avoir affaire à l'une des étudiantes d'Helen passée pour chercher un renseignement, cette fois il s'imagina autre chose. Il vit qu'elle était incapable de parler ; et vit avec quel embarras elle lui tendait le billet. En matière de femmes muettes qui tendaient avec embarras des billets, l'expérience de Garp se limitait aux Ellen-Jamesiennes, et il réprima une brève flambée de colère – encore une de ces dingues d'Ellen-Jamesiennes qui venait se présenter. A moins qu'elle ne fût venue pour le provoquer – lui l'ermite, le fils solitaire de la célèbre Jenny Fields ?

Salut! Je m'appelle Margie. Je suis une Ellen-Jame-
sienne. Savez-vous ce que c'est qu'une Ellen-Jamesienne?

dirait l'inepte message.

Un de ces quatre matins, songea Garp, elles seront aussi
bien organisées que ces crétins de bigots qui viennent tirer
les sonnettes en vous offrant leurs vertueuses brochures à
la gloire de Jésus. Cela le rendait malade, entre autres, de
voir que les Ellen-Jamesiennes en étaient à embrigader des
filles aussi jeunes; elle était trop jeune pour savoir, selon
lui, si elle souhaitait vivre avec une langue ou non. Il
secoua la tête et refusa d'un geste le billet :

– Oui, oui, je sais, je sais. Et alors?

La pauvre Margie Tallworth s'attendait à tout sauf à
cela. Elle s'était précipitée comme un ange vengeur –
poussée par son terrible devoir, et quel fardeau c'était! –
pour apporter la mauvaise nouvelle qui, à tout prix, devait
être révélée. Mais il *savait* déjà! Et, de plus, il s'en moquait
complètement.

Crispant ses deux mains sur le billet, elle le plaqua si
fort contre ses jolis petits seins frémissants qu'un regain
de parfum en *jaillit* – à moins que ce fût d'elle – et qu'une
bouffée de son odeur de jeune fille déferla sur Garp, qui la
contemplait toujours d'un regard furibond.

– Et alors? répéta Garp. Espérez-vous vraiment que je
puisse éprouver du respect pour des gens qui se tranchent
la langue?

Margie s'arracha un mot, un seul :

– Quoi?

Maintenant, elle était terrifiée. *Maintenant*, elle devinait
pourquoi le pauvre homme passait ses journées à déambuler dans sa maison, sans travailler : il était fou.

Garp avait entendu le mot; il ne s'agissait pas d'un
« Aaahhh » étouffé, ni même d'un petit « Aaa » – il ne
s'agissait pas d'un mot prononcé par une langue mutilée. Il
s'agissait d'un mot complet.

– Quoi? fit-il.

– Quoi? fit-elle, une fois de plus.

Il fixa les yeux sur le billet qu'elle plaquait contre son
sein.

– Mais vous *parlez* ? dit-il.

– Bien sûr ! croassa-t-elle.

– Qu'est-ce que c'est que ça ? demanda-t-il, en désignant le billet.

Mais, cette fois, il la terrorisait – un cocu fou. Dieu sait ce qu'il risquait de faire. Assassiner les enfants, voire l'assassiner elle-même ; il paraissait assez robuste pour assassiner Michael Milton en se servant d'un seul de ses bras. Et quand un homme pose des questions, il a toujours l'air méchant. Elle s'écarta à reculons, quitta la véranda.

– Attendez ! s'écria Garp. Il est pour *moi* ce billet ? Qu'est-ce que c'est ? Est-ce quelque chose pour Helen ? Qui êtes-vous ?

Margie Tallworth secoua la tête.

– C'est une erreur, chuchota-t-elle.

Pivotant alors pour s'enfuir, elle se jeta dans les jambes du facteur qui arrivait, trempé jusqu'aux os, et, renversant le contenu de sa sacoche, alla rebondir contre Garp. Une image traversa l'esprit de Garp, l'image de Duna, l'ours sénile, qui précipitait un facteur en bas d'un escalier viennois – et se voyait à jamais mettre hors la loi. Mais Margie Tallworth se retrouva tout au plus étalée sur le plancher de la véranda ; ses bas se déchirèrent et elle s'écorcha un genou.

Le facteur, persuadé qu'il arrivait au mauvais moment, se mit à fouiller gauchement parmi les lettres qui jonchaient le sol pour dénicher le courrier de Garp, mais Garp ne s'intéressait plus qu'à une seule chose, le message qu'était venue lui apporter la jeune fille en pleurs.

– Mais de quoi s'agit-il donc ? lui demanda-t-il, d'une voix douce.

Il esquissa un geste pour l'aider à se relever, mais elle s'obstinait à rester où elle était. Elle sanglotait de plus belle.

– Je m'excuse, dit enfin Margie Tallworth.

Brusquement, tout courage lui manquait ; elle s'était attardée près de Garp une minute de trop, et, maintenant qu'elle commençait à le trouver plutôt à son goût, elle se voyait mal en train de le mettre au courant.

– Votre genou n'a rien de grave, dit Garp, mais attendez, je vais chercher quelque chose pour le nettoyer.

Il partit chercher un désinfectant pour mettre sur la plaie, et une bande, mais elle profita de l'occasion pour filer en claudiquant. Elle ne se sentait pas capable de lui assener la nouvelle, mais, par ailleurs, elle ne se sentait pas non plus capable de la lui cacher. Aussi lui laissa-t-elle le billet. Le facteur la suivit des yeux tandis qu'elle s'éloignait en direction du carrefour où se trouvait l'arrêt d'autobus ; il se demanda un instant ce qui pouvait bien se passer chez les Garp. D'ailleurs, on aurait dit qu'ils recevaient davantage de courrier que les autres.

En fait, c'était à cause de toutes ces lettres dont Garp inondait son éditeur, le pauvre John Wolf, qui avait tant de mal à répondre. Et il y avait les livres pour lesquels on lui demandait des articles ; Garp les passait à Helen, qui elle du moins les lisait. Il y avait les revues d'Helen ; des tas de revues, semblait-il à Garp. Il y avait aussi les deux revues personnelles de Garp, ses deux seuls abonnements : *Gourmet* et *le Bulletin du lutteur amateur*. Il y avait, comme de juste, les factures. Et, assez fréquemment, une lettre de Jenny ; désormais, elle n'écrivait plus que des lettres. Et, de temps à autre, brève mais pleine de tendresse, une lettre d'Ernie Holm.

Parfois aussi Harry Fletcher leur écrivait à tous les deux, et, de son côté, Alice écrivait toujours fidèlement à Garp, avec son exquise prolixité, à propos de tout et de rien.

Mais cette fois, au milieu de la moisson habituelle, voici qu'il y avait un billet, un billet trempé de larmes et qui embaumait le parfum. Garp posa le flacon de désinfectant et la bande ; il ne prit pas la peine de chercher à voir où était passée la fille. Le billet chiffonné à la main, il hésitait, à peu près sûr de savoir, plus ou moins, ce qu'il allait lui apprendre.

Il y avait tant d'indices concordants qu'il se demandait pourquoi il n'y avait pas pensé plus tôt ; réflexion faite, d'ailleurs, il se disait qu'il avait certainement dû y penser, mais avec moins de lucidité. Il déplia lentement le billet – par peur de le déchirer – et le papier eut un crissement de feuilles sèches, bien que ce fût déjà mars, un mars froid, et que le sol meurtri se transformât en bourbier. Le petit billet craqua comme des ossements entre ses doigts. Une nouvelle bouffée de parfum s'en échappa, et Garp crut encore entendre le petit jappement aigu de la fille : « *Quoi* ? »

« Quoi », il savait ; ce qu'il ne savait pas, c'était « avec qui » – ce nom, qui lui avait trotté par la tête, un matin, puis s'était évanoui. Le billet, bien entendu, allait lui confirmer le nom : Michael Milton. Le nom rappelait à Garp un nouveau parfum de glace, ces glaces que vendait la boutique où il emmenait parfois les enfants. Il y avait Fantaisie Fraise, Choc Chocolat, Café-Concert, et maintenant Michael Milton. Un nom *répugnant* – un parfum que Garp croyait sentir sur ses lèvres. Garp se traîna jusqu'à l'égout du caniveau, déchira le petit billet nauséabond et fourra les morceaux entre les barreaux de la grille. Sur quoi, il rentra dans la maison, ouvrit l'annuaire et resta là à lire et relire le nom, inlassablement.

Il lui semblait tout à coup que cette « histoire » d'Helen durait depuis longtemps ; et aussi qu'il y avait un certain temps qu'il était, lui, au courant. Mais le *nom* ! Michael Milton ! Garp l'avait étiqueté – pour le bénéfice d'Helen, lors d'une soirée où quelqu'un avait présenté Garp au jeune homme. Garp avait déclaré à Helen que Michael Milton était une « mauviette » ; ils avaient commenté sa moustache. Michael Milton ! Garp resta si longtemps là, à lire et relire le nom, qu'il était encore plongé dans l'annuaire lorsque Duncan rentra de l'école, et supposa qu'une fois de plus son père explorait l'annuaire pour y dénicher ses personnages imaginaires.

– Tu n'es pas encore allé chercher Walt ? demanda Duncan.

Garp avait oublié. Et, en plus, Walt avait un rhume, se dit Garp. Ce n'est pas juste que le gosse soit obligé de m'attendre, pas avec un *rhume*.

– Allons le chercher tous les deux ! proposa Garp.

A la stupéfaction de Duncan, Garp balança l'annuaire dans la poubelle. Puis tous deux se dirigèrent vers l'arrêt d'autobus.

Garp était toujours en survêtement, et il pleuvait toujours ; cela aussi parut bizarre à Duncan, mais il ne souffla mot.

– J'ai marqué deux buts aujourd'hui, se contenta-t-il de dire.

Pour une raison quelconque, dans l'école de Duncan, on ne faisait que du foot – automne, hiver, printemps, on ne jouait qu'au foot. C'était une petite école, mais cette obsession du foot s'expliquait par une autre raison ; Garp avait oublié laquelle. De toute façon, il n'avait jamais approuvé la raison en question.

– Deux buts, répéta Duncan.

– Formidable, dit Garp.

– Un des deux en shootant avec la tête.

– Ta tête à toi ? Merveilleux !

– Ralph m'a fait une passe parfaite.

– N'empêche que c'est merveilleux. Et bravo pour Ralph

Il passa le bras sur les épaules de Duncan, mais, il le savait, Duncan se sentirait gêné s'il essayait de l'embrasser ; Walt, lui, me laisse l'embrasser, songea Garp. Puis il pensa aux baisers qu'il donnait à Helen et faillit se jeter sous les roues de l'autobus.

– Papa ! Tu te sens pas bien ? demanda-t il, une fois dans l'autobus.

– Bien sûr que si !

– Je pensais que tu serais allé au gymnase *Il pleut.*

De la garderie de Walt, on apercevait l'autre rive, et Garp tenta de repérer avec exactitude l'endroit où, là-bas, habitait Michael Milton, dont il avait appris par cœur l'adresse dans l'annuaire.

– Où que tu étais ? geignit Walt.

Il toussait, avait le nez qui coulait, se sentait tout fiévreux. Chaque fois qu'il pleuvait, il espérait bien aller faire de la lutte.

– Puisqu'on est en ville, pourquoi qu'on n'irait pas *tous* au gymnase ? proposa Duncan.

Duncan avait l'esprit de plus en plus logique, mais Garp refusa. Non, aujourd'hui, il n'avait pas envie d'aller faire de la lutte.

– Pourquoi pas ? insista Duncan.

– Parce qu'il a pas changé de tenue, crétin, dit Walt.

– Oh, la ferme, Walt ! dit Duncan.

Dans l'autobus, ils faillirent en venir aux mains, et Garp dut s'interposer. Walt était malade, argumenta Garp, et s'il se battait, son rhume ne ferait qu'empirer

– Je suis pas malade, protesta Walt.

– Si ! fit Garp.

– Mais si ! le taquina Duncan.

– Ferme-la, Duncan ! intima Garp.

– Bon sang, t'es d'une humeur formidable aujourd'hui, dit Duncan.

Garp eut envie de l'embrasser ; Garp aurait voulu lui faire comprendre qu'il n'était pas vraiment de mauvaise humeur, mais Duncan n'aimait pas qu'on l'embrasse, aussi Garp embrassa-t-il Walt à sa place.

– Papa ! se plaignit Walt. T'es tout mouillé et tu sues.

– C'est parce qu'il est en survêtement, crétin, dit Duncan.

– Y m'a appelé « crétin », dit Walt à Garp.

– J'ai entendu, dit Garp.

– Je suis pas un crétin, protesta Walt.

– Si ! t'es un crétin, dit Duncan.

– Fermez-la, tous les deux, coupa Garp.

– Papa est d'une humeur formidable, pas vrai, Walt ? demanda Duncan à son frère.

– Pour ça, oui, dit Walt.

Sur quoi, les deux enfants, renonçant à se chamailler, se mirent à taquiner leur père, jusqu'au moment où le bus les déposa, à quelques rues de la maison, sous la pluie qui maintenant redoublait de violence. Il leur restait encore cent mètres à parcourir et ils étaient déjà tous les trois trempés jusqu'aux os, lorsqu'une voiture, qui d'ailleurs circulait bien trop vite, freina brusquement à leur hauteur ; la vitre descendit, non sans peine, et, à travers la buée, Garp aperçut le visage luisant et las de Mrs. Ralph. Elle leur adressa un grand sourire.

– Tu as vu Ralph ? demanda-t-elle à Duncan.

– Non, fit Duncan.

– Cet abruti n'est même pas capable de se mettre à l'abri, dit-elle. *Vous non plus* d'ailleurs, dirait-on, persifla-t-elle, d'une voix douce, à l'adresse de Garp.

Elle souriait toujours et Garp s'efforça de lui rendre son sourire, mais il ne trouva rien à répondre. Sans doute malgré ses efforts devait-il faire une drôle de tête, car, d'habitude, jamais Mrs. Ralph n'aurait laissé passer l'occasion de continuer à le taquiner sous la pluie. Au lieu de quoi, elle parut soudain effarée par le sourire affreux de Garp, et remonta sa vitre.

— A bientôt, lança-t-elle, en démarrant. Lentement.

— A bientôt, marmonna Garp, en regardant la voiture s'éloigner.

Il admirait la femme, mais se disait qu'il finirait peut-être un jour par en arriver à cette ultime catastrophe : il irait voir Mrs. Ralph.

Sitôt rentré, il fit prendre à Walt un bain chaud, se glissa avec lui dans la baignoire — un prétexte, dont il ne se privait pas, pour lutter avec le petit corps. Duncan était trop grand, et Garp ne pouvait plus se loger en même temps que lui dans la baignoire.

— Qu'est-ce qu'on a pour dîner ? lança Duncan, du pied de l'escalier.

Garp se rendit compte qu'il avait complètement oublié le dîner.

— J'ai oublié le dîner ! cria Garp.

— Tu as *oublié* ? demanda Walt, mais Garp lui plongea la tête sous l'eau et se mit à le chatouiller, et Walt se débattit et n'y pensa plus.

— Tu as oublié le *dîner* ? hurla Duncan.

Garp décida de ne pas sortir de la baignoire. Il continua à laisser couler l'eau chaude ; la buée faisait du bien aux poumons de Walt, croyait-il. Il essaierait de garder l'enfant avec lui dans la baignoire tant que Walt paraîtrait heureux de s'amuser.

Ils étaient encore tous les deux dans l'eau lorsque Helen rentra.

— Papa a oublié le dîner, lui annonça sur-le-champ Duncan.

— Il a oublié le dîner ?

— Complètement.

— Et où est-il ?

— Dans la baignoire, avec Walt. Ça fait des *heures* qu'ils prennent leur bain.

— Grand Dieu ! s'exclama Helen. Peut-être qu'ils se sont noyés.

— Voilà qui te ferait plaisir, pas vrai, beugla Garp de son bain.

Duncan éclata de rire.

– Il est d'une humeur formidable, confia Duncan à sa mère.

– C'est ce que je vois, fit Helen.

Doucement, elle posa la main sur l'épaule de Duncan, en prenant soin de ne pas lui laisser deviner qu'en réalité elle s'appuyait sur lui pour ne pas tomber. Elle doutait tout à coup de son équilibre. Elle se posta au pied de l'escalier et interpella Garp :

– Tu as eu une mauvaise journée ? Des ennuis ?

Mais Garp se laissa glisser sous l'eau ; c'était un geste de précaution, Helen lui inspirant soudain tant de haine qu'il ne voulait rien en laisser voir ni entendre à Walt.

Il n'y eut pas de réponse, les doigts d'Helen resserrèrent leur étreinte sur l'épaule de Duncan. De grâce, *pas devant les enfants*, se dit-elle. C'était là quelque chose de nouveau pour elle – se retrouver sur la défensive dans une situation conflictuelle qui l'opposait à Garp –, et elle se sentait terrifiée.

– Tu veux que je monte ? demanda-t-elle.

Toujours pas de réponse ; Garp était capable de retenir son souffle un bon moment.

– Papa est sous l'eau ! lui renvoya Walt.

– Il est tellement *bizarre*, papa, fit Duncan.

Garp émergea pour reprendre son souffle, à l'instant même où Walt lançait une fois de plus :

– Il retient sa respiration !

J'espère bien, pensa Helen. Elle ne savait pas quoi faire, elle se sentait pétrifiée.

Au bout d'environ une minute, Garp chuchota à l'oreille de Walt :

– Dis-lui que je suis toujours sous l'eau, Walt. D'accord ?

Trouvant que c'était là une astuce diabolique, Walt hurla avec enthousiasme :

– Papa est toujours sous l'eau !

– Dis donc, fit Duncan. On devrait le chronométrer. Il va battre le record.

Mais Helen commençait à paniquer. Duncan s'écarta, la privant de l'appui de son épaule – déjà, il s'élançait dans l'escalier pour ne pas manquer l'exploit –, et Helen se sentit soudain les jambes en plomb.

– Il est *toujours* sous l'eau ! hurla Walt, alors que Garp était déjà en train de le bouchonner avec un peignoir pendant que la baignoire achevait de se vider.

Nus comme des vers, tous deux se tenaient plantés sur le tapis de bain devant le grand miroir. Lorsque Duncan poussa la porte, Garp porta un doigt à ses lèvres pour lui intimer le silence.

– Et maintenant, tous les deux *ensemble* ! chuchota Garp. Il est *toujours* sous l'eau ! Je compte jusqu'à trois. Un, deux, trois.

– Il est *toujours* sous l'eau ! hurlèrent à l'unisson Duncan et Walt.

Helen eut l'impression que ses poumons éclataient. Elle sentit un cri lui échapper, mais n'entendit aucun son, et elle se précipita dans l'escalier, en se disant qu'il n'y avait que son mari pour être capable d'inventer une vengeance aussi diabolique : *se noyer* sous les yeux de leurs enfants, en lui laissant le soin de leur expliquer ce qui l'avait poussé à le faire.

Ce fut en larmes qu'elle surgit dans la salle de bains, plongeant Walt et Duncan dans une telle surprise qu'elle dut se reprendre presque sur-le-champ – afin de ne pas les effrayer. Planté nu devant la glace, Garp se séchait posément les orteils, l'observant avec cette acuité qu'Ernie Holm, elle s'en souvenait, avait coutume de conseiller à ses poulains lorsqu'il leur apprenait à *guetter* l'ouverture.

– Tu arrives trop tard, lui dit-il. Je suis déjà mort. Mais c'est émouvant, et un peu surprenant, de voir que ça te *fait quelque chose*.

– On parlera de ça plus tard, tu veux ? fit-elle d'un ton optimiste – et avec le sourire, comme si toute l'affaire avait été une bonne blague.

– On t'a bien eue ! dit Walt, en pinçant Helen sur la hanche, en plein sur l'os.

– Ben mon vieux, si on t'avait fait ce coup-là, à toi, dit Duncan à son père, t'aurais piqué une de ces rognes.

– Les enfants n'ont pas mangé, dit Helen.

– Personne n'a mangé, dit Garp. Sauf toi peut-être ?

– Je peux attendre.

– Moi aussi.

– Je vais préparer quelque chose pour les gosses, proposa Helen, en expulsant Garp de la salle de bains. Il doit y avoir des œufs, et des céréales.

– Pour *dîner*? fit Duncan. Tu parles d'un chouette dîner.

– J'ai oublié, voilà tout, Duncan, dit Garp.

– Je veux du pain grillé, dit Walt.

– Tu auras aussi du pain grillé, promit Helen.

– Tu es sûre que tu peux t'en occuper? demanda Garp à Helen.

Elle se contenta de lui adresser un sourire.

– Bon sang, même *moi* je suis capable de faire griller du pain, dit Duncan. Et je crois que même Walt est capable de préparer des céréales.

– Oui, mais les œufs, c'est plus compliqué, dit Helen en se forçant à rire.

Garp continua à se sécher entre les orteils. Dès que les gosses furent sortis, Helen revint jeter un coup d'œil par la porte entrebâillée.

– Je regrette, et je t'aime, dit Helen, mais il garda la tête obstinément baissée et continua à s'activer avec sa serviette. Je n'ai jamais voulu te faire souffrir, poursuivit-elle. Comment as-tu appris? Et *jamais* je n'ai cessé de penser à toi. C'est cette fille? chuchota Helen, mais Garp concentrait toute son attention sur ses orteils.

Lorsqu'elle eut posé la nourriture devant les enfants (comme s'ils étaient des animaux domestiques! se dirait-elle en y repensant plus tard), elle remonta le rejoindre. Il était toujours devant la glace, assis tout nu sur le bord de la baignoire.

– Il ne signifie rien pour moi; il ne t'a jamais rien volé, commença-t-elle. Tout est fini maintenant, vrai, c'est fini.

– Depuis quand?

– A compter de cet instant. Il ne me reste plus qu'à le lui dire.

– Ne lui dis *rien*. Laisse-le deviner.

– Je ne peux pas faire ça, protesta Helen.

– Y a un bout de coquille dans mon œuf! hurla Walt de la cuisine.

– Mon toast est brûlé! renchérit Duncan.

Les deux enfants conjuguaient leurs efforts – inconsciemment peut-être – pour faire diversion entre leurs parents. Les enfants, songea Garp, ont un instinct qui les pousse à séparer leurs parents lorsqu'il est de l'intérêt de leurs parents d'être séparés.

– Mangez quand même, leur lança Helen. Ce n'est pas un drame.

Elle esquissa un geste pour poser la main sur Garp, mais il se déroba et quitta la pièce ; il commença à s'habiller.

– Finissez vite de manger, je vous emmène voir un film ! lança-t-il.

– Qu'est-ce qui te prend ? demanda Helen.

– Pas question que je reste ici avec toi. Nous sortons. Toi, appelle ce petit trou du cul et dis-lui adieu.

– Il voudra me voir, fit Helen, d'une voix morne.

La réalité du dénouement, maintenant que Garp savait tout, commençait à peser sur elle comme une dose de novocaïne. Elle qui, tout d'abord, s'était inquiétée à l'idée de la peine qu'elle avait infligée à Garp, commençait à sentir ses remords s'atténuer, et c'était sur son propre sort qu'elle recommençait à gémir.

– Dis-lui de se noyer dans son chagrin, dit Garp. Tu ne le verras pas. Pas question de vous offrir le coup de l'étrier, Helen. Dis-lui simplement adieu. Au téléphone.

– Qui a parlé de s'offrir le « coup de l'étrier » ? fit Helen.

– Sers-toi du téléphone. J'emmène les gosses. On ira voir un film. Débrouille-toi pour régler cette histoire avant notre retour. Tu ne le reverras pas, compris ?

– Je ne le reverrai pas, c'est promis. Mais je *devrais* le revoir, rien qu'une fois – pour lui dire.

– Sans doute as-tu le sentiment que, dans toute cette histoire, tu t'es montrée parfaitement honnête.

Jusqu'à un certain point, c'était en effet le sentiment d'Helen ; elle ne dit rien. Il lui semblait que, tout au long de cette fugue, jamais elle n'avait perdu de vue ni Garp ni les enfants ; et elle se sentait le droit, maintenant, de régler la chose à *sa* façon.

– Il vaudrait mieux attendre un peu avant d'en discuter, dit-elle. Attendre d'avoir un peu de recul.

Si les enfants n'avaient au même instant fait irruption dans la pièce, il l'aurait frappée.

– Un, deux, trois, psalmodia Duncan à Walt.

– Les corn-flakes sont tout rassis ! hurlèrent de concert les deux gosses.

– Soyez gentils, les enfants, implora Helen. Votre père et moi sommes en train de nous chamailler. Allez attendre en bas.

Ils la dévisagèrent, les yeux ronds.

– Soyez gentils, renchérit Garp.

Il se détourna pour éviter qu'ils ne le voient pleurer, mais Duncan l'avait sans doute remarqué, et Helen aussi. Sans doute Walt n'y avait-il vu que du feu.

– Vous vous chamaillez ? dit Walt.

– Allez, viens ! coupa Duncan en empoignant son frère par la main. Allez, viens, sinon on n'ira pas voir le film.

– Ouais, le film ! brailla Walt.

A sa grande horreur, Garp reconnut l'ordonnance de leur sortie – Duncan en tête, qui entraînait Walt et le précédait dans l'escalier, le plus petit se retournant pour jeter un regard en arrière. Walt agita la main, mais Duncan l'entraîna. Plus bas, toujours plus bas, dans le gouffre de l'abri antiaérien, où ils disparurent. Garp enfouit son propre visage dans ses vêtements et fondit en sanglots.

– Ne me touche pas, fit-il, comme Helen l'effleurait de la main, et ses larmes redoublèrent.

Helen ferma la porte.

– Oh, non, je t'en prie, implora-t-elle. Il n'en vaut pas la peine ; il n'était rien, rien du tout. Je me suis seulement *amusée*, tenta-t-elle d'expliquer, mais Garp secoua violemment la tête et lui jeta son pantalon à la figure.

Il était toujours à demi dévêtu – attitude qui, entre toutes, est peut-être, Helen s'en rendait compte, celle qui sied le moins aux hommes : lorsqu'ils ne sont ni l'un ni l'autre. Il semble qu'une femme à demi vêtue conserve quelque pouvoir, mais en fait un homme n'est ni aussi beau que lorsqu'il est nu, ni aussi assuré que lorsqu'il est habillé.

– Je t'en prie, habille-toi, chuchota-t-elle, en lui tendant son pantalon, qu'il prit et enfila sans cesser de pleurer.

– Je ferai tout ce que tu me demanderas, promit-elle.

– Tu ne le reverras pas ?

– Non, jamais. Jamais plus.

– Walt a un rhume, dit Garp. Il ne devrait pas sortir, mais il ne risque pas d'attraper du mal au cinéma. Et on ne rentrera pas tard. Va voir s'il est assez couvert.

Elle obtempéra.

S'approchant de la commode d'Helen, il ouvrit le tiroir du haut, celui où elle rangeait sa lingerie, et le sortit complètement ; il enfouit son visage dans la masse soyeuse et parfumée de ses dessous – comme un ours qui soulève entre ses pattes antérieures une auge énorme remplie de nourriture, et se jette goulûment dessus. Lorsqu'en rentrant dans la chambre Helen le vit dans cette posture, elle eut l'impression de le surprendre en train de se masturber. Gêné, il abattit brutalement le tiroir sur son genou, le fendant en deux ; les sous-vêtements d'Helen s'éparpillèrent sur le plancher. Brandissant le tiroir fendu au-dessus de sa tête, il le plaqua durement contre le rebord de la commode, brisant net le bois sur toute la longueur, comme s'il avait rompu le cou d'un animal. Helen sortit de la chambre en courant et il acheva de s'habiller.

Garp vit au premier coup d'œil que Duncan avait pratiquement vidé son assiette ; il vit aussi que Walt n'avait pas touché à sa nourriture, dont les restes gisaient sur son assiette et jonchaient çà et là la table et le plancher.

– Si tu ne manges pas, Walt, dit Garp, tu deviendras une *mauviette*.

– Je ne grandirai jamais, dit Walt.

Garp en eut un tel choc qu'il se retourna brusquement, à la grande terreur de Walt.

– Ne dis jamais ça, dit Garp.

– Je ne *veux* pas grandir, dit Walt.

– Oh, je vois, fit Garp, en s'amadouant. Tu veux dire que tu es heureux d'être petit ?

– Ouais, dit Walt.

– Il est tellement *bizarre*, Walt, fit Duncan.

– Non, c'est pas vrai, protesta Walt.

– Si ! c'est vrai, dit Duncan.

– Allez, montez dans la voiture. Et cessez de vous chamailler.

– C'est vous qu'étiez en train de vous chamailler, risqua Duncan, avec circonspection.

Personne ne réagit et, Duncan entraînant Walt, les deux gosses sortirent.

– Allez, viens ! dit Duncan.

– Ouais, le film ! dit Walt.

Ils sortirent.

– Il est hors de question qu'il vienne ici, sous aucun prétexte, dit Garp à Helen. Si tu le laisses mettre le pied dans cette maison, il n'en sortira pas vivant. Et il est hors de question que tu sortes. Sous aucun prétexte. Je te le demande, ajouta-t-il, et de nouveau il dut se détourner.

– Oh, mon chéri, fit Helen.

– C'est un tel petit con ! gémit Garp.

– Jamais il n'aurait pu s'agir de quelqu'un comme toi, tu ne comprends donc pas ? dit Helen. Cela pouvait *seulement* être quelqu'un qui n'avait rien de commun avec toi.

Il songea aux baby-sitters et à Alice Fletcher, et à l'inexplicable attirance qu'exerçait sur lui Mrs. Ralph, et, bien entendu, il comprit ce qu'elle voulait dire ; il sortit de la cuisine. Dehors, il pleuvait, et la nuit était déjà tombée ; peut-être allait-il geler. Dans l'allée, le sol était boueux, mais encore ferme. Il tourna la voiture ; puis, par habitude, il roula lentement jusqu'au sommet de la pente et coupa le moteur et les phares. La Volvo prit de la vitesse, mais il connaissait par cœur la courbe de l'allée plongée dans l'obscurité. Il faisait de plus en plus noir ; tout excités, les enfants écoutaient gicler le gravier et la boue sous les roues, et, lorsque parvenu au bas de l'allée il engagea brusquement la vitesse et alluma les phares, Walt et Duncan poussèrent de concert un hourra.

– Quel film est-ce qu'on va voir ? lui demanda Duncan.

– Celui que tu voudras.

Ils passèrent par le centre de la ville pour jeter un coup d'œil aux affiches.

Il faisait froid et humide dans la voiture, et Walt se mit à tousser ; le pare-brise ne cessait de s'embuer et ils eurent du mal à distinguer ce que donnaient les cinémas devant lesquels ils s'arrêtèrent. Walt et Duncan continuaient à se chamailler pour savoir qui voyagerait debout entre les deux sièges baquets ; pour une raison inconnue, c'était pour eux, depuis toujours, la place de choix à l'arrière, et depuis toujours ils se bagarraient pour savoir qui se mettrait debout et qui resterait à genoux – en se bousculant et heurtant le coude de Garp chaque fois qu'il voulait changer de vitesse.

– Sortez de là, tous les deux, dit Garp.

– Y a que de là qu'on y voit quelque chose, protesta Duncan.

– Le seul qui ait besoin d'y voir, c'est *moi*, dit Garp. De toute façon, avec cette saloperie de dégivreur, *personne* ne peut rien voir à travers le pare-brise.

– Pourquoi que t'écris pas aux types de chez Volvo ? suggéra Duncan.

Garp essaya de s'imaginer envoyant une lettre en Suède pour se plaindre des déficiences du système de dégivrage, mais l'idée ne tarda pas à lui sembler absurde. Sur le plancher, à l'arrière, Duncan posa le genou sur le pied de Walt et l'éjecta d'entre les deux sièges baquets : cette fois, non seulement Walt toussait, mais il pleurait.

– J'étais là avant toi, fit Duncan.

Garp rétrograda brutalement, et l'extrémité du levier de vitesse lui entailla la main.

– Tu vois ça, Duncan ? demanda Garp, furieux. Tu vois ce levier ? C'est comme un *épieu*. Tu as envie de t'empaler là-dessus si je dois freiner brusquement ?

– Pourquoi que tu le fais pas réparer ?

– Duncan, tu sors de ce fichu trou, oui ou non ? dit Garp.

– Y a des mois qu'il est comme ça, ce levier.

– Des *semaines*, oui, peut-être, rectifia Garp.

– Si c'est dangereux, tu devrais le faire réparer, dit Duncan.

– C'est l'affaire de ta mère.

– Elle, elle dit que c'est ton affaire à toi, papa, dit Walt.

– Ça va mieux, cette toux, Walt ?

Walt se remit à tousser. Le gargouillis qui secouait la petite poitrine semblait disproportionné par rapport à la taille de l'enfant.

– Seigneur ! s'exclama Duncan.

– Bravo, Walt ! fit Garp.

– C'est pas ma faute, *tout de même*, geignit Walt.

– Bien sûr que non, concéda Garp.

– Bien sûr que si ! dit Duncan. Walt passe la moitié de son temps à patauger dans les *flaques*.

– Menteur ! fit Walt.

– Cherchons un film qui ait l'air intéressant, Duncan, dit Garp.

– Si je reste pas à genoux entre les sièges, j'y vois rien, dit Duncan.

Ils tournèrent en rond. Les cinémas se trouvaient tous dans le même coin, mais ils passèrent plusieurs fois devant sans arriver à se décider, sur quoi ils durent repasser encore plusieurs fois avant de trouver une place pour se garer.

Les enfants choisirent l'unique cinéma devant lequel des gens faisaient la queue, une queue qui partait de la marquise et s'allongeait le long du trottoir, battu maintenant par une pluie glaciale. Garp retira sa veste pour protéger la tête de Walt, ce qui donna bientôt à l'enfant l'allure d'un clochard – un nain détrempé par la pluie qui cherchait à attendrir les passants. Il ne tarda pas à mettre le pied dans une flaque et en sortit tout trempé ; Garp le prit alors dans ses bras pour lui ausculter la poitrine. A croire que Garp craignait que l'eau qui imbibait les souliers de Walt ne s'infiltre aussitôt dans ses petits poumons.

– Qu'est-ce que t'es *bizarre* quand même, papa, dit Duncan.

Walt repéra soudain une étrange voiture et la désigna du doigt. La voiture remontait à bonne allure la rue inondée, l'eau des flaques giclait sous les roues, projetant sur la carrosserie le reflet cru des enseignes au néon – une grosse voiture noire, couleur sang caillé ; ses flancs étaient garnis de bandes de bois, et le bois clair luisait à la lueur des lampadaires. Les bandes ressemblaient aux côtes d'un long squelette illuminé, le squelette d'un énorme poisson glissant dans le clair de lune.

– Visez un peu cette bagnole ! s'écria Walt.

– Ma parole, c'est un *corbillard*, dit Duncan.

– Non, Duncan, dit Garp. C'est une vieille Buick. Plus vieille que vous.

La Buick que Duncan avait prise pour un corbillard était en route pour la maison de Garp, quand bien même Helen avait tout fait pour dissuader Michael Milton de venir.

– *Je ne peux pas* te voir, précisa Helen lorsqu'elle l'appela. C'est tout simple. C'est fini, comme je t'avais averti que ça le serait si jamais il venait à tout apprendre. Pas question que je lui fasse plus de mal que je ne lui en ai déjà fait.

– Et moi ? dit Michael Milton.

– Je regrette, dit Helen. Mais si, tu le *savais*. Nous savions tous les deux.

– Je veux te *voir*, dit-il. Demain peut-être ?

Ce fut alors qu'elle lui dit que Garp avait emmené les enfants au cinéma, dans le seul but de lui permettre d'en finir dès ce soir.

– J'arrive, dit-il.

– Pas ici, non !

– On ira faire un tour.

– Je ne peux pas sortir non plus.

– J'arrive, répéta Michael Milton, en lui raccrochant au nez.

Helen vérifia l'heure. Tout irait bien, estima-t-elle, à condition qu'elle le persuade de s'en aller très vite. Les films duraient au moins une heure et demie. Elle décida qu'elle ne le laisserait pas entrer dans la maison – sous aucun prétexte. Elle se mit à guetter les phares dans l'allée, et, lorsque la Buick s'arrêta – pile en face du garage, comme un gros navire accostant le long d'un quai plongé dans le noir –, elle jaillit de la maison et se précipita pour bloquer la portière avant que Michael Milton n'ait eu le temps de l'ouvrir.

La pluie se transformait peu à peu en boue semi-solide, et les gouttes glacées durcissaient en tombant – elles cinglèrent durement son cou nu lorsqu'elle se pencha pour parler à Michael par la vitre baissée.

Aussitôt, il l'embrassa. Elle voulut lui poser un petit baiser sur la joue, mais il la contraignit à tourner le visage et lui fourra sa langue dans la bouche. Les images de la chambre vieillotte la submergèrent ; le grand poster au-dessus du lit – une reproduction de *Sinbad le marin* de Paul Klee. Elle le soupçonnait de se voir ainsi : un aventurier haut en couleur, sensible pourtant aux beautés de l'Europe.

Helen échappa à son étreinte et sentit la pluie froide tremper son chemisier.

– Pas possible qu'on *arrête* comme ça, tout de même, dit-il, pathétique.

Helen n'aurait su dire si c'était la pluie qui s'engouffrait par la vitre baissée ou les larmes qui zébraient le visage de Michael. A sa grande surprise, il s'était rasé la moustache, et sa lèvre supérieure, mal dessinée et ridée, avait quelque chose d'enfantin – comme la petite lèvre de Walt, qui, chez Walt, paraissait si mignonne, se dit Helen ; mais ce n'était pas l'idée qu'elle se faisait d'une lèvre d'amant.

– Qu'est-ce que tu as fait de ta moustache ?

– J'ai cru qu'elle ne te plaisait pas. C'est pour toi que j'ai fait ça.

– Mais elle me plaisait, voyons, dit-elle, frissonnant sous la pluie glaciale.

– Je t'en prie, monte.

Elle secoua la tête ; son chemisier collait à sa peau glacée et sa longue jupe en velours côtelé lui paraissait aussi lourde qu'une cotte de mailles ; ses hautes bottes glissaient dans la boue qui durcissait d'instant en instant.

– On n'ira nulle part. On restera simplement assis ici, dans la voiture. Pas possible qu'on arrête comme ça, quand même, répéta-t-il.

– Nous savions que cela devait arriver, dit Helen. Nous savions que ça ne pouvait pas durer longtemps.

Michael Milton laissa sa tête heurter la tige luisante du klaxon ; mais il n'y eut aucun son, la grosse Buick était devenue muette. La pluie commençait à obscurcir les vitres – lentement, une chape de glace emprisonnait la voiture.

– Je t'en prie, *monte*. Je refuse de partir, s'emporta-t-il. Il ne me fait pas peur. Rien ne m'oblige à faire ce qu'il dit.

– C'est ce que je dis, moi aussi, précisa Helen. Il faut que tu partes.

– Je ne partirai pas, s'obstina Michael Milton. Je sais à quoi m'en tenir à propos de ton mari. Je sais tout sur lui.

Ils n'avaient jamais discuté de Garp ; Helen l'avait interdit. Elle ignorait ce que voulait insinuer Michael Milton.

– C'est un *écrivaillon*, lança Michael, hardiment.

Helen parut surprise ; à sa connaissance, Michael Milton

n'avait jamais rien lu de Garp. Il lui avait confié un jour qu'il ne lisait jamais les auteurs de leur vivant ; il prétendait avoir besoin de recul et jugeait préférable d'attendre un certain temps après leur mort. Encore heureux que Garp ne l'ait pas su – nul doute que le mépris que lui inspirait le jeune homme en eût été renforcé. Pour l'instant, cela ne fit que confirmer la déception que le pauvre Michael commençait à inspirer à Helen.

– Mon mari est un très bon écrivain, dit-elle avec douceur, secouée au même instant d'un frisson si violent que ses bras croisés s'ouvrirent tout grands et qu'elle dut les plaquer de nouveau contre sa poitrine.

– Ce n'est pas un *grand* écrivain, déclara Michael. C'est Higgins qui me l'a dit. Tu dois avoir une petite idée de la réputation de ton mari dans le département.

Higgins, Helen ne l'ignorait pas, était un collègue particulièrement excentrique, un faiseur d'histoires qui parvenait à la fois à agacer son auditoire et à le raser au point de lui donner envie de dormir. Aux yeux d'Helen, Higgins n'était pas représentatif du département – à ceci près que, comme bon nombre de ses collègues plus timorés qu'elle, Higgins adorait cancaner au sujet des autres membres du département ; de cette façon pathétique, peut-être Higgins avait-il l'espoir de gagner la confiance de ses étudiants.

– Je ne me serais jamais doutée que les gens du département avaient la moindre opinion sur Garp, fit Helen avec froideur. La plupart ne lisent guère d'auteurs contemporains.

– Sauf ceux qui disent qu'il n'a pas de talent, s'obstina Michael Milton.

Le plaidoyer pathétique et passionné ne contribua pas à attendrir Helen, qui pivota pour regagner la maison.

– Je ne partirai pas ! hurla Michael Milton. Je vais tout lui dire *en face* ! Tout de suite. Il n'a pas le droit de nous dicter ce que nous devons faire.

– C'est *moi* qui te le dicte, Michael, fit Helen.

Il s'effondra sur le klaxon et fondit en larmes. Elle s'approcha et lui effleura l'épaule.

– Je vais m'asseoir une minute près de toi, céda Helen. Mais il faut me promettre qu'après tu t'en iras. Pas question de nous donner en spectacle, ni à lui ni à mes enfants.

Il promit.

– Donne-moi les clefs.

Il la regarda d'un œil torve – blessé de constater qu'elle le soupçonnait de vouloir l'enlever – et, de nouveau, Helen se sentit envahie d'émotion. Elle glissa les clefs dans la grande poche de sa longue jupe, contourna la voiture et monta près de lui. Il remonta sa vitre, et ils restèrent assis là, sans se toucher, tandis qu'autour d'eux les vitres s'embuaient et que la voiture craquait sous sa couche de givre.

Ce fut alors qu'il s'effondra complètement, lui dit tout ce qu'elle avait représenté à ses yeux, davantage encore que la France – et elle savait ce que la France avait représenté pour lui, bien sûr. Elle le prit alors dans ses bras, en supputant, éperdue de crainte, combien de temps avait pu s'écouler depuis qu'ils étaient enfermés dans la voiture gelée. Même si leur film n'était pas très long, ils devaient bien encore en avoir pour une bonne demi-heure, voire même trois quarts d'heure ; cependant, Michael Milton était moins que jamais disposé à partir. Elle l'embrassa avec fougue, dans l'espoir que cela l'aiderait, mais en vain, car il se mit aussitôt à lui caresser les seins, ses seins froids et trempés. Elle demeura sans réaction, aussi glacée que tout à l'heure dans la boue à moitié gelée. Mais elle se laissa caresser.

– Cher Michael, fit-elle, sans cesser de réfléchir.

– Comment pourrions-nous arrêter ? se borna-t-il à dire.

Mais Helen avait déjà arrêté ; son seul problème était comment *lui* l'arrêter. Le repoussant, elle le cala bien droit devant le volant et s'étendit de tout son long sur la banquette, en tirant sur sa jupe pour se couvrir les genoux et en posant sa tête sur ses cuisses.

– Je t'en supplie, *souviens-toi*, dit-elle. Je t'en prie, essaie. Pour moi, c'était ça le plus formidable – d'être là, près de toi, et de me laisser conduire, quand je savais où nous allions. Ne peux-tu te sentir heureux – ne peux-tu garder uniquement ce souvenir, et laisser tomber ?

Il restait assis raide comme un piquet, luttant de toutes ses forces pour garder ses deux mains crispées sur le volant, et elle sentait sous sa tête les deux cuisses se raidir, la verge dure se plaquer contre son oreille.

– Je t'en prie Michael, essaie de laisser tomber maintenant, dit-elle doucement.

Ils restèrent quelques instants ainsi, à rêver qu'une fois encore la vieille Buick les emmenait chez Michael. Mais Michael Milton n'était pas du genre à se nourrir de rêves. Il laissa une de ses mains s'égarer sur la nuque d'Helen, qu'il serra rudement ; son autre main défaisait sa braguette.

– Michael ! s'exclama-t-elle, indignée.

– Tu disais toujours que tu en avais envie, lui rappela-t-il.

– C'est fini, Michael.

– Pas encore, non.

Elle sentit la verge lui frôler le front, ferma les paupières, en même temps qu'elle reconnaissait le Michael d'autrefois – le Michael de l'appartement, le Michael qui ne dédaignait pas à l'occasion la traiter avec une certaine *rudesse*. Une rudesse que maintenant elle ne goûtait plus. Mais, si je résiste, pensa-t-elle, il y aura un scandale. Il lui suffisait de se représenter Garp participant au scandale pour se convaincre qu'elle devait éviter tout scandale, à n'importe quel prix.

– Ne sois pas salaud, ne sois pas con, Michael, plaida-t-elle. Ne gâche pas tout.

– Tu disais toujours que tu en avais envie, dit-il. Mais ce n'était pas prudent, disais-tu. Eh bien, cette fois, il n'y a pas de danger. La voiture ne bouge pas. On ne risque pas d'avoir d'accident.

Chose bizarre, elle s'en rendait compte, il venait brusquement de lui faciliter les choses. Elle ne se souciait plus de le plaquer avec douceur ; elle lui savait gré de l'avoir aidée à mettre de façon aussi énergique de l'ordre dans ses priorités. Ses priorités c'est-à-dire Garp et ses enfants, elle le comprenait, et avec un soulagement énorme. Jamais Walt ne devrait être dehors par ce temps, se dit-elle, en frissonnant. Et, à ses yeux, Garp avait plus *d'importance*, elle le savait, que tous ses minables petits collègues et ses étudiants réunis.

Michael Milton avait ouvert les yeux à Helen, lui révélant ce qu'il était indispensable qu'elle voie, sa vulgarité. *Suce-le, jusqu'au bout* ! s'exhorta-t-elle brutalement, en le prenant dans sa bouche, *ensuite* il partira. Elle songea, non sans amertume, que les hommes, dès qu'ils avaient éjaculé, étaient en général prompts à renoncer à leurs exigences. Et forte de sa brève expérience dans l'appartement de Michael Milton, Helen savait que la chose ne prendrait pas longtemps.

Le temps entrait aussi en ligne de compte dans sa décision ; même s'ils avaient choisi un film très court, elle disposait encore d'au moins vingt minutes. Elle se concentra comme s'il s'était agi pour elle d'expédier l'ultime corvée d'une tâche répugnante, qui aurait pu mieux se terminer, mais, par ailleurs, aurait pu tourner plus mal ; elle éprouvait une légère fierté d'avoir du moins réussi à se prouver qu'à ses yeux sa famille comptait plus que tout. Qui sait, Garp lui-même y serait peut-être sensible, se dit-elle ; mais un jour, pas tout de suite.

Ce fut à peine si, dans sa concentration, elle sentit que la prise de Michael Milton se relâchait sur sa nuque ; puis il reposa ses deux mains sur le volant, comme s'il contrôlait réellement le déroulement de l'expérience. Laisse-le croire ce qu'il a envie de croire, se dit-elle. Elle pensait à sa famille, et ne remarqua pas que les gouttes de pluie gelée étaient presque aussi dures que des grêlons ; elles ricochaient sur la vieille Buick qui crépitait comme sous les coups d'innombrables marteaux, acharnés à enfoncer d'innombrables petits clous. Et elle ne sentit pas la vieille voiture gémir et craquer sous le linceul de glace qui l'ensevelissait peu à peu.

Et elle n'entendit pas le téléphone, qui retentissait dans la maison chaude. Trop de tempête, trop d'interférences diverses, la séparaient de sa maison.

C'était un film stupide. Exemple typique du goût des enfants en matière de films, se dit Garp ; exemple typique du goût des gens dans une ville universitaire. Typique du pays tout entier. Typique du *monde* tout entier ! Garp fulminait, tout au fond de son cœur, et concentra son attention sur la respiration oppressée de Walt – les épais filets de morve qui coulaient de son petit nez.

– Attention à ne pas t'étouffer avec ton pop-corn, chuchota-t-il à Walt.

– Je m'étoufferai pas, assura Walt, les yeux rivés sur l'écran géant.

– C'est que tu as du mal à *respirer* normalement, gémit Garp, alors ne te bourre pas trop. Tu risquerais d'avaler en respirant. Tu ne peux pas respirer par le nez, pas du tout ; c'est clair, dit-il en torchant une nouvelle fois le gamin. Souffle !

Walt souffla.

– Ce que c'est chouette, non ? chuchota Duncan.

Garp remarqua que la morve de Walt était brûlante, l'enfant devait avoir au moins quarante de fièvre, estimat-il. Garp regarda Duncan et leva les yeux au ciel.

– Oh, pour ça, oui, c'est chouette, Duncan.

Duncan voulait parler du film.

– Tu devrais te détendre, papa, suggéra Duncan, en secouant la tête.

Oh, bien sûr que je *devrais*, Garp était d'accord, mais il n'y arrivait pas. Il pensait à Walt, à ses jolies petites fesses rondes, à ses petites jambes robustes, et à la bonne odeur de sa sueur lorsqu'il venait de courir et que ses cheveux étaient tout trempés derrière ses oreilles. Un corps à ce point parfait ne devrait jamais être malade, se disait Garp. C'est *Helen* que j'aurais dû laisser sortir par cette nuit dégueulasse ; j'aurais dû l'obliger à aller téléphoner de son bureau à ce salopard – et à lui dire d'aller se trouver un autre trou, se dit Garp. Une prise électrique ? Et de brancher le courant !

J'aurais dû me charger moi-même d'appeler cette petite tapette, se reprochait Garp. J'aurais dû lui faire une petite visite en pleine nuit. Garp se leva et, tandis qu'il remontait la travée pour aller voir s'il y avait un téléphone dans le hall, il entendit Walt se remettre à tousser.

Si elle n'a pas encore réussi à le joindre, se dit Garp, je vais lui dire de ne pas *insister*, je lui dirai que je m'en *charge*. Analysant à ce point ses sentiments pour Helen, il se sentait trahi, mais, en même temps, sincèrement aimé et important à ses yeux ; il n'avait pas eu le temps de se demander *dans quelle mesure* il se sentait trahi – ni dans quelle mesure, en toute sincérité, elle avait essayé de ne pas l'oublier. Il se sentait en équilibre précaire, oscillant entre la haine et un amour dévorant – de plus, il n'était pas sans pouvoir comprendre ce qu'elle avait recherché ; après tout, il ne l'oubliait pas, l'autre chaussure, la sienne, avait aussi trempé dans la merde (et la semelle était plus mince). Au point que, aux yeux de Garp, il paraissait injuste qu'Helen, qui avait toujours été pétrie de bonnes intentions, se soit laissé piéger de cette façon ; c'était une honnête femme, et elle aurait certes mérité d'avoir davantage de chance. Mais lorsque Helen ne répondit pas au téléphone, l'équilibre précaire des sentiments que Garp nourrissait à son égard se rompit brusquement. Il ne ressentit plus que la fureur, et la rage d'être trahi. Salope ! se dit-il.

Le téléphone sonnait dans le vide.

Elle est sortie le retrouver. Peut-être même sont-ils en train de faire ça sous notre toit ! se dit-il – « une dernière fois », il lui semblait les entendre. Ce petit snob minable avec ses nouvelles prétentieuses sur la précarité des relations humaines, qu'avait *failli* lui inspirer la pénombre des restaurants d'Europe. (Peut-être quelqu'un s'était-il trompé de gant et l'instant fut perdu à jamais ; il se souvenait d'une autre nouvelle, dans laquelle l'héroïne décide de dire *non*, sous prétexte que l'homme porte une chemise au col trop serré.)

Comment Helen avait-elle pu lire ces conneries ! Et comment avait-elle pu caresser ce corps efféminé ?

– Mais le film en est pas encore à la moitié, protesta Duncan. Va y avoir un duel.

– Je veux voir le duel, déclara Walt. Qu'est-ce que c'est qu'un duel ?

– On part ! coupa Garp.

– Non ! siffla Duncan.

– Walt est malade, marmonna Garp. Il ne devrait pas être ici.

– Je suis pas malade, fit Walt.

– Pas malade à ce point-là, renchérit Duncan.

– Debout, ça suffit ! dit Garp.

Il fut contraint d'agripper Duncan par le plastron de sa chemise, forçant du même coup Walt à se lever en titubant et à passer le premier dans la travée. Marmonnant de fureur, Duncan les suivit en traînant les pieds.

– C'est quoi, un duel ? demanda Walt à Duncan.

– C'est drôlement chouette, dit Duncan. Et maintenant, t'en verras plus jamais.

– Laisse tomber, Duncan, dit Garp. Ne sois pas méchant.

– C'est toi le méchant, dit Duncan.

– Ouais, papa, dit Walt.

La Volvo était ensevelie sous une couche de glace, le pare-brise une masse opaque ; sans doute y avait-il toute une panoplie de racloirs, de balais à neige cassés et autres saloperies du même genre dans la malle, supputa Garp. Mais lorsque arrivait mars et la fin de l'hiver, il ne restait plus grand-chose de tout cet attirail, quand les enfants ne les avaient pas perdus après s'être amusés avec. Garp, d'ailleurs, n'avait pas de temps à perdre en nettoyant le pare-brise.

– Mais t'y verras rien ? s'inquiéta Duncan.

– J'habite dans cette ville, dit Garp. Je n'ai pas besoin d'y voir.

En fait, il fut contraint de baisser la vitre et de passer la tête au-dehors, dans la pluie gelée qui cinglait comme de la grêle ; ce fut ainsi qu'il regagna la maison.

– Il fait *froid*, dit Walt en claquant des dents. Ferme la vitre !

– J'y vois rien, faut que je la laisse ouverte !

– Je croyais que t'avais pas besoin d'y voir, glissa Duncan.

– J'ai trop froid ! s'écria Walt. Une toux pathétique le secoua.

Mais tout, aux yeux de Garp, tout était de la faute d'Helen. C'était elle la coupable – des souffrances que Walt endurait à cause de son rhume, ou de son aggravation : tout était de sa faute *à elle*. Et tout le reste aussi, la déception de Duncan, la manière impardonnable dont, au cinéma, Garp avait empoigné l'enfant pour l'arracher à son fauteuil : c'était *elle* qui était à blâmer. La salope, avec son petit salaud d'amant !

Mais, au même moment, les yeux larmoyant dans le vent glacial et la pluie, Garp se répétait combien il aimait Helen et que jamais plus il ne la tromperait – *jamais plus* il ne la ferait souffrir de cette façon, il lui en ferait la promesse.

Au même moment, de son côté, Helen se sentait en paix avec sa conscience. L'amour qu'elle vouait à Garp était très beau. Et elle devinait que Michael Milton était sur le point de se soulager ; il trahissait les symptômes habituels. L'angle que faisait son buste ployé, et la drôle de façon dont il cambrait les hanches ; la crispation de ce muscle, qui, à part ça, ne servait pas à grand-chose, sur la face interne de sa cuisse. C'est presque fini, pensa Helen. Son nez effleura le cuivre froid d'une boucle de ceinture et le sommet de son crâne heurta la base du volant, tandis que Michael Milton se crispait soudain comme s'il avait craint que, malgré ses trois tonnes, la Buick ne décolle tout à coup du sol.

Garp attaqua le bas de son allée à près de soixante à l'heure. Il avait dévalé la côte en troisième et avait accéléré juste au moment de quitter la route ; il nota d'un coup d'œil au passage qu'une couche de boue gelée vitrifiait le sol de l'allée et redouta un instant que la Volvo ne se mette à patiner dans le virage de la courte rampe. Il resta en prise tant qu'il ne sentit pas les pneus mordre sur la chaussée ; rassuré, il poussa sèchement la tige acérée du levier au point mort – une seconde avant de couper le moteur et d'éteindre les phares.

Ils gravirent la côte en souplesse, dans la pluie noire. On aurait dit l'instant où un avion quitte la piste, les deux gosses poussèrent des cris d'enthousiasme. Contre son coude, Garp les sentait qui se bousculaient pour s'assurer la place de choix entre les deux sièges baquets.

— Et maintenant, comment que tu fais pour y voir ? demanda Duncan.

— Il a pas besoin d'y voir, dit Walt ; une note légèrement hystérique perçait dans sa voix, et Garp en conclut que Walt tentait de se rassurer.

— Je connais ce chemin par cœur, leur assura Garp.

— C'est comme de nager sous l'eau ! s'écria Duncan en retenant son souffle.

— C'est comme dans un rêve ! dit Walt, en cherchant à tâtons la main de son frère.

14

Le monde selon Marc Aurèle

Ce fut ainsi que Jenny Fields se retrouva en quelque sorte infirmière ; après tant d'années sous l'uniforme blanc et consacrées à la cause des femmes, Jenny était parfaitement équipée pour ce rôle. Ce fut Jenny qui proposa aux Garp de venir la rejoindre dans la propriété des Fields, à Dog's Head Harbor. La maison était grande et Jenny put les y installer à leur aise ; et il y avait aussi le bruit apaisant de la mer, du flux et du reflux, du flot qui purifiait tout.

Toute sa vie, Duncan Garp associerait le bruit de la mer au souvenir de cette convalescence. Sa grand-mère se chargeait de lui changer son pansement ; le trou qui avait abrité autrefois l'œil de Duncan ne cessait de suinter. Ni son père ni sa mère ne pouvaient supporter le spectacle de cette orbite vide, mais Jenny savait depuis longtemps que, à force de contempler les plaies bien en face, on finit par ne plus les voir. Ce fut en compagnie de sa grand-mère, Jenny Fields, que Duncan vit son premier œil de verre.

– Tu vois ça ? fit Jenny. C'est gros et c'est marron ; pas tout à fait aussi joli que ton œil gauche, mais tu n'auras qu'à te débrouiller pour que les filles remarquent d'abord le gauche.

Ce n'était pas un argument tellement féministe, elle s'en doutait, mais Jenny affirmait qu'elle était avant tout infirmière.

Lorsque Duncan, coincé entre les deux sièges, avait été projeté en avant, il avait eu l'œil arraché ; sa chute avait été bloquée net par la tige nue du levier de vitesses. Le bras droit de Garp avait jailli, mais trop tard, entre les deux sièges ; Duncan était passé dessous, se crevant l'œil droit, et fracturant trois doigts de sa main droite, qui s'était coincée dans le mécanisme de la ceinture de sécurité.

De l'avis général, la Volvo ne devait guère rouler à plus de quarante kilomètres à l'heure – cinquante au maximum –, mais le choc fut d'une violence extraordinaire. Moteur coupé, la voiture de Garp emboutit les trois tonnes de la Buick, qui ne bougea pas d'un pouce. Dans la Volvo, au moment du choc, les enfants étaient aussi vulnérables que des œufs échappés à leur boîte et ballottés dans le sac à provisions. Même à l'intérieur de la Buick, la secousse fut d'une brutalité stupéfiante.

La tête d'Helen fut projetée en avant, frôlant la colonne de direction, qui lui heurta la nuque. Les enfants de lutteurs doivent avoir le cou robuste, car Helen ne se rompit pas les vertèbres – ce qui n'empêche qu'elle dut porter une attelle pendant près de six semaines et souffrit du dos pendant le restant de ses jours. Sa clavicule droite avait été fracturée, peut-être par le genou droit de Michael Milton, brusquement catapulté vers le haut, et elle avait eu l'arête du nez entaillée – ce qui lui valut neuf agrafes – sans doute par la boucle de ceinturon de Michael Milton. La bouche d'Helen se referma avec tant de violence qu'elle se brisa deux dents et qu'il fallut lui poser deux agrafes sur la langue.

Elle pensa tout d'abord qu'elle s'était tranché la langue ; elle la sentait ballotter à l'intérieur de sa bouche, qui était pleine de sang ; mais sa tête lui élançait tellement qu'elle n'osa pas ouvrir la bouche, jusqu'au moment où elle se sentit étouffer, et, de plus, elle ne pouvait pas remuer le bras droit. Elle cracha quelque chose dans la paume de sa main gauche ; et crut que c'était sa langue. Bien sûr, ce n'était pas sa langue. C'était ce qui correspondait aux trois quarts du pénis de Michael Milton.

Quant au flot de sang chaud qui lui jaillit au visage, Helen crut que c'était de l'essence ; elle se mit à hurler – non par crainte pour sa propre vie, mais à cause de Garp et des enfants. Elle savait ce qui avait embouti la Buick. Il fallait avant tout qu'elle sache ce qui était arrivé aux siens, et elle se débattit pour s'écarter du giron de Michael Milton. Elle cracha ce qu'elle prenait toujours pour sa langue sur le plancher de la Buick et, pour échapper à Michael Milton dont les cuisses la coinçaient contre la colonne de direction, détendit son bras valide et lui assena un violent *coup de poing*. Ce fut alors que, couvrant le son de sa propre voix, elle entendit d'autres cris. Michael Milton hurlait, naturellement, mais ce qu'entendait Helen venait de plus loin – de la Volvo. C'était *Duncan* qui hurlait, elle en était sûre, et, repoussant brutalement du bras gauche Michael Milton dont les cuisses se couvraient de sang, Helen chercha à tâtons la poignée. Lorsque la portière céda, elle projeta d'une bourrade Michael Milton hors de la Buick ; une force incroyable la soulevait ; Michael, le corps toujours ployé en deux et les genoux remontés, n'eut pas un geste pour se redresser ; il resta là vautré sur le flanc dans la boue à demi gelée, comme s'il se trouvait encore au volant, mais il saignait et braillait comme un cochon qu'on égorge.

Lorsque le plafonnier s'alluma dans l'énorme Buick, Garp vit vaguement que la Volvo était inondée de sang – il vit aussi le visage ruisselant de Duncan, où béait le trou de la bouche hurlante. Garp se mit à beugler, lui aussi, mais son beuglement n'avait pas plus de force qu'un gémissement ; terrorisé par le son bizarre de sa propre voix, il tenta de parler doucement à Duncan. Ce fut alors que Garp constata qu'il ne pouvait plus parler.

Lorsque Garp avait projeté son bras pour bloquer Duncan dans sa chute, il avait pivoté de presque un demi-tour, et son visage avait heurté le volant avec tant de violence qu'il s'était fracturé la mâchoire et broyé la langue (treize points de suture). Au fil des longues semaines que dura la convalescence de Garp à Dog's Head Harbor, il fut heureux pour Jenny qu'elle ait eu si souvent affaire aux Ellen-Jamesiennes, car Garp dut rester muselé et ne put communiquer avec sa mère que par écrit. Il lui arrivait parfois d'écrire des pages et des pages à la machine, et Jenny se chargeait ensuite de les lire à Duncan – car, si Duncan pouvait lire, il avait pour consigne de fatiguer le moins possible son œil valide. Avec le temps, cet œil finirait par compenser la perte de l'autre, mais Garp avait un tas de choses à dire, des choses qui ne pouvaient attendre – et n'avait aucun moyen de les dire. Lorsqu'il devinait que sa mère censurait ses messages – à Duncan, et à Helen (à elle aussi, il lui écrivait des pages et des pages) –, Garp poussait des grognements indignés au travers de sa muselière, sans bouger sa langue endolorie. Et Jenny Fields, en bonne infirmière, décidait aussitôt, sagement, de l'isoler dans une autre chambre.

– C'est l'hôpital de Dog's Head Harbor, ici, dit un jour Jenny à Helen.

Helen, elle, pouvait parler, mais ne disait pas grand-chose; elle n'avait pas, elle, des pages et des pages de choses à dire. Helen lisait beaucoup mieux que Jenny, et sa langue n'avait que deux points de suture, aussi passat-elle la plus grande partie de sa convalescence dans la chambre de Duncan à faire la lecture à l'enfant. Pendant toute cette période, Jenny Fields réussit beaucoup mieux qu'Helen à faire entendre raison à Garp.

Helen venait souvent s'installer dans la chambre de Duncan et ils passaient de longs moments assis côte à côte. De sa chambre, Duncan avait une belle vue sur la mer, qu'il contemplait de son œil unique à longueur de journée, avec la fixité d'un appareil photo. S'habituer à ne voir que d'un œil revient un peu à s'habituer à contempler le monde à travers le viseur d'un appareil photo; en ce qui concerne la profondeur de champ et la mise au point, les deux situations ne vont pas sans analogies. Lorsque Duncan parut sur le point de faire cette découverte, Helen lui offrit un appareil photo – un appareil reflex à objectif simple; pour Duncan, c'était le modèle qui avait le plus de sens.

Ce fut pendant cette période, Duncan Garp s'en souviendrait toute sa vie, que l'idée de devenir artiste, peintre ou photographe, l'effleura pour la première fois. Il avait toujours été très doué pour les sports, mais, dorénavant, son œil unique l'inciterait toujours (comme son père) à se défier des jeux de balle ou de ballon. Même lorsqu'il courait, disait-il, il était gêné par l'absence de vision périphérique; c'était cela, affirmait Duncan, qui le rendait maladroit. Comble de la tristesse pour Garp, Duncan déclara finalement qu'il n'avait aucun goût pour la lutte. Se plaçant du point de vue du photographe, Duncan expliqua à son père qu'entre autres problèmes avec la profondeur de champ il ne savait jamais à quelle distance se trouvait le tapis de sol.

– Quand je lutte, dit-il à Garp, c'est comme si je redescendais un escalier dans le noir ; je ne sais jamais si je suis arrivé en bas avant de le *sentir*.

Garp en conclut, bien entendu, que l'accident avait privé Duncan de toute assurance en ce qui concernait les sports, mais, comme Helen le lui fit observer, Duncan avait toujours fait preuve d'une certaine réserve, d'une certaine timidité – bien que doué pour le sport et bien coordonné, il avait toujours eu tendance à rester à l'écart. De toute façon, il n'avait jamais eu l'énergie de Walt – qui, lui, était intrépide, se lançait à corps perdu dans toute nouvelle aventure, avec ferveur, avec grâce et témérité. Des deux enfants, c'était Walt l'athlète, disait Helen. En fin de compte, Garp dut en convenir.

– Helen a *souvent* raison, tu sais, dit Jenny à Garp un soir à Dog's Head Harbor.

Impossible de dire ce qui avait provoqué la remarque, mais c'était peu de temps après l'accident, parce que Duncan avait sa propre chambre, Helen aussi, et Garp également.

Helen a souvent raison, lui avait dit sa mère, mais Garp prit l'air furieux et écrivit un billet à Jenny.

> *Pas* cette fois, *maman,*

disait le billet, *cette fois* signifiant – peut-être – Michael Milton. En d'autres termes : toute l'affaire.

Ce n'était pas expressément à cause de Michael Milton qu'Helen avait démissionné. L'occasion de s'installer dans le grand hôpital de Jenny au bord de la mer, Garp et Helen devaient tous les deux finir par l'admettre, leur fournit un prétexte pour abandonner sans regret le cadre trop familier de leur maison, et de l'allée.

Dans le code de l'éthique universitaire, la « turpitude morale » figure en bonne place parmi les motifs de révocation, en l'occurrence, pourtant, la chose ne fut jamais évoquée. Les coucheries entre professeurs et étudiants ne suscitaient pas en général de réactions trop sévères. Sous le manteau, si le prétexte pouvait être utilisé pour refuser à un enseignant sa titularisation, il était rare que ce même prétexte fût utilisé pour révoquer un titulaire. Helen avait peut-être estimé que trancher d'un coup de dents les trois quarts d'un pénis d'étudiant constituait un délit assez grave pour un enseignant. Coucher avec ses étudiants était une pratique assez banale, bien que nullement encouragée ; il existait de pires moyens de les juger et de les préparer à la vie active. Mais les amputer de leurs organes génitaux était se montrer un peu sévère, même dans le cas de mauvais étudiants, et sans doute Helen éprouva-t-elle le besoin de se châtier. Aussi s'interdit-elle la joie de poursuivre la tâche à laquelle elle s'était préparée, si bien pourtant, et s'arracha-t-elle à la passion que les livres et leur exégèse lui avaient toujours inspirée. Des années plus tard, Helen devait s'épargner un épouvantable chagrin en refusant de se sentir coupable ; et, par la suite, toute sa relation avec Michael Milton devait lui inspirer davantage de colère que de tristesse – dans la mesure où elle eut la force de se voir comme une honnête femme, ce qu'elle était, condamnée pour un banal écart de conduite à subir un châtiment disproportionné à sa faute.

Mais, pour un temps du moins, Helen s'appliquerait à panser ses plaies et celles des siens. N'ayant jamais eu de mère, et très rarement l'occasion d'utiliser Jenny Fields pour jouer ce rôle, Helen se soumit, sans révolte, à cette période d'hospitalisation à Dog's Head Harbor. Elle essaya de se calmer en soignant Duncan, et en espérant que Jenny parviendrait à soigner Garp.

L'atmosphère de l'hôpital n'avait rien d'inédit pour Garp, dont les premières expériences – celle de la peur, des rêves, de l'amour, du sexe – avaient toutes eu pour cadre la vieille infirmerie de Steering. Il s'adapta. La contrainte d'écrire ce qu'il voulait dire lui fut d'un grand secours, en l'obligeant à se montrer prudent ; cela l'obligea à réfléchir bien souvent aux choses qu'il aurait pu s'imaginer avoir envie de dire. Lorsqu'il les voyait écrites, ces choses – ces pensées brutes –, il comprenait qu'il ne pourrait pas, ou ne devrait pas, les dire ; lorsqu'il entreprenait de les corriger, il se ravisait et les déchirait. Par exemple, un message à Helen :

Les trois quarts, ce n'était pas assez.

Il le jeta à la corbeille.

Puis il lui en écrivit un autre et, cette fois, le lui remit :

Je ne te condamne pas.

Un peu plus tard, il en écrivit un troisième :

D'ailleurs, moi non plus je ne me condamne pas,

disait le message.

C'est seulement de cette façon que nous pourrons un jour nous retrouver intacts,

écrivit Garp à sa mère.

Et la silhouette blanche de Jenny Fields trottinait d'une pièce à l'autre dans la maison humide, partagée entre ses tâches d'infirmière et les messages de Garp. C'était tout ce qu'il parvenait à écrire.

Bien entendu, la maison de Dog's Head Harbor avait l'habitude des guérisons. C'était là qu'étaient souvent venues récupérer les blessées de Jenny ; ces chambres imprégnées de l'odeur de la mer avaient été témoins d'autres victoires sur le chagrin et le drame. Entre autres, le drame de Roberta Muldoon que Jenny avait accueillie aux périodes les plus difficiles de sa reconversion sexuelle. En fait, Roberta avait échoué dans ses efforts pour vivre seule – et avec un certain nombre d'hommes –, et elle était revenue vivre auprès de Jenny à Dog's Head Harbor, lorsque les Garp arrivèrent à leur tour.

A mesure que le printemps se réchauffait, et que le trou qui avait naguère abrité l'œil droit de Duncan se cicatrisait et devenait moins vulnérable aux grains de sable, Roberta prit l'habitude d'emmener Duncan à la plage. Ce fut sur la plage que Duncan découvrit qu'il avait un problème de profondeur de champ lorsqu'il essayait d'attraper un ballon, car, dès que Roberta essaya de jouer au base-ball avec Duncan, il ne tarda pas à recevoir le ballon en pleine figure. Ils renoncèrent au ballon, et Roberta consola Duncan en reconstituant pour lui sur le sable le plan de tous les matchs auxquels elle avait naguère participé comme ailier pour les Eagles de Philadelphie ; elle insistait sur les offensives des Eagles où elle s'était illustrée, du temps où elle était Robert Muldoon, n° 90, et faisait revivre au bénéfice de Duncan les essais qu'elle avait marqués, les coups qu'elle avait manqués, ses pénalités et ses plaquages les plus perfides.

— Ça, c'était contre les Cow-Boys, disait-elle à Duncan. On jouait à Dallas, et v'là c't espèce de vipère — « Huit-Balles » que tout le monde l'appelait — qui rapplique dans mon angle mort.

Sur quoi Roberta jetait un coup d'œil à l'enfant qui l'écoutait sans rien dire, l'enfant qui toute sa vie aurait un angle mort, et elle changeait habilement de sujet.

Avec Garp, le sujet favori de Roberta était le processus délicat de son changement de sexe ; Garp paraissait intéressé, et Roberta connaissait assez Garp pour savoir qu'il s'intéresserait sans doute à un problème aussi totalement étranger au sien.

— J'ai toujours su que j'aurais dû naître fille, dit-elle à Garp. Je rêvais que quelqu'un était en train de me faire l'amour, un homme, mais dans mes rêves j'étais toujours une femme ; jamais, jamais je n'étais un homme auquel un autre homme faisait l'amour.

Il y avait bien davantage qu'une vague répugnance dans les allusions que Roberta faisait aux homosexuels, et Garp s'étonnait de voir qu'à la veille de prendre une décision qui doit les placer sans ambiguïté dans une minorité, et pour toujours, les gens sont capables de se montrer moins tolérants qu'on ne pourrait le croire à l'encontre d'autres minoritaires. Au point que Roberta laissait percer une certaine rosserie lorsqu'elle critiquait les femmes qui se réfugiaient à Dog's Head Harbor pour récupérer de leurs problèmes auprès de Jenny Fields.

— Cette bande de foutues lesbiennes ! disait Roberta à Garp. Elles essaient de pousser ta mère à virer sa cuti, pas vrai ?

— Je me dis parfois que c'est précisément à *ça* que sert

maman, plaisantait Garp. Elle rend les gens heureux en leur laissant croire qu'elle est quelque chose qu'elle n'est pas.

– En tout cas, moi, elles ont essayé de me perturber, disait Roberta. A l'époque où je me préparais pour l'opération, elles n'arrêtaient pas d'essayer de me dissuader. « Sois donc pédé ! » qu'elles me disaient. « Si tu veux des hommes, prends-les, mais en restant ce que tu es. Si tu deviens une femme, tu te feras exploiter, c'est tout », qu'elles m'affirmaient. C'étaient des lâches, concluait Roberta.

Mais Garp se souvenait, avec tristesse, que Roberta *avait été exploitée*, et en de multiples occasions.

Roberta n'était pas la seule à se montrer véhémente : toutes ces femmes qui venaient chercher asile et réconfort auprès de sa mère, songeait Garp, avaient *toutes* eu à souffrir de l'intolérance – et pourtant, aussi, la plupart de celles qu'il avait rencontrées affichaient une affreuse intolérance envers leurs compagnes. Il s'agissait en fait de rivalités et querelles intestines que Garp trouvait absurdes, et il admirait sa mère de pouvoir s'y retrouver dans leurs histoires, de continuer à les rendre heureuses et à les réconcilier. *Robert* Muldoon, Garp ne l'ignorait pas, avait vécu plusieurs mois comme un travesti avant de se faire opérer. C'était vêtu en Robert Muldoon qu'il sortait de chez lui le matin ; il partait faire ses emplettes dans des boutiques pour femmes, et pratiquement personne ne savait qu'il payait les frais de son changement de sexe grâce aux cachets que lui rapportaient les conférences qu'il donnait à l'occasion de banquets dans des clubs masculins, devant des publics d'adolescents ou d'adultes. Le soir, rentré à Dog's Head Harbor, Robert Muldoon étrennait ses nouvelles toilettes pour le bénéfice de Jenny et des femmes à l'œil critique qui partageaient sa maison. Lorsque, sous l'effet des hormones d'œstrogène, ses seins se mirent à se développer et que la silhouette de l'ex-ailier commença à s'arrondir, Robert laissa tomber la tournée des banquets, et ce fut vêtu de tailleurs d'une coupe plutôt masculine et coiffé de perruques plutôt sévères qu'il émergea de la maison de Dog's Head Harbor. Cliniquement parlant, maintenant, Roberta avait les mêmes organes génitaux et le même appareil urinaire que la plupart des femmes.

– Mais, bien entendu, je ne peux pas avoir d'enfants, expliqua-t-elle à Garp. Je n'ai ni ovulation ni règles.

Ce qui était aussi le cas de millions d'autres femmes, l'avait rassurée Jenny Fields.

– Le jour où je suis rentrée à la maison en sortant de l'hôpital, dit Roberta à Garp, vous voulez savoir ce que votre mère m'a dit d'autre ?

Garp secoua la tête ; « la maison », pour Roberta, c'était Dog's Head Harbor.

– Elle m'a dit que, sexuellement, j'étais moins ambiguë que la plupart des gens qu'elle connaissait. Vrai, c'était ce que j'avais besoin de m'entendre dire, parce qu'à ce moment-là je ne pouvais pas me séparer de cet horrible dilatateur qui était censé empêcher mon vagin de se refermer ; je me sentais comme une *machine*.

Brave vieille maman,

griffonna Garp.

– Il y a tellement de compassion pour les autres dans ce que vous *écrivez*, lui dit un jour Roberta, inopinément. Pourtant, je ne vois pas autant de compassion en vous, dans votre propre vie.

C'était de cela que Jenny l'avait toujours accusé.

Maintenant, il le sentait, il en éprouvait davantage. Avec sa mâchoire muselée, sa femme qui gardait à longueur de journée le bras en écharpe – et Duncan qui n'avait plus que la moitié de son joli visage intacte –, Garp se sentait enclin à plus de générosité envers les autres pauvres victimes qui peuplaient Dog's Head Harbor.

C'était une ville faite pour l'été. Hors saison, la grande maison de bardeaux blanchis par les intempéries et aux innombrables vérandas et greniers était la seule demeure habitée sur les dunes gris-vert, face à la plage blanche à l'extrémité d'Ocean Lane. On voyait de temps à autre un chien occupé à renifler les amas de bois flotté blanc comme des os, ou encore des retraités qui vivaient quelques kilomètres à l'intérieur des terres, dans des maisons qu'ils n'occupaient naguère que l'été, venant parfois se promener sur la grève, en quête de coquillages. L'été, il y avait des tas de chiens et d'enfants et de gardes d'enfants tout le long de la plage, et toujours quelques barques pimpantes amarrées dans le port. Mais, lorsque les Garp vinrent rejoindre Jenny, la côte paraissait abandonnée. La plage, jonchée d'épaves jetées à la côte par les grandes marées d'hiver, était déserte. L'Atlantique, d'avril jusqu'à mai, arborait la couleur livide d'une vilaine meurtrissure – la couleur de l'arête du nez d'Helen.

Hors saison, les citadines de passage étaient aussitôt identifiées comme des femmes perdues venues voir Jenny Fields, la célèbre infirmière. En été, il arrivait souvent que certaines de ces mêmes femmes passent une journée entière à Dog's Head Harbor en quête de quelqu'un capable de leur indiquer où habitait Jenny Fields. Mais les résidents de Dog's Head Harbor connaissaient tous l'adresse : « La dernière maison au bout d'Ocean Lane », disaient-ils aux jeunes filles ou aux malheureuses femmes qui demandaient leur chemin. « Aussi grande qu'un hôtel. Impossible de la manquer. »

Parfois ces sans-foyer commençaient par descendre sur la plage et contemplaient un long moment la maison avant de rassembler assez de cran pour aller sonner à la porte. Garp les apercevait parfois, solitaires ou agglutinées par paquets de deux ou trois, accroupies sur les dunes battues par le vent, qui épiaient la maison comme dans l'espoir de deviner l'accueil qui les y attendait. Si elles étaient plusieurs, elles se concertaient sur la plage ; puis, l'une d'elles était choisie pour aller frapper à la porte, tandis que les autres restaient blotties sur les dunes, pareilles à des chiens condamnés à ne pas bouger, jusqu'à ce qu'on les appelle.

Helen offrit une longue-vue à Duncan et, de sa chambre qui donnait sur la mer, Duncan épiait les visiteuses éperdues d'émoi et annonçait souvent leur présence des heures avant qu'elles ne se décident à venir frapper à la porte.

– De la visite pour grand-mère, disait-il.

Vite, le point, surtout toujours mettre au point.

– Elle a dans les vingt-quatre ans. Ou alors quatorze. Elle porte un sac à dos bleu. Elle tient une orange, mais je crois pas qu'elle va la manger. Y a quelqu'un avec elle, mais j'arrive pas bien à voir sa figure. Elle se couche par terre ; elle est en train de vomir. Non, elle porte un genre de masque. C'est peut-être la mère de l'autre – non, sa sœur. Ou seulement une amie. V'là maintenant qu'elle mange son orange. Ça n'a pas l'air bien fameux, commentait Duncan.

Et Roberta venait regarder à son tour ; et parfois Helen. C'était souvent Garp qui se chargeait d'aller ouvrir.

– Oui, c'est ma mère, disait-il, mais elle est sortie faire les courses. Je vous en prie, entrez, vous pouvez l'attendre si vous voulez.

Il souriait, sans pour autant cesser de scruter la visiteuse avec autant de soin que les retraités en mettaient à scruter le sable pour chercher leurs coquillages. Et tant que sa mâchoire ne fut pas cicatrisée, ni sa langue en lambeaux ressoudée, Garp se munissait d'une réserve de messages rédigés à l'avance pour aller ouvrir la porte. Beaucoup de visiteuses, qui, elles aussi, n'avaient pas d'autre moyen de communiquer, acceptaient les messages sans manifester de surprise.

Salut ! Je m'appelle Beth. Je suis une Ellen-Jamesienne.

En échange de quoi Garp renvoyait :

Salut ! Je m'appelle Garp. J'ai la mâchoire cassée.

Et il leur souriait, puis leur tendait un second message, approprié à la situation. L'un d'eux disait :

Il y a un bon feu dans la cuisine ; tout droit et à gauche.

Et un autre :

Ne vous énervez pas. Ma mère ne tardera pas. Il y a d'autres femmes ici. Aimeriez-vous les voir ?

Ce fut pendant cette période que Garp se remit à porter une veste de sport, non par nostalgie de Steering ni de Vienne – et certainement pas par nécessité de faire toilette à Dog's Head Harbor, où Roberta paraissait être la seule femme à se soucier de ce qu'elle se mettait sur le dos – mais uniquement parce qu'il avait besoin de poches ; il transportait tant de messages.

Il essaya d'aller courir sur la plage, mais dut y renoncer ; sa mâchoire lui faisait mal et sa langue ballottait contre ses dents. Mais il marchait des kilomètres le long de la grève. Il rentrait d'une promenade le jour où la voiture de la police amena le jeune homme chez Jenny ; bras dessus, bras dessous, le trio – les deux policiers et le jeune homme – gravit le perron de la véranda.

– Mr. Garp ? s'enquit un des policiers.

Pour aller se promener, Garp se mettait en survêtement ; il n'avait aucun billet sur lui, aussi se contenta-t-il de hocher la tête, oui, il était bien Mr. Garp.

– Vous connaissez ce jeune homme ? demanda le policier.

– Bien sûr qu'il me connaît, fit le jeune homme. Vous croyez jamais personne, vous autres flics. Vous ne savez pas vous *détendre*.

C'était le garçon au caftan violet, le jeune homme que Garp avait expulsé du boudoir de Mrs. Ralph – des années auparavant, semblait-il à Garp. Garp fut un instant tenté de dire qu'il ne le connaissait pas, mais il opina du chef.

– Il n'a pas un sou, expliqua le policier. Il n'habite pas ici, et il n'a pas de travail. Il n'est inscrit comme étudiant nulle part, et, quand nous avons téléphoné à sa famille, on nous a dit qu'on ne *savait* même pas où il était – sans compter qu'on n'avait pas l'air d'avoir tellement envie de l'apprendre. Mais lui dit qu'il habite chez vous – et que vous vous porterez garant de lui.

Garp, bien entendu, ne pouvait pas parler. Il désigna sa musclière et fit le geste de gribouiller quelque chose sur sa paume.

– Depuis quand que vous avez cette muselière ? demanda le garçon. D'habitude, on vous met ça quand on est plus jeune. Dingue, cette muselière, j'en ai jamais vu de pareille.

Garp griffonna quelques mots au dos d'un formulaire de contravention que lui tendit le policier.

Oui, je m'en charge. Mais je ne peux rien dire pour me porter garant de lui parce que j'ai la mâchoire brisée.

Le garçon lut par-dessus l'épaule du policier.

– Chouette ! dit-il avec un grand sourire. Et à *l'autre* mec, qu'est-ce qu'il lui est arrivé ?

412

Il y a laissé les trois quarts de sa bitte, pensa Garp, mais il se garda bien de l'écrire au dos de la contravention, ni de quoi que ce soit d'autre. Jamais.

Il s'avéra que, pendant son séjour en prison, le jeune homme avait lu tous les romans de Garp.

— Si j'avais su que c'était vous qui aviez écrit ces bouquins, dit-il, jamais je ne vous aurais manqué de respect.

Il s'appelait Randy et était devenu un fervent admirateur de Garp. Garp était convaincu que le gros peloton de ses admirateurs se composait de paumés, d'enfants solitaires, d'adultes retardés, de cinglés et, à l'occasion, de quelques rares bons bourgeois dépourvus de toute perversion. Mais Randy était accouru vers Garp comme si Garp était désormais l'unique gourou que suivait Randy. Vu l'esprit qui caractérisait la maison de sa mère à Dog's Head Harbor, Garp ne pouvait que difficilement le renvoyer.

Roberta Muldoon se chargea de mettre Randy au courant de l'accident dont Garp et les siens avaient été victimes.

— Qui c'est, c'te chouette grosse poule ? chuchota Randy à Garp avec un respect terrifié.

Vous ne la reconnaissez pas ? Elle jouait comme ailier avec les Eagles de Philadelphie,

écrivit Garp.

Mais même la morosité de Garp fut impuissante à refroidir le sympathique enthousiasme de Randy ; pas sur le moment du moins. Le jeune homme s'appliquait des heures durant à distraire Duncan.

Dieu sait comment ! Je parie qu'il raconte à Duncan toutes ses expériences de drogué,

se plaignit Garp à Helen.

— Il ne prend rien en ce moment, le rassura Helen. Ta mère lui a posé la question.

Dans ce cas, il régale Duncan de l'histoire passionnante de ses aventures criminelles,

écrivit Garp.

– Randy veut devenir écrivain, dit Helen.

Tout le monde veut devenir écrivain,

écrivit Garp. Mais ce n'était pas vrai. Lui ne voulait pas
être écrivain – il ne le voulait plus. Lorsqu'il tentait d'écrire,
c'était toujours le même sujet, obsédant et macabre, qui
surgissait à son esprit. Il le savait, il faudrait qu'il l'oublie
– qu'il cesse de le cajoler dans son souvenir et d'en souligner l'horreur par son talent. C'était de la folie, mais
chaque fois qu'il pensait à écrire, c'était ce sujet, son
unique sujet, qui venait le narguer, avec ses images toutes
fraîches de sang et de viscères, et sa puanteur de mort.
C'est pourquoi il n'écrivait pas ; il n'essayait même pas.

Randy finit par s'en aller. Duncan regretta de le voir partir, mais Garp se sentit soulagé ; il ne montra à personne le
billet d'adieu que lui laissa Randy :

Je ne vous arriverai jamais à la cheville – en rien.
N'empêche que vous pourriez être un peu plus géné-
reux et éviter de faire sentir aux gens que vous leur êtes
supérieur.

Ainsi, je ne suis pas généreux, pensa Garp. Rien
d'autre ? Il déchira le billet de Randy.

Lorsqu'on lui enleva ses fils et que sa langue cessa d'être
à vif, Garp se remit à courir. La température se réchauffant,
Helen se remit à la natation. On lui avait affirmé que c'était
excellent pour se refaire des muscles et consolider sa clavicule, mais nager lui faisait encore mal – surtout la brasse.
Elle restait longtemps dans l'eau, couvrait des kilomètres,
semblait-il à Garp : droit sur la haute mer, puis parallèlement à la côte. Si elle nageait aussi loin, disait-elle, c'était
parce qu'au large la mer était moins agitée ; plus près du
rivage, les vagues la gênaient. Mais Garp se tracassait.
Duncan et lui surveillaient parfois Helen avec la longue-
vue. Qu'est-ce que je peux faire si jamais quelque chose
lui arrive ? se demandait Garp. Il était mauvais nageur.

– Maman est bonne nageuse, le rassurait Duncan, qui
lui aussi était en passe de devenir bon nageur.

– Elle va trop loin, disait Garp.

Avec l'arrivée des premiers estivants, les Garp mirent

un peu plus de discrétion à pratiquer leurs exercices ; ils ne s'ébattaient plus sur le sable ou dans l'eau que très tôt le matin. Pendant la journée ou en début de soirée, quand la foule envahissait les plages, ils se réfugiaient à l'ombre de la véranda pour observer le monde ; ils cherchaient asile dans la fraîcheur de la grande maison.

Garp se sentait un peu mieux. Il recommença à écrire – avec circonspection, tout d'abord : de longues esquisses d'intrigues, et des notes au sujet de ses personnages. Il évitait de s'appesantir sur les personnages principaux ; il croyait du moins qu'il s'agissait de ses personnages principaux – un mari, une femme, un enfant. Il se concentrait de préférence sur quelqu'un d'étranger à la famille, un policier. Garp avait conscience de l'horreur qui se dissimulerait au cœur de son livre, et, pour cette raison peut-être, il choisit de l'aborder par le biais d'un personnage aussi éloigné de son angoisse intime qu'un policier l'est du crime sur lequel il enquête. A quel titre vais-je, *moi*, parler d'un inspecteur de police ? se dit-il ; aussi fit-il de l'inspecteur un personnage que Garp lui-même était capable de comprendre. Puis Garp s'enhardit et se sentit prêt à affronter l'horreur. On débarrassa Duncan des bandes qui cachaient son orbite et l'enfant se mit à porter un bandeau noir, presque joli sur son bronzage d'été. Garp prit son courage à deux mains et attaqua un roman.

L'été touchait donc à sa fin et Garp achevait sa convalescence quand il entreprit d'écrire *le Monde selon Bensenhaver*. A peu près au même moment, Michael Milton fut autorisé à quitter l'hôpital ; il circulait cassé en deux par les séquelles de son opération et arborait un visage de carême. Une infection provoquée par des drains mal placés – et aggravée par des troubles urinaires très banals – nécessita une nouvelle opération, qui lui coûta le dernier quart de son pénis. Garp n'en sut jamais rien, et l'eût-il appris à ce stade qu'il est douteux que la nouvelle ait eu le pouvoir de le réjouir.

Helen savait que Garp s'était remis à écrire.

– Je ne le lirai pas, ce livre, assura-t-elle. Je n'en lirai pas un traître mot. Je sais qu'il est indispensable que tu l'écrives, mais je ne veux jamais le voir. Je ne veux pas te blesser, mais il faut que tu comprennes. Il faut que *moi* j'oublie ; s'il faut que *toi* tu écrives sur ce sujet, que Dieu t'aide ! Les gens n'enterrent pas tous leurs morts de la même manière.

– Il n'y est pas question de « ça », pas exactement, dit-il. Je n'écris pas des romans autobiographiques.

– Ça aussi, je le sais. N'empêche que je refuse de le lire.

– Bien sûr, je comprends.

Écrire, il le savait depuis toujours, est une occupation solitaire. Il n'était guère facile pour un solitaire tel que lui de se sentir tellement plus solitaire. Jenny, bien entendu, lirait le livre ; elle était dure comme de l'acier. Jenny les regardait reprendre peu à peu des forces ; elle regardait aussi les nouveaux malades dont les allées et venues se succédaient sans cesse.

L'une d'elles était une affreuse jeune fille du nom de Laurel qui, un matin au petit déjeuner, commit l'erreur de se plaindre amèrement de Duncan.

– Je ne pourrais pas dormir dans une autre partie de la maison ? demanda-t-elle à Jenny. A cause de ce môme – avec sa longue-vue, son appareil photo et son bandeau sur l'œil, y me flanque la trouille ! Toujours à m'espionner, comme un sale pirate. Même les petits garçons aiment bien vous peloter avec leurs yeux – et même avec *un seul* œil.

Garp était allé courir sur la plage et, comme le jour n'était pas encore levé, il avait fait une chute ; il s'était de nouveau fait mal à la mâchoire et, de nouveau, sa muselière le condamnait au silence. Il n'avait pas sous la main de message approprié à ce qu'il voulait dire à la fille, mais il s'empressa de griffonner sur sa serviette.

Allez vous faire foutre,

écrivit-il, et il lança la serviette au visage de la fille pétrifiée de surprise.

– Écoutez, déclara la fille à Jenny, voilà le genre de truc qui m'a poussée à fuir. Toujours un *homme* en train de me persécuter, toujours un obsédé en train de me menacer avec sa grosse bitte de macho. Y en a marre, non ? Je veux dire, ici surtout, y en a marre, non ? Je suis pas venue ici pour repiquer au truc, pas vrai ?

suggérait le second message de Garp, mais Jenny se hâta d'entraîner la jeune fille et de lui raconter l'histoire du bandeau de Duncan, et de sa longue-vue, de son appareil photo, sur quoi, pendant tout le reste de son séjour, la fille s'appliqua de son mieux à éviter Garp.

Elle n'était là que depuis quelques jours quand quelqu'un rappliqua pour la chercher ; une voiture de sport immatriculée à New York avec, au volant, quelqu'un qui avait tout l'air d'un obsédé – quelqu'un en fait qui avait, bel et bien, menacé la pauvre Laurel de « sa grosse bitte de macho », et ça, depuis toujours.

– Hé, bande de godemichés ! lança-t-il à Garp et Roberta, paisiblement assis sur la grande balancelle de la véranda, comme un couple d'amoureux d'autrefois. C'est ici le bordel où vous gardez Laurel prisonnière ?

– On ne la garde pas exactement « prisonnière », fit Roberta.

– Ta gueule, espèce de grosse gouine ! fit le New-Yorkais.

Il n'avait pas coupé son moteur, et le ralenti mal réglé s'emballait et se calmait – s'emballait, se calmait, pour s'emballer de plus belle. L'homme portait des bottes de cow-boy et un pantalon de velours vert à pattes d'éléphant. Il était grand et large d'épaules, bien que pas tout à fait aussi grand ni aussi large d'épaules que Roberta Muldoon.

– Je suis pas gouine, rectifia posément Roberta.

– En tout cas, t'es pas exactement une pucelle non plus, railla le type. Bordel de merde, où qu'elle est, Laurel ?

Il arborait un tee-shirt orange barré entre les seins d'une grosse inscription vert cru.

GARDEZ LA FORME !

disait l'inscription.

Garp fouilla ses poches pour dénicher un crayon, mais n'en tira que de vieux messages : son stock de vieux messages, dont aucun ne paraissait approprié au grossier personnage.

– Laurel vous attend ? demanda Roberta Muldoon.

Garp sentit qu'une fois de plus Roberta se débattait avec un problème d'identité sexuelle ; elle essayait de provoquer le crétin, dans l'espoir de se sentir alors le droit de l'aplatir comme une merde. Mais l'homme, du moins aux yeux de Garp, paraissait du genre à donner du fil à retordre à Roberta. Les œstrogènes ne s'étaient pas bornés à remodeler la silhouette de Roberta, songea Garp – ils avaient aussi démusclé l'ex-Robert Muldoon, à un point que Roberta paraissait disposée à oublier.

– Écoutez un peu, mes petits cœurs, dit l'homme, s'adressant à la fois à Garp et à Roberta. Si Laurel se manie pas un peu le cul, moi je vais foutre la baraque en l'air. Et puis, d'ailleurs, qu'est-ce que c'est c'te boîte de tantouzes ? Tout le monde est au courant. J'ai pas eu de mal à retrouver sa trace, à Laurel. Toutes les tordues et les salopes de New York savent où il se trouve, ce piège à cons.

Roberta sourit. Elle avait lancé la balancelle qui maintenant oscillait d'une manière telle que Garp commençait à avoir l'estomac tout retourné. Garp fouillait frénétiquement le contenu de ses poches, scrutant l'un après l'autre les messages inutiles.

– Écoutez, bande de clowns, fit l'homme. Je *sais* le genre de canule que les nanas se fourrent ici. C'est la grosse partouze lesbienne, pas vrai ?

Du bout de sa botte de cow-boy, il poussa le bord de la grosse balancelle, la propulsant de guingois.

– Et toi, qui tu es ? demanda-t-il à Garp. C'est toi *l'homme* de la maison ? Ou alors le chef eunuque ?

Garp tendit un billet à l'homme.

Il y a un bon feu dans la cuisine ; tout droit et à gauche.

Mais on était en août ; il était tombé sur le mauvais message.

– Qu'est-ce que c'est que ce baratin de merde ? fit l'homme.

Garp lui tendit aussitôt un autre billet, le premier qui lui tomba sous la main.

Ne vous énervez pas. Ma mère ne tardera pas. Il y a d'autres femmes ici. Aimeriez-vous les voir ?

– Qu'elle aille se faire foutre, ta mère ! explosa l'homme, en faisant un pas en direction de la grande porte-moustiquaire. Laurel ! hurla-t-il. T'es là ? Espèce de salope !

Mais ce fut Jenny Fields qui l'accueillit sur le seuil.

– Bonjour, fit-elle.

– Vous, je sais qui vous êtes, dit l'homme. Je le reconnais, c't uniforme à la con. Ma Laurel, c'est pas vot' genre, ma p'tite jolie ; elle, elle *aime* baiser.

– Peut-être pas avec vous, dit Jenny Fields.

Quelles insultes l'homme au tee-shirt « gardez la forme ! » fut alors à deux doigts d'assener à Jenny Fields, personne ne le saura jamais. Roberta Muldoon s'élança et gratifia l'homme stupéfait d'un plaquage au corps, le heurtant de derrière et un peu de côté, juste au-dessus des genoux. C'était très nettement un coup bas, qui, du temps où elle jouait pour les Eagles de Philadelphie, aurait valu une pénalité à Roberta. L'homme s'abattit sur le plancher grisâtre de la véranda avec une violence telle que les pots de fleurs accrochés au plafond se mirent à osciller. Il essaya de se relever, en vain. Il paraissait blessé au genou, une blessure des plus courantes parmi les joueurs de football – la raison précise, en fait, pour laquelle un plaquage est sanctionné par une pénalité. Affalé sur le dos, l'homme n'eut pas le cran de se remettre à vomir des insultes, à personne ; il resta allongé là, une expression calme, quasi lunaire, peinte sur son visage, qui blêmissait peu à peu sous l'effet de la douleur.

– Roberta, tu y es allée un peu trop fort, dit Jenny.

– Je vais chercher Laurel, dit Roberta, déconfite, et elle passa dans la maison.

Tout au tréfonds d'elle-même, Garp et Jenny le savaient tous les deux, il n'y avait pas femme plus féminine que Roberta ; mais, tout au tréfonds de son corps, son entraînement l'avait laissée dure comme un roc.

Garp avait déniché un autre billet qu'il laissa choir sur la poitrine du New-Yorkais, en plein sur son « GARDEZ LA FORME ! ». Un billet dont Garp avait toute une série de doubles.

Salut ! Je m'appelle Garp. J'ai la mâchoire cassée.

419

– Moi, je m'appelle Harold, dit l'homme. Désolé pour votre mâchoire.

Garp dénicha un crayon et griffonna un nouveau message :

Désolé pour votre genou, Harold.

Laurel apparut enfin.

– Oh, mon petit chéri ! dit-elle. Tu m'as *retrouvée* !

– Je crois pas que je suis capable de conduire c'te saloperie de bagnole, dit Harold.

Dans Ocean Lane, sa bagnole de sport pantelait et ahanait toujours, comme une bête vorace pressée de s'empiffrer de sable.

– Je peux conduire, moi, chéri, dit Laurel. Seulement, tu veux jamais me *laisser* faire.

– C'te fois, je vais te laisser faire, gémit Harold. Tu peux me croire.

– Oh, mon petit chéri ! gloussa Laurel.

Roberta et Garp portèrent l'homme jusqu'à la voiture.

– Je crois que j'ai besoin de Laurel, leur confia-t-il. Saloperies de sièges baquets, râla-t-il, lorsqu'ils l'eurent délicatement coincé à l'intérieur.

Harold était gros pour sa voiture. C'était la première fois depuis des années, sembla-t-il à Garp, qu'il se retrouvait aussi près d'une automobile. Roberta posa la main sur l'épaule de Garp, mais il se détourna.

– On dirait qu'Harold a besoin de moi, dit Laurel à Jenny Fields, avec un petit haussement d'épaules.

– Mais pourquoi *elle*, a-t-elle donc besoin de *lui* ? dit Jenny Fields à la cantonade, tandis que la petite voiture s'éloignait.

Garp s'était éclipsé. Roberta, pour se punir d'avoir momentanément oublié sa féminité, partit retrouver Duncan pour le cajoler.

Helen était au téléphone, elle parlait aux Fletcher, Harrison et Alice, qui avaient envie de venir leur rendre visite. Qui sait, ça nous ferait peut-être du bien, pensa Helen. Elle avait raison, et il est hors de doute qu'aussitôt Helen retrouva confiance en elle-même – de constater qu'elle avait raison.

Les Fletcher restèrent une semaine. Duncan avait enfin quelqu'un pour jouer avec lui ; certes, les deux enfants n'avaient ni le même âge ni le même sexe, mais du moins s'agissait-il d'un enfant qui savait ce qui était arrivé à l'œil de Duncan, dont presque toutes les inhibitions au sujet de son bandeau disparurent comme par enchantement. Lorsque les Fletcher repartirent, il se montra plus enclin à descendre sur la plage sans ses parents, même aux heures où il risquait de rencontrer d'autres enfants – qui auraient pu lui poser des questions ou, bien sûr, se moquer de lui.

Harrison redevint tout naturellement le confident d'Helen, comme il l'avait été naguère ; à Harrison, elle se sentit capable de raconter certaines choses au sujet de Michael Milton qui étaient trop crues pour qu'elle les raconte à Garp, et pourtant elle avait besoin de les dire. Elle avait besoin de parler des angoisses que, désormais, elle éprouvait pour son mariage ; et de la façon dont elle tentait d'assumer l'accident, si différente de celle de Garp. Harrison suggéra un autre enfant. Fais-toi mettre enceinte, conseilla-t-il. Helen lui confia qu'elle ne prenait plus la pilule, mais s'abstint de dire à Harrison que Garp ne faisait plus l'amour·avec elle – depuis l'accident. Il était inutile, en fait, qu'elle le dise ; Harrison avait remarqué qu'ils faisaient chambre à part.

Alice encouragea Garp à renoncer à ces petits messages idiots. Il pouvait parler s'il le voulait, à condition de ravaler son orgueil et de se moquer du son de sa voix. Si elle parvenait, elle, à parler, il pouvait bien réussir à cracher ses mots, raisonnait Alice – dents bien ficelées, langue légère, etc. ; du moins pouvait-il essayer.

– Alish, dit Garp.

– Voui, dit Alice. Z'est bien za mon nom. Ton nom à toi, z'est comment ?

– Arp, réussit à dire Garp.

Jenny Fields, dont la silhouette blanche traversait par hasard la pièce, frissonna comme à la vue d'un fantôme, et passa son chemin.

– Il me manque, tu zais, avoua Garp à Alice.

– Il te manque, voui, bien zûr que voui il te manque, fit Alice, qui le berça doucement tandis qu'il fondait en larmes.

Il y avait déjà quelque temps que les Fletcher étaient repartis quand, en pleine nuit, Helen vint retrouver Garp dans sa chambre. Il était allongé sur son lit, mais elle constata sans surprise qu'il ne dormait pas ; il écoutait ce qui l'avait elle aussi réveillée. C'était pour ça qu'elle ne pouvait pas dormir.

Quelqu'un, une des nouvelles pensionnaires de Jenny – arrivée depuis peu –, était en train de prendre un bain. Les Garp avaient d'abord entendu la baignoire se vider, puis se remplir, puis le floc d'un corps qui entre dans l'eau – maintenant, ils entendaient un bruit d'éclaboussures et d'ablutions. Il y avait aussi quelques bribes de chanson, à moins que la femme ne fût en train de fredonner.

Eux repensaient, naturellement, à l'époque où Walt prenait ses bains, à portée de voix de ses parents, et comment ils restaient l'oreille aux aguets, épiant le moindre bruit de chute, ou le bruit entre tous effrayant – l'absence de bruit. Aussitôt ils l'appelaient : « Walt ? », et Walt répondait : « Quoi ? » Et eux disaient alors : « Rien, on voulait être sûrs, c'est tout. » Sûrs qu'il n'avait pas glissé et n'était pas en train de se noyer dans son bain.

Walt aimait rester allongé avec les oreilles sous l'eau, à écouter ses doigts escalader les parois de la baignoire, et, souvent, il n'entendait pas quand Garp et Helen l'appelaient. Il émergeait, surpris de voir leurs visages anxieux surgir brusquement au-dessus de lui, et leurs regards plonger dans la baignoire.

– Tout va bien, disait-il, en se redressant.

– Alors *réponds*, pour l'amour de Dieu, Walt, lui disait Garp. Réponds-nous quand on t'appelle.

– Je vous ai pas entendus, disait Walt.

– Alors, ne mets pas la tête sous l'eau, disait Helen.

– Mais alors, comment que je peux me laver la tête ? demandait Walt.

– C'est une façon dégueulasse de se laver la tête, Walt, disait Garp. Appelle-moi. *Moi*, je te laverai la tête.

– D'accord, faisait Walt.

Puis, sitôt qu'ils le laissaient seul, il se remettait la tête sous l'eau et recommençait à écouter le monde à sa façon.

Helen et Garp étaient donc là, allongés côte à côte sur le

lit de Garp, un lit étroit, dans une des nombreuses chambres d'amis installées dans les greniers de Dog's Head Harbor. Il y avait tant de salles de bains dans la maison qu'ils ne savaient même pas avec certitude de laquelle provenaient les bruits qu'ils écoutaient, mais ils écoutaient.

– C'est une femme, à mon avis, dit Helen.

– Ici ? *Naturellement* que c'est une femme.

– J'ai d'abord cru que c'était un enfant.

– Je sais, dit Garp.

– Le bourdonnement, je suppose. Tu te souviens de cette façon qu'il avait de se parler tout seul ?

– Je sais, dit Garp.

Ils étaient là blottis l'un contre l'autre dans le lit qui, comme toujours, était un peu humide, à cause de l'océan tout proche et des innombrables fenêtres que personne ne fermait jamais, et des portes-moustiquaires qui ne cessaient de battre et de claquer au vent.

– Je veux un autre enfant, dit Helen.

– D'accord, fit Garp.

– Le plus tôt possible, dit Helen.

– Tout de suite, dit Garp. Naturellement.

– Si c'est une fille, dit Helen, on l'appellera Jenny, à cause de ta mère.

– Bien, dit Garp.

– Si c'est un garçon, je ne sais pas, dit Helen.

– Pas Walt, dit Garp.

– D'accord, dit Helen.

– *Jamais plus* un autre Walt, dit Garp. Je sais bien qu'il y a des gens qui font ça, pourtant.

– Moi, je ne voudrais pas, dit Helen.

– Un autre nom alors, si c'est un garçon, dit Garp.

– J'espère que ça sera une fille, dit Helen.

– Dans le fond, ça m'est égal, avoua Garp.

– Bien sûr. Moi aussi, à vrai dire, acquiesça Helen.

– Je suis tellement désolé, dit Garp, en la serrant plus fort.

– Non, c'est de ma faute à *moi*, dit-elle.

– Non, c'est de ma faute à *moi*, dit Garp.

– A moi, dit Helen.

– A moi, dit Garp.

423

Ils firent l'amour, avec une prudence infinie. Helen s'imaginait qu'elle était Roberta Muldoon, au lendemain de son opération, en train d'étrenner un vagin flambant neuf. Garp s'efforçait de ne rien imaginer.

Chaque fois que Garp se mettait à imaginer, il ne voyait rien d'autre que la Volvo inondée de sang. Il y avait les hurlements de Duncan, et il entendait les cris d'Helen qui appelait au-dehors; d'autres cris aussi. Il se contorsionnait pour s'extirper de derrière le volant et s'agenouillait sur le siège du conducteur; il tenait le visage de Duncan entre ses deux mains, mais le sang continuait toujours à couler et Garp ne parvenait pas à se rendre compte de l'étendue du désastre.

– Ça va aller, chuchota-t-il à Duncan. Chut, tu verras, tout ira bien.

Mais à cause de sa langue, aucun mot ne sortit – rien d'autre qu'un petit jet tiède.

Duncan hurlait de plus belle, et également Helen, et quelqu'un d'autre ne cessait de gémir – à la façon d'un chien qui rêve dans son sommeil. Mais qu'entendait donc Garp qui le terrifiait ainsi? Quoi *d'autre*?

– Ça va aller, Duncan, crois-moi, chuchota-t-il, dans un gargouillis incompréhensible. Tu verras, tout ira bien.

Il essuya de la main le sang qui souillait la gorge de l'enfant; l'enfant n'avait aucune plaie grave à la gorge, il le voyait. Il essuya le sang sur les tempes de l'enfant, vit qu'il n'avait pas le crâne défoncé. Pour s'en assurer, il ouvrit d'un coup de pied la portière côté conducteur; le plafonnier s'alluma et ce fut alors qu'il vit qu'un des yeux de Duncan saillait. L'œil hurlait au secours, mais Garp ne vit qu'une chose, l'œil pouvait voir. Il essuya encore un peu de sang, mais ne put trouver l'autre œil de Duncan.

– Tout ira bien, chuchota-t-il à Duncan, mais les hurlements de l'enfant redoublèrent.

Par-dessus l'épaule de son père, Duncan avait aperçu sa mère plantée près de la portière ouverte de la Volvo. Le sang jaillissait de son nez fracassé et de sa langue entaillée, et elle se soutenait le bras droit comme s'il avait été fracturé près de l'épaule. Mais ce fut la *terreur* qu'il lut sur

424

son visage qui terrorisa Duncan. Garp se retourna et la vit. Quelque chose d'autre le terrorisa alors.

Ce n'étaient pas les hurlements d'Helen, ni les hurlements de Duncan. Quant à Michael Milton, qui grognait toujours, il pouvait grogner à en rendre l'âme – Garp s'en foutait. Il y avait autre chose. Ce n'était pas un son. C'était qu'il n'y avait aucun son. L'absence de son.

– Où est Walt ? demanda Helen, en scrutant l'intérieur de la Volvo.

Ses hurlements s'arrêtèrent net.

– Walt ! s'écria Garp.

Il retint son souffle. Duncan cessa de crier.

Ils n'entendaient rien. Et Garp savait que Walt avait un rhume et qu'on pouvait l'entendre respirer à travers une cloison – à travers deux cloisons même, on entendait le gargouillis dans la poitrine de l'enfant.

– Walt ! hurlèrent-ils.

Helen et Garp devaient se chuchoter à l'oreille bien plus tard qu'ils imaginaient en cet instant Walt dans sa baignoire les oreilles sous l'eau, guettant de toutes ses forces le bruit de ses doigts qui jouaient sur les parois.

– Je le vois encore, tu sais, lui chuchota Helen, plus tard.

– Tout le temps, dit Garp. Je sais.

– Il suffit que je ferme les yeux, dit Helen.

– Oui, dit Garp. Je sais.

Mais c'était Duncan qui disait le mieux la chose. Duncan disait parfois qu'il avait l'impression que son œil droit n'avait pas complètement disparu.

– Quelquefois, on dirait que je peux encore voir avec, disait Duncan. Mais c'est comme un souvenir, ce n'est pas réel, ce que je vois.

– Peut-être que c'est devenu l'œil qui te permet de voir tes rêves, lui dit Garp.

– C'est un peu ça, dit Duncan. Mais ça paraît si réel.

– C'est ton œil *imaginaire*, dit Garp. Ça peut-être très réel, ça, tu sais.

– C'est l'œil avec lequel je continue à voir Walt, dit Duncan. Tu sais ?

– Je sais, dit Garp.

Les enfants de lutteurs ont souvent le cou robuste, mais tous les enfants de lutteurs n'ont pas nécessairement le cou assez robuste.

Avec Duncan et avec Helen, dorénavant, Garp semblait avoir une inépuisable réserve de gentillesse ; pendant toute une année, il leur parla avec douceur ; pendant toute une année, il ne leur manifesta jamais le moindre signe d'impatience. Au point que sa délicatesse finit par les impatienter. Jenny Fields nota qu'il leur fallut à tous les trois un an pour s'entraider à guérir.

Et pendant cette année, se demanda Jenny, qu'ont-ils fait des *autres* sentiments qu'éprouvent d'ordinaire les êtres humains ? Helen les dissimulait ; Helen était très forte. Duncan les voyait uniquement avec son œil manquant. Et Garp ? Il était fort, mais pas fort à ce point. Il écrivit un roman intitulé *le Monde selon Bensenhaver*, dans lequel s'épanchèrent tous ses *autres* sentiments.

Lorsque John Wolf, l'éditeur de Garp, lut le premier chapitre du *Monde selon Bensenhaver*, il sauta sur sa plume pour écrire à Jenny Fields : « Mais, bon Dieu ! qu'est-ce qui se passe chez vous ? C'est à croire que le chagrin a perverti le cœur de Garp. »

Mais S. T. Garp se sentait guidé par un instinct aussi vieux que Marc Aurèle, auquel la sagesse et la passion avaient soufflé que « dans la vie d'un homme, le temps qui lui est imparti n'est qu'un instant... sa conscience, un éclair fugitif... ».

15

Le monde selon Bensenhaver

Hope Standish se trouvait à la maison avec son fils, quand Oren Rath fit son entrée dans la cuisine. Elle essuyait sa vaisselle, mais vit aussitôt le couteau, un long couteau de·pêcheur à lame mince et au tranchant effilé comme un rasoir, avec un dos en dents de scie du genre dégorgeoir-écailleur. Nicky n'avait pas encore trois ans ; on l'installait encore dans sa grande chaise pour manger, et il prenait son petit déjeuner lorsque Oren Rath surgit derrière lui et effleura avec les dents de scie de son couteau la gorge de l'enfant.

— Laissez c'te vaisselle tranquille, lança-t-il à Hope.

Mrs. Standish s'exécuta docilement. Nicky contemplait l'inconnu en gargouillant ; la pointe du couteau le chatouillait sans plus sous le menton.

— Qu'est-ce que vous voulez ? demanda Hope. Je vous donnerai tout ce que vous voudrez.

— Ça, pour sûr, fit Oren Rath. Comment vous appelez-vous ?

— Hope.

— Moi, c'est Oren.

— Un joli nom, dit Hope.

Nicky ne pouvait pas se retourner pour regarder l'inconnu qui lui chatouillait le menton. Il avait les doigts mouillés et souillés de céréales ; lorsqu'il se pencha pour saisir la main d'Oren Rath, l'homme s'écarta d'un pas, et, du tranchant effilé de son couteau, effleura la joue rebondie et grassouillette de l'enfant. D'un geste précis, il incisa la peau, comme pour souligner le contour de sa pommette. Il fit alors un pas en arrière comme pour épier le visage stupéfait de Nicky, guetter son petit cri ; un mince filet de sang apparut sur la joue de l'enfant, pareil à un ourlet sur une poche. On aurait dit qu'il venait brusquement de lui pousser une ouïe.

– J'suis pas ici pour rigoler, dit Oren Rath.

Hope fit un pas pour se rapprocher de Nicky, mais Rath la repoussa d'un geste :

– Il a pas besoin de vous. Il s'en fiche de ses céréales. Il veut un biscuit, Nicky braillait.

– Il va s'étouffer avec, s'il pleure, dit Hope.

– V's avez envie de discuter p't-être ? dit Oren Rath. V's avez envie de savoir l'effet que ça fait d'étouffer ? Je vais lui couper sa quéquette et la lui fourrer dans la gorge – si vous avez envie de savoir l'effet que ça fait d'étouffer.

Hope donna une biscotte à Nicky, qui cessa aussitôt de pleurer.

– Vous voyez ? fit Oren Rath.

Il souleva d'un bloc la chaise avec Nicky assis dedans, et serra le tout contre sa poitrine.

– Et maintenant, on passe tous dans la chambre, dit-il. Vous d'abord, ajouta-t-il, en adressant un signe de tête à Hope.

Ils s'engagèrent tous ensemble dans le couloir. Les Standish habitaient une maison style ranch ; à cause du bébé, ils avaient estimé qu'un ranch était ce qu'il y avait de plus sûr en cas d'incendie. Hope entra dans la chambre et Oren posa dans le couloir, tout contre la porte, la chaise et Nicky toujours assis dedans. Nicky ne saignait presque plus ; seules quelques gouttes de sang perlaient encore sur sa joue ; Oren Rath les essuya d'un revers de main, puis frotta la main sur son pantalon. Il rejoignit alors Hope dans la chambre. Lorsqu'il referma la porte, Nicky se remit à pleurer.

– Je vous en prie, dit Hope. C'est vrai qu'il pourrait s'étouffer, et il sait comment descendre de sa chaise – sans compter qu'elle pourrait basculer. Il n'aime pas rester tout seul.

S'approchant de la table de nuit, Oren Rath trancha le fil du téléphone, d'un seul coup de son couteau de pêcheur, aussi facilement qu'il eût tranché une poire trop mûre.

– V's avez pas intérêt à discuter, dit-il.

Hope s'assit sur le lit. Nicky pleurait, mais il n'était pas hystérique ; peut-être allait-il se calmer. Hope se mit, elle aussi, à pleurer.

– Allez, déshabillez-vous ! commanda Oren.

Il l'aida à se déshabiller. Il était grand et d'un blond roux, avec des cheveux aussi plats et aussi courts que des herbes folles balayées par une inondation. Il puait le fourrage, et Hope se souvint de la camionnette couleur turquoise qu'elle avait remarquée dans l'allée, juste avant qu'il ne fasse irruption dans la cuisine.

– Même que vous avez un tapis dans la chambre, railla-t-il.

Il était maigre, mais musclé ; avec de grosses mains pataudes, comme des pattes de chiot destiné à devenir gros. Son corps semblait pratiquement imberbe, mais il était si pâle, et d'un blond si clair, qu'il était difficile de distinguer ses poils sur sa peau.

– Vous connaissez mon mari ? lui demanda Hope.

– Je sais quand il est chez lui et quand y est pas, fit Rath. Écoutez ! ajouta-t-il soudain, et Hope retint son souffle. Vous entendez ? Il s'en fiche, vot' même.

Nicky gazouillait des sons informes de l'autre côté de la porte, gratifiant sa biscotte de propos mouillés. Les larmes de Hope redoublèrent. Lorsque Oren commença à la toucher, avec des gestes gauches et pressés, elle se dit qu'elle était si sèche qu'elle ne pourrait même s'ouvrir assez pour laisser passer son horrible doigt.

– Attendez, s'il vous plaît, dit-elle.

– Pas de discussion.

– Non, écoutez, je peux vous aider.

Elle souhaitait qu'il la prenne et qu'il ressorte le plus vite possible ; elle pensait à Nicky assis dans sa chaise de l'autre côté de la porte.

– Laissez-moi faire, vous verrez, ce sera meilleur, assura-t-elle, d'un ton peu convaincant ; elle ne savait pas comment faire passer ce qu'elle était en train de dire.

Oren Rath lui empoigna un sein, si brutalement que Hope sut aussitôt que jamais encore de sa vie il n'avait touché un sein ; sa main était si froide qu'elle tressaillit. Dans sa gaucherie, il baissa la tête et le sommet de son crâne heurta la bouche de Hope.

– Pas de discussion, grogna-t-il.

– Hope ! héla une voix.

Tous deux avaient entendu et se figèrent. Hope sentit la pointe froide de la lame lui frôler le bout du sein.

– Elle va entrer directement ici, chuchota Hope. C'est une amie.

– Mon Dieu ! Nicky, disait maintenant Margot, voilà que tu sèmes de la nourriture partout. Ta maman est en train de s'habiller ?

429

— Va falloir que je vous baise toutes les deux et que je zigouille tout le monde, chuchota Oren Rath.

Hope lui coinça la taille entre ses deux jambes robustes et, indifférente au couteau, le plaqua contre sa poitrine.

— Margot! Attrape Nicky et sauve-toi! Je t'en prie! hurla-t-elle d'une voix perçante. Il y a un fou dans la maison, il va tous nous tuer! Emmène Nicky, emmène Nicky!

Oren Rath restait plaqué contre elle, aussi raide que si jamais encore personne ne l'avait ainsi étreint. Il ne se débattit pas, il ne se servit pas de son couteau. Tous deux demeurèrent immobiles, guettant les bruits que faisait Margot, qui traînait Nicky dans le couloir et franchissait la porte de la cuisine. Un des pieds de la chaise heurta le réfrigérateur et se brisa net, mais ce ne fut que cinquante mètres plus loin, après avoir ouvert sa propre porte d'un coup de pied, que Margot s'arrêta pour arracher l'enfant à sa chaise.

— Ne me tuez pas, chuchota Hope. Partez, vite, vous vous en tirerez. Elle est déjà en train d'appeler la police.

— Habillez-vous! commanda Oren Rath. Je vous ai pas encore baisée, mais j'en ai bien l'intention.

En la heurtant avec son crâne, il lui avait fendu la lèvre contre les dents, et elle saignait.

— Je rigole pas, répéta-t-il, mais sans assurance.

Il était aussi osseux et aussi gauche qu'un jeune daim. Il l'obligea à enfiler sa robe, sans mettre de sous-vêtements, puis la propulsa pieds nus dans le couloir et la suivit, ses bottes coincées sous le bras. Ce ne fut qu'une fois assise près de lui dans la camionnette que Hope remarqua qu'il avait passé une des chemises de flanelle de son mari.

— Je suis sûre que Margot aura relevé votre numéro d'immatriculation, dit-elle.

Elle inclina le rétroviseur de façon à pouvoir examiner son visage ; elle tamponna sa lèvre fendue avec le grand col vague de sa robe. Le bras d'Oren Rath se détendit, la cognant sèchement sur l'oreille, et le côté de sa tête alla ricocher sur le montant de la portière.

— J'ai besoin du rétroviseur pour y voir, dit-il. Restez tranquille, sinon v's allez dérouiller.

Il avait emporté son soutien-gorge et s'en servit pour lui ligoter les poignets aux robustes gonds rouillés de la boîte à gants, dont le trou béant semblait la narguer.

Il conduisait avec calme, à croire qu'il n'avait aucune hâte de sortir de la ville. Il ne manifesta aucune impatience quand il resta un long moment coincé au feu rouge près de l'université. Il observa les piétons qui traversaient la chaussée, secoua la tête et gloussa au spectacle des tenues bizarres qu'arboraient certains étudiants. De sa place, Hope apercevait la fenêtre du bureau de son mari, mais ignorait s'il était en ce moment dans la pièce ou en train d'enseigner dans une autre salle.

En fait, il se trouvait dans son bureau – trois étages plus haut. Dorsey Standish jeta par hasard un coup d'œil par la fenêtre et vit le feu passer au vert; la file des voitures se remit en mouvement, tandis que la foule des étudiants marquait un temps d'arrêt au portillon qui menait au passage clouté. Dans une ville universitaire, ce ne sont pas les voitures étrangères et tape-à-l'œil qui manquent, mais, ici, ces voitures contrastaient avec les véhicules des gens du cru: camionnettes de fermiers, bétaillères à claire-voie chargées de porcs ou de gros bétail, moissonneuses et autres engins bizarres, le tout maculé de la boue des fermes et des routes de campagne. Standish ne connaissait rien aux fermes, mais les animaux et les machines le fascinaient – surtout les redoutables et mystérieux engins. Justement il en passait un, équipé d'un toboggan – pour quel usage? – et d'un fouillis de câbles destinés à hisser ou soutenir un pesant fardeau. Standish aimait essayer de se représenter comment fonctionnaient les choses.

En contrebas, au milieu du flot des véhicules, il remarqua une camionnette bleu turquoise, un bleu agressif; les pare-chocs étaient tout cabossés, la calandre enfoncée et noire de mouches écrasées et – du moins Standish se l'imagina-t-il – de têtes d'oiseaux prises dans les interstices. Dans la cabine, à côté du conducteur, Dorsey Standish crut apercevoir une femme, jolie – avec quelque chose dans le profil et les cheveux qui lui rappela vaguement Hope, et une robe d'une couleur qu'affectionnait sa femme. Mais il se trouvait trois étages plus haut; la camionnette était déjà passée et la lunette arrière était tellement souillée de boue qu'il ne put rien distinguer d'autre. En outre, il était neuf heures trente et ses étudiants l'attendaient. Dorsey Standish songea qu'il y avait peu de chances pour qu'une jolie femme circule à bord d'une camionnette à ce point ignoble.

– Je parie que votre mari arrête pas de baiser ses étudiantes,

431

dit Oren Rath, dont la grosse main armée du couteau reposait sur les cuisses de Hope.

— Non, je ne pense pas, dit Hope.

— Merde, v's savez rien de rien, vous. Moi, j'm'en vais vous baiser et v's trouverez ça si bon que v's en redemanderez.

— Je me fiche de ce que vous faites. Maintenant, vous ne pouvez plus faire de mal à mon petit.

— Mais à vous, je peux faire pas mal de choses. Un tas de choses, même.

— Oui. Vous ne rigolez pas, railla Hope.

Ils s'enfonçaient dans la campagne. Rath demeura un moment sans rien dire. Puis il reprit :

— Je suis pas aussi dingue que vous croyez.

— Je ne crois pas le moins du monde que vous soyez dingue, mentit Hope. Je pense que vous êtes simplement un petit crétin en chaleur, qui jamais n'a touché une femme de sa vie.

Oren Rath dut sentir à cet instant que l'avantage que lui conférait la terreur qu'il inspirait à Hope menaçait de lui échapper, et vite. Hope cherchait désespérément à s'assurer un avantage, n'importe lequel, mais ignorait si Oren était assez sain d'esprit pour réagir à l'humiliation.

Quittant la grand-route, ils s'engagèrent dans une longue allée non goudronnée qui menait à une ferme aux fenêtres brouillées par des panneaux isolants en plastique ; la pelouse miteuse était jonchée de pièces de rechange pour tracteur et autres fragments de métal. La boîte aux lettres annonçait : R., R., W., E. & O. Rath.

Les Rath en question n'avaient rien de commun avec les célèbres saucisses Rath, quand bien même ils étaient éleveurs de cochons. Hope aperçut une série de dépendances, grises et coiffées de toits en pente mangés de rouille. Sur la rampe qui flanquait la grange aux murs bruns, une énorme truie gisait sur le flanc, respirant avec peine ; près de la bête, Hope vit deux hommes qui lui firent l'impression de mutants issus de la même mutation qui avait engendré Oren Rath.

— Faut que j'prenne la camionnette noire, et tout de suite, leur dit Oren. Celle-ci, y a des mecs qui la recherchent.

D'un geste négligent, il trancha le soutien-gorge qui ligotait les poignets de Hope à la boîte à gants.

— Merde ! lâcha un des hommes.

L'autre haussa les épaules ; une tache rouge lui marquait le

432

visage – une espèce d'envie, qui avait la couleur et le grain rugueux d'une framboise. En fait, c'était ainsi que le surnommaient les gens de sa famille : Rath-la-Framboise. Heureusement, Hope n'en savait rien.

Ils n'avaient pas daigné accorder un seul regard à Oren ni à Hope. Soudain, la truie asthmatique fracassa le silence de la grange en lâchant un long pet modulé.

– Merde, la v'là qui remet ça ! fit l'autre homme, celui qui n'avait pas d'envie.

Mis à part ses yeux, son visage à lui était plus ou moins normal. Il s'appelait Weldon.

Rath-la-Framboise lut l'étiquette collée sur un flacon marron qu'il semblait vouloir offrir à la truie :

– « Risque de flatulence et d'excès de vents », dit-il.

– Ça dit pas ce qu'on risque avec un cochon comme celui-là, dit Weldon.

– Y me faut la camionnette noire, dit Oren.

– Eh bien, la clef est dessus, Oren, dit Weldon Rath. Si tu te crois capable de te débrouiller tout seul.

Oren Rath poussa Hope vers le camion noir. La Framboise soulevait la bouteille de médicament pour cochons, mais, lorsque Hope s'adressa à lui, il ne la quitta pas des yeux :

– Il est en train de m'enlever. Il va me violer. La police le recherche déjà.

La Framboise garda les yeux rivés sur Hope, mais Weldon se retourna vers Oren :

– J'espère que t'es pas en train de faire trop de conneries.

– Mais non, assura Oren, sur quoi les deux hommes reportèrent toute leur attention sur le cochon.

– Moi, j'attendrais encore une heure avant de lui en refiler une giclée, dit la Framboise. Tu penses pas qu'on a assez vu le vétérinaire cette semaine ?

De la pointe de sa botte, il gratta le cou souillé de boue de la truie ; la truie lâcha un pet.

Oren entraîna Hope derrière la grange, sur l'aire jonchée de grain au pied du silo. Des porcelets à peine plus gros que des chatons s'ébattaient dans le grain. Ils s'égaillèrent quand Oren lança le moteur. Hope se mit à pleurer.

– Vous n'allez pas me laisser partir ? demanda-t-elle à Oren.

– Je v's ai pas encore baisée, dit-il.

Les pieds nus de Hope étaient glacés, et souillés de boue.

— J'ai mal aux pieds, geignit-elle. Où allons-nous?

A l'arrière, elle avait remarqué une vieille couverture, raide et souillée de brins de paille. C'est là qu'il m'emmène, se dit-elle : dans les champs de blé, pour m'étaler sur le sol détrempé – et quand tout serait fini, qu'il lui aurait tranché la gorge et l'aurait éventrée à l'aide du couteau de pêcheur, il l'envelopperait dans la couverture raide jetée en vrac sur le plateau de la camion-nette, comme pour dissimuler le cadavre d'un veau mort-né.

— Faut que je dégote un coin chouette pour vous baiser, dit Oren Rath. J'v's aurais bien gardée à la maison, mais l'aurait fallu que je vous partage.

Pour Hope, Rath représentait un mystère et elle essayait de deviner comment il était fait. Il ne fonctionnait pas comme les êtres humains auxquels elle était habituée.

— Ce que vous faites est mal, dit-elle.

— Non, c'est point mal.

— Vous allez me violer. Ça, c'est mal.

— J'veux seulement vous baiser.

Cette fois, il n'avait pas pris la peine de l'attacher à la boîte à gants. Elle n'aurait pu s'enfuir nulle part. Ils ne quittaient pas les petites routes de campagne, qui se recoupent tous les deux kilo-mètres environ, gagnant vers l'ouest par petits carrés successifs, à la façon dont un cavalier progresse sur un échiquier : une case en avant, deux de côté; une de côté, deux en avant. Hope trouva d'abord la chose absurde, puis le soupçonna de connaître la région au point de savoir quel itinéraire emprunter pour couvrir une distance considérable sans jamais traverser la moindre ville. Des villes, ils ne voyaient que les panneaux de signalisation, et, bien que depuis l'université ils n'aient guère pu parcourir plus de cinquante kilomètres, elle ne reconnut aucun nom de localité. Goldwater, Hills, Fields, Plainview. Peut-être ne s'agit-il pas de villes, se dit-elle, mais seulement de grossières dénominations destinées aux gens du cru – pour leur permettre de s'orienter, comme s'ils ignoraient les mots simples pour désigner les choses qui formaient leur décor quotidien.

— Vous n'avez pas le droit de me faire ça, dit Hope.

— Merde.

Il bloqua ses freins, la catapultant contre le tableau de bord massif. Son front rebondit sur le pare-brise, et son nez s'écrasa contre le dos de sa main. Elle sentit quelque chose céder à l'intérieur de sa poitrine, un petit muscle ou un os fragile. Puis il écrasa l'accélérateur, la renvoyant valser contre le dossier du siège.

– J'ai horreur des discussions, dit-il.

Elle saignait du nez ; elle demeura assise là, la tête penchée en avant, serrée entre les mains, tandis que le sang tombait goutte à goutte sur ses cuisses. Elle reniflait un peu ; le sang ruisselait sur sa lèvre, lui recouvrant les dents d'une mince pellicule. Elle renversa la tête en arrière, pour en sentir le goût. Sans savoir pourquoi, elle se sentit plus calme – cela l'aida à réfléchir. Elle savait qu'elle avait une bosse sur le front, qui virait au bleu, enflait à vue d'œil sous sa peau lisse. Lorsque, portant la main à son visage, elle effleura la bosse, Oren Rath tourna la tête et éclata de rire. Elle lui cracha au visage – un maigre crachat que le sang striait de rose. Il l'atteignit à la joue, puis descendit jusqu'au col de la chemise de flanelle de Standish. La main d'Oren, aussi plate et large qu'une semelle de botte, jaillit pour lui agripper les cheveux. Elle lui étreignit l'avant-bras à deux mains, attira d'une secousse brutale son poignet à sa bouche, et mordit dans la chair tendre, là où les poils ne recouvrent pas tout et où les tubes bleus charrient le sang.

Son intention était de le tuer, de cette façon impossible, mais à peine eut-elle le temps de lui percer la peau. Il avait tant de force dans le bras que, d'un seul geste, il la catapulta vers le haut et qu'elle s'abattit en travers de ses cuisses. Il la repoussa, lui plaquant la nuque contre le volant – le hurlement du klaxon lui déchira la tête –, et, d'un revers de la main gauche, il lui brisa le nez. Sur quoi, il ramena sa main gauche sur le volant. Il lui coiffa la tête de la droite, lui pressant le visage contre son ventre ; lorsqu'il sentit qu'elle renonçait à se débattre, il desserra son étreinte, laissant la tête de Hope reposer sur ses cuisses. Sa main lui coiffa l'oreille, sans appuyer, comme pour retenir le bruit du klaxon prisonnier à l'intérieur de son crâne. Elle garda les yeux fermés, pour refouler la douleur qui lui broyait le nez.

Il tourna plusieurs fois à gauche, puis à droite. Chaque virage, elle le savait, signifiait qu'ils avaient parcouru deux kilomètres de plus. Il avait déplacé sa main, qui lui étreignait maintenant le cou. Elle parvenait de nouveau à entendre, puis sentit une main s'enfoncer dans ses cheveux. Le devant de son visage commençait à s'engourdir.

    — Je n'ai pas envie de vous tuer, dit-il.
    — Alors, ne me tuez pas, dit Hope.
    — Y faut bien. Quand on aura fait ça, je serai obligé.
    Elle crut sentir dans sa bouche le goût de son propre sang. Il avait horreur de discuter, elle le savait. Elle comprit qu'elle avait perdu une étape : le viol. Elle n'y échapperait pas. Elle devait considérer que c'était chose faite. L'important, maintenant, c'était de vivre ; ce qui, bien sûr, signifiait lui survivre. Ce qui, elle le savait aussi, signifiait qu'elle devait le faire prendre, ou le faire tuer, ou le tuer.

    Contre sa joue, elle sentit la petite monnaie qu'il avait dans sa poche ; l'étoffe de son jean était douce et poisseuse, raide de poussière et de cambouis. La boucle de ceinturon lui mordait le front ; ses lèvres frôlèrent le cuir gras. Le couteau de pêcheur était rangé dans un étui, elle le savait. Mais où était l'étui ? Elle ne le voyait pas ; elle n'osait pas le chercher à tâtons. Brusquement, contre son front, elle le sentit se raidir, sa verge durcissait. Et elle se sentit alors — pour la première fois vraiment — presque paralysée, paniquée à ne plus pouvoir réagir, incapable désormais de voir clair dans ses priorités. Une fois de plus, ce fut Oren qui vint à son aide.

    — Faut voir les choses ainsi, dit-il. Votre gosse s'en est tiré. Le gosse aussi, j'avais l'intention de le tuer, vous savez.

    La logique d'Oren Rath avait un côté à ce point absurde que brusquement, pour Hope, tout prit une acuité nouvelle ; elle entendit les voitures. Il n'y en avait pas beaucoup, mais, toutes les trois ou quatre minutes, une voiture passait. Elle aurait bien voulu regarder, mais elle savait déjà qu'ils n'étaient pas aussi isolés que tout à l'heure. Maintenant, pensa-t-elle, avant qu'il n'arrive où il nous emmène — à supposer qu'il sache même où il nous emmène. Mais, à son avis, il savait. Du moins, avant qu'il ne quitte cette route — avant que je ne me retrouve, une fois de plus, dans un coin où il ne passe personne.

    Oren Rath remua sur son siège. Sa verge en érection le gênait. La tiédeur du visage de Hope sur ses cuisses, ses cheveux dans sa main, tout cela l'excitait. Maintenant, se dit Hope. Elle remua, lui frôla la cuisse avec sa joue, imperceptiblement ; il ne fit rien pour l'arrêter. Elle remua la tête, la fit glisser sur les cuisses d'Oren, comme pour se mettre plus à l'aise, comme sur un oreiller — contre sa bitte, elle le savait. Elle continua à s'agiter, jusqu'au moment où, tout contre son visage, la bosse masquée par le pantalon fétide se dressa, gonfla comme d'elle-même. Mais elle pouvait l'atteindre avec son souffle ; la chose saillait, dardait entre les cuisses, à quelques centimètres de la bouche de Hope, et elle se mit à respirer tout contre. Respirer par le nez lui causait une souffrance insupportable. Elle avança les lèvres, les arrondit en cul-de-poule, concentra son haleine, et, très doucement, souffla.

Oh, Nicky ! pensa-t-elle. Et Dorsey, son mari. Elle les reverrait, espérait-elle. A Oren Rath, elle fit don de son souffle, chaud, prudent. Sur lui, elle concentra une unique pensée, glacée : espèce de salaud, toi, j'aurai ta peau.

Il était évident que, dans son expérience sexuelle, Oren Rath n'avait jamais encore connu de pratiques aussi raffinées que la caresse chaude que le souffle de Hope dirigeait sur lui. Il lui empoigna la tête, tenta de la déplacer sur ses cuisses de manière à retrouver le contact avec son visage brûlant, mais, en même temps, il ne voulait pas perturber son souffle. Ce qu'elle faisait lui donnait envie d'un contact plus intime, mais la perspective de rompre le contact affolant dont déjà il jouissait lui était insupportable. Il commença à se tortiller. Hope ne se pressait pas. Ce fut l'agitation d'Oren qui, en fin de compte, mit la bosse qui gonflait le jean puant en contact avec les lèvres de Hope. Elle les plaqua dessus, mais sans remuer la bouche. Tout ce que sentit Oren Rath fut un vent chaud qui traversait la trame grossière de son pantalon ; il gémit. Une voiture approcha, les dépassa ; il donna un léger coup de volant. Il s'était rendu compte qu'il commençait à se déporter sur le milieu de la chaussée.

– Qu'est-ce que vous faites ? demanda-t-il.

Elle, très doucement, appuya ses dents sur l'enflure du pantalon. Il remonta le genou, puis enfonça la pédale du frein ; la tête de Hope tressauta, la douleur lui transperça le nez. Il glissa de force la main sous sa figure. Elle crut un instant qu'il voulait vraiment lui faire mal, mais il se débattait avec sa fermeture à glissière.

– J'ai vu des photos de ce truc-là, lui dit-il.

– Laissez-moi faire.

Pour lui ouvrir sa braguette, elle dut se redresser légèrement

437

sur son siège. Elle voulait essayer de voir où ils étaient, ils se trouvaient toujours en pleine campagne, mais des bandes blanches balisaient la route. Sans le regarder, elle l'extirpa de son pantalon et le prit dans sa bouche.

— Merde ! fit-il.

Elle craignit de suffoquer ; elle avait peur de vomir. Elle le fourra alors dans le creux de sa joue, dans l'espoir de pouvoir tenir plus longtemps. Il restait immobile, raide comme un piquet, mais il tremblait tellement qu'elle savait que, déjà, il était transporté bien au-delà de ses rêves les plus fous. A cette idée, Hope se sentit plus calme ; elle reprit confiance, retrouva un certain sens du temps. Très lentement, elle continua, sans cesser de guetter les voitures. Elle sentait qu'il avait ralenti. Dès qu'elle sentirait qu'il était sur le point de quitter la route, elle devrait modifier son plan. *Et si je le mordais,* se demanda-t-elle, *est-ce que j'arriverais à lui trancher cette saloperie de machin ? Sans doute pas,* se dit-elle — *du moins pas assez vite.*

Puis, deux camionnettes les dépassèrent, qui se suivaient de près ; elle crut entendre un autre klaxon dans le lointain. Elle accéléra son mouvement — il leva plus haut les cuisses. Il lui sembla que leur camionnette avait forcé l'allure. Une voiture les dépassa — les frôlant d'affreusement près, lui sembla-t-il, avec un coup de klaxon furieux.

— Va te faire foutre ! hurla Oren Rath.

Il commençait maintenant à tressauter sur son siège, et Hope souffrait terriblement du nez. Hope devait maintenant veiller à ne pas lui faire mal ; elle qui aurait voulu lui faire tellement mal. *Essaie seulement de lui faire perdre la tête,* s'encourageait-elle.

Soudain, il y eut un crissement de gravier, comme une gifle sous le châssis. Elle resserra l'emprise de sa bouche. Mais ils n'avaient rien embouti, et n'avaient pas quitté la route ; il venait brusquement de monter sur le bas-côté et s'arrêtait. Le moteur cala. Il lui empoigna le visage à deux mains ; elle sentit les cuisses durcir et lui heurter la mâchoire. *Cette fois, je vais étouffer,* se dit-elle, mais déjà il lui relevait le visage, le décollait de ses cuisses.

— Non, non ! s'écria-t-il.

Un camion les dépassa en trombe, dans une gerbe de gravier, lui coupant la parole.

— Je n'ai pas mis le truc, lui dit-il. Si vous avez des microbes, ils vont me remonter dans le sang.

Hope se mit sur les genoux, les lèvres brûlantes et endolories, le nez palpitant. Il se préparait à enfiler un préservatif, mais, lorsqu'il l'arracha à son petit étui d'aluminium, il le contempla fixement, comme s'il s'attendait à voir tout autre chose – comme s'il s'était imaginé qu'ils étaient vert épinard! Comme s'il ne savait pas quoi en faire.

– Ôtez votre robe! commanda-t-il, gêné qu'elle le regarde.

Des deux côtés de la route, elle voyait des champs de blé et, quelques mètres plus loin, l'envers d'un panneau publicitaire. Mais il n'y avait ni maisons, ni panneaux de signalisation, ni carrefours. Plus de voitures ni de camions sur la route. Elle eut l'impression que son cœur allait simplement s'arrêter.

Oren Rath s'extirpa de la chemise volée; il la lança par la portière et Hope la vit tomber sur la chaussée.

Les semelles de ses bottes raclèrent la pédale de frein, et ses maigres genoux couverts de duvet blond heurtèrent le volant.

– Poussez-vous! dit-il.

Elle se retrouva coincée contre la portière côté passager. Elle le savait – même si elle parvenait à ouvrir la portière et sauter –, jamais elle ne pourrait le semer. Elle n'avait pas de chaussures – alors que ses pieds à lui paraissaient aussi calleux que des pattes de chien.

Il se débattait maintenant avec son pantalon; il agrippait entre ses dents le préservatif encore roulé. Il se retrouva enfin nu – il avait jeté son pantalon au hasard – et, brutalement, il enfila le préservatif, à croire que sa verge n'était pas plus sensible que le cuir d'une tortue. Elle essayait de déboutonner sa robe et ses larmes recommençaient à couler, bien qu'elle s'efforçât de les refouler, lorsque, soudain, il lui empoigna sa robe et la secoua rudement, pour la faire passer par-dessus sa tête; les manches restèrent accrochées à ses bras. Il lui ramena brutalement les coudes derrière le dos.

Il était trop grand pour être à l'aise dans la cabine. Il dut ouvrir une portière. A tâtons, elle chercha la poignée par-dessus sa tête, mais il la mordit sauvagement au cou.

– Non, hurla-t-il.

Il gigotait avec frénésie – elle constata qu'il s'était écorché le tibia; il s'était coupé sur le rebord du klaxon – et ses talons calleux heurtèrent la poignée de sa portière. Poussant des deux pieds, il fit sauter le loquet. Derrière lui, elle aperçut la coulée

439

grise de la route – ses longues jambes dépassaient au-dessus de la chaussée, mais il n'y avait plus la moindre circulation. Elle avait mal, la tête lui élançait ; elle était coincée contre la portière. Elle dut recommencer à se tortiller pour se glisser sur le siège, s'insinuer davantage sous lui, et, lorsqu'elle remua, il hurla quelque chose d'inintelligible. Elle sentit sa bitte gainée de caoutchouc glisser contre son ventre. Puis il se crispa, tout son corps se tendit, et il la mordit sauvagement à l'épaule. Il avait joui !

– Merde ! hurla-t-il. J'ai déjà fini !

– Non, dit-elle, en le serrant. Non, vous pouvez faire mieux que ça.

Elle savait que, s'il croyait en avoir terminé avec elle, il n'hésiterait pas à la tuer.

– Beaucoup mieux, lui dit-elle à l'oreille, qui sentait la poussière.

Elle était sèche et dut s'humecter les doigts pour se mouiller. Mon Dieu ! jamais je n'arriverai à le fourrer dans moi, pensa-t-elle, mais, lorsqu'elle l'empoigna, elle sentit que la capote était lubrifiée.

– Oh, dit-il.

Affalé sur elle, il restait immobile ; il paraissait surpris de sentir où elle l'avait mis, à croire qu'il ne savait pas vraiment ce qui se trouvait là.

– Oh ! répéta-t-il.

Oh, et maintenant quoi ? se demandait Hope. Elle retint son souffle. Une voiture, un éclair rouge, frôla dans un gémissement leur portière ouverte – un hurlement de klaxon et quelques huées étouffées qui s'estompèrent peu à peu. Mais bien sûr, se dit-elle ; nous avons l'air de deux péquenots en train de tirer leur coup sur le bord de la route ; c'est sans doute comme ça que ça se passe. Personne n'ira s'arrêter, sauf la police. Elle imagina un flic au visage de bois surgissant au-dessus de Rath perdu dans ses soubresauts, et dressant procès-verbal. « Pas sur la route, mon pote », dirait-il. Et lorsqu'elle lui lancerait : « Au viol ! Il est en train de me violer », le flic gratifierait Oren Rath d'un clin d'œil complice.

Quant à Rath, médusé, on aurait dit qu'avec circonspection il cherchait quelque chose en dedans d'elle. S'il vient tout juste de jouir, se dit Hope, combien de temps me reste-t-il avant qu'il ne rejouisse. Mais, à ses yeux, il ressemblait davantage à une chèvre qu'à un être humain, et le gargouillis infantile qui montait de sa

440

gorge brûlante plaquée contre l'oreille de Hope était bien le dernier son qu'elle s'attendait à entendre.

Ses yeux cherchaient, regardaient de tous côtés. Les clefs qui pendaient au tableau de bord étaient hors de sa portée ; et, d'ailleurs, que pouvait-elle faire avec un jeu de clefs ? Elle avait mal au dos et, plaquant sa main contre le tableau de bord, elle poussa pour essayer de déplacer le poids qui l'écrasait ; cela l'excita et il poussa un grognement.

— Ne bougez pas, dit-il, et elle s'efforça de faire ce qu'il voulait. Oh ! dit-il, d'un ton approbateur. C'est drôlement bon, ça. Je vous tuerai vite. Vous vous en apercevrez même pas. Continuez comme ça, et je vous tuerai en douceur.

Elle sentit sous sa main un bouton de métal, lisse et rond ; ses doigts le frôlèrent et elle n'eut même pas besoin de tourner la tête ni de regarder pour savoir de quoi il s'agissait. Le bouton commandait l'ouverture de la boîte à gants et elle appuya dessus. Un ressort actionnait le couvercle qui chuta comme un poids mort dans sa main. Très fort, elle poussa un « Aaahhh ! » prolongé pour couvrir le bruit des objets qui brinquebalaient dans le compartiment. Sa main toucha un bout d'étoffe, des débris lui mordirent le bout des doigts. Il y avait une bobine de fil, quelque chose de pointu, mais trop petit – des trucs comme des vis et des clous, un boulon, peut-être une charnière – qui commandait un autre compartiment. Mais rien qui puisse lui servir. Elle avait mal au bras à force de le tendre ; elle laissa sa main retomber sans bruit sur le plancher. Puis, un autre camion passa – quolibets, cascade de coups de klaxon, sans même ralentir un instant pour se rincer l'œil ; elle fondit en larmes.

— Il faut que je vous tue, gémit Rath.

— Est-ce que ça vous est déjà arrivé ?

— Bien sûr, dit-il, et il s'enfonça en elle d'un coup sec, comme s'il espérait l'impressionner par ses coups de boutoir.

— Et les autres aussi, vous les avez tuées ?

Sa main, machinalement cette fois, palpait quelque chose – quelque chose de solide – sur le plancher du camion.

— C'étaient des bêtes, reconnut Rath. N'empêche que j'ai été obligé de les tuer.

Hope refoula une nausée, ses doigts se crispèrent sur la chose posée sur le plancher – une vieille veste ou quelque chose du même genre.

– Des cochons?

– Des cochons! Merde alors, personne baise les cochons.

Hope se fit la réflexion que, très probablement, certains ne se gênaient pas.

– Des moutons que c'était, dit Rath. Et aussi, une fois, un veau.

Mais tout ça ne servait à rien, elle le savait. Elle le sentait se recroqueviller en elle; elle l'empêchait de se concentrer. Elle ravala un sanglot si violent qu'elle eut l'impression qu'il lui aurait fendu la tête si elle l'avait laissé échapper.

– Je vous en supplie, essayez d'être bon avec moi, supplia Hope.

– La ferme! dit-il. Remuez comme tout à l'heure.

Elle remua, mais apparemment pas comme il le fallait.

– Non! hurla-t-il, en lui enfonçant ses doigts dans le dos.

Elle essaya de remuer autrement.

– Aah! fit-il.

Lui aussi remuait maintenant, avec une obstination appliquée – obtus et mécanique.

Oh, Seigneur! songea Hope. Oh, Nicky! Dorsey! Puis elle comprit ce qu'elle tenait à la main : le pantalon. Et ses doigts, subitement aussi astucieux que ceux d'un lecteur de braille, repérèrent la fermeture à glissière et poursuivirent leur quête; ses doigts frôlèrent sans s'arrêter la menue monnaie dans le fond de la poche, glissèrent furtivement sur la large ceinture.

– Ouille, ouille, ouille! glapissait Oren Rath.

Des moutons, songeait Hope; et un veau.

– Oh, je t'en supplie, concentre-toi! s'exhorta-t-elle tout haut.

– La ferme! piailla Oren Rath.

Mais, cette fois, elle avait la main dessus; la longue et dure gaine de cuir rigide. Voilà le petit crochet, lui disaient ses doigts, et voici la petite virole de métal. Et ça – oh, oui! ça c'est la tête, la poignée en os du couteau de pêcheur dont il s'était servi pour piquer son fils.

La coupure de Nicky n'avait rien de grave. En fait, tout le monde s'efforçait en vain de deviner où il l'avait récoltée. Nicky ne parlait pas encore. Il s'amusait comme un petit fou à contempler dans la glace la petite fente en demi-lune qui déjà s'était refermée.

— Il fallait que ce soit quelque chose de très coupant, dit le docteur aux policiers.

Margot, la voisine, avait cru préférable d'appeler aussi le médecin ; elle avait trouvé du sang sur le bavoir du gosse. Les policiers, eux, avaient également trouvé du sang dans la chambre ; une goutte, une seule, sur le couvre-lit blanc crème. Ils ne savaient quoi en penser ; il n'y avait nulle part d'autres traces de violences, et Margot avait assisté au départ de Mrs. Standish. Elle n'avait rien remarqué d'anormal. Le sang provenait de la lèvre fendue de Hope — quand Oren Rath l'avait frappée —, mais personne ne pouvait le savoir. Margot était d'avis qu'il y avait sans doute eu violences sexuelles, mais elle n'en souffla mot. Dorsey Standish était trop choqué pour penser. Quant aux policiers, ils estimaient que, faute de temps, il n'y avait pas eu violences sexuelles. Le médecin savait que la coupure de Nicky ne pouvait avoir été provoquée par un coup — pas plus d'ailleurs sans doute que par une chute.

— Par un rasoir ? suggéra-t-il. Ou par un couteau très aiguisé.

L'inspecteur de police, un homme au teint haut en couleur et à la confortable bedaine, à un an de la retraite, découvrit le fil coupé du téléphone dans la chambre à coucher.

— Un couteau, dit-il. Un couteau pointu et sacrément lourd.

Il s'appelait Arden Bensenhaver, et avait naguère été chef de la police à Toledo, mais ses méthodes avaient été jugées trop peu orthodoxes.

Il pointa le doigt vers la joue de Nicky.

— Une blessure par couteau à cran d'arrêt, dit-il ; son poignet esquissa un geste comme pour mimer la chose. Pourtant, on ne voit pas tellement de couteaux à cran d'arrêt dans le secteur, continua Bensenhaver. Ça ressemble à une blessure de couteau à cran d'arrêt, mais il s'agit sans doute d'un couteau de chasse ou de pêche.

Margot avait décrit Oren Rath comme un petit paysan au volant d'une camionnette de fermier, à ceci près que la couleur de la camionnette révélait l'influence bizarre de la ville et de l'université sur les gens de la campagne : turquoise. Dorsey Standish ne fit pas une seconde le rapprochement avec la camionnette turquoise qu'il avait aperçue de sa fenêtre, ni avec la femme assise à l'avant, à laquelle il avait trouvé une vague ressemblance avec Hope. Il continuait à n'y rien comprendre.

— Ils n'ont pas laissé de message ? demanda-t-il.

Arden Bensenhaver lui lança un regard surpris. Le médecin baissa les yeux.

— Mais oui, voyons, pour réclamer une rançon.

C'était un homme rationnel, et il s'efforçait de trouver une explication rationnelle. Quelqu'un, se disait-il, avait prononcé le mot de « kidnapping » ; un kidnapping impliquait bien d'habitude une rançon ?

— Pas de message, Mr. Standish, dit Bensenhaver. Il semble qu'il s'agisse de tout autre chose.

— Ils étaient dans la chambre quand j'ai trouvé Nicky derrière la porte, expliqua Margot. Mais elle n'avait rien lorsqu'elle est sortie, Dorsey. Je l'ai vue.

Ils n'avaient pas parlé à Standish du slip de Hope, trouvé abandonné sur le parquet de la chambre ; ils n'avaient pas réussi à mettre la main sur le soutien-gorge. Margot avait affirmé à Arden Bensenhaver que Mrs. Standish était le genre de femme à porter en général un soutien-gorge. Elle était sortie pieds nus ; cela aussi, ils le savaient. Et Margot avait reconnu la chemise de Dorsey sur le dos du petit fermier. Elle n'avait pu déchiffrer qu'un bout du numéro de la plaque d'immatriculation ; une plaque de l'État, une immatriculation de véhicule utilitaire, et les deux premiers chiffres le situaient dans le canton, mais elle n'avait pas pu relever les autres. La plaque arrière était maculée de boue, la plaque avant manquait.

— On les retrouvera, assura Arden Bensenhaver. Y a pas tellement de camionnettes turquoise dans le coin. Sans doute les gars du shérif du canton pourront-ils nous renseigner.

— Nicky, qu'est-ce qui s'est passé ? demanda Dorsey Standish à l'enfant. (Il le jucha sur ses genoux.) Qu'est-ce qui est arrivé à maman ?

L'enfant tendit le doigt vers la fenêtre.

— Alors, comme ça, il avait l'intention de la violer ? demanda Dorsey Standish à la cantonade.

— Dorsey, attendons d'être sûrs, dit Margot.

— Attendre ? fit Standish.

— Faut m'excuser si je vous pose cette question, dit Arden Bensenhaver, mais votre femme ne recevait pas de visites, pas vrai ? Vous voyez ce que je veux dire.

La question frappa Standish de mutisme, mais il parut lui accorder sérieuse réflexion.

– Non, jamais de la vie, elle ne voyait personne, dit Margot à Bensenhaver. Certainement pas.

– Je dois poser la question à Mr. Standish, s'obstina Bensenhaver.

– Seigneur ! fit Margot.

– Non, pas à ma connaissance, dit Standish à l'inspecteur.

– Bien sûr que non, Dorsey, dit Margot. Emmenons donc Nicky faire un tour, proposa-t-elle.

C'était une femme dynamique et pleine de bon sens ; Hope l'aimait beaucoup. Elle passait les voir au moins quatre ou cinq fois par jour ; elle avait toujours quelque chose en train. Deux fois par an, elle faisait débrancher son téléphone, puis le faisait rebrancher ; comme ces gens qui essaient de cesser de fumer. Margot avait, elle aussi, des enfants, mais ils étaient plus grands – ils passaient toute la journée à l'école –, et elle se chargeait souvent de surveiller Nicky pour laisser à Hope le temps de souffler un peu. Pour Dorsey Standish, Margot faisait partie du décor ; il avait beau avoir conscience de sa bonté et de sa générosité, ce n'étaient pas là des qualités qui l'impressionnaient. Margot, il s'en rendait compte maintenant, n'était pas non plus particulièrement attirante. Elle n'était pas sexuellement attirante, et une vague d'amertume submergea Standish : jamais personne ne tenterait de violer Margot – tandis que Hope était une belle femme, cela crevait les yeux de tout le monde. Et tout le monde aurait envie d'elle.

En fait, Dorsey Standish se trompait complètement ; en matière de viol, il n'y connaissait rien – ne savait pas même qu'en règle générale la victime n'a jamais d'importance. Depuis toujours, les gens s'acharnent à vouloir infliger des violences sexuelles à toutes les créatures possibles et imaginables. A de très jeunes enfants, de très vieilles gens, et même à des morts ; et aussi à des animaux.

L'inspecteur Arden Bensenhaver, qui lui s'y connaissait en matière de viol, annonça qu'il devait poursuivre ses recherches.

Avec de l'espace, beaucoup d'espace autour de lui, Bensenhaver se sentait mieux. Lors de sa première affectation, il avait été chargé des rondes de nuit au volant d'une voiture de police, sur la vieille route n° 2 entre Sandusky et Toledo. L'été, c'était une route jalonnée de petits bistrots et de petits panonceaux de fabrication artisanale qui promettaient une foule de choses : BOWLING ! PISCINE ! POISSON FUMÉ ! ASTICOTS ! *Et Arden Bensenhaver franchissait sans se presser Sandusky Bay, suivait la rive du lac Érié jusqu'à Toledo, guettant les bagnoles bourrées de jeunes gens ou de pêcheurs en goguette qui tenteraient de le semer sur la petite route à deux voies non éclairée. Plus tard, lorsqu'il fut devenu chef de la police de Toledo, c'était dans une voiture conduite par un chauffeur que Bensenhaver parcourait, de jour, cette paisible portion de route. A la lumière du jour, les boutiques d'articles de pêche, les palais à bière et les cafétérias express avaient l'air parfaitement inoffensifs. C'était comme de voir une brute autrefois redoutée se mettre en tenue de combat ; on voyait le cou épais, le torse massif, les bras dépourvus de poignets – puis, lorsque tombait la dernière chemise, il n'y avait plus que la triste et pathétique bedaine.*

Arden Bensenhaver haïssait la nuit. Bensenhaver avait plaidé de toutes ses forces auprès de la municipalité de Toledo pour obtenir que, le samedi soir, la ville soit mieux éclairée. Toledo était une ville à population ouvrière, et Bensenhaver était d'avis que si la ville pouvait rester éclairée, brillamment éclairée, le samedi soir, une bonne moitié des blessures et mutilations par lame – la forme d'agression corporelle la plus courante – disparaîtraient aussitôt. Mais la ville de Toledo avait jugé l'idée idiote. La municipalité de Toledo accueillait les idées d'Arden Bensenhaver avec une parfaite indifférence, et ses méthodes avec scepticisme.

Maintenant, avec de l'espace autour de lui, Bensenhaver se détendait. Le monde était un lieu redoutable, mais il disposait maintenant pour le contempler d'une perspective dont il avait toujours rêvé : à bord d'un hélicoptère, il survolait en cercles la campagne plate et dépourvue de haies – de très haut, comme le contremaître qui contemple avec détachement son royaume bien éclairé, aux frontières précises.

– En fait de camionnette turquoise, y en a qu'une dans le coin, dit soudain l'adjoint au shérif du canton. Celle de ces foutus Rath.

– Les Rath ?

– Y sont toute une famille. J'ai horreur d'aller chez eux.

– Pourquoi ? demanda Bensenhaver.

446

En contrebas, il suivait des yeux l'ombre de l'hélicoptère qui sautait une petite rivière, sautait une route, longeait un champ de blé, puis un champ de soja.

— Ils sont tous bizarres.

Bensenhaver le regarda — un jeune homme, visage poupin et petits yeux, mais agréable ; ses cheveux longs pendaient en queue de cheval sous son chapeau, presque à lui frôler les épaules. Bensenhaver pensa à ces joueurs de football qui laissent pendre librement leurs cheveux sous leur casque. Ils pourraient se faire des tresses, certains d'entre eux du moins, songeat-il. Même les avocats affectionnaient cette dégaine. Il se réjouissait d'être à la veille de sa retraite ; il n'arrivait pas à comprendre pourquoi tant de gens faisaient exprès d'adopter une dégaine excentrique.

— Bizarres ? dit Bensenhaver.

Et puis, ils parlaient tous le même langage, songea-t-il encore. Ils se contentaient de quatre ou cinq mots pour dire tout ce qu'ils avaient à dire.

— Eh bien, pas plus tard que la semaine dernière, quelqu'un est venu me trouver pour porter plainte contre le plus jeune, dit l'adjoint.

Bensenhaver nota au passage l'emploi quelque peu désinvolte du « me » — par exemple dans l'expression « est venu me trouver » —, alors qu'en fait Bensenhaver savait que le plaignant se serait adressé au shérif ou à son secrétariat, et que le shérif, jugeant sans doute l'affaire suffisamment banale, aurait confié l'enquête à son jeune adjoint. Pourquoi diable m'a-t-on refilé un jeunot pareil pour cette affaire ? se demanda Bensenhaver.

— Oren, c'est le nom du plus jeune, dit l'adjoint. D'ailleurs, ils ont tous des noms bizarres.

— Quel était le motif de la plainte ? demanda Bensenhaver.

Ses yeux suivirent un long chemin de terre qui conduisait à ce qui ressemblait à un amas de granges et de dépendances édifiées au hasard, dont l'une, il le savait, était sans doute la maison, l'endroit où habitaient les gens. Mais Arden Bensenhaver n'aurait su dire laquelle. A ses yeux, tous les bâtiments se ressemblaient vaguement, même pas dignes d'abriter des animaux.

— Eh bien, dit l'adjoint, paraît que le petit jeune, Oren, y s'amusait à déconner avec un chien, un chien qu'était pas à lui.

– A déconner? s'enquit patiemment Bensenhaver. Cela pouvait signifier n'importe quoi.

– Eh bien, dit l'adjoint, les propriétaires du chien, y se sont fourré en tête qu'Oren avait essayé de le baiser.

– C'était vrai?

– Probablement, mais j'ai rien pu dire. Quand je me suis pointé là-bas, Oren n'était pas là – et le chien avait l'air normal. Vous comprenez, comment j'aurais pu savoir si le chien s'était fait baiser?

– T'aurais dû lui poser la question! gloussa le pilote de l'hélicoptère – un vrai gosse, nota soudain Bensenhaver, plus jeune encore que l'adjoint.

L'adjoint lui-même le contempla avec mépris.

– Encore un de ces demeurés que nous envoie la garde nationale, chuchota l'adjoint à l'oreille de Bensenhaver.

Mais Bensenhaver venait de repérer la camionnette turquoise. Le véhicule était garé dehors, le long d'un hangar au toit bas. Personne n'avait essayé de le dissimuler.

Dans l'enceinte d'un enclos long et étroit, une horde de cochons refluaient et tourbillonnaient en désordre, affolés par l'hélicoptère qui faisait du surplace au-dessus. Deux hommes maigres vêtus de salopettes se tenaient accroupis au-dessus d'un cochon vautré au pied d'une rampe qui menait à une grange. Ils levèrent la tête vers l'hélicoptère, la main en visière pour se protéger des rafales de poussière.

– Pas si près. Posez-vous sur la pelouse, dit Bensenhaver au pilote. Vous faites peur aux bêtes.

– Je ne vois pas Oren, ni le vieux, annonça l'adjoint. Y a pas que ces deux-là, y sont toute une bande.

– Demandez à ces deux-là où se trouve Oren, dit Bensenhaver. Je veux jeter un coup d'œil à la camionnette.

Les hommes savaient qui était l'adjoint; à peine levèrent-ils la tête pour le regarder approcher, mais ils regardèrent Bensenhaver, en tenue kaki et cravate, traverser la cour et se diriger vers la camionnette turquoise. Arden Bensenhaver ne leur accorda pas un regard, mais il les tenait à l'œil. Des débiles, se dit-il. A Toledo, Bensenhaver avait vu des sales types de toutes sortes – des hommes remplis de haine, des hommes soulevés par une fureur incompréhensible, des hommes dangereux; des voleurs, lâches et retors, des hommes capables de tuer pour de

448

l'argent, et des hommes capables de tuer pour violer. Mais jamais encore Bensenhaver n'avait vu autant d'hypocrisie et de dépravation que dans l'expression qu'il crut lire sur les visages des Rath, Weldon et la Framboise. Un frisson le parcourut. Il avait intérêt à retrouver Mrs. Standish, et vite, s'exhorta-t-il.

En ouvrant la portière de la camionnette turquoise, il n'aurait su dire ce qu'il cherchait, mais Arden Bensenhaver savait comment chercher ce qu'il ignorait. Il le vit aussitôt – c'était facile : le soutien-gorge tranché, un bout d'étoffe encore attaché à la charnière de la boîte à gants ; les deux autres morceaux gisaient sur le plancher. Pas de trace de sang ; le soutien-gorge était beige, un beige neutre et discret ; très chic, estima Arden Bensenhaver. Personnellement, il n'avait pas de goûts bien arrêtés en matière de vêtements, mais il avait vu des cadavres de toutes espèces, et il était capable de deviner jusqu'à un certain point le style de quelqu'un à ses vêtements. Il ramassa d'une main les morceaux du soutien-gorge soyeux, fourra ses deux mains dans les poches déformées et distendues de sa veste, puis, retraversant la cour, s'approcha de l'adjoint, qui discutait avec les frères Rath.

– Ils n'ont pas vu le petit de la journée, annonça l'adjoint. D'après eux, il arrive souvent à Oren de ne pas rentrer de la nuit.

– Demandez-leur qui s'est servi le dernier de la camionnette, dit Bensenhaver.

Il faisait exprès de ne pas regarder les Rath ; il les traitait comme s'ils avaient été incapables de comprendre sans relais ce qu'il disait.

– Je leur ai déjà posé la question. Ils disent qu'ils ne se souviennent pas.

– Demandez-leur quand une jolie jeune femme est montée pour la dernière fois dans cette camionnette, dit Bensenhaver.

Mais l'adjoint n'eut pas le temps de poser la question ; Weldon Rath éclata de rire. Bensenhaver constata avec soulagement que l'autre, celui au visage marqué d'une envie pareille à une tache de vin, n'avait pas réagi.

– Merde, dit Weldon. Y a pas de « jolie jeune femme » dans not'coin, jamais vu une jolie jeune femme venir poser son cul dans not' camion.

– Dites-lui, dit Bensenhaver à l'adjoint, qu'il est un menteur.

– Vous êtes un menteur, Weldon.

La Framboise prit la parole, s'adressant à l'adjoint

449

— Et puis merde, qui c'est celui-là, y se prend pour qui de rap-pliquer ici, et de nous dire quoi faire ?

Arden Bensenhaver tira les trois morceaux du soutien-gorge de sa poche. Il jeta un coup d'œil du côté de la truie vautrée aux pieds des hommes ; un des yeux de la bête paraissait effrayé et semblait les contempler tous en même temps, et il était difficile de dire où regardait l'autre œil.

— Ce cochon, c'est un mâle ou une femelle ? demanda Bensen-haver.

Les Rath s'esclaffèrent.

— Ça crève les yeux que c'est une truie, non ? dit la Framboise.

— Il vous arrive de couper les couilles aux mâles, pas vrai ? demanda Bensenhaver. Vous faites ça vous-mêmes, ou est-ce que vous en chargez quelqu'un d'autre ?

— On les châtre nous-mêmes, dit Weldon, qui ressemblait un peu à un sanglier avec les touffes de poils hirsutes qui lui jaillis-saient des oreilles. Châtrer les bêtes, ça nous connaît. Y a rien de bien sorcier.

— Eh bien, dit Bensenhaver, en brandissant le soutien-gorge sous le nez des deux hommes et de l'adjoint. Eh bien, c'est exac-tement le châtiment que prévoit la nouvelle loi – dans les cas de crimes sexuels.

Ni les Rath ni l'adjoint ne soufflèrent mot.

— N'importe quel crime sexuel, expliqua Bensenhaver, est main-tenant punissable de castration. Si vous baisez quelqu'un contre sa volonté, ou si vous vous faites complice de quelqu'un qui baise-rait une personne contre son gré – en refusant de nous aider à l'en empêcher –, dans ce cas, nous avons le droit de vous castrer.

Weldon Rath jeta un coup d'œil à son frère, la Framboise, qui paraissait un peu perplexe. Finalement, Weldon décocha à Ben-senhaver un regard sarcastique :

— Vous le faites vous-mêmes ou vous en chargez quelqu'un d'autre ? demanda-t-il.

Il poussa son frère du coude. La Framboise tenta de s'arra-cher un sourire, qui tordit son envie.

Mais Bensenhaver demeurait impassible, tournant et retour-nant le soutien-gorge dans ses mains.

— Nous ne le faisons pas nous-mêmes, bien entendu, dit-il. Maintenant, on est équipés pour ça. C'est la garde nationale qui s'en charge. C'est pour ça qu'on a l'hélicoptère de la garde natio-

nale. On vous ramasse, on vous emmène à l'hôpital de la garde nationale et on vous ramène aussitôt. C'est rien du tout. Comme vous le savez.

– *Nous, on est une grande famille, dit la Framboise. On est un tas de frères. D'un jour à l'autre, personne sait jamais quelle camionnette les autres prennent.*

– *Il y a une autre camionnette ? demanda Bensenhaver à l'adjoint. Vous ne m'avez pas parlé d'une autre camionnette.*

– *Ouais, une noire, j'ai oublié. Ils en ont aussi une noire.*

Les Rath opinèrent du chef.

– *Où est-elle ? demanda Bensenhaver.*

Il se maîtrisait, mais il était tendu.

Les frères se consultèrent du regard.

– *Ça fait un bout de temps que je l'ai pas vue, dit Weldon.*

– *P't-être qu'Oren l'aura prise, dit la Framboise.*

– *P't-être que c'est notre père qui l'a, renchérit Weldon.*

– *On n'a pas le temps d'écouter toutes leurs conneries, dit Bensenhaver à l'adjoint, sèchement. Nous allons voir combien ils pèsent – et puis on verra si le pilote peut les prendre.*

En fait de débile, se dit Bensenhaver, l'adjoint n'a pas grand-chose à envier aux deux frères.

– *Allez ! dit Bensenhaver à l'adjoint, sur quoi, avec une brusque impatience, il se tourna vers Weldon Rath : Nom ?*

– *Weldon.*

– *Poids ?*

– *Poids ? fit Weldon.*

– *Combien est-ce que vous pesez ? Si on doit vous trimballer dans c't hélico, faut savoir combien vous pesez.*

– *Quatre-vingt-dix et des poussières.*

– *Et vous ? demanda Bensenhaver au plus jeune.*

– *Quatre-vingt-quinze et des poussières. Je m'appelle la Framboise. Bensenhaver ferma les yeux.*

– *Ce qui fait cent quatre-vingt-cinq et des poussières, annonça Bensenhaver à l'adjoint. Allez demander au pilote si nous pouvons transporter ça.*

– *V's allez pas nous emmener, tout de même, pas vrai ? demanda Weldon.*

– *On vous conduit seulement à l'hôpital de la garde nationale, dit Bensenhaver. Si nous retrouvons la femme, et qu'il ne lui est rien arrivé de mal, on vous ramènera chez vous.*

– Mais au cas où il lui serait arrivé quelque chose de mal, on aura droit à un avocat, pas vrai? demanda la Framboise. Un de ces types qui parlent devant le juge, pas vrai?

– S'il est arrivé quelque chose de mal à qui? demanda Bensenhaver.

– Ben, à c'te femme que vous cherchez.

– Eh bien, s'il lui est arrivé quelque chose, comme vous vous trouverez déjà à l'hôpital, on pourra vous castrer et vous renvoyer chez vous le jour même. Vous autres, vous savez mieux que moi ce que ça implique, reconnut-il. Je n'ai jamais vu faire ce truc-là, mais ça ne prend pas longtemps, pas vrai? Et ça ne saigne pas beaucoup, pas vrai?

– Mais y a des tribunaux, et des avocats! protesta la Framboise.

– Ben sûr que oui, voyons, coupa Weldon. Ta gueule!

– Non, fini les tribunaux pour ce genre de délit – pas avec la nouvelle loi, dit Bensenhaver. Les crimes sexuels sont quelque chose à part, et, avec les nouveaux appareils, la castration est devenue en réalité si facile que c'est encore le pl s raisonnable.

– Ouais! brailla l'adjoint au pied de l'hélicoptère. Ça colle pour le poids. On peut les emmener.

– Merde! dit la Framboise.

– Ta gueule! dit Weldon.

– Mes couilles, moi, pas question qu'on me les coupe! hurla la Framboise. J'ai même pas eu l'occasion de la baiser!

Weldon frappa la Framboise au ventre, d'un coup si brutal que le jeune homme fut catapulté de côté et atterrit sur le cochon inerte. La bête poussa un couinement, ses pattes courtaudes s'agitèrent spasmodiquement, et, de façon ignoble, elle lâcha un flot d'excréments, mais à part ça elle ne bougea pas. La Framboise resta affalé, pantelant à côté de la coulée nauséabonde, tandis qu'Arden Bensenhaver tentait de gratifier Weldon Rath d'un coup de genou dans les couilles. Mais Weldon était trop rapide; empoignant la jambe de Bensenhaver à hauteur du genou, il projeta le vieil homme en arrière, par-dessus la Framboise et le malheureux cochon.

– Bon Dieu de nom de Dieu! jura Bensenhaver.

Dégainant son revolver, l'adjoint tira un coup de semonce en l'air. Weldon se laissa choir sur les genoux, mains plaquées sur les oreilles.

– Vous n'avez pas de mal, inspecteur? s'inquiéta l'adjoint.

– Bien sûr que non, voyons.

Il demeura assis par terre à côté du cochon et de la Framboise. Il se rendait compte, sans la moindre honte, qu'il les mettait plus ou moins sur un pied d'égalité.

– La Framboise, dit-il (Bensenhaver trouvait le nom si ignoble qu'il en ferma les yeux), si vous avez envie de garder vos couilles, vous allez nous dire où se trouve la femme.

L'homme tourna la tête vers Bensenhaver et son envie parut luire comme une enseigne fluorescente.

– T'énerve pas, hein, la Framboise! le mit en garde Weldon.

Et Bensenhaver dit à l'adjoint :

– S'il ouvre encore la bouche, envoyez-lui une balle dans les couilles, ici même. Ça nous épargnera le voyage.

Sur quoi, il pria Dieu pour que l'adjoint n'ait pas la stupidité de le prendre au mot.

– Oren l'a emmenée, dit la Framboise. Il a pris la camionnette noire.

– Où est-ce qu'il l'a emmenée?

– J'sais pas. Il l'a emmenée faire un tour.

– Et en partant d'ici, elle n'avait pas de mal?

– Ben, y me semble qu'elle avait pas de mal, dit la Framboise. J'veux dire, j'pense pas qu'Oren l'avait encore trop secouée. J'pense qu'il l'avait même pas encore baisée.

– Pourquoi non?

– Ben, s'il l'avait déjà eu baisée, pourquoi qu'il aurait eu envie de la garder?

Bensenhaver ferma de nouveau les yeux. Il se remit lourdement sur pied.

– Demandez-leur s'il y a longtemps de ça, dit-il à l'adjoint. Et puis, bousillez la camionnette pour qu'ils ne puissent pas s'en servir. Je vous attends à l'hélicoptère, et maniez-vous le cul!

– Et on les laisse ici?

– Bien sûr. On aura tout le temps de leur couper les couilles plus tard.

Arden Bensenhaver commanda au pilote d'envoyer un message spécifiant que le ravisseur s'appelait Oren Rath, qu'il circulait à bord d'une camionnette noire, et non turquoise. Message qui en recoupa un autre, et de façon fort intéressante : selon un rapport reçu par la police de l'État, on avait signalé une camionnette noire pilotée par un homme seul, qui conduisait de façon dangereuse en zigzaguant au milieu de la chaussée, « à croire qu'il était ivre ou drogué, ou encore autre chose ». Le policier n'avait pas donné suite parce que, à ce moment-là, il s'était dit que c'était une camionnette turquoise qu'il devait essayer de repérer. Bien entendu, Arden Bensenhaver n'avait aucun moyen de savoir que l'homme de la camionnette noire n'était en réalité pas seul – et que, en fait, Hope Standish était allongée à côté de lui, la tête sur ses cuisses. En apprenant la nouvelle, Bensenhaver se sentit une fois de plus secoué d'un grand frisson : si Rath était seul, c'était qu'il avait déjà fait subir quelque chose à la femme. Bensenhaver hurla à l'adjoint de rappliquer en vitesse – qu'ils devaient chercher une camionnette noire repérée pour la dernière fois sur la transversale qui coupe le réseau de routes du canton non loin de la ville nommée Sweet Wells.

– Ça vous dit quelque chose ? demanda Bensenhaver.

– Oh, ouais, dit l'adjoint.

Ils avaient repris l'air, et, en bas, les cochons paniqués se déchaînaient de nouveau. La malheureuse truie droguée qui avait amorti les chutes gisait tout aussi inerte que lors de leur arrivée. Mais les frères Rath se battaient – avec une extrême férocité, semblait-il – et plus l'hélicoptère s'éloignait et gagnait de la hauteur, plus le monde semblait retrouver cette qualité de normalité qu'approuvait Bensenhaver. Jusqu'au moment où les minuscules silhouettes acharnées à se battre, tout en bas vers l'est, ne lui apparurent plus que comme des miniatures, et il était déjà tellement loin de leur fureur sanguinaire et de leur peur que, quand soudain l'adjoint lui déclara qu'à son avis la Framboise était capable de dérouiller Weldon, à condition de ne pas céder à la panique, Bensenhaver partit du rire sans joie qu'il avait ramené de Toledo.

– Ce sont de vrais animaux, dit-il à l'adjoint, qui, malgré ce qu'il pouvait y avoir en lui de cruauté et de cynisme juvéniles, parut surpris.

– S'ils s'entre-tuaient, dit Bensenhaver, pensez à toute la nourriture qu'ils auraient mangée de leur vivant et que d'autres êtres humains pourraient manger à leur place.

L'adjoint comprit alors que le mensonge qu'avait fait Bensenhaver en brandissant la nouvelle loi – castration immédiate en cas de crimes sexuels – était bien davantage qu'une histoire un peu poussée : pour Bensenhaver, qui savait pertinemment que la loi ne prévoyait rien de semblable, c'était ce que, selon lui, la loi aurait dû prévoir. C'était un spécimen des méthodes qu'Arden Bensenhaver pratiquait à Toledo.

— Pauvre femme, dit Bensenhaver, en tordant les débris du soutien-gorge entre ses doigts striés de grosses veines. Quel âge a-t-il, cet Oren ?

— Seize ans, dix-sept peut-être. Un gosse.

Pour sa part, l'adjoint avait bien vingt-quatre ans.

— S'il est assez vieux pour bander, dit Arden Bensenhaver, il est aussi assez vieux pour qu'on la lui coupe.

Mais il faut que je coupe quoi ? Oh, où est-ce qu'il faut que je coupe ? se demandait Hope – le long couteau de pêcheur à lame effilée solidement niché maintenant dans sa main. Elle sentait son pouls battre dans sa paume, et il semblait à Hope que le couteau était doté d'un cœur et qu'elle le sentait battre. Très lentement, elle ramena sa main à hauteur de sa hanche, au-dessus du bord du siège saccagé, de façon à apercevoir la lame. Quelle lame enfoncer, se dit-elle, celle en dents de scie ou celle qui a l'air si tranchante ? Comment fait-on pour tuer un homme avec ? Ce couteau que sa main tenait parallèle à la croupe en sueur et oscillante d'Oren Rath, ce couteau était comme un miracle, lointain et froid. Je le tranche ou je le pique ? Elle aurait bien voulu savoir. Il avait glissé ses mains brûlantes sous les fesses de Hope, la soulevant, la secouant. Son menton râpeux s'enfonçait dans le creux de sa clavicule, comme une lourde pierre. Puis il bougea, et elle sentit qu'il retirait une de ses mains glissées sous elle, et ses doigts, cherchant à tâtons le plancher, frôlèrent la main de Hope, celle qui tenait le couteau.

— Remuez ! grogna-t-il. Remuez maintenant.

Elle tenta d'arquer le dos, mais en vain ; elle tenta d'agiter ses hanches, mais en vain. Elle sentit qu'il cherchait gauchement à retrouver son rythme personnel, essayant d'adopter la cadence qui le mènerait à l'orgasme. Sa main – de nouveau glissée sous elle – lui coiffa le bas des reins ; son autre main griffait le plancher.

Ce fut alors qu'elle comprit : il cherchait le couteau. Et dès que ses doigts trouveraient la gaine vide, elle serait en danger.

– Aaahhh! s'écria-t-il.

Vite! se dit-elle. Entre les côtes? En plein dans le flanc – puis remonter la lame – ou encore de haut en bas, le plus fort possible entre les omoplates, pour lui transpercer le dos jusqu'au poumon, jusqu'à ce qu'elle sente la pointe de la chose piquer la chair de son propre sein à demi broyé. Levant le bras, elle le brandit au-dessus du dos à demi arqué. Elle vit luire la lame bien huilée – et vit sa main à lui, jaillissant brusquement, projeter son pantalon vide en direction du volant.

Il la repoussait, tentait de se dégager, mais la partie inférieure de son corps était prisonnière de son orgasme si péniblement provoqué, ses hanches frémissaient, secouées de petits spasmes qu'il semblait incapable de contrôler, tandis que son buste se soulevait, se décollant de celui de Hope, et que ses mains pesaient rudement sur ses épaules. Insensiblement, ses pouces se rapprochaient de sa gorge.

– Mon couteau? demanda-t-il.

Il pencha vivement la tête, la rejeta en arrière; il regarda derrière lui, au-dessus. Peu à peu ses pouces lui remontaient le menton; elle s'efforçait de protéger sa pomme d'Adam.

Elle coinça alors la croupe blême entre l'étau de ses cuisses. Il ne parvenait·pas à s'arrêter de pomper, alors même que son cerveau devait l'avertir qu'il avait soudain quelque chose de plus urgent à faire.

– Mon couteau? répéta-t-il.

Allongeant alors le bras par-dessus son épaule (si vite qu'elle ne vit pas elle-même la chose se produire), elle lui plaqua le fil de la lame sur la gorge et tira. Une seconde, elle ne vit pas de blessure. Tout ce qu'elle savait, c'était qu'il l'étouffait. Soudain, elle respira; il avait soulevé une de ses mains et cherchait sa gorge à tâtons. Il lui cachait la plaie qu'elle s'attendait à voir. Enfin, elle vit le sang noir sourdre entre les doigts crispés. Il arracha sa main – il cherchait celle de Hope, celle qui tenait le couteau – et, de sa gorge béante, une énorme bulle jaillit alors, éclaboussant Hope. Il y eut un son, comme lorsqu'on aspire le fond d'un verre avec une paille bouchée. Elle pouvait de nouveau respirer. Où avait-il mis ses mains? se demanda-t-elle. Brusquement, à côté d'elle, on aurait dit qu'elles ballottaient mollement sur la banquette, qu'elles voletaient derrière son dos comme des oiseaux affolés.

Elle plongea la longue lame en pleine chair, juste au-dessus de la ceinture, se dit qu'elle avait peut-être touché un rein, tellement la lame était entrée facilement, et la sortit de nouveau. Oren Rath appuya sa joue contre la sienne, avec un geste d'enfant. A ce point, il aurait dû hurler, bien sûr, mais le premier coup avait tranché net sa trachée-artère et ses cordes vocales.

Cette fois, Hope essaya d'enfoncer le couteau plus haut, mais heurta une côte, ou un autre obstacle ; elle dut tâtonner et, rebutée, retira la lame après l'avoir enfoncée de quelques centimètres à peine. Elle le sentait s'agiter, lourdement maintenant, comme s'il avait voulu s'écarter. Son corps émettait des signaux de détresse, des signaux qui ne parvenaient pas à atteindre leur but. Pesamment, il se redressa contre le dossier, mais sa tête ne voulut pas rester droite, et sa verge, toujours en mouvement, continuait à le ligoter à Hope. Profitant de l'occasion, elle plongea une nouvelle fois le couteau. Il s'enfonça dans le ventre, un peu sur le côté, et glissa sans encombre jusqu'à un centimètre du nombril, avant de heurter un obstacle majeur – et de nouveau le corps d'Oren s'affala sur elle, lui coinçant le poignet. Mais ce fut facile ; elle tordit la main, la lame poisseuse se dégagea aussitôt. Quelque chose se détendit dans les entrailles. Hope se sentait accablée par l'odeur et par le flot qui l'inondait. Elle laissa choir le couteau sur le plancher.

Oren Rath se vidait – par litre, par cinq litres. C'était vrai, elle le sentait moins lourd. Leurs deux corps étaient tellement poisseux qu'elle se faufila sans peine pour échapper à sa masse. Elle le fit basculer sur le dos et s'accroupit sur le plancher inondé. Hope avait les cheveux pleins de sang – le sang jailli de la gorge et qui s'était épanché sur elle. Chaque fois qu'elle clignait des yeux, elle sentait ses cils lui coller aux joues. Elle vit qu'un spasme agitait encore une des mains, et la cingla d'un coup sec.

– Arrête, dit-elle.

Il souleva son genou, qui retomba mollement.

– Arrête, ça suffit maintenant.

Elle voulait parler de son cœur, de sa vie.

Elle ne voulut pas regarder son visage. Sur le limon noir qui lui enduisait le corps, le préservatif blanc et transparent coiffait encore la bitte recroquevillée, pareille à une masse liquide congelée sans le moindre rapport avec des substances aussi humaines que le sang et les entrailles. Hope se souvint d'un zoo, d'un crachat de chameau venu atterrir sur son pull rouge.

Les couilles se contractèrent. Elle sentit la colère l'envahir.

— Arrête, siffla-t-elle.

Les couilles étaient toutes rondes, petites et crispées; puis elles se détendirent.

— De grâce, arrête, murmura-t-elle. Je t'en prie, meurs.

Il y eut un minuscule soupir, comme si quelqu'un avait laissé échapper un souffle trop ténu pour valoir la peine d'être récupéré. Mais Hope demeura un moment accroupie près de lui, sentant son cœur cogner follement dans sa poitrine et se demandant si le pouls qu'elle sentait battre était bien le sien. Il était mort vite, elle le comprit par la suite.

Les pieds d'Oren Rath dépassaient par la portière ouverte, propres et blancs, les orteils exsangues, pointés vers le ciel et éclaboussés de soleil. Dans la cabine où régnait une chaleur de four, le sang se coagulait. Tout était poisseux. Hope Standish sentait le duvet se raidir sur ses bras et la tirailler à mesure que séchait sa peau. Toutes les surfaces lisses commençaient à coller.

Je devrais m'habiller, pensa Hope. Mais on aurait dit que le temps se gâtait.

A travers les vitres, Hope vit le soleil vaciller et frémir, comme la lueur d'une lampe filtrée à travers les pales d'un ventilateur à plein régime. Sur la route, la poussière se soulevait en petits tourbillons, tandis que des fétus de paille et des brins de chaume de l'année précédente couraient sur le sol plat et nu, comme chassés par un vent furieux – mais un vent qui ne soufflait pas dans le sens habituel: on aurait dit que ce vent-là soufflait de haut en bas. Et le bruit! On se serait cru dans le sillage d'un camion lancé à pleine vitesse, mais il n'y avait toujours aucune circulation sur la route.

Une tornade! se dit Hope. Elle détestait le Midwest et son climat fantasque; elle venait de l'Est et savait ce qu'était un ouragan. Mais des tornades! Jamais encore elle n'en avait vu; la météo ne cessait de recommander de «se méfier des tornades». Mais de quoi au juste fallait-il se méfier? s'était-elle toujours demandé. De cela sans doute – supposait-elle maintenant –, de ce tumulte et de ces tourbillons, tout autour d'elle. Ces mottes de terre qui volaient. Le soleil virait au brun.

Emportée par la fureur, elle cogna sur la cuisse d'Oren Rath, fraîche et visqueuse. Après avoir survécu à ça, voilà qu'en plus elle allait avoir droit à une saloperie de tornade! La camionnette crépitait sous l'avalanche, avec un bruit de train lancé à pleine vitesse. Hope se représentait l'entonnoir qui descendait, d'autres camions et d'autres voitures déjà pris au piège. Chose étrange, elle croyait les entendre, leurs moteurs tournaient encore. Le sable s'engouffrait par la portière ouverte, se collait à son corps gluant ; à tâtons elle chercha sa robe – découvrit les déchirures sous les bras, à l'emplacement des manches disparues ; elle devrait s'en contenter.

Mais, pour l'enfiler, il fallait qu'elle sorte. A côté de Rath vautré dans son sang, et maintenant saupoudré d'une couche de sable, elle n'avait pas la place de bouger. Et, dehors, elle n'en doutait pas un instant, sa robe lui serait aussitôt arrachée des mains et elle serait aspirée nue dans le ciel.

– Non, je ne regrette rien, murmura-t-elle. Je ne regrette rien ! hurla-t-elle, en décochant un nouveau coup au cadavre de Rath.

Ce fut alors qu'une voix, une voix terrible – aussi puissante que le son du plus puissant des haut-parleurs –, vint la secouer dans la cabine :

– SI VOUS ÊTES LA, SORTEZ ! METTEZ LES MAINS SUR LA TETE ! SORTEZ ! GRIMPEZ A L'ARRIÈRE ET COUCHEZ-VOUS A PLAT VENTRE ! COMPRIS, SALAUD !

Je suis morte, se dit Hope. Je suis déjà dans le ciel et c'est la voix de Dieu. Elle n'avait pas la foi, mais tout ça lui semblait parfaitement approprié : s'il y avait un Dieu, Dieu aurait forcément une voix de brute, une voix de haut-parleur.

– SORTEZ MAINTENANT ! commanda Dieu. DEHORS MAINTENANT !

Oh, pourquoi pas ? se dit-elle. Espèce de gros salaud ! Qu'est-ce qui peut bien m'arriver de pire encore ? Le viol était une épreuve que Dieu lui-même était incapable de comprendre.

Dans l'hélicoptère qui frissonnait au-dessus de la camionnette noire, Arden Bensenhaver aboya dans le mégaphone. Il était convaincu que Mrs. Standish était morte. Il était incapable de juger si les pieds qui sortaient par la portière ouverte appartenaient à un homme ou à une femme, mais, tandis que l'hélicoptère descendait, les pieds n'avaient pas bougé et, à la lumière du soleil, ils paraissaient tellement nus et exsangues que Bensenhaver était convaincu qu'il s'agissait de pieds morts. Que le

459

mort pût être Oren Rath n'avait pas effleuré l'esprit de Bensenhaver, pas plus que celui de l'adjoint.

Mais ils ne parvenaient pas à comprendre ce qui aurait pu
pousser Rath à abandonner la camionnette, une fois son forfait
perpétré ; aussi Bensenhaver avait-il ordonné au pilote de maintenir son appareil à l'aplomb de la camionnette.

— S'il est encore dedans avec elle, dit Bensenhaver à l'adjoint,
peut-être qu'on peut lui flanquer la trouille, à ce salaud.

Lorsque Hope Standish se faufila entre les pieds raidis du
mort pour se blottir avec crainte contre le flanc de la cabine, en
essayant de se protéger les yeux contre les tourbillons de sable,
Arden Bensenhaver sentit son doigt mollir contre la gâchette
du porte-voix. Hope essayait de son mieux de s'envelopper le
visage dans sa robe qui battait follement, mais elle claquait
autour d'elle comme une voile déchirée par la tempête ; se guidant contre la carrosserie, elle se dirigea vers l'arrière, tressaillant
de douleur aux morsures des graviers qui s'accrochaient à sa
chair partout où la couche de sang séché ne s'était pas encore
durcie.

— C'est la femme ! s'exclama l'adjoint.

— En arrière ! hurla Bensenhaver au pilote.

— Seigneur ! qu'est-ce qui lui est arrivé ? demanda l'adjoint,
terrifié.

Bensenhaver lui fourra brutalement le mégaphone entre les
mains.

— Écartez-vous ! dit-il au pilote. Posez-moi cet engin sur la route.

Hope sentit le vent tourner, et la clameur qui rugissait dans
l'entonnoir de la tornade parut passer au-dessus d'elle. Elle
tomba à genoux au bord de la route. Entre ses mains, sa robe
affolée se calma. Elle la plaqua contre sa bouche pour se protéger contre la poussière qui menaçait de l'étouffer.

Une voiture survint, mais Hope ne s'en rendit pas compte. Le
conducteur resta du bon côté – avec à sa droite la camionnette
noire, et à sa gauche l'hélicoptère qui finissait de se poser sur la
route. La femme à demi nue, au corps souillé de sang et gangué
de poussière, agenouillée en prière au bord de la route, ne parut
pas remarquer son passage. Le conducteur crut apercevoir un
ange sorti tout droit de l'enfer. Le conducteur réagit enfin, mais
avec tant de retard qu'il dépassa d'une bonne centaine de mètres
ce qu'il avait vu avant de tenter un demi-tour sur la route. Sans

ralentir. Ses roues avant mordirent sur l'accotement et le propulsèrent dans une longue glissade de l'autre côté du fossé, où sa voiture s'enfonça jusqu'au pare-chocs, dans la terre meuble d'un champ de haricots fraîchement labouré, au point qu'il fut incapable d'ouvrir sa portière. Il baissa sa vitre et contempla fixement le bourbier qui le séparait de la route – comme un homme qui, paisiblement assis au bord d'une jetée, l'aurait vue se détacher de la côte et se sentirait dériver vers le large.

– Au secours! hurla-t-il.

Il restait à ce point terrifié par la vision fugitive qu'il avait eue de la femme qu'il redoutait qu'il y en eût d'autres comme elle dans les parages, ou que celui qui l'avait mise dans cet état soit resté à rôder en quête d'une nouvelle victime.

– Seigneur Dieu! dit Bensenhaver au pilote, va falloir que vous alliez voir si cet idiot n'a pas de mal. Pourquoi accorde-t-on le permis à tout le monde?

Bensenhaver et l'adjoint se laissèrent tomber de l'hélicoptère, en plein dans le moelleux bourbier qui avait piégé le conducteur de la voiture.

– Nom de Dieu! lâcha Bensenhaver.

– Saloperie! fit l'adjoint.

De l'autre côté de la route, Hope Standish leva la tête, et, pour la première fois, les aperçut enfin. Deux hommes qui juraient comme des charretiers et pataugeaient au milieu d'un champ boueux en avançant vers elle. Les pales de l'hélicoptère ralentissaient peu à peu. Il y avait aussi un autre homme, qui la dévisageait comme un idiot par la portière de sa voiture, mais il paraissait très loin. Hope se mit en devoir d'enfiler sa robe. Une des échancrures des bras, à l'emplacement d'une des manches, était complètement déchirée, et Hope fut obligée de coincer du coude un lambeau d'étoffe contre ses côtes pour se cacher les seins. Ce fut alors qu'elle remarqua les meurtrissures qui lui marquaient le cou et les épaules.

Arden Bensenhaver, le souffle court, et souillé de boue jusqu'aux cuisses, surgit soudain devant elle. La boue lui collait son pantalon aux mollets, si bien que Hope crut voir un vieillard en caleçon.

– Mrs. Standish?

Lui tournant le dos, elle se cacha le visage dans les mains, en opinant de la tête.

461

– Tout ce sang, dit-il, d'un ton impuissant. Je suis désolé que nous ayons mis si longtemps. Etes-vous blessée?

Elle se retourna et le regarda fixement. Il vit l'enflure qui lui boursouflait les yeux, et son nez fracturé – et la bosse bleuâtre qui lui meurtrissait le front.

– C'est surtout son sang à lui, fit-elle. Mais j'ai été violée. Il m'a violée.

Bensenhaver avait sorti son mouchoir; il parut vouloir lui tamponner le visage, comme pour essuyer la bouche d'un enfant, mais, découragé par l'étendue de la tâche, il remit son mouchoir dans sa poche.

– Je suis désolé. Je suis tellement désolé. Nous avons fait aussi vite que possible... Nous avons vu votre enfant, il va très bien, ajouta Bensenhaver.

– J'ai été forcée de le prendre dans ma bouche, dit Hope.

Bensenhaver ferma les yeux.

– Après, il m'a baisée, oui, il m'a baisée, expliqua-t-elle. Il avait l'intention de me tuer, après – il m'avait dit qu'il me tuerait. J'ai été obligée de le tuer. Et je ne regrette pas.

– Mais bien sûr que non, dit Bensenhaver. Aucune raison pour que vous regrettiez, Mrs. Standish. Je suis sûr que vous ne pouviez rien faire de mieux.

Elle hocha la tête, puis garda les yeux rivés sur ses pieds. Avançant une main, elle la posa sur l'épaule de Bensenhaver, et il la laissa s'appuyer contre lui; elle était presque un peu plus grande que Bensenhaver et, de manière à appuyer sa tête contre lui, elle dut ployer les genoux.

Au même instant, l'adjoint réussit à attirer l'attention de Bensenhaver; il s'était approché de la cabine pour jeter un coup d'œil sur Oren Rath, et n'avait pu se retenir de vomir, éclaboussant tout le pare-chocs avant sous les yeux du pilote qui s'occupait de ramener sur la route le conducteur, encore tout hébété, de la voiture embourbée. L'adjoint, le visage de la même teinte exsangue que les pieds d'Oren Rath, implorait Bensenhaver de le rejoindre. Mais Bensenhaver tenait avant tout à rassurer de son mieux Mrs. Standish.

– Donc, vous l'avez tué après qu'il vous eut violée, quand il a commencé à se détendre, à relâcher son attention? demanda-t-il.

– Non, pendant, lui murmura-t-elle dans le cou.

Elle dégageait une puanteur affreuse, et Bensenhaver faillit ne pouvoir retenir une nausée, mais il se força à garder son visage tout contre elle, de façon à entendre ce qu'elle disait.

— Vous voulez dire, pendant qu'il était en train de vous violer, Mrs. Standish ?

— Oui, chuchota-t-elle. Il était encore dans moi quand j'ai pris son couteau. Le couteau était dans son pantalon, sur le plancher, et il s'en serait servi pour me tuer sitôt qu'il aurait eu fini, ce qui fait que je n'ai pas pu faire autrement.

— Mais bien sûr, dit Bensenhaver. Ça n'a aucune importance.

Il voulait dire que, de toute façon, elle aurait eu raison de le tuer — même si lui n'avait pas eu l'intention de la tuer, elle. Pour Arden Bensenhaver, le viol était le pire des crimes — pire encore que le meurtre, à l'exception peut-être des meurtres d'enfants. Mais, sur ce point, il était moins sûr ; pour sa part, il n'avait pas d'enfants.

Il y avait sept mois qu'il était marié et sa femme attendait un enfant lorsqu'elle avait été violée dans une laverie automatique, pendant qu'il était resté dehors à l'attendre dans la voiture. Trois gosses avaient fait le coup. Ils avaient ouvert un des gros séchoirs et, baissant la porte à ressort, l'avaient forcée à s'asseoir dessus, puis ils lui avaient fourré la tête à l'intérieur du séchoir encore chaud où elle n'avait pu que hurler en vain au milieu des taies et des draps brûlants qui étouffaient ses cris, entendant sa propre voix tomber et ricocher dans l'énorme tambour de métal. Comme sa tête, ses bras se trouvaient à l'intérieur du séchoir, si bien qu'elle était réduite à l'impuissance. Ses pieds ne touchaient même pas le sol. La porte à ressort la faisait rebondir et tressauter sous leur poids, tandis que tous trois se relayaient sur elle, quand bien même elle s'efforçait de ne pas remuer. Les garçons ne se doutaient guère qu'ils étaient en train de violer la femme du chef de la police. Et même toutes les lumières du monde rassemblées un samedi soir pour illuminer le centre de Toledo n'auraient pu la sauver.

Ils aimaient se lever de bon matin, les Bensenhaver. Ils étaient encore jeunes, et c'était ensemble qu'ils portaient leur linge à la laverie automatique, le lundi matin avant le petit déjeuner. Puis, Mrs. Bensenhaver passait le récupérer en accompagnant son mari au commissariat. Il restait au volant de la voiture lorsqu'elle entrait dans la laverie pour prendre son linge ; parfois, quelqu'un

463

l'avait sorti du séchoir, tandis qu'ils prenaient leur petit déjeuner, et Mrs. Bensenhaver devait le remettre dans la machine et l'y laisser quelques minutes. Bensenhaver devait alors attendre. Mais ils aimaient y aller de bonne heure parce que, en général il n'y avait personne à la laverie.

Ce ne fut qu'en voyant sortir les trois garçons que Bensenhaver commença à s'inquiéter et à se demander pourquoi il fallait si longtemps à sa femme pour ramasser leur linge sec. Mais il ne faut pas tellement de temps pour violer quelqu'un, même trois fois de suite. Bensenhaver entra dans la laverie et aperçut aussitôt les jambes de sa femme qui sortaient du séchoir : ses souliers étaient tombés à terre. Ce n'était pas la première fois que Bensenhaver voyait des pieds morts, mais ces pieds-là étaient pour lui très importants.

Elle était morte suffoquée par son propre linge – à moins qu'elle eût vomi et se fût étranglée –, mais ils n'avaient pas eu l'intention de la tuer. La mort n'avait été qu'un accident, et, lors du procès, la défense fit valoir au maximum l'absence de préméditation. Comme le déclara l'avocat des jeunes gens, « ils avaient seulement prémédité de la violer, mais pas de la tuer ». Et l'expression « seulement de la violer » – comme pour dire : « Elle a seulement été violée, la veinarde, un miracle qu'elle n'ait pas été tuée » – avait laissé Arden Bensenhaver horrifié.

– C'est bien que vous l'ayez tué, chuchota Bensenhaver à l'oreille de Hope Standish. Nous autres, nous n'aurions jamais pu le faire assez payer, lui confia-t-il. Pas autant qu'il l'aurait mérité. Vous avez bien fait, chuchota-t-il encore. Vous avez bien fait.

Hope s'était attendue à une tout autre attitude de la part de la police, à une enquête plus serrée – du moins à un flic plus soupçonneux, et en tout cas à un homme très différent d'Arden Bensenhaver. Par-dessus tout, elle rendait grâce au ciel que Bensenhaver fût un vieil homme, très nettement dans la soixantaine – un peu comme un oncle à ses yeux, ou même quelqu'un de plus lointain encore, sexuellement parlant : un grand-père. Elle déclara qu'elle se sentait mieux ; se redressant, elle s'écarta et constata alors qu'elle lui avait taché de sang la joue et le col de sa chemise, mais Bensenhaver n'avait rien remarqué, ou alors s'en fichait.

– Bon, faites-moi voir ça, dit Bensenhaver à l'adjoint, sans cesser de regarder Hope avec son bon sourire.

L'adjoint le conduisit vers la cabine grande ouverte.

– Oh, mon Dieu! disait le conducteur de la voiture embour-
bée. Doux Jésus, regardez un peu ça! Et ça, qu'est-ce que c'est?
Grand Dieu! regardez, je crois bien que c'est son foie. C'est pas
comme ça, un foie?

Frappé de mutisme, le pilote contemplait la scène bouche
bée; Bensenhaver empoigna les deux hommes par le collet et
les écarta sans ménagement. Tous deux se dirigèrent vers
l'arrière de la camionnette, où Hope s'efforçait de reprendre ses
esprits, mais Bensenhaver les arrêta d'une voix cinglante:

– N'approchez pas de Mrs. Standish. N'approchez pas de
cette camionnette. Envoyez un message pour signaler où nous
sommes, dit-il au pilote. *Faudra qu'ils viennent avec une ambu-*
lance ou je ne sais quoi. Nous, nous emmènerons Mrs. Standish.

– Pour lui, faudra un sac en plastique, dit l'adjoint en désignant Oren Rath. *Y s'est répandu partout.*

– Je suis capable de voir ça tout seul, dit Arden Bensenhaver
qui, jetant un coup d'œil dans la cabine, poussa un sifflement
admiratif.

– Est-ce qu'il était en train de le faire quand... commença
l'adjoint.

– Tout juste, dit Bensenhaver.

Il plongea la main dans une masse immonde qui gisait près
de la pédale de l'accélérateur, mais ne parut pas s'en soucier. Il
voulait récupérer le couteau tombé sur le plancher du côté du
passager. Il le ramassa avec son mouchoir; il le regarda avec
soin, l'enveloppa dans le mouchoir et le fourra dans sa poche.

– Regardez, chuchota l'adjoint, d'une voix de conspirateur.
Avez-vous jamais entendu parler d'un violeur qui mettrait une
capote?

– Ce n'est pas très courant, fit Bensenhaver. *Mais ça s'est vu.*

– Moi, je trouve ça bizarre, fit l'adjoint.

Stupéfait, il observa Bensenhaver, qui maintenant pinçait le
col du préservatif, juste en dessous de la poche gonflée; Bensenhaver arracha le préservatif d'un coup sec et le brandit, sans
répandre une seule goutte, pour le regarder par transparence.
La poche était aussi grosse qu'une balle de tennis. Rien n'avait
coulé. Elle était pleine de sang.

Bensenhaver paraissait satisfait; il fit un nœud au col du préservatif, comme on noue un ballon, et, de toutes ses forces, le
lança dans le champ de haricots, où il disparut.

– Je n'ai pas envie que quelqu'un s'avise d'insinuer que peut-être il ne s'agissait pas d'un viol, dit d'une voix douce Bensenhaver. Compris?

Il n'attendit pas la réponse; Bensenhaver rejoignit Mrs. Standish à l'arrière de la camionnette.

– Quel âge avait-il, ce jeune homme? demanda Hope.

– L'âge de savoir ce qu'il faisait, répondit Bensenhaver. Vingt-cinq, vingt-six ans.

Il ne voulait pas que quelque chose vienne minimiser le miracle de sa survie – surtout pas à ses propres yeux. Il agita la main à l'adresse du pilote, qui devait aider Mrs. Standish à grimper. Puis il rejoignit l'adjoint pour régler les derniers détails:

– Vous, vous restez ici avec le cadavre et le chauffard, dit-il.

– J'suis pas un chauffard, geignit le conducteur. Bon Dieu, j'aurais voulu que vous la voyiez, vous, la dame là-bas – sur la route...

– Et que personne n'approche de la camionnette, recommanda Bensenhaver.

Au milieu de la route, gisait la chemise volée qui appartenait au mari de Mrs. Standish; Bensenhaver la ramassa et rejoignit l'hélicoptère, de son bizarre petit trot d'homme obèse. Les deux hommes restés à terre regardèrent Bensenhaver se hisser à bord de l'appareil, qui prit l'air aussitôt. Le pâle soleil printanier parut disparaître en même temps que l'hélicoptère et, brusquement, ils eurent froid et ne surent où aller se réfugier. Pas dans la camionnette en tout cas, et, pour aller s'asseoir dans la voiture du type, il fallait traverser le bourbier. Ils se décidèrent pour la camionnette, baissèrent le hayon arrière et s'assirent sur le plateau.

– Est-ce qu'il pensera à appeler une remorqueuse pour ma voiture? demanda l'automobiliste.

– Probable qu'il va oublier, fit l'adjoint.

Il pensait à Bensenhaver; il admirait l'homme, qui pourtant lui faisait peur, et il se disait aussi qu'on ne pouvait lui faire totalement confiance. Il y avait des questions d'orthodoxie, à supposer que ce soit là le problème, auxquelles l'adjoint n'avait jamais réfléchi. En règle générale, l'adjoint avait trop de choses en tête pour pouvoir réfléchir.

L'automobiliste ne cessait d'arpenter le plateau de la camionnette, ce qui agaçait l'adjoint à cause des soubresauts qui secouaient le plancher. L'automobiliste ne toucha pas à l'ignoble couverture jetée en vrac dans l'angle du plateau, contre la paroi de la cabine ; il nettoya un coin de vitre sur la lunette arrière couverte de poussière et de boue séchée, de manière à pouvoir de temps à autre jeter un coup d'œil sur le cadavre éventré et déjà raide d'Oren Rath. Tout le sang était sec, maintenant, et à travers la vitre maculée, l'automobiliste trouva au cadavre une certaine ressemblance, par sa couleur et son éclat, avec une aubergine. Il alla s'asseoir sur le hayon à côté de l'adjoint, qui se leva à son tour, traversa le plateau pour s'approcher de la lunette, et contempla un instant le corps éventré.

– Voulez que je vous dise, dit l'automobiliste. Même dégueulasse comme elle l'était, on voyait tout de suite que c'était une belle femme.

– Oui, c'est vrai, convint l'adjoint.

L'automobiliste était venu le rejoindre et s'agitait dans son dos, aussi l'adjoint retourna-t-il s'asseoir à l'arrière.

– Vous fichez pas en rogne, fit l'automobiliste.

– Je suis pas en rogne, fit l'adjoint.

– J'veux pas dire que je trouve normal qu'un type ait eu envie de la violer, v's savez.

– Je sais ce que vous ne voulez pas dire.

L'adjoint savait que ce genre d'histoire le dépassait, mais la bêtise de l'automobiliste poussa le policier à adopter l'attitude méprisante qu'il s'imaginait que Bensenhaver affectait avec lui.

– Vous en voyez souvent des trucs comme ça, hein ? demanda l'automobiliste. J'veux dire : des viols et des meurtres.

– Plus qu'assez, fit l'adjoint avec une solennité empreinte de gêne.

En fait, il n'avait encore jamais vu ni viol ni meurtre, et il se rendit soudain compte que, même en la circonstance, il avait moins vu les choses de ses propres yeux qu'il n'avait été gratifié de leur reflet à travers les yeux de Bensenhaver. Du viol et du meurtre, il avait eu la vision qu'en avait Bensenhaver, se dit-il. L'adjoint se sentait en pleine confusion ; il cherchait désespérément à s'accrocher à une opinion personnelle.

– Ma foi, fit l'automobiliste, en jetant de nouveau un coup d'œil par la lunette arrière, j'ai vu ma part de trucs dans l'armée, mais jamais rien de pareil.

L'adjoint ne trouva rien à répondre.

– On se croirait à la guerre, reprit l'automobiliste. On se croirait dans une saloperie d'hôpital.

L'adjoint se demandait s'il n'avait pas tort de laisser l'imbécile
regarder le cadavre de Rath, si cela avait de l'importance ou non,
et aux yeux de qui ? En tout cas, cela ne pouvait pas avoir d'importance pour Rath. Mais pour son impossible famille ? Pour
l'adjoint ? Lui, il n'en savait rien. Et Bensenhaver, y trouverait-il à
redire ?

– Hé, ça vous ennuie si je vous pose une question personnelle, demanda l'automobiliste. Vous vous mettrez pas en rogne,
d'accord ?

– Promis, dit l'adjoint.

– Eh bien, où donc qu'elle est passée la capote ?

– Quelle capote ? fit l'adjoint.

Peut-être nourrissait-il quelques doutes à propos de la santé
mentale de Bensenhaver, mais, sur un point, l'adjoint n'avait
aucun doute : en l'occurrence, Bensenhaver avait eu raison. Dans
le monde selon Bensenhaver, il était hors de question de laisser
un détail sans importance minimiser l'horreur du viol.

Hope Standish, au même instant, se sentait en sécurité dans
le monde de Bensenhaver. Assise à côté de lui, elle flottait,
piquait au-dessus des champs et des fermes, en luttant pour ne
pas vomir. Elle recommençait enfin à remarquer des choses à
propos de son corps – elle pouvait sentir son odeur, sentait la
moindre de ses meurtrissures. Elle éprouvait un immense dégoût,
mais il y avait ce policier jovial assis près d'elle et qui, lui, l'admirait – bouleversé par la victoire qu'elle devait à sa violence.

– Vous êtes marié, Mr. Bensenhaver ? demanda-t-elle.

– Oui, Mrs. Standish. Je suis marié.

– Vous avez été terriblement gentil. N'empêche que je crois
bien que je vais recommencer à vomir.

– Oh, mais bien sûr, dit Bensenhaver.

Il rafla un sac en papier paraffiné posé à ses pieds. Le sac
contenait le déjeuner du pilote ; il restait quelques frites dans le
fond du sac et l'huile avait rendu le papier transparent. Bensenhaver distinguait sa propre main, à travers les frites et le fond
du sac.

– Tenez, dit-il. Ne vous gênez pas.

Déjà elle était secouée de hoquets; prenant le sac qu'il lui tendait, elle détourna la tête. Il lui semblait que jamais le sac ne serait assez grand pour recueillir cette ignominie qu'elle était convaincue de garder en elle. Sur son dos, elle sentait la main de Bensenhaver, ferme et lourde. De son autre main, il écarta une mèche de cheveux tout poisseux qui retombait sur les yeux de Hope.

— C'est bien, l'encouragea-t-il, continuez, forcez-vous; quand tout sera sorti, vous vous sentirez bien mieux.

Hope se souvint alors que, quand Nicky était malade, elle lui disait la même chose. Elle s'émerveilla de voir que Bensenhaver était capable de tout transformer en victoire, jusqu'à sa nausée elle-même, mais c'était vrai, elle se sentait mieux — ses spasmes réguliers lui paraissaient aussi apaisants que les mains sèches et calmes qui lui soutenaient la tête et lui tapotaient le dos. Lorsque le sac se déchira, laissant échapper son contenu, Bensenhaver dit :

— Bon débarras, Mrs. Standish! Vous n'avez plus besoin de ce sac. Nous sommes dans un hélicoptère de la garde nationale. On laissera à la garde nationale le soin de faire le ménage! Après tout, faut bien qu'elle serve à quelque chose, la garde nationale, non?

Le pilote poursuivait sa route, l'air sinistre, le visage impassible.

— Quelle journée vous avez eue, Mrs. Standish! reprit Bensenhaver. Votre mari va être si fier de vous.

Mais Bensenhaver se disait justement qu'il ferait bien de s'en assurer; il ferait bien d'aller toucher deux mots à l'homme. Arden Bensenhaver savait par expérience que les maris et bien d'autres gens encore n'avaient pas toujours en face d'un viol l'attitude qui convenait.

16

Le premier assassin

« Qu'est-ce que ça veut dire : "C'est le premier cha-pitre" ? écrivit à Garp son éditeur, John Wolf. Comment pourrait-il y avoir une suite à une chose *pareille* ? Telle quelle, il n'y en a déjà que trop ! Comment pourriez-vous continuer ? »

« Ça continue pourtant, répondit Garp par retour. Vous verrez ! »

— Je *refuse* de voir, dit John Wolf à Garp, au téléphone. Je vous en prie, laissez tomber. Du moins, attendez que ça se décante. Pourquoi ne pas partir en vacances ? Ça vous ferait du bien – et à Helen aussi, j'en suis certain. Et Dun-can peut voyager maintenant, n'est-ce pas ?

Non seulement Garp s'obstinait à affirmer que *le Monde selon Bensenhaver* deviendrait un roman, mais il s'obsti-nait aussi à harceler John Wolf pour qu'il essaie de vendre le premier chapitre à un magazine. Garp n'avait jamais eu d'agent littéraire ; personne avant John Wolf ne s'était occupé de placer ce qu'écrivait Garp, et il se chargeait de veiller sur ses intérêts, tout comme il veillait sur ceux de Jenny Fields.

— Le *vendre* ? fit John Wolf.

— Oui, vendez-le, dit Garp. Bonne pré-publicité pour le roman.

Cela s'était passé de cette façon pour les deux pre-miers livres de Garp ; des extraits avaient été vendus à un certain nombre de magazines. Mais John Wolf essaya de convaincre Garp que ce chapitre était, *primo*, impubliable *secundo*, la pire des publicités imaginables – en admettant que quelqu'un fût assez fou pour le publier. Il expliqua à Garp qu'il passait pour un auteur « mineur mais sérieux », et que ses deux premiers romans avaient été favorablement accueillis par la critique, lui avaient gagné des partisans respectés et un public « mineur mais sérieux ». Garp ne cacha pas que cette réputation d'auteur « mineur mais sérieux » lui faisait horreur, bien qu'il décelât que John Wolf en était plutôt satisfait.

– Je préférerais être riche, et capable de me *moquer* de ce que les imbéciles appellent le genre « sérieux », dit-il à John Wolf. Mais qui parvient jamais à se moquer de ces choses ?

Garp rêvait en effet de pouvoir un jour acheter une forme d'isolement pour se couper de l'horreur du monde réel. Il imaginait une espèce de forteresse où Duncan et lui et Helen (et un nouveau bébé) pourraient vivre à l'abri des agressions, et même du contact, de ce qu'il appelait « le reste de la vie ».

– Mais de quoi voulez-vous donc parler ? demanda John Wolf.

Helen lui posa la question, elle aussi. De même que Jenny. Mais Jenny Fields *aima* le premier chapitre du *Monde selon Bensenhaver*. A son avis, on y trouvait, et à leur vraie place, toutes les priorités essentielles – il attribuait le rôle de héros au seul personnage possible vu les circonstances, il exprimait l'indispensable indignation, et présentait à juste titre sous un jour grotesque l'ignominie de la *concupiscence*. A dire vrai, l'enthousiasme que manifesta Jenny pour ce premier chapitre inquiéta Garp bien davantage que les critiques de John Wolf. Garp se méfiait par-dessus tout du jugement littéraire de sa mère.

– Mon Dieu ! regarde *son livre à elle*, répétait-il sans cesse à Helen, mais Helen, fidèle à sa promesse, refusait de se laisser entraîner dans le piège ; elle ne lirait pas le nouveau roman de Garp, pas une seule ligne.

– Mais quelle mouche le pique de vouloir être *riche* ? demanda John Wolf à Helen. Qu'est-ce que ça cache, tout ça ?

– Je n'en sais rien, dit Helen. Je crois qu'il s'imagine que la richesse le protégera, et nous avec.

– Contre *quoi* ? dit John Wolf. Contre *qui* ?

– Il faudra que vous attendiez d'avoir lu le livre jusqu'au

bout, dit Garp à son éditeur. Les affaires sont toujours emmerdantes. J'essaie de traiter ce livre comme s'il s'agissait d'une affaire, et vous aussi je veux que vous le traitiez de cette façon. Qu'il vous plaise ou non, je m'en fous ; je veux que vous le *vendiez*.

– Je ne suis pas un éditeur quelconque, protesta John Wolf. Et, par ailleurs, vous non plus, vous n'êtes pas un auteur quelconque. Navré d'être contraint de vous le rappeler.

John Wolf se sentait blessé, et il était furieux de voir que Garp avait l'outrecuidance de se mêler d'un domaine que lui, John Wolf, comprenait bien mieux que Garp. Mais il savait que Garp sortait d'une période difficile, il savait aussi que Garp était un bon écrivain, qui écrirait d'autres livres et (croyait-il) de meilleurs livres, et il souhaitait continuer à le publier.

– Les affaires sont toujours dégueulasses, répéta Garp. Si vous estimez que le livre est quelconque, dans ce cas, vous ne devriez avoir *aucun* mal à le vendre.

– Il n'y a pas que ça, expliqua John Wolf, avec tristesse. Personne ne peut dire à coup sûr ce qui fait vendre un livre.

– On m'a.déjà dit ça, John.

– Vous n'avez pas le droit de me parler de cette façon, Garp. Je suis votre votre ami.

C'était la vérité, aussi Garp raccrocha-t-il et, négligeant son courrier, termina *le Monde selon Bensenhaver* deux semaines avant le jour où, avec la seule aide de Jenny, Helen accoucha de leur troisième enfant – une fille, ce qui épargna à Helen et Garp le problème de se mettre d'accord sur un nom de garçon sans aucune ressemblance avec le prénom de Walt. La petite fille en question fut baptisée Jenny Garp, c'est-à-dire le nom que Jenny Fields aurait porté si elle avait pris la peine de se lier à Garp de manière plus conventionnelle.

Jenny fut ravie de voir quelqu'un porter, en partie du moins, son nom.

– Mais il y aura des quiproquos, les avertit-elle, lorsque nous serons toutes les deux dans les parages.

– Je t'ai toujours appelée « maman », rappela Garp.

Il s'abstint de rappeler à sa mère que, déjà, un couturier

à la mode s'était inspiré de son nom pour baptiser une robe. La robe en question fit fureur à New York pendant un an environ : un uniforme d'infirmière, tout blanc, avec, cousu sur le sein gauche, un cœur rouge vif. Exclusivité Jenny Fields, annonçait le cœur.

Lorsqu'elle accoucha de Jenny Garp, Helen ne dit rien. Helen se sentait pleine de gratitude ; pour la première fois depuis l'accident, elle avait le sentiment d'échapper à la démence du chagrin qui n'avait cessé de l'accabler depuis la mort de Walt.

Le Monde selon Bensenhaver – le moyen pour Garp d'échapper à la même démence – échoua donc à New York où John Wolf le lut et le relut, inlassablement. Il s'était arrangé pour faire publier le premier chapitre, mais dans une revue porno d'une crudité tellement ignoble qu'il avait la certitude que Garp lui-même se persuaderait que le livre n'avait aucune chance. La revue en question s'appelait *Crotch Shots*[1] et était remplie précisément de ce genre de photos – les castors fendus et mouillés de l'enfance de Garp, qui jalonnaient les pages de son récit de viol et de vengeance. Garp commença par accuser John Wolf d'avoir fait exprès de placer son chapitre dans ce genre de revue, sans même prendre contact avec des magazines dignes de ce nom. Pourtant, il les avait tous contactés, assura John Wolf ; en fait, cette revue était la plus minable de toutes – et l'histoire de Garp fut jugée précisément ainsi. Crudité systématique, parti pris de violence et de sexe, le tout sans la moindre qualité pour compenser les défauts.

– Il ne s'agit pas de cela, fit Garp. Vous verrez.

Mais Garp ne cessait de se ronger au sujet du premier chapitre du *Monde selon Bensenhaver*, celui qu'avait publié *Crotch Shots*. L'avait-on seulement lu ? Ceux qui achetaient ce type de revue prenaient-ils la peine de regarder les textes ?

« Qui sait, peut-être lisent-ils certaines des histoires

1. *Crotch* : l'entrecuisse, le sexe. (*N.d.T.*)

473

après s'être masturbés devant les photos », écrivit Garp à John Wolf. Il se demandait si c'était là un climat propice à la lecture : après une masturbation, le lecteur se sentait du moins détendu, peut-être même solitaire (« état d'esprit propice à la lecture », écrivit Garp à John Wolf). Mais peut-être aussi le lecteur se sentait-il coupable ; et humilié, et accablé d'un sentiment de responsabilité (un état d'âme pas tellement propice à la lecture, celui-là, songea Garp). En fait, il le savait, ce n'était même pas un état d'âme propice pour *écrire*.

Le Monde selon Bensenhaver a pour thème principal l'ambition impossible du mari, Dorsey Standish, de protéger sa femme et son enfant contre le monde brutal qui les entoure ; aussi Arden Bensenhaver (contraint de démissionner de la police pour non-orthodoxie systématique dans ses techniques d'arrestation) est-il embauché par les Standish et vient-il s'installer sous leur toit, un peu comme un vieil oncle, un vieil oncle armé – il devient le sympathique garde du corps familial, que Hope se voit finalement contrainte de rejeter. Bien que ce soit Hope qui ait affronté ce que le monde réel peut avoir de pire, c'est son mari qui redoute le plus le monde. Lorsque Hope exige que Bensenhaver cesse de vivre chez eux, Standish continue à payer un salaire au vieux policier pour qu'il leur serve d'ange gardien. Bensenhaver est payé pour filer l'enfant, Nicky, mais Bensenhaver est un spécimen plutôt bizarre et hautain de chien de garde, enclin par crises à sombrer dans ses horribles souvenirs personnels ; aux yeux des Standish, il devient peu à peu davantage une menace qu'un protecteur. Le livre le décrit comme « un rôdeur accroché à l'ultime frange de lumière – un tyran en retraite qui, tant bien que mal, végète à l'extrême bord des ténèbres ».

Hope lutte contre l'angoisse de son mari en insistant pour avoir un deuxième enfant. L'enfant naît, mais Standish semble ne pouvoir s'empêcher d'engendrer de monstrueux fantasmes ; plus détendu et redoutant moins d'éventuelles agressions sur la personne de sa femme et de ses enfants, il se met à soupçonner Hope d'avoir une liaison. Il se rend compte que la chose le blesserait davantage que si elle devait être violée (pour la seconde fois). Ainsi en vient-il à douter de son amour pour elle, et à douter de lui-même ; bourrelé de remords, il supplie Bensenhaver d'épier Hope et de découvrir si elle est fidèle. Mais Arden Bensenhaver refuse désormais d'assumer les angoisses de Dorsey à sa place. Le vieux policier objecte qu'il a été engagé pour protéger la famille Standish contre le monde extérieur – non pour peser sur le libre arbitre des divers membres de ladite famille et le droit de chacun de vivre à sa guise. Privé du soutien de Bensenhaver, Dorsey Standish cède à la panique. Une nuit, il laisse la maison (et les enfants) sans protection, tandis qu'il sort pour espionner sa femme. Pendant l'absence de Dorsey, le plus jeune des deux enfants s'étouffe en avalant de travers une des tablettes de chewing-gum de Nicky.

Les remords abondent dans le livre. Dans les livres de Garp, les remords abondent toujours. Chez Hope également – car, c'est vrai, elle voyait quelqu'un (mais qui pourrait la blâmer ?). Bensenhaver, torturé par le poids de sa responsabilité, pique une crise cardiaque. En partie paralysé, il revient s'installer chez les Standish ; Dorsey se sent responsable de lui. Hope insiste pour qu'ils aient *un autre* enfant, mais les événements ont rendu Standish définitivement stérile. Il se déclare d'accord pour que Hope garde son amant – mais uniquement, comme il le dit, pour se faire « ensemencer » (chose ironique, c'était la seule partie du livre que Jenny Fields qualifiait de « quelque peu tirée par les cheveux »).

Une fois de plus, Dorsey Standish aspire à susciter une « situation contrôlée » – « davantage une expérience de laboratoire destinée à créer la vie que le reflet de la vie elle-même », écrit Garp. Hope ne parvient pas à s'adapter à un arrangement aussi clinique ; du point de vue émotionnel, ou elle a un amant, ou elle n'en a pas. En exigeant que les amants ne se rencontrent que dans le seul but de favoriser l'ensemencement de Hope, Dorsey essaie en fait de tout contrôler : les circonstances, le lieu, la fréquence et la durée de leurs rencontres. Ce qui ne l'empêche pas de soupçonner Hope de rencontrer clandestinement son amant, en même temps que conformément au plan. Standish avertit Bensenhaver, devenu sénile, de l'existence d'un rôdeur, un ravisseur et violeur en puissance, dont la présence a déjà été signalée dans le quartier.

Non content de tout cela, Dorsey Standish prend l'habitude de passer à l'improviste chez lui (aux moments où l'on s'attend le moins à le voir surgir) ; jamais il ne prend Hope en flagrant délit de quoi que ce soit, mais Bensenhaver, toujours armé et rendu redoutable par la sénilité, surprend Dorsey. Invalide mais rusé, Arden Bensenhaver est étonnamment mobile et silencieux dans son fauteuil à roulettes ; de plus, ses méthodes d'arrestation restent toujours aussi peu orthodoxes. En fait, d'une distance de moins de deux mètres, Bensenhaver abat Dorsey Standish avec un fusil de chasse calibre 12. Dorsey s'était dissimulé au premier étage, dans le placard en cèdre, au risque de se tordre les chevilles sur les chaussures de sa femme, en guettant le moment où, de la chambre à coucher, elle passerait un coup de fil, que lui – de son placard – pourrait surprendre. Naturellement, il mérite son sort.

La blessure est mortelle. Arden Bensenhaver sombre dans la folie, on l'emmène. Hope est enceinte, des œuvres de son amant. Après la naissance de l'enfant, la tension s'apaise dans la famille, au grand soulagement de Nicky. L'affreuse angoisse qui accablait Dorsey Standish et qui, depuis si longtemps, paralysait la vie de tous, se dissipe enfin. Hope et ses enfants reprennent le cours de leurs vies, parvenant même à supporter gaiement les élucubrations du vieux Bensenhaver, trop coriace pour mourir, qui, du fond de son fauteuil d'invalide dans un asile pour fous criminels du troisième âge, ressasse les récits de son univers cauchemardesque. On a l'impression qu'enfin il se trouve à sa place. Hope et les enfants lui rendent souvent visite, non par simple bonté – car ils sont bons –, mais aussi pour se remémorer le précieux équilibre mental qui est leur lot. La ténacité de Hope et la survie de ses deux enfants rendent tolérables et même comiques les vitupérations du vieillard.

Cet étrange asile pour fous criminels du troisième âge, soit dit en passant, offre une ressemblance surprenante avec l'hôpital de Dog's Head Harbor où Jenny Fields accueillait les femmes en détresse.

Ce n'est pas que *le Monde selon Bensenhaver* soit faux, ni même mal perçu, mais plutôt qu'il est sans rapport avec le besoin qu'a le monde de plaisir sensuel, son besoin et sa faculté de tendresse. Dorsey Standish, par ailleurs, « n'est pas fidèle à la réalité du monde » ; l'extrême *délicatesse* de son amour pour sa femme et ses enfants le rend trop vulnérable ; il apparaît, de même que Bensenhaver, comme « mal équipé pour vivre sur cette planète ». Où seule compte l'immunité.

Hope et – le lecteur l'espère – ses enfants conservent peut-être de meilleures chances. On devine, implicite dans le roman, cette idée que les hommes sont mieux équipés que les femmes pour endurer la peur et la violence, et pour maîtriser l'angoisse de sentir à quel point ceux que nous aimons nous rendent vulnérables. Hope apparaît comme une femme coriace qui a su survivre au monde d'un homme faible.

John Wolf réfléchissait dans son bureau de New York, espérant que le réalisme viscéral de la langue de Garp et l'intensité de ses personnages parviendraient, en fin de compte, à sauver le livre et à lui épargner la réputation d'un vulgaire mélodrame. Mais, songeait Wolf, on aurait tout aussi bien pu baptiser la chose *l'Angoisse de la vie* ; on aurait pu en tirer un fantastique feuilleton pour la télévision, à condition de l'expurger convenablement à l'intention des malades, des vieillards et des enfants d'âge préscolaire. John Wolf en conclut que *le Monde selon Bensenhaver*, en dépit du « réalisme viscéral de la langue de Garp », et ainsi de suite, n'était qu'un vulgaire mélodrame, un feuilleton pour adultes.

Plus tard, beaucoup plus tard, bien sûr, Garp lui-même en conviendrait ; il n'avait jamais rien écrit de pire.

« Mais cette saloperie de monde ne m'a jamais rendu le moindre hommage, écrivit-il à John Wolf. Voilà pourquoi on me devait quelque chose. »

C'était ainsi, Garp en avait le sentiment, que les choses se passaient la plupart du temps.

Le problème de John Wolf était beaucoup plus fondamental : en d'autres termes, il se demandait s'il pouvait justifier la publication du livre. Avec les livres qui ne l'emballaient pas d'emblée, John Wolf utilisait un système qui le trahissait rarement. Dans sa maison d'édition, on lui enviait le flair qui lui permettait de repérer à coup sûr les livres promis au succès. Lorsqu'il prédisait qu'un livre aurait du succès – ce qui n'impliquait pas qu'il était bon, ni agréable à lire –, il avait presque toujours raison. Il arrivait souvent que des livres fassent un succès sans qu'il l'ait prédit, bien sûr, mais personne n'avait jamais entendu dire qu'un livre dont il avait prédit le succès eût jamais été un *échec*.

Personne ne savait comment il faisait son coup.

La première fois, c'était avec le livre de Jenny Fields – et, depuis, avec d'autres livres étonnants ; une fois tous les deux ans environ, il avait réédité le coup.

John Wolf connaissait une des femmes employées dans la maison d'édition, et elle lui avait dit un jour que, chaque fois qu'elle lisait un livre, elle avait aussitôt envie de le fermer et de se mettre au lit. Pour John Wolf, qui aimait les livres, elle représentait un défi vivant, et, pendant des années, il prit l'habitude de donner des livres à lire à cette femme, de bons et de mauvais livres ; tous ces livres avaient un point commun, ils donnaient tous envie de dormir à la femme. Elle n'aimait pas lire, tout simplement, comme elle l'expliqua à John Wolf ; mais il refusa de s'avouer vaincu. A part lui, personne dans la maison d'édition n'avait jamais demandé à la femme en question de lire quoi que ce soit ; en fait, jamais personne ne sollicitait son opinion sur rien. La femme circulait au milieu des livres qui encombraient la maison d'édition comme un non-fumeur dans un magasin de cendriers. C'était une femme de ménage. Jour après jour, elle vidait les corbeilles à papier ; le soir, quand tout le monde était parti, elle nettoyait les bureaux. Tous les lundis, elle passait l'aspirateur sur les moquettes des couloirs ; tous les mardis, elle époussetait les vitrines et, le mercredi, les tables des secrétaires ; le jeudi, elle récurait les toilettes, et le vendredi, vaporisait du désodorisant partout – de manière, expliqua-t-elle un jour à John Wolf, à laisser à la maison tout entière tout le week-end pour emmagasiner de quoi sentir bon jusqu'à la fin de la semaine. Depuis des années qu'il l'observait, jamais John Wolf ne l'avait vue accorder un seul regard à un livre.

Lorsqu'il lui demanda un jour ce qu'elle pensait des livres, elle lui répondit qu'elle les trouvait tous aussi rebutants, et il prit alors l'habitude de l'utiliser pour tester les livres qui le laissaient sans opinion bien arrêtée – ainsi que ceux qui le laissaient avec une opinion *trop* bien arrêtée. Son horreur des livres ne s'était jamais démentie, et John était sur le point de jeter le gant lorsqu'il lui donna à lire le manuscrit de *Sexuellement suspecte*, l'autobiographie de Jenny Fields.

La femme de ménage dévora le livre en une nuit et demanda à John Wolf s'il pourrait – quand le livre sortirait – lui faire cadeau d'un exemplaire pour qu'elle puisse le relire – à loisir cette fois.

Par la suite, John Wolf ne manqua jamais de solliciter son opinion. Jamais elle ne le déçut. En général, elle n'aimait pas ce qu'elle lisait, mais, quand elle aimait quelque chose, cela signifiait pour John Wolf que la plupart des gens seraient du moins capables de le lire.

Ce fut presque par routine que John Wolf passa *le Monde selon Bensenhaver* à la femme de ménage. Puis, sitôt rentré chez lui pour le week-end, il se mit à réfléchir; il tenta de la joindre au téléphone pour lui dire de ne même pas essayer de le lire. Il se souvenait du premier chapitre et ne voulait pas choquer la brave femme, qui était grand-mère, et (bien entendu) la mère de quelqu'un – après tout, personne ne lui avait jamais dit qu'elle était *payée* pour lire tout ce que John Wolf lui refilait. A part John Wolf, tout le monde ignora toujours qu'elle touchait un salaire plutôt faramineux pour une femme de ménage. La femme était persuadée que toutes les bonnes femmes de ménage étaient bien payées, et méritaient de l'être.

Elle s'appelait Jillsy Sloper, et John Wolf constata avec stupéfaction que pas un seul Sloper au nom précédé d'un J., fût-ce comme première initiale, ne figurait dans l'annuaire. Apparemment, Jillsy n'aimait pas davantage les coups de téléphone qu'elle n'aimait les livres. John Wolf se promit que, dès en arrivant le lundi matin, il prierait Jillsy de bien vouloir l'excuser. Il consacra le reste d'un sinistre week-end à essayer de formuler en quels termes il avertirait S. T. Garp qu'il croyait que, dans son propre intérêt, et très certainement dans l'intérêt de la maison d'édition, il était préférable de renoncer à publier *le Monde selon Bensenhaver*. Ce fut un week-end pénible pour John Wolf, qui aimait Garp et avait foi en lui, mais qui savait aussi que Garp n'avait pas d'amis capables de lui donner de bons conseils pour l'empêcher de se fourrer dans une situation gênante – l'une des choses précieuses auxquelles servent les amis. Il n'y avait qu'Alice Fletcher, qui vouait un tel amour à Garp qu'elle aimait toujours, sans l'ombre d'une réticence, le moindre de ses propos – sinon, elle gardait le silence. Et il y avait Roberta Muldoon, dont le jugement littéraire, soupçonnait John Wolf, était encore plus inexpérimenté et plus gauche (à supposer qu'il existât) que son sexe d'adoption. Quant à Helen, elle refusait de lire Garp. Et Jenny Fields, John Wolf le savait, à l'inverse des autres mères, ne manifestait aucun préjugé favorable envers son fils ; en fait, elle avait fait preuve d'un goût douteux en *n'aimant pas* certaines des meilleures choses jamais écrites par son fils. Le problème pour Jenny, comme le savait John Wolf, était un problème de thème. Pour Jenny Fields, tout livre qui traitait d'un thème important était un livre important. Et Jenny Fields pensait que le nouveau livre de Garp avait pour thème toutes les stupides angoisses des hommes que les femmes se voient contraintes de subir stoïquement. La façon dont un livre était écrit n'avait jamais eu la moindre importance pour Jenny Fields.

D'un certain point de vue, John Wolf aurait pourtant aimé publier le livre. Si Jenny Fields aimait *le Monde selon Bensenhaver*, cela signifiait du moins qu'il s'agissait d'un livre capable de déchaîner les passions. Mais John Wolf savait, comme le savait Garp, que le statut d'héroïne politique fait à Jenny découlait en grande partie d'une totale ambiguïté et d'un malentendu global concernant la personne de Jenny.

Wolf tourna et retourna le problème dans son esprit tout le week-end, au point qu'il en oublia de s'excuser auprès de

Jillsy Sloper en arrivant le lundi matin au bureau. Et Jillsy surgit soudain devant lui, les yeux rouges et se tortillant comme un écureuil, les pages chiffonnées du *Monde selon Bensenhaver* solidement coincées entre ses grosses mains rougeaudes.

– Seigneur Dieu ! fit Jillsy.

Elle roulait des yeux effarés ; ses mains secouaient le manuscrit.

– Oh, Jillsy ! commença John Wolf. Je suis désolé.

– Seigneur Dieu ! croassa Jillsy. J'ai passé le plus abominable week-end de ma vie. *Pas pu* fermer l'œil, *pas pu* avaler quoi que ce soit, *pas pu* aller au cimetière pour rendre visite à mes parents et à mes amis.

John Wolf trouva bien un peu étrange le schéma du week-end de Jillsy, mais il se tint coi ; il se contenta de l'écouter, comme il l'écoutait depuis maintenant une douzaine d'années.

– Il est *fou* ce type-là, dit Jillsy. Jamais quelqu'un de sain d'esprit serait allé écrire un livre pareil.

– Jamais je n'aurais dû vous le confier, Jillsy, s'excusa John Wolf. J'aurais dû me souvenir du premier chapitre.

– *Le premier* chapitre est pas ce qu'y a de pire, fit Jillsy. C'est *rien du tout* ce premier chapitre. C'est le *dix-neuvième* qui m'a flanqué un coup. Seigneur ! Seigneur ! se remit-elle à croasser.

– Vous m'en avez pas donné plus de dix-neuf chapitres. Doux Jésus ! Est-ce qu'y aurait encore *un autre* chapitre ? Est-ce que ça *continue* ?

– Non, non, assura John Wolf. Ça, c'est la fin. Tout est là.

– J'espère bien, dit Jillsy. Parce qu'y a plus rien avec quoi continuer. Le vieux cinglé de flic se retrouve enfin là où il devrait être – pas trop tôt – et le dingue de mari a eu la tête arrachée par un coup de fusil. Si vous voulez mon opinion, elle méritait rien de mieux, la tête de ce mari-là : se faire arracher.

– Vous l'avez *lu* ? demanda John Wolf.

– Seigneur Dieu ! A croire que c'est lui qu'avait été violé, de la façon dont il cesse pas de radoter. Vous voulez que je vous dise, fit Jillsy, ça, c'est les hommes tout crachés ; v'là qu'ils vous violent à vous en faire quasiment crever et, l'instant d'après, les v'là qui font un tas d'histoires pour savoir à qui vous donnez ça *gratis* – simplement parce que vous en avez envie ! Comme si, d'une façon ou d'une autre, ça les regardait, pas vrai ?

– Je ne sais pas trop, éluda John Wolf, assis médusé à son bureau. Donc, vous n'avez pas aimé le livre.

– L'aimer ? gloussa Jillsy. Y a rien du tout à aimer là-dedans.

– Mais vous l'avez lu pourtant. Pourquoi l'avez-vous lu ?

– Seigneur Dieu ! dit Jillsy, qui paraissait désolée pour John Wolf – désolée de le voir d'une bêtise aussi indécrottablê. Tous ces livres que vous fabriquez, y m'arrive de me demander si vous y connaissez quelque chose, dit-elle, en secouant la tête. Je me demande des fois si c'est bien vous qui fabriquez les livres et si c'est bien moi qui récure les toilettes. Sauf que je préfère récurer les toilettes que d'être obligée de lire la plupart de ces fichus bouquins. Seigneur ! Seigneur !

– Mais pourquoi l'avoir lu, Jillsy, si vous avez trouvé ça horrible ? demanda John Wolf.

– Pour la même raison qui me pousse à lire n'importe quoi. Pour savoir *ce qui se passe*.

John Wolf la regarda, abasourdi.

– Dans la plupart des livres, on sait tout de suite qu'y se passera rien, expliqua Jillsy. Seigneur ! vous le savez bien, non ? Dans d'autres livres, y se passe quelque chose et on sait tout de suite *quoi*, ce qui fait que c'est pas la peine de les lire. Mais ce livre, il est si tordu qu'on sait qu'y va s'y passer quelque chose, mais on arrive pas à imaginer quoi. Faudrait être tordu soi-même pour imaginer ce qui se passe dans ce livre.

– Alors, vous l'avez lu pour savoir ?

– Pour sûr ! Comme s'il y avait d'autres raisons pour lire un livre, non ?

Jillsy Sloper posa lourdement le manuscrit (il était gros) sur le bureau de John Wolf et remonta la rallonge (celle de l'aspirateur) dont, le lundi matin, elle ceignait sa taille imposante.

– Quand ça sera devenu un livre, dit-elle en désignant

482

le manuscrit, ça me ferait plaisir d'en avoir un exemplaire. Si ça peut se faire.

– Vous en voulez un exemplaire ? s'étonna John Wolf.

– Si ça doit pas poser de problème, oui.

– Maintenant que vous savez ce qui se passe, dit John Wolf, pourquoi auriez-vous envie de le *relire* ?

– Ma foi…

Elle avait l'air embarrassée ; jamais encore John Wolf n'avait vu Jillsy avec l'air embarrassé – l'air endormi seulement.

– Ma foi, je pourrais peut-être le *prêter*, dit-elle. Pourrait y avoir quelqu'un parmi mes connaissances qu'aurait besoin qu'on lui rappelle à quoi ressemblent les hommes dans not' monde.

– Et vous, vous croyez que vous le reliriez ? demanda John Wolf.

– Eh bien, pas *en entier*, je crois pas. Du moins, pas tout d'un coup, et pas tout de suite non plus.

Elle parut de nouveau embarrassée.

– Ma foi, avoua-t-elle, d'un air timide, à dire vrai, p't-être bien qu'y en a des *morceaux* que je demanderais pas mieux de relire.

– Pourquoi ?

– Seigneur Dieu ! fit Jillsy d'un ton las, comme s'il finissait par l'agacer. Ça semble tellement vrai, gémit-elle, en prêtant au mot « vrai » un accent aussi pathétique que le cri nocturne d'un grèbe au-dessus d'un lac.

– Ça semble tellement vrai ? lui fit écho John Wolf.

– Seigneur ! Comment, vous le savez pas ? Si vous êtes pas capable de savoir quand un livre est *vrai*, entonna Jillsy, sûr qu'on devrait échanger nos boulots.

Sur quoi, elle éclata de rire, la robuste prise de courant à triple fiche de l'aspirateur coincée comme un pistolet dans son poing.

– Je me demande bien, Mr. Wolf, dit-elle d'une voix douce, si vous sauriez reconnaître quand des toilettes sont *propres*.

Elle traversa la pièce et scruta le fond de la corbeille à papier.

– Ou quand une corbeille à papier est vide. Un livre a

l'air vrai quand il a l'air vrai, fit-elle, soudain exaspérée. Quand un livre est vrai, y vous donne envie de dire : « Ouais ! C'est comme ça qu'y *se conduisent* tout le temps, tous ces tordus. » Là, on sait qu'il est vrai, conclut Jillsy.

Se penchant, elle plongea la main dans la corbeille à papier et en sortit un billet qui gisait solitaire au fond. Elle le fourra dans son tablier. C'était la première page, toute chiffonnée, de la lettre que John Wolf avait tenté de rédiger à l'intention de Garp.

Des mois plus tard, alors que *le Monde selon Bensenhaver* partait pour l'imprimerie, Garp se plaignit à John Wolf de n'avoir personne à qui dédier le livre. Il refusait de le dédier à la mémoire de Walt, ayant en horreur ce genre de procédé – « cette façon sordide de capitaliser, comme il disait, sur les catastrophes de la vie, d'essayer d'accrocher le lecteur en se faisant passer pour un *auteur* plus sérieux qu'on ne l'est en réalité ». De même, il refusait de dédier le livre à sa mère, car il avait horreur, disait-il, « de carotter en exploitant comme tout le monde le nom de Jenny Fields ». Helen, bien entendu, était hors de question, et Garp, à sa grande honte, avait l'impression qu'il n'avait pas le droit de dédier à Duncan un livre qu'il ne lui permettrait pas de lire. L'enfant était trop jeune. Et Garp, en tant que père, éprouvait un léger dégoût à l'idée qu'il avait écrit quelque chose qu'il interdirait à ses propres enfants de lire.

Les Fletcher, il l'aurait juré, se sentiraient embarrassés si un livre leur était dédié, en tant que couple ; quant à dédier le livre à Alice, à Alice seule, Harry risquait de s'offenser.

– Pas à moi, dit John Wolf. Pas celui-ci.

– Je ne pensais pas à vous, mentit Garp.

– Et Roberta Muldoon ? suggéra John Wolf.

– Ce livre n'a absolument aucun *rapport* avec Roberta Muldoon.

Pourtant, Garp savait que Roberta, elle du moins, ne verrait aucun inconvénient à ce que le livre lui soit dédié. Marrant, non, d'écrire un livre qu'en fait personne n'aimerait se voir dédier !

– Peut-être finirai-je par le dédier aux Ellen-James-siennes, fit Garp, avec amertume.

– N'allez pas chercher des ennuis, dit John Wolf. C'est de la bêtise pure.

Garp se mit à bouder.

A Mrs. Ralph.

Pourquoi pas ? Mais il ignorait toujours son véritable nom. Il y avait bien le père d'Helen – son brave vieux moniteur de lutte, Ernie Holm – mais le sens du geste échapperait à Ernie ; et il était douteux que le livre lui plaise. Garp espérait, en réalité, qu'Ernie ne le lirait pas. Marrant, non, d'écrire un livre en espérant que quelqu'un ne le lira pas ?

A Ragoût-Gras.

Pourquoi pas ?

A Michael Milton.
En souvenir de Bonkers.

Il s'embourbait. Il ne trouvait personne.

– Je pense à quelqu'un, une femme, dit John Wolf. Je pourrais lui demander si elle serait d'accord.

– Très drôle, fit Garp.

Mais John Wolf songeait à Jillsy Sloper, la personne, il ne l'oubliait pas, à laquelle en fin de compte le livre devait d'être publié.

– Il s'agit d'une femme extraordinaire, et elle a *adoré* votre livre, dit John Wolf. Elle l'a trouvé extraordinairement « vrai ».

Garp jugea l'idée intéressante.

– Je lui ai confié le manuscrit le temps d'un week-end, et elle l'a littéralement dévoré.

– Pourquoi le lui avez-vous confié ?

– Elle semblait *adéquate*, voilà tout, dit John Wolf.

Un bon éditeur ne confie jamais tous ses secrets au premier venu.

– Eh bien, d'accord ! fit Garp. On se sent tout nu, de n'avoir personne. Dites-lui que je lui serais très reconnaissant. C'est une de vos *intimes* ?

Wolf lui décocha un clin d'œil et Garp hocha la tête.

– Mais ça veut dire quoi toute cette histoire ? demanda Jillsy Sloper à John Wolf, d'une voix soupçonneuse. Ça veut dire quoi ? Il veut me « dédier » c't affreux livre, à moi ?

– Ça veut dire que votre réaction lui a été très précieuse, expliqua John Wolf. Il pense que c'est un peu comme s'il avait écrit le livre en pensant à vous.

– Seigneur Dieu ! fit Jillsy. En pensant à moi ? Ça alors, mais ça veut dire quoi, *ça* ?

– Je lui ai raconté comment vous aviez réagi à son livre, et il estime sans doute que vous représentez le public idéal.

– Le public idéal ? Doux Jésus ! mais il est dingue, pas vrai ?

– Et puis, il n'a personne d'autre à qui dédier, avoua John Wolf.

– Un peu comme quelqu'un qu'aurait besoin d'un témoin pour aller se marier ?

– Un peu, oui, admit John Wolf.

– Mais ça veut pas dire que *j'approuve* le livre, hein ?

– Seigneur ! grand Dieu ! bien sûr que non !

– Doux Jésus ! non, ça non, hein ? insista Jillsy.

– Personne n'ira vous reprocher quoi que ce soit à propos de ce livre, si c'est ce qui vous tracasse, assura Wolf.

– Dans ce cas...

John Wolf montra à Jillsy l'endroit où figurerait la dédicace ; il lui montra d'autres dédicaces, dans d'autres livres. Jillsy Sloper les trouva toutes à son goût et se mit à hocher la tête, peu à peu séduite par la perspective.

– Encore une chose, dit-elle. Je ne serai pas obligée de le rencontrer, ni rien, pas vrai ?

– Grand Dieu ! non ! s'exclama John Wolf, et Jillsy donna son accord.

Il ne manquait plus qu'un ultime trait de génie pour lancer *le Monde selon Bensenhaver* dans cette pénombre irréelle où, pendant quelque temps, brillent parfois les livres « sérieux », comme aussi les livres « à succès ». John Wolf était un homme habile, et cynique. Il connaissait toutes les ficelles, entre autres les références autobio-graphiques dégueulasses qui incitent les lecteurs à se jeter parfois comme des chiens enragés sur une œuvre de fiction.

Bien des années plus tard, Helen ferait observer que c'était entièrement à sa jaquette que *le Monde selon Bensenhaver* devait son succès. Comme pour les livres précédents, John Wolf laissa le soin à Garp de rédiger le texte de la jaquette, mais le compte rendu que fit Garp de son propre livre était tellement sinistre et pesant que John Wolf décida de prendre lui-même les choses en main ; il alla droit au cœur du problème.

« *Le Monde selon Bensenhaver*, disaient les rabats de la jaquette, a pour personnage central un homme qui, obsédé par les catastrophes qui menacent, croit-il, ceux qu'il aime, crée autour de lui une atmosphère tellement lourde de tension que lesdites catastrophes ne peuvent que surgir tôt ou tard. Et elles surgissent. »

« S. T. Garp, continuait la jaquette, est l'unique enfant de la célèbre féministe Jenny Fields. »

John Wolf fut secoué d'un léger frisson lorsqu'il vit ces mots imprimés, car il avait beau les avoir écrits lui-même, et savoir *pourquoi*, il savait aussi qu'il s'agissait là de choses intimes dont jamais Garp n'acceptait que l'on fasse état à propos de son œuvre.

« S. T. Garp est aussi un père », disait la jaquette. A ce point, John Wolf secoua la tête, honteux de se savoir l'auteur de pareilles ignominies. « Un père récemment frappé par un deuil tragique, la perte d'un fils de cinq ans. Du fond de l'angoisse où se débat un père dans le sillage d'une catastrophe de ce genre jaillit ce roman torturé. » Et ainsi de suite.

Il n'existait pas, aux yeux de Garp, de raison plus sordide pour lire un livre. Garp le répétait toujours, la question qu'il détestait le plus s'entendre poser, au sujet de son œuvre, était dans quelle mesure elle était « vraie » – dans quelle mesure elle reposait sur « son expérience personnelle ». *Vrai* – non pas au bon vieux sens du mot tel que l'entendait Jillsy Sloper, mais vrai dans le sens de conforme à la « réalité ». D'ordinaire, avec une patience et un calme infinis, Garp répondait que la base autobiographique – en admettant qu'elle existât – était, de tous les niveaux, le moins intéressant pour aborder la lecture d'un roman. Comme il l'affirmait toujours, l'art du romancier est la capacité d'*imaginer* de façon vraie – c'est, comme dans toute forme d'art, un processus de sélection. Les expériences et les souvenirs personnels – « les relents de tous les traumatismes de nos banales existences » – étaient, pour le romancier, des modèles suspects, soutenait Garp. « Il faut que la fiction soit mieux *faite* que la vie », écrivit Garp. Et il vouait une haine obstinée à ce qu'il appelait « le kilométrage bidon des épreuves personnelles », et à ces écrivains dont les œuvres n'étaient « importantes » que parce que quelque chose d'important s'était passé dans leurs vies. La pire des raisons pour incorporer quelque chose à une œuvre, soutint-il un jour, est que la chose en question soit authentique, qu'elle soit réellement arrivée. « *Tout* est réellement arrivé, un jour ou l'autre ! vitupérait-il. La seule raison valable pour incorporer une chose à un roman est que ce soit la chose qu'il aurait été idéal de voir arriver à ce moment-là. »

– Racontez-moi donc une chose, *n'importe quelle chose*, qui vous soit arrivée un jour, dit une fois Garp à une journaliste qui l'interviewait, et je suis capable d'embellir votre histoire ; je suis capable de vous la fignoler dans les moindres détails.

La journaliste, une divorcée, mère de quatre enfants en bas âge, dont l'un se mourait d'un cancer, le contemplait, un masque d'incrédulité sur le visage. Garp comprit avec quelle obstination elle s'accrochait à son malheur, la terrible importance qu'il avait pour elle, et lui dit doucement :

– S'il s'agit d'une histoire triste – très triste même –, je suis capable de la rendre plus triste encore.

Mais il lut sur son visage que jamais elle ne le croirait ; elle ne prenait même pas de notes. Ce qu'il venait de lui dire ne figurerait même pas dans son article.

Quant à John Wolf, il savait ceci : une des premières choses que réclament la plupart des lecteurs, c'est le maximum de détails personnels sur la vie d'un écrivain. Comme John Wolf l'écrivit à Garp : « Pour la plupart des gens, dont les facultés d'imagination sont limitées, l'idée de broder sur la réalité, c'est de la pure connerie. »

Sur la jaquette du *Monde selon Bensenhaver*, John Wolf créa de toutes pièces un sentiment bidon de l'importance de Garp (« l'unique enfant de Jenny Fields, la célèbre féministe ») et suscita une vague de sympathie attendrie pour son expérience personnelle (« La perte d'un fils de cinq ans »). Que ces deux bribes de biographie n'eussent rien à voir avec le *talent* de Garp, John Wolf ne s'en souciait que fort peu. En affirmant qu'il préférait la richesse au sérieux, Garp avait fini par échauffer les oreilles de John Wolf.

« Il ne s'agit pas de votre meilleur livre, écrivit John Wolf à Garp, lorsqu'il lui envoya les épreuves à relire. Ça aussi, vous le comprendrez un jour. Mais ce sera votre plus gros tirage ; patience, vous verrez. Vous ne vous doutez pas, pourtant, à quel point vous finirez par haïr la plupart des raisons de votre succès, ce qui me pousse à vous conseiller de quitter le pays pendant quelques mois. Et je vous conseille aussi de ne lire que les revues de presse que *moi* je vous enverrai. Quand les choses se seront calmées – parce que tout finit toujours par se calmer –, vous pourrez rentrer pour aller chercher l'énorme surprise qui vous attendra à la banque. Et vous pouvez toujours aussi espérer que le succès de *Bensenhaver* sera assez grand pour inciter les gens à faire un petit retour en arrière et lire vos deux premiers romans – pour lesquels vous méritez davantage de notoriété.

« Dites bien à Helen que je suis désolé, Garp, mais je pense qu'il faut que vous le sachiez : j'ai toujours pris vos intérêts à cœur. Si vous avez envie de *vendre* ce livre, on le vendra. "Les affaires sont toujours dégueulasses", Garp. C'est vous que je cite. »

Cette lettre plongea Garp dans un abîme de perplexité ; John Wolf, bien entendu, ne lui avait pas montré le texte de la jaquette.

– Pourquoi êtes-vous si *désolé* ? répondit Garp. Ne pleurez donc pas ; vendez.

– Les affaires sont toujours dégueulasses, répéta Wolf.

– Je sais, je *sais*, John.

– Suivez mon conseil, Garp.

– J'aime lire les critiques, protesta Garp.

– Pas celles-ci, elles ne vous plairont pas. Partez en voyage, je vous en supplie.

John Wolf envoya alors un spécimen de la jaquette à Jenny Fields. Il lui demanda le secret et son aide pour convaincre Garp de quitter le pays.

– Quitte le pays, dit Jenny à son fils. C'est la meilleure chose que tu puisses faire, pour toi-même et ta famille.

L'idée, pour tout dire, enthousiasma Helen ; elle n'était jamais allée à l'étranger. Duncan avait lu la première nouvelle écrite par son père, *la Pension Grillparzer*, et il avait envie de voir Vienne

– Vienne n'est pas du tout ainsi, dit Garp à Duncan.

Mais, à l'idée que l'enfant avait aimé cette vieille histoire, Garp se sentit très ému. Garp l'aimait, lui aussi. En fait, il commençait à regretter de ne pouvoir aimer, fût-ce à moitié, tout ce qu'il avait écrit d'autre.

– Pourquoi l'Europe, surtout avec un bébé ? se plaignit Garp. Je ne sais pas. C'est compliqué – et, pour le bébé, il faudra un tas de vaccins et un tas d'autres trucs.

– Toi aussi, tu auras besoin de vaccins, dit Jenny Fields. Le bébé ne risquera rien du tout.

– Tu n'as donc pas envie de revoir Vienne ? lui demanda Helen.

– Ah, imaginez un peu, le théâtre de vos crimes d'antan ! s'exclama avec rondeur John Wolf.

– Mes crimes d'antan ? marmonna Garp. Je ne sais pas trop.

– Je t'en supplie, papa ! implora Duncan.

Garp ne savait rien refuser à Duncan ; il se laissa avoir. Helen sentit son moral remonter, au point de consentir à jeter un coup d'œil aux épreuves du *Monde selon Bensenhaver*, mais un coup d'œil superficiel et nerveux, et elle ne manifesta aucune intention de se plonger pour de bon dans le livre. La première chose qu'elle vit fut la dédicace :

A Jillsy Sloper.

– Bonté divine ! mais qui est donc Jillsy Sloper ?
– A vrai dire, je n'en sais rien, dit Garp.
Helen se renfrogna.

– Non, *vraiment*. Une amie de John, je crois ; il affirme que le livre lui a beaucoup plu – elle l'a lu d'une traite. Wolf aura sans doute pris ça pour un bon présage ; de toute façon, l'idée vient de lui. Et moi, je l'ai trouvée bonne.

– Hum, fit Helen, en rangeant les épreuves.

Sans rien dire, tous deux essayèrent de se représenter la petite amie de John Wolf. Lorsqu'ils avaient fait la connaissance de John, il était déjà divorcé ; par la suite, les Garp avaient eu l'occasion de rencontrer plusieurs des enfants de Wolf, tous des adultes, mais jamais ils n'avaient rencontré son ex-femme, et jamais John ne s'était remarié. Il avait eu un nombre raisonnable de petites amies, toutes des femmes intelligentes et au charme onctueux – toutes plus jeunes que John Wolf, également. Certaines travaillaient dans l'édition, mais c'étaient pour la plupart des jeunes femmes elles aussi divorcées, et avec de l'argent – toujours avec de l'argent, ou *l'air* d'avoir de l'argent. En général, Garp s'en souvenait à cause de leur odeur agréable, et du goût de leur rouge à lèvres – et de la qualité palpable, de la classe de leurs toilettes.

Ni Garp ni Helen n'auraient jamais pu se représenter Jillsy Sloper, fruit de l'union d'un Blanc et d'une quarteronne – ce qui faisait de Jillsy une octoronne, avec un huitième de sang noir. Sa peau était d'un brun terne, la teinte d'une planche de sapin quelque peu souillée de taches. Ses cheveux, raides et courts, étaient d'un noir corbeau et commençaient à grisonner à la lisière de sa frange taillée à la diable au-dessus de son front luisant et sillonné de rides. Elle était de petite taille, avec de longs bras, et elle avait perdu l'annulaire de sa main gauche. Une profonde cicatrice lui marquait la joue droite, ce qui permettait de supposer que son annulaire avait été tranché lors de la même bataille, et par la même arme – peut-être au cours d'un mariage houleux, car il ne faisait aucun doute qu'elle avait connu un mariage houleux. Dont elle ne parlait jamais.

Elle avait quarante-cinq ans environ, mais en faisait soixante. Elle était dotée d'une poitrine aussi ample que celle d'une chienne labrador sur le point de mettre bas et, toujours et partout, circulait d'une démarche traînante, car ses pieds la faisaient souffrir. Quelques années plus tard, elle s'obstinerait si longtemps à traiter par le mépris la grosseur qu'elle sentait pourtant dans sa poitrine, et dont personne d'autre ne soupçonna jamais l'existence, qu'elle devait mourir d'un cancer nullement incurable.

Son numéro de téléphone ne figurait pas dans l'annuaire (comme le constata John Wolf), pour la simple raison que, tous les deux ou trois mois, son ex-mari la menaçait de mort, et qu'elle s'était lassée de l'entendre ; elle avait uniquement gardé le téléphone parce que ses enfants exigeaient de pouvoir toujours l'appeler en PCV pour lui soutirer de l'argent.

Mais jamais Helen et Garp, lorsqu'ils imaginaient Jillsy Sloper, ne se représentèrent personne qui, de près ou de loin, eût la moindre ressemblance avec cette triste et besogneuse octoronne.

— On dirait que John Wolf a tout fait pour ce livre, dit Helen. Tout, sauf l'écrire.

— Dommage qu'il ne l'ait pas écrit, dit soudain Garp.

Garp venait de relire une nouvelle fois son livre, et le doute le torturait. Dans *la Pension Grillparzer*, estimait Garp, on devinait une certitude à l'égard du monde et de la vie. Dans *le Monde selon Bensenhaver*, Garp s'était senti moins assuré à l'égard des choses – indice qu'il se faisait plus vieux, bien sûr ; mais les artistes, il le savait, étaient également tenus de se faire *meilleurs*.

En compagnie de la petite Jenny et de Duncan-le-Borgne, Garp et Helen quittèrent la Nouvelle-Angleterre pour l'Europe, par un mois d'août plutôt frais ; la plupart de ceux qui traversaient alors l'Atlantique faisaient le voyage en sens inverse.

— Pourquoi ne pas attendre Thanksgiving ? leur demanda Ernie Holm.

Mais *le Monde selon Bensenhaver* était programmé pour octobre. Les épreuves que John Wolf avait mises en circulation depuis le début de l'été, avant même qu'elles ne soient corrigées, avaient déjà suscité un certain nombre de réactions ; réactions immuablement enthousiastes –

enthousiastes soit dans le sens de la louange, soit dans le sens de la condamnation sans appel.

Il avait eu du mal à cacher à Garp les premiers exemplaires sortis des presses – la jaquette, entre autres. Mais l'enthousiasme de Garp pour son livre était à ce point sporadique, et relatif, que John Wolf était parvenu à temporiser.

Garp était maintenant tout excité à la perspective de leur voyage, et se montrait intarissable à propos des autres livres qu'il projetait d'écrire. (« Bon signe », assura John Wolf à Helen.)

Jenny et Roberta conduisirent les Garp en voiture jusqu'à Boston, où ils prirent l'avion pour New York.

– Ne te fais pas de souci, dit Jenny. L'avion ne tombera pas.

– Grand Dieu ! maman, fit Garp. Comme si tu y connaissais quoi que ce soit aux avions ? Il en tombe tous les jours.

– Oublie pas de remuer les bras comme des ailes, dit Roberta à Duncan.

– Inutile de lui flanquer la frousse, Roberta, dit Helen.

– J'ai pas la frousse, moi, fit Duncan.

– Tant que votre père continuera à *parler*, vous ne risquez pas de tomber, affirma Jenny.

– S'il n'arrête pas de parler, dit Helen, nous n'atterrirons jamais.

Tout le monde pouvait voir que Garp était tout excité.

– Je n'arrêterai pas de péter si vous ne me fichez pas la paix, dit Garp, et on sera tous emportés par une énorme explosion.

– Dommage que tu n'écrives pas plus souvent, dit Jenny.

Se rappelant soudain le bon vieux Tinch, et son dernier voyage en Europe, Garp dit, à l'intention expresse de sa mère :

– Cette fois je vais me contenter d'a-ab-absorber un tas de choses, maman. Je n'ai pas l'intention d'écrire un seul m-m-mot.

Tous deux s'esclaffèrent, et Jenny Fields versa même quelques larmes, que pourtant Garp fut seul à remarquer ; il donna à sa mère un baiser d'adieu. Roberta, qui devait à son changement de sexe d'avoir le feu aux lèvres, les embrassa tous à plusieurs reprises.

– Bonté divine ! Roberta, s'exclama Garp.

– Je me charge de veiller sur cette brave dame pendant votre absence, promit Roberta, son bras géant passé sur les épaules de Jenny qui, soudain, paraissait minuscule et toute grise à côté d'elle.

– Je n'ai besoin de personne pour veiller sur moi, protesta Jenny.

– C'est maman qui veille sur tout le monde, trancha Garp.

Helen, qui, elle, savait à quel point c'était vrai, serra Jenny sur son cœur. De l'avion, Garp et Duncan aperçurent Jenny et Roberta qui agitaient la main, tout en haut sur la terrasse. On leur avait changé leurs places au dernier moment, Duncan exigeant d'être placé près d'un hublot, et du côté gauche de la carlingue.

– C'est tout aussi bien du côté droit, objecta une hôtesse.

– Pas quand on n'a pas d'œil droit, rétorqua Duncan, mais sans se fâcher, et Garp admira l'enfant de manifester autant d'assurance.

Helen et le bébé étaient placés à leur niveau, mais de l'autre côté du couloir.

– Tu vois grand-mère, Duncan ? demanda Helen.

– Oui.

Bien qu'une horde de gens eût envahi la terrasse pour assister au décollage, Jenny Fields, avec son uniforme blanc et malgré sa petite taille, tranchait sur la foule – comme toujours.

– Pourquoi que Mamie a l'air si grande ? demanda Duncan à Garp.

C'était vrai, Jenny Fields semblait dominer la foule de la tête et des épaules. Garp se rendit soudain compte que Roberta soulevait sa mère à bout de bras, aussi aisément qu'elle eût soulevé une enfant.

– Oh, c'est Roberta qui la porte ! s'écria Duncan.

Garp contempla sa mère qui, tenue à bout de bras par l'ex-ailier, lui faisait au revoir ; Jenny souriait, un sourire confiant mais timide, et il se sentit ému et agita à son tour la main contre le hublot, quand bien même il savait que Jenny ne pouvait voir l'intérieur de l'avion. Pour la première fois, sa mère lui parut vieille ; il détourna les yeux –

vers Helen et leur nouvel enfant, de l'autre côté du couloir.

– On y va, annonça Helen.

Pendant le décollage, Helen et Garp gardèrent les mains entrelacées par-dessus le couloir, car, Garp ne le savait que trop, Helen avait une peur folle de prendre l'avion.

A New York, John Wolf leur donna l'hospitalité ; il installa Helen, Garp et le bébé dans sa propre chambre et proposa généreusement de partager avec Duncan l'unique chambre d'amis.

Les grandes personnes prirent un dîner tardif, un peu trop arrosé de cognac. Garp parla à John Wolf des trois nouveaux romans qu'il se proposait d'écrire.

– Le premier aura pour titre *les Illusions de mon père*, annonça Garp. Il s'agit d'un père idéaliste, un père qui a beaucoup d'enfants. Il ne cesse de créer de petites utopies pour y élever ses enfants et, quand ses enfants sont devenus grands, il se met à fonder de petites universités. Mais tous font faillite – les universités et les enfants. Le père s'acharne alors à vouloir prononcer un discours à la tribune de l'Organisation des Nations unies, mais on s'acharne à le mettre à la porte ; toujours le même discours, qu'il ne cesse de remettre à jour. Il essaie ensuite d'ouvrir un hôpital bénévole ; le désastre. Il essaie alors de lancer un réseau gratuit de transports en commun, à l'échelle du pays tout entier. Entre-temps, sa femme lui impose le divorce, et ses enfants, en prenant de l'âge, se retrouvent tous malheureux, ou paumés – ou tout simplement normaux, qui sait. La seule chose en commun que partagent les enfants, ce sont les horribles souvenirs des utopies dans lesquelles leur père a insisté pour les élever. En fin de compte, le père est élu gouverneur du Vermont.

– Du Vermont ? demanda John Wolf.

– Parfaitement, du Vermont. Il devient gouverneur du Vermont, mais en réalité, il se prend pour un roi. Toujours les utopies, vous voyez.

– *Le Roi du Vermont*, dit John Wolf. C'est encore meilleur, comme titre.

– Non, non, protesta Garp. Une autre histoire, celle-là. Aucun rapport. Le deuxième livre, après *les Illusions de mon père*, aura pour titre *la Mort du Vermont*.

– Mêmes protagonistes ? demanda Helen.

– Non, non. Une autre histoire. Il s'agit de la mort du Vermont.

– Ma foi, j'aime les choses qui sont ce qu'elles prétendent être, dit John Wolf.

– Une certaine année, le printemps n'arrive pas, reprit Garp.

– En fait, il n'y a jamais de printemps dans le Vermont, glissa Helen.

– Non, non, dit Garp, les sourcils froncés. Cette année-là, l'été non plus ne vient pas. L'hiver ne s'arrête jamais. Un beau jour, en mai, la température se réchauffe et les bourgeons pointent. En mai, peut-être. Donc, un jour en mai, les arbres se couvrent de bourgeons, le lendemain les feuilles s'ouvrent, et le jour suivant toutes les feuilles ont viré au rouge. C'est déjà l'automne. Les arbres perdent leurs feuilles.

– La saison de la courte feuille, railla Helen.

– Très drôle, dit Garp. Mais ça se passe ainsi. L'hiver est revenu ; l'hiver ne cessera plus.

– Les gens meurent ? demanda John Wolf.

– Pour les gens, je ne sais pas encore. Certains fuient le Vermont, bien entendu.

– Pas une mauvaise idée, fit Helen.

– D'autres restent, d'autres meurent. Peut-être qu'ils meurent tous.

– Et ça veut dire quoi ? demanda John Wolf.

– Je le saurai quand j'en serai là.

Helen éclata de rire.

– Et après, il y a un troisième roman ? demanda John Wolf.

– Qui s'appelle *le Complot contre le géant*, renchérit Garp.

– Mais c'est le titre d'un poème de Wallace Stevens, fit Helen.

– Oui, bien sûr, dit Garp, qui leur récita le poème :

Première jeune fille

Si ce manant survient folâtre,
En aiguisant son dard,
Je m'enfuirai devant lui,
Exhalant des parfums très subtils
De géranium et de fleurs inconnues.
Voilà qui le ralentira.

Deuxième jeune fille

Je m'enfuirai devant lui,
Dans un envol d'atours semés de gaies paillettes
Aussi minuscules que des œufs de poisson.
Les fils
Le décontenanceront.

Troisième jeune fille

Oh, le... le pauvre !
Je m'enfuirai devant lui,
En soufflant d'étrange manière.
Il tendra alors l'oreille,
Je murmurerai
De célestes labiales dans un monde de gutturales.
Voilà qui l'achèvera.

– Joli poème, dit Helen.
– Le roman est en trois parties, précisa Garp.
– « Première jeune fille », « Deuxième jeune fille », « Troisième jeune fille » ? demanda John Wolf.
– Et le géant est-il vaincu ? demanda Helen.
– Comme s'il pouvait l'être, fit Garp.
– Et dans le roman, c'est un vrai géant ? demanda John Wolf.

– Je ne sais pas, pas encore.

– Est-ce toi ? demanda Helen.

– J'espère bien que non.

– Et moi donc, fit Helen.

– Écrivez celui-ci le premier, dit John Wolf.

– Non, écris-le le dernier, dit Helen.

– Il paraît logique d'écrire *la Mort du Vermont* en dernier, dit John Wolf.

– Non, pour moi, le dernier doit être *le Complot contre le géant*, dit Garp.

– Attends que je sois morte, dit Helen.

Tous trois éclatèrent de rire.

– Mais il n'y en a que trois, fit John Wolf. Et ensuite ? Qu'est-ce qui se passe après le troisième ?

– Je meurs, dit Garp. En tout, cela fera six romans, c'est bien assez.

Tous les trois s'esclaffèrent de plus belle.

– Et vous, savez-vous aussi *comment* vous mourrez ? lui demanda John Wolf.

– Cette fois, suffit ! le coupa Helen, qui s'adressa alors à Garp : Si tu réponds « Dans un accident d'avion », je ne te le pardonnerai pas.

La légère excitation de l'alcool masquait mal le sérieux du propos. John Wolf en profita pour s'étirer.

– Vous feriez mieux d'aller vous coucher, tous les deux, dit-il, histoire d'être en forme pour le voyage.

– Vous n'avez pas envie de savoir comment je meurs ? demanda Garp.

Ils ne répondirent pas

– Je me tue, dit Garp, d'un ton affable. Pour qui veut parvenir à la consécration totale, la chose paraît quasi indispensable. *Vrai*, je suis sérieux. Considérant la mode actuelle, vous conviendrez que c'est un bon critère pour mesurer le sérieux d'un auteur. Dans la mesure où le talent d'un écrivain ne parvient pas toujours à faire la preuve de son sérieux, il lui est parfois indispensable de recourir à d'autres moyens pour révéler la profondeur de son angoisse personnelle. Se tuer semble vouloir dire qu'après tout on était sérieux. C'est quelque chose de *vrai*, dit Garp.

Mais le sarcasme avait quelque chose d'excessif qui

arracha un soupir à Helen ; John Wolf s'étira de nouveau.

– Et par la suite, enchaîna Garp, tout le monde découvre à son œuvre une dimension « sérieuse » – que personne n'avait jusqu'alors soupçonnée.

Garp avait souvent déclaré, non sans irritation, que, en tant que père et soutien de famille, ce serait là son ultime devoir – et il adorait citer en exemple d'obscurs écrivains maintenant encensés et lus avec une grande avidité, uniquement parce qu'ils s'étaient suicidés. De ces écrivains qui avaient choisi le suicide et que, lui aussi – certains du moins –, il admirait sincèrement, Garp espérait que, sur le point d'accomplir le geste fatal, quelques-uns avaient subodoré cet aspect bénéfique de leur funeste décision. Il savait que les gens qui décidaient de se tuer, et se tuaient, ceux-là ne faisaient jamais de romantisme à propos du suicide ; eux n'avaient aucun respect pour le « sérieux » qu'en théorie l'acte devait conférer à leur œuvre – ignoble convention du monde littéraire, selon Garp. Chez les lecteurs et chez les critiques.

Garp le savait aussi, il n'était pas, *lui*, prédisposé au suicide ; il n'aurait pas été à ce point catégorique après l'accident survenu à Walt, mais néanmoins il le savait. Il se sentait aussi loin du suicide que du viol ; il ne pouvait s'imaginer passant réellement à l'acte. Mais il aimait imaginer l'écrivain suicidaire savourant à l'avance le succès de son espièglerie, tout en relisant et corrigeant une ultime fois son ultime message – un billet torturé par le désespoir et, comme il se doit, totalement dénué d'humour. Garp adorait se représenter cet instant, avec amertume : une fois fignolé l'ultime message, l'écrivain prenait le revolver, le poison, se jetait à l'eau – secoué d'un rire hideux, débordant de la certitude d'avoir enfin rivé leur clou à ses lecteurs et critiques. Comme disait un de ces messages qu'il imaginait : « Bande d'idiots, c'est fini, jamais plus je ne serai incompris de vous. »

– Quelle idée morbide, dit Helen.

– La mort de l'écrivain idéal, dit Garp.

– Il est tard, intervint John Wolf. Rappelez-vous, vous avez un avion à prendre.

Dans la chambre d'amis, où John Wolf ne souhaitait

qu'à s'endormir sans tarder, il trouva Duncan Garp encore tout éveillé.

— C'est le voyage qui t'excite, Duncan ? demanda John Wolf.

— Mon père est déjà allé en Europe. Mais pas *moi*.

— Je sais.

— Est-ce que mon père va gagner beaucoup d'argent ?

— J'espère que oui.

— A vrai dire, on n'en a pas besoin, ma grand-mère en a déjà tellement, glissa Duncan.

— Mais c'est bien agréable d'en avoir à soi, non ? fit John Wolf.

— Pourquoi ?

— Eh bien, c'est agréable d'être célèbre.

— Et tu crois que mon père sera un jour célèbre ?

— A mon avis, *oui*.

— Ma grand-mère est déjà célèbre, elle.

— Je sais.

— Mais je crois que ça lui plaît pas.

— Pourquoi ?

— Trop de gens qu'elle connaît pas autour d'elle. Oui, c'est ce que dit Mamie ; je l'ai entendue : « Trop de gens que je ne connais pas dans ma maison. »

— Eh bien, ton papa ne sera sans doute pas célèbre de la même *façon* que ta grand-mère, assura John Wolf.

— Combien qu'il y a de façons différentes d'être célèbre ? demanda Duncan.

John Wolf retint, puis laissa fuser un long soupir. Il entreprit alors d'expliquer à Duncan Garp ce qui, en matière d'édition, distinguait un grand succès d'un honnête succès. Il lui parla des œuvres politiques, des œuvres à scandale et des romans. Il expliqua à Duncan toutes les ficelles du monde de l'édition ; en fait, Duncan eut droit, de sa part, à davantage de confidences sur le métier d'éditeur qu'il n'en avait jamais faites à Garp. En réalité, Garp s'en fichait. Duncan aussi, d'ailleurs. Duncan ne se souviendrait pas *d'une seule* des ficelles en question ; à peine John Wolf s'était-il lancé dans ses explications qu'il sombra dans le sommeil.

Ce qu'aimait Duncan, c'était tout simplement le timbre de la voix de John Wolf. Ses longs récits, ses explications patientes. C'étaient les voix de Roberta Muldoon, de Jenny Fields, de sa mère, de Garp – ces voix qui, le soir, dans la maison de Dog's Head Harbor, racontaient des histoires pour l'aider à glisser dans un sommeil si profond qu'il serait à l'abri des cauchemars. Duncan avait l'habitude de ce timbre de voix et, à New York, il n'avait pas réussi à s'endormir sans l'entendre.

Le matin, Garp et Helen ouvrirent le placard de John Wolf et se réjouirent du spectacle qui s'offrit à eux. Il y avait, entre autres, une jolie robe de chambre qui appartenait, sans nul doute, à l'une des récentes conquêtes de John, une des jeunes femmes onctueuses – quelqu'un qui *n'avait pas* été invité la nuit précédente. Il y avait une bonne trentaine de costumes sombres, tous à petites rayures, tous très élégants et, pour Garp, tous trop longs de jambes de six bons centimètres. Garp en passa un qui lui plaisait pour descendre au petit déjeuner, en roulant le bas du pantalon.

– Bonté divine ! John, vous en avez des costumes, dit-il.

– Prenez-en un, dit John. Deux ou trois même. Tenez, gardez celui que vous portez en ce moment.

– Il est trop long, fit Garp, en soulevant le pied.

– Faites-le raccourcir.

– Tu ne possèdes pas un seul complet, dit Helen à Garp.

Le complet plaisait tellement à Garp qu'il décida de le garder pour se rendre à l'aéroport, en fixant le bas du pantalon avec des épingles.

– Seigneur ! s'effara Helen.

– J'ai un peu honte à l'idée d'être vu en votre compagnie, avoua John Wolf, qui néanmoins les conduisit à l'aéroport.

Il tenait à s'assurer sans l'ombre d'un doute que les Garp quittaient le pays.

– Oh, votre livre, dit-il, une fois dans la voiture. Une fois de plus, j'ai oublié de vous en donner un exemplaire.

– J'ai remarqué, dit Garp.

– Je vous en enverrai un, promit John Wolf.

– Je n'ai même pas vu ce qu'il y avait sur la jaquette.

– Une photo de vous, au dos. Une vieille photo – vous l'avez déjà vue, j'en suis sûr.

– Et devant ?

– Mais, le titre.

– Oh, vraiment ? Je pensais que vous aviez peut-être décidé de laisser tomber le titre.

– Rien que le titre, assura John Wolf, avec, dessous, une espèce de photo.

– Une espèce de photo, s'étonna Garp. *Quelle* photo ?

– Peut-être que j'en ai une dans ma serviette, fit Wolf. Je regarderai, à l'aéroport.

Wolf se méfiait ; il avait déjà laissé échapper que, selon lui, *le Monde selon Bensenhaver* était « un vulgaire mélo pour adultes ». Garp n'avait pas paru se formaliser.

– Mais attention, c'est terriblement bien *écrit*, avait ajouté John Wolf. Il n'en reste pas moins que, d'une certaine façon, c'est du mélo ; d'une certaine façon, c'est *outré*.

Garp avait eu un soupir :

– La *vie* est outrée, d'une certaine façon. La vie est un mélo pour adultes, John.

Dans sa serviette, John Wolf avait une épreuve de la couverture du *Monde selon Bensenhaver*, mais sans la photo de Garp qui devait figurer au dos de la jaquette et bien entendu, sans les rabats. John Wolf avait l'intention de donner cette épreuve à Garp quelques instants seulement avant de lui dire au revoir. L'épreuve de la jaquette était enfermée dans une enveloppe scellée, elle-même glissée dans une deuxième enveloppe scellée. John Wolf avait la quasi-certitude que Garp ne réussirait pas à défaire l'emballage et à en examiner le contenu avant d'être installé pour de bon dans l'avion.

Une fois Garp en Europe, John Wolf lui enverrait le reste de la jaquette prévue pour *le Monde selon Bensenhaver*. Wolf était convaincu que, en dépit de sa fureur, Garp n'irait pas jusqu'à sauter dans le premier avion pour rentrer.

– Il est plus gros que l'autre, cet avion, remarqua Duncan, assis contre le hublot du côté gauche de la carlingue, un peu en avant de l'aile.

– Il *faut* qu'il soit plus gros, dit Garp, il doit survoler tout l'océan.

– Je t'en prie, inutile d'insister là-dessus, fit Helen.

A la hauteur de Garp et de Duncan, mais de l'autre côté

du couloir, une hôtesse installait un curieux harnais pour la petite Jenny, suspendue pour l'instant au dossier du siège situé devant Helen, comme l'enfant de quelqu'un d'autre, ou encore un bébé indien.

– John Wolf m'a dit que tu allais être riche et célèbre, dit Duncan à son père.

– Hem, éluda Garp.

Il avait entrepris la tâche fastidieuse d'ouvrir les enveloppes que lui avait remises John Wolf ; et il avait un mal de chien.

– C'est vrai ? demanda Duncan.

– *J'espère.*

Il put enfin contempler la jaquette du livre *le Monde selon Bensenhaver.* Il n'aurait su dire à quoi il devait ce brusque frisson glacé, à la soudaine et illusoire absence de pesanteur de l'immense appareil lorsqu'il quitta le sol, ou bien à la photo.

Agrandi en noir et blanc, sur un papier à grains aussi gros que des flocons de neige, le cliché montrait une ambulance en train de décharger son fardeau à l'entrée d'un hôpital. La sinistre nonchalance peinte sur le visage des infirmiers impliquait qu'il n'y avait plus aucune urgence. Sous le drap qui le recouvrait complètement, le corps était petit. La photographie rendait fidèlement cette atmosphère de presse et de crainte qui, dans tous les hôpitaux du monde, plane toujours autour de l'entrée surmontée de l'inscription urgences. Il s'agissait d'un banal hôpital, d'une banale ambulance – d'un banal petit corps secouru trop tard.

Une espèce de vernis glaçait le cliché, ce qui – vu son aspect granuleux et le fait que l'accident semblait s'être produit par une nuit pluvieuse – en faisait une banale photo de banale feuille de chou ; il s'agissait d'une banale catastrophe. D'une petite mort banale, survenue en un endroit banal, à un moment banal. Mais naturellement, pour Garp, le cliché n'évoquait rien d'autre que le désespoir gris plaqué sur leurs visages le jour où, horrifiés, ils avaient contemplé le petit corps brisé de Walt.

C'était une mise en garde sinistre que proclamait la jaquette du livre *le Monde selon Bensenhaver,* mélodrame pour adultes : histoire d'une catastrophe. La jaquette visait à accrocher d'emblée l'attention, et à peu de frais ; elle l'accrochait. La jaquette promettait de plonger le lecteur dans une ignoble tristesse ; Garp savait que le livre tiendrait sa promesse.

S'il avait pu lire comment les rabats de la jaquette présentaient son roman et sa vie, peut-être à peine débarqué en Europe serait-il rentré à New York par le premier avion. Mais il aurait le temps de se résigner à ce type de publicité – ce que John Wolf avait escompté. Le jour où Garp lirait les rabats, il aurait déjà digéré l'horrible photographie de la couverture.

Helen, elle, ne devait jamais la digérer, et, en outre, jamais elle ne la pardonnerait à John Wolf. Pas plus qu'elle ne lui pardonnerait la photo de Garp au dos de la jaquette. Sur cette photo, prise plusieurs années avant l'accident, Garp posait en compagnie de Duncan et de Walt. C'était Helen qui avait pris la photo, et Garp l'avait envoyée à John Wolf en guise de carte de Noël. La photo avait été prise dans le Maine ; Garp était debout sur une jetée ; il ne portait rien d'autre qu'un maillot de bain et paraissait en excellente forme physique. Il l'était. Duncan était debout derrière lui, son petit bras maigre appuyé sur l'épaule de son père ; Duncan était lui aussi en maillot de bain ; il était très bronzé, coiffé d'une casquette blanche de marin hardiment inclinée sur l'oreille. Il arborait un grand sourire, ses yeux magnifiques braqués droit sur l'objectif.

Walt était assis sur les genoux de Garp. Walt venait à peine de sortir de l'eau et son corps ruisselant paraissait aussi lisse que celui d'un bébé phoque ; Garp s'efforçait de l'envelopper dans un peignoir pour le réchauffer, et Walt se tortillait. Éperdu de joie, son petit visage rond de clown regardait l'appareil, illuminé d'un grand sourire destiné à sa mère qui prenait la photo.

Lorsque Garp contemplait la photo, il sentait encore le petit corps froid et trempé qui peu à peu se séchait et se réchauffait contre lui.

Sous la photo, la légende spéculait sur l'un des instincts les moins nobles de l'espèce humaine.

S. T. Garp en compagnie de ses enfants (avant l'accident).

L'implication était claire : il suffisait de lire le livre pour savoir de *quel* accident il s'agissait. Naturellement, c'était faux. *Le Monde selon Bensenhaver*, en fait, ne disait rien de l'accident en question – même s'il faut reconnaître que les accidents jouent un rôle énorme dans le roman. La seule chose qu'il était en fait possible d'apprendre sur l'accident se trouvait dans le ramassis d'inepties que John Wolf avait rédigées pour le rabat de la jaquette. N'empêche que, telle quelle, cette photographie – un père en compagnie de ses enfants condamnés par le destin – avait le pouvoir d'*accrocher*.

Par hordes, les gens se précipitèrent avec voracité pour acheter le livre écrit par l'infortuné fils de Jenny Fields.

Dans l'avion qui l'emmenait en Europe, Garp n'avait que la photo de l'ambulance pour exercer son imagination. Mais, même à cette altitude, il n'avait aucune peine à imaginer les gens se ruant avec voracité sur son livre. A l'idée de tous ces gens s'arrachant son livre, il se sentait inondé de dégoût ; de plus, il se dégoûtait d'avoir écrit le genre de livre capable d'attirer les gens par hordes entières.

Les « hordes », n'importe quelles hordes, mais surtout les hordes de gens, mettaient Garp mal à l'aise. Et tandis que l'avion l'emportait, il souhaitait pouvoir s'assurer – pour lui-même et pour sa famille – plus d'isolement et plus d'intimité que jamais il n'en connaîtrait désormais.

– Qu'est-ce qu'on fera avec tout cet argent ? lui demanda soudain Duncan.

– Tout cet argent ? fit Garp.

– Quand tu seras riche et célèbre. Qu'est-ce qu'on en fera ?

– On s'amusera comme des petits fous, promit Garp, mais, dans le beau visage de son fils, l'œil unique se braqua sur lui avec un certain scepticisme.

– Nous volerons à une altitude de trente-cinq mille pieds, annonça le pilote.

– Wouou, lâcha Duncan.

Garp voulut prendre la main d'Helen, assise de l'autre côté du couloir, mais un gros homme approchait d'une démarche hésitante, en route pour les toilettes ; Garp et Helen ne purent qu'échanger un long regard et, faute de pouvoir se toucher la main, se transmettre leur message avec leurs yeux.

En imagination, Garp revoyait sa mère, Jenny Fields, tout de blanc vêtue, soutenue à bout de bras par la gigantesque Roberta Muldoon. Il n'aurait su dire pourquoi, mais cette vision de Jenny Fields portée au-dessus d'une foule le glaçait, comme l'avait glacé la photo de l'ambulance sur la jaquette de son livre. Il se mit à bavarder avec Duncan, de choses et d'autres.

Duncan se mit à parler de Walt et des rouleaux du ressac – une histoire célèbre dans la famille. Car aussi loin que Duncan pouvait remonter dans ses souvenirs, les Garp étaient toujours allés passer leurs étés à Dog's Head Harbor, New Hampshire, où, face à la propriété de Jenny Fields et sur des kilomètres, la plage était ravagée par de terribles rouleaux. Lorsque Walt fut devenu assez grand pour s'aventurer près de l'eau, Duncan lui avait dit (comme, pendant des années, Helen et Garp n'avaient cessé de le lui dire, à lui) : « Surtout, attention aux rouleaux du ressac. » Walt faisait marche arrière, respectueusement. Et, pendant trois étés, tout le monde s'appliqua à répéter à Walt de prendre garde aux rouleaux du ressac. Duncan se rappelait toute la panoplie des expressions : « Les rouleaux du ressac sont méchants aujourd'hui », « Les rouleaux sont violents aujourd'hui », « Les rouleaux sont vicieux aujourd'hui ». *Vicieux* est un mot très fort dans le New Hampshire – pas seulement à propos du ressac.

Et, pendant des années, Walt demeura sur ses gardes. Dès le début, lorsqu'il demandait ce qu'*ils* pouvaient vous faire, on s'était contenté de lui dire qu'ils pouvaient entraîner quelqu'un au large. Ils pouvaient vous aspirer au fond, vous noyer et vous emporter à jamais.

Ce fut au cours du quatrième été que Walt passa à Dog's Head Harbor, Duncan s'en souvenait, que Garp, Helen et Duncan remarquèrent un jour Walt occupé à scruter la mer. Debout dans l'écume, de l'eau jusqu'aux chevilles, il scrutait les vagues, sans avancer d'un pas, depuis un temps interminable. La famille s'avança jusqu'au bord de l'eau pour lui dire deux mots.

– Qu'est-ce que tu fabriques, Walt ? demanda Helen.

– Qu'est-ce que tu cherches, crétin ? demanda Duncan.

– J'essaie de voir le Crapaud du Ressac [1], dit Walt.

– Le quoi ? dit Garp.

– Le Crapaud. J'essaie de le *voir*. Il est *gros* comment ?

Garp, Helen et Duncan en restèrent le souffle coupé ; ils comprirent soudain que depuis des années Walt vivait dans la peur d'un crapaud géant, aux aguets dans le ressac, prêt à l'aspirer et l'entraîner au large. Le Terrible Crapaud du Ressac.

Garp fit chorus et essaya de l'imaginer, lui aussi. Faisait-il parfois surface ? Se laissait-il parfois flotter ? Ou restait-il toujours sous l'eau, tout gluant et gonflé et perpétuellement à l'affût des chevilles que sa langue visqueuse pourrait attirer ? L'Immonde Crapaud du Ressac.

Entre Helen et Garp, « le Crapaud » devint leur mot-code pour « angoisse ». Longtemps après que le mystère du monstre eut été clarifié pour Walt (« Rouleaux, crétin, pas crapaud ! » avait hurlé Duncan), Garp et Helen mentionnaient le monstre pour évoquer leur propre angoisse du danger. Si la circulation était dense, si la route était verglacée – le matin, après une brusque chute du thermomètre –, c'était ce qu'ils disaient entre eux : « Le Crapaud est plutôt fort aujourd'hui. »

– Tu te souviens, lui demanda Duncan dans l'avion, Walt demandait toujours s'il était vert ou marron ?

Garp et Duncan éclatèrent tous deux de rire. Mais il n'était ni vert ni marron, se dit Garp. C'était moi. C'était Helen. Il avait la couleur du mauvais temps. Il avait la taille d'une automobile.

A Vienne, Garp eut l'impression que le Crapaud était très fort. Helen ne paraissait pas s'en rendre compte, et Duncan, comme il est normal à onze ans, pensait déjà à autre chose. Ce retour dans cette ville, pour Garp, était un peu comme son retour à Steering School. Les rues, les bâtiments, même les tableaux dans les musées, tout lui

---

1. Jeu de mots. *Undertow* signifie « ressac ». Walt a compris *Under Toad*, c'est-à-dire « le Crapaud qui se trouve sous l'eau ». *(N.d. É.)*

rappelait ses vieux maîtres, avec quelques années de plus ; il avait du mal à les reconnaître, et on aurait dit que, de leur côté, eux ne le connaissaient pas du tout. Helen et Duncan tenaient à tout voir. Garp ne demandait qu'à se promener avec la petite Jenny ; tout au long du bel automne chaud, Garp promena l'enfant dans une voiture aussi baroque que la ville elle-même – il souriait et saluait de la tête les vieillards qui s'approchaient et venaient s'extasier devant son bébé avec des claquements de langue approbateurs. Les Viennois paraissaient bien nourris et pourvus de petits luxes qui, aux yeux de Garp, semblaient nouveaux ; la ville avait laissé loin derrière elle le temps de l'occupation russe, le souvenir de la guerre, les vestiges de ses ruines. Alors que, à l'époque où il y séjournait avec sa mère, Vienne était une ville agonisante ou déjà morte, Garp avait maintenant le sentiment que quelque chose de nouveau, nouveau mais banal, avait poussé à l'emplacement de la vieille cité.

En même temps, Garp prenait plaisir à faire découvrir la ville à Duncan et Helen. Il adorait jouer les guides, mêlant ses souvenirs personnels à l'histoire officielle de la vieille cité telle qu'il la puisait dans les guides. « C'est d'ici que Hitler a adressé son premier discours aux Viennois. Et c'est ici que je venais faire mon marché le samedi matin. » « Nous sommes ici dans le quatrième arrondissement, en pleine zone d'occupation russe ; voici la célèbre Karlskirche, et les deux Belvédères. Et entre la Prinz-Eugen-Strasse, sur votre gauche, et l'Argentinierstrasse, se trouve la petite rue où maman et moi… »

Ils louèrent plusieurs chambres dans une agréable pension du quatrième arrondissement. Ils envisagèrent quelque temps de faire inscrire Duncan dans une école anglaise, mais, en voiture comme par le train, le trajet aurait été long le matin, et, à vrai dire, ils n'avaient pas l'intention de rester à Vienne plus de six mois. Vaguement, ils s'imaginaient de retour à Dog's Head Harbor pour fêter Noël en compagnie de Jenny, de Roberta et d'Ernie Holm.

John Wolf finit par leur envoyer le livre, avec cette fois la jaquette, et chez Garp, pendant quelques jours, l'angoisse du Crapaud se fit intolérable, puis le monstre plongea plus profond, loin sous la surface. Il semblait avoir disparu. Garp parvint à écrire une lettre mesurée à son éditeur ; il ne dissimulait pas qu'il se sentait blessé, mais il comprenait, tout avait été fait dans les meilleures intentions du monde, les affaires sont les affaires. Mais... et ainsi de suite. D'ailleurs, en réalité, pouvait-il s'offrir le luxe d'en vouloir à John Wolf ? Garp avait fourni la marchandise ; Wolf s'était borné à en promouvoir la vente.

Garp apprit par sa mère que les premières critiques n'avaient pas été très « tendres », mais Jenny – sur le conseil de John Wolf – s'abstint de joindre la moindre coupure de presse à sa lettre. Ce fut parmi les revues de presse des journaux de New York, toujours substantielles, que John Wolf préleva les premières divagations : « Le mouvement féministe vient enfin de prouver qu'il était capable d'influencer, et de façon importante, un important écrivain de sexe mâle », disait le critique, une femme professeur spécialiste des problèmes féminins dans une quelconque université. Elle précisait que *le Monde selon Bensenhaver* était « la première étude en profondeur, faite par un homme, de la tyrannie névrotique spécifiquement mâle que tant de femmes sont contraintes de subir ». Et ainsi de suite.

– Grand Dieu ! s'effara Garp, on croirait que j'ai écrit une *thèse*. Mais bordel ! c'est un *roman*, c'est une *histoire*, et j'ai tout *inventé*.

– Ma foi, elle paraît avoir aimé ça, dit Helen.

– Ce n'est pas *ça* qu'elle a aimé, dit Garp. C'est tout autre chose.

Mais la revue de presse en question contribua à ancrer la rumeur que *le Monde selon Bensenhaver* était en réalité « un roman féministe ».

« On dirait, écrivit Jenny Fields à son fils, que, tout comme moi, tu vas bénéficier d'un des innombrables malentendus populaires de notre époque. »

D'autres revues firent entendre des sons de cloches différents : le livre leur paraissait « paranoïaque, dément, gratuitement bourré de violence et de sexe ».

On épargna à Garp la plupart de ces critiques, qui, par ailleurs, furent loin de nuire aux ventes.

Un autre critique reconnaissait en Garp un écrivain sérieux, dont « les tendances à l'outrance baroque, comme prises de folie, avaient perdu toute mesure ».

Si John Wolf ne put s'empêcher d'envoyer cette dernière critique à Garp, ce fut sans doute parce qu'elle recoupait en fait ses propres sentiments.

Jenny écrivit qu'elle s'était lancée dans la politique et « militait » dans le New Hampshire.

« La campagne pour les élections au siège de gouverneur du New Hampshire accapare tout notre temps », annonça Roberta Muldoon.

« Quelle idée de faire cadeau de son temps à un gouverneur du New Hampshire ? » répondit Garp.

La campagne, semblait-il, se jouait sur un problème féministe, et aussi sur un certain nombre d'aberrations et de mesures antilibérales dont, en réalité, le gouverneur en exercice n'était pas peu fier. L'équipe au pouvoir revendiquait, entre autres, la responsabilité d'une décision en vertu de laquelle une gamine de quatorze ans victime d'un viol s'était vu dénier le bénéfice d'un avortement, portant ainsi un coup d'arrêt à la vague de dégénérescence qui balayait le pays tout entier. Le gouverneur, à dire vrai, était un crétin réactionnaire et bigot. Entre autres, il semblait convaincu que les pauvres ne devraient en aucun cas pouvoir prétendre à l'aide de l'État ou du gouvernement fédéral, avant tout parce que, aux yeux du gouverneur du New Hampshire, l'état de pauvreté paraissait être un châtiment mérité – l'expression du jugement juste et moral d'un être suprême. Le gouverneur était un personnage habile et nuisible ; exemple, la psychose de crainte qu'il s'efforçait, et non sans succès, de provoquer : selon lui, le New Hampshire était menacé par les entreprises néfastes d'équipes de divorcées venues de New York.

A en croire la rumeur, des hordes de divorcées new-yorkaises affluaient dans le New Hampshire. Leur objectif était de transformer en lesbiennes les braves citoyennes du New Hampshire, ou, au minimum, de les inciter à tromper leurs maris ; au nombre de leurs objectifs figurait également la séduction systématique des maris et des lycéens du New Hampshire. Les divorcées new-yorkaises représentaient et symbolisaient la licence généralisée des mœurs, le socialisme, les pensions alimentaires, et aussi autre chose qu'en termes voilés et lourds de menaces la presse du New Hampshire qualifiait de « vie communautaire féminine ».

Un des centres où se pratiquait cette prétendue vie communautaire féminine était, comme il se doit, Dog's Head Harbor, « le repaire de la militante féministe Jenny Fields ».

On notait également, toujours selon le gouverneur, une recrudescence spectaculaire des maladies vénériennes – « problème bien connu parmi ces adeptes de la libération de la femme ». L'homme était un effroyable menteur. C'était une femme qui avait relevé le gant contre ce sinistre crétin, visiblement fort estimé de ses électeurs. Jenny et Roberta, secondées (écrivait Jenny) par des équipes de divorcées new-yorkaises, s'étaient chargées de sa campagne électorale.

On ne sait trop pourquoi, l'unique journal du New Hampshire vendu sur tout le territoire de l'État qualifiait le roman, « dégénéré », de Garp de « nouvelle Bible féministe ».

« Un hymne pétri de violence à la dépravation des mœurs et aux périls sexuels de notre époque », écrivait un critique de la côte Ouest.

« Une protestation douloureuse contre la violence et les luttes sexuelles de notre siècle en quête de vérité », disait un autre journal.

Accueilli avec faveur ou non, le roman fut en général considéré comme un roman d'*actualité*. Si un roman aspire au succès, la fiction qu'il présente se doit de ressembler à l'idée que certains se font de l'actualité. Ce fut ce qui arriva au *Monde selon Bensenhaver* : tout comme le stupide gouverneur du New Hampshire, le livre de Garp devint de l'actualité.

« Le New Hampshire est un État de péquenots et la politique locale y est ignoble, écrivit Garp à sa mère. Pour l'amour de Dieu, ne t'en mêle pas. »

« Tu dis toujours la même chose, écrivit Jenny. A ton retour, tu seras célèbre. On verra comment tu t'y prendras, toi, pour ne pas te laisser impliquer. »

« Tu verras, écrivit Garp. Rien de plus facile. »

Accaparé par sa correspondance intercontinentale, Garp avait oublié son angoisse du monstre terrifiant et fatal, le Crapaud du Ressac, quand Helen lui déclara à son tour qu'elle aussi avait détecté la présence du monstre.

– Rentrons, dit-elle. On s'est payé du bon temps.

Puis ils reçurent un télégramme de John Wolf :

« Restez où vous êtes, disait-il. Les gens s'arrachent votre livre. »

Roberta envoya à Garp un tee-shirt.

LES DIVORCÉES NEW-YORKAISES
POUR LE SALUT DU NEW HAMPSHIRE

disait le tee-shirt.

– Seigneur ! dit Garp à Helen. Si nous décidons de rentrer, attendons au moins que cette foutue élection soit passée.

Ce fut ainsi que lui échappa, par bonheur, « l'opinion féministe discordante » sur *le Monde selon Bensenhaver* que publia une mauvaise revue à grand tirage. Le roman, disait le critique, « soutient avec vigueur l'idée sexiste que les femmes sont avant tout un assemblage d'orifices, et d'agréables proies pour les prédateurs mâles… S. T. Garp perpétue l'exaspérante mythologie mâle : l'homme de bien est le garde du corps de sa famille, la femme de bien ne laisse jamais de son plein gré un autre homme que son mari franchir son seuil, littéral ou figuré ».

Jenny Fields elle-même se laissa persuader de « commenter » le roman de son fils, et il est heureux que Garp ne vît jamais ledit commentaire. Jenny déclarait que, bien que le livre fût le meilleur roman de son fils – c'était son sujet le plus sérieux –, il s'agissait d'un roman « gâché par des obsessions mâles incessantes qui, à la longue, risquaient de paraître ennuyeuses aux lectrices ». Cependant, ajoutait Jenny, son fils était un bon écrivain, qui était encore jeune et ne pouvait que s'améliorer. « Son cœur, ajoutait-elle, est du bon côté. »

Si Garp avait lu cela, peut-être serait-il resté bien plus longtemps à Vienne. Mais ils firent leurs préparatifs de départ. Comme à l'ordinaire, l'angoisse poussa les Garp à hâter leurs préparatifs. Un soir qu'à la tombée de la nuit Duncan n'était pas encore rentré du parc, Garp, en se précipitant à sa recherche, se retourna pour lancer à Helen que c'était là l'ultime signal ; ils partiraient dès que possible. La vie dans une grande ville, en règle générale, rendait Garp trop craintif dès qu'il s'agissait de Duncan.

Garp dévala la Prinz-Eugen-Strasse, en direction du monument aux morts de l'armée soviétique, situé sur la Schwarzenbergplatz. Tout près, il y avait une pâtisserie, et Duncan adorait les gâteaux, quand bien même Garp lui avait maintes fois répété que les gâteaux lui couperaient l'appétit pour dîner. « Duncan ! » appelait-il tout en courant, tandis que les grands immeubles de pierre, impassibles, lui renvoyaient le son de sa voix comme les hoquets informes du Crapaud du Ressac, l'horrible monstre pustuleux dont il sentait, toute proche, comme une haleine immonde, la présence gluante.

Mais, tout heureux, Duncan était en train d'engloutir une *Grillparzertorte* dans la pâtisserie.

– La nuit tombe de plus en plus tôt, se plaignit-il. Je ne suis pas *tellement* en retard.

Garp dut en convenir. Tous deux regagnèrent la maison. Le Crapaud disparut dans une petite ruelle sombre – ou peut-être ne s'intéressait-il pas à Duncan, se dit Garp. Il lui sembla un instant sentir la marée lui happer les chevilles, mais ce ne fut qu'une impression fugitive.

Le téléphone, ce vieux cri d'alarme – hurlement de surprise d'un guerrier poignardé pendant sa faction –, secoua le calme de leur pension et propulsa la propriétaire jusqu'à la porte de leur appartement, tremblante comme un fantôme.

– *Bitte ! bitte !* implorait-elle.

Elle parvint à laisser entendre, secouée de petits frissons d'émoi, que l'appel venait des États-Unis.

Il était environ deux heures du matin, le chauffage était arrêté, et ce fut en tremblant de froid que Garp emboîta le pas à la vieille femme dans le couloir.

« Le tapis du couloir était râpé, se rappela-t-il, couleur d'ombre. » Ces mots, il les avait écrits bien des années auparavant ; et il chercha des yeux le reste de sa troupe : le chanteur hongrois, l'homme qui ne pouvait marcher que sur les mains, l'ours condamné, et tous les autres membres du triste cirque de mort surgi de son imagination.

Mais ils avaient disparu ; seul le corps maigre, très droit, de la vieille femme le guidait – une raideur anormalement cérémonieuse, comme forcée pour compenser une vous sure. Il n'y avait pas de photographies de patineurs sur les murs, pas d'unicycle garé près de la porte des WC. Garp descendit un escalier et pénétra dans une pièce éclairée par la lumière crue d'un plafonnier, pareille à une salle d'opération de fortune improvisée dans une ville assiégée toujours précédé par l'Ange de la Mort – sage-femme char gée de mettre bas le Crapaud dont il pouvait renifler l'odeur putride dans le combiné du téléphone.

– Oui, chuchota-t-il.

Et, un bref instant, il se sentit soulagé d'entendre la voix de Roberta Muldoon – encore une nouvelle déception sexuelle ; peut-être n'y avait-il rien d'autre. Ou peut-être les résultats du dernier sondage sur la course au siège de gouverneur du New Hampshire. Garp leva les yeux sur le visage inquisiteur de la vieille propriétaire, et constata qu'elle n'avait pas pris le temps de mettre son dentier ; ses joues s'affaissaient, sa chair molle retombait sous la ligne de la mâchoire – tout son visage était aussi flasque que celui d'un cadavre. Des relents de Crapaud flottaient dans la pièce.

– J'ai eu peur que vous voyiez ça à la télé, disait Roberta. Je n'avais aucun moyen de savoir si ça passerait à la télé là où vous êtes. Ou même dans les journaux. Vous comprenez, je ne voulais pas que vous l'appreniez de cette façon-là.

– Qui a gagné ? demanda Garp, d'un ton léger, bien qu'il sût déjà que l'appel n'avait pas grand-chose à voir avec le gouverneur du New Hampshire, le nouveau ou l'ancien.

– Elle a été descendue – votre mère, dit Roberta. Ils l'ont tuée. Un salaud l'a abattue avec un fusil de chasse.

– Qui ? chuchota Garp.

– Un homme, gémit Roberta. (Le pire des mots qu'elle pût trouver : un homme.) Un homme qui haïssait les femmes. Un chasseur, sanglota-t-elle. La chasse était ouverte, ou elle était sur le point d'ouvrir, et personne n'a trouvé bizarre de voir un homme se balader avec un fusil. Il l'a tuée.

– Sur le coup ? demanda Garp.

– Elle est tombée, et je l'ai rattrapée, hurla Roberta. Avant qu'elle ne touche le sol, Garp. Elle n'a pas eu le temps de dire un seul mot. Elle n'a pas eu le temps de comprendre ce qui lui arrivait, Garp. J'en suis sûre.

– Ils ont arrêté l'homme ?

– Quelqu'un l'a abattu, ou il s'est suicidé.

– Il est mort ?

– Oui. Lui aussi, il est mort, le salaud.

– Etes-vous seule, Roberta ?

– Non, sanglota Roberta. Nous sommes très nombreuses ici. Nous sommes *chez vous*.

Et Garp se les représentait toutes, les femmes éplorées, réunies à Dog's Head Harbor – pour pleurer leur leader assassiné.

– Elle voulait faire don de son corps à une école de médecine, dit Garp. Roberta ?

– Je vous entends, dit Roberta. C'est tout simplement trop affreux.

– C'est ce qu'elle voulait, répéta Garp.

– Je sais. Il faut que vous rentriez.

– Tout de suite, je vous le promets.

– Nous ne savons pas quoi *faire* !

– Qu'est-ce qu'on peut faire ? Il n'y a rien à faire.

– Il faudrait qu'il y ait *quelque chose*, protesta Roberta, mais elle disait toujours qu'elle ne voulait pas de cérémonie.

– Il n'en est pas question. Elle voulait faire don de son corps à une école de médecine. Vous vous en occupez, Roberta ; c'est ce que maman aurait voulu.

– Mais il devrait y avoir *quelque chose*, tout de même. Peut-être pas un service religieux, mais autre chose.

– Ne vous laissez pas forcer la main, pour rien. J'arrive.

– Ça discute beaucoup ici, fit Roberta. Y en a qui veulent organiser un rallye, ou autre chose.

— Je suis sa seule famille, Roberta. Dites-leur bien ça.

— Elle représentait beaucoup de choses, et pour beaucoup d'entre nous, dit Roberta, d'un ton sec.

Oui, et c'est ce qui lui a valu d'être tuée, pensa Garp, qui pourtant ne dit rien.

— J'ai fait de mon mieux pour veiller sur elle, cria Roberta. Je lui ai dit de ne pas entrer dans le parking.

— Personne n'est à blâmer, Roberta, dit doucement Garp.

— *Vous*, vous pensez que quelqu'un est à blâmer, Garp. C'est toujours ce que vous pensez.

— Je vous en prie, Roberta. Vous êtes ma meilleure amie.

— Je vais vous dire, moi, qui est à blâmer. Ce sont les hommes, Garp. Votre sexe, bande de salauds, bande d'assassins. Faute de pouvoir nous *baiser* comme vous en crevez d'envie, vous nous tuez, de toutes les façons possibles.

— Pas moi, Roberta, je vous en prie.

— Si ! vous aussi, chuchota Roberta. Y a pas un seul homme qui soit l'ami des femmes.

— Je suis votre ami, Roberta, dit Garp, et Roberta versa quelques larmes — son aussi rassurant aux oreilles de Garp que le bruit de la pluie sur la surface d'un lac profond.

— Je suis tellement désolée, chuchota Roberta. Si j'avais vu l'homme au fusil, ne serait-ce qu'une seconde plus tôt, j'aurais pu bloquer la balle. Je l'aurais fait, vous savez.

— Je sais que vous l'auriez fait, Roberta, dit Garp, en se demandant si, lui, il l'aurait fait.

Bien sûr, il aimait sa mère ; il éprouvait déjà un sentiment de deuil poignant. Mais avait-il jamais voué à Jenny Fields autant de *dévotion* que l'avaient fait ses disciples de son propre sexe ?

Il pria la propriétaire de l'excuser pour ce coup de téléphone tardif. Lorsqu'il lui expliqua que sa mère était morte, la vieille femme se signa — ses joues creuses et ses gencives dénudées témoignant en silence, mais clairement, de toutes les morts familiales auxquelles elle avait pour sa part survécu.

Ce fut Helen qui pleura le plus ; elle prit l'homonyme de Jenny, la petite Jenny Garp, dans ses bras, et refusa de la

516

lâcher. Duncan et Garp parcoururent les journaux, mais la nouvelle mettrait au moins une journée pour parvenir en Autriche – sauf par la télévision.

Garp vit le meurtre de sa mère sur le poste de télévision de sa propriétaire.

Une aire commerciale du New Hampshire apparut sur l'écran, occupée par une grotesque kermesse électorale. Le décor avait quelque chose de vaguement maritime, et Garp reconnut l'endroit, à quelques kilomètres de Dog's Head Harbor.

Le gouverneur sortant défendait comme toujours les mêmes thèses absurdes et sexistes. La femme qui se présentait contre lui semblait être cultivée, idéaliste et généreuse ; en outre, confrontée aux sempiternelles absurdités sexistes que défendait le gouverneur, elle semblait avoir du mal à réfréner sa colère.

Le parking de l'aire commerciale était entouré de camionnettes, des camionnettes bourrées d'hommes en veste et casquette de chasse ; apparemment, ils représentaient les intérêts locaux du New Hampshire – par opposition au brusque intérêt manifesté au New Hampshire par les divorcées new-yorkaises.

L'aimable femme qui se présentait contre le gouverneur sortant était elle aussi à sa façon une divorcée new-yorkaise. Qu'elle fût installée depuis quinze ans dans le New Hampshire, et que ses enfants y eussent fait leurs études, était une réalité que feignaient d'ignorer plus ou moins le gouverneur sortant et ses partisans qui tournaient autour du parking au volant de leurs camionnettes.

Il y avait une forêt de pancartes ; des huées et des clameurs soutenues.

Il y avait aussi une équipe de football, des lycéens en tenue de sport – leurs crampons résonnaient sur le béton du parking. Un des enfants de la candidate faisait partie de l'équipe, et il avait rassemblé les joueurs dans le parking dans l'espoir de prouver au New Hampshire tout entier que voter pour sa mère n'était nullement incompatible avec la virilité.

Les chasseurs entassés dans leurs camionnettes étaient d'avis que voter pour cette femme revenait à voter en faveur de la pédérastie – et du lesbianisme, du socialisme, des pensions alimentaires, et de New York. Et de tout le reste. Garp avait le sentiment, en regardant le reportage, qu'il s'agissait là de choses que, dans le New Hampshire, personne ne tolérait.

Garp, Helen, Duncan et la petite Jenny, réunis dans le living de la pension viennoise, se préparaient à voir l'assassinat de Jenny Fields. Leur vieille propriétaire, ahurie par l'événement, leur servit du café et des petits gâteaux ; à part Duncan, personne ne mangea rien.

Puis vint le tour de Jenny Fields de s'adresser à la foule rassemblée dans le parking. Elle parla debout sur le plateau d'un camion ; Roberta Muldoon la souleva par-dessus le hayon arrière et régla le micro. La mère de Garp paraissait toute petite plantée sur le camion, surtout à côté de Roberta, mais l'uniforme de Jenny était si blanc qu'elle se détachait nettement, en pleine lumière et parfaitement visible de tous.

« Je suis Jenny Fields », commença-t-elle – saluée par quelques hourras, mais aussi par des huées et des coups de sifflet. Un concert de klaxons monta des camionnettes qui encerclaient le parking. La police était en train de dire aux conducteurs de circuler ; ils s'en allèrent, mais pour revenir aussitôt, puis s'éloignèrent de nouveau.

« La plupart d'entre vous savez qui je suis », disait Jenny Fields.

Il y eut de nouvelles huées, de nouveaux applaudissements, un nouveau concert de coups de klaxon – puis un coup de feu, un seul, aussi définitif qu'une vague qui se brise sur la grève.

Personne ne vit d'où était parti le coup de feu. Roberta Muldoon soutenait la mère de Garp sous les aisselles. L'uniforme blanc de Jenny semblait avoir été souillé par une petite éclaboussure. Puis Roberta, portant Jenny dans ses bras, sauta à terre et se mit à fendre la foule qui commençait à se disperser, comme un vieil ailier qui cherche à marquer un essai. La foule s'ouvrit devant elle ; l'uniforme blanc de Jenny était en partie dissimulé dans les bras de Roberta. Une voiture de police s'approchait à la rencontre de Roberta ; lorsqu'ils furent sur le point de se rejoindre,

Roberta souleva le corps de Jenny Fields. Un instant, Garp vit le corps de sa mère, inerte et drapé dans son uniforme blanc, soulevé très haut au-dessus de la foule, puis Roberta le déposa dans les bras d'un policier, qui l'aida à monter avec son fardeau dans la voiture.

La voiture, comme on dit, démarra en trombe. La caméra changea d'angle ; il semblait y avoir un échange de coups de feu entre les camionnettes et plusieurs voitures de police survenues en renfort. Plus tard, on aperçut le cadavre inerte d'un homme en manteau de chasse, vautré dans une flaque de liquide noirâtre qui ressemblait à de l'huile. Un peu plus tard encore, il y eut un gros plan de ce que les journalistes se contentèrent d'identifier comme un « fusil à gros gibier ».

On fit observer que la chasse au gros gibier n'était pas encore officiellement ouverte.

Exception faite de l'absence de tout plan de nu dans l'émission, l'événement était, de la première à la dernière séquence, un parfait mélodrame pour adultes.

Garp remercia la propriétaire de leur avoir permis de regarder les nouvelles. Deux heures plus tard, ils étaient à Francfort, où ils prirent l'avion pour New York. Le Crapaud du Ressac ne se trouvait pas à bord de leur avion – même pas pour Helen, qui avait tellement peur des avions. Pour l'instant, ils le savaient tous, le Crapaud avait mieux à faire ailleurs.

Là-haut, au-dessus de l'Atlantique, Garp se sentait la tête vide, à l'exclusion d'une seule pensée : les dernières paroles prononcées par sa mère avaient été appropriées. Jenny Fields avait achevé sa vie par ces mots : « La plupart d'entre vous savez qui je suis. » Là, dans l'avion, Garp s'essaya à répéter la réplique :

– La plupart d'entre vous savez qui je suis, murmura-t-il.

Duncan dormait, mais Helen l'entendit ; elle tendit le bras par-dessus le couloir, et prit la main de Garp.

A des milliers de mètres au-dessus du niveau de la mer, S. T. Garp s'abandonna aux larmes, dans l'avion qui le ramenait chez lui, vers le succès qui l'attendait, dans son pays pétri de violence.

17

Premières funérailles féministes
et autres funérailles

« Depuis la mort de Walt, écrivit S. T. Garp, je n'ai cessé de trouver que ma vie ressemblait à un épilogue. »

Lorsque Jenny Fields mourut, Garp dut sentir s'accroître encore sa perplexité – ce sentiment du temps qui fuit conformément à un plan. Mais quel était le plan ?

Garp était assis dans le bureau de John Wolf, à New York, et il essayait de s'y retrouver dans la pléthore des plans qui avaient surgi autour de la mort de sa mère.

– Je n'ai pas donné mon accord pour des funérailles, dit Garp. Comment peut-il y avoir des funérailles ? Où est le corps, Roberta ?

Patiemment, Roberta Muldoon expliqua que le corps se trouvait bien là où Jenny avait souhaité qu'aille son corps. Ce n'était pas son corps qui avait de l'importance. Il y aurait une sorte de cérémonie commémorative ; mieux valait ne pas y voir des « funérailles ».

Selon les journaux, il s'agirait des premières funérailles féministes jamais organisées à New York.

La police avait déclaré qu'elle s'attendait à des violences.

– Les premières funérailles féministes ? s'étonna Garp.

– Pour tant de femmes, elle représentait tant de choses, dit Roberta. Ne vous mettez pas en colère. Elle n'était pas votre *propriété*, vous savez.

John Wolf leva les yeux au ciel.

Par la fenêtre du bureau de John Wolf, Duncan Garp contemplait Manhattan, quarante étages plus bas. Sans doute Duncan avait-il un peu l'impression d'être encore à bord de l'avion dont il venait à peine de descendre.

Helen passait un coup de fil dans un bureau voisin. Elle

essayait de joindre son père, dans sa bonne vieille ville de Steering ; elle voulait demander à Ernie de venir les chercher à l'aéroport de Boston.

– Entendu, dit Garp, lentement ; il tenait le bébé, la petite Jenny Garp, à cheval sur son genou. Entendu. Vous savez que je ne suis pas du tout d'accord, Roberta, mais j'irai.

– Vous *irez* ? s'étonna John Wolf.

– Non ! s'écria Roberta. Je veux dire, rien ne vous y *oblige*.

– Je sais, dit Garp. Mais vous avez raison. Elle aurait sans doute approuvé ce genre de chose, c'est pourquoi j'irai. Comment est-ce que ça se passera ?

– Il y aura un tas de discours, dit Roberta. Mais il ne faut pas que vous y alliez.

– Et elles liront des passages de son livre, dit John Wolf. Nous avons fait don d'un certain nombre d'exemplaires.

– Mais *vous*, il ne faut pas y aller, Garp, répéta Roberta, tout émue. Je vous en prie, n'y allez pas.

– Je veux y aller, dit Garp. Je vous promets de ne pousser ni coups de sifflet ni huées. Ces imbéciles pourront dire tout ce qu'elles voudront. J'ai là quelque chose qu'elle a écrit et que je pourrais peut-être lire moi-même, si ça intéresse quelqu'un. Vous n'avez jamais vu ce truc qu'elle a écrit quand elle s'est aperçue qu'on la traitait de féministe ?

Roberta et John Wolf échangèrent un regard ; tous deux avaient l'air abattus et consternés.

– Elle disait ceci : « J'ai horreur de m'entendre traiter de féministe, dans la mesure où c'est là une étiquette que je n'ai pas choisie pour décrire les sentiments que m'inspirent les hommes, pas plus que la façon dont j'écris. »

– Je n'ai pas envie de discuter avec vous, Garp, dit Roberta Muldoon. Pas en ce moment. Mais, et vous le savez parfaitement, elle a par ailleurs dit bien d'autres choses. Que l'étiquette lui ait plu ou non, elle *était* féministe. Simplement parce qu'elle dénonçait sans répit les injustices dont les femmes sont victimes ; simplement parce qu'elle réclamait pour les femmes le droit de vivre leurs propres vies et de faire leurs propres choix.

– Oh ! dit Garp. Et dites-moi donc, est-ce qu'elle croyait

vraiment que *tout* ce qui arrive aux femmes leur arrive *parce* qu'elles sont des femmes ?

– Il faudrait être stupide pour croire ça, Garp, fit Roberta. A vous entendre, nous serions toutes des Ellen-Jamesiennes.

– Je vous en prie, arrêtez tous les deux, coupa John Wolf.

Jenny Garp lâcha un bref couinement et abattit sa petite main sur le genou de Garp ; surpris, il baissa vivement les yeux, à croire qu'il avait oublié qu'il tenait une petite créature vivante sur ses genoux.

– Qu'est-ce qu'il y a ?

Mais déjà le bébé avait retrouvé son calme et contemplait un élément du paysage du bureau de John Wolf qui, aux yeux de tous, demeurait invisible.

– Et à quelle heure, cette loufoquerie, Roberta ? demanda Garp.

– A cinq heures de l'après-midi.

– Je crois savoir que l'heure a été choisie, glissa John Wolf, de façon à permettre à la moitié des dactylos et secrétaires de New York de débaucher une heure plus tôt.

– Toutes les femmes qui travaillent à New York ne sont pas des secrétaires, fit Roberta.

– Les secrétaires, dit John Wolf, sont les seules dont, entre quatre et cinq, l'absence sera *remarquée*.

– Oh, bonté divine ! s'impatienta Garp.

Helen revint annoncer qu'elle n'était pas parvenue à joindre son père au téléphone.

– Il entraîne ses lutteurs au gymnase, dit Garp.

– La saison de lutte n'est pas encore commencée, dit Helen.

Garp jeta un coup d'œil au calendrier de sa montre-bracelet, qui avait plusieurs heures d'avance sur les États-Unis ; la dernière fois qu'il l'avait réglée, il était encore à Vienne. Mais, à Steering, l'entraînement ne commençait pas officiellement avant Thanksgiving. Helen avait raison.

– J'ai appelé son bureau du gymnase, et on m'a dit qu'il était à la maison, dit Helen. J'ai appelé à la maison, mais personne n'a répondu.

– Nous louerons une voiture à l'aéroport, décréta Garp. Et, de toute manière, on ne peut pas partir avant ce soir. Il faut que j'aille à ces foutues funérailles.

– Non, rien ne vous y oblige, s'obstina Roberta.

– En fait, dit Helen, tu *ne peux pas* y aller.

Roberta et John Wolf avaient plus que jamais l'air abattus et consternés ; quant à Garp, il avait tout simplement l'air de ne pas comprendre.

– Comment ça, je ne peux pas ?

– Il s'agit de funérailles *féministes*, dit Helen. Est-ce que tu as lu le journal, ou est-ce que tu t'es contenté des manchettes ?

Garp jeta un regard accusateur à Roberta Muldoon, qui elle, regardait Duncan, qui lui, regardait par la fenêtre. Duncan avait sorti sa longue-vue, et espionnait Manhattan.

– Vous ne pouvez pas y aller, Garp, convint Roberta. C'est vrai. Si je ne vous l'ai pas dit, c'est que je savais que vous vous mettriez en rogne, et salement. D'ailleurs, je ne croyais pas que vous auriez envie d'y aller.

– Je ne suis pas *autorisé* ?

– Il s'agit de funérailles réservées aux *femmes*, dit Roberta. Ce sont les *femmes* qui l'aimaient, les femmes doivent la pleurer. C'est ce que nous avons voulu.

Garp foudroya Roberta Muldoon du regard :

– *Moi*, je l'aimais. Elle n'avait pas d'autre enfant que moi. Voulez-vous dire que, sous prétexte que je suis un homme, je n'ai pas le droit d'assister à cette loufoquerie ?

– J'aimerais bien que vous n'appeliez pas ça une loufoquerie, protesta Roberta.

– C'est quoi, une loufoquerie ? demanda Duncan.

Jenny Garp couina de nouveau, mais Garp ne lui prêta aucune attention. Helen le débarrassa du bébé.

– Voulez-vous dire, Roberta, qu'aucun homme ne sera admis aux funérailles de ma mère ? demanda Garp.

– Il ne s'agit pas à proprement parler de funérailles, je vous le répète. Il s'agit plutôt d'un rallye – une sorte de manifestation de respect.

– J'irai, Roberta. *Appelez ça* comme vous voudrez, je m'en fiche.

– Oh, pauvre de moi ! dit Helen, qui sortit du bureau en emportant le bébé. Je vais encore une fois essayer d'avoir mon père, dit-elle.

– Je vois un homme avec un seul bras, annonça Duncan.

– Je vous en prie, Garp, n'y allez pas, plaida doucement Roberta.

– Elle a raison, dit John Wolf. Moi aussi, je voulais y aller. J'étais son éditeur, après tout. Mais laissez-les agir à leur guise, Garp. Je pense que Jenny aurait trouvé l'idée à son goût.

– Je me moque de ce qu'elle aurait trouvé à son goût, dit Garp.

– C'est sans doute vrai, dit Roberta. Raison de plus pour que vous n'y alliez pas.

– Vous ignorez, Garp, quelles réactions votre livre a provoquées chez certaines militantes du mouvement, le mit en garde John Wolf.

Roberta Muldoon leva les yeux au ciel. L'accusation selon laquelle Garp exploitait la réputation de sa mère et le mouvement féministe n'était pas chose nouvelle. Roberta avait vu la publicité destinée à lancer *le Monde selon Bensenhaver*, pour laquelle, sitôt après l'assassinat de Jenny, John Wolf avait donné le feu vert. Et, maintenant, le livre de Garp donnait l'impression qu'il exploitait également ce nouveau drame – l'annonce laissait entendre de façon ignoble que l'ouvrage était dû à un malheureux écrivain qui, après avoir perdu un fils, « venait en outre de perdre sa mère ».

Il était heureux que Garp n'ait pas vu l'annonce ; John Wolf lui-même en regrettait le style.

Le Monde selon Bensenhaver se vendit comme des petits pains. Le roman allait déchaîner les passions pendant des années ; il serait inscrit au programme des universités. Par bonheur, d'autres livres de Garp seraient eux aussi inscrits aux programmes des universités, bien que de façon sporadique. Un certain cours entreprenait même d'étudier de concert l'autobiographie de Jenny et les trois romans de Garp, sans compter *A History of Everett Steering's Academy*, par Stewart Percy. Le cours en question avait pour ambition, semblait-il, de découvrir tout ce qui concernait la vie de Garp en traquant dans ces œuvres tout ce qui paraissait *authentique*.

Là encore, il est heureux que Garp n'entendît jamais parler de ce cours.

– Je vois un homme qui n'a qu'une jambe, annonça

Duncan, occupé à scruter les rues et les fenêtres de Manhattan en quête de tous les infirmes et de tous les disgraciés – une tâche qui risquait de lui prendre des années.

– Arrête, Duncan, je t'en prie, intima Garp.

– Si vous tenez vraiment à y aller, lui chuchota Roberta Muldoon, vous devrez y aller en travesti.

– Si le filtrage des hommes est à ce point dur à l'entrée, lança méchamment Garp à Roberta, priez le ciel qu'il n'y ait pas aussi un contrôle de chromosomes.

Aussitôt, il eut honte de ses paroles ; Roberta tressaillit, comme cinglée par une gifle ; il l'empoigna par ses deux grosses mains qu'il garda entre les siennes jusqu'au moment où elle tenta de se dégager.

– Je m'excuse, chuchota-t-il. Si je suis obligé d'y aller en travesti, j'ai de la chance de vous avoir sous la main pour m'aider à me mettre en tenue. Après tout, vous vous y connaissez, pas vrai ?

– C'est vrai, convint Roberta.

– Ridicule, fit John Wolf.

– Si jamais certaines des femmes vous reconnaissent, dit Roberta, elles vous mettront en pièces. Dans le meilleur des cas, elles ne vous laisseront pas franchir la porte.

Helen rentra, la petite Jenny Garp, qui couinait, à cheval sur sa hanche.

– J'ai téléphoné au doyen Bodger, dit-elle à Garp. Je lui ai demandé d'essayer de joindre papa. Ça ne lui ressemble pas, de disparaître ainsi.

Garp secoua la tête.

– On devrait filer tout de suite à l'aéroport, suggéra Helen. Louons une voiture à Boston, rentrons à Steering. Il faut que les enfants se reposent. Ensuite, si tu veux revenir dare-dare à New York pour une fois de plus te joindre à une croisade, libre à toi.

– *Toi*, tu pars, dit Garp. Moi, je prendrai l'avion et je louerai une voiture, plus tard.

– C'est idiot, protesta Helen.

– Sans parler des frais inutiles, intervint Roberta.

– Ce n'est pas l'argent qui me manque maintenant, dit Garp, avec un sourire sarcastique que John Wolf s'abstint de lui rendre.

John Wolf se proposa pour conduire Helen et les enfants à l'aéroport.

– Un homme avec un seul bras, un homme avec une seule jambe, et deux types qui boitent, dit Duncan, et aussi un homme sans nez.

– Attends un peu, et tu verras aussi ton père, dit Roberta Muldoon.

Quant à Garp, il se voyait ainsi : un ex-lutteur éploré, camouflé en travesti pour assister à la cérémonie funèbre en l'honneur de sa mère.

Il embrassa Helen et les enfants, et même John Wolf.

– Ne te fais pas de souci pour ton papa, Helen, dit Garp.

– Et vous, Helen, ne vous faites pas de souci pour Garp, dit Roberta. Je vais si bien le déguiser que tout le monde lui flanquera la paix.

– Dommage que *toi* tu ne fiches pas la paix à tout le monde, lança Helen à Garp.

Et voici que, soudain, il y avait une autre femme dans le bureau bondé de John Wolf ; personne n'avait remarqué sa présence, mais il y avait quelques instants déjà qu'elle essayait d'attirer l'attention de John Wolf. Lorsqu'elle parla, sa voix retentit dans l'unique moment de silence et tous les yeux se tournèrent vers elle.

– Mr. Wolf ? demanda la femme.

C'était une vieille femme, tout en marron, noir et gris, qui paraissait souffrir atrocement des pieds ; en guise de ceinture, elle portait une rallonge de fil électrique, enroulée deux fois autour de sa taille épaisse.

– Oui, Jillsy ? fit John Wolf, et Garp fixa des yeux médusés sur la femme.

Bien entendu, il s'agissait de Jillsy Sloper ; John Wolf aurait dû savoir que les écrivains ont la mémoire des noms.

– J'me demandais, dit Jillsy, si c't'après-midi, je pourrais pas partir plus tôt – si vous étiez assez bon pour dire un mot pour moi, vu que je veux assister aux funérailles.

Elle parlait en tenant le menton baissé, marmonnant avec raideur des mots rauques – le moins de mots possible. Elle avait horreur d'ouvrir la bouche en présence de gens qu'elle ne connaissait pas ; de plus, elle avait reconnu Garp et ne voulait pas lui être présentée – à aucun prix.

– Oui, bien sûr, vous pouvez, dit vivement John Wolf.

Lui non plus ne voulait pas présenter Jillsy Sloper à Garp, pas plus qu'elle ne le voulait elle-même.

– Un instant, intervint Garp.

Jillsy Sloper et John Wolf se pétrifièrent.

– Seriez-vous Jillsy Sloper ? demanda Garp.

– Non ! éructa John Wolf.

Garp le foudroya du regard.

– Enchantée, fit Jillsy, en détournant obstinément les yeux.

– C'est *moi* qui suis enchanté, renchérit Garp, qui voyait, au premier coup d'œil, que cette femme éplorée n'avait pas, comme l'avait prétendu John Wolf, « aimé » son livre.

– Je suis désolée pour votre maman, fit Jillsy.

– Je vous remercie beaucoup, dit Garp, qui cependant voyait – tout le monde le voyait ! – qu'intérieurement Jillsy Sloper bouillonnait de fureur.

– Des *comme vous*, elle en valait bien deux ou trois ! lança soudain Jillsy à Garp.

Ses yeux jaunâtres étaient remplis de larmes.

– Et elle valait quatre ou cinq de vos abominables livres ! entonna-t-elle. Doux Jésus ! doux Jésus ! marmonna-t-elle en les laissant tous figés dans le bureau de John Wolf.

– Encore quelqu'un qui boite, dit Duncan à Garp, mais il voyait bien que son père se moquait éperdument de son inventaire.

Aux premières funérailles féministes organisées dans la ville de New York, les participantes parurent hésiter sur la conduite à adopter. Peut-être ce flottement tenait-il au lieu de la cérémonie, non une église, mais un de ces énigmatiques bâtiments qui composent les installations universitaires de la ville – un auditorium, encore accablé par les échos de discours que personne n'avait jamais écoutés. L'amphithéâtre géant gardait quelque chose de vaguement mélancolique, le souvenir d'applaudissements évanouis – en l'honneur de vedettes du rock, et même à l'occasion d'un poète en renom. Mais il y régnait aussi une atmosphère austère, comme il convient au cadre d'importantes conférences, à une salle où des centaines de gens s'étaient appliqués à prendre des notes.

Le lieu était connu sous le nom d'« école d'infirmières » – ce qui en faisait un décor bizarrement approprié à une cérémonie à la mémoire de Jenny Fields. Il était difficile de faire la distinction entre les pleureuses vêtues de leurs EXCLUSIVITÉS JENNY FIELDS, avec les petits cœurs rouges cousus sur la poitrine, et les vraies infirmières immaculées et inélégantes, qui avaient, elles, d'autres raisons de se trouver dans les parages, mais s'étaient arrêtées pour jeter un coup d'œil à la cérémonie – par curiosité ou sympathie sincère, ou peut-être parfois les deux.

Il y avait beaucoup d'uniformes blancs parmi l'énorme foule grouillante, d'où montait un marmonnement étouffé.

– Je vous *l'avais dit*, j'aurais pu m'habiller en infirmière, siffla Garp. On m'aurait moins remarqué.

– Je croyais qu'on vous aurait remarqué davantage, dit Roberta. Je ne savais pas qu'il y en aurait tant.

– Je parie que, d'ici peu, cette connerie sera à la mode dans tout le pays, marmonna Garp. Vous verrez…

Mais il n'ajouta rien ; grotesque et minuscule, il se blottit contre Roberta, avec l'impression que tout le monde le regardait et d'une certaine façon devinait sa masculinité – ou du moins, comme Roberta l'en avait prévenu, son hostilité.

Ils s'installèrent en plein centre de l'énorme auditorium, à trois rangées seulement de la scène et de la tribune ; un océan de femmes était entré ; elles s'étaient installées derrière eux – des rangées innombrables – et, plus en arrière encore, près des portes grandes ouvertes (là où il n'y avait pas de sièges), les femmes qui se souciaient moins de s'asseoir pour assister à toute la cérémonie, mais avaient tenu à venir apporter leur hommage, entraient lentement par une porte et quittaient lentement la salle par une autre. C'était comme si la foule assise qui remplissait presque toute la salle était le cercueil encore ouvert de Jenny Fields, que les femmes qui avançaient à pas lents étaient venues contempler.

Garp, naturellement, avait l'impression d'être, *lui*, le cercueil ouvert, et que toutes les femmes l'observaient – lui et sa pâleur, son teint, son absurde déguisement.

C'était Roberta qui l'avait ainsi affublé, peut-être pour se venger de s'être laissé forcer la main – ou le punir de son sarcasme cruel au sujet de ses chromosomes. Roberta avait habillé Garp d'une combinaison de parachutiste d'une vilaine couleur turquoise, la couleur de la camionnette d'Oren Rath. La combinaison était munie d'une fermeture à glissière dorée qui allait de l'entrejambe à la gorge de Garp. Garp n'avait pas ce qu'il fallait de hanches pour remplir de façon adéquate le pantalon à la taille, mais ses seins – ou, plutôt, les faux seins que Roberta lui avait confectionnés – tendaient les poches à rabats de son plastron et tordaient la fragile fermeture à glissière.

– Dites donc, quel balcon ! avait fait Roberta.

– Espèce de brute, avait sifflé Garp.

Les bretelles de l'énorme et hideux soutien-gorge lui mordaient la chair des épaules. Mais, chaque fois qu'il sentait le regard d'une femme posé sur lui, peut-être soupçonneux, il se contentait de se mettre de profil et d'en rajouter. Éliminant ainsi, du moins l'espérait-il, toute ombre de méfiance.

Il avait moins confiance dans la perruque. Une crinière blond miel, une crinière de pute toute bouclée, sous laquelle la peau de son crâne le démangeait furieusement.

Un joli foulard vert était noué autour de sa gorge.

Une couche de poudre donnait à son visage mat une inquiétante couleur grisâtre, mais dissimulait, Roberta l'affirmait, les poils de sa barbe. Ses lèvres un peu trop minces étaient couleur cerise, mais il se passait sans arrêt la langue dessus, et l'une des commissures de ses lèvres était toute barbouillée de rouge.

– On dirait que vous venez de vous faire embrasser, le rassura Roberta.

Garp avait beau se sentir gelé, Roberta ne lui avait pas permis de passer son parka de ski – ses épaules paraissaient trop larges. Aux pieds, Garp portait une énorme paire de bottes qui lui arrivaient aux genoux – faites d'une espèce de vinyl cerise, assorti, selon Roberta, à son rouge à lèvres. Garp avait aperçu son image dans une vitrine et, comme il l'avait dit à Roberta, s'était trouvé la dégaine d'une petite pute adolescente.

– Pute d'accord, mais plus tellement adolescente, avait corrigé Roberta.

– Un parachutiste pédé, avait suggéré Garp.

– Non, vous ressemblez à une femme, l'avait rassuré Roberta. Pas une femme au goût très sûr, mais quand même une femme.

Donc, Garp était là dans le grand amphithéâtre de l'école d'infirmières et se tortillait sur son siège. Il jouait avec les deux tresses de son ridicule sac à main, un truc en chanvre tout effiloché orné d'un motif vaguement oriental, à peine assez grand pour contenir son portefeuille. Au fond de son énorme sac à bandoulière, gonflé à craquer, Roberta Muldoon avait caché les vrais vêtements de Garp – son autre identité.

– Voici Manda Horton-Jones, chuchota Roberta, en montrant une femme maigre et au nez crochu, qui nasillait sans jamais relever sa tête de rat ; elle lisait un discours raide et préparé d'avance.

Garp ignorait tout de Manda Horton-Jones ; résigné, il haussa les épaules. Il y avait eu toute une gamme de discours, allant des professions de foi politique déchaînées aux évocations, confuses et pénibles, de souvenirs personnels de Jenny Fields. L'assistance ne savait ce qu'il convenait de faire, applaudir ou prier – donner libre cours à son approbation ou hocher sobrement la tête. Il régnait dans la salle une atmosphère de deuil, mais aussi d'intense communion – à laquelle se mêlait un besoin intense d'activisme. A y bien réfléchir, Garp se disait que tout cela était sans doute approprié, à la fois à sa mère et à la vague idée qu'il se faisait du mouvement féministe.

– Et voici Sally Devlin, chuchota Roberta.

La femme qui maintenant escaladait la tribune avait une physionomie agréable et sage, un air familier. Garp éprouva instinctivement le besoin de se protéger d'elle. Sans y mettre de malice, et par désir de provoquer Roberta, Garp chuchota :

– Elle a de jolies jambes.

– Plus jolies que les vôtres en tout cas, dit Roberta, en lui pinçant cruellement la cuisse entre son robuste pouce et son long index d'ailier – un des doigts de Roberta, supposa Garp, qui avait été si souvent fracturé à l'époque où Roberta faisait la gloire des Eagles de Philadelphie.

Sally Devlin posa sur l'assistance le regard de ses yeux doux et tristes, comme une maîtresse d'école qui, sans un mot, tance une classe pleine d'enfants inattentifs – incapables même de rester tranquilles.

– Ce meurtre absurde ne mérite pas en réalité tout ceci, commença-t-elle d'une voix calme. Mais Jenny Fields a apporté son aide à tant d'*individus*, elle s'est montrée si patiente et si généreuse envers les femmes qui traversaient des épreuves. Quiconque a jamais eu besoin de l'aide d'autrui devrait se sentir atterré par ce qui lui est arrivé.

A cet instant précis, Garp se sentit sincèrement atterré ; tout autour de lui, par centaines, des femmes soupiraient et sanglotaient. A côté de lui, il sentait trembler les robustes épaules de Roberta. Une main, peut-être celle de la femme assise derrière lui, lui empoigna l'épaule, son épaule coincée dans l'affreuse combinaison turquoise. Il craignit un instant que sa défroque agressive et mal appropriée à l'occasion ne lui attire une pluie de gifles, mais la main se contenta de rester cramponnée à son épaule. Peut-être la femme avait-elle besoin d'un appui. En cet instant, Garp le savait, toutes se sentaient comme des sœurs.

Il leva les yeux pour mieux suivre ce que disait Sally Devlin, mais il avait lui aussi les yeux brouillés et ne put distinguer Miss Devlin avec netteté. Mais il *l'entendait* : elle sanglotait. D'immenses sanglots venus du fond du cœur. Elle s'efforçait de reprendre le fil de son discours, mais ses yeux ne s'y retrouvaient plus sur la page ; la page ne cessait de heurter le micro. Une femme à la carrure puissante, que Garp eut l'impression d'avoir aperçue quelque part – le genre de garde du corps qu'il avait si souvent vu en compagnie de sa mère –, voulut aider Sally Devlin à descendre de la tribune, mais Miss Devlin ne voulut rien entendre.

– Je n'avais pas l'intention de me donner en spectacle, dit-elle, toujours en pleurant – comme pour s'excuser de ses sanglots et de son désarroi. J'avais d'autres choses à dire, protesta-t-elle, toujours incapable de contrôler sa voix. Et puis merde ! conclut-elle, avec une dignité que Garp trouva fort émouvante.

La grosse femme à l'air coriace se retrouva seule devant le micro. La foule attendait, dans le calme. Sur son épaule, Garp sentit la main s'agiter, un tremblement, une secousse peut-être. Garp jeta un coup d'œil aux grandes mains de Roberta, qu'elle tenait croisées sur ses cuisses, et devina que la main posée sur son épaule devait être très petite.

La grosse femme à l'air coriace tentait de dire quelque chose, et la foule attendait. Mais elle attendrait éternellement un mot de sa bouche. Roberta la connaissait. Roberta se dressa et se mit à applaudir le silence de la grosse femme à l'air coriace – son calme exaspérant en face du micro. D'autres femmes firent chorus aux applaudissements de Roberta – et Garp lui-même, qui n'aurait su dire pourquoi il applaudissait.

– C'est une Ellen-Jamesienne, lui chuchota Roberta. Elle ne *peut* rien dire.

Pourtant, avec son visage torturé et triste, la femme faisait fondre la foule. Elle ouvrit la bouche pour parler, mais aucun son n'en sortit. Garp se représenta le moignon de sa langue mutilée. Il se rappela comment sa mère les approuvait – ces folles ; Jenny s'était toujours montrée merveilleuse avec toutes celles qui étaient venues la solliciter. Mais Jenny avait fini par admettre qu'elle désapprouvait leur geste – peut-être seulement à l'intention de Garp.

« Elles se transforment en victimes, avait dit Jenny, et pourtant, c'est précisément parce qu'ils ont fait d'elles des victimes qu'elles haïssent les hommes. Pourquoi ne font-elles pas simplement vœu de silence, ou de ne jamais parler en présence d'un homme ? disait Jenny. Ce n'est pas logique : se mutiler pour prouver quelque chose. »

Mais Garp, profondément ému par la folle plantée en face de lui, voyait brusquement clair dans ce besoin universel d'automutilation – malgré sa violence et son illogisme, il exprimait, et peut-être rien d'autre, une affreuse blessure.

J'ai vraiment *mal*, disait l'énorme visage de la femme qu'il voyait, les yeux brouillés de larmes, se dissoudre devant lui.

Soudain, ce fut à *lui* que fit mal la petite main posée sur son épaule ; il se rappela qui il était – un homme au milieu d'une cérémonie réservée aux femmes – et il pivota pour regarder la jeune femme à l'air un peu las assise derrière lui. Son visage lui parut familier, mais il ne parvint pas à le situer.

– Je vous connais, chuchota la jeune femme, sans d'ailleurs en paraître heureuse.

Roberta lui avait recommandé de n'ouvrir la bouche sous aucun prétexte, de ne pas même essayer de parler. Il s'était préparé à affronter cette éventualité. Il secoua la tête. Il sortit un calepin de sa poche de plastron, coincé contre ses gigantesques faux seins, et tira un crayon de son ridicule sac à main. Les doigts de la femme, acérés comme des griffes, mordirent dans son épaule, comme pour l'empêcher de fuir.

Salut ! Je suis une Ellen-Jamesienne,
griffonna Garp ; arrachant la page, il la tendit à la jeune femme. Elle ne la prit pas.

– Allez vous faire foutre, lança-t-elle. Vous êtes S. T. Garp.

Le mot *Garp* ricocha, pareil au hoquet d'un animal étrange, dans le silence de l'auditorium plongé dans l'affliction, toujours suspendu aux lèvres muettes de l'Ellen-Jamesienne plantée sur la tribune. Roberta Muldoon pivota, l'air terrorisé ; elle n'avait jamais vu la jeune femme en question.

– Je ne sais pas qui est votre gros copain, dit la jeune femme à Garp, mais vous, vous êtes S. T. Garp. Je ne sais pas où vous êtes allé dégoter cette perruque idiote et ces gros nichons, mais je pourrais vous reconnaître n'importe où. Vous n'avez pas changé un brin depuis l'époque où vous baisiez ma sœur – jusqu'à ce qu'elle en crève, dit la jeune femme.

Et Garp sut qui était son ennemie : la petite dernière de la horde des Percy. Bainbridge ! La petite Pooh Percy, qui, jusqu'à dix ans, avait porté des langes, et, pourquoi pas après tout, en portait peut-être encore.

Garp la regarda ; il avait de plus gros nichons qu'elle. Pooh était affublée d'une défroque asexuée, les cheveux coupés court à la mode unisexe, ses traits n'étaient ni fins ni grossiers. Elle portait, entre autres, une chemise de l'armée décorée de galons de sergent et d'un macaron à l'effigie de la femme qui avait brigué le siège de gouverneur de l'État du New Hampshire. Garp éprouva un choc en constatant que la femme en question n'était autre que Sally Devlin. Il se demanda si elle avait été élue !

— Salut, Pooh, fit Garp, et il la vit tressaillir – un prénom qu'elle *haïssait*, et dont personne ne se servait plus. Bainbridge, marmonna Garp.

Mais il était trop tard pour faire ami-ami – *des années* trop tard. Trop tard depuis la nuit où Garp avait, d'un coup de dents, tranché l'oreille de Bonkers, avait baisé Cushie dans l'infirmerie de Steering, ne lui avait jamais donné d'amour – n'était pas venu à son mariage, pas plus qu'à son enterrement.

Quels que fussent les griefs qu'elle nourrissait contre Garp, ou quelle que fût sa haine à l'égard des hommes en général, Pooh Percy tenait enfin à sa merci *son* ennemi – enfin.

Déjà, la grosse main chaude de Roberta se plaquait contre les reins de Garp, tandis que sa voix lourde le pressait :

— Sortez, vite vite, et surtout pas un mot.

— Il y a un homme ici ! lança Bainbridge Percy dans le silence éploré du grand amphithéâtre.

Les mots arrachèrent un petit son – peut-être un grognement – à l'Ellen-Jamesienne plantée tout émue sur l'estrade.

— Un homme, il y a un homme ici ! Et c'est S. T. Garp. *Garp* est ici, glapissait Pooh.

Roberta voulut l'entraîner vers le couloir. Un ailier excelle en premier lieu à bloquer, ensuite à recevoir les passes, mais l'ex-Robert Muldoon lui-même fut impuissant à faire bouger cette masse compacte de femmes.

— S'il vous plaît, disait Roberta. Excusez-nous, s'il vous plaît. C'était sa *mère* – vous devez le savoir. C'était son seul enfant.

Ma seule *mère* ! se dit Garp, qui avançait plaqué contre le dos de Roberta ; il sentit les griffes de Pooh Percy, pointues comme des aiguilles, lui labourer le visage. Elle lui arracha sa perruque ; tout aussi brutalement, il la lui reprit et la tint plaquée contre sa grosse poitrine, comme si elle avait eu la moindre valeur.

– Il a tellement baisé ma sœur qu'elle en est *morte*, gémissait maintenant Pooh Percy.

D'où tenait-elle cette image de Garp et comment s'en était-elle convaincue, Garp ne devait jamais le savoir – mais convaincue, Pooh l'était. Escaladant le siège qu'il venait d'abandonner, elle s'élança à leur poursuite ; Roberta émergea enfin dans la travée centrale.

– C'était ma mère, dit Garp à une femme qu'il croisait, une femme qui elle-même ressemblait à une mère en puissance.

Elle était enceinte. Sur le visage méprisant de la femme, Garp vit de la sagesse et de la bonté ; et aussi du scepticisme et du dégoût.

– Laissez-le passer, murmura la femme enceinte, mais sans beaucoup de chaleur.

D'autres paraissaient plus compréhensives. Une voix hurla qu'il avait le droit d'être là – mais d'autres voix hurlèrent aussi d'autres choses, plutôt dépourvues de compréhension.

Un peu plus loin, il sentit un poing s'enfoncer dans ses faux seins ; il tendit la main pour s'accrocher à Roberta et constata alors que Roberta avait été (comme on dit au football) mise hors jeu. Elle était à terre, immobilisée sous le poids de plusieurs jeunes femmes vêtues de cabans assises sur elle. Peut-être s'imaginaient-elles, l'idée effleura Garp, que Roberta était elle aussi un homme en travesti ; elles s'exposaient à une surprise cruelle en s'apercevant que Roberta n'avait rien de bidon.

– Sauvez-vous, Garp ! cria Roberta.

– Oui, cours, sale petit baiseur ! siffla une des femmes en caban.

Il se mit à courir.

Il allait atteindre la foule grouillante, massée au fond de la salle, lorsqu'un des coups qui le visaient toucha son but. Jamais depuis l'époque où il apprenait la lutte à Steering, il n'avait reçu de coup de pied dans les couilles – et il y avait tant d'années qu'il avait oublié la totale incapacité qui en résultait. Il roula sur le flanc et resta là en chien de fusil, en s'efforçant de se protéger. Elles essayaient de lui arracher sa perruque qu'il n'avait toujours pas lâchée. Et son minuscule sac à main. Il s'y cramponnait comme pour résister à un voleur. Il encaissa quelques coups de pied, quelques gifles, puis une femme d'un certain âge surgit devant ses yeux et il capta une bouffée d'haleine parfumée à la menthe.

— Essayez de vous relever, dit-elle, d'une voix douce.

Il vit que c'était une infirmière. Une vraie infirmière. Aucun cœur fantaisie n'ornait son corsage ; rien d'autre que la petite plaque d'identité bleu et or – R. N. Unetelle.

— Je m'appelle Dotty, lui dit l'infirmière, qui avait au moins soixante ans.

— Bonjour, dit Garp. Merci, Dotty.

Lui empoignant le bras, elle lui fit traverser à vive allure le reste de la foule. On aurait dit que, le voyant ainsi escorté, personne n'avait plus envie de l'agresser. Elles le laissèrent passer.

— Vous avez de l'argent pour prendre un taxi ? lui demanda Dotty sitôt qu'ils furent dehors.

— Oui, je crois.

Il vérifia le contenu de son affreux sac ; il n'avait pas perdu son portefeuille. Et sa perruque – plus en bataille que jamais – était toujours coincée sous son bras. C'était Roberta qui avait les habits de Garp, et il chercha en vain la moindre trace de Roberta, qui n'avait toujours pas réussi à émerger de la foule.

— Mettez cette perruque, conseilla Dotty, sinon on va vous prendre pour un de ces horribles travestis.

Il tenta maladroitement de s'en coiffer ; elle l'aida.

— Les gens leur en font souvent voir de dures, à ces travestis, ajouta Dotty.

Elle retira plusieurs épingles de son chignon et fixa plus correctement la perruque.

L'égratignure qui lui zébrait la joue, assura-t-elle, ne tarderait plus à s'arrêter de saigner.

Du haut de l'escalier qui menait au grand amphithéâtre, une grande Noire, qui paraissait de taille à se mesurer à Roberta, secoua le poing en direction de Garp, mais sans un mot. Peut-être s'agissait-il d'une autre Ellen-Jamesienne. Il y avait aussi d'autres femmes, un petit groupe s'était rassemblé, et Garp se demanda avec terreur si elles n'envisageaient pas de passer carrément à l'attaque. A la périphérie de leur groupe, mais semblant ne rien avoir affaire avec elles, était plantée une fille pâle comme un fantôme, une enfant montée en graine ; une blonde à l'air crasseux et aux yeux perçants couleur de soucoupe sale – des yeux de droguée, ou de quelqu'un qui a versé beaucoup de larmes. Elle avait un regard tel que Garp se sentit glacé, et effrayé – comme si elle avait été vraiment folle, une espèce de tueuse adolescente à la solde du mouvement, un revolver enfoui dans son sac gigantesque. Du coup, il serra plus fort son petit sac minable, se rappelant qu'au moins son portefeuille était bourré de cartes de crédit ; il avait assez d'argent liquide pour prendre un taxi jusqu'à l'aéroport, et ses cartes de crédit lui permettraient de prendre un avion jusqu'à Boston pour chercher refuge, si l'on peut dire, dans le sein de ce qui lui restait de famille. Il aurait bien voulu se débarrasser de ses nichons un peu trop voyants, mais rien à faire, ils étaient là, comme s'il était venu au monde avec – et avec, également, sa combinaison de vol trop étroite ou trop lâche selon les endroits. Il n'avait rien d'autre, et devrait s'en contenter. Au vacarme qui jaillissait du bâtiment, Garp comprit que Roberta se débattait dans les affres d'un sérieux débat, sinon d'un combat. On entraînait dehors quelqu'un qui s'était évanoui, ou qui avait été malmené ; des renforts de police accouraient.

– Votre mère était une infirmière formidable, et une femme dont toutes les femmes auraient pu être fières, lui dit l'infirmière dénommée Dotty. Je parierais qu'en plus c'était une bonne mère.

– Pour ça, oui, fit Garp.

L'infirmière lui trouva un taxi ; dernière image qu'il eut d'elle, elle s'éloignait du trottoir et s'en retournait vers l'école d'infirmières. Les autres femmes, plantées sur l'escalier qui donnait accès au perron, tout à l'heure si menaçantes, ne semblaient pas vouloir la molester. D'autres renforts de police arrivaient ; Garp chercha du regard la bizarre jeune fille aux yeux couleur de soucoupe sale, mais elle n'était pas avec les autres.

Il demanda au chauffeur qui avait été élu gouverneur du New Hampshire. Garp fit de son mieux pour déguiser sa voix grave ; mais le chauffeur, qui, en fait d'excentricités, en avait vu d'autres dans son métier, ne parut s'étonner ni de la voix ni de l'aspect de Garp.

– J'étais à l'étranger, expliqua Garp.

– Vous n'avez rien manqué, chérie, dit le chauffeur. C't espèce de pute a pas pu tenir le coup.

– Sally Devlin ?

– Elle a craqué, en plein devant les caméras. Elle était tellement bouleversée par l'assassinat qu'elle a pas pu se contrôler. Elle était en train de prononcer son discours, mais elle a pas pu arriver jusqu'au bout, vous me suivez ? Moi, je trouve qu'elle avait tout d'une imbécile, poursuivit le chauffeur. Si elle était pas capable de se contrôler mieux que ça, je vois mal ce qu'elle aurait fait comme gouverneur.

La femme avait été vaincue et Garp devina peu à peu ce qui avait entraîné sa défaite. Peut-être l'odieux gouverneur en exercice avait-il souligné que l'incapacité de Miss Devlin à maîtriser ses émotions était « typique d'une femme ». Sally Devlin n'avait pu cacher ses sentiments pour Jenny Fields, et, déconsidérée par son explosion de sentimentalité, elle n'avait pas été jugée compétente pour les tâches, bien douteuses parfois, qu'impliquait le poste de gouverneur.

Garp avait honte. Les autres lui faisaient honte.

– D'après moi, disait le chauffeur, fallait un truc comme c't assassinat pour que les gens comprennent que c'te bonne femme était pas taillée pour le job, vous me suivez ?

– Fermez-la et regardez la route, dit Garp.

– Dites donc, ma petite dame, je suis pas forcé de supporter des *insultes*.

– Vous êtes un crétin et un con, et si vous ouvrez encore la bouche d'ici à l'aéroport, j'appelle un flic et je vous accuse d'avoir essayé de me peloter.

Le chauffeur écrasa l'accélérateur et, fou de rage, s'enferma dans un silence hargneux, en espérant que la vitesse et ses imprudences flanqueraient la trouille à sa passagère.

– Ralentissez, dit Garp, sinon j'appelle un flic et je dis que vous avez voulu me violer.

– Salope de dingue, grommela le chauffeur, mais il ralentit et ne prononça plus un mot jusqu'à l'aéroport.

Garp posa l'argent du pourboire sur le capot et l'une des pièces roula dans l'interstice entre le capot et le pare-chocs.

– Toutes des salopes, les femmes, dit le chauffeur.

– Tous des salauds, *les hommes*, dit Garp, avec le sentiment – un sentiment mitigé – d'avoir fait son devoir pour attiser la guerre des sexes.

A l'aéroport, Garp sortit sa carte de l'American Express, mais on se montra méfiant et on lui demanda de prouver son identité. Inévitablement, on le questionna sur les initiales S. T. Visiblement, l'employée chargée de délivrer les billets n'avait aucun contact avec le monde littéraire – elle n'avait jamais entendu parler de Garp.

Il déclara à l'employée que S. signifiait Sarah, et T., Tillie.

– Sarah Tillie Garp ? fit l'employée, une jeune femme qui, à l'évidence, n'approuvait pas l'allure de Garp, empreinte d'une étrange séduction, mais très pute.

– Pas de bagages à enregistrer, pas de bagages à main non plus ?

– Non, non, rien.

– Vous avez un manteau ? lui demanda l'hôtesse, avec elle aussi un regard condescendant.

– Pas de manteau.

Surprise par la gravité de sa voix, l'hôtesse sursauta.

– Pas de bagages et rien à suspendre, dit-il avec un sourire.

Il avait l'impression de n'avoir que des nichons – ces épouvantables nénés que Roberta lui avait fabriqués –, et il avança, penché en avant et le dos voûté, pour essayer de les camoufler. Pourtant, il était vain d'espérer les camoufler.

Dès qu'il eut choisi son siège, un homme choisit de s'installer dans le siège voisin. Garp regarda par le hublot. Les derniers passagers accouraient. Parmi eux, il aperçut une blonde pâle comme un fantôme, à l'air crasseux. Elle non plus n'avait ni bagages ni manteau. Rien d'autre que ce sac trop gros – assez vaste pour dissimuler une bombe. Accablé, Garp sentit la présence du Crapaud – un chatouillis sur sa hanche. Il tourna la tête vers le couloir pour repérer où s'était installée la fille, mais se retrouva nez à nez avec le visage hilare de l'homme qui avait pris le siège voisin du sien, côté couloir.

— Peut-être que quand on sera là-haut, dit l'homme d'un air à la coule, je pourrai vous offrir un petit verre.

Ses petits yeux, très rapprochés, étaient rivés sur la fermeture à glissière, tout de guingois, de la combinaison turquoise tendue à craquer.

Garp se sentit accablé par un bizarre sentiment d'injustice. Il n'avait pas demandé d'avoir une telle anatomie. Il aurait voulu passer un moment tranquille, à bavarder, avec cette femme à l'air agréable et intelligent, Sally Devlin, la candidate malheureuse au poste de gouverneur du New Hampshire. Il lui aurait dit qu'elle était beaucoup trop bien pour ce poste pourri.

— Sacrée combinaison, que vous avez là, fit son voisin de siège, les yeux hors de la tête.

— Allez donc vous le fourrer où je veux dire, dit Garp.

Il était, après tout, le fils d'une femme qui avait poignardé un casse-pieds, dans un cinéma de Boston – bien des années auparavant.

L'homme s'efforça gauchement de se mettre debout, mais sans succès ; sa ceinture de sécurité le retenait prisonnier. Il jeta à Garp un regard impuissant. Garp se pencha au-dessus des cuisses de l'homme pris au piège ; Garp faillit s'étouffer dans les relents de son propre parfum, dont il voyait encore Roberta l'asperger. Il réussit à faire jouer la boucle et, avec un claquement sec, libéra l'homme. Sur quoi, Garp grommela un murmure menaçant dans le creux de l'oreille, maintenant très rouge, de l'homme.

— Quand nous serons là-haut, mon joli, chuchota-t-il au type terrorisé, va donc te tailler une pignole dans les toilettes.

Mais lorsque l'homme eut abandonné Garp, le siège côté couloir se retrouva vide, prêt à accueillir quelqu'un d'autre. Garp posa sur le siège vide un regard de défi, comme pour provoquer le prochain dragueur. En voyant qui s'approchait, Garp sentit vaciller sa confiance toute neuve. Elle était très maigre, avec des mains osseuses de petite fille, crispées sur son sac d'une taille absurde. Elle ne demanda rien ; elle se contenta de s'asseoir. Le Crapaud est une bien jeune fille aujourd'hui, se dit Garp. Lorsqu'elle plongea la main dans son sac, Garp lui attrapa le poignet et, lui arrachant la main du sac, la lui plaqua sur les cuisses. Elle n'était pas très forte, et il n'y avait pas de pistolet dans sa main ; pas même un couteau. Garp ne vit rien d'autre qu'un petit bloc et un crayon, dont la gomme avait été rongée jusqu'au socle.

– Excusez-moi, chuchota-t-il.

Si elle n'était pas un assassin, Garp avait l'intuition de savoir qui, ou plutôt ce qu'elle était.

« Pourquoi y a-t-il dans ma vie tant de gens affligés d'un défaut d'élocution ? écrivit-il un jour. Ou est-ce seulement parce que je suis écrivain que je remarque toutes les voix mutilées qui m'entourent ? »

La misérable enfant inoffensive assise près de lui griffonna à la hâte quelques mots et lui tendit le billet.

– Oui, oui, dit-il, d'une voix lasse. Vous êtes une Ellen-Jamesienne.

Mais la jeune fille se mordit la lèvre, en secouant la tête d'un air farouche. Elle lui fourra d'autorité le billet dans la main.

> *Mon nom est Ellen James. Je ne suis pas une Ellen-Jamesienne,*

lut Garp.

– Vous êtes Ellen James, c'est ça ? lui demanda-t-il, bien que la question fût inutile, il le savait – il suffisait de la regarder, il aurait dû deviner.

L'âge concordait ; il n'y avait pas longtemps, elle aurait pu être cette gamine de onze ans qui avait été violée et amputée de sa langue. Les yeux couleur de soucoupe sale, vus de près, n'étaient pas sales ; ils étaient seulement rougis, peut-être par l'insomnie. Sa lèvre inférieure était écorchée, elle ressemblait à la gomme du crayon – rongée.

Elle se remit à griffonner.

> *Je viens de l'Illinois. Il y a quelque temps, mes parents ont été tués dans un accident de voiture. Je suis partie pour l'Est dans l'espoir de rencontrer votre mère.*

*Je lui ai envoyé une lettre et elle m'a même répondu !
Elle m'a envoyé une merveilleuse réponse ! Elle m'a
invitée à venir m'installer chez elle. Elle m'a aussi
conseillé de lire tous vos livres.*

Garp tournait les feuilles minuscules ; il n'arrêtait pas de
hocher la tête ; il n'arrêtait pas de sourire.

Mais votre mère avait déjà été tuée !

Ellen James tira de son énorme sac un grand mouchoir
marron à pois, dans lequel elle se moucha vigoureusement.

*J'ai été recueillie par un groupe de femmes de New
York.
Mais je connaissais déjà trop d'Ellen-Jamesiennes. A
part elles, je ne connais personne ; je reçois des centaines de cartes de Noël.*

Elle s'interrompit, pour laisser à Garp le temps de lire
cette dernière ligne.

– Oui, oui, je n'en doute pas, l'encouragea-t-il.

*Je suis allée aux obsèques, bien entendu. J'y suis allée
parce que je savais que vous viendriez,*

écrivit-elle ; puis elle s'arrêta, pour lui sourire. Aussitôt,
elle enfouit son visage dans son mouchoir marron sale.

– Moi, vous vouliez me voir ? demanda Garp.

Elle hocha la tête, farouche. De son grand sac, elle tira
un exemplaire en très piteux état du *Monde selon Bensenhaver*

La meilleure histoire de viol que j'aie jamais lue,

écrivit Ellen James.

Garp tressaillit.

Savez-vous combien de fois j'ai lu ce livre ?

Il regarda ses yeux larmoyants, éperdus d'admiration. Il
secoua la tête, aussi muet qu'une Ellen-Jamesienne. Elle
lui effleura le visage ; ses mains avaient une gaucherie tout
enfantine. Elle lui montra ses doigts, pour qu'il compte.
Tous les doigts d'une des petites mains et la plupart de
ceux de l'autre : Cet affreux livre, elle l'avait lu huit fois.

– Huit fois ! murmura Garp.

Elle opina, et lui sourit. Puis, elle se laissa aller contre le dossier du siège, comme si l'ambition de sa vie eût été comblée, maintenant qu'elle était là, assise près de lui, en route pour Boston – sinon en compagnie de la femme qu'elle adorait depuis l'Illinios, du moins en compagnie du fils unique de cette femme, dont elle devrait bien se contenter.

– Vous êtes allée à l'université ? demanda Garp.

Ellen James leva un de ses petits doigts sales, elle prit un air malheureux.

– Un an ? traduisit Garp. Mais ça ne vous a pas plu. Ça n'a pas marché ?

Elle hocha vigoureusement la tête.

– Et qu'est-ce que vous voulez faire ? lui demanda-t-il, en se retenant à grand-peine d'ajouter : *Quand vous serez grande*.

Elle tendit le doigt vers lui, et piqua un fard. Pour tout dire, elle frôla ses seins grossiers.

– Devenir écrivain ? devina Garp.

Elle se détendit et eut un sourire ; il me comprend si facilement, semblait dire son visage, Garp sentit sa gorge se serrer. Il avait l'impression d'être en face d'un de ces enfants condamnés sur lesquels il lui était arrivé de lire des choses : ceux dont l'organisme est dépourvu d'anticorps – ils n'ont pas d'immunité naturelle contre la maladie. S'ils ne passent pas leur vie enfermés dans des sacs en plastique, le premier rhume les emporte. Et il avait devant lui Ellen James, de l'Illinois, sortie de son sac.

– Vos parents ont été tués *tous les deux* ?

Elle opina, et de nouveau mordit sa lèvre rongée.

– Et vous n'avez plus de famille ?

Elle secoua la tête.

Il savait ce qu'aurait fait sa mère. Il savait qu'Helen n'aurait pas d'objection ; et, naturellement, Roberta ne marchanderait pas son aide. Et aussi toutes ces femmes qui avaient été blessées et étaient parvenues à guérir, chacune à sa façon.

– Eh bien, *maintenant*, vous avez une famille, dit Garp à Ellen James.

Il lui prit la main et tressaillit en s'entendant faire cette proposition. Il crut reconnaître l'écho de la voix de sa mère, dans son vieux rôle de mélodrame : *les Aventures de la bonne infirmière.*

Ellen James ferma les yeux, comme si elle s'était évanouie de joie. Lorsque l'hôtesse s'approcha pour lui dire d'attacher sa ceinture, Ellen James n'entendit pas. La jeune fille s'était remise à écrire, et pendant tout le court voyage jusqu'à Boston elle épancha son cœur :

Je hais les Ellen-Jamesiennes,
écrivit-elle.

Jamais je n'irais me faire une chose pareille.

Elle ouvrit la bouche et désigna l'énorme vide à l'intérieur.

Garp se crispa d'horreur.

Je veux parler ; je veux tout dire.

Garp remarqua que le pouce et l'index noueux qui lui servaient à écrire avaient deux fois la taille de ceux, oisifs, de son autre main ; le muscle qui lui permettait d'écrire était d'une taille étonnante. Jamais Ellen James n'aura la crampe de l'écrivain, se dit-il.

Les mots viennent, viennent, viennent,

écrivit-elle. Ligne à ligne, elle guettait son approbation. Il hochait la tête ; elle continuait. Elle lui raconta toute sa vie. Son professeur d'anglais au lycée, la seule qui l'ait marquée. L'eczéma de sa mère. La Ford Mustang que son père conduisait, trop vite.

J'ai tout lu,

écrivit-elle. Garp lui dit qu'Helen, elle aussi, avait la passion de la lecture ; à son avis, Helen lui plairait. La jeune fille paraissait remplie d'espoir.

Quel était votre auteur favori, quand vous étiez enfant ?

— Joseph Conrad, dit Garp.
Elle laissa fuser un soupir approbateur.

Moi, c'était Jane Austen.

— Très bien, fit Garp.

A l'aéroport de Logan, elle dormait pratiquement debout ; Garp la remorqua le long des couloirs et l'accota contre un comptoir, tandis qu'il remplissait les formulaires indispensables pour louer la voiture.

– S. T. ?, s'enquit l'employé de l'agence de location.

Un des faux nichons de Garp s'en allait de guingois, et le type de l'agence paraissait redouter que l'immense corps turquoise ne soit menacé d'autodestruction.

Dans la voiture qui les emportait vers le nord, sur la route noire qui menait à Steering, Ellen James dormit comme un chaton, lovée sur la banquette arrière. Garp remarqua dans le rétroviseur qu'elle avait le genou écorché et suçait son pouce en dormant.

Somme toute, Jenny Fields avait eu les funérailles qu'elle méritait ; un message, un message essentiel, avait été transmis de la mère au fils. Et il se retrouvait là, à jouer les infirmières. Plus essentiel encore, Garp comprenait enfin de quelle nature était le talent de sa mère ; elle avait de justes instincts – Jenny Fields faisait toujours ce qui était juste et bien. Un jour, espérait Garp, il distinguerait le lien entre cette leçon et ce qu'il écrivait, mais il s'agissait là d'un objectif personnel – comme tant d'autres, il lui faudrait un peu de temps pour l'atteindre. Chose importante, ce fut dans la voiture qui les emportait vers le nord et Steering, avec, à sa charge, la vraie Ellen James endormie, que S. T. Garp prit la résolution d'essayer de ressembler davantage à sa mère, Jenny Fields.

Résolution, l'idée l'effleura, que sans doute sa mère eût accueillie avec un immense plaisir si seulement il l'avait prise alors qu'elle était en vie.

« La mort, semble-t-il, écrivit quelque part Garp, n'aime pas attendre que nous soyons prêts à l'accueillir. La mort est fantasque, et manifeste, à la moindre occasion, son goût de la tragédie. »

Ce fut ainsi que Garp, sa garde enfin baissée et sa peur du Crapaud disparue – du moins, depuis son arrivée à Boston –, fit son entrée dans la maison d'Ernie Holm, son beau-père, en portant dans ses bras Ellen James endormie. Elle pouvait avoir dix-neuf ans, mais elle était plus légère que Duncan.

Garp n'était pas préparé à affronter le visage chagrin du doyen Bodger, assis solitaire devant la télévision dans le living d'Ernie plongé dans la pénombre. Le vieux doyen, maintenant à la veille de la retraite, parut trouver normal de voir surgir Garp habillé en putain, mais contempla avec horreur la petite Ellen James endormie.

– Est-elle…

– Elle dort, dit Garp. Où sont-ils tous passés ?

Et, alors même qu'il formulait sa question, Garp perçut le sautillement assourdi et glacé du Crapaud qui se traînait à travers les pièces froides de la maison silencieuse.

– J'ai essayé de te joindre, lui dit le doyen Bodger. C'est Ernie.

– Son cœur ? devina Garp.

– Oui, fit Bodger. On a fait prendre à Helen quelque chose pour dormir. Elle est en haut. Et je me suis dit que je ferais mieux de rester jusqu'à ton retour – oui, au cas où les enfants se seraient réveillés et auraient eu besoin de quelque chose, pour qu'ils ne la dérangent pas. Je suis désolé, Garp. Ce sont des choses qui arrivent, et toutes en même temps parfois, du moins, on le dirait.

Garp savait combien Bodger, lui aussi, avait aimé sa mère. Il déposa Ellen James, toujours endormie, sur le divan du living et éteignit l'ignoble télévision, qui bleuissait le visage de la jeune fille.

– Pendant son sommeil ? demanda Garp en se débarrassant de sa perruque. Où avez-vous trouvé Ernie ? Ici ?

Cette fois, le malheureux doyen parut affolé.

– Il était en haut, sur le lit, dit Bodger. J'ai appelé du pied de l'escalier, mais j'avais compris qu'il faudrait que je monte. Je l'ai arrangé un peu avant de téléphoner.

– Arrangé ? s'étonna Garp.

Il défit la fermeture de l'affreuse combinaison turquoise et arracha les faux seins. Peut-être le vieux doyen crut-il qu'il s'agissait d'un des déguisements de voyage favoris de l'écrivain désormais célèbre.

– Je t'en prie, Garp, ne le dis jamais à Helen, fit Bodger.

– Lui dire quoi ?

Bodger sortit alors le magazine – qui faisait une bosse sous sa veste. C'était le numéro de *Crotch Shots* où avait

546

été publié le premier chapitre du *Monde selon Bensen-haver*. Le magazine avait l'air d'avoir beaucoup servi.

– Ernie était en train de regarder ça, dit Bodger. Quand son cœur s'est arrêté.

Garp prit le magazine des mains de Bodger et se représenta la macabre scène. Lorsque son cœur l'avait lâché, Ernie Holm était en train de se masturber devant les photos de castors fendus. Selon une plaisanterie qui, du temps de Garp, faisait fureur à Steering, il n'y avait pas meilleure façon de « partir ». Ainsi Ernie était parti de cette façon, et le brave Bodger avait remonté le pantalon et caché le magazine pour épargner la fille du moniteur.

– Mais il a fallu que je le dise au médecin légiste, tu sais, dit Bodger.

Une vilaine métaphore surgie du passé de sa mère revint soudain à l'esprit de Garp, comme une vague, comme une nausée, mais il l'épargna au vieux doyen : Encore un brave homme qui vient de se laisser avoir par la concupiscence ! Ernie Holm avait vécu en solitaire, et Garp se sentait déprimé.

– C'est comme ta maman, soupirait Bodger, en secouant la tête, planté sur la véranda dont la lumière froide refoulait les ténèbres qui enveloppaient le campus. C'était quelqu'un d'extraordinaire, ta mère, continuait le vieil homme pensif. Elle avait du cran, ajouta-t-il avec fierté, en sautant du coq à l'âne. J'ai encore des copies des messages qu'elle envoyait à Stewart Percy.

– Vous avez toujours été gentil avec elle.

– Elle valait une bonne centaine de Stewart Percy, tu sais, Garp.

– Ça, c'est sûr.

– Tu sais qu'il est mort, lui aussi ?

– Ragoût-Gras ? s'étonna Garp.

– Hier, confirma Bodger. Au terme d'une longue maladie, tu sais ce que ça veut dire en général, pas vrai ?

– Non, fit Garp, qui n'y avait jamais réfléchi.

– Le cancer, en général, dit Bodger, avec gravité. Il y avait longtemps qu'il était malade.

– Eh bien, je suis désolé, dit Garp.

Il pensait à Pooh, et naturellement à Cushie. Et à son

547

vieil adversaire, Bonkers, à l'oreille de Bonkers dont en rêve il lui semblait parfois encore sentir le goût dans sa bouche.

– J'ai bien peur qu'il y ait des complications, à la chapelle, expliqua Bodger. Helen vous expliquera, elle comprend. Il y aura un service pour Stewart le matin. Et un autre pour Ernie, un peu plus tard dans la journée. Et, bien entendu, tu es au courant de l'histoire, pour Jenny ?

– Quelle histoire ?

– Le mémorial ?

– Grand Dieu ! non, fit Garp. Un mémorial, ici ?

– Il y a des filles ici maintenant, tu sais, dit Bodger. Je devrais dire des *femmes*, ajouta-t-il, en secouant la tête. Je ne sais pas ; elles sont très jeunes. Pour moi, ce sont des petites filles.

– Des étudiantes ?

– Oui, des étudiantes. Et ce sont les étudiants qui ont voté la décision de donner son nom à l'infirmerie.

– L'infirmerie ?

– Ma foi, elle n'a jamais eu de nom, dit Bodger. Et la plupart de nos bâtiments en ont.

– L'infirmerie Jenny Fields.

– Plutôt bien, pas vrai ? fit Bodger.

Il n'aurait pas parié que Garp serait de cet avis, mais, à vrai dire, Garp s'en moquait.

Au cours de la longue nuit, la petite Jenny se réveilla une fois ; le temps que Garp s'arrache à la chaleur du corps d'Helen qui dormait comme une souche, Ellen James avait déjà repéré la chambre où pleurait le bébé et s'occupait de réchauffer un biberon. Des roucoulements bizarres et des grognements, parfaitement appropriés aux bébés, sortaient de la bouche sans langue d'Ellen James. Dans l'Illinois, avait-elle écrit à Garp dans l'avion, elle avait travaillé dans une pouponnière. Elle n'ignorait rien des bébés, au point de pouvoir imiter les bruits qui sortaient de leur bouche.

Garp lui sourit et retourna se mettre au lit.

Le matin, il raconta à Helen sa rencontre avec Ellen James, puis ils parlèrent d'Ernie.

– Il a eu de la chance de partir dans son sommeil, dit Helen. Quand je pense à ta pauvre mère.

– Oui, oui, fit Garp.

On présenta Duncan à Ellen James. Un borgne, une muette, se dit Garp, il va falloir se serrer les coudes dans ma famille.

Lorsque Roberta téléphona pour raconter comment elle avait été arrêtée par la police, Duncan – le seul qui eût encore assez d'énergie pour parler – la mit au courant de la crise cardiaque qui avait emporté Ernie.

Helen découvrit la combinaison turquoise et l'énorme soutien-gorge postiche dans la corbeille à papier de la cuisine ; elle en parut toute ragaillardie ; à vrai dire, les bottes de vinyl cerise lui allaient mieux qu'à Garp ; néanmoins, elle les jeta. Ellen James voulut garder l'écharpe verte, et Helen emmena la jeune fille faire quelques achats pour compléter sa garde-robe. Duncan réclama et obtint la perruque, et – à la grande irritation de Garp – la porta presque toute la matinée.

Le doyen Bodger téléphona, pour proposer ses services.

Puis, il y eut la visite d'un homme qui se présenta comme le nouveau directeur des installations sportives de Steering, et pria Garp de lui accorder un entretien confidentiel. Le directeur expliqua qu'Ernie avait été logé par l'école et que, dès qu'Helen pourrait s'en occuper, il serait souhaitable de déménager les affaires d'Ernie. Garp avait entendu dire que l'ancienne maison de la famille Steering, la maison de Midge Steering Percy, avait été restituée à l'école quelques années auparavant – un don de Midge et de Ragoût-Gras, qui avait donné lieu à une cérémonie. Garp déclara au directeur des installations sportives qu'il espérait bien qu'Helen disposerait d'autant de temps que Midge pour déménager.

– Oh, nous le *vendrons*, ce palais, confia l'homme à Garp. En fait, c'est une ruine, vous savez.

La maison des Steering, dans les souvenirs de Garp, n'avait rien d'une ruine.

– Tout ce passé ! dit Garp. J'aurais cru que vous voudriez la conserver – et, après tout, il s'agit d'un don.

– La plomberie est entièrement à refaire, dit l'homme.

Il impliquait que, à mesure qu'ils prenaient de l'âge, Midge et Ragoût-Gras avaient laissé la maison aller à l'abandon.

– C'est peut-être une vieille maison pleine de charme, et tout ce qu'on voudra, dit le jeune homme, mais l'école doit songer à l'avenir. En fait de *passé*, nous en avons plus qu'il ne nous en faut par ici. Nous ne pouvons pas engloutir notre budget logement dans le passé. Il nous faut davantage de locaux *utilisables* pour l'école. On aurait beau rénover cette vieille demeure, ce ne serait jamais qu'une vieille maison de famille.

Lorsque Garp raconta à Helen que la maison de Steering Percy allait être mise en vente, Helen s'effondra. Elle était déjà secouée par la mort de son père, et par tant d'autres choses, mais la pensée que Steering School n'avait même pas envie de garder cette maison, la plus noble maison de leur enfance, les déprimait tous les deux.

Puis, Garp dut passer voir l'organiste de la chapelle, pour s'assurer que l'on ne jouerait pas la même musique pour Ragoût-Gras le matin et pour Ernie l'après-midi. Helen y tenait beaucoup ; elle était bouleversée, aussi Garp s'abstint-il de souligner l'apparente absurdité, à ses yeux, de cette mission.

La chapelle de Steering était un bâtiment trapu, avec de vagues prétentions au style Tudor ; les murs de l'église étaient tapissés de lierre, au point qu'elle semblait jaillir du sol et lutter désespérément pour percer l'entrelacs des branches. Garp portait le costume sombre à petites rayures dont John Wolf lui avait fait cadeau, et les jambes du pantalon traînaient sur ses talons lorsqu'il pénétra dans la chapelle où flottait une odeur de moisi – il n'avait pas pris la peine de confier le costume à un tailleur, mais s'était chargé de raccourcir lui-même le pantalon. La première bouffée d'orgue, une musique grise, submergea Garp comme un nuage de fumée. Il avait cru être venu assez tôt, mais constata à sa grande terreur que les obsèques de Ragoût-Gras avaient déjà commencé. L'assistance se composait de vieux qu'il reconnut à peine – des vétérans de Steering School qui, probablement, assistaient à *tous* les enterrements, comme si, faisant d'une pierre deux coups, ils célébraient à l'avance le leur. Si cette mort attirait du monde, songea Garp, c'était avant tout parce que Midge était une Steering ; Stewart Percy ne s'était fait que peu d'amis. Des taches noires piquetaient les bancs, les veuves ; les voilettes noires de leurs petits chapeaux étaient pareilles à des toiles d'araignée noires, accrochées aux têtes de ces vieilles femmes.

– Content de vous voir, vieux, dit un homme en noir à Garp.

Garp avait réussi à se faufiler sur une travée du fond ; il patienterait jusqu'à la fin de l'épreuve, puis irait dire deux mots à l'organiste.

– Il nous faut un coup de main pour porter le cercueil, dit l'homme, et Garp le reconnut – le chauffeur du corbillard envoyé par l'entreprise de pompes funèbres.

– Je ne suis pas croque-mort, murmura Garp.

– Faudra donner un coup de main, dit le chauffeur, sinon jamais on pourra le sortir d'ici. C'est un *gros*.

Le chauffeur du corbillard puait le cigare, mais il suffit à Garp de jeter un coup d'œil sur les bancs mouchetés de soleil pour voir que l'homme disait vrai. Il y avait peu d'hommes, et les cheveux blancs et les crânes lisses semblaient le gratifier de petits signaux ironiques ; une bonne douzaine de cannes étaient accrochées au dossier des bancs. Il y avait aussi deux fauteuils roulants.

Garp laissa le chauffeur lui saisir le bras.

– Ils avaient dit qu'il y aurait davantage d'hommes, se plaignit le chauffeur, mais y a rien que des croulants.

On conduisit Garp au banc de devant, au niveau du banc de la famille, de l'autre côté de la travée centrale. Un vieillard était allongé de tout son long sur le banc où devait, en principe, s'asseoir Garp, qui, à sa grande horreur, se vit pousser sur le banc des Percy, où il se retrouva assis à côté de Midge. Garp se demanda un instant qui était le vieillard allongé sur l'autre banc, peut-être un autre mort qui attendait son tour.

– C'est oncle Harris Stanfull, chuchota Midge à Garp, avec un hochement de tête en direction du dormeur qui, vu de leur banc, avait tout d'un cadavre.

– Oncle *Horace Salter*, maman, rectifia l'homme assis de l'autre côté de Midge.

Garp reconnut Stewie II, corpulent et cramoisi, l'aîné des enfants Percy et le seul des fils Percy encore en vie. Il était installé à Pittsburgh où il faisait on ne savait trop quoi dans l'aluminium. A leur dernière rencontre, Garp avait cinq ans ; Garp n'aurait su dire si l'autre le reconnut ou non. De son côté, Midge semblait désormais incapable de reconnaître personne. Toute blanche et rabougrie, le visage tavelé de taches brunes de la taille et de la complexité de coques de cacahuètes, Midge secouait sans arrêt la tête, affligée d'un tic qui la faisait tressauter sur son banc comme un poulet qui se demande ce qu'il va picorer.

Garp vit du premier coup d'œil que le cercueil serait porté par Stewie II, le chauffeur du corbillard, et lui-même. Il craignait fort qu'ils n'y arrivent pas. Quelle horreur d'être à ce point mal aimé ! songeait-il, en contemplant l'énorme navire gris qui était le cercueil de Stewart Percy – heureusement fermé.

– Navrée, jeune homme, chuchota Midge à l'oreille de Garp, en lui posant sur le bras sa main gantée, aussi légère qu'un des perroquets de la famille Percy. Je ne me souviens pas de votre nom, dit-elle, grande dame jusque dans la sénilité.

– Hum, fit Garp, et, quelque part entre les noms de « Smith » et de « Jones », il buta sur un mot qu'il laissa échapper : Smoans, dit-il, aussi surpris que Midge.

Stewie II ne parut pas entendre.

– Mr. Smoans ? fit Midge.

– Oui, Smoans, répéta Garp. Smoans, promotion 61. J'ai eu Mr. Percy comme professeur d'histoire. « Mon secteur du Pacifique », vous savez.

– Oh oui, bien sûr, Mr. Smoans ! Très aimable à vous d'être venu, dit Midge.

– J'ai été désolé d'apprendre la nouvelle, assura Mr. Smoans.

– Oui, comme tout le monde, dit Midge, en promenant un regard circonspect sur l'église à moitié déserte.

Une sorte de spasme lui secoua le visage et, sur ses joues, la peau flasque trembla avec un petit claquement.

– Maman, la mit en garde Stewie II.

– Oui, oui, Stewart, fit-elle ; puis, à l'intention de Mr. Smoans, elle ajouta : Dommage que tous nos enfants n'aient pu venir.

Garp, bien entendu, savait que le cœur fatigué de Dopey l'avait déjà lâché, que William avait disparu à la guerre, que Cushie avait payé de sa vie son désir de faire des enfants. Et Garp croyait savoir, vaguement, où se trouvait la pauvre Pooh. A son grand soulagement, Bainbridge n'était pas sur le banc de la famille.

Et ce fut là, sur ce banc, en compagnie des derniers Percy, que Garp se souvint d'un autre jour.

– Où est-ce qu'on va quand on est mort ? avait un jour demandé Cushie Percy à sa mère.

Ragoût-Gras avait lâché un rot et quitté la cuisine. Tous les enfants Percy étaient là : William, que guettait une guerre ; Dopey, dont le cœur emmagasinait déjà la graisse qui le tuerait ; Cushie, qui ne parviendrait jamais à engendrer, dont les organes vitaux finiraient par s'emmêler ; Stewie II, qui se lancerait dans l'aluminium. Et Dieu seul sait ce qu'il était advenu de Pooh. Le petit Garp était là, lui aussi – dans la somptueuse cuisine rustique de l'immense, de la noble demeure familiale des Steering.

– Eh bien, après la mort, avait expliqué Midge Steering Percy aux enfants – y compris au petit Garp –, tout le monde va dans une grande maison, un peu comme celle-ci.

– Mais *plus* grande, dit Stewie II, avec sérieux.

– J'espère, dit William, d'un ton inquiet.

Dopey n'avait pas compris de quoi il s'agissait. Pooh était trop petite pour parler. Cushie déclara qu'elle n'en croyait rien – Dieu seul sait où elle était allée, *elle*.

Garp songea à l'immense, à la noble maison de la famille Percy – désormais en vente. Il comprit soudain qu'il avait envie de l'acheter.

– Mr. Smoans ?

Midge le poussait du coude.

– Euh, fit Garp.

– Le cercueil, vieux ! chuchota le chauffeur du corbillard.

Stewie II, planté énorme à côté de lui, contemplait avec gravité l'énorme cercueil qui abritait maintenant les restes de son père.

– Faut qu'on soit quatre, dit le chauffeur. Au moins quatre.

— Non, je peux me charger tout seul d'un côté, assura Garp.

— Mr. Smoans a l'air très fort, dit Midge. Pas très corpulent, mais fort.

— Maman, fit Stewie II.

— Oui, oui, Stewart, fit-elle.

— Faut qu'on soit quatre. C'est comme ça, voilà tout, s'obstina le chauffeur.

Garp refusait de le croire. Il pourrait le soulever, lui.

— Vous deux de l'autre côté, dit-il, et on y va.

Un frêle marmonnement monta de l'assistance éplorée, terrifiée par le spectacle du cercueil apparemment impossible à déplacer. Mais Garp avait la foi. Dedans, il n'y avait rien d'autre que la mort ; bien sûr qu'il serait lourd – le poids de sa mère, Jenny Fields, le poids d'Ernie Holm, et celui du petit Walt (de beaucoup le plus lourd de tous). Dieu sait ce qu'ils pouvaient peser tous ensemble, mais Garp se planta résolument d'un côté du cercueil gris de Ragoût-Gras, énorme comme un cuirassé. Il était prêt.

Ce fut le doyen Bodger qui se proposa pour faire l'indispensable quatrième.

— Jamais je n'aurais pensé vous trouver ici, *vous*, chuchota Bodger à Garp.

— Connaissez-vous Mr. Smoans ? demanda Midge au doyen.

— Smoans, promotion 61, dit Garp.

— Oh, oui, Smoans, bien sûr ! fit Bodger.

Et le chasseur de pigeons, le shérif aux jambes torses de Steering School, empoigna son coin de cercueil en compagnie de Garp et des autres. Ce fut ainsi qu'ils lancèrent le vaisseau de Ragoût-Gras dans une autre vie. Ou dans une autre maison, peut-être par chance plus grande.

Bodger et Garp suivirent sans se presser les petits vieux qui, à petits pas titubants, gagnaient maintenant les voitures qui devaient les transporter au cimetière de Steering. Lorsque tous les vieillards eurent disparu, Bodger emmena Garp au snack-grill Buster, où ils s'attablèrent devant un café. Bodger semblait trouver normal que Garp eût pour habitude de camoufler son sexe le soir et de changer de nom pendant la journée.

– Ah, Smoans ! fit Bodger. Ta vie sera peut-être plus rangée désormais, et tu vas enfin être heureux et prospère.

– Au moins prospère, dit Garp.

Garp avait oublié de demander à l'organiste de changer de musique pour les obsèques d'Ernie Holm. De toute façon, Garp n'avait pas prêté attention à la musique et, même si l'on jouait la même, il ne s'en rendrait pas compte. Et Helen n'avait pas assisté à la cérémonie ; elle ne se rendrait compte de rien. Et, Garp le savait, Ernie non plus.

– Pourquoi ne restes-tu pas quelque temps parmi nous ? demanda Bodger à Garp ; essuyant de sa robuste main grassouillette les vitres embuées, le doyen désigna le campus de Steering.

– Ce n'est pas tellement *moche* chez nous, à vrai dire, dit-il.

– Chez vous, c'est le seul endroit que je connaisse, dit Garp, d'un ton neutre.

Garp savait que sa mère avait un jour choisi Steering, du moins comme un lieu pour y élever des enfants. Et Jenny Fields, Garp le savait, avait des instincts justes. Il finit son café et serra la main du doyen, avec affection. Garp devait encore assister à un autre enterrement. Ensuite, avec Helen, il pourrait envisager l'avenir.

18

Le Crapaud du Ressac

Malgré la cordialité de l'offre que lui fit le département d'anglais, Helen n'avait qu'à moitié envie d'enseigner à Steering.

– Je croyais que tu souhaitais recommencer à travailler, dit Garp.

Mais Helen préférait attendre un peu avant d'accepter un poste dans une école qui, du temps où elle était jeune fille, n'acceptait pas les jeunes filles.

– Peut-être quand Jenny aura l'âge d'y entrer, dit Helen. Pour le moment, lire suffit à mon bonheur, lire, c'est tout.

En tant qu'écrivain, Garp considérait avec un mélange d'envie et de méfiance les gens qui, comme Helen, étaient à ce point passionnés de lecture.

Et tous deux s'abandonnaient peu à peu à une pusillanimité qui les inquiétait ; ils en étaient là, appliqués à fuir le moindre risque, comme s'ils étaient déjà devenus des vieux. Bien sûr, Garp avait toujours eu l'obsession de protéger ses enfants ; et maintenant, enfin, il voyait que l'obstination qu'avait mise Jenny Fields à vouloir continuer à vivre avec son fils n'était pas, somme toute, tellement anormale.

Donc les Garp resteraient à Steering. Ils avaient plus d'argent qu'il ne leur en faudrait jamais ; Helen n'était pas *obligée* de faire quelque chose, si elle n'en avait pas envie Mais Garp avait besoin de quelque chose à faire.

– Tu vas écrire, fit Helen, avec lassitude.

– Pas d'ici quelque temps, fit Garp. Jamais plus peut-être. Du moins, pas d'ici quelque temps.

En vérité, Helen interpréta ce refus comme un symptôme de sénilité plutôt précoce, mais elle en était venue à partager son angoisse – son désir de préserver ce qu'il avait, y compris sa santé mentale – et, elle le savait, il partageait avec elle la certitude de la vulnérabilité de l'amour conjugal.

Le jour où il se rendit au département des sports de Steering et proposa ses services pour assurer l'intérim d'Ernie Holm, elle s'abstint de tout commentaire.

– Je ne demande pas à être payé, expliqua-t-il. Je me moque de l'argent ; ce que je veux, c'est être moniteur de lutte.

Ils durent admettre, bien sûr, qu'il ferait sûrement du bon travail. Sans quelqu'un pour remplacer Ernie, cette branche des activités de l'école, jusqu'alors florissante, ne tarderait pas à péricliter.

– Vous ne demandez pas de salaire ? s'étonna le chef du département des sports.

– Je n'ai pas *besoin* de salaire, lui dit Garp. Par contre, j'ai besoin de quelque chose à *faire* – quelque chose *d'autre* que d'écrire.

A part Helen, personne ne savait qu'il n'y avait au monde que deux choses que Garp avait jamais apprises à faire : lutter et écrire.

Helen était peut-être la seule à savoir pourquoi il ne pouvait pas (pour le moment) écrire. Sa théorie sur ce sujet devait par la suite être exposée par le critique A. J. Harms, qui expliqua que l'œuvre de Garp se trouvait progressivement affaiblie par les rapports de plus en plus étroits qu'elle présentait avec son histoire personnelle : « A mesure qu'il devenait de plus en plus autobiographique, le champ de son œuvre se faisait plus étroit ; et, en outre, il se sentait moins à l'aise pour écrire. On aurait dit qu'il savait que son travail exigeait de lui des efforts de plus en plus pénibles – la torture de la mémoire –, mais, à tout point de vue, cette œuvre était de plus en plus mince et dépourvue d'imagination. Garp avait perdu la liberté d'*imaginer* véritablement la vie, trahissant du même coup la promesse qu'il avait faite à lui-même, et aussi à nous tous, avec une œuvre aussi brillante que *la Pension Grillparzer*. » Selon Harms, Garp ne pouvait désormais être authentique qu'en puisant dans le *souvenir* – processus distinct de l'imagination –, ce qui était non seulement néfaste pour lui sur le plan psychologique, mais encore beaucoup moins fécond.

Mais la déduction de Harms est facile ; Helen comprit que c'était là le vrai problème de Garp du jour où il accepta le poste de moniteur de lutte à Steering. Jamais, et de loin, il n'arriverait à la cheville d'Ernie, elle le savait comme lui, mais il ferait un travail honnête, et les lutteurs de Garp devaient toujours remporter plus de victoires que de défaites.

– Essaie d'écrire des contes de fées, suggéra Helen, qui pensait beaucoup plus souvent que lui à son œuvre. Essaie d'inventer quelque chose, une chose complète – complètement inventée.

Mais jamais elle ne dit : « Comme *la Pension Grillparzer* » ; jamais elle n'y fit allusion, bien qu'elle sût qu'il avait fini par se ranger à son opinion ; jamais il n'avait rien écrit de meilleur. Hélas, sa meilleure histoire était aussi la première.

Chaque fois que Garp tentait d'écrire, il ne voyait devant lui que les faits mornes et sans envergure de sa vie personnelle ; le parking tout gris du New Hampshire, l'immobilité du petit corps de Walt, les vestes bigarrées et les casquettes rouges des chasseurs – et le fanatisme asexué et rigoriste de Pooh Percy. Ces images ne menaient nulle part. Il passait énormément de temps à bricoler dans sa nouvelle maison.

Midge Steering Percy ne sut jamais qui avait acheté la résidence de sa famille, le don qu'elle avait fait à Steering School. Si Stewie II l'apprit, au moins eut-il l'intelligence de ne jamais en parler à sa mère, dont le souvenir qu'elle avait de Garp était obscurci par le souvenir, plus récent, qu'elle gardait du gentil Mr. Smoans. Midge Steering Percy mourut à Pittsburgh, dans un asile pour vieillards ; en raison des activités de Stewie II dans l'aluminium, il avait choisi pour sa mère un asile situé non loin de l'endroit où se fabriquait ce métal.

Dieu seul sait ce qu'il advint de Pooh.

Helen et Garp firent rénover la vieille demeure Steering, comme beaucoup l'appelaient à Steering. Le nom de Percy s'évanouit très vite ; dans la plupart des mémoires, maintenant, Midge n'était plus que Midge *Steering*. La nouvelle maison de Garp était l'endroit le plus célèbre du campus et des environs, et, lorsque des élèves faisaient les honneurs du campus à leurs familles, et à de futurs élèves, il était rare qu'ils disent : « C'est ici qu'habite S. T. Garp, l'écrivain. A l'origine, c'était la maison de la famille Steering, vers 1781. » Les élèves étaient plus enjoués, et se bornaient d'ordinaire à dire : « C'est ici qu'habite notre moniteur de lutte. » Les parents échangeaient un coup d'œil poli, et le futur élève demandait : « On fait beaucoup de lutte à Steering ? »

Très bientôt maintenant, réfléchissait Garp, Duncan à son tour entrerait à Steering ; perspective que Garp envisageait avec un plaisir sans mélange. Il regrettait l'absence de Duncan dans le gymnase de lutte, mais se réjouissait que le gosse ait trouvé l'endroit qui lui convenait : la piscine – où, soit à cause de sa nature, soit à cause de ses yeux, ou des deux, il se sentait à l'aise. Duncan venait parfois faire un tour au gymnase, en sortant de la piscine, encore tout frissonnant et emmailloté dans ses peignoirs ; il s'asseyait sous l'un des gros radiateurs soufflants pour se réchauffer.

– Ça va ? lui demandait Garp. Tu n'es pas trempé, au moins ? Ne va pas mouiller le tapis, hein !

– Non, c'est promis, disait Duncan. Et ça va très bien.

Plus souvent, Helen passait au gymnase. Elle s'était remise à lire tout ce qui lui tombait sous la main, et c'était pour lire qu'elle venait au gymnase – « c'est comme de lire dans un sauna », disait-elle souvent –, levant de temps à autre le nez lorsque retentissait un cri de douleur ou un claquement un peu plus sonore. Quant à lire dans un gymnase de lutte, Helen n'avait jamais eu qu'un seul problème, ses lunettes n'arrêtaient pas de s'embuer.

– Sommes-nous déjà entrés dans l'âge mûr ? demanda Helen à Garp, une nuit dans leur belle maison, avec son grand salon d'où, par les nuits claires, ils pouvaient voir les carrés de lumière aux fenêtres de l'infirmerie Jenny Fields, et apercevoir, de l'autre côté de la pelouse sombre, la veilleuse solitaire qui luisait au-dessus de la porte de l'annexe – où Garp avait habité dans son enfance.

– Seigneur Dieu ! fit Garp. Mûrs, mais nous sommes

déjà *en retraite* – voilà la vérité. Nous avons brûlé l'étape de l'âge mûr et sommes entrés tout droit dans le monde des *vieux*.

– Est-ce que ça te déprime ? demanda Helen, avec circonspection.

– Pas encore. Lorsque je commencerai à me sentir déprimé, je me mettrai à faire autre chose. En tout cas, je ferai *quelque chose*. Je trouve, Helen, que nous avons une bonne longueur d'avance sur la plupart des gens. Nous pouvons nous permettre de rester longtemps sur la touche.

Helen finit par se fatiguer d'entendre Garp utiliser ce vocabulaire de lutte ; mais, après tout, elle avait grandi avec ; tout ça, pour Helen, c'était de l'histoire ancienne. Et Garp avait beau ne pas écrire, Helen avait le sentiment qu'il était heureux. Le soir, Helen lisait, et Garp regardait la télé.

L'œuvre de Garp avait fini par avoir une curieuse réputation, non sans rapport avec ce que lui-même aurait pu souhaiter, une réputation plus étrange encore que ne l'avait imaginé John Wolf. Quand bien même Garp et John Wolf se sentaient tous les deux gênés de constater que seuls des motifs idéologiques valaient au *Monde selon Bensenhaver* son double tribut d'admiration et de mépris, la notoriété du livre avait poussé les lecteurs, peut-être pour de mauvaises raisons, à se reporter aux œuvres antérieures de Garp. Garp déclina poliment de multiples invitations à donner des conférences sur les campus, où l'on souhaitait qu'il vienne illustrer tel ou tel aspect des prétendus problèmes des femmes ; et aussi, parler de ses relations avec sa mère et de l'œuvre qu'elle avait écrite, ainsi que des « rôles sexuels » qu'il avait attribués à tel ou tel de ses personnages. C'était là, à ses yeux, comme il le disait, « la destruction de l'art par la sociologie et la psychanalyse ». Mais, en nombre presque aussi important, affluaient aussi les invitations à donner en personne des lectures de ses œuvres – invitations que, par contre, il lui arriva parfois d'accepter, surtout lorsque Helen avait envie de l'accompagner.

Garp était heureux avec Helen. Il ne la trompait plus, plus maintenant ; l'idée de la tromper ne l'effleurait plus que rarement. Ce fut peut-être sa rencontre avec Ellen James qui le guérit définitivement de l'envie de s'intéresser de cette façon aux filles jeunes. Quant aux autres femmes – de l'âge d'Helen, ou plus jeunes –, Garp faisait preuve d'une volonté qui, en fait, ne lui coûtait guère. Sa vie n'avait déjà que trop souvent été influencée par la concupiscence.

Ellen James avait onze ans lorsqu'elle avait été violée et mutilée ; elle avait dix-neuf ans lorsqu'elle était venue s'installer chez les Garp. Elle fut d'emblée une grande sœur pour Duncan, en même temps qu'un membre de cette confrérie des infirmes à laquelle, avec timidité, appartenait Duncan. Ils étaient très proches l'un de l'autre. Très forte en lecture et en rédaction, elle aidait Duncan à faire ses devoirs. Duncan donna à Ellen le goût de la natation et de la photo. Garp leur installa une chambre noire dans la maison Steering, et ils passaient des heures, enfermés dans le noir, à développer d'innombrables clichés – avec, en fond sonore, le babil incessant de Duncan, à propos de diaphragmes et d'objectifs, et les *oooh* et les *aaah* informes d'Ellen James.

Helen leur offrit une caméra, et Ellen et Duncan rédigèrent leur propre scénario et se partagèrent les rôles de leur propre film – l'histoire d'un jeune prince aveugle qui recouvre partiellement la vue après avoir embrassé une jeune femme de ménage. Le prince ne retrouve l'usage que d'un seul œil, car la femme de ménage autorise le prince à ne l'embrasser que sur la joue. Elle a été amputée de sa langue et elle a honte de se laisser embrasser sur la bouche. En dépit de leurs handicaps et de leurs compromis, les jeunes gens se marient. L'histoire est compliquée et contée par le truchement de pantomimes et de sous-titres rédigés par Ellen. La qualité essentielle du film, comme devait plus tard le déclarer Duncan, est qu'il ne dure que sept minutes.

Ellen James apportait aussi une aide précieuse à Helen en s'occupant de la petite Jenny. Ellen et Duncan étaient des baby-sitters chevronnés pour le bébé que Garp, de son côté, emmenait souvent au gymnase le dimanche après-midi ; là, prétendait-il, elle pourrait apprendre à marcher, à courir et à tomber sans risquer de se faire mal, alors qu'Helen prétendait que les tapis risquaient de donner à l'enfant l'idée fausse que le monde qu'elle foulait avait la consistance d'une éponge plutôt molle.

– Mais, justement, c'est ça la consistance du monde, dit Garp.

Depuis qu'il avait cessé d'écrire, le seul conflit tenace dans la vie de Garp touchait sa relation avec sa meilleure amie, Roberta Muldoon. Mais la *source* de cette friction n'était pas Roberta. Une fois Jenny Fields morte et enterrée, Garp découvrit qu'elle laissait une fortune énorme et que Jenny, comme désireuse d'empoisonner l'existence de son fils, l'avait désigné, lui, *comme* unique exécuteur testamentaire, chargé entre autres de s'occuper de la répartition de son fabuleux butin et de l'avenir de la maison de Dog's Head Harbor, devenue un refuge pour femmes blessées par la vie.

– Pourquoi *moi* ? Pourquoi pas vous ? avait-il invectivé Roberta, qui, d'ailleurs, digérait mal que Jenny ne l'eût pas choisie, *elle*.

– Aucune idée. C'est vrai, pourquoi vous ? avait reconnu Roberta. Surtout vous !

– Maman avait juré d'avoir ma peau.

– Ou elle avait juré de vous forcer à *réfléchir*. Quelle bonne mère c'était, tout de même !

– Oh, pauvre de moi ! geignit Garp.

Des semaines durant, il se creusa la tête pour comprendre l'unique phrase qui stipulait les désirs de Jenny concernant l'usage à faire de sa fortune et de l'énorme maison de la côte : « Je veux laisser un lieu de refuge où des femmes méritantes auront la possibilité de venir récupérer et *tout simplement être elles-mêmes, toutes seules.* »

– Oh, pauvre de moi ! disait Garp.

– Une espèce de fondation ? supputa Roberta.

– La fondation Fields, suggéra Garp.

– Merveilleux ! explosa Roberta. Oui, des *bourses* pour les femmes – et un endroit où aller.

– Aller faire *quoi* ? dit Garp. Et des bourses destinées à *quoi* ?

– A leur permettre de guérir, si nécessaire, ou à leur permettre de rester toutes seules, si c'est ce dont elles ont besoin, dit Roberta. Et à écrire, si c'est ce qu'elles font – ou à peindre.

– Pourquoi pas un foyer pour mères célibataires ? demanda Garp. Une *bourse* pour retrouver la santé ? Oh, pauvre de moi !

– Soyez sérieux, dit Roberta. C'est important. Vous ne le voyez donc pas ? Ce qu'elle attendait de vous, c'est que vous en compreniez la nécessité, elle voulait vous obliger à vous occuper de ces problèmes.

– Et qui décidera qu'une femme est « méritante » ou non ? demanda Garp. Oh, pauvre de moi ! Maman ! Je pourrais te tordre le cou pour m'avoir laissé ce merdier !

– C'est à vous de décider, Garp, dit Roberta. C'est ça qui vous forcera à réfléchir.

– Et vous alors ? C'est plutôt votre domaine, Roberta.

Roberta était déchirée. Avec Jenny, elle partageait le désir d'éduquer Garp et aussi d'autres hommes, en leur faisant mesurer la légitimité et la complexité des besoins des femmes. Elle était aussi d'avis que Garp se révélerait plutôt lamentable dans ce domaine, alors que, elle le savait, elle s'en tirerait, elle, très bien.

– Nous ferons ça ensemble, dit Roberta. C'est-à-dire, vous serez le responsable, mais je vous conseillerai. Quand j'estimerai que vous faites une erreur, je vous le dirai.

– Roberta, protesta Garp, vous n'arrêtez pas de me dire que je fais des erreurs.

Roberta, plus flirt que jamais, l'embrassa sur les lèvres et lui assena une claque sur l'épaule – si fort que, dans les deux cas, il tressaillit.

– Grand Dieu ! dit Garp.

– La fondation Fields ! s'écria Roberta. Ça sera merveilleux !

C'est ainsi que certains facteurs de conflit subsistèrent dans la vie de Garp, qui, en l'absence de toute forme de *conflit*, aurait probablement perdu la tête et son emprise sur le monde. C'étaient les conflits qui maintenaient Garp en vie dans les périodes où il n'écrivait pas ; Roberta Muldoon et la fondation Fields lui fourniraient des causes de conflit, au minimum.

Roberta s'installa à Dog's Head Harbor et devint l'administratrice en titre de la fondation Fields ; la maison devint, tout à la fois, une colonie d'écrivains, un centre de convalescence, et une clinique de planning des naissances – tandis que les rares chambres bien éclairées, sous les combles, offraient aux peintres lumière et solitude. Lorsque la nouvelle qu'il *existait* une fondation Fields se répandit dans les milieux féministes, beaucoup se demandèrent qui pouvait prétendre à une aide. Garp se le demandait lui aussi. Toutes les candidates s'adressaient à Roberta qui s'était entourée d'une petite équipe de femmes – toutes, alternativement, traitaient Garp en ami ou en ennemi, mais ne manquaient jamais de le contredire. Deux fois par mois, Roberta et son conseil d'administration se retrouvaient en présence de Garp, fort morose, pour faire le tri des candidatures.

Par beau temps, ils s'installaient tous sur la véranda de la propriété de Dog's Head Harbor, mais Garp refusait de plus en plus de venir là.

– Toutes des cinglées, dit un jour Garp à Roberta. Moi, je me souviens d'une autre époque.

Aussi prirent-ils l'habitude de se rencontrer à Steering, dans la demeure familiale des Steering, domicile du moniteur de lutte, où Garp se sentait un peu plus à l'aise en la compagnie de ces femmes redoutables.

Aucun doute qu'il se fût senti beaucoup plus à l'aise s'il avait pu toutes les rencontrer dans son gymnase où, pourtant, Garp s'en doutait, l'ex-Robert Muldoon ne lui aurait pas fait de cadeau.

La candidate n° 1048 était une dénommée Charlie Pulaski.

– Je croyais qu'il fallait que ce soient des *femmes*, dit Garp. Je croyais qu'il existait au moins *un* critère solide.

– Charlie Pulaski est une femme, dit Roberta. Simplement, tout le monde l'a toujours appelée Charlie.

– A mon avis, ça suffit pour la disqualifier, intervint quelqu'un.

C'était Marcia Fox – une petite femme maigre qui écrivait de la poésie et avec laquelle Garp croisait souvent le fer, bien qu'il admirât ses poèmes. Jamais il n'aurait pu être à ce point concis.

– Et cette Charlie Pulaski, qu'est-ce qu'elle *veut* ?
demanda Garp, par routine.

Certaines candidates sollicitaient une aide financière ;
d'autres souhaitaient passer quelque temps à Dog's Head
Harbor. D'autres encore demandaient de l'argent, beaucoup d'argent, et une chambre à Dog's Head Harbor, à vie.

– Elle veut de l'argent, dit Roberta.

– Pour changer de nom ? demanda Marcia Fox.

– Elle veut plaquer son boulot et écrire un livre, dit
Roberta.

– Oh, mon Dieu ! fit Garp.

– Conseillez-lui de ne pas plaquer son travail, dit Marcia
Fox.

Marcia était de ces écrivains qui ne peuvent pas souffrir
les autres écrivains, ni ceux qui aspirent à écrire.

– Même après leur mort, Marcia ne peut pas souffrir les
écrivains, dit Garp à Roberta.

Mais Marcia et Garp lurent l'un et l'autre un manuscrit
soumis par Miss Charlie Pulaski, et tous deux tombèrent
d'accord : elle devait à tout prix s'accrocher à son travail.

La candidate n° 1073, professeur associée en microbio-
logie, souhaitait pouvoir prendre un congé pour écrire un
livre, elle aussi.

– Un roman ? demanda Garp.

– Un mémoire de recherche en virologie moléculaire,
dit le Dr. Joan Axe, qui avait obtenu un congé de son université, le Duke Medical Center, pour entreprendre elle
aussi des recherches.

Garp lui avait demandé sur quoi elle travaillait, et elle
lui avait confié, d'un ton mystérieux, qu'elle s'intéressait
« aux maladies invisibles du flux sanguin ».

La candidate n° 1081 était une veuve qui avait perdu son
mari dans un accident d'avion ; le mari n'était pas assuré.
Elle avait trois enfants de moins de cinq ans et avait besoin
de suivre un programme de quinze heures de cours pendant un semestre pour obtenir sa maîtrise de français. Elle
voulait retourner à l'université, passer son diplôme, et se
trouver un travail convenable ; aussi demandait-elle de
l'argent, des chambres pour héberger ses enfants, et une
baby-sitter, à Dog's Head Harbor.

A l'unanimité, le conseil d'administration décida d'attribuer à la femme assez d'argent pour terminer ses études et engager une baby-sitter à temps complet ; mais les enfants, la baby-sitter et la femme elle-même devraient tous s'installer là où la femme choisirait de terminer ses études. Dog's Head Harbor n'était destiné ni aux enfants ni aux baby-sitters. Il y avait là des femmes qui, à la moindre trace ou au moindre bruit d'enfant, seraient devenues folles. Et il y avait aussi des femmes dont l'existence avait été gâchée par des baby-sitters.

Cette fois le cas avait été facile à régler.

Le n° 1088 posa quelques problèmes. Il s'agissait de l'épouse divorcée de l'homme qui avait assassiné Jenny Fields. Elle avait trois enfants, dont l'un se trouvait dans un centre de rééducation pour moins de dix ans, et elle avait cessé de payer les frais de pension de l'enfant du jour où son mari, le meurtrier de Jenny Fields, avait été abattu devant un barrage dressé par la police du New Hampshire, renforcée par certains des chasseurs armés de fusils qui sillonnaient le parking au moment du meurtre.

Le défunt, un certain Kenny Truckenmiller, avait divorcé depuis moins d'un an. Il avait confié à certains de ses amis qu'il en avait marre de subvenir à l'entretien de l'enfant ; et il avait accusé les féministes d'avoir rendu sa femme tellement dingue qu'elle lui avait imposé le divorce. L'avocate qui avait obtenu le divorce en faveur de Mrs. Truckenmiller était une divorcée new-yorkaise. Kenny Truckenmiller avait rossé sa femme au moins deux fois par semaine pendant presque treize ans et, à plusieurs reprises, il avait mentalement et physiquement martyrisé chacun de ses trois enfants. Mais Mrs. Truckenmiller avait vécu dans l'ignorance de trop de choses, à propos d'elle-même et des droits auxquels elle aurait pu prétendre, jusqu'au jour où elle avait lu *Sexuellement suspecte*, l'autobiographie de Jenny Fields. Le livre lui avait donné à réfléchir et elle avait commencé à se dire que le vrai coupable des corrections hebdomadaires qu'elle devait endurer et du martyre de ses enfants était peut-être, en réalité, Kenny Truckenmiller ; treize ans durant, elle avait été persuadée que c'était son problème à elle, et le destin que lui réservait la vie.

Kenny Truckenmiller avait rendu le mouvement féministe coupable de la prise de conscience de sa femme. Mrs. Truckenmiller avait toujours travaillé à son compte, comme « coiffeuse », dans la ville de North Mountain, New Hampshire. Et elle continua à travailler comme coiffeuse lorsque Kenny fut contraint, par décision du tribunal, de quitter le domicile conjugal. Mais maintenant que Kenny avait cessé d'être employé comme chauffeur de camion par la municipalité, Mrs. Truckenmiller trouvait difficile de subvenir aux besoins de sa famille grâce à ses seuls revenus de coiffeuse. Dans sa demande de candidature, quasiment illisible, elle écrivait qu'elle avait été contrainte de « se compromettre » pour joindre les deux bouts, et qu'elle ne tenait pas à être contrainte de se compromettre de nouveau à l'avenir.

Mrs. Truckenmiller qui, en parlant d'elle-même, ne mentionnait jamais son prénom, se rendait compte que l'immensité de la haine provoquée par son mari risquait d'influencer le conseil à son détriment. Si sa candidature était repoussée, écrivait-elle, elle comprendrait.

John Wolf, qui (contre son gré) avait été élu membre du conseil à titre honoraire – et dont tout le monde appréciait le génie financier –, déclara d'emblée que, d'un point de vue publicitaire, rien ne pourrait être meilleur pour la fondation Fields, ni faire davantage de bruit, que la décision d'accorder à « cette malheureuse ex-conjointe du meurtrier de Jenny » ce qu'elle demandait. La nouvelle ferait sensation ; elle démontrerait clairement la nature apolitique des objectifs de la fondation ; de plus, la décision se révélerait payante, conclut John Wolf, dans la mesure où elle vaudrait à la fondation d'importantes rentrées d'argent sous forme de dons.

– On ne se défend déjà pas trop mal en matière de dons, biaisa Garp.

– Et si c'était tout simplement une putain ? suggéra Roberta qui se méfiait de la malheureuse Mrs. Truckenmiller.

Tous les regards se tournèrent vers elle. Roberta avait

une longueur d'avance sur tout le monde ; elle était capable de penser comme une femme, mais aussi comme un ancien ailier des Eagles de Philadelphie.

– Réfléchissez un peu, tout de même, dit Roberta. Supposez que ce soit une coureuse, quelqu'un qui « se compromet » tout le temps, et ce, depuis toujours – et qui trouve ça normal. Nous, tout à coup, on devient des *rigolos* ; nous, on s'est bien laissé avoir.

– Ce qui fait qu'il nous faut un témoin de moralité, dit Marcia Fox.

– Il faut que quelqu'un aille voir cette femme et lui parle, suggéra Garp. Pour découvrir si elle est honnête, si elle *essaie* de vivre de façon indépendante.

Tous les regards se braquèrent sur lui.

– Ma foi, dit Roberta, pas question que j'aille, *moi*, essayer de découvrir si c'est une putain ou non.

– Oh non, dit Garp. Pas *moi*.

– Où est North Mountain, New Hampshire ? demanda Marcia Fox.

– Pas moi, dit John Wolf. Je passe déjà bien trop de temps en dehors de New York.

– Oh, Seigneur ! dit Garp. Supposons qu'elle me reconnaisse ? Ça arrive, vous savez.

– *D'elle*, ça m'étonnerait, intervint Hilma Bloch une assistante en psychiatrie que Garp détestait. Les gens les plus motivés pour lire des autobiographies, comme celle de votre mère, sont rarement attirés par la fiction – sinon de façon tangentielle. Autrement dit, si elle avait lu *le Monde selon Bensenhaver*, elle ne l'aurait fait que parce que vous êtes qui vous êtes. Ce qui n'aurait pas été une raison suffisante pour la pousser à le lire jusqu'au bout ; selon toute vraisemblance – et aussi, après tout, n'oublions pas qu'elle est coiffeuse –, elle se serait enlisée et *ne l'aurait pas* lu. De plus, elle ne se souviendrait pas de votre photo – seulement de votre visage, et encore de manière vague (votre photo est passée dans la presse, bien sûr, mais à dire vrai, uniquement à l'époque du meurtre de Jenny). Et, à ce moment-là, c'était le visage de Jenny qui frappait les gens. Une femme comme celle qui nous intéresse regarde beaucoup la télé ; ce n'est pas une grande lectrice. Je doute qu'une femme de ce genre ait conservé le moindre souvenir de votre visage.

John Wolf détourna les yeux, consterné. Roberta elle-même leva les yeux au plafond.

— Merci beaucoup, Hilma, dit Garp, posément.

Il fut décidé que Garp irait voir Mrs. Truckenmiller, « pour essayer de se faire une idée plus concrète de sa personnalité ».

— Au moins, tâchez de découvrir son prénom, dit Marcia Fox

— Je parierais pour Charlie, dit Roberta.

Ils en passèrent aux rapports : qui vivait, pour le moment, à Dog's Head Harbor ; qui arrivait au terme de son séjour ; qui était sur le point de venir s'installer. Et quels étaient les problèmes, s'il y en avait ?

Il y avait deux peintres – l'une installée dans le grenier sud, l'autre dans le grenier nord. Le peintre du grenier sud convoitait la lumière du peintre du côté nord et, pendant deux semaines, elles se battirent froid ; pas un mot au petit déjeuner, et de vagues accusations au sujet de lettres égarées. Et ainsi de suite. Sur quoi, semble-t-il, elles étaient devenues amantes. Maintenant, le peintre du grenier nord était la seule à peindre – des études du peintre du grenier sud, qui, à longueur de journée, lui servait de modèle dans le grenier bien éclairé. Sa nudité, qui hantait les étages supérieurs, tracassait une, au moins, des femmes écrivains, une dramaturge de Cleveland, antilesbienne déclarée, qui souffrait d'insomnie, prétendait-elle, à cause du bruit des vagues. C'était sans doute les ébats amoureux des peintres qui la tracassaient ; elle avait d'ailleurs la réputation d'être casse-pieds, mais ses récriminations cessèrent du jour où le seul autre écrivain en résidence à Dog's Head Harbor proposa que toutes les pensionnaires lisent à voix haute des extraits de la pièce que la dramaturge était en train d'écrire. Ce qui fut fait, pour le profit de chacune, et les étages supérieurs retrouvèrent le bonheur.

L'autre écrivain, une bonne romancière et auteur de nouvelles que Garp avait recommandée avec enthousiasme un an plus tôt, était, cependant, sur le point de partir ; son séjour touchait à son terme. Qui se verrait attribuer sa chambre ?

La femme dont la belle-mère venait d'obtenir la garde des enfants à la suite du suicide du mari ?

– Je vous avais dit de ne pas l'accepter, dit Garp.

Les deux Ellen-Jamesiennes qui, un beau jour, étaient venues sonner à la porte ?

– Une minute, voulez-vous, dit Garp. Qu'est-ce que c'est que cette histoire ? Des Ellen-Jamesiennes ? Sonner à la porte ? Ce n'est pas prévu par le règlement.

– Jenny les acceptait toujours, Garp.

– Les choses ont changé, Roberta.

Les autres membres du conseil penchaient plutôt dans son sens ; les Ellen-Jamesiennes ne faisaient pas l'objet d'une admiration excessive – ne l'avaient jamais fait –, et leur extrémisme désormais paraissait de plus en plus démodé et pathétique.

– N'empêche que c'est une tradition, dit Roberta.

Elle décrivit les deux « vieilles » Ellen-Jamesiennes qui revenaient de Californie, où elles en avaient vu de dures. Elles avaient séjourné à Dog's Head Harbor, il y avait de ça des années ; leur retour, faisait valoir Roberta, était pour elles une forme de convalescence sentimentale.

– Seigneur ! dit Garp. Débarrassez-vous-en, Roberta.

– Mais votre mère acceptait toujours de s'occuper d'elles.

– Au moins, elles ne feraient pas de bruit, dit Marcia Fox, dont, c'était vrai, Garp admirait l'économie des propos.

Mais Garp fut le seul à rire.

– Je suis d'avis que vous devriez les persuader de partir, Roberta, dit le Dr. Joan Axe.

– En fait, elles en veulent à la société tout entière, dit Hilma Bloch. Ça risque d'être contagieux. D'un autre côté, elles représentent la quintessence de l'esprit qui règne ici.

John Wolf leva les yeux au plafond.

– Il y a aussi le médecin qui poursuit des recherches sur les avortements pour cause de cancer, dit Joan Axe. Qu'en pensez-vous ?

– Oui, celle-là, mettez-la au premier, dit Garp. Je l'ai rencontrée. Si une autre essaie de monter, rien qu'à la voir, elle en chiera dans son froc.

Roberta fronça les sourcils.

Le rez-de-chaussée de Dog's Head Harbor était la partie la plus vaste de la grande maison, avec deux cuisines et quatre salles de bains ; jusqu'à douze personnes pouvaient dormir, en toute intimité, au rez-de-chaussée, qui abritait en outre les diverses salles de conférences, comme les appelait maintenant Roberta – des salons et d'énormes bureaux qui dataient du temps de Jenny Fields. Et une immense salle à manger où, le jour comme la nuit, les gens se retrouvaient, pour les repas, le courrier ou par besoin de compagnie.

C'était l'étage le plus « mondain » de Dog's Head Harbor, que ne fréquentaient en général ni les peintres ni les écrivains. C'était l'étage idéal pour loger les candidates au suicide, avait un jour déclaré Garp au conseil, « dans la mesure où, plutôt que de se jeter par les fenêtres, elles seraient obligées d'aller se noyer dans l'océan ».

Mais Roberta dirigeait tout son monde avec sa poigne maternelle, mais ferme, d'ancien ailier ; elle parvenait presque toujours à ranger les gens à son avis et, quand elle n'y parvenait pas, elle pouvait mater n'importe qui. Elle s'était fait des alliés des policiers locaux, beaucoup plus facilement que n'avait jamais réussi à le faire Jenny. Il arrivait que des femmes en proie au cafard soient ramassées par la police, très loin sur la plage, ou en train de se donner en spectacle sur les trottoirs en bois de la ville ; on les ramenait toujours à Roberta, avec ménagements. Tous les policiers de Dog's Head Harbor étaient des fanas de football, encore pétris de respect pour le jeu féroce et les blocages vicieux de l'ex-Robert Muldoon.

– Je voudrais proposer une motion stipulant qu'une Ellen-Jamesienne ne peut en aucun cas prétendre recevoir aide et secours de la fondation Fields, dit Garp.

– Approuvé, dit Marcia Fox.

– C'est un point qui mérite discussion, déclara Roberta. Je ne vois pas la nécessité d'imposer une telle règle. Nous n'avons guère l'intention de soutenir ce qui, nous en conviendrons sans peine, est une façon absurde d'exprimer son idéologie, mais ça ne signifie pas pour autant qu'une de ces femmes privées de langue ne saurait avoir un jour authentiquement besoin d'être aidée – je dirais, en fait, qu'elles ont déjà prouvé qu'elles ressentaient un réel besoin de se retrouver, et nous pouvons nous attendre à entendre encore parler d'elles à l'avenir. Elles ont sincèrement besoin d'aide.

– Elles sont folles, dit Garp.

– Vous généralisez trop, dit Hilma Bloch.

– Il *existe* des femmes productives, dit Marcia Fox, qui n'ont pas *renoncé* à leur voix – qui, en fait, luttent pour se faire entendre – et voilà pourquoi je ne suis pas d'avis de récompenser la stupidité et le silence librement choisis.

– Le silence a ses vertus, fit valoir Roberta.

– Grand Dieu ! Roberta, dit Garp.

Puis, soudain, il distingua une lueur au fond de ce tunnel. Sans qu'il sût pourquoi, les Ellen-Jamesiennes le rendaient encore plus furieux que l'idée qu'il se faisait de tous les Truckenmiller du monde ; Garp avait beau pressentir que les Ellen-Jamesiennes étaient en train de passer de mode, elles étaient loin de passer assez vite à son goût. Il voulait qu'elles partent ; et non seulement qu'elles partent, mais qu'elles partent déshonorées. Helen lui avait déjà dit que la haine qu'il leur vouait était hors de proportion avec ce qu'elles représentaient.

– C'est simplement de la folie et de la naïveté, ce qu'elles ont fait, dit Helen. Cesse donc d'y penser, voilà tout, et fiche-leur la paix !

Ce à quoi Garp répondait :

– Allons demander à Ellen James. C'est loyal, n'est-ce pas ? Allons demander à Ellen James ce qu'elle pense, elle, des Ellen-Jamesiennes. Grand Dieu ! j'aimerais publier ce qu'elle pense d'elles. Est-ce que tu sais ce que, par leur faute, elle *ressent* ?

– Il s'agit là d'un problème trop personnel, dit Hilma Bloch.

Elles avaient toutes fait la connaissance d'Ellen, elles savaient toutes qu'Ellen James avait *horreur* d'être privée de sa langue et avait horreur des Ellen-Jamesiennes.

– Laissons donc tomber, pour le moment, dit John Wolf. Je propose que nous retirions la motion.

– Merde ! fit Garp.

– D'accord Garp, dit Roberta. Votons, et tout de suite.

Ils savaient tous que la motion serait repoussée. Une façon de s'en débarrasser.

– Je retire ma motion, dit Garp, d'un ton hargneux. Vive les Ellen-Jamesiennes !

Mais lui ne se retira pas.

Sa mère, Jenny Fields, était tombée victime de la folie. Victime de l'extrémisme. D'un misérabilisme monstrueux, fanatique et hypocritement vertueux. Kenny Truckenmiller n'était qu'un crétin d'un genre un peu particulier : un vrai croyant, mais doublé d'un assassin. Un homme que son aveuglement poussait à s'attendrir tellement sur lui-même qu'il voyait comme des ennemis irréductibles des gens qui, par le seul poids de leurs idées, avaient contribué à provoquer sa perte.

En quoi une Ellen-Jamesienne était-elle différente ? Son geste n'était-il pas tout aussi désespéré, et tout aussi entaché de mépris pour la complexité de la nature humaine ?

– Allons, dit John Wolf. Elles n'ont *assassiné* personne.

– Pas encore, dit Garp. Elles ont tout ce qu'il faut pour ça. Elles sont capables de décisions et de gestes irresponsables, et elles sont tellement convaincues d'avoir *raison*.

– Ça ne suffit pas pour se mettre à tuer les gens, dit Roberta.

Ils laissèrent Garp fulminer en silence. Qu'auraient-ils pu faire d'autre ? Ce n'était pas là l'un des points forts de Garp : la tolérance à l'égard des intolérants. Les fous le rendaient fou. On aurait dit qu'il se sentait personnellement révolté de les voir céder à la folie – en partie, sans doute, parce que lui-même devait si souvent lutter pour se comporter de façon sensée. Lorsqu'il voyait des gens renoncer à lutter pour préserver leur raison, ou échouer, Garp les soupçonnait de ne pas déployer assez d'énergie.

– La tolérance à l'égard des intolérants est une tâche difficile que nous impose l'époque où nous vivons, dit Helen.

Garp savait qu'Helen était intelligente, et souvent plus lucide que lui, qui, dès que les Ellen-Jamesiennes étaient en cause, pouvait se montrer plutôt aveugle.

De leur côté, bien entendu, elles étaient plutôt aveugles dès qu'il s'agissait de lui.

Les critiques les plus féroces de Garp – touchant ses œuvres et ses rapports avec sa mère – émanaient d'un certain nombre d'Ellen-Jamesiennes. Provoqué par elles, il les provoquait à son tour. Il était difficile de savoir pourquoi les choses s'étaient passées ainsi, ou si elles auraient pu se passer autrement, mais que Garp fût devenu un sujet de controverse parmi les Ellen-Jamesiennes s'expliquait en grande partie par les sarcasmes dont elles l'avaient accablé et par les sarcasmes dont Garp les avait gratifiées en retour. C'était pour des raisons strictement identiques que Garp était adoré par tant de féministes et honni par tant d'autres.

Quant aux Ellen-Jamesiennes, les sentiments qu'elles vouaient à Garp n'étaient pas plus compliqués que leur symbolisme : leurs langues tranchées en hommage à la langue tranchée d'Ellen James.

L'ironie voulut que ce fût Ellen James qui relançât cette interminable guerre froide.

Elle avait pris l'habitude de venir, à tout moment, montrer à Garp ce qu'elle écrivait – des histoires, des souvenirs de son enfance et de sa famille de l'Illinois, des poèmes ; les cruelles analogies que lui inspirait son mutisme ; les réflexions que lui inspiraient les arts visuels, et la natation. Elle écrivait avec pertinence, et talent, et une énergie communicative.

– Elle a l'étoffe d'un véritable écrivain, répétait sans cesse Garp à Helen. Elle a le talent, mais elle a aussi la passion. Et je crois qu'elle aura le souffle.

Le mot « souffle » fut un de ceux qu'Helen s'abstint de relever, tant elle craignait que Garp, pour sa part, ne fût arrivé au bout du sien. Il ne manquait, lui, ni de talent ni de passion, la chose ne faisait aucun doute ; mais elle avait aussi le sentiment qu'il s'était engagé sur une voie étroite – avait été mal aiguillé – et que seul le souffle lui permettrait de faire marche arrière pour tenter de s'épanouir dans les autres directions.

La chose l'attristait. Pour le moment, se répétait sans cesse Helen, elle devait se satisfaire de tout ce qui avait le pouvoir d'enflammer les passions de Garp – la lutte, et même les Ellen-Jamesiennes. Car, croyait Helen, l'énergie engendre l'énergie – et tôt ou tard, pensait-elle, il se remettrait à écrire.

Aussi réagit-elle sans trop de véhémence lorsque Garp s'enflamma pour l'essai que lui montra Ellen James. L'essai avait pour titre : *Pourquoi je ne suis pas une Ellen-Jamesienne*, par Ellen James. Il avait de la force et de l'émotion, et Garp se sentit touché jusqu'aux larmes. Elle évoquait le viol qu'elle avait subi, les problèmes qu'elle avait eus pour l'accepter, les problèmes qu'avaient eus ses parents ; par comparaison, le geste des Ellen-Jamesiennes semblait une pâle imitation, à des fins purement politiques, d'un traumatisme très profond et très intime. Ellen James accusait les Ellen-Jamesiennes de n'avoir fait que prolonger son angoisse ; elles avaient fait d'elle une victime très publique. Naturellement, Garp était enclin à se laisser émouvoir par les victimes très publiques.

Et bien entendu, pour être juste, les meilleures d'entre les Ellen-Jamesiennes avaient eu pour *objectif* de monter en épingle le fléau qui menaçait avec tant de brutalité les femmes et les jeunes filles. Pour de nombreuses Ellen-Jamesiennes, leur imitation de l'affreuse mutilation de la langue n'avait pas été un geste « purement politique ». Il s'était agi d'une communion très intime. Dans certains cas, bien sûr, les Ellen-Jamesiennes étaient des femmes qui avaient elles aussi été violées ; ce qu'elles cherchaient à dire, c'était qu'elles éprouvaient la sensation d'avoir perdu la langue. Dans un monde d'hommes, elles éprouvaient le sentiment qu'on leur avait, et à jamais, fermé la bouche.

Que leur organisation fût remplie de dingues, nul ne le niait. Certaines Ellen-Jamesiennes étaient les premières à en convenir. Il était, en gros, vrai qu'elles constituaient un groupuscule politique incendiaire, composé de féministes extrémistes qui souvent se démarquaient de l'extrême sérieux des autres femmes, et des autres féministes, qui les entouraient. Mais l'attaque portée contre elles par Ellen James ne tenait pas davantage compte des exceptions possibles parmi les Ellen-Jamesiennes que le groupe, par son action, n'avait tenu compte d'Ellen James – ne jamais avoir vraiment réfléchi qu'une enfant de onze ans eût préféré sans doute surmonter son horrible malheur dans l'anonymat.

Toute l'Amérique savait comment Ellen James avait perdu la langue, sauf les jeunes de la génération montante, qui confondaient souvent Ellen avec les Ellen-Jamesiennes ; confusion cruelle pour Ellen, dans la mesure où elle impliquait qu'on la soupçonnait de s'être amputée elle-même.

— C'était une fureur à laquelle il était indispensable qu'elle s'abandonne un jour, dit Helen à Garp, comme ils discutaient de l'essai d'Ellen. Je suis sûre qu'elle avait besoin de mettre tout ça par écrit, et ça lui a fait un bien immense de l'exprimer. Je le lui ai dit.

— Moi, je lui ai dit qu'elle devrait le publier, dit Garp.

— Non, fit Helen. Vraiment, je ne crois pas. Quel bien est-ce que cela ferait ?

— Quel *bien* ? demanda Garp. Mais, c'est la *vérité*. Et cela ferait du bien à Ellen.

— Et à *toi* ? demanda Helen, sachant qu'il aspirait à voir les Ellen-Jamesiennes publiquement humiliées.

— D'accord, dit-il, d'accord, d'accord ! Mais elle a raison, bordel de Dieu ! Ces dingues méritent de s'entendre raconter la version originale.

— Mais pourquoi ? Pour le bien de qui ?

— Le bien, le bien, marmonna Garp, qui, tout au fond de son cœur, devait pourtant savoir qu'Helen avait raison.

Il déclara à Ellen qu'elle devrait laisser dormir son essai. Toute une semaine, Ellen refusa de communiquer avec Garp et Helen.

Ce fut seulement en recevant la visite de John Wolf que Garp et Helen comprirent qu'Ellen lui avait envoyé son essai.

— Et maintenant, qu'est-ce que je dois en faire ? demanda-t-il.

— Bonté divine ! mais renvoyez-le-lui, dit Helen.

— Non, bon Dieu ! dit Garp. Demandez à *Ellen* ce qu'elle veut que vous en fassiez.

— Sacré vieux Ponce Pilate, toujours prêt à te laver les mains, dit Helen à Garp.

— Et vous, qu'est-ce que vous voulez en faire ? demanda Garp à John Wolf.

– *Moi* ? dit John Wolf. Pour moi, ça n'a aucun sens. Mais je suis sûr que c'est publiable. Je veux dire, c'est très bien écrit.

– Ce n'est pas ce qui le rend publiable, dit Garp, vous le savez fort bien.

– Ma foi, non, dit John Wolf. Mais c'est tout de même *agréable* que ça soit si bien dit.

Ellen déclara à John Wolf qu'elle voulait être publiée. Helen tenta de la dissuader. Garp refusa de s'en mêler.

– Tu y es mêlé, lui dit Helen, et, en ne disant rien, tu sais très bien que tu arriveras à tes fins : ce pénible pamphlet sera publié. C'est ce que tu veux ?

Aussi Garp parla-t-il à Ellen James. Il tenta d'avoir l'air enthousiaste en faisant appel à sa raison – expliqua pourquoi elle ferait mieux de ne pas dire ces choses.

Ces femmes étaient malades, tristes, paumées, torturées, insultées par tout le monde, et maintenant aveuglées – mais à quoi bon les critiquer ? Dans cinq ans, tout le monde les aurait oubliées. Elles tendraient leurs messages aux gens et les gens leur diraient : « Une Ellen-Jamesienne, mais qu'est-ce que c'est ? Vous voulez dire que vous ne pouvez pas parler ? Vous n'avez pas de langue ? »

Ellen avait l'air maussade et résolue.

Moi, je ne les oublierai pas ! Ni dans cinq ans, ni dans cinquante, ni jamais ; je me souviendrai d'elles, de la même façon que je me souviens de ma langue,

écrivit-elle à Garp.

Garp le nota avec admiration, la jeune fille savait se servir du bon vieux point-virgule.

– Je crois qu'il vaut mieux ne pas le publier, Ellen, dit-il doucement.

Si je le publie, serez-vous en colère contre moi ?

Il reconnut qu'il serait en colère.

Et Helen ?

– Helen aussi sera en colère, mais seulement contre moi, dit Garp.

– Tu mets les gens *trop* en colère, lui dit Helen, dans le

lit. Tu les mets hors d'eux. Tu les *enflammes*. Tu devrais laisser tomber. Tu devrais t'occuper de ton travail à toi, Garp. Seulement de ton travail. Tu disais autrefois que la politique était stupide, qu'elle n'avait aucun sens pour toi. Tu avais raison. La politique est stupide, elle ne signifie *rien*. Si tu fais ça, c'est parce que c'est plus *facile* pour toi que de t'installer devant ta table pour inventer quelque chose, à partir de rien. Et tu le sais. Tu installes des étagères à livres dans toute la maison, et tu vernis les parquets, et tu t'amuses à des conneries dans le fond du jardin, bonté divine ! Est-ce que j'ai épousé un factotum ? Est-ce que je t'ai jamais demandé de partir en croisade ? Tu ferais mieux d'écrire les livres et de laisser les autres faire les étagères. Et tu sais que j'ai raison, Garp.

– Tu as raison, admit-il.

Il tenta de se rappeler ce qui lui avait permis d'imaginer la première phrase de *la Pension Grillparzer* : « Mon père était employé par l'Office du tourisme autrichien. »

D'où lui était-elle venue ? Il essaya d'imaginer d'autres phrases de la même veine. Et aboutit à ce genre de phrase : « Le garçon avait cinq ans ; il toussait, une toux qui paraissait plus creuse que sa petite poitrine décharnée. »

Il n'avait plus que sa mémoire, et cela donnait de la merde. Quant à l'imagination, l'imagination pure, il n'en avait plus.

Dans le gymnase, il s'entraîna trois jours de suite et du matin au soir avec le poids lourd. Pour se punir ?

– Encore des conneries dans le fond du jardin, pour ainsi dire, dit Helen.

Il annonça alors qu'il devait partir en voyage, en mission pour la fondation Fields. A North Mountain, New Hampshire. Pour juger si une bourse de la fondation Fields accordée à une dénommée Truckenmiller serait ou non du gaspillage.

– Encore des conneries dans le fond du jardin, dit Helen. Encore du bricolage. Toujours la politique. Toujours les croisades. C'est le genre de choses que font les gens quand ils ne peuvent pas écrire.

Mais il était déjà parti ; il était déjà sorti de la maison quand John Wolf téléphona pour dire qu'une revue très connue, et très lue, acceptait de publier *Pourquoi je ne suis pas une Ellen-Jamesienne*, par Ellen James.

Au téléphone, la voix de John Wolf avait ce débit rapide et froid, invisible, de la langue du vieux Vous-Savez-Qui – le Crapaud du Ressac, voilà qui ! pensa Helen. Mais elle ne savait pas pourquoi ; pas encore.

Elle apprit la nouvelle à Ellen James. Helen pardonna à Ellen, sur-le-champ, et se laissa même aller à partager son enthousiasme. Elles allèrent faire une balade en voiture sur la côte, avec Duncan et la petite Jenny. Elles achetèrent des homards – Ellen en raffolait – et assez de coquilles Saint-Jacques pour gaver Garp, qui ne raffolait pas des homards.

> *Du champagne ! Est-ce que le champagne se boit avec du homard et des coquilles Saint-Jacques ?*

écrivit Ellen une fois remontée dans la voiture.

– Bien sûr que oui, dit Helen. *Pourquoi pas ?*

Elles achetèrent du champagne. Elles s'arrêtèrent à Dog's Head Harbor et invitèrent Roberta à dîner.

– Quand est-ce qu'il revient, papa ? demanda Duncan.

– Comme si je savais où se trouve North Mountain, New Hampshire, fit Helen, mais il a dit qu'il serait de retour pour dîner.

> *A moi aussi, c'est ce qu'il m'a dit,*

confirma Ellen James.

L'institut de beauté Nanette, à North Mountain, New Hampshire, était en réalité la cuisine de Mrs. Truckenmiller, prénom Harriet.

– C'est vous Nanette ? s'enquit Garp, timide, depuis les marches de la véranda encroûtées de neige à demi fondue et de gros sel qui crissait sous les pas.

– Y a pas de Nanette, dit-elle. Je suis Harriet Truckenmiller.

A l'arrière-plan, dans la cuisine sombre, un énorme chien grognait en tirant sur sa chaîne ; Mrs. Truckenmiller empêcha le chien de se jeter sur Garp en le repoussant violemment de sa hanche maigre. Sa cheville blême et striée de cicatrices retenait entrouverte la porte de la cuisine. Elle portait des pantoufles bleues ; elle semblait flotter dans son long peignoir, mais Garp se rendait compte qu'elle était grande – et qu'elle sortait de son bain.

– Euh, est-ce que vous coupez aussi les cheveux des *hommes* ? demanda-t-il.

– Non, dit-elle.

– Mais, accepteriez-vous de le faire ? insista Garp. Je n'ai pas confiance dans les coiffeurs.

Harriet Truckenmiller jeta un coup d'œil soupçonneux au bonnet de ski de Garp, un bonnet en laine noire rabattu sur ses oreilles qui lui cachait tous les cheveux, à l'exception des touffes épaisses qui lui recouvraient la nuque et descendaient jusqu'à ses épaules.

– Je ne peux pas voir vos cheveux, fit-elle.

Il retira le bonnet, libérant ses cheveux raides d'électricité statique et emmêlés par le vent froid.

– Je ne veux pas seulement me faire couper les cheveux, dit Garp, d'un ton neutre, en scrutant le visage triste et fatigué, marqué de petites rides au coin de ses yeux gris

C'était une blonde décolorée, et elle portait des bigoudis

– Vous avez pas de rendez-vous, objecta Harriet Truckenmiller.

La femme n'était pas une putain, il l'aurait juré. Elle était lasse et elle avait peur de lui.

– Et puis, qu'est-ce que vous voulez exactement qu'on leur fasse, à vos cheveux ?

– Les rafraîchir un peu, marmonna Garp, et puis j'aime bien qu'ils ondulent.

– Qu'ils ondulent ? s'étonna Harriet Truckenmiller, les yeux fixés sur la tignasse raide de Garp, comme pour imaginer la chose. Une permanente, vous voulez dire ?

– Ma foi, dit-il, en passant avec crainte les doigts dans ses mèches raides. Je vous laisse juge, vous comprenez ?

Harriet Truckenmiller eut un haussement d'épaules.

– Faut d'abord que je m'habille, dit-elle.

Le chien, sournois et robuste, se rua de tout son poids en avant, insinuant la plus grosse partie de sa grosse carcasse entre les jambes de Harriet, en coinçant son énorme gueule grimaçante entre la porte et la double porte de l'entrée.

Garp se crispa en prévision de l'assaut, mais Harriet Truckenmiller remonta brutalement son genou, assenant à la bête un coup sur le museau qui la fit vaciller. Elle agrippa à pleine main la peau flasque du cou ; le chien gémit et se fondit dans l'ombre de la cuisine.

Le sol gelé de la cour, constata Garp, jonché par les énormes étrons du chien figés dans la glace, ressemblait à une mosaïque. Il y avait aussi trois voitures ; Garp aurait parié qu'aucune ne marchait. Il y avait un bûcher, mais personne n'y avait empilé de bois. Il y avait une antenne de télévision, qui naguère avait dû être fixée sur le toit ; elle était maintenant accotée contre le revêtement d'aluminium beige qui protégeait la maison, ses fils arrachés passant comme une toile d'araignée par l'ouverture d'une fenêtre brisée.

Reculant d'un pas, Mrs. Truckenmiller ouvrit la porte et s'effaça pour laisser entrer Garp. La chaleur dégagée par le poêle à bois était telle que Garp sentit aussitôt les yeux lui piquer ; une odeur de biscuits au four et de lotion capillaire dans la pièce – en fait, la pièce, encombrée de tout un bric-à-brac, servait à la fois de cuisine et de local professionnel à Harriet. Un lavabo rose muni d'un tuyau à shampooing ; des boîtes de conserve de tomate ; un miroir à trois faces encadré d'ampoules spots ; une étagère en bois garnie d'épices et de liquide à attendrir la viande, des rangées de flacons remplis de pommades, d'onguents et de brillantine. Et aussi un tabouret en acier, avec suspendu au-dessus à une tige d'acier, un séchoir à cheveux – pareil à un modèle inédit de chaise électrique.

Le chien avait disparu, Harriet Truckenmiller également ; elle s'était éclipsée pour s'habiller, et son grincheux compagnon semblait l'avoir suivie. Garp se donna un coup de peigne ; il se contempla dans la glace, comme s'il voulait graver son image dans son esprit. On allait le changer, le rendre méconnaissable, imaginait-il.

La porte extérieure s'ouvrit soudain, et un gros homme affublé d'une veste et d'une casquette de chasse s'encadra sur le seuil ; il était chargé d'une énorme brassée de bûches qu'il alla déposer dans le coffre placé près du poêle. Le chien, qui était resté tapi sous l'évier – à quelques centi-

mètres des genoux flageolants de Garp –, se porta vivement en avant pour intercepter l'homme. La bête se déplaçait avec calme, sans même un grognement ; l'homme était
un familier des lieux.

– Allez, couché, espèce de crétin ! dit-il, et le chien
obéit.

– C'est toi, Dickie ? lança Harriet Truckenmiller du fond
de la maison.

– Qui donc t'attendais d'autre hurla-t-il, sur quoi, se
retournant, il aperçut Garp planté devant la glace.

– Salut ! dit Garp.

Le gros homme dénommé Dickie le contemplait avec
des yeux ronds. Il pouvait avoir la cinquantaine ; son
énorme visage rubicond semblait avoir été récuré avec une
poignée de glaçons, et Garp, habitué aux expressions de
Duncan, devina sur-le-champ que l'homme avait un œil
de verre.

– S'lut, fit Dickie.

– J'ai un client ! lança Harriet.

– C'est ce que je vois, fit Dickie.

Garp porta avec nervosité la main à ses cheveux, comme
s'il espérait faire comprendre à Dickie l'importance qu'il
accordait à ses cheveux – au point d'avoir pris la peine
de venir jusqu'à North Mountain, New Hampshire, à l'institut de beauté Nanette, pour ce qui, aux yeux de Dickie, ne
devait pas nécessiter autre chose qu'une simple coupe de
cheveux.

– Il veut une *permanente* ! lança Harriet.

Dickie n'avait pas retiré sa casquette rouge, ce qui
n'empêchait nullement Garp de voir que l'homme était
chauve.

– Je sais pas trop ce qu'en réalité vous venez chercher,
mon gars, chuchota Dickie à Garp, mais faudra vous
contenter d'une permanente. Compris ?

– Je ne fais pas confiance aux coiffeurs, expliqua Garp.

– Moi, je vous fais pas confiance, à vous, fit Dickie.

– Dickie, il a rien fait de mal, dit Harriet Truckenmiller.

Elle avait passé un pantalon en toile couleur turquoise
plutôt moulant, qui rappela à Garp la combinaison de parachutiste qu'il avait mise à la poubelle, et un corsage de

cretonne orné de fleurs comme jamais personne n'en avait vu pousser dans le New Hampshire. Un foulard, lui aussi à fleurs, mais différentes, lui retenait les cheveux sur la nuque, et elle s'était maquillée, mais sans excès ; elle avait un air « gentil », comme une brave mère de famille soucieuse de ne pas se laisser aller. Elle avait, supputa Garp, quelques années de moins que Dickie, mais à peine.

— C'est pas une permanente qu'il veut, Harriet, dit Dickie. Pourquoi qu'y veut se faire tripoter les cheveux, hein ?

— Il n'a pas confiance dans les coiffeurs, expliqua Harriet Truckenmiller.

Quelques instants, Garp se demanda si Dickie n'était pas par hasard coiffeur ; il en doutait.

— Vraiment, je n'ai aucune intention de manquer de respect à personne, assura Garp.

Il avait vu tout ce qu'il avait besoin de voir ; il avait hâte de rentrer pour faire en sorte que la fondation Fields accorde à Harriet Truckenmiller tout l'argent dont elle avait besoin.

— Si quelqu'un doit se sentir gêné, dit Garp, eh bien, n'en parlons plus.

Il voulut reprendre son parka, qu'il avait posé sur une chaise vide, mais le gros chien avait coincé le parka sur le plancher.

— Je vous en prie, vous pouvez rester, dit Mrs. Truckenmiller. Dickie s'occupe de moi, c'est tout.

Dickie avait l'air de ne plus savoir où se mettre ; il se dandinait lourdement d'un pied sur l'autre.

— Je t'ai apporté un peu de petit bois sec, Harriet. Probable que j'aurais dû frapper, ajouta-t-il, maussade, planté près du poêle.

— Ça suffit, Dickie, coupa Harriet, en posant un baiser plein de tendresse sur la grosse joue rose.

Sur un dernier regard furibond à l'adresse de Garp, il quitta la cuisine.

— J'espère qu'elle va vous faire une belle coupe, dit-il.

— Merci, dit Garp.

Au son de sa voix, le chien se mit à secouer le parka.

— Hé, arrête un peu ! gronda Harriet, qui remit le parka

sur la chaise. Vous pouvez vous en aller si vous voulez, dit-elle à Garp, mais Dickie vous cherchera pas d'histoires. Y s'occupe de moi, c'est tout.

– Votre mari ? questionna Garp, mais il en doutait.

– Mon mari, c'était Kenny Truckenmiller, dit Harriet. Tout le monde le sait ; je sais pas trop qui vous êtes, mais vous savez forcément qui il était, lui.

– Oui, admit Garp.

– Dickie est mon frère. Il se fait du mouron pour moi, c'est tout, dit Harriet. Depuis le départ de Kenny, y a quelquefois des types qui viennent m'embêter.

Elle s'assit devant la rangée de glaces brillamment éclairées, à côté de Garp, et posa ses longues mains striées de veines sur ses cuisses turquoise. Elle poussa un soupir. Lorsqu'elle parla, ce fut sans regarder Garp :

– Je sais pas ce qu'on vous aura raconté, et je m'en fiche. Je m'occupe des cheveux – rien que des cheveux. Si vous avez envie que je m'occupe de vos cheveux, je le ferai. Mais c'est tout ce que je fais, dit Harriet. Je sais pas ce qu'on sera allé vous raconter, mais je suis pas une traînée ! Les cheveux, c'est tout.

– Les cheveux, c'est tout, dit Garp. Je veux me faire coiffer, c'est tout.

– C'est très bien, fit-elle, toujours sans le regarder.

Il y avait plusieurs petites photos glissées sous la boiserie et encadrées contre les glaces. L'une était une photo de mariage, la jeune Harriet Truckenmiller et son mari Kenny, qui arborait un grand sourire. Ils s'évertuaient à massacrer un gâteau.

Une autre photo montrait Harriet Truckenmiller, enceinte cette fois, un jeune enfant dans les bras ; il y avait aussi un autre enfant, à peu près de l'âge de Walt, la joue appuyée contre la hanche de sa mère. Harriet avait un air las, mais nullement découragé. Et il y avait aussi une photo de Dickie ; il était debout à côté de Kenny Truckenmiller et tous les deux posaient devant un cerf éventré, pendu tête en bas à une branche d'arbre. L'arbre se trouvait dans la cour, devant l'institut de beauté Nanette. Garp reconnut aussitôt la photo ; une revue l'avait publiée après l'assassinat de Jenny. La photo avait pour ambition de démontrer

584

aux gens naïfs que Kenny Truckenmiller était un tueur-né ; non content d'abattre Jenny Fields, il avait auparavant abattu un cerf.

– Pourquoi Nanette ? demanda un peu plus tard Garp à Harriet, lorsqu'il s'enhardit à ne regarder que ses doigts patients, et non son visage malheureux – et surtout pas ses cheveux.

– Je trouvais que ça avait un petit côté français, dit Harriet, mais, sachant que Garp venait du monde extérieur – de quelque part très loin de North Mountain, New Hampshire –, elle rit pour se moquer d'elle-même.

– Ma foi, c'est vrai, dit Garp en faisant chorus à son rire. Plus ou moins – et tous deux rirent comme de vieux amis.

Lorsqu'il fut prêt à partir, elle prit un chiffon pour essuyer son parka que le chien avait souillé de bave.

– Vous ne voulez donc pas voir ce que ça donne ? lui demanda-t-elle.

Elle voulait parler de sa coiffure ; rassemblant son courage, il affronta son image dans le miroir à trois panneaux. Ses cheveux étaient superbes ! C'étaient bien toujours ses cheveux, et de la même couleur, et de la même longueur, mais on aurait dit que, pour la première fois de sa vie, ils ne juraient pas avec sa tête. Ses cheveux étaient bien accrochés à son scalp, mais en même temps légers et bouffants ; une légère ondulation atténuait la sévérité de son nez cassé et de son cou trapu. Garp trouva que son visage lui allait mieux qu'il ne l'aurait cru possible. Bien sûr, c'était la première fois qu'il s'aventurait dans un salon de coiffure. En fait, jusqu'au jour où il avait épousé Helen, Jenny s'était chargée de lui couper les cheveux, et, ensuite, Helen s'en était occupée ; pas une seule fois il n'était allé chez le coiffeur.

– C'est charmant, dit-il ; son oreille mutilée restait astucieusement camouflée.

– Oh, allons donc, dit Harriet, en le gratifiant d'une petite bourrade enjouée – mais, il en témoignerait devant la fondation Fields, pas une bourrade *provocante* ; pas du tout.

Il eut alors envie de lui dire qu'il était le fils de Jenny Fields, mais il savait que son mobile aurait été égoïste –

vérifier s'il avait personnellement le pouvoir d'émouvoir quelqu'un.

« Il est malhonnête d'exploiter la vulnérabilité émotionnelle des gens », avait écrit Jenny Fields, comme toujours polémique. D'où le nouveau credo de Garp : ne pas capitaliser au détriment des émotions des autres.

— Merci et au revoir ! dit-il à Mrs. Truckenmiller.

Dehors, Dickie fendait du bois à grands coups de hache. Il avait le tour de main. En voyant Garp, il s'arrêta net.

— Au revoir, lui lança Garp.

Mais Dickie s'approcha – sans lâcher sa hache :

— Voyons un peu cette coiffure.

Garp demeura sagement immobile, tandis que Dickie l'examinait.

— Vous étiez l'ami de Kenny Truckenmiller ? demanda Garp.

— Ouais. Son *seul* ami. C'est moi qui l'ai présenté à Harriet.

Garp hocha la tête. Dickie examinait toujours la coiffure de Garp.

— C'est tragique, dit Garp, qui voulait parler de tout ce qui était arrivé.

— C'est pas trop mal, fit Dickie, qui voulait parler de la coiffure de Garp.

— Jenny Fields était ma mère, dit Garp, parce qu'il voulait que quelqu'un le sache, et qu'il était certain de ne pas jouer sur les émotions de Dickie.

— Vous lui avez pas dit ça à elle, pas vrai ? dit Dickie, en agitant sa longue hache en direction de la maison et de Harriet.

— Non, non, dit Garp.

— Tant mieux. Ça lui ferait pas de bien qu'on aille lui raconter des trucs pareils.

— C'est ce que je me suis dit, fit Garp, et Dickie opina d'un air approbateur. Votre sœur est une femme très gentille.

— C'est vrai, pour ça, c'est bien vrai, fit Dickie, en hochant la tête d'un air farouche.

— Eh bien, à la prochaine, dit Garp.

Mais Dickie l'arrêta en le frôlant de la poignée de sa hache.

– Je suis de ceux qui l'ont descendu, dit Dickie. Vous le saviez ?

– Vous avez descendu Kenny ?

– Je suis un de ceux qui ont fait le coup. Kenny était dingue. Fallait que quelqu'un le descende.

– Je suis affreusement désolé.

Dickie eut un haussement d'épaules.

– J'aimais bien le gars. Mais il a perdu les pédales à propos de Harriet et aussi à propos de votre mère. Jamais il aurait pu guérir, vous savez. Les femmes le rendaient malade. Malade pour de bon. Ça crevait les yeux que jamais il pourrait guérir.

– C'est terrible, dit Garp.

– A la prochaine, fit Dickie, qui s'en retourna à son tas de bois.

Garp rejoignit sa voiture, en évitant les crottes gelées qui parsemaient la cour.

– Elle est chouette, vot' coiffure ! lui lança Dickie.

Le compliment paraissait sincère. Dickie s'était remis à fendre ses bûches lorsque Garp lui fit au revoir par la portière. De la fenêtre de l'institut de beauté Nanette, Harriet Truckenmiller adressa à Garp un geste d'adieu : un geste qui n'était pas une avance ni une invite, il l'aurait juré. Il retraversa le village de North Mountain – s'offrit une tasse de café dans l'unique restaurant, fit le plein à l'unique station service. Tout le monde regardait sa jolie coiffure Dans tous les miroirs, Garp regardait sa jolie coiffure ! Puis il prit le chemin du retour, et arriva à temps pour célébrer l'événement : la première publication d'Ellen.

Si la nouvelle le mit, comme Helen, mal à l'aise, il n'en montra rien. Pendant tout le repas – homard, coquilles Saint-Jacques et champagne –, il attendit en vain qu'Helen ou Duncan lui fassent un commentaire sur sa coiffure. Ce fut seulement pendant qu'il était en train de faire la vaisselle qu'Ellen James lui tendit un billet tout trempé :

Vous êtes allé chez le coiffeur ?

Il hocha la tête, avec agacement.

– Je n'aime pas, fit Helen, une fois qu'ils furent couchés.

– Moi, je trouve ça formidable, dit Garp.

– Ce n'est pas ton genre, dit Helen, qui s'acharnait à vouloir l'ébouriffer. On dirait les cheveux d'un cadavre.

– Un cadavre ! s'exclama Garp. Grand Dieu !

– Un cadavre arrangé par un entrepreneur de pompes funèbres, continua Helen en passant comme avec frénésie ses doigts dans les cheveux de Garp. Avec tous les petits cheveux bien en place. C'est trop parfait. Tu n'as pas l'air d'être vivant !

Là-dessus elle fondit en larmes, et Garp dut la prendre dans ses bras et lui chuchoter à l'oreille – en s'efforçant de deviner ce qui la tracassait.

Garp ne partageait pas son angoisse du Crapaud – pas cette fois –, et il se mit à lui parler, lui parla longtemps, et lui fit l'amour. Elle finit par s'endormir.

L'essai d'Ellen James, *Pourquoi je ne suis pas une Ellen-Jamesienne*, ne sembla pas, dans l'immédiat, provoquer trop de remous. En général, il faut un certain temps pour que les journaux fassent état du courrier des lecteurs. Comme il fallait s'y attendre, Ellen James reçut un certain nombre de lettres personnelles : condoléances adressées par des imbéciles, propositions obscènes envoyées par des malades – les ignobles brutes et provocateurs anti-féministes qui, Garp avait prévenu Ellen, jugeraient bon de prendre parti *pour* elle.

– Les gens tiennent toujours à prendre parti à propos de tout, dit Garp.

Mais, des Ellen-Jamesiennes, pas une seule ligne.

La première équipe entraînée par Garp à Steering termina la saison avec un score de 8-2, à la veille de sa rencontre en finale avec sa rivale suprême, les affreux de Bath. Naturellement, la force de l'équipe reposait entièrement sur quelques lutteurs très bien entraînés qu'Ernie Holm avait poussés depuis deux ou trois ans, mais Garp avait maintenu tout son monde en grande forme. Il s'efforçait de prévoir les victoires et les défaites, catégorie par catégorie, dans le tournoi imminent contre Bath – assis à la table de la cuisine dans l'immense maison dédiée au souvenir de la première famille de Steering – lorsque Ellen

James fit irruption dans la pièce, en larmes, brandissant le dernier numéro de la revue qui, un mois plus tôt, avait publié son essai.

Garp songea qu'il aurait dû conseiller à Ellen de se méfier des revues. Naturellement, la revue en question publiait un long essai en forme de lettre rédigé par un collectif d'Ellen-Jamesiennes – une bonne dizaine – en guise de réponse à la profession de foi d'Ellen James, proclamant, et sans ménagements, qu'elle avait le sentiment d'avoir été exploitée par elles et ne les aimait pas. Tout à fait le genre de polémique dont raffolent les revues. Ellen s'était sentie surtout trahie par l'éditeur, coupable, semblait-il, d'avoir révélé aux Jamesiennes qu'Ellen James vivait désormais chez l'infâme S. T. Garp.

Tel était donc le morceau de choix que les Ellen-Jamesiennes avaient à se mettre sous la dent : Ellen James, la pauvre enfant, avait été soumise à un lavage de cerveau par Garp, l'affreux mâle, d'où sa prise de position antiféministe. Garp, le renégat qui avait trahi sa mère ! L'exploiteur éhonté de l'idéologie féministe ! Au fil des diverses lettres, l'attitude de Garp à l'égard d'Ellen James était qualifiée de « suborneuse », de « répugnante » ou encore de « sournoise ».

Je suis désolée !

écrivit Ellen.

– Aucune importance, aucune importance. Rien n'est de votre faute, lui assura Garp.

Je ne suis pas antiféministe !

– Bien sûr que non.

Elles font exprès de tout montrer en noir et blanc.

– Bien sûr.

C'est pour ça que je les hais. Elles vous obligent à être comme elles – sinon on est leur ennemie.

– Oui, oui, fit Garp.

Je voudrais tellement pouvoir parler.

Puis elle s'effondra et se mit à pleurer sur l'épaule de Garp, secouée de sanglots furieux dont le bruit alerta Helen enfermée au fond de la maison dans la salle de lecture, chassa Duncan de sa chambre noire, et réveilla même la petite Jenny.

Ce fut ainsi que, comme un idiot, Garp décida de leur river leur clou, à cette horde de cinglées, à ces bigotes fanatiques qui – pourtant rejetées par le symbole qu'elles s'étaient choisi – affirmaient mieux connaître Ellen James qu'Ellen James ne se connaissait elle-même.

« Ellen James *n'est pas* un symbole, écrivit Garp. C'est la victime d'un crime sexuel, violée et mutilée avant d'être en âge de se faire une opinion sur le sexe et sur les hommes. » Il commençait sur ce ton ; et il continua, toujours sur le même ton. Et, comme de juste, sa réponse fut publiée ; tout est bon pour alimenter un incendie. C'était aussi la première fois que paraissait quelque chose de Garp depuis le célèbre roman *le Monde selon Bensenhaver*.

A vrai dire, c'était la deuxième. Dans une obscure revue, peu après la mort de Jenny, Garp avait publié son premier et unique poème. Un poème étrange ; à propos de préservatifs.

Garp avait le sentiment que sa vie était gâchée par les préservatifs – cette invention de l'homme pour épargner aux autres, et à lui-même, les conséquences de sa concupiscence. Toute notre existence, semblait-il à Garp, nous sommes traqués par les préservatifs – préservatifs dans les parkings au petit matin, préservatifs déterrés par les enfants sur les plages, préservatifs envoyés en guise de messages (sa mère en avait eu un, trouvé sur la poignée de leur porte, dans le minuscule appartement de l'annexe). Préservatifs surnageant dans les cuvettes des toilettes, dans les dortoirs de Steering. Préservatifs abandonnés tout gluants sur le sol des pissotières. Un certain préservatif, trouvé un jour caché dans son journal du dimanche. Un autre dans sa boîte aux lettres au bout de l'allée. Un préservatif sur le levier de changement de vitesses de la vieille Volvo ; quelqu'un s'était servi de la voiture pendant la nuit, pas pour aller faire un tour.

Les préservatifs suivaient Garp à la trace comme les

fourmis suivent le sucre. Il parcourait des kilomètres et des kilomètres, changeait de continent, et là, dans le bidet de la chambre d'hôtel, immaculée certes, mais inconnue… là, sur la banquette arrière du taxi, pareil à l'œil d'un énorme poisson… là, l'épiant, collé à la semelle de sa chaussure, qui l'avait ramassé quelque part. De partout, les préservatifs surgissaient pour lui infliger à l'improviste leur ignoble présence.

Les préservatifs et Garp étaient de vieilles connaissances. D'une certaine façon, leur première rencontre remontait tout au commencement. Il se l'était souvent rappelée, la première surprise qu'il devait aux préservatifs, les préservatifs dans la gueule du canon !

Le poème était valable, mais il était grossier et personne ne le lut. Davantage de gens lurent son essai sur le match Ellen James contre Ellen-Jamesiennes. Ça, c'était de l'actualité. Triste à dire, Garp le savait, l'actualité intéresse plus que l'art.

Helen le supplia de ne pas se laisser provoquer, de ne pas s'en mêler davantage. Ellen James elle-même lui fit valoir qu'il s'agissait de son combat ; elle ne lui avait pas demandé de l'aider.

– Encore des conneries dans le fond du jardin, l'avertit Helen. Encore du bricolage

Mais il écrivait, avec fureur, et bien ; il disait, mais avec plus de fermeté, ce qu'avait voulu dire Ellen James. Il plaidait avec éloquence la cause de ces femmes sérieuses que pénalisait, par association, l'« irréversible autodestruction » des Ellen-Jamesiennes – « le genre de merde qui éclabousse la réputation du féminisme ». Il ne pouvait s'empêcher de les rabaisser, et, il avait beau le faire avec talent, Helen lui demandait, à juste titre :

– *Pourquoi ? Pour qui ?* Comme si les gens sérieux ne *savaient pas* déjà que les Ellen-Jamesiennes sont des folles ? Non, Garp, c'est pour elles que tu as fait ça – même pas pour Ellen. Tu fais ça pour ces salopes d'Ellen-Jamesiennes ! Tu fais ça pour les *démolir*. Et pourquoi ? Grand Dieu ! encore un an et personne ne se serait plus souvenu d'elles – ni d'elles ni de ce qui les pousse à faire ce qu'elles font. Elles ont représenté une mode, une mode stupide, mais toi, tu n'as pas été capable d'attendre qu'elles passent de mode ? *Pourquoi* ?

Mais, sur ce sujet, il se montrait maussade, attitude prévisible chez quelqu'un qui tient à avoir *raison* – à tout prix. Et, en conséquence, se demande s'il n'a pas eu tort. C'était un sentiment qui l'isolait de tout le monde – y compris d'Ellen. Elle était disposée à tout laisser tomber, regrettait d'avoir déclenché l'affaire.

– Mais ce sont elles qui ont tout déclenché, s'obstinait Garp.

> *Pas vraiment. Le premier homme qui a violé une femme et a essayé de lui faire mal pour l'empêcher de parler – c'est lui qui a tout commencé,*

rétorquait Ellen James.

– D'accord, disait Garp. D'accord, d'accord.

La triste lucidité de la jeune fille lui faisait mal. N'avait-il pas seulement souhaité la défendre ?

Lors de la double finale de la saison, les lutteurs de Steering battirent à plate couture Bath Academy et terminèrent par 9-2, ce qui leur valut un trophée de seconde place dans le tournoi de Nouvelle-Angleterre et un titre de champion, décerné à un athlète de cent soixante-cinq livres que Garp s'était le plus souvent personnellement chargé d'entraîner. Mais la saison de lutte était terminée ; Garp, l'écrivain en retraite, se retrouvait une fois de plus avec trop de loisirs.

Il voyait beaucoup Roberta. Ils disputaient d'interminables parties de squash ; à eux deux, ils démolirent quatre raquettes en trois mois, plus l'auriculaire gauche de Garp. Garp avait un revers désinvolte qui valut à Roberta neuf points de suture sur l'arête du nez ; Roberta n'avait pas eu de points de suture depuis l'époque où elle jouait pour les Eagles, et elle se plaignit amèrement. Un jour qu'elle bondissait à travers le court, le genou osseux de Roberta blessa Garp à l'aine, au point qu'il boita pendant toute une semaine.

– Vraiment, vous alors, leur dit Helen. Pourquoi ? Si au moins vous leviez le pied ensemble pour vous offrir une belle petite idylle bien tumultueuse, ce serait moins dangereux.

Mais ils étaient les meilleurs amis du monde, et, à supposer qu'il leur vînt parfois ce genre d'envies – à Garp ou à Roberta –, ils se hâtaient d'en plaisanter. D'ailleurs, la vie amoureuse de Roberta se trouvait enfin froidement organisée ; comme une vraie femme, elle chérissait son intimité. Et elle était heureuse de diriger la fondation Fields de Dog's Head Harbor. Quant à ses appétits sexuels, Roberta les gardait en veilleuse pour des virées assez fréquentes mais nullement débridées qu'elle s'offrait à New York, où elle entretenait sur des charbons ardents un nombre raisonnable d'amants, en prévision de ses rendez-vous et de ses visites inopinées.

– C'est le seul moyen qui me permet de m'en tirer, confia-t-elle à Garp.

– Il y en a de pires, Roberta. Tout le monde n'a pas cette chance – de pouvoir garder ainsi les plans séparés.

Ils continuaient donc à jouer au squash et, lorsque le temps se réchauffa, ils allèrent courir sur les routes sinueuses qui reliaient Steering à la mer. Par l'une de ces routes, il y avait dix bons kilomètres de Dog's Head Harbor à Steering ; il leur arrivait souvent de courir sur toute la distance qui séparait les deux maisons. Lorsque Roberta s'offrait ses petites virées à New York, Garp courait seul.

Il était seul, et approchait de son repère à mi-chemin de Dog's Head Harbor – où il ferait demi-tour pour, toujours en courant, regagner Steering –, lorsque la Saab blanc sale le dépassa, parut ralentir un instant, puis accéléra et bientôt disparut. A part cela, il n'y avait rien eu d'anormal. Garp courait sur le bas-côté gauche de la route, de manière à mieux voir les voitures qui le croisaient ; la Saab l'avait dépassé par la droite, du bon côté de la route – donc rien de bizarre.

Garp réfléchissait à une lecture-causerie qu'il avait promis de donner à Dog's Head Harbor. Roberta l'avait décidé à lire des extraits de ses œuvres devant les pensionnaires de la fondation et leurs invitées ; n'était-il pas, après tout, le président du conseil d'administration ? – et Roberta organisait souvent de petits concerts, des soirées de poésie, etc. Garp, pourtant, s'était montré réticent. Il avait horreur de lire en public – et surtout, en l'occurrence, devant des femmes ; la façon dont il avait traité les Ellen-Jamesiennes lui avait attiré la rancune de beaucoup de femmes. Les femmes sensées étaient en majorité d'accord avec lui, mais la plupart étaient en outre assez intelligentes pour déceler dans les critiques qu'il portait contre les Ellen-Jamesiennes une forme de rancune personnelle, plus forte que toute logique. Elles devinaient en lui comme un instinct tueur, fondamentalement mâle, et fondamentalement intolérant. Il se montrait, comme disait Helen, trop intolérant envers les intolérants. La plupart des femmes pensaient sans doute que ce qu'avait écrit Garp sur les Ellen-Jamesiennes était la vérité, mais était-il indispensable de se montrer si dur ? Pour emprunter à Garp sa terminologie de la lutte, peut-être était-il coupable de brutalité inutile. C'était de sa brutalité que souvent les femmes se défiaient, et, lorsqu'il donnait désormais lecture de ses œuvres, même devant des publics où se mêlaient hommes et femmes – surtout dans les collèges et universités où pourtant la brutalité semblait être la mode –, il avait conscience d'une réprobation silencieuse. On le voyait comme un homme qui s'était, en public, abandonné à sa fureur ; il l'avait prouvé, il était capable de cruauté.

Aussi Roberta lui avait-elle conseillé d'éviter de choisir une scène d'amour sexuel ; non que les pensionnaires de la fondation Fields y fussent foncièrement hostiles, mais elles étaient *méfiantes*, avait expliqué Roberta.

– Vous avez le choix entre tellement d'autres scènes, insista Roberta, à part les scènes d'amour.

Ni l'un ni l'autre n'avait émis l'hypothèse qu'il avait peut-être quelque chose de *nouveau* à lire. Et c'était avant tout pour cette raison – parce qu'il n'avait rien de nouveau à lire – que Garp manifestait de plus en plus de répugnance à donner des lectures publiques, où que ce soit.

Garp franchit le sommet de la petite colline où se trouvait la ferme d'un éleveur de vaches, des Angus noires – l'unique colline entre Steering et la mer –, et dépassa le repère qui marquait les deux premiers kilomètres de son trajet. Il vit au passage les museaux bleu-noir des bêtes braqués sur lui, comme des fusils à deux canons en position au-dessus de la murette basse. Garp parlait toujours aux bêtes ; il meuglait pour les saluer.

La Saab blanc sale revenait maintenant vers lui, et Garp se déporta par prudence dans la poussière de l'accotement. Une des Angus noires la salua à son tour d'un meuglement ; deux autres s'écartèrent avec crainte. Garp ne les quittait pas des yeux. La Saab n'allait pas très vite – elle roulait de façon normale. Aucune raison de la tenir à l'œil.

Ce fut uniquement sa mémoire qui le sauva. Les écrivains ont une mémoire sélective et, par bonheur, Garp avait choisi de se souvenir de cette façon bizarre dont la Saab blanc sale avait ralenti en le dépassant la première fois, en direction opposée – et aussi de l'attitude du conducteur qui, sans bouger la tête, l'épiait dans le rétroviseur.

Tournant la tête, Garp vit la Saab qui, sans bruit et moteur coupé, fonçait droit sur lui dans la terre meuble de l'accotement, une traînée de poussière flottant comme un panache dans le sillage de sa masse blanche et silencieuse, et coiffant le conducteur crispé sur son volant et tassé sur son siège. Le conducteur, appliqué à tenir Garp dans la mire de sa Saab, fut l'analogie visuelle la plus exacte qu'eût jamais Garp d'un mitrailleur de tourelle de queue en action.

En deux bonds, Garp se retrouva au pied de la murette et se catapulta par-dessus, sans voir le fil de la clôture électrique qui couronnait le mur. Il frôla le fil et ressentit une légère secousse dans la cuisse, mais il franchit la clôture et la murette, et atterrit dans l'herbe détrempée et encore verte du pré, broutée et piétinée par les Angus.

Il restait là vautré sur le sol humide, il entendait dans sa gorge sèche le coassement de l'Immonde Crapaud – il entendit le tonnerre des sabots lorsque les Angus détalèrent, affolées. Il entendit le fracas de pierre et de métal lorsque la Saab blanc sale emboutit la murette. Deux énormes blocs, aussi gros que sa tête, ricochèrent paresseusement à quelques pas de lui. Un taureau aux yeux fous resta figé sur place, mais le klaxon de la Saab s'était coincé ; peut-être le hurlement obstiné dissuada-t-il le taureau de charger.

Garp savait qu'il était vivant ; il avait la bouche pleine

de sang, mais seulement parce qu'il s'était mordu la lèvre. Longeant le mur, il s'approcha du point d'impact, où la Saab s'était comme incrustée dans la pierre. Son conducteur avait perdu bien autre chose que la langue.

Elle pouvait avoir la quarantaine. Le moteur de la Saab lui avait brutalement remonté les genoux, coincés par la colonne de direction toute tordue. Elle avait des mains aux doigts courts, à la peau rougie par le rude hiver, ou les rudes hivers qu'elle avait vécus, et elle ne portait pas de bagues. Le montant de la portière, ou peut-être le parebrise, avait heurté le visage de la conductrice, lui meurtrissant une tempe et une joue. Son visage en paraissait tout de travers. Ses cheveux châtains tout poisseux de sang étaient ébouriffés par le vent chaud qui s'engouffrait par le trou qui marquait l'emplacement du pare-brise.

Garp scruta ses yeux et sut qu'elle était morte. Il regarda dans le fond de sa bouche et sut que c'était une Ellen-Jamesienne. Il jeta un coup d'œil dans son sac. Il y trouva l'inévitable bloc et le crayon. Il vit en outre un tas de billets, dont tous n'avaient pas servi. L'un d'eux disait :

Salut ! Je m'appelle...

et ainsi de suite. Un autre :

Vous l'avez bien cherché.

Celui-ci, supposa Garp, lui était destiné ; elle s'était proposé de le glisser sous sa ceinture ensanglantée avant de l'abandonner mort et mutilé sur le bas-côté de la route.

Il y en avait également un autre, presque lyrique ; celui sur lequel les journaux se jetteraient voracement et qu'ils ne se lasseraient pas d'utiliser.

Je n'ai jamais été violée, et je n'ai jamais eu envie de l'être. Je n'ai jamais eu de rapports avec un homme, et je n'ai jamais eu envie d'en avoir. De toute ma vie, je n'ai eu d'autre ambition que de partager les souffrances d'Ellen James.

Oh, Seigneur ! se dit Garp qui, pourtant, laissa à quelqu'un d'autre le soin de découvrir le message. Garp n'était pas le genre d'écrivain, ni le genre d'homme, à dissimuler les messages importants – même s'il s'agissait de messages déments.

Il avait réveillé sa vieille douleur à l'aine en s'enlevant par-dessus la clôture, mais parvint cependant à reprendre au petit trot le chemin de la ville, jusqu'au moment où un camion de laitier s'arrêta à sa hauteur ; Garp et le laitier allèrent ensemble faire leur déclaration à la police.

Lorsque, peu avant de découvrir Garp, le laitier était passé devant les lieux de l'accident, les Angus noires s'étaient échappées par la brèche du mur et se pressaient affolées autour de la Saab blanc sale comme d'énormes et monstrueuses pleureuses rassemblées autour de l'ange fragile dont le cadavre gisait dans la carcasse de la petite voiture étrangère.

Voilà peut-être ce que je sentais, songeait Helen, allongée les yeux grands ouverts à côté de Garp qui, lui, dormait à poings fermés. Elle étreignit son corps tiède ; elle se blottit dans l'odeur de Garp, dans celle, entêtante, de son propre sexe dont elle l'avait imprégné. Qui sait, cette Ellen-Jamesienne morte était peut-être le Crapaud, et elle ne reviendra jamais plus, songea Helen ; elle serra Garp si fort qu'il se réveilla.

– Qu'est-ce qui se passe ? demanda-t-il.

Muette comme Ellen James, Helen l'agrippa aux hanches ; le visage contre sa poitrine, elle claquait des dents et il la tint serrée jusqu'au moment où elle cessa de trembler.

Un « porte-parole » des Ellen-Jamesiennes fit observer qu'il s'agissait d'un acte de violence isolé, en aucune façon approuvé par l'association des Ellen-Jamesiennes, mais provoqué par la « personnalité typiquement mâle, machiste et agressive de S. T. Garp ». On ne pouvait leur faire porter la responsabilité de cet « acte isolé », déclaraient les Jamesiennes, acte qui, par ailleurs, ne les laissait pas autrement surprises ni particulièrement désolées.

Roberta déclara à Garp que, vu les circonstances, s'il préférait renoncer à lire ses œuvres devant un public de femmes, elle comprendrait. Mais Garp tint à faire sa lecture, en présence des pensionnaires de la fondation Fields au grand complet et de leurs invitées – une foule d'une centaine de personnes au bas mot, douillettement installées dans le solarium de la propriété de Jenny. Il leur lut *la Pension Grillparzer*, qu'il leur présenta ainsi :

— Voici la première chose que j'ai écrite et jamais je n'ai rien écrit de meilleur, et, d'ailleurs, je ne sais même pas comment l'idée m'en est venue. Je pense que j'ai voulu parler de la mort, dont en fait je ne connaissais pas grand-chose à l'époque. Je connais davantage de choses à propos de la mort maintenant, mais je n'en écrirai pas un seul mot. Cette histoire comporte onze personnages principaux, dont sept meurent ; l'un devient fou ; un autre s'enfuit en compagnie d'une femme qui n'est pas la sienne. Je ne vais pas anticiper en vous révélant ce qui arrive aux deux autres personnages, mais vous pouvez voir que, dans cette histoire, les chances de survie ne sont pas énormes.

Puis il lut. Il y eut quelques rires ; quatre personnes se mirent à pleurer ; il y eut pas mal d'éternuements et de toussotements, peut-être en raison de l'humidité qui montait de la mer ; personne ne quitta la salle et tout le monde applaudit. Dans le fond de la salle, près du piano, une vieille femme dormit à poings fermés pendant toute l'histoire, ce qui ne l'empêcha nullement d'applaudir à la fin ; réveillée par les premiers bravos, elle fit chorus, avec joie.

L'événement parut ravigoter Garp. Duncan avait assisté à la lecture – de toutes les œuvres de son père, c'était sa favorite (en fait, une des rares choses écrites par son père que Duncan avait eu le droit de lire). Duncan était un jeune artiste plein de talent ; il avait fait plus d'une cinquantaine de dessins inspirés par les personnages et les situations du récit de son père, et, lorsqu'ils furent tous deux de retour, il les montra à Garp. Certains des dessins étaient pleins de fraîcheur et de naïveté ; tous emballèrent Garp. Les flancs flasques du vieil ours qui paraissait vouloir avaler l'absurde unicycle ; les tibias de la grand-mère maigres comme des allumettes, pathétiques et vulnérables sous la porte des WC. La lueur malicieuse et maléfique dans le regard excité du diseur de rêves. La beauté canaille de la sœur de Herr Theobald (« … à croire qu'à ses yeux à *elle* ni sa vie ni celle de ses compagnons n'avaient jamais rien eu d'exotique – à croire que, toute leur vie, ils n'avaient cessé de jouer une comédie, grotesque et vouée d'avance à l'échec, pour tenter de changer de catégorie »). Et le vaillant optimisme de l'homme qui ne pouvait marcher que sur les mains.

– Et il y a longtemps que tu en fais ? demanda Garp à Duncan ; il se retenait pour ne pas fondre en larmes, il se sentait si fier.

Il se sentit revigoré, beaucoup. Il suggéra à John Wolf de faire une édition spéciale, un *livre*, de *la Pension Grillparzer*, illustré par Duncan.

« L'histoire est assez bonne pour justifier un livre à elle toute seule, écrivit Garp à John Wolf. Et je suis assez connu pour qu'il se vende. Sauf dans une petite revue et dans une ou deux anthologies, elle n'a jamais encore été publiée. En outre, les illustrations sont charmantes. Et vraiment, c'est une histoire qui se tient.

« J'ai horreur de voir un écrivain se mettre à exploiter sa réputation – à publier toutes les merdes qui traînent dans ses tiroirs, et à republier toutes les vieilles merdes qui n'auraient jamais dû en sortir. Mais ce n'est pas le cas, John, vous le savez. »

John Wolf le savait. Quant aux dessins de Duncan, il les jugea en effet naïfs et dénués de prétention, mais trouva aussi qu'ils n'étaient pas très bons ; l'enfant n'avait pas encore treize ans – ce n'était pas une question de talent. Mais John Wolf savait aussi flairer la bonne aubaine au passage. Par mesure de précaution, il soumit le livre au test secret de Jillsy Sloper ; le récit de Garp, et surtout les dessins de Duncan, subirent haut la main l'examen de Jillsy, qui se confondit en éloges. A une réserve près : à son goût Garp utilisait trop de mots dont elle ignorait le sens.

Un livre publié conjointement par un père et un fils, songea John Wolf, voilà qui serait parfait pour Noël. Et la tendresse triste de l'histoire, son immense compassion et sa violence contenue contribueraient peut-être à réduire la tension dans le conflit qui opposait Garp aux Ellen-Jamesiennes.

L'aine de Garp guérit et, tout l'été, il courut sur la route qui reliait Steering à la mer, saluant chaque jour au passage les Angus familières perdues dans leurs rêves ; elles et lui avaient désormais en commun leur survie qu'ils devaient à la providentielle murette, et, il le sentait, quelque chose l'identifierait à jamais à ces énormes bêtes protégées par la chance. De bonnes bêtes, heureuses de vivre, heureuses de paître. Et un jour, massacrées, vite. Garp ne pensait pas au jour de leur massacre. Ni du sien. Il gardait l'œil ouvert sur les voitures, mais sans nervosité excessive.

« Un acte isolé », assura-t-il à Helen, à Roberta et à Ellen James. Elles avaient opiné, mais, quand il courait, Roberta l'accompagnait le plus souvent possible. Helen se disait qu'elle serait plus tranquille quand, le froid revenu, Garp recommencerait à courir sur la piste couverte du gymnase Seabrook. Ou quand il se remettrait à la lutte, et ne sortirait plus que rarement. Les tapis et les murs capitonnés du gymnase étaient un symbole de sécurité pour Helen Holm, qui avait grandi dans ce genre de couveuse.

Garp, de son côté, attendait avec impatience le retour de la saison de lutte. Et la sortie de *la Pension Grillparzer*, un conte de S. T. Garp, illustré par Duncan Garp. Enfin, un Garp, mais un Garp à la fois pour enfants et adultes. C'était aussi, naturellement, un peu comme un nouveau départ. Quel monde d'illusions fleurit à cette idée de « prendre un nouveau départ » !

Et soudain, Garp se remit à écrire.

Il commença par rédiger une lettre destinée à la revue qui avait publié son pamphlet contre les Ellen-Jamesiennes. Il faisait amende honorable, s'excusant de la véhémence et du rigorisme vertueux de ses critiques : « Même si je persiste à croire qu'Ellen James a été exploitée par ces femmes, qui ne se souciaient que fort peu de la *vraie* Ellen James, je suis capable de comprendre que ce *besoin* d'exploiter Ellen James avait, d'une certaine façon, quelque chose d'authentique et de grand. Je me juge, bien entendu, du moins en partie, responsable de la mort de cette femme qui, éperdue de désespoir et de violence, s'est sentie provoquée au point de tenter de me tuer. Je suis désolé. »

Bien entendu, les excuses publiques sont rarement bien accueillies par ceux qui ont la foi – ou par quiconque croit à l'existence du bien pur, ou du mal pur. Les Ellen-Jamesiennes qui jugèrent bon de répondre, par voie de presse, déclarèrent, unanimes, que Garp craignait visiblement pour sa vie ; il craignait visiblement les attaques d'une interminable cohorte de tueurs (ou de tueuses) que les Ellen-Jamesiennes lanceraient à ses trousses, jusqu'au jour où elles finiraient par lui régler son compte. Elles concluaient en disant que, non content d'être un verrat et un bourreau de femmes, S. T. Garp était visiblement « un sale merdeux de petit trouillard sans couilles au cul ».

Si Garp prit connaissance de ces réactions à sa lettre, il parut ne pas s'en soucier ; il est probable qu'il ne les lut jamais. Il avait voulu s'excuser, avant tout, de ce qu'il *avait écrit* ; le geste avait pour but de débarrasser son bureau, non de soulager sa conscience ; il voulait délivrer son esprit des banalités genre jardinage et bricolage qui avaient occupé son temps tandis qu'il attendait le moment de se mettre sérieusement à écrire. Il souhaitait faire la paix avec les Ellen-Jamesiennes, puis les oublier, quand bien même Helen ne parviendrait jamais, elle, à les oublier. Assurément, jamais Ellen James ne parviendrait elle non plus à les oublier, ni même Roberta qui, chaque fois qu'elle sortait courir avec Garp, demeurait vigilante et crispée.

A deux kilomètres environ au-delà de la ferme aux vaches, alors que par une belle journée ils couraient vers la mer, Roberta eut soudain la certitude que la Volkswagen qui venait à leur rencontre abritait un nouvel assassin en puissance ; gratifiant Garp d'un magnifique plaquage au corps, elle le fit basculer et dévaler un talus de trois mètres pour atterrir au fond d'un fossé plein de boue. Garp se tordit la cheville et, du fond de son bourbier, se mit à invectiver Roberta. Roberta empoigna une grosse pierre et menaçante, affronta la Volkswagen bourrée d'adolescents terrifiés qui revenaient de la plage ; Roberta les convainquit de se serrer pour faire de la place à Garp, qu'ils conduisirent à l'hôpital Jenny Fields.

— Vous êtes un danger public, dit Garp à Roberta, tandis que, pour sa part, Helen se réjouissait de la présence de Roberta – de son instinct d'ailier pour les coups bas et les vacheries.

L'entorse de Garp le tint deux bonnes semaines à l'écart

de la route et précipita son envie d'écrire. Il travaillait sur ce qu'il appelait son « livre du père », ou le « livre des pères » ; il s'agissait du premier des trois projets qu'il avait décrits avec tant de désinvolture à John Wolf la veille de son départ pour l'Europe – le roman en principe intitulé *les Illusions de mon père*. Parce qu'il s'efforçait d'inventer un roman, Garp croyait avoir retrouvé le contact avec cette pure imagination qui, lui semblait-il, avait enflammé *la Pension Grillparzer*. Et si loin de laquelle il s'était laissé entraîner. Il avait été trop marqué par ce qu'il appelait « les traumatismes fort compréhensibles qui en découlaient ». Il se sentait tout ragaillardi, comme s'il était capable de tout inventer.

« Mon père souhaitait nous donner à tous une vie meilleure, commença Garp, mais meilleure que *quoi* ? – il n'aurait su le dire. Je ne pense pas qu'il savait ce qu'était la vie ; il voulait seulement qu'elle soit meilleure. »

Comme dans *la Pension Grillparzer*, il *inventa* une famille ; il se donna des frères, des sœurs et des tantes – un oncle à la fois original et maléfique –, et eut le sentiment d'être redevenu romancier. Une intrigue, à son grand ravissement, prenait corps.

Le soir, il faisait la lecture à Ellen James et à Helen ; parfois, Duncan veillait avec eux pour écouter, et parfois Roberta restait pour dîner, et il lisait alors également à son intention. A l'égard des problèmes de la fondation Fields, il devint soudain d'une grande générosité. En fait, les autres membres du conseil d'administration le trouvaient insupportable : Garp insistait pour donner quelque chose à chaque candidate.

– Elle a l'air sincère, répétait-il. Regardez, elle en a vu de dures. Est-ce qu'il nous reste assez d'argent ?

– Pas si nous continuons à le dépenser de cette façon, disait Marcia Fox.

– Si on vous écoute et qu'on ne fait pas un tri plus sérieux, dit Hilma Bloch, on court à la catastrophe.

– Catastrophe ? s'étonnait Garp. Comment pourrions-nous courir à une catastrophe ?

Du jour au lendemain, leur semblait-il à tous (sauf à Roberta), Garp était devenu d'un libéralisme excessif ; il refusait de juger les gens. Mais il ne se lassait pas d'imaginer les vies tristes et denses de sa famille imaginaire; débordant ainsi de compassion, il devenait d'une extrême vulnérabilité par rapport au monde réel.

Ce fut à peine si, emporté par son regain d'énergie créatrice, Garp vit passer les anniversaires du meurtre de Jenny et des brusques décès d'Ernie Holm et de Stewart Percy. Puis revint l'ouverture de la saison de lutte; Helen ne l'avait jamais vu à ce point accaparé, à ce point obnubilé et harcelé. Il redevenait le jeune Garp plein d'ardeur qui avait su la rendre amoureuse, et elle se sentait à ce point attirée vers lui que souvent, lorsqu'elle se trouvait seule, elle fondait en larmes – sans savoir pourquoi. Elle était très souvent seule; maintenant que Garp avait de nouveau de quoi s'occuper Helen se rendait compte qu'elle était restée trop longtemps inactive. Elle accepta de prendre un poste à Steering, pour recommencer à enseigner et faire travailler son esprit.

Elle apprit également à Ellen James à conduire et, deux fois par semaine, Ellen prenait la voiture pour se rendre à l'université de l'État et suivre des cours de création littéraire.

– Pas assez de place dans cette famille pour *deux* écrivains, la taquinait Garp.

Tous se réjouissaient de lui voir un aussi bon moral. Et depuis qu'Helen s'était remise à travailler, elle se sentait moins angoissée.

Dans le monde selon Garp, une soirée pouvait fort bien être d'une gaieté folle et le lendemain matin lourd de menaces.

Plus tard, ils devaient souvent se réjouir (Roberta aussi) que Garp ait eu la chance et le temps de voir la première édition de *la Pension Grillparzer* – illustrée par Duncan Garp, et sortie juste à la veille de Noël – avant de voir le Crapaud.

19

La vie après Garp

Il aimait les épilogues, comme il l'avait montré dans *la Pension Grillparzer*.

« Un épilogue, écrivit un jour Garp, est bien davantage qu'un simple bilan des pertes. Un épilogue, sous couvert de boucler le passé, est en réalité une façon de nous mettre en garde contre l'avenir. »

Ce jour de février, Helen l'entendit, au petit déjeuner qui racontait des blagues à Ellen James et Duncan ; on aurait juré qu'il trouvait l'avenir formidable. Helen fit prendre un bain à la petite Jenny Garp, la saupoudra de talc et lui frictionna le crâne, lui tailla ses minuscules ongles de pieds, puis la fourra dans une salopette jaune que Walt avait portée autrefois. Helen sentait la bonne odeur du café qu'avait préparé Garp, et elle l'entendait qui disait à Duncan de se presser, qu'il allait être en retard pour l'école.

— Non, pas ce bonnet-là, Duncan, bon sang, disait Garp. Même un oiseau crèverait de froid avec ce bonnet. Il fait moins trois.

— Plus trois, papa, corrigea Duncan.

— Débat purement théorique. Il fait très froid, c'est tout.

Sans doute, à ce point, Ellen James était-elle entrée par la porte du garage et avait-elle griffonné un message, car Helen entendit Garp lui dire de l'attendre une minute, qu'il allait l'aider ; manifestement, Ellen n'arrivait pas à faire démarrer la voiture.

Puis, quelques instants, le calme régna dans la grande maison ; Helen n'entendait plus rien sinon, comme venus de très loin, un crissement de bottes dans la neige et le grincement laborieux de la manivelle qui dégrippait le moteur froid.

– Bonne journée ! lança Garp à Duncan, qui sans doute descendait alors la longue allée – en route pour l'école.

– Ouais ! renvoya Duncan. Toi aussi !

La voiture démarra ; Ellen James allait pouvoir partir pour l'université.

– Roulez doucement ! lui recommanda Garp.

Helen prit son café toute seule. Par moments, l'incohérence des propos que se tenait la petite Jenny rappelait à Helen les Ellen-Jamesiennes – ou encore Ellen, lorsqu'elle était bouleversée –, mais pas ce matin-là. Le bébé s'amusait tranquillement avec des bricoles en plastique. Helen entendait le bruit de la machine à écrire de Garp – rien d'autre.

Il passa trois heures à écrire. La machine crépitait furieusement pendant trois ou quatre pages, puis restait longtemps silencieuse : il semblait alors à Helen que Garp avait cessé de respirer ; puis, quand elle n'y pensait plus et s'était replongée dans son livre, ou s'occupait de Jenny, la machine se remettait à crépiter.

En fin de matinée, à onze heures trente, Helen l'entendit appeler Roberta Muldoon au téléphone. Garp aurait volontiers fait une partie de squash avant sa séance d'entraînement au gymnase, à condition que Roberta puisse fausser compagnie à ses « filles », comme Garp appelait les pensionnaires de la fondation Fields.

– Alors, comment vont les filles aujourd'hui, Roberta ? demanda Garp.

Mais Roberta n'était pas libre. Helen devina la note de déception dans la voix de Garp.

Plus tard, la pauvre Roberta devait s'accabler de reproches, se répéter qu'elle *aurait dû* accepter ; si seulement elle avait joué au squash avec lui, ressassait-elle, peut-être aurait-elle vu ce qui allait arriver – peut-être aurait-elle encore été là, alerte et sur ses gardes, et peut-être aurait-elle repéré les empreintes de la réalité, la piste de la bête dont Garp n'avait jamais su, ou voulu, admettre l'existence. Mais Roberta Muldoon ne pouvait pas jouer au squash ce jour-là.

Garp passa encore une demi-heure à écrire. Helen le savait, il était en train d'écrire une lettre ; rien qu'au bruit de la machine, elle savait à quoi s'en tenir. Il écrivait à

John Wolf à propos de son livre *les Illusions de mon père* ; le livre avançait et Garp en était satisfait. Il déplorait que Roberta prenne son travail trop au sérieux, au point de négliger sa forme ; *aucune* tâche administrative ne méritait le temps que Roberta consacrait à la fondation Fields. Garp disait aussi que le chiffre des ventes de *la Pension Grillparzer*, plutôt bas, correspondait en gros à ses prévisions ; une seule chose comptait, c'était *un livre charmant* – il prenait plaisir à le contempler et à en faire cadeau, et de le faire ainsi renaître lui donnait le sentiment de renaître lui aussi. Il s'attendait, disait-il, à ce que ses lutteurs fassent une meilleure saison que l'année précédente, quand bien même, en catégorie poids lourd, il avait perdu le meilleur de ses espoirs à la suite d'une opération du genou, et qu'en outre son unique champion de Nouvelle-Angleterre avait terminé ses études. Il disait encore que vivre avec quelqu'un qui lisait autant qu'Helen avait quelque chose d'à la fois exaspérant et inspirant ; il voulait lui donner quelque chose à lire qui l'obligerait à fermer tous ses autres livres.

A midi, il vint embrasser Helen, en profita pour lui peloter un peu les seins, et couvrit d'une pluie de baisers la petite Jenny, tout en l'habillant d'une combinaison imperméable qui elle aussi avait été portée par Walt – et avant Walt, d'ailleurs, avait dû également servir à Duncan. Dès qu'Ellen James eut ramené la voiture, Garp conduisit Jenny à sa garderie. Puis Garp passa au snack-grill Buster où, fidèle à son habitude, il avala sa tasse de thé sucrée au miel, son unique mandarine et son unique banane. Qu'il aille courir ou entraîner ses lutteurs, c'était là tout son déjeuner ; il avait expliqué pourquoi à un des professeurs du département d'anglais, un nouveau – un jeune homme frais émoulu de l'université et qui adorait ce qu'écrivait Garp. Il s'appelait Donald Whitcomb, et était affligé d'un bégaiement nerveux qui rappelait à Garp, non sans attendrissement, le défunt Mr. Tinch et Alice Fletcher, dont le souvenir suffisait encore à lui fouetter le sang.

Ce jour-là, Garp avait une envie folle de parler création littéraire, et le jeune Whitcomb avait une envie folle d'écouter Jamais Donald Whitcomb ne devait oublier comment

Garp lui expliqua ce que l'on éprouvait à commencer un roman.

– C'est comme d'essayer de ramener les morts à la vie, dit-il. Non, non, ce n'est pas exact, c'est plutôt comme d'essayer de maintenir tout le monde en vie – à jamais. Même ceux qui sont destinés à mourir à la fin. Ce sont ceux-là qu'il importe le plus de maintenir en vie.

Garp avait fini par trouver une formule qui paraissait lui plaire :

– Un romancier est un médecin qui ne s'occupe que des incurables.

Le jeune Whitcomb s'était senti tellement impressionné qu'il avait aussitôt noté la formule.

Whitcomb devait écrire une biographie de Garp qui, bien des années plus tard, susciterait le mépris et l'envie de tous les prétendus biographes de Garp. Whitcomb soutenait que, dans l'œuvre de Garp, la période de l'épanouissement (comme il l'appelait) avait été en réalité provoquée par le sentiment de la mort qui hantait Garp. L'épisode de l'Ellen-Jamesienne qui, au volant de la Saab blanc sale, avait tenté de tuer Garp, affirmait Whitcomb, avait provoqué en lui le choc et le sentiment d'urgence indispensables pour qu'enfin il se remette à écrire. Helen devait abonder dans le sens de cette théorie.

L'idée n'était pas mauvaise, pourtant Garp l'eût sans doute trouvée risible. A la vérité, il avait complètement oublié les Ellen-Jamesiennes, et avait depuis longtemps cessé de se tenir sur ses gardes. Mais peut-être inconsciemment éprouvait-il ce sentiment d'urgence qu'évoquait le jeune Whitcomb.

Chez Buster, Garp tint Whitcomb sous le charme de son verbe, jusqu'au moment où il dut partir au gymnase. Comme il quittait la salle (en laissant l'addition à régler au jeune Whitcomb, se rappela plus tard le jeune homme, avec humour), Garp croisa le doyen Bodger, qui sortait de l'hôpital où il venait de passer trois jours à la suite d'un malaise cardiaque.

– Ils n'ont rien trouvé d'inquiétant, bougonna Bodger.

– Ont-ils au moins trouvé votre cœur ? s'enquit Garp.

Le doyen, le jeune Whitcomb et Garp, tous trois éclatèrent

de rire. Bodger leur confia qu'il n'avait emporté qu'une seule chose à l'hôpital, *la Pension Grillparzer*, et comme le livre était si court, il avait eu le temps de le relire trois fois de bout en bout. C'était une lecture un peu sinistre pour un séjour à l'hôpital, ajouta Bodger, mais il était heureux de pouvoir annoncer que jamais encore il n'avait fait le rêve de la grand-mère ; ce qui prouvait qu'il lui restait encore un peu de temps à vivre. Il avait *adoré* l'histoire, conclut-il.

Whitcomb se souvint par la suite que, à ce point, Garp parut à la fois gêné et ravi de l'éloge. Bodger et Whitcomb lui firent alors au revoir de la main. Garp oublia son bonnet de skieur – Bodger promit à Whitcomb de le lui rapporter au gymnase. Le doyen Bodger expliqua à Whitcomb qu'il adorait passer voir Garp à sa salle de lutte, une fois de temps en temps.

– Il paraît tellement dans son élément là-bas, dit Bodger.

Donald Whitcomb n'était pas un fanatique de la lutte, mais, sur l'œuvre de Garp, il était d'un enthousiasme intarissable. Les deux hommes, le vieux et le jeune, tombèrent d'accord : Garp était un être doté d'une extraordinaire énergie.

Whitcomb se souvenait qu'il avait alors regagné le petit appartement qu'il occupait dans un des dortoirs, et avait essayé de coucher par écrit les impressions qu'il rapportait de son entretien avec Garp ; puis, ce fut l'heure du dîner, et il dut s'interrompre avant d'avoir terminé. Lorsque Whitcomb arriva au réfectoire, il était l'un des rares à Steering School à ne pas encore être au courant de ce qui s'était passé. Ce fut le doyen Bodger – les yeux bordés de rouge, le visage soudain très vieilli – qui arrêta le jeune Whitcomb au moment où il pénétrait dans le réfectoire. Le doyen, qui avait oublié ses gants au gymnase, serrait encore le bonnet de Garp entre ses mains glacées. Lorsque Whitcomb vit que le doyen avait gardé le bonnet de Garp, il sut – avant même de regarder les yeux de Bodger – qu'un malheur était arrivé.

Garp s'élança au petit trot sur le sentier enneigé qui menait de chez Buster au gymnase Seabrook, et se rendit aussitôt compte qu'il avait oublié son bonnet. Mais plutôt que de rebrousser chemin, il força l'allure et courut d'une traite jusqu'au gymnase. En arrivant, moins de trois minutes plus tard, il se sentait la tête gelée ; de plus, il avait les orteils transis, et, avant d'enfiler ses chaussures de lutte, il entra quelques instants pour se réchauffer les pieds dans la salle de l'entraîneur.

Il échangea quelques mots avec son poulain, un cent quarante-cinq livres. Le garçon se faisait fixer solidement l'auriculaire à l'annulaire avec un bout de sparadrap, pour soulager ce qui, à en croire son moniteur, n'était qu'une vulgaire entorse. Garp demanda si on avait fait une radio ; oui, et on n'avait rien décelé. Garp tapota son poulain sur l'épaule, lui demanda ce que disait la bascule, accueillit avec une moue la réponse – sans doute un mensonge et, de toute façon, il y avait encore cinq livres de trop –, sur quoi il alla se mettre en tenue.

Il s'arrêta une nouvelle fois dans la salle de l'entraîneur avant de commencer sa séance.

– Pensez à vous mettre un peu de vaseline sur l'oreille, lui rappela l'entraîneur.

Garp commençait à avoir une oreille en chou-fleur, et la vaseline laissait son oreille glissante ; il croyait que c'était une protection suffisante. Garp n'aimait pas porter de casque ; du temps où lui-même pratiquait la lutte, les oreillettes ne faisaient pas partie de l'équipement obligatoire, et il ne voyait pas de raison pour en porter maintenant.

Il couvrit au petit trot un bon kilomètre sur la piste couverte en compagnie de son cent cinquante-deux livres avant d'ouvrir la salle. Dans le dernier tronçon, Garp lança un défi au garçon, mais le cent cinquante-deux livres avait davantage de souffle que Garp et le sema de deux bons mètres en fin de parcours. Sur quoi – en guise de mise en train – Garp « s'amusa un peu » avec son poulain dans la salle de lutte. Il n'eut aucune peine à lui faire toucher les épaules cinq ou six fois de suite, puis le harcela pendant cinq bonnes minutes – jusqu'au moment, du moins, où le garçon trahit des signes de fatigue. Puis Garp se laissa renverser ; Garp laissa le cent cinquante-deux livres essayer de l'immobiliser tandis que, dos à terre, il se défendait.

Mais Garp le sentait, il avait un muscle noué dans le dos, un muscle qui refusait de s'étirer comme il aurait fallu, et Garp dit au cent cinquante-deux livres de se trouver un autre partenaire. Garp s'accota alors contre le mur matelassé, ravi de se sentir inondé de sueur, et il observa ses poulains qui remplissaient peu à peu la salle.

Il les laissa s'échauffer tout seuls – il avait horreur des mises en train planifiées – avant de leur montrer la première des prises qu'il avait mises au programme.

– Chacun son partenaire, chacun son partenaire, fit-il, par routine, et il ajouta : Éric, trouve-toi un partenaire plus costaud, sinon c'est moi qui vais te prendre.

Éric, son cent trente-trois livres, avait pour habitude de se la couler douce au gymnase en faisant équipe avec le cent quinze livres sélectionné comme remplaçant, qui était aussi le camarade de chambre et le meilleur copain d'Éric.

Lorsque Helen entra dans la salle d'entraînement, la température frisait les trente degrés et continuait à monter. Déjà, les garçons noués deux à deux sur les tapis soufflaient comme des phoques. Garp gardait les yeux rivés sur un chronomètre.

– Encore une minute ! hurla Garp.

Helen s'approcha, mais il avait un sifflet aux lèvres – aussi ne l'embrassa-t-elle pas.

Elle se rappellerait ce sifflet et ce baiser qu'elle ne lui avait pas donné jusqu'à la fin de ses jours – c'est-à-dire très longtemps.

Helen gagna son angle favori, où elle ne risquait pas trop de voir quelqu'un venir s'effondrer sur elle. Elle ouvrit un livre. Ses lunettes s'embuèrent ; elle les essuya. Elle avait ses lunettes sur le nez quand l'infirmière pénétra dans la salle, par la porte située à l'opposé de l'endroit où se trouvait Helen. Mais, sauf quand retentissaient un choc particulièrement brutal ou un cri de douleur particulièrement violent, Helen ne levait jamais les yeux de sur son livre. L'infirmière referma la porte et, longeant d'un pas rapide les corps aux prises sur le sol, se dirigea vers Garp, qui gardait toujours les yeux rivés sur son chronomètre et le sifflet à la bouche.

– Quinze secondes ! hurla Garp, en retirant le sifflet.

C'était aussi tout le temps qu'il lui restait à *lui*. Garp remit le sifflet dans sa bouche et se tint prêt.

Lorsqu'il aperçut l'infirmière, il la prit pour une autre infirmière, la brave Dotty qui l'avait aidé à échapper aux féministes le jour des funérailles de Jenny. Garp basait son impression uniquement sur les cheveux, qui étaient gris fer et tressés, lovés comme une corde tout autour de la tête - une perruque, bien sûr. L'infirmière lui sourit. Il n'y avait personne au monde envers qui Garp se sentît mieux disposé qu'envers les infirmières ; il lui rendit son sourire, puis jeta un coup d'œil au chronomètre : dix secondes.

Lorsque Garp regarda de nouveau l'infirmière, il vit le pistolet. Il venait de penser à sa mère, Jenny Fields, se demandant quelle allure elle avait en pénétrant dans cette même salle, pas tout à fait vingt ans plus tôt. Jenny était alors plus jeune que cette infirmière, songeait Garp. Si, levant les yeux, Helen avait vu ladite infirmière, peut-être se serait-elle de nouveau laissé abuser au point de s'imaginer que sa mère disparue avait enfin décidé de sortir de sa cachette.

Lorsque Garp vit le pistolet, il remarqua en même temps que l'uniforme était faux ; il s'agissait d'une exclusivité Jenny Fields, avec, cousu sur la poitrine, l'habituel cœur rouge. Ce fut alors que Garp remarqua les seins de l'infirmière – petits, mais en même temps trop fermes et trop juvénilement dressés pour une femme aux cheveux gris fer ; et les hanches étaient trop sveltes, les jambes trop graciles. Regardant de nouveau le visage, il nota l'air de famille : la mâchoire carrée dont Midge Steering avait fait don à tous ses enfants, le front fuyant qui représentait la contribution de Ragoût-Gras. La combinaison des deux donnait à toutes les têtes Percy la forme de vaisseaux de guerre menaçants.

Le premier coup de feu lui arracha le sifflet de la bouche avec un *tuiiit !* aigu et catapulta le chronomètre loin de ses mains. Il s'assit. Le tapis de sol était chaud. La balle, lui transperçant l'estomac, s'était logée dans sa colonne vertébrale. Il restait au chronomètre moins de cinq secondes à courir lorsque Bainbridge Percy fit feu une seconde fois ; la balle frappa Garp à la poitrine et le projeta, toujours en position assise, le dos contre le mur matelassé. Hébétés de surprise, les lutteurs – des enfants – paraissaient privés de réaction. Ce fut Helen qui, plaquant Pooh Percy au corps, la projeta sur le sol et l'empêcha de faire feu une troisième fois.

Les hurlements d'Helen arrachèrent les lutteurs à leur hébétude. L'un d'eux, le poids lourd sélectionné, maintint Pooh Percy le ventre contre le tapis et dégagea violemment la main toujours armée coincée sous elle ; dans le feu de l'action, son coude fendit la lèvre d'Helen, mais Helen s'en rendit à peine compte. Le cent quarante-cinq livres, son auriculaire ligoté à son annulaire, arracha le pistolet à Pooh en lui brisant le pouce.

A l'instant où son os *craqua*, Pooh Percy poussa un hurlement ; même Garp put voir ce qu'il était advenu d'elle – l'opération devait être toute récente. Au fond de la bouche ouverte et hurlante de Pooh Percy, tous ceux qui se trouvaient à proximité purent voir l'amas noir des agrafes, pareilles à une nuée de fourmis agglutinées sur le moignon de ce qui avait été sa langue. Terrorisé par Pooh, le poids lourd resserra un peu trop sa prise, lui fracturant une côte ; la folie toute récente de Bainbridge Percy – devenir une Ellen-Jamesienne ! – lui causait indiscutablement des souffrances

- Alauds ! hurla-t-elle. Alauds de ioleurs !

Un « alaud de ioleur » était un « salaud de violeur », mais il fallait désormais être une Ellen-Jamesienne pour comprendre Pooh Percy.

L'espoir de cent quarante-cinq livres tenait le pistolet à bout de bras, canon pointé vers le sol dans un angle désert de la salle.

– Alaud ! hoqueta Pooh à son adresse, mais, secoué de tremblements, le garçon ne quittait pas son moniteur des yeux.

Helen soutenait fermement Garp ; il commençait à glisser le long du mur. Il ne pouvait pas parler, et le savait ; il ne pouvait pas sentir, ne pouvait pas toucher. Il ne lui restait plus qu'un odorat aigu, une vision vacillante, et sa mémoire vivace.

Garp était heureux, pour une fois, que Duncan n'ait eu

aucun goût pour la lutte. En raison de sa préférence pour la natation, Duncan avait manqué le spectacle ; vu l'heure, Garp le savait, Duncan devait tout juste sortir de l'école ou se trouvait déjà à la piscine.

Garp avait de la peine pour Helen – qu'elle fût là –, mais il était heureux d'avoir son odeur tout contre lui. Il la savourait, parmi toutes ces odeurs familières qui flottaient dans la salle de lutte de Steering. S'il avait été capable de parler, il aurait dit à Helen de ne plus avoir peur du Crapaud. A sa grande surprise, il se rendait compte que le Crapaud n'était nullement un inconnu, pas même mystérieux ; le Crapaud était quelque chose de très familier – à croire qu'il le connaissait, depuis toujours, qu'il avait quasiment grandi près de lui. Il était souple comme le matelas de son gymnase ; son odeur lui rappelait la sueur de garçons bien propres – et l'odeur d'Helen, la première et dernière femme qu'avait jamais aimée Garp. Le Crapaud, Garp le savait maintenant, pouvait même ressembler à une infirmière : un être pour qui la mort est chose coutumière et qui sait quoi faire en présence de la douleur.

Lorsque le doyen Bodger ouvrit la porte, le bonnet de ski de Garp dans les mains, Garp ne crut pas un instant que le doyen surgissait, une fois encore, pour organiser le sauvetage – pour intercepter le corps qui tombait du toit de l'annexe, quatre étages au-dessus du niveau où le monde était sûr. Le doyen Bodger, bien sûr, ferait de son mieux pour se rendre utile ; Garp lui sourit avec gratitude, et aussi à Helen – et à ses lutteurs ; plusieurs pleuraient maintenant. Garp regarda avec tendresse son poids lourd qui, sans cesser de sangloter, immobilisait toujours Pooh Percy sous son poids ; Garp savait quelle saison difficile le pauvre gros se préparait.

Garp regarda Helen ; il ne pouvait plus bouger que les yeux. Helen, il le voyait, tentait de lui rendre son sourire. Avec ses yeux, Garp essaya de la rassurer : Ne t'inquiète pas – quelle importance s'il n'y a pas de vie après la mort ? Il y a une vie après Garp, crois-moi. Même s'il n'y a que la mort après la mort, il faut avoir la reconnaissance des petits bienfaits – par exemple, parfois, une naissance après l'amour. Et, avec beaucoup de chance, parfois, l'amour après une naissance ! Oh, voui ! comme aurait dit Alice Fletcher. Et quand on a la vie, disaient les yeux de Garp, on a toujours l'espoir d'avoir l'énergie. Et n'oublie jamais, il y a le souvenir, Helen, lui disaient ses yeux.

« Dans le monde selon Garp, devait écrire un jour le jeune Donald Whitcomb, nous sommes contraints de nous souvenir de tout. »

Garp mourut avant qu'on n'ait eu le temps de le sortir du gymnase.

Il avait trente-trois ans, le même âge qu'Helen. Ellen James venait tout juste d'avoir vingt ans. Duncan en avait treize. La petite Jenny Garp approchait de ses trois ans. Walt aurait eu huit ans.

La nouvelle de la mort de Garp provoqua la mise sous presse immédiate d'une troisième et d'une quatrième édition de l'ouvrage des Garp père et fils, *la Pension Grill-parzer*. John Wolf passa tout un long week-end à boire et à caresser l'idée de quitter l'édition ; voir comment un drame et une mort pouvaient stimuler les affaires lui donnait parfois la nausée. Mais Wolf se consolait en songeant à la façon dont Garp eût accueilli la nouvelle. Même Garp aurait été incapable d'imaginer que sa propre mort réussirait, *mieux* encore qu'un suicide, à asseoir sa renommée et sa réputation d'auteur sérieux. Joli coup pour quelqu'un qui, à trente-trois ans, n'avait écrit en tout et pour tout qu'une seule « bonne » nouvelle et peut-être un bon roman et demi sur trois. La mort inédite de Garp était, à dire vrai, si parfaite que John Wolf ne pouvait s'empêcher de sourire à l'idée de la satisfaction qu'en aurait éprouvée Garp. C'était une mort, songeait Wolf, qui, par ses côtés fortuits, absurdes et inutiles – comiques, horribles, baroques –, semblait souligner tout ce que Garp avait jamais écrit sur la façon dont va le monde. C'était une scène de mort, comme le dit John Wolf à Jillsy Sloper, que seul Garp eût été capable d'écrire.

Helen devait faire observer avec amertume, mais une fois seulement, qu'en réalité la mort de Garp était une forme de suicide.

– De même que sa *vie* tout entière a été un suicide, dit-elle, de façon quelque peu mystérieuse. Par la suite, elle devait préciser ce qu'elle avait voulu dire : Il avait l'art de mettre les gens trop en colère.

Il avait mis Pooh Percy trop en colère ; cela, du moins, était clair.

Il contraignit les autres à lui rendre hommage, des hommages humbles et bizarres. Le cimetière de Steering School eut l'honneur d'accueillir sa pierre tombale, sinon son corps . comme celui de sa mère, le corps de Garp échut à la science. Steering School décida également de l'honorer en donnant son nom à l'unique bâtiment de l'école qui n'avait pas encore reçu de nom. L'idée venait du vieux doyen Bodger. Puisqu'il y avait une infirmerie Jenny Fields, raisonnait le bon doyen, il était juste qu'il y eût aussi une annexe Garp.

Au fil des années, les fonctions de ces deux bâtiments étaient promises à changer quelque peu, mais ils demeurèrent, nominativement du moins, l'infirmerie Jenny Fields et l'annexe Garp. L'infirmerie Fields deviendrait par la suite l'ancienne aile du nouveau complexe médical de Steering, clinique et laboratoires ; l'annexe Garp deviendrait un local utilisé surtout comme réserve – une espèce d'entrepôt pour fournitures scolaires et médicales, et approvisionnements destinés aux cuisines ; il pouvait également servir en cas d'épidémies. Naturellement, il n'y avait plus jamais d'épidémies. Garp aurait sans doute jugé l'idée excellente : un entrepôt qui portait son nom. Il avait écrit un jour qu'un roman était « l'entrepôt idéal – pour mettre à l'abri toutes les choses signifiantes qu'un romancier n'a pas l'occasion d'utiliser dans sa vie ».

Il aurait également trouvé excellente l'idée d'un épilogue – le voici donc : un épilogue « pour nous mettre en garde quant à l'avenir », tel qu'aurait pu l'imaginer S. T. Garp.

ALICE ET HARRISON FLETCHER étaient destinés à demeurer mari et femme, contre vents et marées – leur mariage survécut, dans une certaine mesure, grâce à l'impuissance d'Alice à rien mener à terme. Leur seul enfant, une fille apprendrait le violoncelle – cet énorme instrument encombrant à la voix de velours –, dont elle jouerait avec tant de grâce que, chaque fois qu'elle jouait, sa musique pure et grave avait le pouvoir d'exacerber pendant des heures le bégaiement d'Alice. Harrison, qui, avec le temps, finirait par décrocher et conserver un poste de titulaire, finirait par perdre le goût des jolies étudiantes, plus ou moins à l'époque où sa fille commençait à s'affirmer comme une artiste talentueuse et promise au succès.

Alice, qui jamais ne devait finir son deuxième roman, pas plus que son troisième ni son quatrième, n'aurait jamais non plus de deuxième enfant. Elle resta suave et prolixe sur la page, et torturée dans sa chair. Jamais Alice ne s'emballa pour « d'autres hommes » au point où elle s'était emballée pour Garp ; même dans son souvenir, il demeura une passion si vivace et si violente qu'il l'empêcha toujours de devenir l'amie d'Helen. Quant au sentiment que Harry avait nourri pour Helen, on eût dit qu'à chacune de ses liaisons éphémères il s'estompait un peu plus, jusqu'au jour où les Fletcher ne se soucièrent plus guère de garder le contact avec les derniers Garp.

Duncan Garp rencontra un jour la fille Fletcher à New York, à l'issue du premier solo de violoncelle qu'elle donna dans cette ville redoutable ; Duncan l'invita à dîner.

– Il ressemble à sa mère ? lui demanda Harrison.

– Je n'ai qu'un vague souvenir d'elle, dit la jeune fille.

– Est-ce qu'il t'a fait des *avanzes* ? demanda Alice.

– *Certainement pas* ! se récria la jeune fille qui, de sa vie, n'aurait d'autre passion ni d'autre élu que son grand violoncelle aux hanches rondes.

Les Fletcher, Harry et Alice, devaient tous les deux mourir encore dans la fleur de l'âge, quand l'avion qui les emmenait à la Martinique s'écrasa pendant les vacances de Noël. Une des étudiantes de Harrison s'était chargée de les conduire à l'aéroport.

– Quand on vit en Nouvelle-Angleterre, on doit bien prendre des vacances au *zoleil*. Pas vrai, Harrizon ?

Helen avait toujours pensé qu'Alice était « un peu fada ».

HELEN HOLM, qui, presque toute sa vie, serait pour tout le monde Helen Garp, devait vivre longtemps, très longtemps. Cette jolie femme brune et svelte, au visage intéressant et au vocabulaire précis, aurait des amants, mais ne se remarierait jamais. Chacun de ses amants subirait le poids de la présence de Garp – non seulement dans l'impitoyable mémoire d'Helen, mais dans les objets et souvenirs dont Helen s'entourait dans la grande maison de Steering, qu'elle ne quittait que rarement : par exemple, les livres de Garp, toutes les photos que Duncan avait prises de lui, et même les trophées remportés par Garp.

Helen affirma toujours qu'elle ne pardonnerait jamais à Garp d'être mort si jeune en la condamnant à vivre une si grande partie de sa vie dans la solitude – il l'avait également trop gâtée, prétendait-elle, pour qu'elle puisse jamais envisager la possibilité de vivre avec un autre homme.

Helen deviendrait avec le temps un des professeurs les plus respectés de toute l'histoire de Steering, même si elle ne se départit jamais de son ironie à l'égard de l'école. Elle avait quelques amis à Steering, bien que peu nombreux : le vieux doyen Bodger, jusqu'à sa mort, et le jeune érudit Donald Whitcomb, qui finirait par être tout aussi captivé par Helen qu'il l'avait été par l'œuvre de Garp. Il y avait également une femme sculpteur, une artiste en résidence sur le campus que Roberta avait présentée à Helen.

John Wolf demeura jusqu'au bout son ami, un ami auquel Helen pardonna, petit à petit, mais jamais totalement, le succès de ses efforts pour faire de Garp un auteur à succès. Helen et Roberta demeurèrent également très proches – Helen accompagnant de temps à autre Roberta dans ses célèbres virées à New York. Toutes deux, de plus en plus excentriques avec l'âge, se firent la réputation de mener avec une poigne de fer la fondation Fields, et ce pendant des années. En fait, l'esprit mordant de la critique perpétuelle dont elles accablaient le monde extérieur finit par devenir la grande attraction de Dog's Head Harbor ; de temps à autre, quand Helen se sentait lasse ou s'ennuyait à Steering – lorsque, devenus grands, ses enfants la quittèrent pour voler de leurs propres ailes –, elle allait passer quelques jours auprès de Roberta, dans l'ancienne propriété de Jenny Fields. L'endroit était toujours animé. Lorsque Roberta mourut, Helen parut vieillir d'un seul coup de vingt ans.

A un âge déjà avancé – et seulement après s'être plainte à Duncan d'avoir survécu à tous ses contemporains favoris –, Helen Holm fut soudain frappée par une maladie des muqueuses. Elle devait mourir dans son sommeil.

Elle avait réussi à survivre à d'innombrables biographes dénués de scrupules qui attendaient sa mort pour fondre voracement sur les vestiges de Garp. Elle avait protégé ses lettres, le manuscrit inachevé des *Illusions de mon père*, la plus grande partie de ses journaux intimes et de ses notes. Elle réservait à tous les soi-disant biographes la même réponse, exactement celle que Garp en personne aurait faite : « Lisez l'œuvre. Oubliez la vie. »

Pour sa part, elle rédigea aussi plusieurs articles, qui lui valurent le respect de ses pairs. L'un d'eux s'intitulait *l'Instinct narratif de l'aventurier*. Il s'agissait d'une comparaison entre les techniques narratives de Joseph Conrad et de Virginia Woolf.

Helen se considéra toujours comme une veuve avec à sa charge trois enfants – Duncan, la petite Jenny et Ellen James, qui tous survécurent à Helen et versèrent à sa mort des larmes abondantes. Trop jeunes, ils avaient été trop surpris par la mort de Garp pour pleurer autant.

LE DOYEN BODGER, qui pleura presque autant qu'Helen pour la mort de Garp, demeura aussi loyal qu'un taureau et tout aussi tenace. Longtemps après avoir pris sa retraite, il continuait encore la nuit à sillonner le campus, incapable de trouver le sommeil, capturant encore à l'occasion tous ceux, rôdeurs ou amoureux, qui se faufilaient le long des sentiers et s'étreignaient sur le sol spongieux – à l'abri des buissons tendres, des magnifiques et vénérables bâtiments, etc.

Bodger s'arrangea pour conserver une activité à Steering le temps qu'il fallut à Duncan Garp pour terminer ses études.

– J'ai mené ton père à bon port, mon garçon, dit un jour

à Duncan le vieux doyen. Toi aussi, je te mènerai à bon port. Et, si on me laisse faire, je resterai le temps de mener ta sœur à bon port.

Mais les responsables de l'école l'obligèrent enfin à prendre sa retraite ; entre autres problèmes qu'ils invoquèrent pour se justifier à leurs propres yeux, figuraient sa manie de monologuer au cours des services religieux, et ses bizarres arrestations, à minuit, des élèves, garçons et filles, surpris dehors après le couvre-feu. On fit également état du fantasme récurrent du doyen : à l'en croire, c'était le jeune Garp qu'il avait attrapé dans ses bras – une nuit, il y avait bien des années de cela – et non un pigeon. Bodger refusa de quitter le campus, même après sa retraite, et malgré – ou, peut-être, à cause de – son obstination, il devint le professeur honoraire le plus respecté de Steering. On le traînait de force à toutes les cérémonies ; on le hissait tout titubant à la tribune, pour le présenter à des gens qui ignoraient qui il était, sur quoi on l'escamotait aussitôt. Peut-être parce qu'il se laissait exhiber lors de ces occasions solennelles, on tolérait ses travers et ses manies ; à soixante-dix ans passés, par exemple, il arrivait à Bodger de se convaincre – parfois pendant des semaines d'affilée – qu'il était *toujours* le doyen.

– Vous êtes le doyen, c'est vrai, aimait le taquiner Helen.

– Mais bien sûr ! rugissait Bodger.

Ils se voyaient souvent, et, à mesure que Bodger se faisait de plus en plus dur d'oreille, on le vit plus fréquemment au bras de cette charmante Ellen James, qui avait ses façons à elle de parler aux gens qui ne pouvaient entendre.

Loyal, le doyen Bodger le demeura même envers l'équipe de lutte de Steering, dont les années de gloire ne tardèrent pas à s'estomper dans la plupart des mémoires. Jamais les lutteurs ne devaient retrouver un entraîneur de la classe d'Ernie Holm, ni même de celle de Garp. L'équipe devint une équipe de perdants, et pourtant Bodger demeura leur fidèle supporter, hurlant jusqu'au bout ses encouragements au malheureux élève de Steering qui s'effondrait sur le dos, sur le point de toucher des épaules.

Ce fut au cours d'une rencontre de lutte que Bodger mourut. Dans le tournoi toutes catégories – un match serré –, le poids lourd de Steering et son adversaire également épuisé et malmené gigotaient sur le sol ; pareils à des bébés baleines drossés à la côte, ils ahanaient pour s'assurer l'avantage et rafler les points du score, tandis que filait le temps. « Quinze secondes ! » tonna l'arbitre. Les deux gros se débattaient. Bodger se dressa soudain, en trépignant et hurlant. *« Gott ! »* couina-t-il, son allemand ressurgissant *in extremis.*

Lorsque le combat fut terminé et que les gradins se vidèrent, le doyen retraité était toujours là – mort sur son siège. Helen eut un mal fou à consoler le tendre Whitcomb de la perte de Bodger.

DONALD WHITCOMB ne coucha jamais avec Helen, en dépit des rumeurs colportées par les prétendus biographes dévorés d'envie qui brûlaient de mettre la main non seulement sur les souvenirs de Garp, mais aussi sur sa veuve. Whitcomb vécut en moine solitaire toute son existence, qu'il passa quasiment terré à Steering. Ce fut la chance de sa vie d'y découvrir Garp, peu de temps avant sa mort, tout comme ce fut sa chance de se retrouver traité en ami et protégé par Helen. Elle sentait qu'il vouait à son mari une adoration encore plus inconditionnelle que la sienne.

Tout le monde parla toujours du pauvre Whitcomb comme du « jeune Whitcomb », même lorsqu'il eut cessé d'être jeune. Son visage resta imberbe, ses joues toujours roses – sous le casque de ses cheveux bruns, puis gris, puis blancs comme neige. Sa voix demeura une sorte de roulement saccadé et enthousiaste ; ses mains ne cessèrent jamais de se tordre. Mais ce fut à Whitcomb qu'Helen finit par confier les archives personnelles et littéraires de la famille.

Il devint le biographe de Garp. Helen devait lire toute sa biographie, à l'exclusion du dernier chapitre, que Whitcomb attendit des années pour écrire ; le chapitre qui *la* portait aux nues. Whitcomb devint le spécialiste, l'autorité suprême sur Garp. « Il avait l'humilité idoine pour faire un biographe parfait », plaisantait toujours Duncan. Du point de vue de la famille Garp, il était un bon biographe ;

Whitcomb croyait tout ce que lui disait Helen – il croyait ce que disait la moindre des notes laissées par Garp, ou la moindre des notes qu'Helen lui assurait avoir été laissées par Garp.

« La vie, écrivit Garp, *n'est pas* tristement structurée comme un de ces bons vieux romans d'autrefois. Au contraire, le dénouement survient lorsque tous ceux qui étaient destinés à s'éteindre se sont éteints. Rien ne reste, sinon la mémoire. Mais même un nihiliste a une mémoire. »

L'adoration que Whitcomb vouait à Garp englobait ses côtés les plus fantasques et les plus prétentieux.

Parmi les papiers de Garp, Helen découvrit ce billet :

« J'ignore quelles seront les ultimes conneries qui sortiront de ma bouche mais, de grâce, affirmez qu'il s'agissait de ceci : "J'ai toujours su que la quête de la perfection est une tendance fatale". »

Donald Whitcomb, qui vouait à Garp un amour aveugle – à la manière des chiens et des enfants –, affirma toujours qu'il s'agissait bien là des ultimes paroles de Garp.

– Si Whitcomb l'a dit, alors c'était vrai, disait toujours Duncan.

Jenny Garp et Ellen James, elles aussi, étaient d'accord sur ce point.

C'était un principe dans la famille – protéger Garp contre les biographes,

écrivit Ellen James.

– Et pourquoi pas ? demanda Jenny Garp. Qu'est-ce qu'il lui doit, au public ? Il l'a toujours dit, seuls les autres artistes et les gens qui l'aimaient avaient droit à sa gratitude.

Dans ce cas, qui d'autre peut maintenant revendiquer une parcelle de lui ?

écrivit Ellen James.

Donald Whitcomb alla même jusqu'à combler l'ultime vœu d'Helen. Malgré son grand âge, la maladie qui emporta Helen se déclencha soudainement, et ce fut à Whitcomb que revint le soin de faire respecter ses dernières volontés. Helen ne voulait pas être inhumée dans le cimetière de

Steering School, à cote de Garp et de Jenny, de son père et de Ragoût-Gras – et de tant d'autres. Le cimetière munici pal conviendrait à merveille, avait-elle dit. Par ailleurs elle ne voulait pas non plus faire don de son corps à la science ; vu son âge, elle était convaincue qu'il en restait trop peu de chose pour qu'il puisse être d'une quelconque utilité. Elle voulait être incinérée, et ses cendres devraient demeurer la propriété de Duncan, de Jenny Garp et d'Ellen James. Ils enterreraient une partie de ses cendres, puis feraient ce qu'ils jugeraient bon du reste, à condition de ne les éparpiller *nulle part* sur le territoire de Steering School. Que le diable l'emporte, dit Helen à Whitcomb, si Steering School, qui, de son temps, refusait d'admettre les filles, héritait maintenant de la moindre parcelle de sa personne.

Sa pierre tombale, précisa-t-elle, devrait simplement mentionner qu'elle était Helen Holm, la fille du moniteur de lutte Ernie Holm qui, parce qu'elle était une fille, n'avait pas eu le droit d'entrer à Steering ; par ailleurs, elle était l'épouse aimante de S. T. Garp qui, lui, en raison de son sexe, avait sa tombe dans le cimetière de Steering School.

Whitcomb se montra fidèle à cette ultime requête, que Duncan trouva particulièrement piquante.

– Papa aurait adoré *ça* ! répétait souvent Duncan. Bon sang, il me semble que je peux l'entendre.

Quant à Jenny Garp et Ellen James, elles évoquaient souvent avec quel enthousiasme Jenny Fields eût applaudi la décision d'Helen.

ELLEN JAMES finirait par devenir écrivain. Comme l'avait deviné Garp, elle en avait « l'étoffe ». Ses deux mentors – Garp et le fantôme de sa mère, Jenny Fields – devaient se révéler quelque peu écrasants pour Ellen qui, à cause d'eux, n'écrirait jamais beaucoup en prose, fiction ou non-fiction. Elle devint un remarquable poète – quand bien même, naturellement, elle ne fut jamais beaucoup lue.

Son premier et extraordinaire recueil de poèmes, *Discours aux plantes et aux animaux*, aurait rendu Garp et Jenny Fields très fiers d'elle ; ce fut Helen qui se sentit très fière – elles étaient bonnes amies, et aussi un peu comme mère et fille.

Ellen James, comme de juste, survécut aux Ellen-James-siennes. L'assassinat de Garp les fit se terrer plus profondément encore dans la clandestinité, dont, au fil des années, elles n'émergèrent plus que rarement, le plus souvent en se camouflant, et même non sans honte.

Salut ! Je suis muette,

finirent par dire leurs messages. Ou :

J'ai eu un accident – je ne peux pas parler. Mais j'écris bien, comme vous pouvez le voir.

– Vous ne seriez pas une de ces Ellen-Je-Ne-Sais-Quoi ? leur demandait-on parfois.

Une quoi ?

apprirent-elles à répondre. Et les plus honnêtes ajoutaient :

Non, plus maintenant.

Maintenant, elles n'étaient plus que des femmes qui ne pouvaient pas parler. Sans ostentation, la plupart d'entre elles s'évertuèrent, au prix de durs efforts, à découvrir de quoi elles étaient encore *capables*. La plupart d'entre elles, de façon très constructive, choisirent d'aider les autres, ceux qui comme elles étaient incapables de faire certaines choses. Elles se révélèrent très douées avec les handicapés, et aussi avec les gens enclins au misérabilisme. Peu à peu, elles perdirent leur étiquette, et, une à une, ces femmes privées de parole refirent surface, sous des identités qui étaient davantage leur œuvre.

Leurs efforts valurent même à certaines de décrocher des bourses de la fondation Fields.

D'autres, bien sûr, s'obstinèrent à demeurer des Ellen-Jamesiennes dans un monde qui ne tarda pas à oublier ce qu'était une Ellen-Jamesienne. Pour certains, les Ellen-Jamesiennes étaient le nom d'un gang criminel qui, pendant une brève période, vers le milieu du siècle, avait eu son heure de gloire. D'autres, quelle ironie ! les confondaient avec ceux-là mêmes contre lesquels les Ellen-Jamesiennes s'étaient à l'origine insurgées : les violeurs. Une Ellen-Jamesienne écrivit à Ellen James qu'elle avait renoncé du jour où, par curiosité, elle avait demandé à une petite fille si elle savait ce qu'était une Ellen-Jamesienne.

– Quelqu'un qui viole les petits garçons, avait répondu la fillette.

Il y eut aussi un roman, un mauvais roman couronné par un énorme succès, qui sortit trois mois environ après le meurtre de Garp. Il fut écrit en trois semaines et publié en cinq. Il s'intitulait *Confessions d'une Ellen-Jamesienne* et contribua beaucoup à accroître la déconfiture des Ellen-Jamesiennes ou tout simplement à les chasser de la scène. L'auteur était un homme, bien entendu. Il avait écrit d'autres romans, le précédent intitulé *Confessions d'un roi du porno*, et celui d'avant *Confessions d'un trafiquant d'enfants*. Et d'autres de la même veine. L'homme était une crapule maléfique et sournoise qui changeait de peau tous les six mois environ.

Entre autres trouvailles d'un mauvais goût particulièrement atroce dans les *Confessions d'une Ellen-Jamesienne*, la pire était la conception du personnage de l'héroïne-narratrice, une lesbienne qui découvre seulement *après* s'être tranchée la langue qu'elle s'est rendue indésirable également comme *amante*.

Le succès de cet immonde navet fut si grand qu'un certain nombre d'Ellen-Jamesiennes crurent en mourir de honte. Et il y eut, en effet, quelques suicides. « Il y a toujours des *suicides*, avait écrit Garp quelque part, parmi les gens qui sont incapables d'exprimer ce qu'ils éprouvent. »

En fin de compte, Ellen James prit l'initiative d'entrer en contact avec elles et parvint à les amadouer. C'était, se disait-elle, ce qu'aurait fait Jenny Fields. Ellen se mit à donner des lectures publiques de ses poèmes, avec l'aide de Roberta Muldoon, qui était dotée d'une voix de basse tonitruante. Roberta lisait les poèmes d'Ellen, tandis qu'Ellen restait sagement assise à côté d'elle, avec visiblement l'air de regretter amèrement de ne pouvoir réciter elle-même ses propres poèmes. Cette initiative incita à sortir de leurs cachettes beaucoup d'Ellen-Jamesiennes qui, elles aussi, regrettaient de ne pouvoir parler. Ellen se lia d'amitié avec certaines d'entre elles.

Ellen James ne devait jamais se marier. Peut-être noua-t-elle, à l'occasion, des relations intimes avec un homme, mais davantage parce qu'il s'agissait d'un de ses confrères, poète comme elle, que parce qu'il s'agissait d'un homme. Ellen était un bon poète et une féministe fervente qui, de toute sa foi, aspirait à vivre comme avait vécu Jenny Fields et à écrire avec l'énergie et la vision personnelle de S. T. Garp. En d'autres termes, elle était assez obstinée pour avoir des opinions personnelles, mais savait aussi se montrer bonne envers autrui. Ellen préserverait toute sa vie une relation pleine de coquetterie avec Duncan Garp – qui, à vrai dire, était son petit frère.

La mort d'Ellen James devait causer un profond chagrin à Duncan. Ellen, à un âge avancé, se mit à la natation de fond – à peu près à l'époque où elle succéda à Roberta Muldoon comme directrice de la fondation Fields. A force d'entraînement, Ellen devint capable d'effectuer plusieurs fois de suite la traversée du large goulet de Dog's Head Harbor. Ses derniers poèmes, et ses meilleurs, utilisent, entre autres métaphores, la nage et « l'appel de l'océan ». Mais, toute sa vie, Ellen James demeura une fille du Midwest qui jamais ne comprit tout à fait le ressac ; par une froide journée d'automne, alors qu'elle était à bout de forces, elle en fut la proie.

« Nager, écrivait-elle à Duncan, me rappelle l'âpreté mais aussi la grâce des discussions que soutenait ton père. Je sens aussi l'avidité de la mer, son désir de m'atteindre, de me forcer – de forcer mon noyau desséché, mon petit cœur coincé de terrienne. Mon petit cul coincé, aurait dit ton père, j'en suis sûre. Mais nous nous taquinons, la mer et moi. Je suppose que tu dirais, *toi*, espèce de débauché, que c'est une façon de compenser, mon substitut à moi pour le sexe. »

FLORENCE COCHRAN Bowlsby, mieux connue de Garp sous le nom de Mrs. Ralph, devait mener une existence houleuse et débridée, où ne se relève nulle trace de substitut au sexe – ni, apparemment, nul besoin. Elle réussit à terminer une thèse de doctorat en littérature comparée et décrocha un poste de titulaire, par la grâce d'un département d'anglais dont les membres, fort nombreux et fort perturbés, n'avaient d'autres points communs que la terreur qu'elle leur inspirait. Elle avait, au fil du temps, séduit puis plaqué neuf sur treize des anciens du département – tour à tour admis dans son lit et chassés sous les sarcasmes. Les étudiants la qualifiaient de « professeur explosif », ce qui implique du moins qu'elle était parvenue à convaincre les autres, sinon elle-même, de sa compétence dans d'autres domaines que le sexe.

Il était rare qu'elle fît l'objet du moindre commentaire de la part de ses amants transis, dont le départ la queue entre les jambes rappelait toujours à Mrs. Ralph la manière dont, certain jour, Garp était sorti de chez elle.

A la nouvelle de la mort dramatique de Garp, Mrs. Ralph fut l'une des premières personnes à envoyer à Helen une lettre de condoléances. « Il était doué d'une séduction, écrivait Mrs. Ralph, dont j'ai toujours déploré mais aussi respecté qu'elle ne se soit pas matérialisée à mon profit. »

Helen en vint à éprouver de la sympathie à son égard, et elles finirent par entretenir une correspondance épisodique.

Roberta Muldoon eut, elle aussi, l'occasion de correspondre avec Mrs. Ralph, qui sollicita un jour et se vit refuser une bourse de la fondation Fields. Roberta lut avec stupéfaction le message qu'adressa Mrs. Ralph à la fondation Fields :

Allez vous faire enculer !

Mrs. Ralph n'avait jamais aimé se voir rejeter.

Son unique enfant, Ralph, devait mourir avant elle ; Ralph était devenu un fort bon journaliste et, comme William Percy, il fut tué à la guerre

BAINBRIDGE PERCY, mieux connue de Garp sous le nom de Pooh, devait vivre longtemps, et même très longtemps Le dernier d'une longue série de psychiatres qui se pen-

chèrent sur son cas affirma que son traitement l'avait gué-
rie, mais il se peut aussi tout simplement qu'en émergeant
de sa dernière analyse – et d'un certain nombre d'établissements psychiatriques – Pooh Percy en ait eu à ce point
marre des traitements qu'elle avait perdu le goût de la
violence.

Peu importe les moyens utilisés Pooh fut, au terme
d'une longue période, remise dans le circuit normal; elle
réintégra la société, dont elle redevint un membre capable
de tenir un rôle, sinon un discours, plus ou moins inoffensif et (somme toute) utile. A cinquante ans passés, elle se
prit d'intérêt pour les enfants; elle se montrait patiente
et efficace avec les petits retardés. A ce titre, il lui arriva
souvent de rencontrer d'autres Ellen-Jamesiennes, qui,
par des moyens différents, étaient elles aussi redevenues
normales – ou, du moins, avaient immensément changé.

Pendant près de vingt ans, jamais Pooh ne fit allusion
à sa défunte sœur, Cushie, mais l'affection qu'elle vouait
aux enfants finit par lui perturber l'esprit. A l'âge de cin-
quante-quatre ans, elle réussit à se faire mettre enceinte
(personne ne comprit comment) et, convaincue, comme
elle l'était, qu'elle mourrait en couches, elle fut remise en
observation et renvoyée dans un établissement psychia-
trique. Pooh ne mourut pas et devint une excellente mère;
elle continua en même temps à aider les enfants retardés.
Par bonheur, la fille de Pooh Percy, qui par la suite devait
subir un choc terrible en apprenant le passé criminel de sa
mère, n'était pas, elle, retardée; en fait, Garp aurait trouvé
qu'elle tenait beaucoup de Cushie.

Pooh Percy, selon certains, devint un exemple positif
pour les partisans de l'abolition de la peine de mort : le bilan
de son retour à la normale fut impressionnant. Pour tous,
sauf pour Helen et pour Duncan Garp qui, jusqu'au seuil
de leurs tombes, devaient regretter que Pooh Percy ne soit
pas morte elle aussi dans le gymnase de Steering, en poussant son dernier « Alaud ! ».

Naturellement, Pooh mourut elle aussi; elle succomba
à une attaque, en Floride, où elle était allée passer quelque
temps chez sa fille. Ce fut une petite consolation pour
Helen que de lui survivre.

Le fidèle Whitcomb choisit, pour décrire Pooh Percy, la formule qu'avait utilisée Garp après avoir réchappé aux premières funérailles féministes : « Une débile androgyne, avait dit Garp au doyen Bodger, avec une tête de furet et un esprit complètement ramolli, résultat de près de quinze ans passés dans les langes. »

Cette biographie officielle de Garp, intitulée par Donald Whitcomb : *Démence et Chagrin – la Vie et l'Œuvre de S. T. Garp*, devait être publiée par les associés de John Wolf, qui ne vécut pas assez longtemps pour voir cette bible sortir des presses. John Wolf n'avait pas ménagé ses efforts pour la mise au point du livre, et servit de réviseur à Whitcomb – pour presque tout le manuscrit – jusqu'à son décès prématuré.

John Wolf mourut à New York d'un cancer du poumon, à un âge relativement tendre. C'était un homme circonspect, consciencieux, attentionné, voire délicat – la plupart du temps –, mais qui, depuis l'âge de dix-huit ans, n'était parvenu à calmer et masquer sa profonde instabilité et son pessimisme foncier qu'en fumant trois paquets de cigarettes sans filtre par jour. Comme tant d'autres hommes très actifs qui, par ailleurs, affichent un air calme et parfaitement responsable, John Wolf s'était tué par le tabac.

L'aide qu'il apporta à Garp, et aux livres de Garp, est inestimable. Même si, de temps à autre, il lui arriva de se juger coupable d'avoir fabriqué la renommée qui, au bout du compte, provoqua l'assassinat de Garp, Wolf était un homme beaucoup trop évolué pour s'appesantir sur une vision aussi étroite des choses. L'assassinat, dans l'esprit de Wolf, était « un sport amateur de plus en plus répandu à notre époque » et les « vrais croyants politisés », étiquette qu'il donnait à la plupart des gens, étaient toujours les ennemis jurés de l'artiste – qui affirmait, non sans arrogance, la supériorité d'une vision *personnelle*. En outre Wolf le savait, il ne suffisait pas, pour tout expliquer, de dire que Pooh Percy était devenue une Ellen-Jamesienne et avait réagi aux provocations de Garp ; son grief était un grief qui remontait à l'enfance, peut-être exaspéré par l'idéologie, mais fondamentalement aussi profond que ce besoin des langes qu'elle avait gardé si longtemps. Pooh s'était fourré dans la tête que le goût qui poussait Garp et Cushie à baiser ensemble avait fini par être fatal à Cushie. Il est vrai, du moins, qu'il fut fatal à Garp.

Professionnel dans un monde qui trop souvent se prosterne devant la contemporanéité dont il est l'artisan, John Wolf affirma jusqu'à son dernier souffle que, de tous les livres qu'il avait publiés, aucun ne le rendait plus fier que l'édition due aux Garp père et fils de *la Pension Grillparzer*. Il était fier des premières œuvres de Garp, bien sûr, et finit par qualifier *le Monde selon Bensenhaver* d'« inévitable » – si l'on pense à la violence dont Garp avait tant souffert. Mais ce fut *Grillparzer* qui fit la gloire de Wolf – *Grillparzer* et le manuscrit inachevé des *Illusions de mon père*, que John Wolf considérait, avec tendresse et tristesse, comme « le chemin qui ramenait Garp à sa vraie manière d'écrire ». Wolf passa des années à réviser le premier jet informe du roman inachevé ; des années durant, il débattit avec Helen, et avec Donald Whitcomb, de ses mérites et de ses défauts.

Oui, mais seulement après ma mort, s'obstinait Helen. Garp ne lâchait jamais rien s'il estimait que ce n'était pas au point.

Wolf était d'accord avec Helen, mais il mourut avant elle. Le soin reviendrait à Whitcomb et à Duncan de publier *les Illusions de mon père*, très longtemps après la mort de l'auteur.

Ce fut Duncan qui consacra le plus de temps à John Wolf tout au long de son atroce agonie. Wolf était hospitalisé dans une clinique de New York, et fumait de temps à autre une cigarette à l'aide d'un tube de plastique inséré dans sa gorge.

– Je me demande ce que ton père dirait de ça ? demanda Wolf à Duncan. Tu ne trouves pas que ça serait parfait pour une de ses scènes de mort. N'est-ce pas baroque à souhait. Il ne t'a jamais parlé de cette prostituée qui est morte à Vienne, au Rudolfinerhaus ? Comment s'appelait-elle donc ?

– Charlotte, fit Duncan.

Wolf et lui étaient très intimes. Wolf avait même fini par aimer les premiers dessins que Duncan avait faits pour *la Pension Grillparzer*. Et Duncan était venu s'installer à New York ; il avait raconté à Wolf que c'était en contemplant Manhattan par les fenêtres de son bureau – le jour des premières funérailles féministes – qu'il avait eu pour la première fois l'intuition qu'il voulait être peintre, et aussi photographe.

Dans une lettre que, sur son lit de mort, John Wolf dicta à Duncan, Wolf donna pour consigne à ses associés d'autoriser Duncan Garp à venir contempler Manhattan des fenêtres de son bureau tant que la maison d'édition occuperait l'immeuble.

Pendant bien des années après la mort de John Wolf, Duncan mit à profit l'autorisation. Un nouvel associé s'installa dans le bureau de Wolf, mais le nom de Garp suffisait à faire filer droit tous les associés de la maison.

Des années durant, les secrétaires continuèrent à venir annoncer :

– Désolée de vous déranger, mais c'est le jeune *Garp* qui vient une fois de plus regarder par la fenêtre.

Duncan et John Wolf consacrèrent les nombreuses heures que dura l'agonie de John Wolf à discuter du talent littéraire de Garp.

– Il serait devenu très, très extraordinaire, assurait John Wolf.

– *Devenu*, peut-être, faisait Duncan. Mais que pourriez-vous bien me dire d'autre ?

– Non, non, je ne mens pas ; c'est inutile. Il avait la vision nécessaire, et il avait toujours eu le langage. Disons qu'un temps il s'est fourvoyé sur une voie de garage, mais, avec ce nouveau livre, il était de retour sur la voie royale. Il avait retrouvé le sens des impulsions justes. *La Pension Grillparzer* est ce qu'il a écrit de plus charmant, mais non de plus original ; il était encore trop jeune, bien d'autres auraient pu écrire cette histoire. *Procrastination* est une idée originale, et, pour un premier roman, c'est un livre brillant – mais c'est un premier roman. *Le Second Souffle du coucou* est très drôle et, de loin, son meilleur titre ; c'est aussi quelque chose de très original, mais c'est un roman de mœurs – et plutôt limité. Naturellement, *le Monde selon Bensenhaver* est son livre le plus original, même si ce n'est qu'un feuilleton pour adultes – et c'en est un. Mais c'est tellement dur ; de la viande crue – de la bonne viande, mais *très* crue. Réfléchis, à qui est-ce que ça peut plaire ? Qui est prêt à se laisser agresser à ce point ? Ton père était un être difficile ; il ne cédait jamais d'un pouce – mais justement voilà : il suivait toujours *son* flair ; peu importe où son flair le menait, c'était son flair. Et il avait de l'ambition. Dès le début, il a eu l'audace de choisir comme sujet *le monde* – alors qu'il n'était qu'un *gosse*, bonté divine, il n'a pas hésité. Ensuite, pendant un temps – comme beaucoup d'écrivains – il n'a plus écrit qu'à propos de lui-même ; mais pourtant, en même temps, il écrivait à propos du monde – seulement voilà, c'était moins bien ficelé. Il commençait à en avoir marre de parler de sa vie et recommençait à parler du monde tout entier ; il ne faisait que commencer. Et Seigneur ! Duncan, tu ne dois pas l'oublier, c'était un homme *jeune* ! Il avait trente-trois ans.

– Et il avait de l'énergie.

– Oh ! il en aurait écrit, des choses, aucun doute.

Mais John se mit à tousser et dut renoncer à parler.

– Oui, mais voilà, il n'a jamais su se détendre. Alors, à quoi bon tout ça ? N'aurait-il pas, de toute façon, fini par se consumer ?

Secouant la tête – avec délicatesse, pour ne pas desserrer le tube glissé dans sa gorge –, John Wolf continuait à tousser.

– Pas lui ! hoqueta Wolf.

– Ainsi, il aurait continué, et continué comme ça ? Vous le croyez vraiment ?

Wolf toussait toujours, mais il hocha la tête. Une quinte de toux devait l'emporter.

Roberta et Helen assisteraient à son enterrement, bien sûr. Les mauvaises langues s'en donneraient à cœur joie, car on s'était souvent demandé dans le landerneau littéraire de New York si John Wolf s'était contenté de veiller sur le patrimoine *littéraire* de Garp. Connaissant Helen, il paraît peu plausible qu'elle ait eu ce genre de relation avec John Wolf. Chaque fois qu'Helen apprenait qu'on lui prêtait une liaison, elle se contentait d'éclater de rire. Roberta Muldoon était plus véhémente.

– Avec John Wolf? dit Roberta. Helen et Wolf? Vous voulez blaguer, non?

La confiance de Roberta était tout à fait fondée. A l'occasion, lorsqu'elle s'offrait une virée dans la bonne ville de New York, Roberta Muldoon s'était octroyé quelques petits rendez-vous avec John Wolf.

– Pensez que j'allais vous voir jouer! lui dit un jour John Wolf.

– Vous pouvez *encore* me regarder jouer, John.

– Je veux parler du football, Roberta.

– Je connais des jeux plus agréables que le football, marivauda Roberta.

– Mais vous êtes douée pour *tellement* de jeux, renchérit John Wolf.

– Ha!

– C'est vrai, c'est vrai, Roberta.

– Tous les hommes sont des menteurs, décréta Roberta Muldoon, qui, parce qu'elle avait naguère été un homme, savait de quoi elle parlait.

ROBERTA MULDOON, antérieurement Robert Muldoon, n° 90 dans l'équipe des Eagles de Philadelphie, devait survivre à John Wolf – comme d'ailleurs à la plupart de ses autres amants. Elle ne survivrait pas à Helen, mais Roberta vécut assez longtemps pour enfin assumer confortablement son changement de sexe. A l'approche de la cinquantaine, elle confia un jour à Helen qu'elle portait un double fardeau, la vanité de l'homme d'un certain âge et les angoisses de la femme d'un certain âge.

– Mais, ajouta Roberta, c'est une situation qui ne va pas sans avantages. Maintenant, je sais toujours ce que les hommes vont dire avant même qu'ils ne parlent.

– Mais *moi aussi*, je le sais, Roberta, dit Helen.

Roberta laissa tonner son rire effrayant; elle avait une manie de serrer ses amis dans ses gros bras d'ours qui rendait Helen nerveuse. Roberta lui avait un jour cassé une de ses paires de lunettes.

Roberta était parvenue à rogner son énorme penchant à l'excentricité en se chargeant de responsabilités – principalement envers la fondation Fields, qu'elle menait avec tant de poigne qu'Ellen James lui avait donné un surnom capitaine Énergie.

– Ha ! s'exclama Roberta, c'était Garp, le *capitaine Énergie*.

Roberta était l'objet d'une immense admiration dans la petite communauté de Dog's Head Harbor, car, dans le passé, jamais le domaine de Jenny Fields n'avait joui d'une telle respectabilité, et, en outre, Roberta participait avec beaucoup plus d'enthousiasme que Jenny aux affaires de la petite cité. Elle assuma pendant dix ans la présidence du comité des écoles de la ville – alors que, naturellement, elle était incapable de concevoir des enfants. Elle organisa et entraîna l'équipe féminine de base-ball du canton de Rockingham, et finit même par jouer pour elle – l'équipe fut pendant dix ans la meilleure équipe de tout l'État du New Hampshire. De temps à autre, le même crétin machiste qui servait de gouverneur au New Hampshire proposait de soumettre Roberta à un test de chromosomes avant de l'autoriser à jouer en coupe ; Roberta répliquait en proposant au gouverneur de la rencontrer, juste avant le coup d'envoi – sur le tertre du lanceur –, « histoire de voir s'il est capable de se bagarrer en homme ». Le gant ne fut pas relevé, et – la politique est la politique – le gouverneur donna le coup d'envoi. Roberta, chromosomes ou pas, écrasa l'adversaire qui ne marqua pas un seul point.

Il est tout à l'honneur du directeur des sports de Steering School d'avoir offert à Roberta le poste d'entraîneur de la ligne d'attaque dans l'équipe de football de Steering. Offre que l'ex-ailier déclina avec courtoisie.

– Tous ces jeunes garçons ! dit suavement Roberta. Ce serait courir après les ennuis.

En fait de jeunes garçons, elle n'eut d'autre favori, toute sa vie durant, que Duncan Garp, auquel elle servit et de mère et de sœur et qu'elle accablait de son parfum et de son affection. Duncan l'adorait ; il était l'un des rares invités de sexe mâle dont la présence était tolérée à Dog's Head Harbor, bien que, pendant presque deux ans, Roberta, cédant à la colère, cessât de l'inviter – Duncan avait séduit une jeune femme poète.

– Le fils de son père, dit Helen, il a du charme.

– Trop de charme, dit Roberta à Helen. Et cette poétesse était une déséquilibrée. Elle était beaucoup trop vieille pour lui.

– On vous croirait jalouse, Roberta, glissa Helen.

– C'est une rupture de *contrat*, tonna Roberta.

Helen en convint. Duncan fit amende honorable. La poétesse elle-même fit amende honorable.

– C'est moi qui l'ai séduit, dit-elle à Roberta.

– Non, impossible, dit Roberta. Vous n'auriez pas pu.

Tout fut pardonné un certain printemps à New York, le jour où Roberta fit à Duncan la surprise de l'inviter à dîner.

– Et j'amène une fille extraordinaire, exprès pour toi, une amie, l'informa Roberta. Aussi, lave-toi les mains, pas de taches de peinture, et puis fais-toi un shampooing et essaie de t'arranger un peu. Je lui ai dit que tu étais joli garçon, et je sais que tu *peux* l'être. Je crois qu'elle te plaira.

Ayant ainsi ménagé un rendez-vous à Duncan avec une femme de *son* choix, Roberta se sentit un peu mieux. Il transpira peu à peu que, comme par hasard, Roberta avait eu *horreur* de la poétesse avec laquelle couchait Duncan et c'était ce qui avait envenimé les choses.

Le jour où Duncan emboutit sa moto à moins de deux kilomètres d'un hôpital du Vermont, Roberta fut la première à accourir ; elle faisait du ski dans la même région, un peu plus au nord ; Helen l'avait prévenue, et Roberta avait battu Helen de quelques longueurs.

– Faire de la moto dans la neige ! rugit Roberta. Pense à ce qu'aurait dit ton père.

C'était à peine si Duncan pouvait chuchoter. On aurait dit que tous ses membres étaient en traction ; il y avait des complications au niveau d'un de ses reins, et – mais Roberta et Duncan l'ignoraient encore – il faudrait lui amputer un bras.

Helen, Roberta et la sœur de Duncan, Jenny Garp, restèrent trois jours à son chevet, jusqu'au moment où Duncan fut déclaré hors de danger. Ellen James, trop secouée, n'avait pas eu le courage de les rejoindre. Roberta ne cessait pas de fulminer.

– Mais quelle idée de faire de la moto – avec *un* œil ? Imaginez ce que ça *laisse* comme vision périphérique ! Il est toujours aveugle d'un côté.

C'était précisément ce qui s'était passé. Un chauffard ivre avait brûlé un feu rouge et Duncan avait aperçu la voiture trop tard ; il avait bien tenté de manœuvrer pour l'éviter, mais la neige l'avait bloqué sur place, l'offrant, cible quasiment immobile, à l'assaut du chauffard ivre.

Tout avait été pulvérisé.

– Il tient trop de son père, se lamenta Helen.

Mais le capitaine Énergie, lui, le savait : par certains côtés, Duncan ne tenait *nullement* de son père. Selon Roberta, il lui manquait un *but*.

Lorsque Duncan fut hors de danger, Roberta s'effondra devant lui.

– Si tu te fais tuer avant que je ne meure, petit salopard, ça me *tuera* ! Et aussi ta mère, probablement ; et Ellen, peut-être ; mais moi, tu peux en être sûr. C'est certain, ça me tuera, Duncan, espèce de petit salaud !

Et Roberta fondit en larmes et pleura, et Duncan pleura, lui aussi, parce qu'il savait que c'était vrai : Roberta l'aimait et, par là même, se trouvait affreusement vulnérable à tout ce qui pouvait lui arriver.

Jenny Garp, qui n'en était qu'à sa première année d'université, plaqua ses études de manière à pouvoir rester dans le Vermont auprès de Duncan pendant sa convalescence. Jenny était sortie de Steering School dûment diplômée et avec une moisson de mentions ; elle n'aurait aucune peine à reprendre ses études une fois Duncan guéri. Elle proposa ses services à l'hôpital comme aide-infirmière, et sa présence contribua beaucoup à remonter le moral de Duncan, qu'attendait une longue et pénible convalescence. Duncan, bien sûr, n'en était pas à sa première convalescence.

Helen était rentrée à Steering, mais elle venait le voir toutes les fins de semaine ; Roberta se rendit à New York pour mettre un peu d'ordre dans la pagaille de l'atelier-appartement qu'habitait Duncan. Duncan craignait qu'on ne lui vole ses toiles et ses photos, et aussi sa chaîne stéréo.

Lorsque Roberta se présenta chez Duncan, elle tomba sur une fille gracile et maigre qui paraissait installée dans les lieux, et portait les vêtements de Duncan, tout maculés de peinture ; la fille n'avait pas l'air très douée pour la vaisselle.

— Allez, ma petite, dehors, fit Roberta, en ouvrant la porte avec la clef de Duncan. Duncan a réintégré le giron familial.

— Qui êtes-vous ? demanda la fille. Sa mère ?

— Sa femme, mon petit cœur. J'ai toujours eu le goût des petits jeunes.

— Sa femme ? fit la fille, en contemplant Roberta bouche bée. Je ne savais pas qu'il était marié.

— Ses gosses sont déjà dans l'ascenseur, aussi vous feriez mieux de filer par l'escalier. Ses gosses sont quasiment aussi gros que moi.

— Ses gosses ? dit la fille ; et elle s'enfuit.

Roberta fit nettoyer l'atelier et proposa à une jeune femme de sa connaissance de s'y installer pour veiller sur tout ; la jeune femme, qui venait de subir une opération pour changer de sexe, avait besoin d'un nouveau cadre de vie, plus en harmonie avec sa nouvelle personnalité.

— Ce sera parfait pour vous, dit Roberta à la jeune femme de fraîche date. Le propriétaire est un jeune homme extraordinaire, mais il ne reviendra pas avant des mois. Vous pourriez veiller sur ses affaires et faire de beaux rêves à son sujet, et je vous préviendrai quand le moment viendra de déménager.

De retour dans le Vermont, Roberta morigéna Duncan :

— J'espère que tu vas faire un peu de ménage dans ta vie. Que tu vas laisser tomber les motos et la pagaille – et aussi les filles qui ne savent même pas qui tu es. Seigneur ! coucher avec des gens qu'on ne connaît pas. Tu n'es pas encore comme ton père ; tu ne t'es jamais encore mis au travail. Si tu étais vraiment un artiste, Duncan, tu n'aurais pas de temps à perdre avec toutes ces conneries. Surtout, ces conneries suicidaires.

Le capitaine Énergie était le seul à pouvoir se permettre de tenir ce genre de langage à Duncan – maintenant que Garp n'était plus là. Helen n'avait pas le courage de le blâmer. Helen était simplement trop heureuse que Duncan fût encore en vie, et Jenny avait dix ans de moins que Duncan. Elle n'était capable que de l'admirer, et de l'aimer, et de lui tenir compagnie pendant son interminable guérison. Ellen James, qui vouait à Duncan un amour farouche et possessif, se sentait envahie d'une telle fureur qu'il lui arrivait parfois de jeter en l'air son bloc et son crayon ; du coup, bien sûr, elle ne pouvait plus rien dire.

— Un artiste peintre borgne et manchot ! geignait Duncan. Pauvre de moi !

— Estime-toi encore heureux d'avoir une tête et un cœur, lui dit Roberta. Est-ce que tu connais beaucoup de peintres qui ont besoin de leurs deux mains pour tenir leur pinceau ? Il faut deux yeux pour piloter une moto, crétin, mais seulement un pour peindre.

Jenny Garp, qui aimait son frère comme s'il avait été à la fois son frère et son père – à dire vrai, elle avait été trop jeune pour connaître son père –, écrivit un poème pour Duncan pendant qu'il récupérait à l'hôpital. Le premier et l'unique poème qu'écrivit jamais la jeune Jenny Garp ; elle n'avait pas, *elle*, le tempérament artistique de son père et de son frère. Et Dieu seul sait quel tempérament aurait eu Walt.

> *Ci-gît le premier-né, si svelte et si menu,*
> *Un de ses bras valide, l'autre hélas disparu,*
> *Un de ses yeux vivant, l'autre à jamais éteint,*
> *Avec gravés en lui ses souvenirs, un à un.*
> *Digne fils de sa mère, intacts il doit préserver*
> *Les vestiges du foyer que Garp sut édifier.*

Un poème médiocre, bien sûr, mais que Duncan trouva adorable.

— Je veillerai désormais à rester intact, promit-il à Jenny.

La jeune transsexuelle que Roberta avait installée dans l'appartement atelier de Duncan lui envoya des cartes postales de New York avec ses vœux de prompt rétablissement.

> *Les plantes se portent bien, mais la grande toile jaune*
> *près de la cheminée commençait à se gondoler – à mon*
> *avis elle n'était pas tendue correctement –, aussi je l'ai*

décrochée et je l'ai rangée à côté des autres dans
l'arrière-cuisine, où il fait moins chaud. J'adore la toile
bleue, et les dessins – tous les dessins ! Et l'autre toile,
celle qui, me dit Roberta, est un autoportrait de vous –
celle-là surtout je l'adore.

– Oh, Seigneur ! gémit Duncan.

Jenny lui lut tout Joseph Conrad, l'auteur favori de Garp dans son enfance.

Quant à Helen, elle avait par bonheur ses cours pour l'empêcher de se faire trop de soucis pour Duncan.

– Il s'en sortira, ce garçon, lui assurait Roberta.

– C'est un jeune *homme*, Roberta, disait Helen. Ce n'est plus un petit garçon – même s'il se comporte indiscutablement comme s'il en était un.

– Pour moi, ce sont tous des petits garçons, dit Roberta. Garp était un petit garçon. Moi aussi, j'étais un petit garçon, avant de devenir une fille. A mes yeux, Duncan sera toujours un petit garçon.

– Oh, pauvre de moi ! gémit Helen.

– Vous devriez vous mettre à faire du sport, Helen. Histoire de vous détendre.

– Je vous en prie, Roberta.

– Essayez donc de *courir* un peu.

– Allez courir, *vous* ; moi, je lis.

Roberta courait, elle n'arrêtait pas de courir. Elle approchait de la soixantaine et il lui arrivait d'oublier ses hormones, qu'une transsexuelle doit prendre pour toute sa vie pour garder une silhouette féminine. Les hiatus dans l'usage de ses œstrogènes et les abus de jogging faisaient que le grand corps de Roberta ne cessait de changer de forme sous les yeux d'Helen.

– Je me demande parfois ce qui vous arrive, Roberta, lui dit un jour Helen.

– C'est assez excitant, dit Roberta. Je ne sais jamais comment je vais me sentir, je ne sais jamais non plus à quoi je vais ressembler.

A cinquante ans passés, Roberta participa à trois marathons, mais finit par avoir des problèmes de circulation, et, après plusieurs petites hémorragies, se vit conseiller, par son médecin, de s'en tenir à des parcours moins longs. Quarante-deux kilomètres, c'était quand même trop pour un ex-ailier de cinquante ans passés – « ce vieux numéro 90 », comme la taquinait parfois Duncan. Roberta avait quelques années de plus que Garp et Helen, et les avait toujours accusées. Elle se rabattit sur les dix kilomètres que Garp et elle parcouraient autrefois de concert entre Steering et la mer, et Helen risquait à tout moment de voir surgir Roberta, inondée de sueur et à bout de souffle, pressée de se mettre sous la douche. Roberta laissait en permanence un grand peignoir et de quoi se changer chez Helen, en prévision d'occasions de ce genre, et Helen, levant les yeux de son livre, la trouvait plantée devant elle en tenue de course – son chronomètre niché comme un cœur dans sa grosse main faite pour bloquer les passes.

Roberta mourut au cours du printemps que Duncan passa à l'hôpital du Vermont. Ce jour-là, elle avait travaillé son souffle en piquant des sprints sur la plage de Dog's Head Harbor, mais, renonçant à courir, elle avait regagné la véranda en se plaignant « d'espèces de petites explosions » dans la nuque – ou peut-être dans les tempes ; elle ne parvenait pas à les situer avec précision, disait-elle. Elle s'assit dans le hamac de la véranda et resta là les yeux fixés sur l'océan, tandis qu'Ellen James se chargeait d'aller lui chercher un verre de thé glacé. Elle fit passer un message à Roberta par l'une des pensionnaires de la fondation Fields ·

Citron ?

– Non, seulement du sucre ! lança Roberta.

Quand Ellen lui apporta son thé, Roberta vida le verre en quelques gorgées.

– C'est parfait, Ellen, remercia Roberta.

Ellen s'éloigna pour lui préparer un autre verre.

– Parfait, répéta Roberta. Donne-m'en un autre pareil ! Je demande *à la vie* d'être *toujours* aussi parfaite !

Quand Ellen revint avec le verre de thé glacé, elle trouva Roberta morte dans le hamac. Quelque chose avait explosé, quelque chose avait éclaté.

Certes, la mort de Roberta frappa durement Helen et la plongea dans l'affliction, mais elle avait, en la personne de

Duncan, d'autres soucis – pour une fois une diversion bienheureuse. Ellen James, que Roberta avait tant idée, se vit épargner un excès de chagrin par les responsabilités qui lui incombèrent soudain – elle prenait la suite de Roberta à la fondation Fields et avait fort à faire ; les sabots à chausser étaient larges, comme on dit. En fait, du quarante-quatre fillette. La jeune Jenny Garp n'avait jamais été aussi proche de Roberta que son frère ; ce fut Duncan, toujours en traction, qui accusa le plus durement le coup. Jenny lui tenait compagnie et s'évertuait sans discontinuer à lui remonter le moral, mais Duncan était obsédé par le souvenir de Roberta et des multiples occasions où elle avait sauvé la mise aux Garp – particulièrement à Duncan.

Il pleurait, pleurait sans pouvoir s'arrêter. Il pleura tant, qu'on dut changer le plâtre de sa poitrine.

Sa locataire transsexuelle lui envoya un télégramme de New York.

R. DISPARUE. DONC SUIS PRÊTE À PARTIR. PRÉVENEZ SI MA PRÉSENCE VOUS GÊNE. PARTIRAI AUSSITÔT. ME DEMANDE SI POURRAIS EMPORTER TOILE. PORTRAIT DE R. ET DE VOUS. SUPPOSE QU'IL S'AGIT DE VOUS. EN TENUE DE FOOTBALL. VOUS PORTEZ LE MAILLOT N° 90. CELUI QUI EST TROP GRAND.

Duncan n'avait jamais répondu à ses cartes, ni à ses rapports sur la santé de ses plantes vertes et l'endroit exact où elle rangeait ses toiles. Ce fut tout à fait dans l'esprit du vieux n° 90 que cette fois il lui répondit, sans même la connaître – à ce pauvre être paumé, mi-garçon mi-fille, que Roberta, Duncan le savait, aurait traité avec bonté.

Je vous en prie, restez tant que vous le voudrez. Mais moi aussi j'aime cette photo. Quand je serai de nouveau sur pied, j'en ferai un tirage exprès pour vous

Roberta lui avait conseillé de mettre de l'ordre dans sa vie, et Duncan regrettait de ne pouvoir lui montrer qu'il en était capable. Il se sentait tout à coup responsable et réfléchissait à la vie de son père, déjà écrivain alors qu'il était si jeune – qui avait eu des enfants avait eu Duncan, alors qu'il était si jeune. Duncan prit une foule de résolutions sur son lit d'hôpital ; des résolutions que, d'ailleurs, il devait tenir presque toutes.

Il écrivit à Ellen James, qui resta trop bouleversée par son accident pour venir le voir emmailloté dans ses plâtres et couvert d'agrafes.

> *Il est grand temps que nous nous mettions tous les deux au travail, sans compter que j'ai, moi, du retard à rattraper. Maintenant que 90 n'est plus là, la famille est plus petite. Tâchons de ne plus perdre personne.*

Il aurait aimé écrire à sa mère qu'il était résolu à la rendre fière de lui, mais il se serait senti idiot de dire une chose pareille et il savait en outre à quel point sa mère était coriace – combien elle avait rarement, elle, besoin qu'on lui remonte le moral. Ce fut donc vers la jeune Jenny que Duncan dirigea son enthousiasme tout neuf.

– Bon Dieu ! il nous faut de l'énergie, dit Duncan à sa sœur, qui avait beaucoup d'énergie. C'est ça qui te manque – faute d'avoir connu ce pauvre vieux papa. De l'énergie ! Il faut se secouer un peu.

– *J'ai* de l'énergie, dit Jenny. Seigneur ! que t'imagines-tu que je fais en ce moment – que je me contente de m'occuper de *toi* ?

C'était un dimanche après-midi ; comme toujours, Jenny et Duncan regardaient le match de foot à la télé de l'hôpital. Encore un bon présage, se disait Duncan, que le relais du Vermont transmette le match, ce dimanche-là, depuis Philadelphie. Les Eagles risquaient de se faire étriller par les Cow-Boys. Le match, cependant, n'avait aucune importance ; c'était la cérémonie préliminaire qui intéressait Duncan. Le drapeau avait été mis en berne, en l'honneur de l'ex-ailier Robert Muldoon. Un chiffre clignotait au tableau d'affichage : 90 ! 90 ! 90 ! Duncan songea que les temps avaient bien changé ; entre autres, il y avait maintenant des funérailles féministes partout ; par exemple dans le Nebraska, une énorme cérémonie, dont il avait lu le compte rendu dans le journal. Et à Philadelphie, le commentateur sportif parvint à dire, sans ricaner, que le drapeau était en berne en hommage à *Roberta* Muldoon.

– *Elle* était *une* athlète extraordinaire, marmonna le commentateur. Deux mains formidables.

– Une personne extraordinaire, renchérit le co-commentateur.

– Ouais, reprit le premier des deux hommes, elle a fait un tas de choses pour… pour… – il s'arrêta, cherchant ses mots, tandis que Duncan attendait qu'il se décide à dire *pour qui* – pour des cinglés, des désaxés, des tordus et obsédés sexuels, pour son père et sa mère et lui-même et Ellen James. Elle a fait un tas de choses pour tous ceux qui avaient des vies *compliquées*, dit le commentateur, à sa grande surprise et à celle de Duncan – mais avec dignité.

L'orchestre se mit à jouer. Les Cow-Boys de Dallas marquèrent un essai contre les Eagles de Philadelphie, le premier des nombreux essais qu'encaisseraient ce jour-là les Eagles. Et Duncan Garp imaginait combien son père aurait apprécié les efforts du commentateur pour faire preuve de tact et de générosité. Duncan croyait réellement l'entendre se tordre de rire avec Roberta ; d'une certaine façon, Duncan sentait que Roberta ne pouvait qu'être là – pour participer en secret à son propre éloge. Garp et elle devaient hurler de rire devant la gaucherie du commentaire.

Garp singerait le commentateur :

– Elle s'est donné beaucoup de mal pour remodeler son vagin !

– Ha ! rugirait Roberta.

– Oh, bonté divine ! hurlerait Garp. Bonté divine !

Après le meurtre de Garp, Duncan s'en souvenait, Roberta Muldoon avait menacé de se faire opérer de nouveau, pour changer de sexe en sens inverse.

– Les hommes sont des salauds, mais plutôt redevenir un *homme*, gémissait-elle, que de penser qu'il y a des femmes assez dégueulasses pour *se réjouir* de cette saloperie de meurtre que vient de commettre cette salope de connasse !

Assez ! Assez ! Ne dis jamais ce mot-là ! Il y a seulement ceux d'entre nous qui l'aimions, et ceux d'entre nous qui ne le connaissions pas – hommes et femmes,

griffonna Ellen James.

642

Roberta Muldoon les avait alors soulevés dans ses bras un par un ; elle les avait gratifiés – solennellement, grave-ment, généreusement – de sa célèbre étreinte d'ours.

Lorsque Roberta mourut, une des pensionnaires de la fondation Fields de Dog's Head Harbor capable de *parole* appela Helen au téléphone. Helen, sitôt qu'elle se serait reprise – une fois de plus –, se chargerait d'appeler Dun-can dans le Vermont. Helen conseillerait à la jeune Jenny d'apprendre la mauvaise nouvelle à Duncan. De sa célèbre grand-mère Jenny Fields, Jenny Garp avait hérité l'art de parler aux malades.

– Mauvaise nouvelle, Duncan, chuchota la jeune Jenny, en posant un baiser sur les lèvres de son frère. Ce bon vieux n° 90 vient de lâcher le ballon.

DUNCAN GARP, qui avait survécu à l'accident qui lui avait coûté son œil et à celui qui lui avait coûté son bras, devint un peintre sérieux et doté de talent ; il fut un peu un pionnier dans le domaine artistiquement suspect de la pho-tographie en couleur, qu'il explora et développa grâce à son instinct de peintre pour la couleur et à son sens, hérité de son père, d'une vision obstinée et *personnelle*. Ces des-sins n'avaient jamais rien d'absurde ; bien au contraire, il parait sa peinture d'un réalisme étrange, sensuel, presque narratif ; il était facile, sachant *qui* il était, de dire que sa manière relevait d'avantage d'un art *littéraire* que d'un art pictural – et de l'accuser, comme on ne s'en fit pas faute, d'être trop *littéral*.

– Qu'est-ce que ce charabia ? disait Duncan. Qu'espè-rent-ils donc d'un artiste borgne et manchot – et le fils de Garp par-dessus le marché ? Aucune faiblesse ?

Il avait, en fin de compte, le sens de l'humour de son père, et Helen se sentait très fière de lui.

On lui doit une série d'une bonne centaine de toiles, inti-tulée *Album de famille* – la période de son œuvre à laquelle il doit sa réputation. Il s'agissait de toiles modelées sur les photographies prises par lui dans son enfance, après l'acci-dent qui lui avait coûté son œil. On y voyait Roberta et sa grand-mère Jenny Fields, sa mère en train de nager à Dog's

Head Harbor, son père en train de courir sur la plage, après la guérison de sa mâchoire. Il y avait aussi une série d'une douzaine de petites toiles représentant une Saab blanc sale ; elle avait pour titre *les Couleurs du monde*, parce que, disait Duncan, toutes les couleurs du monde sont visibles dans les douze versions de la Saab blanc sale.

Il y avait aussi des photos de Jenny Garp bébé, et, dans les grandes compositions de groupe – en majeure partie imaginées, et non inspirées par des photos –, les critiques prétendaient que le visage vide, ou la silhouette récurrente (très petite) qui tournait immanquablement le dos à l'appareil, était Walt.

Duncan ne voulait pas avoir d'enfants.

– Trop vulnérable, disait-il à sa mère. Je ne pourrais pas supporter de les voir grandir.

Ce qu'il voulait dire, c'était qu'il ne pourrait pas supporter de *ne pas* les voir grandir.

Éprouvant ce qu'il éprouvait, Duncan eut de la chance que les enfants ne soient pas un problème dans sa vie – ils ne furent même pas un souci. A son retour chez lui après ses quatre mois d'hôpital, il trouva, installée dans son atelier-appartement de New York, une transsexuelle horriblement solitaire. Grâce à elle, il semblait qu'un véritable artiste occupait déjà les lieux, et, par un curieux processus – presque une forme d'osmose –, elle paraissait déjà savoir énormément de choses sur Duncan. De plus, elle était amoureuse de lui – qu'elle ne connaissait que par ses photos. Encore un cadeau fait par Roberta Muldoon à la vie de Duncan ! Et certains prétendaient – Jenny Garp, par exemple – qu'elle était même belle.

Ils se marièrent, car s'il y eut jamais un homme dépourvu de prévention à l'égard des transsexuels, c'était Duncan Garp.

– C'est un mariage célébré au paradis, dit Jenny Garp à sa mère.

Elle voulait parler de Roberta, bien sûr ; Roberta était au paradis. Mais Helen avait le don de se faire du souci pour Duncan ; depuis la mort de Garp, c'était le plus souvent à elle que revenait le rôle de se ronger de soucis. Et depuis la mort de Roberta, Helen avait le sentiment que c'était *toujours* à elle que revenait le rôle de se ronger.

— Je ne sais pas trop, je ne sais pas trop, disait Helen, que le mariage de Duncan angoissait. Cette sacrée Roberta, elle parvenait toujours à faire les choses à sa façon.

Mais, de cette façon, il n'y a aucun risque de grossesse accidentelle,

écrivit Ellen James.

— Oh, assez ! s'exclama Helen. En un sens, j'aurais *voulu* des petits-enfants. En tout cas, un ou deux.

— Moi, je t'en donnerai, promit Jenny.

— Oh, Seigneur ! fit Helen. Si je suis encore de ce monde, ma petite.

Par malheur, elle ne le serait plus, mais elle aurait le temps de voir Jenny enceinte et de pouvoir imaginer qu'elle était grand-mère.

« Imaginer les choses vaut mieux que de se les rappeler », avait écrit Garp.

Et il est certain qu'Helen pouvait se féliciter de voir que la vie de Duncan avait fini, comme l'avait promis Roberta, par trouver son équilibre.

Après la mort d'Helen, Duncan travailla dur pour aider le docile Mr. Whitcomb ; ils tirèrent quelque chose de tout à fait honorable du roman inachevé de Garp, *les Illusions de mon père*. Comme pour l'édition de *la Pension Grillparzer*, par Garp père et fils, Duncan se chargea d'illustrer ce qu'il y avait à illustrer dans *les Illusions de mon père* — le portrait d'un père qui, avec ambition et futilité, s'acharne à construire un monde où ses enfants connaîtront la sécurité et le bonheur. La plupart des illustrations de Duncan étaient des portraits de Garp.

Quelque temps après la sortie du livre, Duncan reçut la visite d'un vieillard dont il oublia par la suite le nom. L'homme prétendait travailler à une « biographie critique » de Garp, mais Duncan trouva ses questions exaspérantes. L'homme s'acharna à revenir sur les événements qui avaient entraîné l'horrible accident où Walt avait perdu la vie. Duncan refusa de rien lui dire (Duncan ne savait *rien*), et l'homme repartit les mains vides — biographiquement parlant. L'homme en question était Michael Milton, comme de juste. Duncan avait eu l'impression qu'il lui manquait quelque chose, mais Duncan ne pouvait savoir que, ce qui manquait à Michael Milton, c'était son pénis.

Le livre qu'en principe il écrivait ne vit jamais le jour, et personne ne sait ce qu'il advint de lui.

Si le monde de la critique parut se satisfaire, après la publication des *Illusions de mon père*, de gratifier Garp de louanges mesurées – « un écrivain baroque », « un bon, sinon un grand écrivain » –, Duncan ne s'en formalisa pas. Comme disait Duncan, Garp avait « l'originalité » et « la classe ». Garp avait été le genre d'homme, après tout, capable de provoquer un loyalisme aveugle.

– Un loyalisme *borgne*, disait Duncan.

Il avait depuis longtemps un code avec sa sœur Jenny, et avec Ellen James ; tous les trois étaient inséparables.

– Au capitaine Énergie ! disaient-ils, lorsqu'ils prenaient un verre ensemble.

– Le meilleur des sexes, c'est le transsexe ! hurlaient-ils, lorsqu'ils étaient ivres, ce qui par moments gênait un peu la femme de Duncan – qui pourtant était de cet avis.

– Ça va l'énergie ? s'écrivaient-ils, se téléphonaient-ils, se télégraphiaient-ils, quand ils voulaient savoir où les autres en étaient.

Et, lorsqu'ils se sentaient pleins d'énergie, ils se décrivaient comme « pleins de Garp ».

Bien que destiné à vivre longtemps, très longtemps, Duncan devait mourir d'une mort parfaitement inutile et, ironie, *à cause de* son sens de l'humour. Il mourrait d'une de ses plaisanteries, ce qui était bien dans la veine de la famille Garp. La chose se passa lors d'une espèce de soirée donnée en l'honneur d'une transsexuelle de fraîche date, une amie de sa femme. Duncan goba une olive et, quelques secondes plus tard, mourut étouffé en se tordant de rire. Façon, certes, atroce et absurde de mourir, mais, de l'avis de tous ceux qui le connaissaient, Duncan n'aurait rien trouvé à redire – ni contre cette forme de mort ni contre la vie qu'il avait menée. Duncan Garp avait toujours dit que, de toute la famille, personne n'avait jamais autant souffert que son père après la mort de Walt. Et quelque forme que prenne la mort, en fin de compte, la mort est toujours la même. « Entre les hommes et les femmes, avait un jour dit Jenny Fields, seule la mort est l'objet d'un partage équitable. »

Jenny Garp, qui, dans le domaine de la mort, avait fait un apprentissage beaucoup plus poussé que sa célèbre grand-mère, n'aurait pas été de cet avis. La jeune Jenny savait que, entre les hommes et les femmes, pas même la mort ne se partage équitablement. Les hommes, là encore, en ont plus que leur part.

JENNY GARP leur survivrait à tous. Eût-elle été présente lors de la soirée où son frère mourut étouffé, elle aurait sans doute pu le sauver. Du moins aurait-elle su exactement ce qu'il convenait de faire. Elle était médecin. Elle affirma toujours que ce fut son séjour à l'hôpital du Vermont, pendant qu'elle veillait sur Duncan, qui l'avait décidée à se tourner vers la médecine – non le passé d'infirmière de sa célèbre grand-mère, que Jenny Garp ne connaissait que par ouï-dire.

La jeune Jenny Garp fit de brillantes études ; comme sa mère, elle assimilait tout – et pouvait régurgiter tout ce qu'elle apprenait. Comme Jenny Fields, elle apprit à aimer les gens à force de traîner dans les hôpitaux – glissant çà et là un peu de bonté quand la chose était possible, et se résignant quand elle ne l'était pas.

Pendant son internat, elle épousa un jeune confrère. Jenny refusa pourtant de renoncer à son nom ; elle demeura une Garp, et, au prix d'une guerre terrible contre son mari, obtint que ses trois enfants portent eux aussi le nom de Garp. Elle finit par divorcer et par se remarier, mais sans hâte intempestive. La seconde fois devait être la bonne. Elle épousa un artiste, un peintre de beaucoup son aîné, et si quelqu'un de sa famille eût encore été là pour la taquiner, sans doute l'aurait-on informée qu'elle cherchait dans l'homme de son choix quelque chose de Duncan.

– Et alors ? aurait-elle dit.

Comme sa mère, elle avait des idées bien arrêtées ; comme Jenny Fields, elle garda son nom.

Et son père ? En quoi Jenny Garp tenait-elle de son père,

ne fût-ce qu'un tant soit peu – son père qu'elle n'avait jamais vraiment connu. Après tout, à sa mort, elle n'était qu'un bébé.

Eh bien, elle était excentrique. Elle mettait un point d'honneur à faire la tournée des librairies, et à demander les livres de son père. Si le libraire n'en avait plus en stock, elle les commandait. Elle avait un sens de l'immortalité digne d'un écrivain : si vous êtes imprimé et en librairie, vous êtes vivant. Jenny Garp sema des faux noms et des adresses bidon aux quatre coins des États-Unis ; les livres qu'elle commandait finiraient toujours par se vendre, raisonnait-elle. S. T. Garp n'irait jamais au pilon – du moins, pas du vivant de sa fille.

Elle se montra également acharnée à soutenir la célèbre féministe, sa grand-mère, Jenny Fields ; mais, comme son père, Jenny Garp ne tenait pas en très haute estime les *écrits* de Jenny Fields. Jamais elle ne harcela les librairies pour leur faire mettre *Sexuellement suspecte* sur leurs rayons.

Ce fut avant tout par le genre de carrière qu'elle choisit de faire qu'elle ressemblait à son père. Jenny Garp allait consacrer toute son énergie à la recherche. Elle ne devait jamais avoir de clientèle privée. Jamais elle ne mit les pieds dans les hôpitaux, sauf quand elle fut elle-même malade. En revanche, Jenny travailla pendant des années pour le laboratoire de recherche sur les tumeurs du Connecticut ; et elle finit pas être nommée à la tête d'un service de l'Institut national sur le cancer. A l'instar d'un bon écrivain, qui se doit de se passionner et de s'angoisser pour le moindre détail, Jenny Garp passait des heures à étudier le comportement d'une simple cellule humaine. Comme un bon écrivain, elle avait de l'ambition ; elle nourrissait l'espoir de découvrir la vérité au sujet du cancer. En un sens, c'est ce qu'elle fit. Elle mourut d'un cancer.

Comme les autres médecins, Jenny Garp fit le serment sacré d'Hippocrate, le prétendu père de la médecine, par lequel elle accepta de se consacrer à quelque chose qui ressemblait à la vie décrite un jour par Garp au jeune Whitcomb – bien que Garp eût en tête les ambitions de l'*écrivain* (« ... essayer de maintenir tout le monde en vie, à jamais. Même ceux qui sont destinés à mourir à la fin. Ce sont ceux-là qu'il importe le plus de maintenir en vie »). Ainsi donc, la recherche sur le cancer n'assombrit nullement Jenny Garp, qui aimait donner d'elle-même la définition que son père avait un jour donnée du romancier : « Un médecin qui ne s'occupe que des incurables. »

Dans le monde selon son père, comme le savait Jenny Garp, il faut avoir de l'énergie. Sa célèbre grand-mère, Jenny Fields, nous voyait naguère comme appartenant à diverses catégories, les Externes, les Organes vitaux, les Absents et les Foutus. Mais, dans le monde selon Garp, nous sommes tous des Incurables.

Table

L'Hôtel New Hampshire
roman
Le Seuil, 1982
et « Points » n° P98

Un mariage poids moyen
roman
Le Seuil, 1984
et « Points » n° P121

L'Œuvre de Dieu, la Part du Diable
roman
Le Seuil, 1986
et « Points » n° P123

L'Épopée du buveur d'eau
roman
Le Seuil, 1988
et « Points » n° P122

Une prière pour Owen
roman
Le Seuil, 1989
et « Points » n° P124

Liberté pour les ours !
roman
Le Seuil, 1991
et « Points » n° P99

Les Rêves des autres
nouvelles
Le Seuil, 1993
et « Points » n° P54

Un enfant de la balle
roman
Le Seuil, 1995
et « Points » n° P319

La Petite Amie imaginaire
récit
Le Seuil, 1996
et « Points » n° P411

Une veuve de papier

roman
Le Seuil, 1999
et « Points » n° P763

L'Œuvre de Dieu, la Part du Diable

scénario
Le Seuil, 2000
et « Points » n° P709

La Quatrième Main

roman
Le Seuil, 2002
et « Points » n° P1095

Mon cinéma

récit
Le Seuil, 2003

Le bruit de quelqu'un qui essaie de ne pas faire de bruit

récit
Le Seuil Jeunesse, 2005

Je te retrouverai

roman
Le Seuil, 2006

IMPRESSION : BRODARD ET TAUPIN À LA FLÈCHE
DÉPÔT LÉGAL : NOVEMBRE 1998. N° 36376-5 (37903)
IMPRIMÉ EN FRANCE